監修　毛利正守

上代学論叢

和泉書院

毛利正守先生近影

巻頭言

　平成三十年三月をもって、私は半世紀になろうとする大学での教員の職を終えました。思い起こせばこれまでの人生において、多くの先生方、先輩や後輩、また友人との知遇や交流に導かれて、今日（こんにち）までの研究生活、また人生をあゆむことができたことを有り難く思っています。

　社家の跡取りとして神職になるべく皇學館大学で学んでいた折、卒論の指導をうけていた西宮一民先生から大学院へ進学することを強く勧めていただき、これが端緒となり、神職とともに研究者への道を志すことになりました。また、小島憲之先生には主宰をされていた読古会に参加をさせていただき、先生が話される学問の神髄を直に拝聴するという至福の時を過ごしつつ、新進気鋭の研究者の刺激的な発表に自分を磨く絶好の機会を与えていただきました。また、井手至先生には昭和五十六年度の金田一京助博士記念賞受賞のきっかけを与えていただき、そのあとも大阪市立大学では国文の教室でご一緒に仕事をさせていただきました。今、お名前を挙げた先生方は、それぞれご自分の優れた多くの業績をうち立てられることによって身をもって学問とは何かということを弟子に知らしめ、優れた指導をしておられました。私も学生を指導するときには、自分の成した論考、即ちそれが私自身であるという学問的立場をもって、説得性のある指導を心がけ、嬉しいことに研究職へ進んだ教え子も多く輩出することができました。

この度、私が喜寿を迎えたこの機に、『上代学論叢』なる書名をもって監修した論集が完成しました。上代の日本語学・日本文学全般にわたる広い見地からの最新の研究成果を総括して世に問い送り出してはというのが企画の発端でした。論文を寄せてくれたのは、大阪市立大学と皇學館大学での弟子、後輩の方々、また私が主催する「皮留久佐學志会」の研究会に参加している人たち、それに縁あって私が学位論文の主査を務めた方々です。それぞれに学界の中枢で活躍するみなさんが最新の知見を論考というかたちにして私の喜寿を祝ってくれたことを心から感謝いたします。また、二十一名の論考が一陣の風となって学界へ届き、今後の研究の発展の一つの道しるべになることを期待しております。

大方の御批正を乞うとともに、上代の日本語・日本文学の研究が益々活発になることを願うものであります。

編輯の任にあたってくれたのは、佐野宏君（京都大学）、尾山慎君（奈良女子大学）、植田麦君（明治大学）の三人です。大阪市立大学での直弟子であり、学生時代からの真摯な学問への思いをそれぞれの業績に結実させて、優れた研究者に成長してくれました。働き盛りの多忙な中、変わらぬ誠実さで煩雑な編輯の作業に尽力してくれたことを感謝いたします。

最後に、出版をお引き受けくださった和泉書院社長・廣橋研三氏には、長年、ご高配を賜り、今回も大変お世話になりました。ここに記して深く感謝申し上げます。

平成三十一年四月

毛利正守

目次

雄略紀述作における樟媛造型の事情

――「別本」と「或本」の所伝を手がかりに――

中川　ゆかり

はじめに

樟媛は『日本書紀』雄略天皇七年是歳条に見える女性で、吉備上道臣田狭と稚媛の子弟君の妻である。夫と共に百済に渡るが、天皇の命を遂行しない夫のあり方を「謀叛」として悪み、ひそかに殺し室内に埋めた。その行為は夫を諫め過失から守る物部大連麁鹿火の妻（継体紀六年十二月）や、夫を鼓舞し共に戦う上毛野君形名の妻（舒明紀九年三月）等、書紀中の他の女性に比して異色である。なぜこのような夫を殺す女性が描かれているのだろうか。又、この樟媛・弟君の物語には筋が大きく異なる「別本」・「或本」が別伝として引用されている。[1]「別本」・「或本」に拠れば樟媛の登場する余地はない。どのような事情で、本文と大きく内容の異なる所伝が注記されるのか。これらの点について、物語の作り方と雄略紀の述作の方針という面から考えたい。

一　樟媛と弟君の所伝のつながりの悪さ

雄略天皇七年是歳条は天皇と吉備上道臣との、上道臣の妻をめぐっての次のような確執の物語で始まる。

〔所　伝〕

a 1是歳、吉備上道臣田狭侍二於殿側一、盛称二稚媛於朋友一曰「天下麗人莫レ若吾婦一。茂矣綽矣、諸好備矣。曄矣温矣、種相足矣。鉛花弗レ御、蘭沢無レ加。曠世罕レ儔。当時独秀者也。」天皇傾レ耳遥聴而心悦焉。便欲下自求二稚媛一為中女御上、拝二田狭一為二任那国司一。俄而天皇幸二稚媛一。田狭臣娶二稚媛一而生二兄君・弟君一也。〔別本云、田狭臣婦名毛媛者葛城襲津彦子、玉田宿祢之女也。天皇聞二体貌閑麗一、殺レ夫自幸焉。〕田狭既之二任所一、聞三天皇之幸二其婦一、思三欲求レ援而入二新羅一。于レ時新羅不レ事二中国一。天皇詔三田狭臣子弟君与二吉備海部直赤尾一曰「汝宜三往罰二新羅一。」

b (1)於レ是西漢才伎歓因知利在レ側。乃進而奏曰「巧二於奴一者、多在二韓国一。可召二而使一。」天皇詔二群臣一曰「然則宜下以二歓因知利一副二弟君等一、取二道於百済一、幷下二勅書一、令中献巧者上。」

〔あらすじ〕

吉備上道臣田狭は妻の稚媛の美しさを友人に自慢した。それを聞いた天皇はよろこび、稚媛を自分のものにするため、夫の田狭を任那国司に任命した。まもなく天皇は稚媛を召した。稚媛は田狭臣との間に兄君・弟君という二人の息子がいた。〔「別本」では、田狭臣の妻の名は毛媛で、葛城ソツヒコの子玉田宿祢の娘だと言う。又天皇は田狭臣の妻の美しさを聞き、夫を殺して召したと言う。〕

田狭臣は天皇が自分の妻を召したと聞き、新羅に助けを求めた。その頃新羅は日本に従わなかったので、天皇は田狭臣の子、弟君等に「新羅を討て。」と命じた。

渡来人技術者の歓因知利が「私より秀れた技術者が韓国にたくさんいます。召してお使いになったら良いでしょう。」と奏上した。天皇は「歓因知利を弟君等に付けて百済を経由させ、そこで技術者を献上させよ。」と命じた。

a 2 於レ是弟君銜レ命、率レ衆行、到二百済一而入二其国一。国神化為二老女一、忽然逢レ路。弟君就訪二国之遠近一。老女報言「復行一日、而後可レ到。」弟君自思二路遠一不レ伐而還。

弟君は命を承り、百済にやって来た。そうすると、国神が老女の姿で突然あらわれた。弟君は新羅までの道のりをたずねた。老女は「もう一日進めば着くでしょう。」と答えた。弟君は遠いと思い伐たずに還った。

b (2) 集二聚百済所レ貢今来才伎於大嶋中一、託レ称レ候レ風、淹留数月。

百済が献った技術者を大嶋に集めて、風待ちと称して数ケ月を過ごした。

a 3 任那国司田狭臣乃嘉二弟君不レ伐而還一、密使二人於百済一、戒二弟君一曰「汝之領項有二何窂錮一而伐レ人乎。伝聞、天皇幸二吾婦一、遂有二児息一。児息已見二上文一。今恐、禍及二於身一、可二蹻レ足待一。吾児汝者跨二拠百済一、勿レ使レ通二於日本一。吾者拠二有任那一、亦勿レ通二於日本一。」弟君之婦樟媛、国家情深、君臣義切。忠踰二白日一、節冠二青松一。悪二斯謀叛一、盗殺二其夫一、隠二埋室内一。

田狭臣は息子の弟君が新羅を伐たずに還ったのを喜び、ひそかに使者を百済に遣し、弟君に「天皇は私の妻を召し、すでに子どもまである。それを思うと、いつ災が身に降りかかるかわからない。おまえは百済に腰を落ちつけ、日本に帰るな。私は任那にいて、日本には帰らないつもりだ。」と言った。

弟君の妻、樟媛は強い愛国心を持ち、君臣の間の義を大切にした。忠は輝く太陽のようにくもりなく、節は常緑の松のように変わることがなかった。そのため、夫弟君の天皇の命の不履行を謀叛として悪み、ひそかに夫を殺して部屋の内に埋めた。

b(3)乃与二海部直赤尾一、将二百済所レ献手末才伎一、在二大嶋一。天皇聞二弟君不在一、遣二日鷹吉士堅磐・固安銭一（堅磐、此云二柯陀之波一。）使二共復命一。遂即安二置於倭国吾礪広津邑一。（広津、此云二比盧岐頭一。）而病死者衆。由レ是天皇詔二大伴大連室屋一、命二東漢直掬一、以二新漢陶部高貴・鞍部堅貴・画部因斯羅我・錦部定安那錦・訳語卯安那等一、遷二居于上桃原・下桃原・真神原三所一。（或本云、吉備臣弟君還レ自二百済一、献二漢手人部・衣縫部・宍人部一。）

そして、海部直赤尾と共に百済の献った技術者を率いて、大嶋に滞在していた。

天皇は弟君がいないと聞き、日鷹吉士堅磐等を遣し報告させた。そして、技術者等を倭国の吾礪広津邑に住まわせた。病む者が多かったので、その後上桃原等の三地域に移住させた。〔「或本」では吉備臣弟君は百済から還って、漢手人部等を天皇に献ったと言う。〕

雄略天皇は吉備上道臣田狭の妻稚媛が絶世の美女であることを聞き、自らの女御にしたいと思う。そこで、夫の田狭を任那国司として海外に派遣した後、妻の稚媛を召した。田狭は天皇が自分の妻を幸(め)したのを聞き、日本に敵対する新羅に付こうと考えた。田狭の子弟君とその妻樟媛の物語はこの事件を発端としている。

雄略天皇
吉備上道臣（吉備窪屋臣）── 稚媛
磐城皇子
星川稚宮皇子
吉備上道臣田狭
兄君
樟媛
弟君

系図Ⅰ

但し、この所伝はストーリーの展開に不自然さが目立つ。たとえば、a1の末尾で天皇は弟君に新羅を討つことを命じるのに続いて、b(1)で渡来人技術者歓因知利が韓国の秀れた技術者を召すことを進言するくだりである。b(1)への続き方は唐突で、新羅征伐と韓国の技術者招来がなぜ結びつくのか不明である。

又、a3の弟君が妻に殺されて埋めて隠された事件も、続くb

(3)では「弟君不レ在」と語られるだけでその結末には触れず、百済の技術者をどこに住まわせたかという話に帰結する。

こうしたつながりの悪さの理由として、樟媛と弟君の所伝は次の[a][b]二つの物語が綴り合わされたものだとする大橋信弥氏の説[2]が説得力を持つ。

[a]天皇は弟君に新羅を伐つ事を命じる

[b]天皇は弟君に百済の技術者を献上させることを命じる

確に[a]1→2→3、あるいは[b](1)→(2)→(3)の順に読むと筋がつながりやすい。なぜこうした別々の話を組み合わせて物語が作成されたのか。その解明のためにまず樟媛の人物造型がどのような発想に基づくのかを考えたい。

二　樟媛の人物造型

樟媛が夫の「謀叛」―天皇の命を速に遂行しない事―を悪み殺して埋めたのは、「国家情深、君臣義切。忠踰二白日一、節冠二青松一。」という人物であったからだと語られる。中国の史書においても、次のように類似した人物評価が見える。

①史臣曰「蕭撝・世怡・圓肅、大圜竝有梁之令望也。雖レ羈二旅異国一而終享二栄名一。(中略)君臣之道既篤、家国之情亦隆。金石不レ足比二其心一……」　(『周書』巻四十二)

「令望」―人望のある―蕭撝等三人の人物について、史官は〝君臣の道を重んじ、「家国」―国家のこと―を思う心が強い〟と称する。その気持が固くゆるぎないのは金属や石に勝ると述べる。こうした記述からすると、書紀編者は樟媛を国家を尊重する気持が強く、天皇への変わることのない忠誠心を持つ女性として描こうとしていることがわかる。

しかし、それは中国の義や忠・節の考え方とは隔りがあるように思われる。次に挙げるのは女性の評伝中に見える義・節である。②の呉の許升の妻、栄は義を全うするために、ついには自ら死を選ぶ女性である。

②呉の許升の妻は呂氏の娘で、名は栄と言った。夫の許升は素行が良くなかったが、栄は夫に学問をすすめ良くない行いには涙を流して諫めた。栄の父はそんな婿に怒り、栄を別な男と結婚させようとしたところ、栄は嘆いて言った。

「命之所レ遭。義無二離貳一。」（この人の妻となったのは運命なのです。夫から去らないのが妻としての義なのです。）

妻の言葉を聞いた許升は感激し、心を入れ替え学問に励み名を成した。しかし、官命により寿春に行く道中、盗賊に殺された。栄は地方長官の許しを得て捕えられた賊の頭を断ち夫の復讐を果たした。後に、栄は賊に凌辱されそうになった。賊は自分に従わないなら殺すと迫った。栄は言った。

「義不三以レ身受二辱寇虜一也。」（賊などの辱めを受けないのが義なのです！）ついに、賊は栄を殺した。

（『後漢書』巻七十四列女）

妻となったからにはどこまでも夫に対して誠実に尽くす事が栄にとっての義であった。そして、夫が賊に殺されたら自らの手で復讐を果たし、貞節を守れないなら死を選ぶことによって義を貫くことができたのである。列女伝には、夫に兄を殺された女性の「（たとえ兄の讐でも）夫を殺すは義にあらず。兄の讐に事ふるも義にあらず。何の面目以ちて天を戴き地を履まむや。」という板挟みの悲痛な嘆きが語られる。妻のこの言葉を聞いた夫は慙じて自死した。[3]

又、次の張白の妻鬱生は嫁して三月もたたない内に夫が死んでしまう。その後、有力者からしばしば求婚されるが決して応じることはなかった。そのあり方が次のように称賛される。

③鬱生抗レ聲昭レ節、義形二於色一。冠蓋交横、誓而不レ許。…義心固二於金石一。（『三国志』巻五十七呉書第十二陸績伝）

夫の死後再婚の話があっても、亡き夫への節操を守ることを明言し、義を貫こうとする気持が溢れ出ており、その義を守ろうとする心は金属や石より固いものであったと語られる。

「忠臣不レ事二二君一、貞女不レ更二二夫一。」（史記巻八十二田単伝・『晋書』巻九十六列女）という句が②の栄や③の鬱生の義をよく言い表わしている。つまり、妻となった女性に求められる義は夫に対する忠実さであり、君主に対する忠誠心ではない。結婚した女性にとっては「以レ夫為レ天」―夫こそが天―（『魏書』巻九十二列女孫氏）であったからである。

中国においても、兵を率い敵を討つ女性が見えるが、それはあくまで夫のため（『晋書』巻九十六列女、苻登の妻、毛氏）、あるいは父のため（同、荀崧の娘、灌）、又息子のため（『魏書』巻九十二列女、任城国太妃孟氏）であった。このように見てくると、樟媛の「君臣の義、切なり」という人物像は中国の思想からは生まれにくいことがわかる。

但し、夫に対してその死後も忠実であることが称賛される中国の女性が夫を殺す話がある。揚州刺史厳遵は夫を亡くした女性の「哭声」に哀しみが感じられなかったので、部下に調べさせた。すると焼死したはずの夫の尸の頭に錐が打ち込まれていた。取り調べの結果、妻が「以レ淫殺レ夫」―姦通のために夫を殺した―ことが判明した。『捜神記』巻十一に見え、『芸文類聚』の巻六楊州・巻九十七蠅にも引用される。同じく『捜神記』に夫の留守中に隣人と私通していた妻が帰宅した夫を殺そうと謀るが、手違いで自分が死んでしまうという話もある（巻二）[4]。漢籍で捜し得た夫を殺そうとする妻は自らが私通をしている場合であった。

樟媛はその名前だけが語られ、出身氏族も父の名も記されないので、氏族伝承中の人物とは考えにくく、書紀編者の造型と思われる。そして、堅固で腐りにくいため船や仏像の材となる樟（クス）を名に持つことからも、書紀編者が樟媛を正義感溢れ、不忠を許さない女性として描こうとしたことがわかる。

もちろん「盗（ひそか）[5]に殺す」とあるので、夫を殺すことを全面的に肯定しているわけではないが、自身の夫を殺してでも天皇に忠誠を尽くす女性を描き出そうとしたのであろう。憲法十七条第十五に「背レ私向レ公、是臣之道矣」（推古紀十二年四月）とあり、又壬申の乱の功臣大分君恵尺を「背レ私向レ公、不レ惜二身命一」（天武紀四年六月）と賞讃した天武の忠臣観にも近い。しかし、女性に君臣の義や忠を見るのは中国思想には遠く、日本人の発想による述作と思われる。

一方で雄略紀は漢文としての達成度が高い巻であるとされ、現に樟媛・弟君物語冒頭の稚媛の容姿の描写は文選の文辞に拠ると指摘されている。(6) 樟媛も「忠踰二白日一、節冠二青松一」と漢文の対句を用いた人物描写がされている。『隋書』巻八十列女、序に当代の女性についての評に「勵二松筠之操一」とあり、変わらぬ節操が松竹を以ってたとえられる。樟媛の「節」が「青松」で比喩されるのはこうした漢籍の修辞によるが、その「節」の内実は中国の思想にはよらない。樟媛の人物造型の発想を見る限り、日本人の手に成るものと考えられる。

そして、それは次の表現からも指摘しうる。[a]2の物語で、弟君は天皇の命を受けて出発し百済に入国した。その時、国神が老女の姿となり、路で逢った。弟君を主体とする叙述が突然出会う相手である国神を主体とする文に変わる。伊勢物語の「わが入らむとする道はいと暗う細きに…すゞろなるめを見ることと思ふに、修行者あひたり」（九段）のような思いがけない出会いを表す日本語の表現である。漢文である『日本書紀』中には他に天武紀の壬申の乱の記述中の二例が見えるだけである。壬申の乱は日録をもとに書かれたとも言われ、日本語独自の言い方が入りこむ余地がある。(7)

稚媛や樟媛の描写に漢文的潤色を用いながら、こうした日本語の表現が見えるのは樟媛・弟君物語が日本人編者に案出されたものだからであろう。系譜を持たない樟媛を見ると、それは創作に近いものであったと考えられる。それではなぜ編者はこうした物語を作らなければならなかったのだろうか。その点について、次に「別本」・「或本」の内容から考えたい。

三　樟媛・弟君物語の引用する別伝

『日本書紀』は樟媛・弟君物語に引用される「別本」（表Ⅰ。論文末に表Ⅰ～表Ⅵを掲載）・「或本」（表Ⅱ）以外に「一本」（表Ⅲ）・「一書」（表Ⅳ）・「旧本」（表Ⅴ）を別伝として注記する。又、書名を記して引用する場合もある。その引用の様相を示したのが表Ⅵである。[8]「或本」が巻二十四～二十七に、「一本」が巻十四～巻十九に集中的に引用されていること等から、梅澤伊勢三氏は「同一名目の引用が実は同一文献を指し」ていて、それが「相当に組織だった成書」であるとされる。[9] しかし、一つの記事に「或本云」として、二回続けて異なる所伝が引用されたり（表Ⅱ㉒㉓）、「一書云」も同様の例がある（表Ⅳ⑦⑧）のを見ると、必ずしも同一の名称のものが同じ本とは言えない。そのため、「或本」・「一本」等のそれぞれの特徴を抽出することはできない。[10] 本稿で「或本」・「一本」・「一書」・「別本」・「旧本」を別伝として一括りに呼ぶ場合があるのはそうした理由による。

そして、「或本」や「一本」等曖昧な呼び方がされるのは、[11] もともと書名を持たない資料であったか、氏族についての記述などでは公平性の面で書名を明らかにすることが憚られる等の理由が考えられる。

樟媛・弟君物語においてはa系の物語で「別本」を、b系の物語で「或本」を引用する。その内容は次のようにまとめられる。

[a]1（別本）(甲)田狭臣の妻、毛媛は葛城襲津彦の子、玉田宿祢の娘である。
(乙)天皇は毛媛の美しさを聞き、夫の田狭臣を殺し、自ら幸（め）した。

[b](3)（或本）吉備臣弟君は百済から帰り、漢手人部・衣縫部・宍人部を献上した。

「別本」の(乙)は天皇が臣下である田狭臣の美しい妻を自分が幸（め）すために、その夫を殺したと記す。邪魔な夫を海外の官に任命し遠ざける書紀本文とその夫を殺害する「或本」と、どちらかが史実であったかはわからない。但、夫を殺すという「或本」の所伝も「誤りて人を殺すこと衆し」（二年十月、18頁）と評される雄略天皇の所行としては不自然ではない。これは[a]の物語の発端の重要な要素の別伝であり、この「或本」の所伝に拠ればそもそも本文の樟媛・弟君物語の成立する余地はない。

「別本」の(甲)は田狭臣の妻の出自についての別伝である。「別本」では妻は毛媛と言い、葛城氏の娘である。吉備氏と葛城氏の関係については他に資料が見出せず、この伝承の真偽は不明と言う他ない(12)。本文では稚媛とあり、系譜記事において吉備上道臣の娘（「一本」では吉備窪屋臣の娘）とされる。雄略に奪われた田狭臣の妻が吉備上道臣（この場合は田狭ではない別の人物）の娘である方が吉備上道臣氏の怨恨が増幅され、後の星川皇子の反乱の伏線としてはふさわしいとは言えよう。窪屋臣は吉備下道臣の同族とされ(13)、同じ吉備氏でも系統が異なるからである。

[a]3（3頁）の本文では弟君は天皇の命を遂行せず、そのため妻に殺される。そして、その後弟君の不在を聞いた天皇は「日鷹吉士」を遣して「新漢」の技術者を百済から連れ帰らせる。一方、「或本」[b](3)には弟君は百済から技術者を連れ帰り献上したとあり、本文とは逆の伝承を記す。これら二つの所伝を比較すると、次の二点で「或本」の方が雄略の時代の実態に近いとと考えられる。

一つは本文では技術者達を「新漢」とする点である。「新漢」は旧来の渡来人に対する呼称で、以後の活動が「鞍部」・「錦部」については敏達期に見えること、「新漢」を姓に冠する人達が推古朝に登場すること等から、実際には六世紀以後の内容を持つと推測されている(14)。

もう一つは弟君不在の事情の調査に遣され、留め置かれた技術者達を連れ帰ったのが「日鷹吉士」とされる点である。「難波吉士」・「草香部吉士」・「調吉士」等の名称で書紀中に見える吉士集団はキシが朝鮮半島における敬称であること、朝鮮半島の言語・実情に通じていることが必須の外交で活躍していることから朝鮮系の渡来人集団とされる(15)。

書紀に描かれた吉士の活動の特色は海外との交渉においては[16]、王権に直属し、天皇の手足となって働く姿である。たとえば、任那における逸脱した行動が報告された毛野臣の実状を探るために派遣された調吉士は、毛野臣に「皇華之使―天子の使臣―」（継体紀二十四年九月）と呼ばれる。

これ以後、吉士は朝廷から新羅・百済・任那・唐へ派遣され（継体・敏達・崇峻・推古・皇極・孝徳・天智）、又それらの国々からの使者に応対する（欽明・推古・舒明・皇極）。こうした書紀の記述から、実際に天皇が吉士を自在に使った外交が展開できるようになるのは継体・欽明頃からと考えられている[17]。

そうすると、雄略天皇の時代に日鷹吉士が天皇の命で百済に行き技術者達を連れて帰るのはやや時期的に早く、むしろ新羅・百済と独自に通行し、渡来人も多く招来した吉備氏[18]が献上したとする「或本」の所伝の方が五世紀後半の雄略の時代にふさわしいと考えられる。

今まで見てきたことから、雄略天皇の伝としては本文よりもむしろ、引用された「別本」、「或本」の方が史実に近い可能性があると言えよう。そして、これらの別伝に拠るなら、弟君がその不忠によって妻の樟媛に殺されるという物語は成り立たない。にもかかわらず、このような大きな違いを持つ別伝が引用されている。これら別伝と本文とはどのような関係にあるのか。この問題を考えるために、次に書紀編者が別伝を引用するに当たって述べた方針を見たい。

四　『日本書紀』の別伝引用の方針

欽明紀二年三月の皇子女の記述に次のような名前、兄弟の順が異なる二つの「一書」が引用され、それに続いて編者は別伝注記の方針を述べる。

…次堅塩媛同母弟曰㆓小姉君㆒。生㆓四男一女㆒。其一曰㆓茨城皇子㆒、其二曰㆓葛城皇子㆒、其三曰㆓埿部穴穂部皇女㆒、其四曰二渥部穴穂部皇子一、更名天香子皇子。一書云、更名住迹皇子。其五曰二泊瀬部皇子一。一書云、其一曰二茨城皇子一、其二曰二渥部穴穂部皇女一、其三曰二渥部穴穂部皇子一、更名住迹皇子。其四曰二葛城皇子一、其五曰泊瀬部皇子。一書云、其一曰二茨城皇子一、其二曰二住迹皇子一、其三曰二渥部穴穂部皇女一、其四曰二渥部穴穂部皇子一、更名天香子。其五曰二泊瀬部皇子一。

> 帝王本紀(1)、多有二古字一。撰集之人(2)屢経二遷易一。後人習読、以レ意刊改。伝写既多、遂致二舛雑一、前後失レ次、兄弟参差(5)。今則考(3)二覈古今一、帰二其真正一。一往難レ識者且依(4)レ一撰而注二詳其異一。他皆効レ此。

「帝王本紀」以下が編者の言葉で、次のように言う。

帝王本紀には古字が多く、後人が文字を削ったり改めたりした。又何度も写されたので、前後が乱れ、兄弟が入りまじっている。今、古今の本を調べ正しい形に戻した。判断の難しいものは取りあえず一つ選び、その異伝を注記した。他も同様にせよ(19)。

この注がほぼ顔師古の『漢書』叙例に拠ることはつとに津田左右吉によって指摘されている(20)。特に類似するのは『漢書』叙例の次の箇所である。

…漢書旧文[1]多有二古字一、解説之後[2]屢経二遷易一。後人習読、以レ意刊改。伝写既多、弥更浅俗。今則曲覈[3]二古本一、帰二其真正一、一往難レ識者、皆従[4]而釈レ之。…諸表列位、雖レ有二科条一、文字繁多、遂致二舛雑一。前後失レ次、上下乖方、昭穆参差[5]、名実虧廃。今則尋レ文究レ例、普更刊整。…

傍線の部分は書紀が『漢書』叙例の文章をそのまま用いた所である。興味深いのはその傍線の前後の、書紀編者が叙例の文言を変えた箇所である。次にその変更箇所を『漢書』叙例と対比して示す。

	『漢書』叙例	『日本書紀』
1	[1]漢書旧文	(1)帝王本紀

2 [2]解説之後　　(2) 撰集之人
3 [3]曲覈二古本一　　(3) 考二覈古今一
4 [4]皆従而釈レ之　　(4) 且依レ一撰而注二詳其異一
5 [5]昭穆　　(5) 兄弟

まず1について、叙例は顔師古が『漢書』に注を付する方針を冒頭で述べたものなので[1]「漢書旧文」とあるのは当然であるが、書紀はそれを〝日本書紀旧文〟とはせず(1)「帝王本紀」と言う。つまり、『漢書』叙例との対応で言うなら、帝王本紀が『日本書紀』の旧文に当たることになり、当該の欽明紀二年の系譜記事が帝王本紀によって書かれたことがわかる。[21]

そして、この書紀の注の「一書には…とある。一書には…とある。帝王本紀には古字が多く、又何度も写されたので所伝に乱れがある。…」という書き方は、この場合の「一書」が帝王本紀の諸本の一つであるという編者の認識を示していると解せる。

又、2[2]の古字が読み解かれた後、しばしばその解釈が変化したと言う『漢書』叙例に対して、書紀は(2)「撰び集めた人がしばしば変わった」とする。つまり、帝王本紀は固有の書名ではなく普通名詞であり、何人もの人が撰集して複数存在していたことになる。その結果、諸本の間で食い違いが生じる場合があり、それが当該記事の皇子女の名前、長幼の順の異なる一書だということになる。『漢書』叙例[5]「昭穆」―一族―を書紀で(5)「兄弟」に改めたのは今の記事に則しての変更である。

3[3]の顔師古が「曲らかに(つまび)古本を覈べて(しら)、もとの正しい姿にもどす」という古い本を尊重する方針であったのに対して、書紀編者は(3)「古い本と新しい本[22]を共に調べて、正しい姿にもどす」という立場であった。

顔師古の注釈は文字の音と語の意味の解釈に力が注がれている。それは[4]「(わかりにくい箇所には)おしなべて説明を加える」という施注方針に基づく。書紀は史書の註釈ではなく編纂なので、この点では大きく袂を別かち、(4)「(不明な箇所は)仮に一本を選び、他本は詳しく注記する」と述べる。

このように、欽明紀二年の系譜記事の注において編者は『漢書』叙例の文言に多くを拠りつつ、必要に応じて言葉を入れ替え、自らの編纂方針を述べている。それはおおよそ次のようにまとめられる。

書紀の資料の一つ帝王本紀は何人もの人が撰集し、意改したり削除したりして写し伝えられて来たものが多い。そのため、ついには本文が乱れてしまった。今、編纂に当たって古今の本を調べもとの正しい姿に戻したい。但し、決め難い場合は取りあえず一本に拠り、残りの伝本は注として記載するという方法を取る。

ここで特に明記したいのは、本文に注の形で引用された別伝も重要な内容を持つという書紀編者の判断が示されている点である。

五　『日本書紀』における別伝の重要性

それでは、書紀の編纂方針—本文を決め難い場合は他の本も注として引用する—は『日本書紀』中に、具体的にどのように見出せるだろうか。たとえば、梅澤伊勢三氏の指摘する[23]次の孝徳紀の記事の高向玄理は本文と注として引用された「或本」とで冠位が異なる。

表Ⅱ㉟巻二十五　孝徳天皇白雉五年二月

〔本文〕　遣大唐押使大錦上高向史玄理

〔或本〕　遣大唐押使大花下高向玄理

本文の「大錦上」は天智天皇三年に制定された二十六階の冠位で、「或本」の「大花下」はそれより五年前の大化五年の十九階中の冠位である。この遣唐使の記事は孝徳天皇の白雉五年のものなので「大錦上」はまだなく、「或本」の「大花下」が正しい。この場合は「或本」の方が、白雉五年の記事として歴史的に整合性のある事実を伝えている。

又、次の用明紀の記事は天皇の行動の叙述には細心の注意が払われる様が伺える。

表Ⅱ⑪巻二十一　用明天皇元年五月

〔本文〕　穴穂部皇子が守屋大連を遣して逆君を殺させる

〔或本〕　穴穂部皇子と泊瀬部皇子が相談して守屋大連を遣した

三輪君逆の殺害に関して、本文はその命令を下した人物として穴穂部皇子の名だけを記す。対して「或本」には泊瀬部皇子との共謀が語られる。これは一見小異のように見えるが、泊瀬部皇子は後に崇峻天皇として即位した人である。天皇の行動の是非という面から考えると、臣下の殺害に加担したかどうかは重要な違いであろう。崇峻天皇は蘇我馬子の支援のもと、穴穂部皇子を皇位につけようとする守屋大連を討ち滅ぼして位につくことができた。その天皇がかつて穴穂部皇子・守屋大連に与して、敏達の寵臣三輪君逆を殺したことは汚点であり、編者としては語るのを躊躇することであったと思われる。

そのため、本文では逆殺害事件は穴穂部皇子と守屋大連によるものとされ、泊瀬部皇子の名前はない。泊瀬部皇子の加担は「或本」にのみ記し留められている。天皇にとっては不都合な事実であるのに、それが「或本」として引用されるのは無視できない所伝であったからであろう。

さらに、編者が当時の政権（天武、あるいは持統・その直系の天皇）の立場から資料を書き改めたのではないかとされる記事もある。

表Ⅱ㊾巻二十七　天智天皇十年正月

〔本文〕　東宮太皇弟奉宣

〔或本〕　大友皇子宣命

冠位・法度の施行についての勅を本文では「太皇弟」が、「或本」では「大友皇子」が告げたとする。前日に大友皇子が太政大臣に就任しているので、「或本」の記載が自然である。梅澤氏は本文の記述を「天武朝に与した書き振り(24)」とされる。近い時代の出来事であり、記憶として残っていた可能性もあるので事実を書くことができた筈である。そうであれば、二種類の所伝から一つを選んだとするより、天武がその重要な役割を果たしたと記述すべく、本文は「或本」を書き改めたとする方が考えやすい。

又、雄略天皇の遺詔のように、本文が「一本」として引用されている所伝を潤色したものの場合もある。本文の遺詔は『隋書』高祖紀の遺詔をほぼそのまま用いた(25)三〇〇字に及ぶ長文である。対して、そこに引用される「一本」は次のように簡潔な所伝である。

一本云「星川王腹悪心麁、天下著聞。不幸朕崩之後、当レ害二皇太子一。汝等民部甚多。努力相助、勿レ令二侮慢一。」

（巻十四雄略天皇二十三年八月）

この場合も本文の文飾に満ちた長大な遺詔と、「一本」の端的な遺言との二本が資料として伝わり、編者がその一つを採用したとは考えにくい。伝えられた雄略の遺言を書紀編者が中国史書のレベルに引き上げるべく改作したものが本文であろう。

それではなぜ本文と異なる、時には不都合な別伝があえて注として引用されるのだろうか。それは資料に即した恣意的でない歴史叙述を行っているという態度を示すためであったのではないか。このことは先に取り上げた欽明紀の注において〝本文を決め難い場合は取りあえず一本に拠り、残りの伝本は注記する〟という編者の方針から推測しうる。

この欽明紀注の文章が『漢書』叙例に多くを拠ること、又「魏志云」や「伊吉連博徳書云」等、書名を記して分注の形で引用する体裁が裴松之注『三国志』に倣ったと見られることから[26]、書紀編者が中国史書に範を求めたのは明らかである。そうであれば編者は〝事実をありのままに記し筆を曲げない〟（『春秋経伝集解』序[27]）という中国の歴史叙述の規範を念頭に置いていたであろう。そのために、本文には採用しなかった別伝も注記するという形で、その公正さを示そうとした。別伝である「或本」・「一本」・「一書」・「旧本」・「別本」の引用（但し、神代巻は除く）の96％が、中国人が編者に含まれるとされる巻々[28]であることも示唆的である。別伝引用は書紀編者の偏りのない歴史叙述を表明する手だてであったのである。

そして、こうした別伝注記という公正な装いのもとに、編者の創作した物語が本文として組み込まれる場合もあったのではないか。すなわち、編者の生み出した物語を真に伝えられてきたものに見せるために、言い換えれば二種類の伝本があり、その一つを選んだという体裁にするために、別伝を引用、注記するという手法を用いることもあったのではないかと考える。

先に挙げた雄略遺詔（16頁）の場合は文飾の有無だけで、本文と「一本」の内容そのものは大差ない。しかし、今問題にしている樟媛・弟君物語は第三節で述べたように、本文と引用された「別本」・「或本」とでは物語そのものが大きく異なる。しかも、本文はａ系―田狭臣の妻をめぐる話―とｂ系―百済の技術者献上の話―が絡み合って物語が成り立っている。その中で「別本」はａ系の話の、「或本」はｂ系の話の別伝として引用されている。この記載のあり方からすると、本文と「別本」の二種の所伝から、そして本文と「或本」の二種の所伝から一つを選ぶという方法では今見る本文の樟媛・弟君物語にはならない。

内容から見ても、第三節で検討したように、ｂ系の技術者献上譚では弟君が百済から技術者を連れ帰り献上したとする「或本」の方が五世紀後半という雄略の時代にふさわしいと見られている。つまり、「別本」と「或本」の所伝をもとに、何らかの事情で編者がそれとは異なる物語を作り上げたと考えざるを得ない。

但しその本文の物語も虚構とは言え、受け入れられやすい内容に作られていた。たとえば、上道臣田狭を「任那国司」として遣したとあるのも、「国司」は律令制の用語による潤色だが、吉備氏は任那と係りがあり、後の欽明紀二年四月条に「任那日本府吉備臣」と見える。その三年後、この吉備臣（「吉備弟君を謂ふ」という注がある(29)）は天皇の意向に反して、新羅と往来したと語られる。つまり、時代的にはズレがあるが任那で活動する吉備臣という点では一致しており、読む者が異和感を持ちにくい。

そして、このように周到な配慮のもとで述作された本文により信憑性を持たせるために、編者は「別本」と「或本」を引用、注記したのだろうと考える。

六　天皇の悪行を緩和して書く――「別本」と「或本」の所伝からの改作――

それではなぜ編者は「別本」・「或本」を改作して樟媛・弟君物語を作ったのだろうか。それは雄略天皇をどのように描くかという書紀編者の方針に関わると思われる。雄略の人物像は書紀中で次のように変遷する。

〔二年七月〕百済の池津媛、石河楯に婬す。天皇は怒って二人を焼き殺す。

〔二年十月〕群臣が質問に答えられなかったのに怒って、御者を斬る→天皇以㆑心為㆑師、誤殺㆑人衆。天下誹謗言「大悪天皇也。」

〔四年二月〕葛城山で一事主神と狩をする。終わった後、神が天皇を来目川まで送った。→百姓咸言「有㆑徳天皇也。」

〔五年二月〕懦弱な舎人を斬ろうとするが皇后の言葉で思いとどまる。

〔六年二月〕山野の景色に心動かされ歌をよむ。

★〔七年是歳〕吉備上道臣田狭の妻を女御とし、田狭を任那国司とする。田狭の子弟君に新羅を討つことを命じる。

〔九年二月〕　祭祀の場で采女を姧した凡河内直香賜を斬らせる。
〔十年九月〕　呉の献上した鵞鳥が水間君の犬に囓われて死ぬ。水間君が鴻と養鳥人を献上し、罪を贖おうとしたので許した。
〔十一年十月〕　鳥官の禽が菟田の人の狗に囓われて死ぬ。天皇は瞋って、その人の面に入墨をした。→「…今天皇由二一鳥之故一而黥二人面一。太無二道理一。悪行之主也。」
〔十二年十月〕　琴の音に悟って、木工を赦す。
〔十三年八月〕　国法に違反し、暴虐な文石小麻呂の宅を焼かせる。
〔十三年九月〕　歌を聞いて、木工を赦す。
〔十四年四月〕　大草香皇子を讒言し死に至らせ、かつその玉縵を奪った根使主を斬ろうとする。根使主は逃げて戦うが官軍に殺された。

『宋書』に載る倭王武の上表文やワカタケル大王の名を刻む鉄剣等から、雄略天皇は傑出した力を持つ五世紀の大王であったと考えられている。ただそのエネルギーは市辺押磐皇子や御馬皇子を殺しての即位や、臣下に対する苛烈な処罰という形で現れることもあった。そうした面を世の人々は「大悪天皇」と誹謗した（二年十月）と語られるが、葛城山での一言主神との狩によって、一転して「有レ徳天皇」と称される。

その後は徳性が改善され、五年二月の記事では、嗔猪に立ち向かえなかった舎人を怒りに任せて斬ろうとするが、皇后の言葉で思いとどまる。そして、「朕、善言を猟り得て帰る」(30)という言葉で王者の風格を見せる。

翌六年二月には泊瀬の山並みの美しさに心動かされ「…こもりくの　泊瀬の山は　あやにうら麗し　あやにうら麗し」と国讃めの歌をよむ。これまでなかった一面であり、十三年九月の、処刑される木工を惜しむ仲間達の歌を聞いて、刑の執行を中止する姿に通じる。『萬葉集』巻九冒頭歌の鹿の鳴き声に男女の恋の成就を重ねる繊細な大泊瀬幼武天皇の姿はこうした一面と係るのだろう。

九年二月には香賜を斬らせ、再び粗暴な姿を見せるが、この件は香賜に非があり一概に雄略の悪行とは言えない。十三年八月条の文石小麻呂・十四年四月条の根使主も同様である。

十年九月には罪を贖うことを願った水間君を許した。この寛大さは娘の韓媛と葛城の家七ケ所を献上して罪を贖おうとした円大臣を許さず焼き殺した即位前紀の姿と大きく異なる。翌十一年には又過酷な処分を下し「悪行之主」と譏られるが、その後は〝赦す〟行為が続けて語られる。

このような描写を見ると、力に満ち溢れてはいるが粗暴な大王が曲折を経つつ、しだいに王者として成長してゆく様を語ろうとする編者の意図が伺える。その中で、七年是歳条に引用された「別本」の〝臣下の美しい妻を自分のものにするためにその臣下を殺した〟ことは御者の些細な失敗を咎めて殺し、世の人から「大悪天皇」と非難された行為より一層悪質である。自らの慾望のために、非の無い臣下を殺したことになる。粗暴で色好みという天皇像[31]は編者としても受け入れざるを得ないが、この悪行は大王としての雄略像の形成において許容できる範囲を越えていたのであろう。この点は「聖帝の末裔は暴君という中国思想に基づき、その暴君ぶりを漢籍によって潤色[32]」された武烈天皇とは事情が異なる。

そこで、その悪行を緩和すべく、〝臣下の美しい妻を自らの「女御」とするために、その夫を任那国司として派遣し、海外に追放した〟という物語を作ったのではないか。書紀編者がそのまま筆に載せるのが憚られる天皇の悪行を本文で和らげて書くのは、「或本」が伝える泊瀬部皇子（後の崇峻天皇）の臣下殺害への加担を本文で記さない（第五節）のと同様の発想による。

ちなみに、天皇の妻を「女御[33]」と称するのは書紀中この一例のみである。令や『続日本紀』にも見えないので、当時の制度上の妃の称ではなく、書紀編者が選んだ言葉であったことがわかる。『後漢書』皇后紀上には「后」は天子と一体の存在、「夫人」は女性の礼儀について論じ、「嬪」は四徳を教え、「世婦」は喪・祭・祭・賓客を司どるとする。[34] 一方、「女御」は「王の燕寝を序す―天子の寝室に序列にしたがって侍る―[35]」とし、后は無論、夫人や嬪との役割の違いが大きい。書紀が物語中で、天皇が稚媛を「女御」としたとする叙述は、中国の女官の呼称を用い体裁を整えてもなお雄略が稚媛に求めたものがその語から滲み出ている。

　そして、雄略像への配慮と同時に企まれたのは、後に反乱が語られる吉備上道臣の一族を次のように徹底的に悪者に仕立てることであった。次にあげるのは樟媛・弟君物語中の吉備上道臣に関する本文と別伝の比較である。

本文	別伝
星川皇子を生む稚媛は吉備上道臣の娘。→反乱を起こす星川皇子は吉備上道臣の血を引くことになる。	「一本」　吉備窪屋臣の娘。窪屋臣は下道臣の一族とされる。
任那に派遣された吉備上道臣田狭は日本と敵対していた新羅に助けを求めた。	
吉備上道臣田狭の妻は稚媛で、吉備上道臣の娘。	「別本」　葛城氏の娘、毛媛。
吉備上道臣田狭の子弟君は新羅征伐と百済の技術者献上のために派遣されるが、速に実行しない。	「或本」　弟君は百済から帰って技術者を献上する。
弟君の行為を謀叛とみなした妻の樟媛によって、弟君は殺される。	

本文と別伝を比べると、本文には別伝にない吉備上道臣一族の悪行が語られている。つまり、本文の樟媛・弟君物語は雄略の非道な行いを緩和するため、そして同時に反乱に至る吉備上道臣一族を天皇に敵対する悪しき存在と位置づけるために作られたのではないかと考える。[36] 樟媛は天皇の逸脱した行為を糊塗するために、書紀編者の手に

よって生み出された女性であったということになろう。

むすび

表Ⅵを見ると、雄略紀は、「或本」・「一本」・「旧本」・「別本」を十五ケ所に亙って引用する。[37]これは『日本書紀』中で最もその数が多く、かつその種類も最多である。この事は大王雄略に関する資料の多さのみならず、編者がその述作に当たって、丹念に資料を比較検討した結果であろう。

編者が記述に当たって、別伝を引用、注記した目的は次の二点であると考える。

(1)本文が伝えられてきた資料の中から選ばれたものであること、つまり本文は虚構ではなく、伝来のものであることを保証する

(2)編者が作製した物語を伝来したものであると見せかける

中国正史に範を取る『日本書紀』編纂の基本方針は、〝事実を曲げず、ありのままに書く〟ことであった筈である。しかし、中国思想を受容し律令制を推進する八世紀に生きる編者には、ありのままに書くことができない事が多々あった。[38]そうした時に苦肉の策として取った方法のひとつが(2)であったと思われる。そして、そうした手法で書かれたのが「別本」・「或本」の引用を含む今の樟媛・弟君物語であると考える。樟媛が夫の弟君を殺すという物語は、画期的な大王としての雄略像に致命的なダメージを与えないために、同時に吉備上道臣を王権に敵対する存在に位置付けるために編者が生み出したものであった。樟媛という他に類を見ない女性の造型にはそうした事情を想定できる。

『日本書紀』が歴史研究の重要な資料であることは言うまでもない。但し、書紀には虚構の物語も見えることは従来から指摘されてきた。本稿は文学研究の立場から、その物語の作り方の分析によって書紀の記述の意図を読み解こうとする試みである。

注

（1）本稿では「別本」・「或本」・「一本」・「一書」・「旧本」を別伝と呼ぶ。そして、それらを引用することは注を記すことであると考えるので「注記」という言葉も使う。

（2）「『吉備氏反乱伝承』の史料的研究―星川皇子反乱事件をめぐって―」（『日本古代の王権と氏族』吉川弘文館　一九九六年）〔初出一九七三年〕大橋氏は樟媛・弟君物語を「吉備氏反乱伝承」の一部とされ、顕宗・仁賢朝の成立を正当化するために書紀編者が家記類を改変して構成したものであると言われる。

（3）列女伝曰任延寿之妻、字季児。有二三子一。季児兄季宗。延寿与二其友一殺二季宗一。後会レ赦。乃以告二季児一。…季児曰「殺レ夫不レ義。事二兄之讐一亦不レ義。何面目以生而戴レ天履レ地乎。」延寿慙自経。（芸文類聚巻二十一人部五友悌）

季宗
季児＝任延寿

前漢の列女伝中の季児は夫の任延寿に兄の季宗を殺された。後に赦（ゆる）された夫に対して妻は「夫を殺すのは義ではありません。けれども兄の讐（かたき）に事（つか）えるのもまた義ではありません。どちらにしろ義を貫くことができない私はいったいどのように生きてゆけばよいのでしょうか！」と言った。延寿はこの言葉を聞き自死した（御覧には季児が自殺したとする）。季児は夫と兄に対する義が両立し得ず苦しむ。この話は中国において女性に求められた義が何であったかをよく語っている。

（4）…旻之妻已私二鄰比一、欲レ搆二終身之好一、俟二旋帰一、将レ致二毒謀一。…（『捜神記』巻三）

（5）「ひそかに」という語義を「盗」で表わしたと思われる例は書紀中に他にない。後の観智院本類聚名義抄の「盗」にヒソカニの訓が見える。

（6）小島憲之『上代日本文學と中國文學』上第三篇第三章、洛神賦・神女賦を用い巧みに潤色したとする。

（7）拙稿「出会いの表現―不思議を語る意識―」（『上代散文　その表現の試み』塙書房　二〇〇九年〔初出一九八四年〕）

（8）梅澤伊勢三『記紀批判』（創文社　一九六二年）第三章「上代日本に於ける文献の成立とその文体三」に神代巻も含めた詳細な表がある。ここでは事情が異なると思われる神代巻と、本として伝来したかどうかが不明な「一云」・「亦（又）曰」・「或云」を除いた表を作製した。

（9）注（8）前掲書。同一場所の二つの「或本」についても言及されるが、それらは「同一書の異本ともいうべきもの」とされる。
(10) ただ、歌謡の句の異伝は「一本」においてのみ示される(表Ⅲ②③④⑦⑬⑭)こと、「一書」(表Ⅳ)には他の本に多い朝鮮・中国関係の所伝がないことは注意される。
(11) 『万葉集』も「類聚歌林」等の書名をあげての引用より、「或本云」・「或本歌」のような出所を明確にしない引用の方が圧倒的に多い(約一〇〇例)。
(12) 注(2)大橋前掲書に「(葛城氏あるいは吉備氏の)家記類に出自する」とある。
(13) 注(2)前掲書。『正倉院文書』の「備中国天平十一年大税負死亡人帳」(『大日本古文書』二―二四八頁)の窪屋郡条に下道臣の居住が見えることを根拠とする。
(14) 田中史生『倭国と渡来人 交錯する「内」と「外」』(吉川弘文館 二〇〇五年)「渡来とネットワーク 六世紀の渡来人・渡来氏族」
(15) 三浦圭一「吉士について―古代における海外交渉」(『中世民衆生活史の研究』思文閣出版 一九八一年〔初出一九五七年〕)・加藤謙吉『吉士と西漢氏』(白水社 二〇〇一年)
(16) 海外交渉以外には神功皇后と御子を討とうとした麛坂王に従う「吉士祖五十狭茅宿祢」(摂政元年二月)と大草香皇子に殉じて死ぬ「難波吉師日香蚊」(安康元年二月。後の雄略十四年四月に子孫が姓を賜り「大草香部吉士」となる)が見える。これらは吉士の古い時代の例である。
(17) 笹川進二郎「吉士集団と倭王権」(『日本史論叢』11 一九八七年)
(18) 亀田修一「考古学から見た吉備の渡来人」(武田幸男編『朝鮮社会の史的展開と東アジア』山川出版社 一九九七年)には「吉備には渡来の波が高まる五世紀以前からすでに朝鮮半島から人がきていた」ことや「吉備産初期須恵器については畿内経由でなく、朝鮮半島から吉備へ直接渡来した工人たちによってつくられた」こと等が指摘されている。
(19) 巻十九の注で「他も同様にせよ。」とあるのは不審。
(20) 『日本古典の研究』上(岩波書店 一九四八年)第一篇第四章 記紀の由来、性質、及び二書の差異
(21) 編者の注によって、依拠した本が明らかになるのは他に次の例がある。

○「旧本」表Ⅴ②巻十五仁賢天皇即位前紀
億計天皇、諱大脚更名大為。自余諸天皇不㆑言㆓諱字㆒。而至㆓此天皇㆒、独自書者拠㆓旧本㆒耳。

億計天皇にのみ諱を記すのは「旧本」に依拠したからだろうと言う。

○「或本」・「百済本記」表Ⅱ⑧巻十七継体天皇二十五年十二月
二十五年春二月、天皇病甚。丁未、天皇崩㆓于磐余玉穂宮㆒。或本云、天皇二十八年歳次甲寅崩。而此云㆓二十五年歳次辛亥崩㆒者取㆓百済本記㆒為㆑文。其文云「太歳辛亥三月、師進至㆓于安羅㆒、営㆓乞乇城㆒。是月、高麗弑㆓其王安㆒。又聞、日本天皇及太子・皇子倶崩薨」。由㆑此而言、辛亥之歳、当㆓二十五年㆒矣。後勘校者知之也。

継体天皇の崩御の年が「或本」では二十八年であるのに、本文は二十五年とする。これは「百済本記」の二十五年崩御に拠って本文を定めたのだと言う。但し、亡くなった状況は「百済本記」とは異なっているので、「或本」をもとに書き、崩御の年は「百済本記」に拠ったということになろう。

(22) 小島憲之『萬葉以前―上代びとの表現』（岩波書店　一九四八年）第四章「文字の揺れ」（初出一九七九年）に「古今」は「古字新字」のこととする。しかし、「前後失㆑次、兄弟参差」とあることから、文字の「古今」ではなく「古い本と新しい本」と解する。

(23) 注（8）前掲書。第三章七
「或本」の文が少くとも天智三年以前に成立していたこと、及び書紀の本文が当然それ以後に成立したことを示すものである。

(24) 注（8）前掲書。第三章七

(25)『書紀集解』が隋書高祖紀を出典として挙げる。

(26) 遠藤慶太『日本書紀の形成と諸資料』（塙書房　二〇一五年）第二章3『日本書紀』の分註―伝承の複数性から―〔初出二〇〇九年〕

(27) 晋の杜預の春秋左氏伝の注『春秋経伝集解』の序に「盡而不㆑汙。直㆓書其事㆒、具㆑文見㆑意。」とある。学令に「左伝、服虔・杜預注」とあること、履中紀に杜預の左氏伝序の文言の影響があることが、注（6）前掲書、第三篇第三章に指摘されており、書紀編者に知られていたと推測しうる。

(28) 森博達『日本書紀の謎を解く　述作者は誰か』（中央公論社　一九九九年）

(29) 欽明紀の吉備弟君との関連はつとに、上田正昭『帰化人』中央公論社　一九六五年）において指摘されている。

(30)「善言」については、小島憲之、注(22)前掲書に次のような指摘がある。

君主諸王を始め臣民たちの修養に資すべき「よき言(こと)」であり、経書すなわち儒教の佳句が基本となる。このような善言の集録によって、自己の踏むべき道を指導することは、唐朝王室の周辺によくみられる事象である。

こうした流れを受けて、日本でも持統三年六月に「撰善言司」が設置された。帝王教育や臣民教育に資するためと考えられている。その意味で、雄略が皇后の諫言を受け入れ、かつそれを「善言」と捉え喜ぶ姿はまさにあるべき帝王の姿と言える。

(31) 臣下の美貌の妻を自分のものにする当該のエピソードの他に、書紀中では倭の采女日媛の美しい容姿を見て怒りを忘れ、「朕、豈汝が妍(よ)き咲(ゑまひ)を覩まく欲せじや」と言い、手を取って後宮に入る姿も好色さを印象付ける。『古事記』の赤猪子の話、『万葉集』巻一冒頭歌も同様のイメージを伝える。

(32)『新編　日本古典文学全集　日本書紀』②武烈紀冒頭の頭注。こうした見方は、津田左右吉『日本古典の研究』下（岩波書店　一九五〇年）第四編第三章・第五章に説かれている。

(33) 天皇の妃の称号として実際に「女御」が見えるのは「正五位上紀朝臣乙魚授二従四位下一。柏原天皇(桓武)女御也」（『続日本後紀』巻五仁明天皇承和三年八月）であり、その後使われるようになる。そのため、桓武朝からの称号ではなく、承和年間以降に成立したと考えられている（『日本後紀』〔集英社　二〇〇三年〕巻二十四補注七　一三頁2）。

(34)『後漢書』皇后紀上は『周礼』の「后・三夫人・九嬪・二十七世婦・八十一女御」を引用しそれぞれの役割を説明する。

(35)『全譯後漢書』本紀(二)（汲古書院　二〇〇四年）の現代語訳に拠る。

(36) 同じ吉備氏でも吉備海部直は天皇に忠実なエピソードが書紀中に見える。『古事記』でも仁徳天皇と吉備海部直の娘黒ヒメとの吉備の地における交情が語られる。

又、天武十三年の賜姓で朝臣を賜ったのは下道臣と笠臣のみで、両氏は官僚として活路を見出すことができたと推測される。

(37) 引用箇所を次に挙げる。

一本云
①次有二吉備上道臣女稚媛一。一本云吉備窪屋臣女。 生二二男一。（元年三月）
②「大前にまをす」一本、…「大君にまをす」に易ふ。（四年八月）
③「ただし」一本、…「いまし」に易ふ。（同右）
④「はふ虫も…」一本、…「かくのごと名に負はむとそらみつやまとの国をあきづ島といふ」に易ふ。（同右）
⑤「汝国為二吾国一所レ破非レ久矣。」一本云汝国果成二吾土一非レ久矣。（八年二月）
⑥天皇命二木工闘鶏御田一 一本云二猪名部御田一、蓋誤也。 始起二楼閣一。（十二年九月）
⑦「命死なまし」一本、…「い及かずあらまし」と云ふ。
⑧詔、聚二漢部一、定二其伴造者一、賜レ姓曰レ直。一本云、賜、漢使主等賜レ姓曰レ直。（十四年四月）
⑨天皇…崩二于大殿一。遺三詔於大伴室屋大連与二東漢掬直一曰…皇太子…仁孝著聞。一本云、星川王腹悪心麁、天下著聞。不幸朕崩之後、当レ害二皇太子一。 汝等民部甚多。努力相助、勿レ令二侮慢一。（二十三年八月）
⑩更追至二丹波国浦掛水門一尽逼殺之。一本云、追至二浦掛一、遣レ人尽殺。（同右）

別本云
⑪田狭臣娶二稚媛一而生二兄君・弟君一也。別本云、田狭臣婦名毛媛者葛城襲津彦子、玉田宿祢之女也。天皇聞二体貌閑麗一、殺レ夫自幸焉。（七年八月）
⑫（呉の献上した）是鵝為二水間君犬一所レ囓死。別本云、是鵝為二筑紫嶺県主泥麻呂犬一所レ囓死。 由レ是水間君恐怖憂愁…（十年九月）

或本云
⑬官者吉備弓削部虚空、取レ急帰レ家。吉備下道臣前津屋 或本云、国造吉備臣山。 留二使虚空一、経レ月不レ肯レ聴レ上二京都一。（七年八月）
⑭（弟君は）集二聚百済所レ貢今来才伎於大嶋中一、託レ称二候風一、淹留数レ月。…弟君之婦樟媛…盗二殺其夫一、隠二埋室内一…天皇聞二弟君不在一、遣二日鷹吉士堅磐・固安銭一…使二共復命一。…或本云、吉備臣弟君還レ自二百済一、献二漢手人部・衣縫部・宍人部一。（七年是歳）

旧本云
⑮百済池津媛違二天皇将レ幸一、婬二於石河楯一。旧本云、石河股合首祖楯。（二年七月）

（38）拙稿「皇后磐之媛の死―日本書紀の后妃記述の手法―」（『萬葉集研究』第三十五集　塙書房　二〇一四年）において、書紀編者が〝今〟に則して叙述しようとしたため、物語を作らざるを得ない場合もあったことを述べた。

表Ⅰ　日本書紀に引用された「別本」

	巻	天皇	本文	別本	別本の特徴
①	14	雄略（7・8）	天皇は吉備上道臣田狭の妻稚媛の美貌を耳にし、稚媛を妃にするために、その夫田狭を任那国司に任命した。	田狭の妻は毛媛と言い、葛城襲津彦の子玉田宿祢の娘である。天皇は毛媛の容姿が美しいと聞き、その夫を殺して自ら召した。	自らの欲望のために臣下を殺したという天皇の行状を記している
②		（9・7）	身狭村主青が呉が献上した二羽の鵝鳥を持って、筑紫に到着した。ところがこの鵝鳥は水間君の犬に囓われて死んでしまった。	鵝鳥は筑紫の嶺の県主泥麻呂の犬に囓われて死んだ。	

表Ⅱ　日本書紀に引用された「或本」

	巻	天皇	本文	或本	或本の特徴
①	3	神武即位前紀	又高尾張邑に赤銅の八十タケルがいる。	（高尾張邑ではなく）葛城邑である。	
②	14	雄略（7・8）	吉備下道臣前津屋、官者吉備弓削部虚空を留め使い、都に帰さず。	国造吉備臣山	
③		（7・是歳）	吉備弟君、百済の貢った今来才伎を大島に集め、そのまま滞在し、帰国しなかったため妻の樟媛に殺される	吉備臣弟君、百済より還りて漢手人部・衣縫部・宍人部を献る。	任務を全うしたという吉備臣にとって良い伝承が記されている
④	15	顕宗（元・	近飛鳥八釣宮で即天皇位。	弘計天皇の宮、二所有り。一宮は少郊	

	巻	年月	本文	注	備考
		正月）		に、二宮は池野にあり。	
⑤				甕栗に宮つくる	
⑥		仁賢（元・正月）	皇太子、石上広高宮で即天皇位。	億計天皇の宮、二所有り。一宮は川村に、二宮は縮見の高野にあり。その殿の柱、今に至るまで朽ちず。	
⑦		（6・9是秋）	アクタメが哭いているのは、母にとっては兄弟、自分にとっては夫であるアラキとの別離を悲しんでいるため。	アクタメが哭いているのは、母にとっても自分にとっても兄弟のアラキとの別離を悲しんでいるため。	
⑧	17	継体（25・12）	二十五年春二月…七日、天皇磐余の玉穂宮に崩ず。	天皇は、二十八年歳次甲寅に崩ず。〔ここで二十五年と云うのは百済本記によって記述したのである。百済本記の本文は…。後に勘校する者はこの事情を知っておくように〕	本文は百済本記によって記されたことを注記。
⑨	20	敏達（14・3～6）	物部弓削守屋大連・中臣勝海大夫が廃仏を奏上。仏殿と仏像を焼く。馬子宿祢にのみ崇仏が許される。	物部弓削守屋大連・大三輪逆君・中臣磐余連らが仏法を滅ぼそうと謀り、寺塔を焼き仏像を棄てようとした。馬子宿祢はあらがって従わなかった。	
⑩	21	用明（即位前紀）	酢香手姫皇女を伊勢神宮に遣し、日神の祭祀をつかさどらせた。	三十七年間、日神を祀り奉った。後に自ら退いて亡くなった。	
⑪		（元・5）	穴穂部皇子、守屋大連を遣す。	穴穂部皇子と泊瀬部皇子（崇峻）とが共謀して守屋大連を遣す。	本文にはない泊瀬部皇子（崇峻天皇）の共謀が記されている。

⑫		（元・5）	穴穂部皇子が自ら往きて逆君と二人の子を討とうとするが、蘇我馬子の諫に従ってその場に留まった。	穴穂部皇子は自ら行って（逆等を）射殺した。	穴穂部皇子は自ら臣下を殺したと記されている。
⑬		崇峻（5・11）	馬子宿祢が東漢直駒に天皇を殺させた。	東漢直駒は東漢直磐井の子である。	
⑭		（5・10〜11）	天皇が献られた猪を指さして「いつか、この猪の首を斬るように、私の嫌いな人の首を斬りたいものだ」とおっしゃり、尋常ではない多くの武器を準備した。	大伴嬪小手子は寵愛の衰えたのを恨み、馬子宿祢のもとに人を遣って「天皇は猪を指さして、いつか猪の首を斬るように、私の思う人の首を斬りたいものだとおっしゃり、内裏に多くの武器を集めています」と伝えた。それを聞いて馬子宿祢は驚いた。	より具体的な内部情報が記されている。
⑮	24	皇極（元・7）	百済の使者、大佐平智積等を朝廷で饗応。	百済の使者は大佐平智積とその子達率（名は不明）と恩率軍善である。	人名を省略せず詳しく記されている。
⑯		（元・8）	天皇…天を仰いで祈る。即雷鳴り、大雨降る。五日間降り続き、国土をあまねく潤した。	五日間雨が降り続き、九穀が実った。	
⑰		（元・12）	天皇小墾田宮に移る。	東宮の南庭の権宮に移る。	
⑱		（2・9）	息長足日広額天皇を押坂宮に葬る。	広額天皇を高市天皇とお呼びする。	
⑲		（2・11）	蘇我臣入鹿、小徳巨瀬徳大臣・大仁土師娑婆連を遣して山背大兄王等を斑鳩に掩わせる	巨瀬徳大臣と倭馬飼首を将軍とする。	

番号	巻	紀年	記事	記事（異伝）	備考
⑳	25	孝徳（即位前紀）	金策を阿倍倉梯麻呂大臣と蘇我山田石川麻呂大臣に下された。	錬金を下さった。	
㉑		（大化元・9・1）	使者を諸国に遣して武器を収めさせた。	六月から九月まで使者を四方の国に遣して、種々の武器を集めさせた。	期間が具体的に記されている。
㉒		（大化元・9・3）	古人皇子、蘇我田口臣川堀・物部朴井連椎子・吉備笠臣垂・倭漢文直麻呂・朴市奏造田来津と共に謀反す。	古人皇子は、古人太子である。	㉒〜㉖は謀反の記事。
㉓				古人皇子は、古人太子である〔この皇子吉野山に入る。ゆえに又吉野太子とも云う。垂は日本ではシダルという〕。	
㉔		（大化元・9・12）	吉備笠臣垂が中大兄に自首して「吉野古人皇子が蘇我田口臣川堀等と謀反しようとしています。私も計画に加わりました」と言った。	吉備笠臣垂が阿倍大臣と蘇我大臣に「私は吉野皇子の謀反の仲間に入りました。ですから今自首します」と言った。	垂が自首する相手が中大兄でなく阿倍大臣と蘇我大臣。
㉕			中大兄はすぐに菟田朴室古と高麗宮知に命じて…古人大市皇子等を討たせた。	十一月三十日に中大兄は阿倍渠曽倍臣と佐伯部子麻呂に兵三十人をひきいて古人大兄を攻めさせ、古人大兄と子を斬らせた。その妃妾は自殺した。	より詳細に記されている。
㉖				十一月、吉野大兄王が謀反を企てた。事が発覚して誅殺された。	
㉗		（大化2・正月、是月）	天皇が子代離宮にお出ましになった。	子代離宮は難波狭屋部邑の子代屯倉を壊して建てた行宮である。	子代離宮についての解説。
㉘		（大化2・	亡くなった人のために宝を墓に蔵めた	金・銀・錦・綾五綵を墓に蔵めてはな	具体的に記されてい

	3)	り、自らを傷つけたりする旧俗は一切禁止する。	らない。又諸臣から民に至るまで、金・銀を用いて葬ってはならない。	る。
㉙	(大化2・8)	お仕えする卿大夫・臣・連・伴造と氏々の人等よく聞きなさい。	氏の名を持つ王の支配下にある民(「名名王民」)	
㉚	(大化2・9、是月)	天皇は蝦蟇行宮にお出ましになった。	(行宮ではなく)離宮である。	
㉛	(白雉元・4)	新羅が使者を遣して朝貢した。	この天皇の御世に、高麗・百済・新羅の三国は毎年使者を遣し、朝貢した。	朝鮮関係
㉜	(白雉4・5)	大唐に遣す学問僧…。学生…。	学問僧に知弁・義徳を、学生に坂合部連磐積を加えた。	人名を省略せず詳しく記す。
㉝	(白雉4・5、是月)	天皇は旻法師の房にいでまして病気を見舞い、直接いたわる言葉をおかけになった。	五年七月に僧旻法師は阿曇寺で病気になった。天皇はそこに行幸なさり見舞われた。そして、その手を執り「法師がもし今日亡くなったら、私は師に従って明日死ぬだろう」とおっしゃった。	天皇の言葉が引用され、詳細に記されている。
㉞	(白雉4・6)	亡くなった旻法師のために多くの仏像・菩薩像を作らせ川原寺に安置された。	それらは山田寺に在る。	
㉟	(白雉5・2)	二月、大唐に遣す押使大錦上高向史玄理	五月、大唐に遣す押使大花下高向玄理	本文の「大錦上」は孝徳の時代にはなく、「大花下」が時代に

㊱			判官大乙上書直麻呂・宮首阿弥陀	判官小山下書直麻呂	合致。
㊲	26	斉明（3・7）	暮に都貨邏の人を饗応した。	堕羅の人	
㊳		（4・11）	蘇我赤兄臣が天皇の三失を有間皇子に告げ、皇子に挙兵を決意させる。皇子と赤兄が謀をめぐらしている時に不吉な事が起こり中止する。その夜赤兄は物部朴井連を遣し皇子の家を囲み、謀反を天皇に奏上した。	有間皇子と蘇我臣赤兄と塩屋連小戈・守屋大石・坂合部連薬とが短籍を取って謀反の成否を占った。	㊳㊴は謀反の記事。
㊴				有間皇子は「まず宮殿を焼き、五百人で牟婁の津を遮り、水軍で淡路国へ行く道を断てば天皇の一行は脱出できない。そうすれば容易に成功するだろう」と言った。ある人がそれを諫めて「それはよくありません。計画がうまく行っても皇子には徳がありません。皇子はまだ十九歳で、成人していません。成人になってはじめて徳を備えることができるのです」と言った。他の日に、皇子と一判事が謀反の相談をしていた時、脇息の脚が訳もなく折れた。しかし、その謀を中止せず、結局殺さ	会話を引用し詳細に記されている。

			れてしまった。	
㊵	（4・是歳）	出雲国が「北海の浜に魚が死んで積み重なっております。海豚のような大きさで、口は雀のようで、針の鱗があります。土地の人はその形状から『雀魚』と呼んでおります」と申し上げた。	六年の七月になって百済が使者を遣して「大唐・新羅が連合して我国を攻め、王・后・太子を捕虜にして引き揚げました」と奏上してきた。このため日本は兵士を北西の海岸に移し、城柵を修理した。出雲国の奏上は山川を断ち塞ぐことになる前兆であった。	事情の解説がされている。
㊶		百済が新羅を討って帰る時に、馬が勝手に寺の金堂をめぐり、昼も夜も休むことがなかった。ただ草を食べる時だけ足を止めた。	六年になって敵に滅ぼされる前兆であった。	朝鮮関係
㊷	（5・3、是月）	阿倍臣（名は不明）を遣して蝦夷国を討たせた。…蝦夷や捕虜を饗応した。	阿倍引田臣比羅夫、粛慎と戦って帰り、捕虜四十九人を献上した。	
㊸	（6・9）	百済が達率（名は不明）・沙弥覚従等を遣して来朝させ奏上するには…	逃げて来て難を告げた。	朝鮮関係
㊹		「今年の七月に新羅がその勢力に乗じて、隣国との親交を断ち、唐人を引き込み共に謀り百済を滅ぼしました。君臣を皆捕虜とし、残った者はほとんどおりません。	今年の七月十日に大唐の蘇定方は水軍を率いて尾資の津に陣をいた。新羅王春秋智は兵馬を率いて怒受利の山に陣取った。そして百済を夾み討ちにし戦うこと三日で、我が王城を陥落させ、ついに同月十三日に王城を破壊した。怒受利山は百済の東境である。	朝鮮関係 固有名詞が見え具体的。「我王城」という言い方からも百済系の史料とわかる。

番号	巻	年月	本文	注	出典
㊺			そのことに、西部恩率鬼室福信が激しく憤り、任射岐山に陣をしきました。	北の任叙利山	
㊻			達率余自進は中部久麻怒利城に陣をしきました。…」	都々岐留山	
㊼		（6・10）	百済の佐平鬼室福信・佐平貴智等を遣して、唐俘一百余人を献る。又援軍を要請し、併せて王子余豊璋の帰還を乞うて…	佐平貴智・達率正珍である	朝鮮関係
㊽			詔して「…百済国は困窮して我国を頼ってきた。…その心を見捨てることはできない。将軍にそれぞれ命令して、多方面から一斉に進軍させよ。…また役人はよくよく準備して、礼を尽くして王子を出発させよ」とおっしゃった。	天皇は豊璋を立てて王とし、塞上を立てて補として、礼を尽くして出発させた。	
㊾		（7・4）	三月に天皇は娜大津に至り、磐瀬行宮に滞在なさった。	四月に天皇は朝倉宮に遷られた。	「日本世記」の引用に続く。
㊿		（7・11）	（十一月七日に天皇の柩を飛鳥川原に運んで殯を行った。）	辛酉年（斉明七年）に百済の佐平福信が献った唐俘一百六口を近江国の墾田に住まわせたと言うが、庚申年（斉明六年）にすでに福信が唐俘を献っている。〔それゆえここに書き録しておく。判断せよ〕	「日本世記」の引用に続く。
51	27	天智（即	…八月に前将軍大花下阿曇比羅夫連・	この後に続けて「大山下狭井連檳榔・	

	位前紀）	小花下河辺百枝臣等…を遣して百済を救わせた。そして武器・食料も送られた。	小山下秦造田来津を遣して百済を守らせた。」とある。	
(52)	（3・5、是月）	大紫蘇我連大臣が亡くなった。	大臣の亡くなったのは五月と注す。	
(53)	（7・正月）	七年春正月丙戌朔戊子に皇太子位につく。	六年歳次丁卯三月に位につく。	
(54)	（7・2）	四人の嬪を納る。蘇我山田石川麻呂大臣に娘がいて、遠智娘という。	美濃津子娘という。	系譜
(55)		遠智娘は一男二女を生んだ。一人目は大田皇女、二人目は鸕野皇女…三人目は建皇子。皇子はものを言うことができなかった。	一人目は建皇子、二人目は大田皇女、三人目は鸕野皇女	系譜
(56)			蘇我山田麻呂大臣の娘を茅渟娘という。大田皇女と娑羅々皇女を生む。	
(57)		次に遠智娘の妹がいて姪娘という。	姪娘を名付けて桜井娘という。	
(58)	（10・正月）	東宮太皇弟、奉宣して…	大友皇子宣命す	
(59)	（10・9）	九月、天皇寝疾不予	八月、天皇疾病	

表III　日本書紀に引用された「一本」

	巻	天皇	本文	一本	一本の特徴
①	14	雄略	三妃を立てる。元妃…、次に吉備上道	吉備窪屋臣の娘	系譜

番号		年月	記事	異伝・対応記事	備考
		（元・3）	臣の娘稚媛がいる。		
②		（4・8）	「大前にまをす」	「大君にまをす」	歌句の異伝
③			「たたし」	「いまし」	
④			「はふ虫も大君にまつろふ汝が形は置かむあきづ島やまと」	「かくのごと名に負はむとそらみつやまとの国をあきづ島といふ」	
⑤		（8・2）	高麗の軍士が新羅の典馬（ウマカヒ）に「汝の国が吾国に破られるのも先のことではないだろう」と言った	「汝の国が吾国の領土になるのは先のことではないだろう」	朝鮮関係
⑥		（12・10）	天皇が木工闘鶏御田に命じて楼閣を作らせた。	猪名部御田	
⑦		（13・9）	「命死なまし甲斐の黒駒」	「い及かずあらまし甲斐の黒駒」	歌句の異伝
⑧		（14・4）	漢部を集めて、その伴造者を定め直という姓を与えた。	姓を与えられたのは漢使主等である。	
⑨		（23・8）	大伴室屋大連と東漢掬直に遺詔。「仁孝のある皇太子を邪悪な皇子から守るように」という内容を隋書等によって修飾した長文の詔。	「星川王が腹黒く荒々しい心を持っていることは広く知られていることである。私の死後は皇太子を亡き者にしようとするだろう。お前達の民部はたいへん多い。力を尽くして、皇太子を助けてほしい。決して侮らせるな」	
⑩		（23・8）	征新羅将軍吉備臣尾代が反旗を翻した蝦夷等を丹波国浦掛水門まで追いつめ、残らず攻め殺した。	追って浦掛に行き、人を遣って残らず殺させた。	

⑪	15	顕宗（即位前紀）	「譜第」の引用＝市辺押磐皇子、蟻目の娘荑媛を娶り、居夏姫・億計王・弘計王・飯豊女王・橘王が生まれる。	飯豊女王は、億計王より年上である。蟻臣は葦田宿祢の子である。	
⑫		仁賢（元・2）	皇后春日大娘皇女所生の第三子手白髪皇女、第四子樟氷皇女	第三子樟氷皇女、第四子手白髪皇女	系譜
⑬			和珥臣日爪の娘糠君娘が一女を生む。是を春日山田皇女と言う。	和珥臣日触の娘大糠娘が一女を生む。是を山田大娘皇女と言い、またの名を赤見皇女と言う。	「文は少し異なるが事実は一つである」という編者の見解を記す。
⑭	16	武烈（即位前紀）	「潮瀬（しほせ）の波折（なをり）を見れば…」	「水門（みなと）の波折を見れば…」	歌句の異伝
⑮			「臣の子の八節（やふ）の柴垣…」	「臣の子の八重の韓垣…」	
⑯			太子（後の武烈）は、平群臣父子の無敬を怒り大伴金村連と謀り、鮪臣を乃楽山に戮す。	鮪は影媛の家に宿ったその夜に戮された。	
⑰	17	継体（20・9）	二十年秋九月丁酉朔己酉に都を磐余の玉穂に遷す。	七年	
⑱		（23・4、是月）	毛野臣熊川（くまなれ）に次りて…	任那の久斯牟羅に次る	朝鮮関係
⑲			新羅王、久遅布礼を遣し	久礼爾師知于奈師磨里	
⑳			毛野臣が新羅・百済の大使を責めて言った。「小が大に仕えるのは天の道である」	「大木の端には大木を継ぎ、小木の端には小木を継ぐ」	本文が左伝を典拠とするのに対して、俗話か。

㉑			新羅、改めて上臣〔大臣のこと〕伊叱夫礼智干岐を遣す。	伊叱夫礼智奈未	朝鮮関係
㉒			上臣、四村〔金官・背伐・安多・委陀〕を抄掠し…	多多羅・須那羅・和多・費知	
㉓		(24・9)	「毛野臣が久斯牟羅に舎宅を立てて留まること二歳…」	三歳	「『三歳』と言うのは去来する年数を合わせたのだ」という編者の見解を記す。
㉔	18	安閑(元・10)	「…桜井屯倉と国毎の田部とを香香有媛に…下賜なさいませ。…」	桜井屯倉に加えて茅渟山屯倉も与えられた。	
㉕	19	欽明(15・12)	百済の明王は「王の頭は奴の手にかかるわけにはいかない」と言った。	明王は胡床に腰かけて佩刀を解き、谷知に授けて首を斬らせた。	朝鮮関係
㉖			苦都は明王の首を斬って殺し、穴を掘って埋めた。	新羅は明王の頭骨を埋葬し、礼に則り余骨を百済に送った。今新羅は明王の骨を北庁の階段の下に埋め、都堂と呼んでいる。	
㉗		(17・10)	蘇我大臣稲目宿祢等を倭国の高市郡に遣して韓人大身狭屯倉・高麗人小身狭屯倉を置き、紀国に海部屯倉を置いた。	各地の韓人を大身狭屯倉の田部とし、高麗を小身狭屯倉の田部とした。	「韓人・高麗人を田部としたので、それを屯倉の名とした」という編者の見解を記す。
㉘		(23・正)	二十三年の春正月に新羅が任那の官家	二十一年に任那は滅んだ。	朝鮮関係

	巻	天皇	本文	「一書」	「一書」の特徴
		月）	を打ち滅ぼした。		「任那と総称するが加羅国、安羅国…の十国に分かれている」という編者の注記がある。
㉙		（23・8）	天皇は大将軍大伴連狭手彦を遣して高麗を伐たせた。狭手彦は百済の謀を用いて高麗を打ち破った。	十一年に大伴狭手彦連は百済国と共に高麗陽香を比津留都に追い退けた。	朝鮮関係

表Ⅳ　日本書紀に引用された「一書」

	巻	天皇	本文	「一書」	「一書」の特徴
①	4	綏靖（2・1）	五十鈴依媛を皇后とす。	磯城県主の娘、川派媛	系譜
②				春日県主大日諸の娘、糸織媛	
③		安寧（3・1）	渟名底仲媛を皇后とす。	磯城県主葉江の娘、川津媛	系譜
④				大間宿祢の娘、糸井媛	
⑤	5	崇神（60・7）	矢田部造遠祖武諸隅を遣す。	一名は大母隅である	
⑥	7	景行（2・3）	后、二男を生む。第一は大碓皇子、第二は小碓尊。	皇后、三男を生む。その第三を稚倭根子皇子という。	系譜
⑦	19	欽明（2・3）	小姉君、四男一女を生む。その一茨城皇子、その二葛城皇子、その三遲部穴	その一茨城皇子、その二遲部穴穂部皇女、その三遲部穴穂部皇子、更名は住	系譜〔二つの一書に続く

	巻	天皇	本文	「旧本」	旧本の特徴
			穂部皇女、その四埿部穴穂部皇子、その五泊瀬部皇子。	迹皇子、その四葛城皇子、その五泊瀬部皇子。	編者の注記」帝王本紀には古字が多い…今、古今を考察してその正しい姿に戻した。判断の難しいものは、取りあえず一つを選び、その異伝を注記した。他も皆このようにせよ。
⑧				その一茨城皇子、その二住迹皇子、その三埿部穴穂部皇女、その四埿部穴穂部皇子、更名天香子、その五泊瀬部皇子。	

表V　日本書紀に引用された「旧本」

	巻	天皇	本文	「旧本」	旧本の特徴
①	14	雄略（2・7）	百済の池津媛が天皇の意に背き石河楯に通じた。	石河股合首祖楯	
②	15	仁賢（即位前紀）	億計天皇、諱は大脚		系譜「諸天皇に諱は記さないのに、ここのみ書くのは旧本に拠ったのだろう」という編者の注記がある。
③	19	欽明（23・8）	大将軍大伴狭手彦、高麗を伐ち、宮殿に入って珍宝・七織帳・鉄屋を奪って	鉄屋は高麗の西の高楼の上にあり、織帳は高麗王の内寝に張られていた。	朝鮮関係

			帰国した。		
④	20	敏達（12・是歳）	恩律・参官が百済に帰国する時に…	恩律を一人、参官を一人とする。	朝鮮関係
⑤	24	皇極（4・正月）	丘や河辺・宮殿・寺院の間に見えるものがあり、猿の声が聞こえた。姿は見えず声だけが聞こえた。	この年に京を難波に移し、その結果板蓋宮が廃墟となることの兆しである。	

表Ⅵ〈日本書紀における引用書の分布〉巻3～巻30　＊神代巻の「一書云」は除く

（ア）書名を記さないもの

巻		或本	一本	一書	旧本	別本
3	神武	1				
4	綏靖他		4			
5	崇神					
6	垂仁					
7	景行		1			
8	仲哀					
9	神功					
10	応神					
11	仁徳					
12	履中他					
13	允恭他					
14	雄略	2	10		1	2
15	清寧 顕宗 仁賢	4（顕2 仁2）	2（仁2）			
16	武烈		3			
17	継体	1	7			
18	安閑 宣化		1（安1）			
19	欽明		5	2	1	
20	敏達	1			1	
21	用明 崇峻	5（用3 崇2）				
22	推古					
23	舒明					
24	皇極	5			1	
25	孝徳	17				
26	斉明	14				
27	天智	10				
28	天武					
29	天武					
30	持統					
引用総数		60	28	7	5	2

（イ）書名を記すもの

巻	魏志	晋起居注
3		
4		
5		
6		
7		
8		
9	3	1
10		
11		
12		
13		
14		
15		
16		
17		
18		
19		
20		
21		
22		
23		
24		
25		
26		
27		
28		
29		
30		
引用総数	3	1

帝王本紀	百済記	百済新撰	百済本記	日本旧記	譜第	高麗沙門道顕日本世記	伊吉連博徳書	難波吉士男人書	碑
	2								
	2								
	1	2		1					
					1				
		1							
			4						
1			8						
							1		
						3	3	1	
						1			1
1	5	3	12	1	1	4	4	1	1

古風土記受容史研究序説

橋本雅之

一

天保十年（一八三九年）、西野宣明（一八〇二～一八八三）の校注による『訂正常陸国風土記』が刊行された。八本の写本を校合して作成した校訂本文に訓を施し、かつ詳細な頭注を施したこの版本は、現在においても『常陸国風土記』研究の基礎資料としての価値を失っていない[1]。ところで、この版本の冒頭には会沢安（やすし）（正志斎、一七八二～一八六三）の序文が付されている。会沢正志齋は、言うまでもなく水戸学の中心的存在であり、幕末の尊王攘夷思想の理論的根拠を確立させた人物として知られている。水戸学の中心的人物であった彼が、なぜ序文を寄せているのであろうか。それを知る手がかりは、現在、静嘉堂文庫が所蔵している西野宣明自筆の「常陸国風土記稿本」にある。これは、『訂正常陸国風土記』の草稿本であり、この稿本と版本を比較検討することによって、版本の本文校訂や頭注の形成過程を知ることができる。その一端はすでに論じたことがある[2]。そしてこの資料をみてゆくと、末尾の識語に会沢正志斎がこの稿本の校正に関与していたことを示す記述が残されているのである。

右、本國風土記稿本二冊奉。」尊命、所校正也。余、固陋浅」見寡聞無学事、嘗、」公命、政府使彰考館官員、」

検査得衆評而将梓行」之。于時、鷹書卅巻脱稿。」公、有八洲文藻盛挙矣。」故公私繁劇不得寸隙」而廃止也。今茲又奉」新修鷹経集註之。」命、拙臣固無漢学之刀、再三」奉辞之以鷹書集成事」。公、不聴使青山延于、会澤安」加校正於是功成也。

天保丙申十二月、既望採於華聴松軒南窓。西野宣明識

この記述から、会沢正志斎が版本に序文を寄せた背景には、彼自身がこの注釈作業に関わっていたという事実があったことが分かるのである。ところでここに、会沢安（正志斎）とともに名前が挙がっている青山延于（のぶゆき）（一七七六～一八四三）も、立原翠軒（すいけん）（一七四四～一八二三）門下の学者であり、『大日本史』の編纂事業に携わった一人である。ともに水戸学の確立に力を尽くしたこの二人が注釈作業に関与していることは、当時、『常陸国風土記』が水戸藩においてどのように評価されていたのかを考える上で重要であると言わねばならない。そして、そのような水戸藩における『常陸国風土記』の評価という視点から、会沢正志斎の序文を読んでみると、そこには彼が確立した水戸学の思想が色濃く反映されていることが分かる。この序文については詳しく検討する必要があり、それについては別稿を予定しているので、ここでは全体的な問題について述べておきたいと思う。なお、これに関係する問題についてはすでに論じたことがあり(3)、そちらも参照して頂ければ幸いである。

さて、この序文には、孝徳天皇時代の東国国司派遣に始まる国家制度の整備や史籍編纂に関する次のような記述がみられる。

孝徳朝。始置二国司一。而阪東八国。官使往来。常陸実称二水陸之府一焉。夫諸国有レ史以記レ事。則昉二於履中之朝一。而大化中作二天下図籍一。和銅以後。相継令三国郡勘二進其記一。於レ是天下風土人情可二坐而察一也。（以下略）夫、土地人民者。人君之所レ寶。而達二四方之志一者。帝王之所三頼以治二天下一也。

ここに表れた考え方は、同じく会沢正志斎の著書「新論」の国体論に通じるものがあり、「新論」には次のよう

な記述がある。

崇神天皇、四もに不庭を征し、大いに政教を敷き、人民を校し、調役を課し、ますます国造を封じて、以て遐陬を鎮撫したまふ。拮据経営し、数朝を歴て衰へず、皇化日に洽く、土疆日に広くして、土は皆天子の地、人は皆天子の民、民志一にして、天下また大いに治まれり。爾後、安きに習ひ事なく、廟堂に遠大の慮なく、大臣は権を弄して、私門を経営す。時に歴朝の置くところ、すでに官家及び標代の民あり、而して臣・連・伴造・国造も、またおのおの私田を置き私民を蓄へて、土地人民漸く分裂し、おのおの趨向するところを異にす。

中宗天智天皇に至り、すでに乱賊を誅戮し、儲闈に在りて政を輔け、旧弊を革除して、新制を布きたまふ。その封建の勢に因りてこれを一変し、国司を以て国郡を統治せしめて、遂に郡県の制を成し、私地・私民を除き、ことごとくこれを朝廷に帰し、天下、一として王土と王臣とにあらざるものなくして、天下また大いに治まれり。（岩波日本思想大系『水戸学』の読み下し文による）

この「新論」考え方を、ひと言でいうならば、古代における公地公民制と国郡制を国家制度として評価する姿勢であり、ここには水戸学の根幹をなす考え方が示されているのである。これを踏まえて、会沢正志齋の版本序文を読み直すと、そこには江戸時代後期の水戸における『常陸国風土記』に対する認識が明確に表されているように思われるのである。そしてその認識とは、理想的な国家制度のもとで編集された「地誌」という捉え方であり、言い換えるならば「国家の地誌」として、東国常陸の成り立ちを記した資料として考えられていたと思われるのである。

これまでの研究においては、このような立場から『訂正常陸国風土記』について論じたものはなく、さらに言うならばこの版本の注釈と水戸学の関係についても十分な関心が払われてこなかった。しかしながら、これを近世における古風土記受容の具体的なあり方の一つだと捉えるならば、古風土記研究にとって未開拓の重要な研究分野だと言わねばならない。

ところで、古風土記の研究に大きな足跡を残した秋本吉郎は、その著書『風土記の研究』の最後の一章として「風土記の研究史」を立てている。これはさらに、「Ⅰ　近世の風土記研究」「Ⅱ　風土記研究の現段階と問題点」の二節に分かれている。この本が出版されたのは一九六三年（昭和三十八年）であるが、現在の古風土記研究の中でこれを読み返してみると、いくつかの課題が浮かび上がってくる。最も大きな課題は、「研究史」という捉え方そのものである。文学史研究という視点から言えば、「研究史」という捉え方はもちろん妥当ではあるけれど、近年になって近世における古風土記の位置づけについては、新たな視点から見直されてきており、文学史研究の枠内で評価することが難しくなってきているからである。それを代表するのが兼岡理恵の一連の研究である。

中世から近世にかけて残されている古風土記関係資料に関して注目すべき論文を数多く発表してきた兼岡は、二〇〇八年（平成二十年）に、それまでの成果をまとめた『風土記受容史研究』を世に出した。秋本の『風土記の研究』出版から数えて四十五年、兼岡の『風土記受容史研究』によって、古風土記の研究は大きな転換点を迎えたと言っていいだろう。その中心となるのが「研究史」という捉え方から、「受容史」という捉え方の転換である。では、なぜ「受容史」という視点が重要であるのか、その点についてさらに検討を加えてみたい。

二

秋本吉郎は、古風土記がどのような資料として受け止められてきたのかという問題について、『風土記の研究』の中で次のように述べている。(4)

> 風土記の近世的研究は、古代官撰地方誌としての風土記の独自の価値本質を認めての事ではなく、神典・国史・万葉の考究を主対象として、その研究の傍証資料として役立つといふ点に風土記の価値を認め、風土記研究が副次的に行はれてゐたに他ならない。（「風土記の伝来考」三一九頁）

> 風土記はその地方文書といふ性質の故に、そもそもの編述上進の当初からその伝来の各時期を通じて、副位的第二義的文書として観ぜられ、評価せられる運命を負はされて来たものである。（中略）より根本的な点において風土記研究の栄え難かった理由がある。それは風土記がその本来の性質として地方誌であるといふ地方的性質に起因するものである。（「近世の風土記研究」一〇四一頁～一〇四四頁）

ここに引用した秋本の見解、すなわち近世における古風土記の研究が、他の上代文学作品を研究するための「副位的第二義的文書」という枠内でなされたとする捉え方については、必ずしも妥当とは言えないということをかつて述べたことがある[5]。秋本は、古代文学の資料としての古風土記そのものの研究が乏しいという視点に立って論じているが、地誌としてどう評価されていたかという問題についてはあまり注意が払われていないように思う。しかしながら、この問題は古風土記研究において重要な課題であり、その課題と取り組むために注目されるのが「受容史」という視点なのである。

この問題と正面から向き合うことを目指したのが『風土記受容史研究』であり、兼岡は著書の中で次のようなことを述べている[6]。

> 古典文学や史料の伝来を繙くことは、それらの評価の歴史を辿ることである。そして評価というものは、往々にして時代によって異なるものだ。けれどもこの過程を踏まえた上で改めて古典文学・史料と対峙したとき、何が見えてくるのか。本書はそのような視点から、風土記を見直そうというものである。（序章、二頁）

ここで兼岡は、古風土記がどう評価されてきたのかをあらためて問題としたのであるが、さらに近年の風土記研究の動向について、風土記逸文研究に加えて「近世期における風土記研究の見直し」という潮流があることを指摘した上で次のように述べている。

> 本書では、奈良時代の風土記編纂時から江戸後期まで、風土記受容の諸相を通史的に考察することを課題とす

る。その際、特に重視するのは次の二点である。まず第一に、「なぜ」風土記が受容されたのかを風土記受容者の個人的志向、ならびに当時の時代背景から考察すること、もう一つは風土記をめぐる人的交流、―知のネットワーク―の具体的解明である（序章、九頁）

ここには二つの重要な指摘がある。ひとつは、古風土記が受容された時代背景を視野に入れて考察することであり、もう一つは古風土記をめぐる人的交流―兼岡の言葉を借りれば「知的ネットワーク」―の解明である。私は、かつて兼岡のこの著書の書評(7)において以下のようなことを述べた。

第Ⅲ部（橋本云、兼岡『風土記受容史研究』第Ⅲ部　風土記の再発見（近世前～中期））では、林羅山の『諸国風土記抜粋』・水戸の藩地誌『古今類聚常陸国誌』編纂・前田綱紀の風土記探索とその具体的作業について論じる。評者は、近世初期から中期にかけて、幕府中枢にいた人物や水戸徳川藩・加賀前田藩という雄藩の藩主のもとで風土記に対する関心が高まっていることに興味を引かれる。というのも、江戸後期になると紀州藩や会津藩やでも藩撰風土記が編纂されており、徳川御三家や松平家など、徳川幕府のお膝元での風土記に対する関心は、意外なほど高いからである。これらは果たして偶然と言っていいのだろうか。近世の風土記受容を考える際、一度検討してみてもよい課題ではないかと思うのである。（中略）続く第Ⅳ部は（橋本云、第Ⅳ部　風土記の伝播（近世中～後期））、まず今井似閑の旅日記『橋立の道すさみ』に利用された風土記逸文が取り上げられている。そして、その吟味を通して、風土記が古典研究の補助的資料として受容されたに留まらず、「旅における手引き」「紀行文著述の際の参考資料」（二六二頁）という受容があったと指摘する。著者はその根拠として『橋立の道すさみ』が、当時旅のガイドブックとして幅広い読者を得ていた貝原益軒の「西北紀行」をモデルとしたものであることを挙げている。

この著書の中で兼岡は、近世における古風土記の受容が、「副次的資料」という捉え方では収まりきらないような多彩な様相を示していることを見出している。このような捉え方は、「受容史」という視点を導入することによって初めて可能となったものであり、兼岡は、それまでの古風土記研究ではあまり注目されてこなかった「受容史」という視点を導入して、古風土記研究にパラダイムシフトを起こしたのである。先にも述べた兼岡の二つの指摘を、

一、近世において地誌としての古風土記はどのような意味を有していたのか、そこにはどのような時代背景があったのか。

二、研究に携わった人々が、地誌としての古風土記に対してどのような共通認識をもっていたのか。さらには、その共通認識はどのようにして芽生えてきたのか。

という問いとして捉え直すならば、それはまさに地誌としての「受容史」の問題だと言わねばならず、これは文学史的評価とは異なる問題である。

「研究史」という視点は、あくまでそれがどのように研究されてきたのかということを問題とするのに対して、「受容史」という視点は、それがどう評価されてきたのかという問題に加えて、それが各時代の中でその時代にふさわしい新しい評価をどのようにして獲得していったのかという側面にも光を当てるものであり、ここに古風土記研究の新しい可能性があるといえるだろう。そして天保期に刊行された『訂正常陸国風土記』を、このような受容史という視点で捉え直したとき、それは、まさに水戸学を生み出した時代の中で、その時代に相応しい資料として評価された具体的成果のひとつであったと考えることができるのである。

ところで、水戸学と『常陸国風土記』の関係については、これまでも少なくとも表面的には認められてきたように思う。しかしながら、両者がどのような関係にあり、どのような人々が『常陸国風土記』の注釈に関わってきたのかという問題については、ほとんど研究が進んでいないように思う。先にも挙げた、西野宣明自筆の「常陸国風

土記稿本」には、彰考館の国学者によって書写された写本のメモ的な系譜が残されている。その主要な部分を抜き出すと、次のような記述がみられる。

延宝五年以加賀本謄録
・赤水先生本（以下の系譜は略す）
・翠軒先生
・幽谷先生
・楓軒先生

この写本系図は、『常陸国風土記』伝来の祖本である加賀本（加賀藩前田家が所蔵していた写本。現在は所在不明）を借り受けて、水戸藩において転写した記録である。この転写本の多くは、戦災によって焼失し、その実態を知ることは困難であるが、ここに記された書写者をみると水戸藩における『常陸国風土記』に対する関心のあり方が浮かび上がってくる。

ここに名が挙がっている四人は、それぞれが地誌研究と深く関わっている人物である(8)。赤水先生とは長久保赤水（一七一七～一八〇一）のことである。彼は江戸時代中期における地理学者として注目されている人物であり(9)、『大日本史』地理志の編纂を推し進めた中心人物としても知られている。また、軒翠先生とは、立原翠軒（一七四四～一八二三）のことであり、『大日本史』紀伝の校訂を推し進めた人物である。幽谷先生とは、立原翠軒門下の藤田幽谷（一七七四～一八二六）であり、『大日本史』編纂に携わっている。楓軒（ふうけん）先生は、小宮山楓軒（一七六四～一八四〇）のことであり、彼も『大日本史』の補修・校訂に従事した一人である。小宮山楓軒が書写した『常陸国風土記』は現存しているが、多くの書き入れがありその中には注意すべき見解がいくつも含まれている。この写本に関しては、「常陸国風土記稿本」のメモの中には、「風土記におゐてハ小宮山先生本第一」という記述があり、当時から注目されていた写本であることが分かる。

以上、これらの人物は、とくに江戸時代後期の『大日本史』編纂事業を担った人々であり、『常陸国風土記』に対する関心の背後に、『大日本史』地理志編纂という大きな事業が控えていたことが予想されるのである。このようなことを踏まえて考えるならば、『大日本史』志・表の編纂事業の中で芽生えた地誌に対する関心の高まり、国家制度に対する新たな認識が、『常陸国風土記』を見直す原因の一つであったと思われるのである。そのような立場から、『大日本史』巻二九七・志五十四「東海道八　常陸」を確認してみると、割注の多くに『常陸国風土記』が引用されていることが分かる。このような地誌に対する関心の高まりと、水戸学思想の形成とはどのような関係にあるのだろうか。そしてそれらは、近世後期における郷土意識、国家意識の芽生えとどのように関係するのであろうか。このように考えてくると、近世後期の国学思想との形成において古風土記が果たした役割は、これまで考えられてきた以上に大きなものがあったと考えられる。したがって、今後の古風土記の受容史研究は、思想史研究をも視野に入れてなされるべきではないかと思うのである。

三

以上、本稿では、今後の古風土記の受容史研究において、地誌に対する近世後期の関心の高まり、それを担った人々のネットワークの具体的あり方とその思想史的背景の解明が不可欠であることを述べてきた。古風土記に対する関心は、『古事記』『日本書紀』に記されていない古伝承の発掘にあったというだけに止まらず、日本固有の国家制度を発掘するというところにあったのではないかと思われるのであり、古風土記の受容史研究は新しい段階に入ったと言えるであろう。本論は、これからの受容史研究を進めるための予備的考察である。

注

（1）ただし、『訂正常陸国風土記』の校訂本文にはさまざまな問題がある。頭注の内容も含めて今後詳しく検討する必要がある。拙著『古風土記の研究』（和泉書院刊、二〇〇七年一月）

（2）注（1）、拙著参照。

（3）拙論「常陸国風土記の注釈と水戸学」（『上代文学』一二一号、二〇一八年十一月）

（4）秋本吉郎『風土記の研究』（ミネルヴァ書房刊、一九六三年十月）

（5）拙論「古風土記の受容」（『国語と国文学』平成二十六年十月号、二〇一四年十月）

（6）兼岡理恵『風土記受容史研究』（笠間書院刊、二〇〇八年二月）

（7）拙稿「兼岡理恵著『風土記受容史研究』」（『国語と国文学』八十六巻三号、二〇〇九年三月）

（8）長久保赤水、立原翠軒、藤田幽谷に関する記述は、尾藤正英「水戸学の特質」（岩波書店刊、日本思想大系『水戸学』解説）に基づいたものである。

（9）長久保赤水に関しては、地理学において研究が進んでいる。科学研究費、基盤研究（C）「長久保赤水の地図作製プロセスに関する研究」（研究代表者、小野寺淳）

付記

本論文は、平成三十年～三十二年度科学研究費　基盤研究（C）研究課題「水戸学における地誌の注釈と編纂をめぐる基礎的研究」、研究代表者　橋本雅之（皇學館大学、常陸国風土記・風土記受容史）・研究分担者　兼岡理恵（千葉大学、風土記受容史）・阪東洋介（皇學館大学、近世倫理思想史）の研究成果の一部である。

人麻呂歌集「寄物陳思」歌二首の解釈

——巻十一・二四五六番、二四五七番——

大島信生

はじめに

万葉集巻十一「寄物陳思」部に次の人麻呂歌集略体歌二首がある。新編日本古典文学全集本によって、掲出する。

烏玉（ぬばたまの）　黒髪山（くろかみやまの）　山草（やますげに）　小雨零敷（こさめふりしき）　益々所レ思（しくしくおもほゆ）（11・二四五六）

大野（おほのらに）　小雨被敷（こさめふりしく）　木本（このもとに）　時依来（よりよりよりこ）　我念人（あがおもふひと）（11・二四五七）

いずれもコサメフリシク（キ）という句を持つ雨に寄せる歌ということになる。本稿では、二四五六・二四五七歌の訓と解釈を中心に考察するものである。

一、二四五六歌について

1、第三句「山草」の訓

まず、二四五六歌について述べておきたい。本文の異同があるわけではないが、第三句の「山草」については、訓の揺れがある。旧訓ヤマスゲニであるが、類聚古集にはヤマクサニ、金沢文庫本、西本願寺本、温故堂本、大矢

本、京都大学本左にクサニとある。『夫木和歌抄』には、

うば玉のくろかみ山のやまくさの小雨ふりしきますますかおもふ（20・八五六〇）

とある。

現在多くヤマスゲと読むが、『全註釈』や『窪田評釈』などは、文字通りヤマクサと訓んでいる。『全註釈』（増訂版）では、「草をスゲと読むのは無理であり、また山菅でなくてもよい処だ」としている。

万葉集の用例は、当該歌を除き、ヤマスゲ三例、枕詞ヤマスゲノ五例、ヤマスガノネ四例ある（『万葉集電子総索引CD―ROM版』参照）。用例を句単位で示すと次の通りである。

ヤマスゲ（名詞）

名負山菅（11・二四七七、人麻呂歌集略体歌）、山草（12・二八六二、人麻呂歌集略体歌）、山菅之（12・三〇六六、作者不明）

ヤマスゲノ（枕詞）

山菅之（4・五六四、坂上郎女）、山菅（11・二四七四、人麻呂歌集略体歌）、山菅之（12・三〇五五、作者不明）、山菅乃（12・三二〇四、作者不明）、夜麻須気乃（14・三五七七、作者不明）

ヤマスガノネ（名詞）

山菅 根乃（12・三〇五一、作者不明）、山菅 根之（12・三〇五三、作者不明）、山菅之根乃（13・三二九一、作者不明）、夜麻須我乃祢之（20・四四八四、家持）

当該歌を除き、「山草」とする二八六二歌は、

山川　水陰 生　山草　不レ止妹　所レ念鴨（12・二八六二、人麻呂歌集略体歌）

という形で、諸注指摘するように第三句「山草の」までが、第四句「止まず」を導く類音の序である。すると当該

歌においてもヤマスゲノという訓の方が穏やかであろう。

それは、次のような「山菅の」を枕詞や序詞に持つ、

山菅之（やますげの）　止まずて君を思へかも我が心どのこのころはなき（12・三〇五五、作者不明）

妹待つと三笠の山の山菅之（やますげの）　止まずや恋ひむ命死なずは（12・三〇六六、作者不明）

とする例からも首肯できよう。

2、第四句「小雨零敷」の訓

稲岡耕二氏は、『全注』において、

古写本の付訓コサメフリシキ。江戸時代以後の諸注もほとんどが同訓（新考コサメフリシケバ）。小雨がしきりに降って。以上四句、次の「しくしく」に、類音を利用してかかる序詞。原文「零敷」とあるが、フリシキは一面にすみずみまで降る意ではなく、降りしきる、しきりに降ることを表わす。

と述べている。

稲岡氏も注意するが、「降りしく」については『時代別国語大辞典上代編』（以下『時代別』とする）は、その語義を「ふりしきる」としながらも「シクには頻（しき）りに～する・重ねて～する意も、一面に敷きつめる意もあり、雪フリシクの場合、平らに薄く敷きつもる意にもとれる」と述べている。

なお、『日本国語大辞典』（第二版）では、「ふりしく」（降敷）と「ふりしく」（降頻）が立項してあり、前者は「あたり一面にむらなく降る」とし、後者は「「ふりしきる（降頻）」に同じ」とし、「ふりしきる（降頻）」では「しきりに降る。やむときなく盛んに降る。ふりしく」の意を載せている。

このように二つの意があるのは、シクには「敷」「布」などが当てられる「一面に広く、むらなく行きわたる」

（『日本国語大辞典』（第二版））意と「頻」が当てられる「動作がしばしば繰り返される。たび重なる。しきりに…する。しきる」（同）意があるのに由来する。

『万葉集電子総索引CD—ROM版』でも、フリシクの見出語の漢字表記が次の二種に分けられている。その用例を掲出する。

【降頻】（二四五六・二四五七は除く）

ひさかたの　雨者零敷（あめはふりしけ）　思ふ児がやどに今夜は明かして行かむ（6・一〇四〇、家持）

山の際にうぐひす鳴きてうちなびく春と思へど　雪落布沼（ゆきふりしきぬ）（10・一八三七、作者不明）

ひさかたの　安米波布里之久（あめはふりしく）　なでしこがいや初花に恋しき我が背（20・四四四三、家持）

【降敷】

沫雪のほどろほどろに　零敷者（ふりしけば）　奈良の都し思ほゆるかも（8・一六三九、旅人）

池の辺の松の末葉に降る雪は　五百重零敷（いほへふりしけ）　明日さへも見む（8・一六五〇、未詳〈阿倍虫麻呂伝誦〉）

沫雪の　庭尓零敷（にはにふりしき）　寒き夜を手枕まかずひとりかも寝む（8・一六六三、家持）

沫雪は　千重零敷（ちへにふりしけ）　恋しくの日長き我は見つつ偲はむ（10・二三三四、人麻呂歌集略体歌）

…皇神のうしはきいます　新川のその立山に　常夏に　由伎布理之伎弖（ゆきふりしきて）…（17・四〇〇〇、家持）

打ち羽振き鶏は鳴くともかくばかり　零敷雪尓（ふりしくゆきに）　君いまさめやも（19・四二三三、内蔵縄麻呂）

白雪の　布里之久山乎（ふりしくやまを）　越え行かむ君をそもとな息の緒に思ふ（19・四二八一、家持）

初雪は　知敝尓布里之家（ちへにふりしけ）　恋しくの多かる我は見つつ偲はむ（20・四四七五、大原今城）

「降敷」に分類されているものはすべて雪の用例であるが、「降頻」との区別は厳密ではなく両方の意を併せ持つものも少なくない。万葉集の歌においては「頻」の字が使われることはない。[1] 二四五六歌も、結句との関係で言えば「降頻」の意であろうが、「降敷」の意も併せ持っていよう。

3、結句「益々所思」について

結句は、原文「益々所思」とある。旧訓マスマスソオモフ、嘉暦伝承本・広瀬本にマスマスオモホユとある。『万葉考』が、

いと繁きもの、上に小雨のふりしきるにしほれなびけるは、いよゝ繁りつゞきて見ゆるを譬へて、及々思ふといへり、……「益」をもかくいひ下しては、しくと訓べし、

と述べて、初めてシクシクオモホユと訓んだ。以降シクシクオモホユの訓がほぼ定着している。そこで、シクシクとマスマスの用例を用字別に句単位で掲出する。

シクシク（二四五六は除く）

【敷布】…敷布尓（2・二二〇六、置始東人）、敷布二（4・六九八、大伴像見）、益敷布尓（6・九三一、車持千年）、敷布所念（7・一二三六、古集）、敷布零尓（8・一四四〇、河辺東人）、敷布毛（8・一六五九、他田広津娘子）、千重敷布（10・二二三四、人麻呂歌集略体歌）、敷布二（12・三二〇〇、作者不明）、伊夜敷布二（13・三二四三、作者不明）

【敷々】…千重敷々（11・二四三七、人麻呂歌集略体歌）

【敷及】…千遍敷及（11・二五五二、作者不明）

【布敷】…辺浪布敷（7・一二〇六一云、古集）

【布々】…布々（11・二四二七、人麻呂歌集略体歌）

【数】…数和備思（12・三〇二六、作者不明）

【数々】…数々丹（13・三二五六、作者不明）
【及々】…及々尓（19・四一八七、家持）
［音仮名］…思久思久於毛保由（17・三九七四、池主）、伊夜思久思久尓（17・三九八六、家持）、志苦思苦尓（17・三九八九、家持）、伊也之久々々二（20・四四一一、家持）、之久之久伎美尓（20・四四七六、大原今城）

マスマス

【益々】…益々母（5・八九七、憶良）、弥益々尓（6・九二三、赤人）、弥益々尓（10・二一三一云、作者不明）
【益升】…伊夜益升二（13・三二四三、作者不明）
［音仮名］…伊与余麻須万須（5・七九三、旅人）

訓字では、シクシクに「敷」「布」「数」「及」等の文字が使われ、マスマスでは「益」「升」の文字が使われている。「益」の字を書いてシクシクと訓む例はない。二二三四、二四二七、二四三七のような人麻呂歌集略体歌においても「益」と書いた例は他にない。一方、マスマスの方は仮名書きを除けば、「益」の字が用いられる。三二四三歌では対句として「その潮の伊夜益升二　その波の伊夜敷布二」と使い分けられている。それでもなぜ二四五六歌の「益々」をシクシクと訓めるかといえば、第四句までが類音の序詞だからということになる。『全注』は、

> 「益」は万象名義に「於亦反増也進也加也饒也」とあり、マスやマサルに宛てて用いられることが多いが、あとからあとから加わる意味でシクシクオモホユを「益〻所思」と表現したのであろう。

と述べている。

八木京子［二〇〇四］も、二四五六歌について、他の人麻呂歌集略体歌（11・二四七八、二四八〇、二八六三）[2]も取り上げた上で、「上接する序詞「シク（敷く）」の音により、その反復形式として、「シクシク」の音が安定的に得られたと想像される」とし、以下次のように述べている。

音の安定による〈文字表現〉の豊穣は、「しくしく」の倭語を「益」と書き表わすことで、「増也、進也、加也、饒也」（『篆隷万象名義』）というような、「意味」を新たに呼び込むことに約束される。

そしてこれらのことは、歌の〈解釈〉としての余地をも切り拓くであろう。「布」や「敷」の文字が、「布、列也」（『広雅』）「布、陳也」（『広韻』）、「敷、開也、陳也、舒也」（『新撰字鏡』）など、平面的な連なりを表わす文字であるのに対して、「益」は、当該歌の主想となる「思い」―黒髪をひた濡らす雨が降りそぼち、浸透する時間のなかで、止まることなく募り増してゆく恋情―を、鮮やかに表象していると思われる。

このように述べて、二四五六歌の「益々」についてシクシクの音が「安定的に得られたと想像される」としている。しかしながら、『万葉考』の改訓まで旧訓がマスマスであったことなどを考慮すると、二四五六歌の「益」について「安定的」とまで言えるのかは些か疑問ではある。かといって、マスマスの訓を主張するわけではないが、かなり難しい用字の選択ではなかったかと考える。(3)

マスマスが「益」の字を中心に固定的であったのに対して、シクシクの方は上掲のようにいくつかの文字の選択の余地があり、それによって新たな意味を喚起しうると言えるのであろう。(4)

4、一首の解釈

『全註釈』（増訂版）は、当該歌について次のように述べている。

黒髪山を選んだのは、黒髪というのが女に関係の深い山の名だからであり、その山草に小雨がふりしきつているということにも、自分の思いが降りそそいでいるような感があるのだろう。

その言を受けて、白井伊津子［二〇〇五］は、次のように述べている。

地名の「黒髪山」に、元来、黒（暗）さと縁のある語にかかってゆく枕調「ぬばたまの」を冠して「黒髪山」

から「黒髪」の意を喚起することに加え、一首中に「しくしく思ほゆ」の対象を明示していないこともまた、「ぬばたまの黒髪山の」という二句に女性を想起させる結果を導いているのではないか。「黒髪山」は、本旨との意味対応をもたせ、一首における情調的統一をはかるべく択ばれた地名と考えうる。

稲岡耕二［二〇一二］も、二四五六歌の序詞について、

春されば先づさきくさの幸くありて後にも逢はむな恋ひそ吾妹（10・一八九五）
処女等を袖ふる山の瑞垣の久しき時ゆ思ひけり吾等（あれ）は（11・二四一五）

などの「二重の序」を含む人麻呂歌集歌（稲岡氏は前者を詩体歌・後者を新体歌という）に似るとし、二四五六歌は、初二句「ぬばたまの黒髪山の」であって、右に引いた「二重の序」形式の小序の形ではないが、「ぬばたまの（黒髪）」は「春さればまづ」や「処女等が（ママ）袖」のような一首の陳思部に深くかかわる詞句として選ばれていると言えるだろう。

と述べ、その表現効果を説いた。

『窪田評釈』の「評」に、

大和から山城方面へ行く男が、黒髪山を小雨の中に越えつつ、別れて来た妻を思ふ心である。初句より四句までは序詞で、黒髪山その物の叙景であり、本義は「しくしく思ほゆ」だけで、主格の略かれてゐるものである。この歌は、叙景が直ちに気分となつてゐて、云ひかへると、気分の具象が叙景となつてゐるものである。序詞の形を与へてゐるのはその為である。本義の「しくしく」も気分の表現で、気分の背後にある事実には全然触れてゐないものである。この詠み方は、相聞の歌でなくては詠めないもので、その傾向のものも往往あるが、それも大体奈良朝に入つてのことである。奈良朝以前にあつて、かうした気分本位の歌を、これ程までに徹底させた歌はないとも云へよう。人麿にして初めて遂げ得る、非凡な手腕を示した歌である。

とある。「大和から山城方面へ行く男」の行動として捉えようとした。「黒髪山」が詠まれた歌に、

ぬばたまの黒髪山を朝越えて山下露に濡れにけるかも（7・一二四一、古集）

があるので、それと重ね合わせて考えようとしているのであろう。『窪田評釈』のこの「評」は深読みの面もあるが、高い評価がされていることを付言しておきたい。

二、二四五七歌について

1、初・二句「大野小雨被敷」の訓

当該歌も第二句に「小雨降りしく」の句を持ち、前歌との関連が考えられる。次に諸説を整理してみる。

Aオホノラノ　コサメフリシク……旧訓

Bオホノ（ヌ）ラニ　コサメフリシク……代（精）、略解、古義、松岡静雄『日本古語大辞典（続）訓詁』、茂吉評釈、窪田評釈、大成本文篇、古典大系、塙書房本、古典全集、古典集成、全訳注、新編全集、釈注、全注（稲岡氏）、新古典大系、和歌文学大系、新校注、全解、全歌講義

Cオホヌニハ　コサメフリシク……私注

Dオホノ（野）ニ　コサメフリシク……新訓、全釈、佐佐木評釈

Eオホノナル　コサメフリシク……定本、全註釈（旧版・増訂版）

Fオホノ（ヌ）ラニ　コサメフリシキ……折口口訳、総釈（春日政治）、注釈、桜楓社本

Gオホノ（ヌ）ニ　コサメフリシキ……新校（旧版・改訂版）、古典全書

Hオホヌラニ　コサメフリシケバ…井上新考

右のように初句の訓も分かれており、D、Gの訓では字足らずとなる。初句の字足らずは例のないことではない

ので、可能な訓ではあるが、『注釈』にも指摘するように「荒野等丹」（6・九二九）、「浅葉乃野良尓」（11・二七六三）、「於抱野呂尓」（14・三五二〇）の例があるところから、接尾語ラを読添えて、オホノラニと訓むのが穏当であろう。

第二句もコサメフリシク、コサメフリシキ、コサメフリシケバと三通りの訓に分かれている。Hコサメフリシケバでは字余りになり、また表記面からも認めにくい。旧訓をはじめA〜Eはコサメフリシクであったが、F・Gはコサメフリシキと訓む。

ただ、コサメフリシクと訓むものでも、序詞か否か、終止形・連体形かで説が分かれる。コサメフリシキと訓む場合は、序詞と解釈されている。

コサメフリシクと訓む『代匠記』精撰本は、「第二句ノ下ヲ句絶トスベシ」と述べた。これは明らかに終止形と取る。序か否かについては触れていない。

以下、『窪田評釈』・古典大系・古典集成・新編全集・新古典大系・『釈注』・『全注』・『全解』なども二句切れとして、序詞とはしていない。

しかしながら、コサメフリシクと訓む『略解』は、

　大野の中にて雨に逢て、一木の陰に立よるを以て、よりことといはん序とせり。

と述べて、序詞としている。『古義』も、

　本は大野の中にて、小雨のふりしきるにあひて、路行人などの、一木の陰に集り来る意をもて、依来といはむための序とせるにて、吾念ふ人の、吾許にときどきに依り来よ、といへるなるべし、

と述べて、序詞とした。『全釈』も同様である。

Eオホノナルコサメフリシクと訓む『全註釈』（増訂版）は、「大野なる小雨の降りしきる木の下に、この時と寄

つていらつしやい」と訳しているところから連体形としていることが分かる。

一方、フリシキと訓むものでは、島木赤彦（『万葉集の鑑賞及び其批評』）は次のように述べている。

第一句より三句まで「時々依り来」（来よを単に来といふこと古例なり）と言はんがための序であつて、第二句は必「ふりしき」と訓むべきであると思ふ。「ふりしく」「ふりしけば」皆非である。歌柄から察するといい。

『総釈』（春日政治）も、旧訓に疑問を呈した後、

新考のやうにフリシケバも一訓であらうが、フリシキが素直でよいと思ふ。上三句は只「依る」を導く序であるから、大野らに小雨がふりしきつて木の本に依るとさへつづけば十分である。かゝる序を途中で終止に切ることは面白くない。

とし、『注釈』も、『総釈』や島木赤彦（上掲）の説を紹介した後、

一首全体を実景として見れば、契沖の言の如く第二句で切るべきである。しかし上三句は序であつて、下の「寄り来る」のは木の本では無いのだから、第二句で切るのは序として異例である。フリシキと訓み、木の本に寄り来るやうに、と譬喩的の序とすべきである。

と述べた。つまり、上三句を序詞とする立場に立てば、フリシクと訓んで終止形にするのは異例の処置となる。それを避けるために『注釈』は「フリシキと訓み、木の本に寄り来るやうに、と譬喩的の序」としたのであった。しかしながら、上三句を序詞と見ない立場に立てば、コサメフリシクと訓んで問題ないと考える。したがって、コサメフリシクと訓み、二句切れとする説を支持したい。コサメフリシキに対しては、『釈注』に「意味も映像も曖昧になってよろしくない」という指摘がある。なお、Aオホノラノコサメフリシク、Hオホノナルコサメフリシクと訓めばフリシクは連体形になるが、小雨が降りしくのは大野であるから、訓としてはふさわしくない。

なおこの点について、「被敷」の用字選択とあわせて『全注』に、

「小雨零敷」だと「山草　小雨零敷」のように狭い範囲に焦点が搾られ易いが、「小雨被敷」だと「被」に覆う意味のあるところから、大野を一面に覆う小雨が想像される。それで「木の本に時とより来ね」という下句の誘いも生きるだろう。さらに言えば、「大野 小雨零敷　木本……」とするとオホノラノコサメフリシクコノモトというふうに第二句までが木の修飾語と解される可能性も生ずるが、「被敷」だと大野全体にかかわることが明らかなので、二句目に区切れを置いて読まれ、「木」の修飾語とはならないのである。そうした区切れへの配慮も感じられる。

と述べて、その用字に対する工夫を読み取ろうとしている。

2、第四句「時依来」の訓

第四句の訓の諸説は次の通りである。

Aトキトヨリコヨ……旧訓、定本、全註釈（旧版・増訂版）、窪田評釈、佐佐木評釈

Bトキトヨリコネ……大成本文篇、古典大系、注釈、塙書房本（初版）、桜楓社本、古典集成、全訳注、釈注、全注（稲岡氏）、和歌文学大系、全解、全歌講義

Cトキニヨリコネ……新校（旧版・改訂版）、古典全書

Dトキドキヨリコ……略解、古義、全釈、総釈（春日政治）、茂吉評釈

Eヨリヨリヨリコ……口訳、私注、古典全集、新編全集、新古典大系、新校注

Fヨリヨリキマセ……童蒙抄

G（コノモトヲ）タノミ（侍）テヨリコ……新考

H（コノモトヲ）タノミ（侍）テヨリク……松岡静雄『日本古語大辞典（続）訓詁』

ここでの問題は「時」の文字をどう訓むかである。トキト（二）と訓むか、ヨリヨリと訓むかに分かれると言ってよかろう。『注釈』は、

「時と」は「己時(ワガトキト)」（七・一二八六）、「時登無(トキトナク)」（九・一七五三）などの「時と」で、今がいらつしやるべき時として、の意。上の序からのつゞきとして「時に」より「時と」の方が適切であり、「来よ」の例集中に無く、「来ね」の例はいくつも（一・六二、二・一三〇）あるので、大成本文の訓に従ふ。「我が思ふ人」を評釈篇に「人」は「女のこと」とあるが、これは女が男を誘ひ待つ歌で、人は男である。

と述べて、トキトと訓んだ。

ここで、万葉集中の「時」の用例を確認しておきたい。『万葉集電子総索引CD―ROM版』で見る限りは、歌に二九八例ある中で、ヨリヨリと訓むのは当該歌のみの用例となる。

『時代別』では、ヨリヨリについて次のように説明している。

時々。おりおり。時の意の古い体言ヨリの重複形から派生したもの。助詞ニを伴うことが多い。「皇孫雖レ隔二八重之隈一冀時(ハヨリヨリニ)復相憶而勿棄置也」（神代下）「天皇時々(ヨリヨリ)遣二大舎人一問訊、朕世亦如レ之、故当三勤心奉二仏法一也」（持統紀五年）「時々(ヨリヨリニ)弄二小絃一」「五嫂頻々(ヨリヨリ)相悩」（遊仙窟）「時・徐ヨリ〳〵」【考】懐風藻序文「旋招二文学之士一、時開二置醴之遊一」の「旋・時」もこの意。

新古典大系も、醍醐寺本遊仙窟、名義抄などによって、ヨリヨリニと訓む。次の古今和歌集仮名序の例も挙げている。

この人々をおきて、またすぐれたる人も、呉竹のよよに聞え、片糸のよりよりに絶えずぞありける。

新編全集では、

ヨリヨリは時々。寄リと同音繰返しの興味もあるか。

としている。確かに、そのような関心があるかもしれないが、ヨリヨリの語が万葉集に他に無い点が気になる。

それよりは、以下のような用例「時と」の用例を参考にしてトキトと訓んではどうだろうか。

ひぐらしは　時常雖レ鳴　恋しくにたわやめ我は定まらず泣く（10・一九八二、作者不明）

つまり、「時」の意味を単なる「時間。時刻」（『時代別』①）ではなく、「機会。それにふさわしい時期。…」（『時代別』②）で捉えていけばよいと考えるものである。なお、前掲『注釈』が挙げた例は次の用例である。

山背の久世の社の草な手折りそ　己時　立ち栄ゆとも草な手折りそ（7・一二八六、人麻呂歌集略体旋頭歌）

…時登無　雲居雨降る　筑波嶺をさやに照らして　いふかりし国のまほらを…（9・一七五三、虫麻呂歌集）

さらに、『釈注』が、

雨を避けて二人が同じ木の本で雨宿りをしようとするのは不自然ではない。二人が自然に二人となる絶好の機会である。ゆえに「時と」という（旧訓）。ただし、トキトキヨリコ（『略解』）、ヨリヨリキマセ（『童蒙抄』）、ヨリヨリコ（『塙本』）の訓もある。「よりより」は時々、の意という。しかし、これでは間が抜けるように思われる。

と述べたことが、当を得ていると考える。

なお、ヨリコネの語形は、

延ふ葛の　比可波与利己祢　したなほなほに（14・三三六四或本歌末句、作者不明）

の例がある他、「〜来ね」の例は次のような例がある。

早還　許年（1・六二、春日老）、乞通　来祢（2・一三〇、長皇子）、飛反　来年（2・一八二、皇子尊宮舎人等）、此間尓落来根（10・二一二五、作者不明）、入通　来根（11・二三六四、古歌集）、影所レ見来（11・二四六二、人麻呂歌集略体歌）、思恵也出来根（11・二五一九、作者不明）、伊毛尓安比弖許祢（15・三六八七、作者未詳）、比等

目見尓許袮（18・四〇七七、家持）

また、この場合助詞ト、ネを読添えることになるが、人麻呂歌集略体歌に、

白玉　従二手纏一　不レ忘　念　何畢（11・二四四七）
早人　名負夜音　灼然　吾名謂　孋恃（11・二四九七）
我妹　吾矣念者　真鏡　照出月　影所レ見来（11・二四六二）

などの用例がある（蜂矢宣朗［一九五五］［一九五六］参照）。したがって読添えについても問題ないと考える。

3、結句「我念人」の訓

当該歌の結句は「我が思ふ人」である。「思ふ人」の用例としては、

月草のうつろひ易く思へかも　我念人之　言も告げ来ぬ（4・五八三、坂上大娘）
しきたへの枕動きて夜も寝ず　思人　後も逢ふものそ（11・二五一五、人麻呂歌集略体歌）
念人　来むと知りせば八重むぐら覆へる庭に玉敷かましを（11・二八二四、作者不明）
春日野に浅茅標結ひ絶えめやと　吾念人者　いや遠長に（12・三〇五〇、作者不明）
波のむたなびく玉藻の片思に　吾念人之　言の繁けく（12・三〇七八、作者不明）

がある。

しかしながら、当該歌の場合、アガオモフヒトと訓むと、単独母音を含む結句となり相応しくない。アガオモヘルヒトの訓も可能ではあるが、アガモヘルヒト（桜楓社本・新校注・全解）と訓むのが穏当であろう（鶴久［一九九五］）。

み崎廻の荒磯に寄する五百重波立ちても居ても　我念流吉美（4・五六八、門部石足）

ひさかたの月夜を清み梅の花心開けて　我念有公（8・一六六一、紀女郎）

右のような例が参考になろう。右の二首も同様にアガオモヘルキミの可能性も残すが、アガモヘルキミ（桜楓社本・新校注・全解）と訓んでよいであろう。

なお、前掲五八三、三〇五〇、三〇七八の諸例は、アガオモフではなくてアガモフと訓むのが穏当であろう。

4、一首の解釈

齋藤茂吉『評釈』に、

これも第三句までは序であるが、中味は『時々寄り来わが思ふ人』だけなのである。大野に雨が降ると旅人などが木下に雨を避ける。それを捉へて木下に寄りくるやうに、吾に寄りことといふので、寄物恋歌の一種だから前の歌同様意味のうへの融合があるのである。それからこの歌の、『人』は女のことで、妹、吾妹などと同じ意味に帰著するのだが、第三人称らしくヒトといつてゐるので、なかなかいい結句である。一時新派歌人等が恋人のことをヒトと使つて流行したことがあつた。

と述べたが、本稿では序歌とは考えないこと前述の通りである。また結句の「人」も男でよいと考える。『全歌講義』に、

二四五七は、人を誘う歌として巧みに詠まれている。前歌とはうってかわって、おおらかで大胆な媚態がある。（中略）原文「時依来」は、トキトヨリコネの訓の方がよい。一首の序詞の有無について、全注が、茂吉評釈の上三句を序詞とし「中味は『時々寄り来わが思ふ人』だけなのである」という説を紹介した上で、「序詞説は成り立ち難いと思われる」としているが、同感である。

とあるように、女が男を誘う歌として捉えるべきであろう。『釈注』に、

二四五七も山中での実感を漂わせる。人気のない野の木蔭で雨を避けている女の姿が浮かんでくる。この女は、高貴な女、深窓の女ではあるまい。下級官人の娘または労働に従う農村の女性なのであろう。女の息が聞こえてくるような切迫感があって、やはり捨てがたい。

と言うとおりであろう。

おわりに

万葉集において、「小雨」の用例は全部で七例あるが、「小雨降りしく（き）」と詠まれた歌は、この当該二首のみである。そういう意味ではこの二首は意識的に配列されたものと考えられる。

二四五六歌では、「ぬばたまの黒髪山」が詠まれて、女性の黒髪を連想させる歌になっている。「黒髪山」という地名への関心が強いのであろう。これは男性の立場の歌とみてよいが、独詠的と言える。二四五七歌は、今度は女性の立場の歌で、男性を誘う歌となっており、対詠的と言えよう。いずれも「小雨降りしく（き）」という語句を使いながら、男女の歌の組み合わせになっている。

以上、本稿では二四五六・二四五七歌について、その訓釈上の問題点に触れながら、二首の解釈について考えた。

＊本稿における万葉集の引用は、新編日本古典文学全集（小学館）による（一部表記を改めた）。その他の引用に関しては、原則として新字体に改めた。

注

（1）　万葉集では、大伴池主に「不遺下賤、頻恵徳音（下賤を遺れず、頻りに徳音を恵みたまふ）」（17・三九七三序）の例がある。

（2）八木氏が取り上げられた歌は、二四五六の他は、次の通り。

秋柏　潤和川辺　細竹目　人不顔面　公無レ勝（11・二四七八）
路辺　壹師花　灼然　人皆知　我恋孋（11・二四八〇）
浅葉野　立神古　菅根　惻隠誰故　吾不レ恋（11・二八六三）

（3）松岡静雄『日本古語大辞典（続）訓詁』は、「益々をシクシクと訓むのは無理である」とし、マスマスと訓む。序詞との続きからはシクシクが穏当であろう。

（4）蜂矢真郷［一九九八］に、「シクシク（二）・マスマス（二）は、橋本氏㈡（大島注、橋本［一九八六］の論文）も言われるようにいずれも程度副詞として用いられていて、その重複素シク・マスは重複・増加という数量的意味を表す動詞である」と述べられているように、意味的に共通点も見られる。

引用・参考文献

稲岡耕二［一九九一］『人麻呂の表現世界―古体歌から新体歌へ―』（岩波書店）
稲岡耕二［二〇一一］『人麻呂の工房』（塙書房）
上田設夫［一九八三］『万葉序詞の研究』（桜楓社）
大濱厳比古［一九五〇］「万葉集序詞私攷」（『天理大学学報』第二巻第一、二号）
白井伊津子［二〇〇五］「序歌の意味と形式」（『古代和歌における修辞―枕詞・序詞攷―』塙書房、初出二〇〇二年）
鶴　久［一九九五］『万葉集訓法の研究』（おうふう）
橋本四郎［一九八六］「動詞の重複形」（『橋本四郎論文集　国語学編』、角川書店、初出一九五九年）
蜂矢宣朗［一九五五］「万葉集読添訓索引―助詞の部―」（『万葉』第一六号）
蜂矢宣朗［一九五六］「万葉集読添訓索引（続）―助詞の部―」（『万葉』第一八号）
蜂矢真郷［一九九八］『国語重複語の語構成論的研究』（塙書房）
毛利正守［一九八二］「「物念」の訓読をめぐって」（『万葉』第一〇九号）

八木京子［二〇〇四］「懸詞的用法における文字選択―人麻呂の序詞を中心に―」（『美夫君志』第六九号）

付記

本論文は、第三十六回萬葉語学文学研究会（二〇一二年五月）における研究発表「人麻呂歌集「寄物陳思」歌二首の解釈―巻十一・二四五六番、二四五七番―」をもとに、再考したものを成稿化したものである。

高句麗・百済建国神話の変容
——古代日本への伝播を通して——

瀬間正之

一　『続日本紀』に記される百済建国神話

『続日本紀』は、以下のように百済建国神話を記述している。

1延暦八（七八九）年十二月附載「皇太后。其百濟遠祖都慕王者。河伯之女感日精而所生。」

2延暦九（七九〇）年秋七月「夫、百濟太祖都慕大王者、日神降靈、奄扶餘而開國。天帝授籙、惣諸韓而稱王。」

1は、桓武天皇皇太后高野新笠の先祖が百済の遠祖であることを述べる冒頭部分に見える日光感精型神話であり、2は、百済第一六代辰斯王の子孫、津連真道と、第三一代義慈王の子孫、百済王仁貞、百済王元信、百済王忠信などがあげた上疏文中に見られる彼らの先祖の始祖神話である。1では、河伯の娘が日の精気に感応して生まれたのが都慕王であり、2では、日神が降霊して、扶余をおおい、国を開き、天帝が籙を授けて、諸々の韓をあわせて王と名乗ったのが都慕大王であるとする。相違もあるが、ともに百済の遠祖・太祖の名を「都慕」とする点は一致している。「都慕」は恐らく高句麗の始祖（今日通常の称呼では「朱蒙」）に相当すると考えられるが、『日本書紀』では、以下のように高句麗建国の王を「仲牟」と表記している。

3天智七（六六八）年冬十月。大唐大將軍英公。打滅高麗。々々仲牟王。初建國時。欲治千歳也。母夫人（おりくく）云。若善治國不可得也。但當有七百年之治也。今此國亡者。當在七百年之末也。

大唐大將軍英公は英国公李勣、仲牟王は朱蒙、母夫人及び1の「河伯之女」については、後掲する⑦『三国史記』**高句麗本紀**では「河伯之女、名柳花」とあり、柳花夫人に相当すると見られる。古訓「おりくく」は、『周書』百済伝に「妻号於陸、夏言妃也」とある「於陸」に相当し、百済語による訓が付されたと見られる。

この「都慕」について、従来韓国では、「都慕は言うまでもなく、東明、鄒牟、朱蒙と同名同人で高句麗の始祖其人である」［李丙燾『韓国古代史研究』（博英社、一九七六年三月）拙訳］のように、後掲する⑦『**三国史記**』**高句麗本紀・始祖東明聖王条**の記述に従い、東明・朱蒙・鄒牟と都慕を同一視する見解が主流であったが、現代の韓国では「都慕」を韓国漢字音で「トモ」と発音し、「朱蒙（チュモン）」ではなく、むしろ「東明（トンミョン）」と同一視する説が有力視される向きもある［김화경「百済建国神話の研究—日本の都慕神話を中心とした一考察」（韓民族語文学六〇、二〇一二年）・김수미「百済始祖伝承の様相と変化原因」韓国古代史学会例会発表資料（於全南大学、二〇一六年一一月一五日）］。

本稿では、東明・朱蒙の名称をも含めて、高句麗・百済の建国神話を再確認し、それがどのような形で古代日本に伝えられたかを検証したい。

二　夫余建国神話

東明王神話を載せる最古の文献は『論衡』の夫余建国神話であると考えられる。

①『**論衡**』**巻二吉験篇**（王充二七～一〇〇？）［山田勝美『新釈漢文大系68論衡上』一四八頁］

北夷槖（タク）（槀（コウ））離（藝文類聚九、白孔六帖九引並作「高麗」）國王、侍婢有レ娠、王欲レ殺レ之。婢對曰「有下氣大如二鷄子一、從レ天

而下、我故有娠。」後産子、捐於豬溷中、豬以口氣嘘之、不死、復徙置馬欄中、欲使馬藉殺之、馬復以口氣嘘之、不死。王疑以為天子、令其母收取、奴畜之、名東明、令牧牛馬。東明善射、王恐奪其國也、欲殺之。東明走、南至掩淲水、以弓撃水、魚鼈浮為橋、東明得渡。魚鼈解散、追兵不得渡。因都王夫餘、故北夷有夫餘國焉。東明之母初妊時、見氣從天下。及生、棄之、豬馬以氣吁之而生之。長大、王欲殺之、以弓撃水、魚鼈為橋。天命不當死、故有豬馬之救、命當都王夫餘、故有魚鼈為橋之助也。

※橐は、音タク、櫜コウの形譌〔山田勝美『新釈漢文大系68論衡上』一四九頁〕

鶏の卵の大きさの気が天からおりてきて妊娠した侍婢から生まれた子を、王は豚小屋や馬小屋の中に捨ててしまうが、豚も馬もそれを殺さなかったので、王はもしやこれは天子ではないかと疑って「東明」と名づけたという要旨となる。

「橐（タク）」は「櫜（コウ）」の誤りとされ、「櫜離（コウリ）国」と見られている。この国名は、以下のように『芸文類聚』では「高麗」としている。

『藝文類聚』巻第九・水部下・橋〔中文出版社版一八二頁〕

論衡曰。高麗國有侍婢。自云有氣如鷄子。來下我。故有身。後生子。曰東明。東明善射。王恐害其國。欲殺之。東明走至掩水。以弓撃水。魚鼈浮而為橋梁。事載魏略。亦具鱗介部。

ところが、『魏略』には、次に引くように「高離之國」とあり、国名は異なるが内容は『論衡』とほぼ同一である。

『魏略』魏・魚豢撰（裴松之『三國志』注所引）

『三國志』巻三十　魏書三十　烏丸鮮卑東夷傳第三十　裴松之注〔中華書局本八四二頁〕

魏略曰、舊志又言、昔北方有高離之國者、其王者侍婢有身、王欲殺之、婢云「有氣如鷄子來下、我故有

レ身。」後生レ子、王二捐之於溷中一、豬以喙嘘之、徙至二馬閑一、馬以氣嘘之、不レ死。王疑以為二天子一也、乃令二其母收畜レ之、名曰二東明一、常令レ牧レ馬。東明善レ射、王恐レ奪二其國一也、欲レ殺レ之。東明走、南至二施掩水一、以弓撃レ水、魚鼈浮為レ橋、東明得レ度、魚鼈乃解散、追兵不レ得レ渡。東明因都二王夫餘之地一。

この記事に関して、韓国の研究者は以下のように述べている。

三世紀に編纂された陳寿の『三国志』魏志・東夷伝扶余条と五世紀に編纂された范曄の『後漢書』東夷列伝扶余条にも載せられている。しかしこれらは上の資料6『論衡』（本稿では①）を転載したものであった可能性が濃厚であることで、扶余の建国神話はもっとも先に記録された『論衡』の資料が基盤になったと見ても大きく差し支えがないようだ。〔김화경「百済建国神話の研究—日本の都慕神話を中心とした一考察」（韓民族語文学六〇、二〇一二年）拙訳〕

『論衡』所載の記事をもともと王充の『論衡』にあったものとすれば、一世紀には既に東明神話は成立していたことになる。但し、山田勝美氏は、「この部分は三國志夫余伝注に引かれている「魏略」の全文を採っている」〔『新釈漢文大系68論衡上』一五〇頁〕としている。山田勝美氏がどういう根拠で『魏略』を先としたか、確認する手立ては今となってはないが、いずれにせよ、天から何か卵の大きさをした気体のような物がおりてきて、それによって侍婢がはらんだ、そこから生まれたのが東明であるという話、いわゆる東明神話は、遅くとも三世紀以前の中国には伝えられていたことを確認しておきたい。

その後、この東明神話は、『後漢書』巻八十五・東夷列伝・扶余国条（中華書局本二八一〇頁）等の史書にも引き継がれるが、中国撰述の仏典『広弘明集』『法苑珠林』にも東明の名は欠くものの以下のように抄出されている。

『廣弘明集』巻第十二〔『大正新脩大蔵経』五二巻・一七二頁〕道宣撰六六四年

又高駒麗王侍婢有娠。相者占之。貴而當王。王曰。非我之胤。便欲殺之。婢曰。氣從天來故我有娠。及子之産。

王謂不祥。捐圏則猪噓。棄欄則馬乳而得不死。卒爲夫餘之王。高駒麗（麗本のみ）…寧稟離（宋・元・明本、宮内庁本）

『法苑珠林』歸信篇第十一　述意部第一　〔『大正新脩大蔵経』五三巻・四三九頁〕　道世撰六六八年

又寧稟離王侍婢有娠。相者占之。貴而當王。王曰。非我之胤。便欲殺之。婢曰。氣從天來故我有娠。及子之産。王謂不祥。捐圏則猪噓。棄欄則馬乳而得不死。卒爲夫餘之王。

三　高句麗建国神話

一方、高句麗の記録としては、二〇一二年に発見された集安高句麗碑、広開土大王碑など、四世紀前後の金石文に見えるのが初出となる。

②集安高句麗碑　〔『集安高句麗碑』（吉林大学出版社、二〇一三年一月）・『広開土大王碑研究一三〇年―集安高句麗碑発見と古代東アジア』（早稲田大学総合研究機構、二〇一三年一一月）〕

□□□□世、必授天道、自承元王、始祖鄒牟王之創基也。
□□□子、河伯之孫、神靈祐護蔽蔭、開國辟上、継胤相承。

③広開土大王碑（好太王碑）四一四年【第一面】

惟昔始祖鄒牟王之創基也、出レ自二北夫餘一。天帝之子、母河伯女郎。剖レ卵降レ世、生而有レ聖。□□□□□□命レ駕、巡幸南下。路、由二夫餘奄利大水一、王、臨レ津言曰、「我是皇天之子、母河伯女郎、鄒牟王、爲レ我連レ葭浮レ龜。應レ聲即爲二連葭浮龜一」。然後造（はじめテ）渡。於二沸流谷忽本西一、城二山上一而建都焉。不レ楽二世位一、天遣二黄龍一來下迎レ王。王於二忽本東岡一、履二龍首一昇レ天。

惟れ、昔、始祖鄒牟王の創基せるなり。北夫餘より出ず。天帝の子にして、母は河伯の女郎なり。卵を剖きて世に降り、生まれながらにして聖を有ち、□□□□、□□駕を命じ、巡幸して南下す。路は夫餘の奄利大水に由る。王、津に臨みて言ひて曰く、「我は是れ皇天の子、母は河伯の女郎、鄒牟王なり、我が為に葭を連ね、亀を浮ばしめよ」と。声に応じ、即ち為に葭を連ね、亀を浮べ、然る後に造渡せしむ。佛流谷の忽本の西に於て、山上に城づきて、都を建つ。世位を楽しまず。天、黄龍を遣はし、来下して王を迎えしむ。王、忽本の東岡に於て、龍首を履みて、天に昇る。

末尾六字は従来「黄龍負昇天」と判読されていたが、これでは漢文として語序が整わず、〔武田幸男『高句麗史と東アジア』（岩波書店、一九八九）・白崎昭一郎『広開土王碑文の研究』（吉川弘文館、一九九三年）・権仁澣『廣開土王碑文新研究』（박문사、二〇一五年一二月）八八～九一頁〕等の判読「履龍首昇天」を採った。

②は二〇一二年に発見された集安高句麗碑であり、現在は好太王碑よりも一世代前の碑文ではないかという説が有力であり、高句麗の最古級の金石文と言い得る。朱蒙の表記は、「鄒牟王」であり、「河伯之孫」となっている。
③が有名な広開土大王碑であるが、やはり表記は同じく「鄒牟王」であり、母は「河伯女郎」で、「卵を剖きて」誕生したとあり、ここで初めて、卵から始祖が誕生するという卵生神話の要素が出てくることが注目される。したがって、五世紀になると高句麗の建国神話に卵生神話の要素が加わることになる。高句麗神話の卵生要素の淵源については、김화경氏に、南方文化と関係が深いという説（三品彰英）が有力であったが、現在カムチャッカ半島に暮しているコリーヤク族（Koryak）が卵生神話を持っていて、またこれらが満洲地域一帯に生活したという点を考慮して、扶余族が宋花崗流域の農安と長春地域付近から吉林地域一帯へ移住しながらこれらと接触を持ったとする説がある。〔김화경「百済建国神話の研究—日本の都慕神話を中心とした一考察」（韓民族語文学六〇、二〇一二年）拙訳〕

他にも、五世紀前半のものとされる**牟頭婁塚墓誌**に「河泊之孫日月之子鄒牟」「知㆓河泊之孫日月之子所㆑生之地㆒、来㆓□北扶餘㆒」とあり、牟頭婁は、「河伯之孫日月之子の生まれたる地を知りて□北扶余より来たる」とあり、「鄒牟」の表記、「河泊之孫」とともに「日月之子」の記述がある。牟頭婁は、広開土大王時代前後の北扶余出身の高句麗官人であろうと考えられる。鄒牟が、廣開土王碑・牟頭婁塚墓誌でも北扶余出身とあるのは、その背景には、扶余支配の正統性の根拠を得ようとする高句麗の政治的意図があったとする説が提示されている〔李成市「『梁書』高句麗伝と東明王伝説」『中国正史の基礎的研究』（早稲田大学出版部、一九八四年）〕。

続いて、中国史書の高句麗建国神話を確認したい。

④『魏書』巻一百・列傳第八十八・高句麗〔中華書局版二二一三～二二一四頁〕

高句麗者、出於夫餘、自言先祖朱蒙。朱蒙母河伯女、為夫餘王閉於室中、為日所照、引身避之、日影又逐。既而有孕、生一卵、大如五升。夫餘王棄之與犬、犬不食、棄之與豕、豕又不食、棄之於路、牛馬避之、後棄之野、衆鳥以毛茹之。夫餘王割剖之、不能破、遂還其母。其母以物裹之、置於暖處、有一男破殼而出。及其長也、字之曰朱蒙、其俗言「朱蒙」者、善射也。夫餘人以朱蒙非人所生、將有異志、請除之、王不聽、命之養馬。朱蒙每私試、知有善惡、駿者減食令瘦、駑者善養令肥。夫餘王以肥者自乘、以瘦者給朱蒙。後狩于田、以朱蒙善射、限之一矢。朱蒙雖矢少、殪獸甚多。夫餘之臣又謀殺之。朱蒙母陰知、告朱蒙曰「國將害汝、以汝才略、宜遠適四方。」朱蒙乃與烏引、烏違等二人、棄夫餘、東南走。中道遇一大水、欲濟無梁、夫餘人追之甚急。朱蒙告水曰「我是日子、河伯外孫、今日逃走、追兵垂及、如何得濟」於是魚鼈並浮、為之成橋、朱蒙得渡、魚鼈乃解、追騎不得渡。朱蒙遂至普述水、遇見三人、其一人著麻衣、一人著納衣、一人著水藻衣、與朱蒙至紇升骨城、遂居焉、號曰高句麗、因以為氏焉。

⑤『隋書』巻八十一・列傳第四十六・東夷・高麗〔中華書局版一八一三頁〕

高麗之先、出自夫餘。夫餘王嘗得河伯女、因閉於室内、為日光隨而照之、感而遂孕、生一大卵、有一男子破殼而出、名曰朱蒙。夫餘之臣以朱蒙非人所生、咸請殺之、王不聽。及壯、因從獵、所獲居多、又請殺之。其母以告朱蒙、朱蒙棄夫餘東南走。遇一大水、深不可越。朱蒙曰「我是河伯外孫、日之子也。今有難、而追兵且及、如何得渡」於是魚鼈積而成橋、朱蒙遂渡。追騎不得濟而還。

朱蒙建國、自號高句麗、以高為氏。朱蒙死、子閭達嗣。

高句麗の金石文では「鄒牟」とあったが、『**魏書**』（列伝は五五四年成立）『**隋書**』（列伝は六三六年成立）ともに「朱蒙」であり、「朱蒙」の初出は中国側の史料ということになる。その出身を扶余とする点、母が河伯の娘である点、誕生が卵生型である点は、**広開土大王碑**（**好太王碑**）と一致するが、破線部のように日光感精型も加わり、日光感精卵生神話となっている。この初出も中国側の史料であることに留意しておきたい。

続いて、南朝側の『**梁書**』（六二九年）の記述を検討したい。

⑥『梁書』諸夷傳（東夷条）・高句麗　［中華書局版八〇一頁］

高句驪者、其先出自東明。東明本北夷囊離王之子。離王出行、其侍兒於後任娠、隣王還、欲殺之。侍兒曰。「前見天上有氣如大鷄子、來降我、因以任娠。」王囚之、後遂生男。王置之豕牢、豕以口氣虚之、不死、王以爲神、乃聽収養。長而善射、王忌其猛、復欲殺之、東明乃奔走、南至淹滞水、以弓撃水、魚鼈皆浮爲橋、東明乘之得渡、至夫餘而王焉。其後支別爲句驪種也。

高句麗建国神話でありながら、朱蒙神話ではなく、むしろ①『**論衡**』『**魏略**』系の扶余建国神話と共通する東明神話となっている。母親が天から降った鶏卵大の気によって妊娠した侍児である点も同様である。李成市氏は、『**梁書**』高句麗伝について、『**魏志**』高句麗伝もしくはそれに近い関係にある史料に基づいて書かれたものであるが、夫余の建国神話である東明王伝説によって高句麗の起源を説明した記事は新たに加えられた記事であり、これは『**魏略**』からの引用として『**魏志**』夫余伝の注に掲げられた記事と字句の点でもほぼ一致し、冒頭に「高句驪者其先出自東明」、末尾に「其後支別爲句驪種也」と加えたところだけが異なるだけであることを指摘した上で、『**梁書**』高句麗伝は梁代の認識と深く関わっており、五三〇年前後の史料と見なせることから、高句麗が夫余から支別したという系譜観と両者の種別的同一性の認識は、六世紀初頭の梁に既に存在していたとされた〔李成市「『梁書』高句麗伝と東明王伝説」『中国正史の基礎的研究』（早稲田大学出版部、一九八四年）〕。

以上の点から、③**広開土大王碑**に見られる高句麗鄒牟卵生神話と①『**論衡**』『**魏略**』に見られる夫余東明神話は元来別系統の神話であっが、夫余東明神話をそのまま借用する『**梁書**』に見られる高句麗建国神話がまず成り、その「天から降った鶏卵大の気」による妊娠を発展させた日光感精神話を形成し、そこに高句麗鄒牟卵生神話を合体させた朱蒙日光感精卵生神話へと変容したと見るのが筋道ではないかと思われる。

最後に、時代は降るが高麗時代に編まれた『三国史記』を検討する。

⑦『**三国史記**』**巻第十三　高句麗本紀・始祖東明聖王**

〔訳註三国史記1勘校原文編（韓国精神文化研究院、一九九六年）一四五頁〕

始祖東明聖王、姓高氏、諱朱蒙。一云鄒牟、一云衆解。……於是時、得女子於太白山南優渤水、問之、曰「我是河伯之女名柳花、与諸弟出遊、時有一男子、自言天帝子解慕漱、誘我於熊心山下鴨淥邊室中、私之、即往不返。父母責我無媒而従人、遂謫居優渤水。」金蛙異之、幽閉於室中。為日所炤、引身避之、日影又逐而炤之。因而有孕、生一卵、大如五升許。（日の光が射したので身体を避けると日の光がまた追ってきて射した、それで孕んで一つの卵を産んだ。）

ここでは、東明・朱蒙・鄒牟の統合がなされ、河伯の娘に柳花という呼称が与えられ、さらには天帝の子として解慕漱なる人物が登場するなど、統合と付加により、古代神話がひとまず完結されたと見られる。

四　百済建国神話

引き続き、百済の建国神話を検討する。『**魏書**』は、百済建国神話を載せていない。但し、『**魏書**』**巻一百・列傳**

第八十八・百済条に載る延興二（四七二）年、百済王余慶の上表文に「臣與高句麗源出夫餘」〔中華書局版二二一七頁〕とあり、高句麗と共に自らの根源を夫余と述べていることは留意しておきたい。建国神話の初出は以下の『隋書』となる。

⑧**『隋書』巻八十一・列傳第四十六・東夷・百済**〔中華書局版一八一七～一八一八頁〕七世紀魏徴

百濟之先、出自高麗國。其國王有一侍婢、忽懷孕、王欲殺之。婢云「有物状如鶏子、來感於我、故有娠也。」王捨之。後遂生一男、棄之廁溷、久而不死、以為神、命養之、名曰東明。及長、高麗王忌之、東明懼、逃至淹水、夫餘人共奉之。東明之後、有仇台者、篤於仁信、始立其國于帶方故地。漢遼東太守公孫度以女妻之、漸以昌盛、為東夷強國。初以百家濟海、因號百濟。

⑨**『北史』巻九十四・列傳第八十二・百濟**〔中華書局版三一一八頁〕

百濟之國、蓋馬韓之屬也、出自索離國。其王出行、其侍兒於後妊娠、王還、欲殺之。侍兒曰「前見天上有氣如大鶏子來降、感、故有娠。」王捨之。後生男、王置之豕牢、豕以口氣嘘之、不死。後徙於馬闌、亦如之。王以為神、命養之、名曰東明。及長、善射、王忌其猛、復欲殺之。東明乃奔走、南至淹滯水、以弓撃水、魚鼈皆為橋、東明乘之得度、至夫餘而王焉。東明之後有仇台、篤於仁信、始立國于帶方故地。漢遼東太守公孫度以女妻之、遂為東夷強國。初以百家濟、因號百濟。

⑧『隋書』を見ると、やはり母親は侍婢、始祖の名は東明であり、話形も①『論衡』『魏略』を追うものとなっている。①『論衡』『魏略』の神話の冒頭に「百済之先、出自高麗國。」を冠したものと言える。⑧『隋書』は「有物状如鶏子」、⑨『北史』は「有氣如大鶏子」と微妙な違いはあるが、やはり同じように鶏の卵のような物がやってきて、それに感応して妊娠したという『論衡』型であり、高句麗建国神話では始祖の名が鄒牟（朱蒙）となっているのに対して、百済は最初から『論衡』型を採って東明になっていることが注目される。

ところが、『三国史記』になると、以下のように、鄒牟（朱蒙）となって現れる。

⑩『三国史記』巻第二十三　百済本紀第一〔訳註三国史記1勘校原文編二二四頁〕

百済始祖温祚王、其父、鄒牟、或云朱蒙。自北扶余逃難、至卒本扶余。扶余王無子、只有三女子。見朱蒙、知非常人、以第二女妻之。未幾、扶余王薨、朱蒙嗣位。生二子、長曰沸流、次曰温祚（或云朱蒙、到卒本、娶越郡女、生二子。）。及朱蒙在北扶余所生子、来為太子。沸流・温祚、恐為太子所不容、遂与烏干・馬黎等十臣南行、百姓従之者、多。遂至漢山、登負児嶽、望可居之地、沸流欲居於海浜。十臣諫曰。「惟此河南之地、北帯漢水、東拠高岳、南望沃沢、西阻大海。其天険地利、難得之勢、作都於斯、不亦宜乎」。沸流不聴、分其民、帰彌鄒忽以居之。温祚都河南慰礼城、以十臣為輔翼、国号十済、是前漢成帝鴻嘉三年也。沸流以彌鄒、土湿水鹹、不得安居、帰見慰礼、都邑鼎定、人民安泰、遂慙悔而死、其臣民皆帰於慰礼。後以来時百姓楽従、改号百済。其世系与高句麗、同出扶余、故以扶余為氏。

中国の史料では「東明」であったものが、『三国史記』ではじめて「鄒牟、或云朱蒙」とされ、「東明」の名は表記されない。しかし、⑦**『三国史記』高句麗本紀・始祖東明聖王**では、「始祖東明聖王、姓高氏、諱朱蒙。一云鄒牟」と「東明」の名が第一に表され、東明・朱蒙・鄒牟の統合が見られるから、ここでは当然のこととして敢えて記述しなかったとも考えられる。

既に、김화경氏が指摘するように、〔김화경「百済建国神話の研究―日本の都慕神話を中心とした一考察」（韓民族語文学六〇、二〇一二年）〕百済は国初から東明廟を始祖廟として祭祀していたことが『三国史記』に見えている。東明廟の祭祀に関する記述を『三国史記』から拾えば、以下の通りである。

a巻二三　百済本紀一　始祖温祚王元年「元年夏五月、立東明王廟」

b巻二三　百済本紀一　多婁王二年「二年春正月、謁始祖東明廟。二月、王祀天地於南壇」

c巻二四　百済本紀二　仇首王一四年「十四年春三月、雨雹。夏四月、大旱。王祈東明廟、乃雨」
d巻二四　百済本紀二　責稽王二年「二年春正月、謁東明廟」
e巻二四　百済本紀二　汾西王二年「二年春正月、謁東明廟」
f巻二四　百済本紀二　比流王九年「夏四月、謁東明廟。拝解仇為兵官佐平」
g巻二五　百済本紀三　阿莘王二年「二年春正月、謁東明廟。又祭天地於南壇」
h巻二五　百済本紀三　腆支王二年「二年春正月、王謁東明廟。祭天地於南壇、大赦」
i巻三二　雑志一　祭祀「多婁王二年春正月、謁始祖東明廟。責稽王二年春正月、汾西王二年春正月、契王二年夏四月、阿莘王二年春正月、腆支王二年春正月、並如上行」

以上のように、百済では原則として歴代王の「二年春正月」に「謁始祖東明廟」の儀礼があったことが確認できる。これについて김화경氏［「百済建国神話の研究—日本の都慕神話を中心とした一考察」（韓民族語文学六〇、二〇一二年）拙訳］は以下のように述べている。

百済にこのような東明信仰があるということに着眼した金富軾は、扶余の始祖であった東明という名前が「東明聖王」という高朱蒙の諡号で使われると同時に、温祚王を高朱蒙と連結するようになった可能性が濃いと思う。このような想定が妥当だとすれば、温祚を朱蒙の息子として記述した上の資料9百済本紀（本稿では⑩『三国史記』）は『三国史記』の編者である金富軾の中世的な合理主義思考によって繋がれたものだったと言える。しかしこのような連結は神話上や信仰上として見る場合には先後が合わないように見える。だから百済の建国神話は扶余の始祖東明の伝承を継承したものであり、このような伝承が百済が滅亡した後に日本へ渡った百済王の子孫たちの間に伝わったのが都慕神話だったと見られる。

五　扶余⇒百済型（東明神話）と高句麗型（朱蒙神話）

以上をまとめれば【表Ⅰ】の通りである。

【表Ⅰ】

建国神話	史料	始祖	続柄	生誕型
夫余	魏略・論衡	東明	母は侍婢	天から降った鶏卵大の気
高句麗	集安高句麗碑	鄒牟	河伯の孫	
	広開土大王碑	鄒牟	天帝の子・母は河伯女郎	卵生
	牟頭婁塚墓誌	鄒牟	河泊の孫・日月の子	
	魏書・隋書	朱蒙	母は河伯の女	日光感精・卵生
	梁書	東明	母は侍児	天から降った鶏卵大の気
	三国史記	東明聖王 諱 朱蒙（鄒牟・衆解）	天帝子解慕漱と河伯之女柳花の子	日光感精・卵生
百済	隋書	東明	母は侍婢	鶏卵のような物
	北史	東明	母は侍児	天から降った鶏卵大の気
	続日本紀	都慕	母は河伯の女	日光感精
	三国史記	鄒牟（朱蒙）		

高句麗と百済の双方の建国神話を載せる『**隋書**』で比較すれば、百済建国神話⑧は、一侍妃が卵ようなものが下って妊娠をして生んだ東明の子孫の立てた国が百済であるとし、高句麗建国神話⑤は、水神の娘河伯が日光感精

によって卵を生み、その卵を孵して生まれた朱蒙が立てた国が高句麗であるとする。김화경氏は、「このような差異は編者が同じ史書中に高句麗条と百済条にその建国神話を同時に載せながら、意図的に区分を試みた可能性もある」［김화경「百済建国神話の研究─日本の都慕神話を中心とした一考察」（韓民族語文学六〇、二〇一二年）拙訳］と述べているが、河伯の娘を母に持ち卵生で誕生する神話は既に高句麗の金石文に見えるものであり、その胚珠は高句麗の独自神話にあることは言うまでもなく、百済は夫余建国神話をそのまま借用したと見るべきで、編者の意図以前に両者の差異は歴然としていると言える。

すなわち、東明神話は、母は侍婢であり天から降った鶏卵大の気により妊娠するという共通点があり、鄒牟（朱蒙）神話は、母は河伯の娘であり、四世紀（金石文史料）は卵生であったが、後に日光感精の要素が添加された（中国正史）と見ることができる。先に引いた百済王余慶の上表文に自らの根源を夫余とする通り、百済建国神話（『隋書』『北史』所載）は、夫余建国神話（『魏略』『論衡』所載）の東明神話をそのまま借用したものであると言える。ところが、『続日本紀』の都慕神話は、母が河伯の娘である点も、日光感精による点もむしろ高句麗建国神話に一致することになる。すなわち、扶余⇒百済型（東明神話）よりも、鄒牟（朱蒙）神話の内容に一致するのである。したがって、既に後の『三国史記』に見られるような東明＝鄒牟（朱蒙）の統合の過程途上にある型とも捉えることができるかも知れない。

六　都慕神話の担い手

既に、六世紀から七世紀にかけて「〈百済＝倭〉漢字文化圏」というべき共通点が両国の漢字文化からうかがえることを指摘した［「〈百済＝倭〉漢字文化圏」『水門』二三（勉誠出版、二〇一一年七月）・『記紀の表記と文字表現』（おうふう、二〇一五年二月）二三～九一頁・「高句麗・百済・新羅・倭における漢字文化受容」古代文学と隣接諸学シリーズ

No4　犬飼隆編『古代の文字文化』（竹林舎、二〇一七年七月）など」が、『日本書紀』『続日本紀』等に載る百済人渡来記事やその子孫の税制優遇記事に見るように、多くの百済人がその文化を持って渡来し永住していたことは周知の通りである。とりわけ、都慕神話に関して言えば、都慕を始祖とする氏族こそが、その神話の担い手出会ったことが考えられる。最初に引いた『続日本紀』の高野新笠をはじめ、津連真道と、百済王仁貞、百済王元信、百済王忠信などはもちろんのこと、都慕を始祖とする氏族を『新撰姓氏録』に求めれば以下の通りである。

⑪『新撰姓氏録』左京諸蕃下　百済条

［佐伯有清『新撰姓氏録の研究』本文篇（吉川弘文館、一九六二年）二九八頁〜三〇〇頁］

a左京　諸蕃　百済　和朝臣　　出自百済国都慕王十八世孫武寧王也
b左京　諸蕃　百済　百済朝臣　出自百済国都慕王卅世孫恵王也
c左京　諸蕃　百済　百済公　　出自百済国都慕王廿四世孫汶淵王也
d右京　諸蕃　百済　菅野朝臣　出自百済国都慕王十世孫貴首王也
e右京　諸蕃　百済　百済伎　　出自百済国都慕王孫徳佐王也
f右京　諸蕃　百済　不破連　　出自百済国都慕王之後毗有王也

このように、八世紀頃の日本には自分たちが百済の始祖都慕王の子孫であると称する氏族が存在し、彼らが都慕神話を担っていたことは想像に難くない。

さて、最初に掲げたように「都慕」を韓国漢字音で도모「トモ」と発音し、「東明」동명と同一視する説［김화경「百済建国神話の研究―日本の都慕神話を中心とした一考察」韓民族語文学六〇（二〇一二年）・김수미「百済始祖伝承の様相と変化原因」韓国古代史学会例会発表資料（於全南大学、二〇一六年一一月一五日）］が近年の韓国ではあるが、「都慕」の呼称の問題を最後に検討したい。

古代日本において「都」は主として「ツ」の音仮名として用いられていたことは、周知の通りであるが、隋唐音に依拠したとされる『日本書紀』α群であってさえも、「ツ」三二例に対して、「ト甲」は九六番歌に一例用いられずに過ぎず、その九六番歌でも、「阿都圖喇都麼怒喇絁底（あと取りつま取りして）」と「ツ」の仮名としても用いられている。大野透氏は以下のように指摘している。

> 都はツの古層の仮名及びト甲の中間層の仮名に用ゐられてゐる。都はツの常用仮名として用ゐられるのが例なので、固有名詞表記に於てのみ例外的にト甲の仮名に用ゐられ、都(ト)は安都（大日本古文書・続日本紀宣命・万葉集・続日本紀）・阿都（大日本古文書・書紀）・伊都（大日本古文書・続日本紀）・逸都（筑紫風土記逸文）に見えるに過ぎない（アト甲・イト甲に限られる）。〔大野透『萬葉假名の研究』（明治書院、一九六二年）七六頁〕

また、「慕」も『日本書紀』歌謡では「モ」の音仮名として用いられているが、百済資料では、雄略二年七月所引『百濟新撰』中の「慕尼(むに)夫人(はしかし)」は古来「む」にと訓まれており、欽明八年四月「前部徳率眞慕宣文」も『釈日本紀』では「シムムセンモン」と訓まれている。したがって「都慕」は「ツモ」もしくは「ツム」に充てた表記であると見られる。

【表Ⅱ】は、各表記の漢字音をまとめたものである。韓国中世漢字音のハングル表記は〔権仁瀚『中世韓國漢字音集成』（제이앤씨、二〇〇五年）〕、音声記号は〔伊藤智ゆき『朝鮮漢字音研究』（汲古書院、二〇〇七年）〕、古代漢字音Kは〔金武林『古代国語漢字音』（韓国文化社、二〇一五年）〕、古代漢字音Rは〔李丞宰『漢字音から見た高句麗語の音韻体系』（일조각、二〇一六年）〕、金思燁推定原音は〔金思燁「高句麗・百済・新羅の言語」『日本古代語と朝鮮語』（毎日新聞社、一九七五年）〕にそれぞれ依拠した。

【表Ⅱ】から、各氏の音価推定に多少の相違もあるが、高句麗金石文に用いられる「鄒牟」と、中国側史料に用いられる「朱蒙」は、兪昌均氏〔『韓國古代漢字音の研究Ⅱ』（啓明大学校出版部、一九八三年）拙訳〕も、「鄒」と

【表Ⅱ】

表記	韓国中世漢字音	古代漢字音K	古代漢字音R	金思燁推定原音
東明	동명 toŋmʌiŋ	×　×	동（듕・튱）명	
鄒牟	추모 cʰumo	조（죠）모	쥬（주）무	즈므
朱蒙	주몽 ciumoŋ	×　모	쥬（주）×	즈므
		呉音	漢音	古代音仮字例
都慕	도모 tomo	ツモ	トボ	ツモ（ム）
仲牟	중모 tiuŋmo	ヂュウム	チュウボウ	×ム

（×は推定音価なし）

「朱」、「牟」と「蒙」は、互用可能な等価的なものであると述べるように、両者とも金思燁氏が導き出した推定原音즈므（チュム）に近似した音であったことが推測される。

ところが、上代中古の日本語に拗音「チュ」は存在しなかった。そのために「都」を以て表記したと考えられる。たとえば、韓国中世漢字音では「州」は、権仁澣氏は、「쥬」、伊藤智ゆき氏も「ciu」としているが、『日本書紀』では、神功紀「彌州流（みつる）」「州流須祇（つるすき）」、継体紀「州利即爾（つりそに）」「州利即次（つりそし）」、安閑紀・欽明紀「己州己婁（こつこる）」、天智紀「州柔（つぬ）」と百済地名表記・百済人名表記に用いられる「州」はすべて「つ」と訓み慣わされている。これについて、古典大系は、以下のように述べている。

> 州の仮名は今日普通にはスの仮名と考えられている。しかし、宮内庁書陵部蔵、永正本によれば、続紀、天平勝宝元年四月の加階の詔「治賜比州礼等母」とあり、ヲサメタマヒツレドモと訓むべく州はツの仮名と認められる。州をツの仮名とする例は、神功紀に、百済の人「彌州流」が有り、これをミツルと訓み慣わしているし、州流須祇（ツルスキ）という地名もある。…中略…従来、ツの仮名の字源には、いろいろな文字が擬せられたが、「州」とすることによって、多くの疑点を解くことができた。これらによって、州をツの仮名と認め、州利即爾をツリソニと訓み、州の字にツの仮名をあてる。従って己州己婁（五〇頁注六）もコツコルと訓む。

〔『日本書紀』下（岩波書店、一九六五年）補注（五四五頁）〕

天智七（六六八）年の「仲牟」は、直接高句麗人から伝え聞いたか、あるいは亡命百済人によるものか、いずれにせよ拗音を発音可能な話者が表記に関与していたことが認められる。それに対して「都慕」表記は、二つの可能性が考えられる。第一に百済系渡来人は代を重ねても、未だ拗音を発音できたが、それに当てるべき仮名として、「州」は既にスの仮名として常用されるようになったていたために、「都」が選択されたという推定である。第二には、何代も経た百済人は既に拗音の発音はできなくなっており、ツと発音していたために「都」と表記したとする推定である。

いずれにせよ、「鄒牟」「朱蒙」ではなく、「都慕」という表記から観て、『続日本紀』都慕神話は、文献に依拠したものではなく、子孫たちの間に代々伝え受け継がれて来た百済始祖神話を文字化したものであると言える。

本稿は、二〇一七年一一月二一日学習院大学東洋文化研究所で開催された講演「高句麗・百済・伽耶の建国神話と日本」（東洋文化講座「東アジア諸言語の歴史と伝播」講演録として『東洋文化研究』第二〇号に収録）の一部に基づいている。

一音節名詞ア・イ・ウ・エ・オ

蜂矢真弓

一　はじめに

阪倉（一九九三）は、「上代語単音節名詞一覧」を挙げ、上代において、一音節名詞が多々同音衝突を起こしていたことを明らかにした上で、意味の判別のため、同音衝突を回避した結果、「単音節語が、上代から平安時代へという比較的短い推移の間にその七割弱（恐らくは、それ以下）に減少してしまったという事実、および、残りの語が更にその五割弱にまで減少するのには、その後、中世・近世を経て現代にいたる数百年間を要したという事実」について述べられている。そして、「上代から平安時代」という時期については、

もちろん、甲乙二類の発音の混同が一般化したその結果として、単音節語から多音節語へという傾向がいよいよ促進されたという、右とは裏腹の事態が同時に起こったであろうことも考慮されなければならないが

と述べられており、一音節語の多音節化と、上代特殊仮名遣の崩壊との関係性は、因果関係だけではなく、相互関係でもあったとのことである。これに対し、因果関係であるのか相互関係であるのかはさておき、本稿では、上代一音節名詞について検討することにする。

また、同音衝突を起こした語については、

この混同を防ぐ手段としては、各同音語グループごとに、必要なもののみを残して他は廃語にするか、またはその語形を改修して同音衝突の原因を避けるようにするかしかない。後者がすなわち単音節語を、既存あるいは改修の複音節語に置き換えるという方法であって

と述べられている。つまり、上代には多くの一音節語が存在していたが、同音衝突を起こし、意味の判別が困難であったことから、同音衝突を回避するために、使用頻度が高く勢力の強い「必要な」一音節語のみを、形態を保持したまま残し、他の語は、「廃語にする」か、或いは、「既存」の別の多音節語に置き換えることにより多音節化する、上下に何かを伴い「改修して」多音節化するという形態変化を行っていったということである。

また、阪倉（一九九三）は、以下のようにも述べられている。

時代が下って平安中期にはじまるア行のエ（e）とヤ行のエ（je）との混同、ついでオ（o）とヲ（wo）との混同、鎌倉時代に入ってはイ（i）とヰ（wi）、エ（e）とヱ（we）の混同、さらには、いわゆるハ行転呼音にもとづくア・ハ・ワ三行の混同といった事態が語の識別をはなはだ困難にした

よって、本稿では、阪倉（一九九三）のこれらの論を手掛かりに、上代を中心とした単独母音一音節語であるア・イ・ウ・エ・オ、及び、時代が下ると単独母音一音節語イ・エ・オとなる、ヤ行のエ、ワ行のヰ・ヱ・ヲについて、以下に述べて行く。

尚、ハ行転呼音により、最終的に、単独母音一音節語イ・ウ・エ・オに変化したものは存在しないことから、一音節語ヒ・フ・ヘ・ホについては検討の対象外とする。

二　単独母音一音節名詞ア

ア〔足〕／アシ〔足〕

足の音せず〈安能於登世受〉行かむ駒もが　葛飾の　真間の継ぎ橋　止まず通はむ（『萬葉集』三三八七）

立山の　雪し消らしも　延槻の　川の渡り瀬　鐙漬かすも〈安夫美都加須毛〉（『萬葉集』四〇二四）

浅小竹原　腰泥む　空は行かず　足よ行くな〈阿斯用由久那〉（『古事記』景行・三五）

ア〔網〕／アミ〔網〕

宇治川は　淀瀬なからし　網代人〈阿自呂人〉舟呼ばふ声　をちこち聞こゆ（『萬葉集』一一三五）

……い渡らす迫門　石川片淵　片淵に　網張り渡し〈阿彌播利和挖嗣〉……（『日本書紀』神代紀下・三）

ア〔吾〕／アレ〔吾〕

……我はもよ〈阿波母与〉女にしあれば　汝を除て夫は無し……（『古事記』神代・五）

……弱細撓や腕を　枕かむとは　吾はすれど〈阿礼波須礼杼〉さ寝むとは　吾は思へど〈阿礼波意母閉杼〉……

（『古事記』景行・二七）

ア〔畔〕／アゼ〔畔〕

離二天照大御神之営田之阿一此阿字以レ音。（『古事記』神代）

畔（略）和名久呂　一名阿世（元和本『和名類聚抄』）

このうち、ア〔足〕・ア〔網〕は、一音節名詞ではあるが被覆形であるため、下に何かを伴った複合名詞・派生動詞の形態でしか存在することが出来ない。ア〔足〕・ア〔網〕の形態のまま現存してはいるが、単独で存在する一音節名詞ではないため、ひとまず今回は対象外とする。

一方、一音節名詞ア〔吾〕[1]は二音節アレ〔吾〕、一音節名詞ア〔畔〕は二音節名詞アゼ〔畔〕の形態に変化する。同音衝突の回避のためならば、二音節化するのはどちらかのみで良かったはずである。しかし、アは単独母音であるため、複合語の後項部に位置すると、母音の連続を回避するために、ア自身が脱落する、先行母音と融合して別の音節を作る、挿入された子音と共に別の音節を作る等の変化を起こし、原形を留めない可能性が高い。これでは、ア〔吾〕・ア〔畔〕が持つ意味が分かりにくくなってしまうため、一音節単独母音名詞ア〔吾〕・ア〔畔〕は共に、多音節化したものと考えられる。

三　単独母音一音節名詞イ

イ〔汝〕／ナムチ〔汝〕・ナンヂ〔汝〕

召二兄宇迦斯一、罵詈云、伊賀此二字以レ音。所二作仕奉一於二大殿内一者（『古事記』神武）

大汝（おほなむち）〈於保奈牟知〉少彦名（すくなびこな）の　神代（かみよ）より　言ひ継（つ）ぎけらく……（『萬葉集』四一〇六）

いかに思ひてか、なんぢら、難（かた）きものと申（す）べき（『竹取物語』）

イ〔眠・寝〕／ネブリ〔眠〕・ネムリ〔眠・睡〕

……真玉手（またまで）　玉手（たまで）差（さ）し枕（ま）き　股長（ももなが）に　寝（い）は寝（な）さむを〈伊波那佐牟遠〉……（『古事記』神代・三）

ねぶりもせられず、いそがしからねば、つく〴〵ときけば（『蜻蛉日記』）

眠（ネムリル）（『黒本本節用集』）

イ〔五十〕／イソ〔五十〕

恋（こ）ひ恋ひて　後（のち）も逢はむと　慰（なぐさ）もる　心しなくは　生きてあらめやも〈五十寸手有目八面〉（『萬葉集』二九〇四・借訓）

いせわたる河は袖よりながるれどとふにとはれぬ身はうきぬめり（『後撰和歌集』一二五六）

いはのうへの松のこずゑにふる雪はいそかへりふれのちまでみ見ん（『古今六帖』七二五）

イ〔肝〕／キモ〔肝〕

天子（は）其ガ膽（イノ）力ヲ益ス（石山寺本『大智度論』天安二年点・大坪併治氏釈文）

雄略天皇謂二大初瀬稚武天皇一之随身　肺脯侍者矣〈肺脯上音之反訓支毛　下普音反訓伊也〉（興福寺本『日本霊異記』上一）

……大猪子が　腹（はら）にある　肝向（きもむか）ふ〈岐毛牟加布〉心をだにか　相思（あひおも）はずあらむ（『古事記』仁徳・六一）

このうち、一音節名詞イ〔汝〕[2]は、上代のうちに三音節名詞ナムチ〔汝〕、平安初期〜中期のナンヂ〔汝〕に、一音節名詞イ〔眠・寝〕は、平安中期に二音節名詞ネブリ〔眠〕に変化する。ネムリ〔眠・睡〕は、ネブリがバ行―マ行の子音交替したものである。前述のア〔吾〕・ア〔畔〕と同様に、イ〔汝〕・イ〔眠・寝〕は単独母音であるため、複合語の後項部に位置すると原形を留めない可能性が高く、イ〔汝〕・イ〔眠・寝〕が持つ意味が分かりにくくなってしまうため、一音節単独母音名詞イ〔汝〕・イ〔眠・寝〕は共に、多音節化したものと考えられる。そして、イ〔汝〕が、『日本国語大辞典』「い【汝】」の項に、「格助詞「が」を伴って用いられる」と述べられているように、イガの形態で現れること、敬意を持って用いられるナムチ〔汝〕の例が上代に既に見られることや、また、イ〔眠・寝〕について、阪倉（一九九三）が「「イをヌ」の形でのみ現れる点、名詞としての独立性はすでに弱いか。」と述べられていることから、イ〔汝〕・イ〔眠・寝〕は、上代において既に一音節名詞として存在するのが難しくなっていたものと思われる。

ところが、イ〔五十〕は、上代において、前述の「イをヌ」のような特定の形でのみ現れる訳でもなく存在し、且つ、平安時代になっても存在していた。これは、イ音便の発生と関係があるものと考えられる。イ音便とは「母音＋i」という形態を作り出すものであるので、平安時代は、複合語の後項部にイが位置することは不可能とは限らなかったということである。イ〔汝〕・イ〔眠・寝〕は、上代において既に一音節名詞として存在するのが難しくなっていたが、イ〔五十〕にはその傾向がなかったため、平安時代になってもイ〔五十〕のまま存在していた。

しかし、安田（二〇一五）に

〔30個〕〔40個〕〔60個〕〔70個〕〔80個〕〔90個〕はみなソという形態素を持つため、その類推で個数詞50の語幹は、／イ-→イソ-／と変化した（この変化の時期は一〇世紀頃であろう）。

と述べられているように、ミソ〔三十〕・ヨソ〔四十〕などとの類推という、一音節単独母音名詞であるということとは別の理由から、一音節名詞イ〔五十〕はイソ〔五十〕に形態変化し、多音節化することになったものと考えられる。

そして、イ〔肝〕は、他のイとは異なり、平安時代になってから用例が出現する。前述のイ音便の発生との関係により、一音節単独母音名詞イの存在が不可能とは限らなくなった平安時代故のことと思われる。ただ、時代が下り鎌倉時代になると、ワ行のヰ[3]がア行のイに統合され、ヰ〔胃〕がイ〔胃〕に音韻変化したことにより、イ〔肝〕はイ〔胃〕と同音衝突する。

ヰ〔胃〕

胃(ヰ)クソフクロ（略）（『色葉字類抄』）

『日本国語大辞典』「い【肝】」の項の語誌には、以下のように述べられている。

中世末以降、一般作品では「くまのい（熊胆）」などの複合語の形で残存する。この時期、内臓は字音で呼ぶ傾向にあったことや、一般語として浸透しつつあった「い（胃）」との同音衝突により、衰退していったと考えられる。

右にこのように述べられているように、漢語であり、且つ一般語として浸透しつつあったイ〔胃〕と同音衝突した結果、それを避けるためにイ〔肝〕は衰退する。一方、上代から存在していたキモ〔肝〕は現代まで存在している。阪倉（一九九三）がイ〔肝〕について「内蔵一般を指す」と述べられているように、イ〔肝〕・キモ〔肝〕は、元々少し意味が異なる。しかし、和語は、魚・木の種類を表す名詞が多く存在するのに対し、内臓・金属の種類を表す語が非常に少ない。和語において、内臓は非常に弱い分野であるため、イ〔肝〕・キモ〔肝〕の意味が少々異なっていても、内臓を表す語という認識が成され、イ〔肝〕はキモ〔肝〕に統合されたような結果になったものと思われる。

つまり、元々は一音節単独母音名詞であったイ〔汝〕・イ〔眠・寝〕・イ〔五十〕・イ〔肝〕は多音節化するのに対し、一音節名詞ヰ〔胃〕が、現代では一音節単独母音名詞イ〔胃〕として存在しているということである。

四　単独母音一音節名詞ウ

ウ〔海〕／ウミ〔海〕

水門(みなと)の 潮(うしほ)の下(くだ)り〈于之裒能矩娜利〉 海下(うなくだ)り 後(うしろ)も暗(くれ)に 置(お)きてか行(ゆ)かむ（『日本書紀』斉明紀・一二〇）

神風(かむかぜ)の 伊勢(いせ)の海(うみ)の〈伊勢能宇美能〉 大石(おひし)に 這(は)ひ廻(もとほ)ろふ 細螺(しただみ)の い這(は)ひ廻(もとほ)り 撃(う)ちてし止(や)まむ（『古事記』神武・一三）

ウ〔卯〕・ウ〔兎・菟〕／ウサギ〔兎〕

……現(うつつ)には〈卯管庭〉君には逢(あ)はず 夢(いめ)にだに 逢ふと見えこそ……（『萬葉集』三三八〇・借訓）

時、問菟蝦夷膽鹿嶋菟穂名、二人進曰（略）（略）問菟、此云㆓塗毗宇㆒。菟穂名、此云㆓宇保那㆒。（略）（『日本書紀』斉明紀五年七月）

ね、うし、とら、う、たつ、み／ひと夜ねてうしとらこそは思ひけめうきなたつみぞわびしかりける（『拾遺和歌集』四二九）

露をまつうのけのいかにしほるらん月のかつらの影をたのみて（『拾遺愚草』七六四）

菟頭骨菟竅（略）和名宇佐岐（『本草和名』巻十五）

ウ〔鵜〕

……島つ鳥　鵜養が伴〈宇加比賀登母〉今助けに来ね（『古事記』神武・一四）

宇事物頸根築抜弖（祝詞・廣瀬大忌祭）

鵜自物頸根衝抜弖（祝詞・六月月次）

鸕鷀（略）鵜鶘啼胡二音　俗云宇（伊勢廿巻本『和名類聚抄』）

このうち、ウ〔海〕は、一音節名詞ではあるが被覆形であるため、下に何かを伴った複合名詞・派生動詞の形態でしか存在することが出来ない。ウ〔海〕の形態のまま現存してはいるが、単独で存在する一音節名詞ではないため、ひとまず今回は対象外とする。

次に、一音節単独母音名詞ウ〔卯〕・ウ〔兎・菟〕は、三音節名詞ウサギ〔兎〕の形態に変化する。ウサギ〔兎〕の用例が出現した平安時代には、既に「母音＋u」という形態のウ音便が発生しており、複合語の後項部にウが位置することは不可能とは限らなくなったため、一音節単独母音名詞ウ〔卯〕・ウ〔兎・菟〕のままでも存在することが出来たはずだったが、ウ〔鵜〕と同音衝突を起こした結果、それを避けるために、一音節名詞ウ〔卯〕・ウ〔兎・菟〕は多音節化し、ウサギ〔兎〕の形態に変化したものと考えられる。

そして、ウ〔鵜〕は、前述の通り、ウ音便の発生との関係により、一音節単独母音名詞ウ〔鵜〕のままでも存在することが出来るようになり、現代まで存在している。

五　単独母音一音節名詞エ

エ〔榎〕／エノキ〔榎〕

我が門の 榎の実もり食む〈榎実毛利喫〉百ち鳥 千鳥は来れど 君そ来まさぬ（『萬葉集』三八七二）

榎（略）一名柏（略）和名衣（伊勢二十巻本『和名抄』）

榎上字衣乃木（『新撰字鏡』）

エ〔荏〕／エゴマ〔荏〕

日子坐王、娶㆓山代之荏名津比売、亦名刈幡戸弁㆒（『古事記』開化）

荏（略）桑木也　古豆也　衣（『新撰字鏡』）

薴犬衣（『新撰字鏡』）

蘇（略）和名以奴衣　一名乃良衣（『本草和名』巻十八）

假蘇（略）和名乃〻衣　一名以奴衣（『本草和名』巻十八）

傘張。えのあぶらがたらぬなげ。（『七十一番歌合』廿二番）

白蘇（『農業全書』巻四）

まず、一音節単独母音名詞エ〔榎〕は三音節エノキ〔榎〕の形態に変化する。エは単独母音であるため、複合語の後項部に位置すると、原形を留めない可能性が高く、エ〔榎〕が持つ意味が分かりにくくなってしまう。その上、エ〔荏〕と同音衝突を起こしたため、それを避けるために、一音節単独母音名詞エ〔榎〕は多音節化してエノキの形態になったものと考えられる。ヒノキ〔檜〕等、～キの形態の名詞が多いことも参照される。一方、平安初期に見られるエ〔荏〕は、平安初期にイヌエとして、平安中期にイヌエ・ノラエ・ノノエとして、単独ではない形態において、エゴマ〔荏〕ではなく、シソ〔紫蘇〕の類の意味を表している。また、室町時代に見られるエ〔荏〕は、エノアブラという単独ではない形態において、傘に塗る油の意味を表しており、平安中期に見られるエ〔荏〕とは意味が異なる。よって、エゴマ〔荏〕の用例が出現する江戸時代よりも前の、平安中期の時点で、エ〔荏〕は、既に一音節名詞として存在するのが難しくなっていたものと思われる。

エ〔柄〕

豈法庭二不朽斧柄（ヲノ、エ）（『東大寺諷誦文稿』）

次に、一音節名詞エ（ヤ行）には、エ〔柄〕・エ〔枝〕・エ〔江〕・エ〔兄〕・エ〔胞〕が存在していたが、同音衝突を起こした末に、エ〔枝〕・エ〔江〕・エ〔兄〕・エ〔胞〕は、それを避けるためにエダ〔枝〕、イリエ〔入江〕、アニ〔兄〕・アネ〔姉〕、エナ〔胞〕へと多音節化し(4)、エ〔柄〕のみが平安時代になっても一音節のまま残っていた。

尚、『岩波古語辞典』には、エ〔柄〕について、「《エ〔枝〕と同根》」と述べている。よって、エ〔柄〕とエ〔枝〕は元々同根であったが、意味が分化したため、意味に応じて形態も分ける必要が生じたことから、エ〔柄〕は一音節のまま残り、エ〔枝〕はエダ〔枝〕へと多音節化した可能性が考えられる。

そして、平安中期になると、ア行のエがヤ行のエに音韻変化する。この時、ア行のエであったエ〔榎〕・エ〔荏〕は既に単独では用いられていなかったため、ひとまずエ〔柄〕のみが、一音節名詞エとして残る。

ヱ〔絵〕

我（わ）が妻（つま）も　絵（ゑ）に描（か）き取らむ〈画尓可伎等良無〉暇（いつま）もが　旅行（ゆ）く我（あれ）は　見つつ偲（しの）はむ（『萬葉集』四三二七）

召二請繪師一言〈繪音恵反〉（興福寺本『日本霊異記』上二十）

ヱ〔餌〕／エサ〔餌〕

河内國司言、於二餌香川原一、有二被レ斬人一。（『日本書紀』崇峻前紀）

財等自二高安城一降以渡二衛我河一（『日本書紀』天武紀元年七月）

餌（ヱバ）ヱサトモ／ジ（『いろは字』）

更に、鎌倉時代になると、ワ行のヱもヤ行のエに統合され、一音節名詞エ〔柄〕は、一音節名詞ヱだったものと同音衝突を起こすことになる。

一音節名詞ヱには、ヱ〔故〕・ヱ〔餌〕、及び、漢語のヱ〔絵〕が存在していたが、同音衝突を起こすことにより、ヱ〔餌〕・ヱ〔絵〕が一音節のまま残っていた。(5) その一音節名詞ヱ〔餌〕・ヱ〔絵〕が、ヤ行音の一音節名詞エ〔餌〕・エ〔絵〕に音韻変化した結果、鎌倉時代の時点で、エ〔柄〕・エ〔餌〕・エ〔絵〕の三つが同音衝突を起こしていた。その後、室町時代になると、エ〔餌〕はエサ〔餌〕へと形態変化し、多音節化する。その結果、エ〔柄〕・エ〔絵〕の二つが一音節名詞エ（ヤ行）として残る。そして、江戸時代になると、ヤ行のエはア行のエに音韻変化し、最終的に、エ〔柄〕・エ〔絵〕の二つが一音節単独母音名詞として現代まで生き残っている。

ただし、このエ〔柄〕・エ〔絵〕の二つを見比べると、エ〔柄〕は、「〜ノエ〔柄〕」という用例が多い傾向がある。よって、上接する「〜」の部分により、エはエ〔柄〕であるという判別がつきやすいことから、単独の用例の多いエ〔絵〕との同音衝突を避ける必要があまりなく、エ〔柄〕は現代まで残ることが出来たものと思われる。

豈法庭ニ不朽斧柄(ヲノヽエ)（『東大寺諷誦文稿』、再掲）

槐（略）乃実乃江（享和本『新撰字鏡』）

……傘(からかさ)の柄(え)さしたるやうにて……（『宇津保物語』楼上・下）

ひさげの柄(え)の倒(たふ)れ伏(ふ)すも……（『枕草子』二〇一）

……長刀(なぎなた)の柄(え)もこしの轅(ながえ)もくだけよととる(執)まゝに……（『平家物語』巻第二）

つまり、元々は一音節単独母音名詞であったエ〔榎〕・エ〔荏〕は多音節化するのに対し、一音節名詞ヱ〔絵〕、及び、上接部分によって判別がつきやすい一音節名詞エ〔柄〕が、現代では一音節単独母音名詞エ〔柄〕・エ〔絵〕として存在しているということである。

六　単独母音一音節名詞オ

上代のみならず、中世まで、一音節単独母音名詞オは存在しない。前述の通り、単独母音は複合語の後項部に位置すると原形を留めない可能性が高く、意味が分かりにくくなってしまうため、最初の時点から存在しなかったのかもしれない。平安後期に、ア行のオはワ行のヲへと統合されるが、ア行のオが元から存在しないため、その音韻変化は、今回の論には関連がない。

ヲ〔緒〕

……大刀が緒も〈多知賀遠母〉未だ解かずて　襲衣をも　未だ解かねば……（『古事記』神代・二）

ヲ〔尾〕

……鶉鳥　領巾取り懸けて　鶺鴒　尾行き合へ〈袁由岐阿閉〉……（『古事記』雄略・一〇一）

一方、一音節名詞ヲは上代から存在していた。ワ行のヲは、ヲ〔麻・苧〕・ヲ〔峰〕・ヲ〔雄・男・夫〕・ヲ〔緒〕・ヲ〔尾〕の五つが同音衝突を起こしていたが、それを回避するために、ヲ〔麻・苧〕・ヲ〔峰〕・ヲ〔雄・男・夫〕は、それぞれアサ〔麻〕、ミネ〔峰〕、ヲス〔雄〕・ヲノコ〔男〕・ヲトコ〔男〕へと多音節化し、ヲ〔緒〕・ヲ〔尾〕の二つが、一音節名詞ヲとして残る。[6] その後、江戸時代まで下ると、ワ行のヲはア行のオに音韻変化し、オ〔緒〕・オ〔尾〕の二つが、一音節単独母音名詞オとして現代まで存在している。

このヲ〔緒〕・ヲ〔尾〕は、同源ではなく別々の語であるが、細長いものとして共に捉えられた可能性も考えられる。また、ヲ〔尾〕は、「あしひきの　山鳥の尾の〈山鳥之尾乃〉…」（『萬葉集』二八〇二或本歌）のように、「〔動物名〕＋ノ＋ヲ〔尾〕」の形態で用いられやすい。よって、上接する「〜」の部分により、ヲはヲ〔尾〕であるという判別がつきやすいことから、ヲ〔緒〕との同音衝突を避ける必要があまりなく、ヲ〔緒〕・ヲ〔尾〕は共に現代まで残ることが出来たものと思われる。

つまり、元から一音節単独母音名詞であったオは存在しない代わりに、後に同じ意味だと捉えられた可能性もあり、且つ、片方は上接部分によって判別がつきやすいヲ〔緒〕・ヲ〔尾〕が、現代では一音節単独母音名詞オ〔緒〕・オ〔尾〕として存在しているということである。

七　まとめ

①一音節単独母音名詞ア・イ・ウ・エ・オのうち、アは、他の音韻との統合が成されないため、一音節単独母音名詞アの中でのみ同音衝突を起こす。本来ならば、使用頻度が高く勢力の強い「必要な」語が、少なくとも一つは形態が保持されたまま残るはずであるが、アは単独母音であることから、複合語の後項部に位置した際、原形を留めない可能性が高く、意味が分かりにくくなってしまうため、一音節単独母音名詞アは全て多音節化し、形態を保持したまま残ったものはなかった。

②イは、イ音便の発生により、平安時代以降は、複合語の後項部にイが位置することは不可能とは限らなくなったため、「必要な」少なくとも一つは一音節単独母音名詞イとして現代まで残るはずであったが、ワ行のヰがア行のイに統合されたことにより、ヰ〔胃〕がイ〔胃〕に変化し、一音節単独母音漢語名詞イ〔胃〕として現代まで残っている。

③ウは、ウ音便の発生により、平安時代以降は、複合語の後項部にウが位置することは不可能とは限らなくなったため、ウ〔鵜〕のみ、一音節単独母音漢語名詞ウ〔鵜〕として現代まで残っている。

④エは、ア同様、音便との関係がないため、一音節単独母音名詞エは全て多音節化等により変化し、形態を保持したまま残ったものはないはずだった。しかし、ヤ行のエ・ワ行のヱと統合されたことから、最終的に、エ

〔柄〕・ヱ〔絵〕がエ〔柄〕・エ〔絵〕に変化し、一音節単独母音名詞として現代まで残っている。また、エ〔柄〕は上接語により意味の判別が可能であるため、漢語ヱ〔絵〕と共に現代まで残ったものと思われる。

⑤オは、音便との関係がないためか、上代から既に存在していなかった。ただ、ワ行のヲと統合されたことから、最終的に、ヲ〔尾〕・ヲ〔緒〕がオ〔尾〕・オ〔緒〕に変化し、一音節単独母音名詞として現代まで残っている。また、ヲ〔尾〕は上接語により意味の判別が可能であるため、ヲ〔緒〕と共に現代まで残ったものと思われる。

使用文献

『妙本寺蔵永禄二年いろは字影印・解説・索引』（清文堂）、『色葉字類抄研究並びに總合索引』（風間書房）、『群書類従』巻二十八（続群書類従完成会）、『古今和歌集』・『後撰和歌集』・『拾遺和歌集』・『拾遺愚草』・『古今六帖』（『新編国歌大観』角川書店）、『古事記 祝詞』・『日本書紀』・『古代歌謡集』・『伊勢物語』・『竹取物語』・『日本霊異記』・『蜻蛉日記』・『枕草子』・『宇津保物語』・『平家物語』・『風来山人集』（日本古典文学大系）、『古事記』・『萬葉集』（新編日本古典文学全集）、『天治本新撰字鏡増訂版 附享和本・群書類従本』（臨川書店）、『古本節用集六種研究並びに総合索引』（古辞書大系 勉誠社）、『大坪併治著作集』（風間書房）、築島裕編『東大寺諷誦文稿總索引』（古典籍索引叢書8 古典研究會 汲古書院）、『尊経閣善本影印集成26 日本書紀』（八木書店）、『日本書紀兼右本二』（天理図書館善本叢書 八木書店）、『農業全書』（国立国会図書館デジタルコレクション）、『本草和名』（日本古典全集刊行会）、『類聚名義抄観智院本』（天理図書館善本叢書 八木書店）、『倭語類解』（近世方言辞書 第5輯）、『和名類聚抄古写本声点本本文および索引』（風間書房）、『岩波古語辞典 補訂版』（岩波書店）、『時代別国語大辞典上代編』（三省堂）、『日本国語大辞典 第二版』（小学館）

注

(1) 名詞というよりは人称代名詞であるが、大きな問題はないと見られるので、名詞と括っておくことにする。
(2) 注(1)に同じ
(3) 一音節名詞キ、及び、それらが多音節化したものには、他に以下のようなものがある。

ヰ〔井〕・ヰド〔井戸〕
井（略）和名爲（真福寺本『和名類聚抄』）
水溜る依網池の　堰杙打が〈韋具比宇知賀〉刺しける知らに……（『古事記』応神・四四）
田中の井戸に〈太名加乃為度尓〉光れる田水葱　摘め摘め吾子女　小吾子女……（『催馬楽』五四）
ヰ〔亥〕・ヰノコ〔亥〕・ヰノシシ〔猪〕
……水灌く　鮪の若子を　漁り出な猪の子〈阿娑理逗那偉能古〉（『日本書紀』武烈前紀・九五）
むま、ひつじ、さる、とり、いぬ、ゐ／むまれよりひつじつくれば山にさるひとりいぬねにひとゐていませ（『拾遺和歌集』四三〇）
猪　一名彘（略）和名井（伊勢廿巻本『和名類聚抄』）
有獻山-猪。（図書寮本『日本書紀』崇峻紀五年十月）
猪　一名豵（略）和名爲乃之（『本草和名』、ヰノシ、の誤りか）
ヰ〔藺〕・ヰグサ〔藺草〕
上野　伊奈良の沼の　大藺草〈於保為具左〉外に見しよは　今こそまされ（『萬葉集』三四一七）
莞（略）大井　又加万（『新撰字鏡』）
藺知比佐支井（享和本『新撰字鏡』）
藺（略）ヰ　ヰクサ　スル（『類聚名義抄』）

（4）一音節名詞エ、及び、それらが多音節化したものには、他に以下のようなものがある。
エ〔枝〕・エダ〔枝〕
……上つ枝は〈本都延波〉天を覆へり　中つ枝は〈那加都延波〉東を覆へり　下枝は〈志豆延波〉鄙を覆へり……（『古事記』雄略・九九）
……我が逃げ登りし　在り丘の　榛の木の枝〈波理能紀能延陀〉（『古事記』雄略・九七）
エ〔江〕・イリエ〔入江〕
……堰杙築く　川俣江の〈伽破摩多曳能〉菱茎の　さしけく知らに……（『日本書紀』応神・三六）

日下江の 入江の蓮〈伊理延能波知須〉花蓮 身の盛り人 羨しきろかも（『古事記』雄略・九四）

エ〔兄〕・アニ〔兄〕・アネ〔姉〕

かつがつも 弥前立てる 兄をし娶かむ〈延袁斯麻加牟〉（『古事記』神武・一六）

生御子、大江之伊耶本和気命（『古事記』仁徳）

大兄去来穂別天皇（前田本『日本書紀』仁徳天皇二年）

兄の中納言行平のむすめの腹なり（『伊勢物語』）

つゐに尼になりて、姉のさきだちてなりたる所へ行くを（『伊勢物語』）

エ〔兄〕は、同性の兄弟・姉妹の年上の者の意を表すが、今回例に挙げた右記のエ〔兄〕（『古事記』神武）は、同性の姉妹の年上の者の意を表している。

エ〔胞〕・エナ〔胞衣・胎衣〕

租（略）子乃兄（略）（『新撰字鏡』）

䙡ヱナ（観智院本『類聚名義抄』）

エ〔胞〕・エナ〔胞衣・胎衣〕については、蜂矢（二〇一七）参照。

また、ア行かヤ行か不明の一音節名詞エ、及び、それらが多音節化したものには、以下のようなものがある。

エ〔役〕・エタチ〔役〕

差白鳥陵守等充役丁。（前田本『日本書紀』仁徳天皇六十年）

是歳、新羅人、朝貢。則労是鑑。（前田本『日本書紀』仁徳天皇十一年）

エ〔疫〕・エヤミ〔疫〕

五年國内多疾疫民有死亡者（兼右本『日本書紀』崇神天皇五年）

疫ヤク 俗 エヤミ 又エ 又トキノケ（『色葉字類抄』）

（5）一音節名詞ヱ、及び、それらが多音節化したものには、他に以下のようなものがある。

ヱ〔故〕・ユヱ〔故〕

思ふ故に〈於毛布恵尓〉逢ふものならば しましくも 妹が目離れて 我居らめやも（『萬葉集』三七三一）

……端つ土は　肌赤らけみ　下土は　丹黒き故〈邇具漏岐由恵〉……（『古事記』応神・四二）

（6）一音節名詞ヲ、及び、それらが多音節化したものには、他に以下のようなものがある。

ヲ〔麻・苧〕・アサ〔麻〕

麻苧らも〈安左乎良乎〉麻笥にふすさに〈遠家尓布須佐尓〉績まずとも　明日着せさめや　いざせ小床に（『萬葉集』三四八四）

世をいとひこのものごとにたちよりてうつぶしぞめのあさのきぬなり（『古今和歌集』雑一〇六八）

ヲ〔峰〕・ヲノヘ〔峰〕・ミネ〔峰〕

隠り処の　泊瀬の山の　大峰には〈意富袁爾波〉幡張り立て　さ小峰には〈佐袁々爾波〉幡張り立て……（『古事記』允恭・八八）

木の暗の　繁き尾の上を〈之気伎乎乃倍乎〉ほととぎす　鳴きて越ゆなり　くらし来らしも（『萬葉集』四三〇五）

谷狭み　峰に延ひたる〈弥年尓波比多流〉玉葛　絶えむの心　我が思はなくに（『萬葉集』三五〇七）

ヲ〔雄・男・夫〕・ヲス〔雄〕・ヲノコ〔男〕・ヲトコ〔男〕

八千矛の　神の命や　我が大国主　汝こそは　男にいませば〈遠邇伊麻世婆〉……（『古事記』神代・五）

雄〔略〕オス（『倭語類解』走獣）

……鶏が鳴く　東　男は〈安豆麻乎能故波〉出で向かひ　顧みせずて……（『萬葉集』四三三一）

伊耶那美命先言、阿那邇夜志、愛袁登古袁、此十字以レ音。下効レ此。（『古事記』神代）

ただし、ヲトコ〔男〕のヲト〔乙〕は若いという意味であり、ヲトコ〔男〕は、本来はヲトメ〔乙女〕と対になる語で、若い男という意味であったが、後に、人間のヲ〔雄・男・夫〕の意味を表すようになった。また、ヲス〔雄〕は動物にのみ用いられる語である。

シッポ〔尻尾〕

……早くも卯雲木室君に尻尾を見出され……（『風来六部集』上・放屁論追加）

尚、ヲ〔尾〕の多音節語として、江戸時代になるとシッポ〔尻尾〕という用例も出現するが、シッポ〔尻尾〕は所謂話し言葉であり、ヲ〔尾〕は、現代でもオ〔尾〕として残っている。

参考文献

阪倉篤義（一九九三）『日本語表現の流れ』（岩波セミナーブックス45）
安田尚道（二〇一五）『日本語数詞の歴史的研究』（武蔵野書院）
蜂矢真弓（二〇一七）「ナを伴う二音節化名詞」（『論集 古代語の研究』清文堂）
蜂矢真弓（二〇一八）「一音節名詞被覆形」（『日本語文法史研究4』）

上代における文末「ノミ」という表現

土居美幸

一

日本書紀歌謡、萬葉集歌に、

佐瑳羅餓多　邇之枳能臂毛弘　等枳舍氣帝　阿麻哆絆泥受邇　多儴比等用能未（允恭紀、六六番歌）[1]

味乃住　渚沙乃入江之　荒礒松　我乎待兒等波　但一耳（萬葉集巻11・二七五一）

という文末「ノミ」の表現がみえる。

本居宣長は、古事記の「耳」字の訓について説く中で、右を引用する。

抑此字、能美とは訓まじき所以は如何といふに、凡て皇國語には、能美は、中間にのみ在ことにて、終を此辞にて結むることはなければ、古語にかなはざるなり、【然るを能美と結めたらむも、古語に違ふことあらじと思ふは、漢籍讀にのみ口なれ耳なれたる、後世人のひが心なり、】書紀允恭御巻歌に、多儴比等用能未、萬葉十一に、但一耳、など結めたるあれど、これらは、唯一夜唯一人而已にして、二夜に及ばず、二人と無しといふ意にて、能美てふ辭いと重ければ、漢文の輕く云捨たる耳とは異なり、【然らば古より此字に、能美といふ訓のあるは、いかなる故ぞと云に、漢文にて此字は、語決辭と云て、何れも其事に決まりて、他にわたる疑なき意なる處に置る故なり、されば漢文にては、此訓かなはざるにあらず、然れども然る處に能美という辭を置こと、皇國の語にあらざるなり、凡て言の意は同じきも、置處用ひざまなどの、此方と彼國と差あることをよく辨へて、萬の詞は用ふべきものぞ(2)】

宣長は、日本語の「ノミ」は文中に置かれるものであって、文末に置かれるものではないという。その一方で、冒頭に示した日本書紀歌謡「多儴比等用能未」、萬葉集歌「但一耳」の「ノミ」については、文末に置かれているものであると認めている。文末に置かれるか否かという、形式を問題にしているのにもかかわらず、これらの例は、文末にあっても、漢文の助字「耳」の「輕く云捨たる」義とは異なり、意義が日本語「ノミ」のそれであるからと言ってよしとする。

山田孝雄氏は、『漢文の訓讀によりて傳へられたる語法』において、宣長の「玉あられ　文の部」の次の件、

のみとは、たゞ其物事ばかりにして、ほかの物ほかの事のまじらざるをいふ詞なるを、近きころの人の文には、其意ならで、たゞ語の勢ひに、のみといひとぢむること多きは、漢文にならへるひがこと也、大かた皇國の語には、さやうにのみといひて、とぢむる例はなきこと也、古き歌に「たゞ一夜のみ」、「たゞ一人のみ」、などとぢめたるあれど、これらは、一夜に限り、一人にかぎりて、二つなきをいへるにて、たゞ語の勢ひに添たるにはあらねば、別事也(3)、

を引き、

今制限の意ある本来の「のみ」を以て終止とせるものは、本居翁の如く、下略の語なりといふをうべきことなれど、制限的の意全くなきに關せず、「のみ」といひてとゞめたるものは、第一に「のみ」その者の意義に訛謬あれば、それらはまさしく漢文訓讀に禍したる著しき例といふべきなり。

と述べる。『漢文の訓讀によりて傳へられたる語法』は、現代語についての語法を述べたものではあるが、古語についても言及しており、次のように述べる。

抑も「のみ」といふ助詞は余が所謂副助詞にして用言の上にありてこれに關係あるべき語に附屬してその語下の用言との間に起こる意義上の關係を修飾する職能とするものにして決して終止に用ゐらるべきにあらず。…（中略）…かくの如き（＝終止に用いられること）はこれ古來全く國語の法格になきところなり。(4)

山田氏は、宣長説をうけて、「ノミ」が文末に置かれるというようなことは、日本語の副助詞本来のありようではないと強調する。その一方で、日本書紀歌謡「多儴比等用能未」、萬葉集歌「但一耳」については、下略であると捉えて宣長説の不備を自説により補い、やはり日本語の用法であるという立場をとる。

小林芳規氏は、同じく先掲の歌を引き、

これらは、「唯」との呼応でも知られるように、「のみ」の意味は生きており、また文法的にも断続性を持たない副助詞（係助詞と区別した狭義の）としてはこの用法も可能であって、むしろ、「一夜」「一人」の体言止めについて一層詠嘆の意味を強めていると見られるものである。

それ故に、平安初期の漢文訓読の資料には補読の訓として、感動表現に用いられた「―くのみ」の用法も考えられる所である。(5)

とし、平安初期の漢文訓読にみえる「―くのみ」（ク語法＋ノミ）と関連させて考える。そして、このような「―くのみ」について、

これらは前述の上代歌謡（「直一夜耳（ただひとよのみ）」萬葉集10・二〇七八、「但一耳（ただひとりのみ）」同11・二七五一、「多儴比等用能未（ただひとよのみ）」允恭紀）の「体言＋のみ」が詠嘆を表わした形式と文法的には同一であり、それがかかる表現を可能にしたもので漢文訓読のための直訳語ではなく、日本語本来の用法である。しかも、原漢文の字面の訓とは無関係に補読さ

れた訓である。(6)

と述べる。小林氏は、文末の「ク語法＋ノミ」と「体言＋ノミ」という形を、文法的に同一の形式であると統一的に捉え、ともに日本語本来の用法であるとする。

このように、従来説によると、日本書紀歌謡「多儺比等用能末」、萬葉集歌「但一耳」にみるような文末「ノミ」の表現は日本語本来の用法であると考えることに異論はなさそうである。

実は、萬葉集歌には、「体言＋ノミ」を文末とする例だけではなく、ク語法に下接する「ノミ」の例までみえるのである。

人眼多見（ひとめおほみ）　不相耳曽（あはなくのみぞ）　情（こころ）左倍（さへ）　妹乎（いもを）忘而（わすれて）　吾念（わがおもはな）莫国（くに）（巻4・七七〇）

このような、ク語法に下接して「ノミ」を文末要素とするものが、萬葉集には四例みえ、いずれもさらに「ソ」を伴って文末の表現となっている。このように、「ノミソ」が文末の表現となることについては、「〜ノミや〜ノミゾという形で文の終わることもある」と『時代別国語大辞典上代編』がすでに指摘するところである。(7)

日本書紀歌謡、萬葉集歌に、文末「ノミ」「ノミソ」という表現がみえる。そのような表現は、先学のいうとおり日本語本来の表現であったとしか考えられないのだろうか。上代における文末「ノミ」「ノミソ」について今一度考察したい。

二

萬葉集歌の名詞以外に用いられている「耳」字は、すべて「ノミ」と訓じられている。「体言＋ノミ」を文末とするものをaとして、「ク語法＋ノミソ」を文末とするものをbとして、次に挙げる。

a「体言＋ノミ」

玉葛　不絶物可良　佐宿者　年之度尓　直一夜耳（巻10・二〇七八）
味乃住　渚沙乃入江之　荒礒松　我乎待児等波　但一耳（巻11・二七五一）
打日刺　宮道人　雖満行　吾念公　正一人（巻11・二三八二）
三雪布流　布由波祁布能未　鶯乃　奈加牟春敝波　安須尓之安流良之（巻20・四四八八）

b「ク語法＋ノミソ」

白細砂　三津之黄土　色出而　不云耳衣　我恋楽者（巻11・二七二五）
麻可祢布久　尓布能麻曽保乃　伊呂尓弖弖　伊波奈久能未曽　安我古布良久波（巻14・三五六〇）
人眼多見　不相耳曽　情左倍　妹乎忘而　吾念莫国（巻4・七七〇）
玉緒之　絶而有恋之　乱者　死巻耳其　又毛不相為而（巻11・二七八九）(8)

aをみると、傍線で示したように、「さ寝らくは　ただ一夜のみ（巻10・二〇七八）」「冬は　今日のみ（巻20・四四八八）」というように、すべて「□ハ、体言＋ノミ。」という形となっており、いずれも、「ノミ」は述語に下接している。

また、bの「言はなくのみそ　吾が恋ふらくは」（巻11・二七二五）は倒置をなしているが、「□ハ、用言ク語法＋ノミソ。」という形であり、「ノミソ」は述語に下接している。その他のbの例、「逢はなくのみそ」（巻4・七七〇）「死なまくのみそ」（巻11・二七八九）についても、すべて述語に下接する形となっている。

右に挙げた萬葉集歌にみる、a「体言＋ノミ」を文末とする例とb「ク語法＋ノミソ」を文末とする例の「ノミ」は、すべて述語に下接している。

山田氏（先掲）は、副助詞は「用言の上にありてこれに關係あるべき語に附屬してその語と下の用言との間に起こる意義上の關係を修飾する職能」であると定義するが、右のbの表現にみる「ノミ」は、そのような職能を果たしているといえるのだろうか。これらの「ノミ」は、いずれも述語—用言に下接している。

山田氏が想定する下略のことばは、「アリ」系のことばである。萬葉集歌、巻三、四七二番歌に、

世間之（よのなかし）　常如此耳跡（つねかくのみと）　可都知跡（かつしれど）　痛情者（いたきこころは）　不忍都毛（しのびかねつも）

という「かく」に下接する「ノミ」の例がみえる。[9] 山田氏は、これについて、

○常如此耳跡「ツネカクノミト」とよむ。これは、「世間し常如此耳」（有ケルなどの語を略するか）といふにて一の句をなすを「ト」にて受けたるものなり。世間といふものは常にかくはかなくのみあるものと云々の意なり。

と述べ、「有ケル」などの略であるとする。[10]

確かに、萬葉集歌にみる「ノミ」には、

世間者（よのなかは）　如此耳奈良之（かくのみならし）（巻3・四七八）

宇都勢美母（うつせみも）　如是能未奈良之（かくのみならし）（巻19・四一六〇）

というような、「ナラシ」という「アリ」を含むことばを下接する例がみえる。山田氏は、このような「アリ」は形式用言（存在詞）であるという立場をとるので、「ノミ」は用言の上にあるというのである。

これに対して、時枝誠記氏は、「如此耳奈良之」にみる「アリ」は助動詞であるという立場をとる。そして、この巻三、四七八番歌にみる「ノミ」について、「述語に附く」という。[11]

山田氏が主張するところの日本語の副助詞の有様と、萬葉集歌のabの表現にみる「ノミ」の有様は、異質なものと捉えることはできないだろうか。もし、abの表現にみる文末「ノミ」が日本語本来の用法でないとしたら、山田氏の副助詞の定義において、これらの文末表現にみる「ノミ」は例外として尤もなものであるということになるだろう。

また、宣長においても、たとえば「訓法の事」で、

是以(ココヲモテ)などの以の用(ツカ)ひざま、其初(ノハジメ)は漢文訓(ミ)よりや出(デ)けむ、されど此類(ノ)も、いと〳〵古(ヘ)よりいひなれつることと聞えて、辭(コトバ)つきいとふるく、萬葉の歌などにも多し、古言とすべし、(12)

と述べるように、文末表現にみる「ノミ」について「其初(ノハジメ)は漢文訓(ミ)よりや出(デ)けむ」とするならば、「凡て皇國語(ミクニゴト)には、能美(ノミ)は、中間(ナカラ)にのみ在(アル)」という説と矛盾することもない。

萬葉集歌のａｂの表現にみる「ノミ」「ノミソ」について、述語に下接する、すなわち、「ノミ」「ノミソ」は文末をなすと捉えることが出来るとき、冒頭に示した、

佐瑳羅餓多(ささらがた)　邇之枳能臂毛弘(にしきのひもを)　等枳舍氣帝(ときさけて)　阿麻哆絆泥受邇(あまたはねずに)　多儾比等用能未(ただひとよのみ)（允恭紀、六六番歌）

という日本書紀歌謡については、どのように考えたらよいか。

この「ただ一夜のみ」の後に、例えば「寝よう」というような述語の省略を考えて、それを補って解する向きがある。(13) この一首は、允恭天皇の衣通郎姫に対する御製である。嫉妬深い妻を何とか遣り過ごし、やっと逢うことの出来た愛しい女との逢瀬の歌であるのだが、「ただ」が「せめて」の意味で使われているのならばともかく、「ただ一夜のみ寝よう」などという気持ちを歌にするだろうか。この歌には、萬葉集の七夕歌にみる「佐宿者(さぬらくは)　年之度(としのわたり)尓(に)　直一夜耳(ただひとよのみ)」と同様の思いが込められているのではないだろうか。「幾夜も逢いたいが、それも叶わず、愛しい君との逢瀬はただ一夜」という切なさや、この一夜の重みを詠んでいるとして、「あまたは寝ずに（寝るのは）ただ一夜のみ」というように、例えば「佐宿者(さぬらくは)」などを補うものとすると、日本書紀歌謡にみる「多儾比等用能未」の「ノミ」は、萬葉集歌にみる文末「ノミ」の表現と同様に述語に下接する形である。

萬葉集歌、日本書紀歌謡にみる文末「ノミ」「ノミソ」という表現は、述語に下接するという形であると統一的に捉えることができるだろう。(14)

三

前掲のａｂの文末「ノミ」「ノミソ」という表現は、それぞれさらに次のように分類される。

ａ　□ハ、体言＋ノミ。

ⅰ　□ハ、タダ体言ノミ。

ⅱ　□ハ、体言ノミ。

ｂ　□ハ、用言ク語法＋ノミソ。

ⅰ〔確定条件・原因理由〕

□ハ、用言ク語法ノミソ。

〔否定すべき内容〕

ⅱ〔仮定条件〕

□ハ、用言ク語法ノミソ。

〔否定すべき内容〕

これらの文末「ノミ」「ノミソ」という表現に相当する、助字「耳」の表現は、中国文献に求められるのだろうか。ａⅰ、ａⅱ、ｂⅰ、ｂⅱそれぞれについて検討する。

ａⅰ「□ハ、タダ体言ノミ。」については、

公曰、「我當年可㆓以為㆒友者、唯此二生耳。」（『世説新語』巻下、賢媛第十九[15]）

釋法悦者、戒素沙門也。齊末勅為㆓僧主㆒。止㆓京師正覺寺㆒。…（略）…金像之最、唯此一耳。（『高僧傳』巻第十三[16]）

というように、小説の会話文や経典などに表現がみえる。世説新語のこの件は、

竹林七賢傳曰、山濤與二阮籍嵇康一、皆一面契若二金蘭一。濤語レ妻曰、「吾當年可レ為レ交者、唯此二人耳。」（『藝文類聚』巻二十一、人部五、交友）[17]

と、藝文類聚にもみえる。

a ii 「□ハ、体言ノミ。」という表現については、

與二父老一約、法三章耳。（『史記』巻八、高祖本紀第八）[18]

というように、史記の会話文などに表現がみえる。

b i の表現に分類される、巻四、七七〇番歌「人眼多見（ひとめおほみ）不相耳曽（あはなくのみそ）情左倍（こころさへ）妹乎忘而（いもをわすれて）吾念莫国（わがおもはなくに）」は、大伴家持が久迩京から坂上大嬢に贈った歌五首の初めの歌である。「人目が多いので、逢いに行かないだけだよ。あなたのことを忘れたわけではない。」と、家持は大嬢に対して、理由を述べ、疑念を否定し、弁明する。他に理由などあろうはずがないと言外に述べている。おそらく、大嬢から不義理を詰られたことに対する家持の弁明の返歌であろう。[19]「…だから、…〈ノミ〉。…ではない。」と確定条件を受けて、他の事柄を否定する。「言はなくのみそ吾が恋ふらくは」（巻11・二七二五、巻14・三五六〇）は、b i 「［確定条件・原因理由］□ハ、用言ク語法ノミソ。［否定すべき内容］」の類型である。

このような表現については、次のように史記の会話文に例がみえる。

召二諸縣父老豪桀一曰、「…凡吾所三以來一、為二父老一除レ害、非レ有レ所二侵暴一、無レ恐。且吾所三以還二軍霸上一、待二諸侯至一而定二約束一耳。」（『史記』巻八、高祖本紀第八）

この劉邦の会話文は、古本の史記による漢書本文の書きかえをも絶対許さなかったという厳密な本文校定を行ったという、[20]顔師古注漢書にも、ほぼそのままの文で記載されている。[21]このような「［原因理由］…耳。［否定すべき

内容」」という表現は、漢書の本文だけでなく、次に挙げるように顔師古の注にも散見される。

既壯、為レ取二暴室嗇夫許廣漢女一、《應劭曰、暴室、宮人獄也、今曰二薄室一。…（略）…師古曰、暴室者、掖庭主レ織作二染練一之署、故謂二之暴室一、取二暴曬一為レ名耳。或云二薄室一者、薄亦暴也。今俗語亦云二薄曬一。蓋暴室職務既多、因為三置レ獄主治二其罪人一、故往往云二暴室獄一耳。然本非二獄名一、應説失之矣。…》（『漢書』巻八、宣帝紀第八[22]）

「暴室」ということばについて、應劭が「宮人の獄のことである」と注するのに対して、顔師古は、「暴室とは後宮で機織や染練をつかさどる部署であって、だから暴室とよぶ。暴曬をとってその名としたまでである。…だから往々にして暴室の獄というまでである。しかし、がんらいの獄名ではない。應劭説はまちがっている。…[23]」と述べる。このように本文の訓詁について丁寧に解説する表現の中に、「[原因理由]　…耳。[否定すべき内容]」という表現がみえる。「故…耳。」という表現は、文選李善注にもみえる。

蒙二鶡蘇一《孟康曰、鶡、鶡尾也。蘇、析羽也。張揖曰、鶡、似レ雉、鬪死不レ卻。善曰、蒙、謂二蒙覆而取レ之。鶡以レ蘇為レ奇、故特言三之以二成文一耳。鶡、音曷。》（『文選』第八巻、畋獵中、上林賦[24]）

文選の李善注には、ここかしこに漢書の顔師古注が引用されているという[25]。記事の引用をするなかで、表現も倣ったとも考えられようが、文選に引かれた顔延年の注にも

詠懷詩十七首五言《顏延年曰、説者阮籍在二晉文代一常慮二禍患一、故發二此詠一耳。》（『文選』第二十三巻、詠懐[26]）

とあることから、「故…耳。」という表現は一つの形式としてあったことが知れる。

bⅱ「[仮定条件]　用言ク語法ノミソ。[否定すべき内容]」」に分類されるのは、巻十一、二七八九番歌「玉緒之（たまのをの）　絶而有恋之（たえたるこひの）　乱者（みだれなば）　死巻耳其（しなまくのみそ）　又毛不相為而（またもあはずして）[27]」の一首である。これについては、次の会話文にみる表現が挙げられる。

魯仲連曰、「世以二鮑焦一為下無二從頌一而死上者、皆非也。衆人不レ知、則為二一身一。彼秦者、弃二禮義一而上二首功一之國也。權二使其士一、虜二使其民一。彼即肆然而為レ帝、過而為二政於天下一、則連有下蹈二東海一而死上耳、吾不レ忍レ為二之民一也。所三為見二将軍一者、欲二以助レ趙也。」（『史記』巻八十三、魯仲連鄒陽列伝第二十三）[28]

この史記に記載された魯仲連の故事は、文選にも引かれる。

故蒙レ恥之賓、屢黜不レ去二其國一。蹈レ海之節、千乘莫レ移二其情一。《史記曰、魯仲連謂二新垣衍一曰、秦即為レ帝、則連蹈二東海一死耳。》（『文選』第五十巻、史論下）[29]

「蹈海之節」という本文に対して、李善は、史記を引用して「秦即し帝と為れば、則ち連東海を蹈みて死すのみ。」という魯仲連の発言を注す。文選には「蹈海之志」ということばが、演連珠五十首にみえ、そこにも李善は、

《魯連曰、彼秦者、棄二禮義一而上二首功一之國也。卽肆然而為レ帝、則連蹈二東海一而死耳、吾不レ忍レ為二之民一。》[30]

という注を施す。魯仲連の志は、人々に好まれた故事であった。ここに、「［仮定条件］…耳。［否定すべき内容］」という表現が確認される。

このように、萬葉集歌、日本書紀歌謡にみる、ａⅰ、ａⅱ、ｂⅰ、ｂⅱの表現には、それぞれ中国文献に対応する表現を確認することが出来る。

小島憲之氏は、

山上憶良や大伴家持は祝詞宣命などに出てくる所謂古語を集中に用ゐてゐる。しかしこれらの語は歌語—歌の中によく使用されると云つたやうな漠然とした意味の—に對する散文語（散文的語）と同じやうな色彩を帶び、當時の萬葉人の周圍には必ずしも珍しい語であつたとは思はれない。古語使用と云ふことはつまり歌の中に散文語を挿入したことに新しいねらひがあり、しかもその散文語には漢文飜讀から來るものが多かつた。…（中略）…つまりこれらの古語と云はれたものは上代人が漢文を訓讀した場合に新に作られた語であつて、家持な

どそれらを歌の世界に導入したものであつた。ここに於て詩語からも又漢文飜讀語からも萬葉集歌へ歌語とし
て用ゐられるやうになつた事を認めざるを得ない(31)。

と述べる。語のみではなく、表現も用いただろうことは充分考えられよう。当時日本において漢書は顔師古注にて、文選は李善注にて学ばれていたという(32)。先に挙げたような漢文の助字「耳」の表現などを、当時の知識人達は、訓読し、その営みより生まれた文末「ノミ」「ノミソ」という新たな表現を、家持などは時に歌の世界にも導入したのであったと考えることによって、文末「ノミ」「ノミソ」というこれらの表現が萬葉集歌等にみえることを説明することができる。

例えば、萬葉集歌にみる、

人目多見　眼社忍礼　小　毛　心　中尓　吾念　莫国（巻12・二九一一「正述心緒」）

散頬相　色者不出　小　文　心　中　吾念　名君（巻11・二五二三「寄物陳思」）

というような多くの男が口にしそうな内容を、大伴家持は、漢文訓読より生まれた今までになかった日本語の表現を用いて、

人眼多見　不相耳曽　情　左倍　妹乎忘而　吾念　莫国（巻4・七七〇「大伴宿祢家持従久迩京贈紀女郎歌一首」）

と作歌した。文末「ノミソ」という漢文訓読により新たに作られた表現を用いた七七〇番歌を、大嬢への返歌五首の一首目に据えたことに、家持に何らかのねらいがあったのか知れない。

四

さて、宣長は、古事記の「耳」字は「能美とは訓まじき」と拘ったのであるが、このように文末「ノミ」「ノミソ」という表現が行われていたからには、そうとばかりは言い切れない。

古事記の助字にあたる「耳」は、「唯遺麻者、三勾耳。」という一例を除き、すべて会話文に用いられている。日本書紀の助字「耳」が、会話文に用いられることが多いものの、地の文にも用いられていることからすると、古事記の「耳」字の使用は、あきらかに会話文に偏っている。その「耳」字は、先掲の中国文献にみるように、「漢籍に於ける会話文的俗語的用法」[33]であり、古事記の会話文も漢文の用法にあるという[34]。だが、「ノミ」「ノミソ」と訓めば、日本書紀歌謡、萬葉集歌にみる文末「ノミ」「ノミソ」という表現に通じる、当時行われた表現となる[35]。

尒、速須佐之男命答白、「僕者無二邪心一。…（略）…尒、大御神詔、『汝者不レ可レ在二此國一。』而、神夜良比夜良比賜故、以下為請中将二罷往一之状上、叅上耳。無二異心一。」（神代、天照大神と須佐之男命、四一頁）[36]

於レ是、阿遅志貴高日子根神、大怒曰、「我者有二愛友一故弔来耳。何吾比二穢死人一。」（神代、天若日子の反逆、六九頁）

尒、問二「汝者誰也。」一、答下曰「僕者國神、名謂二石押分之子一。今、聞二天神御子幸行一。故、叅向耳上」。（神武、八咫烏の先導、九三頁）

於レ是、口子臣、亦其妹口比賣、及奴理能美、三人議而、令レ奏二天皇一云、「大后幸行所以者、奴理能美之所レ養虫、一度為二匐虫一、一度為レ殼、一度為二蜚鳥一、有下變二三色一之奇虫上。看二行此虫一而入坐耳。更無二異心一。」（仁徳、三色の奇虫、一七二頁）

須佐之男命は、天照大神に対して語り、自分の行動についての誤解を解き、己が潔白であることを理解してもらおうと、「…故、…耳。無…。」という表現を用いて力説する。史記、漢書（先掲）において、劉邦は、諸縣父老豪桀に対して語り、自分の行動についての誤解を正し、己の真実を理解してもらおうと、「所以…、非…。所以…、…耳。」という表現を用いて力説する。これらの表現と、家持が、大嬢に対して語り、自分の行動についての誤解を解き、身の潔白を理解してもらおうと、「人眼(ひとめ)多見(おほみ)　不相耳曽(あはなくのみぞ)　情(こころ)左倍(さへ)　妹乎(いもを)忘而(わすれて)　吾念(わがおもは)莫国(なくに)」と弁明する萬葉集歌ｂｉの表現は、通じている。

西大寺本金光明最勝王経の本文とその本文にそれぞれ施された平安初期点による訓読を次に挙げる。(37)

識如幻化非真實　依止根處妄貪求（顯空性品第九、偈）

識は幻化の如（く）して眞實に非ず。根處に依止して妄リて貪求（す）ラクのみ。（八六ノ一〇）

「…令他證知、故説種種世俗名。」（依空滿願品第十）

「…他に證知セ令（め）むとして、故レ種種の世俗の名言を説かクのみ。」（九四ノ一）

「我因此骨速得無上正等菩提、為報往恩、我令致礼。」（捨身品第二十六）

「我は此の骨に因（り）て、速く無上正等菩提を得たるをモチテ、往の恩を報（せ）むが為に、我レ今礼を致（さ）クのみ。」（一八八ノ一四）

これらは、いずれも偈や会話文である。そして、理由を述べたり、他の事柄を否定したりする表現である。このような表現の発話文において、本文には「耳」字が用いられていなくとも、文末に「ノミ」という訓読がなされている。小林氏の述べるとおり、これらは原漢文の字面の訓とは無関係に補読された訓であり、漢文訓読のための直訳語ではない。これらは、確かに当時行われた日本語の表現である。(38)

古事記の会話文には、ｂｉに分類できない表現が二例みえる。

尒、天照大御神聞驚而詔、「我那勢命之上来由者、必不㆓善心㆒。欲㆑奪㆓我國㆒耳。」（神代、天照大神と須佐之男命、四一頁）

天皇答詔之、「此者為㆘、在㆓山代國㆒我之庶兄建波迩安王、起㆓邪心㆒之表㆖耳。《波迩二字以㆑音。》伯父、興㆑軍宜㆑行。」（崇神、一一三頁）

天照大神は、須佐之男命の来訪は、善心からではなく、国の略奪にあると推し、「欲㆑奪㆓我國㆒耳。」と言う。また、崇神天皇は、少女の不思議な歌から、建波迩安王の反逆の兆候を察し、「…起二邪心一之表上耳。」という。この二例は、仮定条件を伴ってはいないが、いずれもまだ現実に存しない事態について述べる表現である。(39) b i の表現は、既成の事について述べる表現であった。それに対して、b ii の表現はというと、b ii の「死巻耳其（しなまくのみそ）」は未然の事について述べる表現である。(40) 漢文の助字「耳」が、このような未然の事について述べる表現に用いられることは、先掲の魯仲連の故事のとおりである。日本書紀の憲法十七条にも次のような表現がみえる。

　三曰、承レ詔必謹。君則天之。臣則地之。天覆地載。四時順行、萬氣得レ通。地欲レ覆レ天、則致レ壊耳。是以、君言臣承。上行下靡。故承レ詔必愼。不レ謹自敗。(41)（巻第二十二、推古天皇十二年四月）

この「耳」について、「ラクノミ」（岩崎本）「ナラクノミ」（兼右本）の訓がみえる。(42)

　萬葉集歌において、助字にあたる「耳」字はすべて「ノミ」と訓じられるという字—訓の対応のさまがみえる。古事記においても、「耳」字については、字—訓の対応を考え得るのではないだろうか。(43)

　日本書紀歌謡、萬葉集歌にみる「ノミ」「ノミソ」を文末とする表現は、漢文訓読により生じた表現であった。そのような漢文訓読により生じた文末「ノミ」という表現が日本語の中で行われていた。歌に用いられることもあり、また、神話の登場人物の会話文の表現にも反映されたと考える。古事記を編纂するに当たって、いにしえの語りの通りに忠実にことばも表現も書き写すというような目当てがあったわけではないことは、宣長の取組への反省として先学の述べるところである。近代まで脈々と続く文末「ノミ」という表現の先駆は上代に遡ることが出来るのである。

注

（1）日本書紀歌謡本文は、日本古典文学大系『古代歌謡集』、岩波書店、一九五七年刊、一六五頁。

萬葉集歌本文は、すべて、井手至氏毛利正守氏校注『新校注萬葉集』、和泉書院、二〇〇八年刊、による。

（2）「訓法の事」、大野晋氏編『本居宣長全集第九巻』、筑摩書房、一九七〇年刊、四三頁。

（3）「玉あられ　文の部」、大野晋氏編『本居宣長全集第五巻』、筑摩書房、一九七〇年刊、五一三頁。

（4）『漢文の訓讀によりて傳へられたる語法』、寶文館、昭和一〇年刊、三二七～三三九頁。山田孝雄氏は、次のようにも述べている。

然れども、なほここに疑問あり。漢字の「爾」「耳」「已」「而已」に如何に制限的の意ありて「のみ」に似たりとしても、これらは本來終詞たるものなれば、當初副助詞たる「のみ」を以てこれにあてたること不倫なるに似たり。思ふにこれもその當初は副助詞「のみ」の性質に似通へる副詞なりしものなるべきなり。按ずるに漢書の賈誼傳に載せたる誼の上疏中に

則爲二人臣一者主耳忘レ身國耳忘レ家公耳忘レ私、利不二苟就一害不二苟去一唯義所レ在、上之化也

とある「耳」字はまさしくわが副助詞「のみ」に該当するものなり。この「主耳忘身」に注して孟康は曰はく

唯爲レ主耳不レ念二其身一

といひ、助字辨略も亦この例をひきて曰はく

並與二而已一相近、主耳忘レ身者所レ念唯主而已不レ及レ身也

といへり。これらの例は最も著しきものなるが、かく著しきものにあらずして、たとへば、

非二亶倒縣而已一又類二辟且病一レ痱（漢書、賈誼傳）

の如き場合も亦國語にては副助詞としての「のみ」を以て譯して該當するものなりとす。されば、上來述べたる例の外に、古くはまさしく副詞としての漢語を「のみ」といひしことの證を見るべし。（三三六～三三七頁）

（5）春日政治氏は、「上に感動詞をもたないで、下をこの（＝ク語尾活用形が叙述の終に用ゐられる）形にするものは更にノミを加へるのが常である」と述べ、「…貪求（す）ラクのみ。」「…説かクのみ。」等を感動表現であるとする。（『西大寺本金光明最勝王經古點の國語學的研究』、春日政治著作集別巻、勉誠社、昭和六〇年刊、三二〇～三二一頁）

築島裕氏は、「（ハ）『―ク』で文を終止して感動を表はす例」に対して「（ニ）『―クノミ』で結ぶ形」を別項目として立てている。（『平安時代の漢文訓読語につきての研究』、「第五章漢文訓読の文法　第六節文構造」、東京大学出

版会、昭和三八年刊、七六八頁）

（6）小林芳規氏「『らくのみ』『まくのみ』源流考」、『文学論藻』8号、東洋大学国文学会編、一九五七年刊、三一頁。

（7）『時代別国語大辞典上代編』、三省堂、一九六七年刊、五六七頁。また、「ぞ」の項目には次のようにある。

①文末にあって、体言、活用語の連体形、ある種の助詞に接し、指定・強調する意味をもつ。そのとき、ゾの接した文節または連文節を述語節とし、主語節を求めて、実質的に繋辞の働きをすることもある。…【考】…文末に終助詞として用いられた①は、体言ないし体言的にまとめられた叙述（形態的には活用語の連体形、あるいはそれに助詞ノミなどの接したもの）を受け、その全体を喚体の句として構成する。さらに述体としては、ゾの接した部分を述語とし、表現上現われているか否かにかかわらず、主語を求めて、主述の関係を構成して自らは繋辞の働きを担う。…（三九九頁）

（8）「或者之（あるひとの）　痛情（あなこころな）無跡（と）　将念（おもふらむ）　秋之長夜乎（あきのながよを）　寤臥耳」巻十、二三〇二番歌については、日本古典文学大系には「寐臥耳–寝ね臥さくのみ」とあるが、本文・訓が定まらないため、ここでは扱わない。小島憲之氏は、二三〇二番歌を、難訓歌の一つとし、「私注『ネザメフスノミ』、古典大系本『イネフサクノミ』とよむにしても、ノミは、秋の長夜を寝てゐる「ばかり」の意ではなく、漢籍の用法に基づく強意の助字ノミとみるべきものである。」と述べる。（『上代日本文学と中国文学　中』、塙書房、一九六四年刊、八六二頁）

（9）この他に文末と考えられるものに世間之（よのなかし）　常如此耳跡（つねかくのみと）（巻3・四七二）与能奈可波（よのなかは）　都祢可久能未等（つねかくのみと）（巻15・三六九〇）世間（よのなかは）　常如是耳加（つねかくのみか）（巻7・一三二一）世中（よのなかは）　常如（つねかくのみと）（巻11・二三八三）があるが、本稿では扱わない。

（10）『萬葉集講義巻第三』、寶文館、昭和一二年刊、九九三頁。

（11）『日本文法文語篇』、岩波全書183、昭和二九年刊、二三七頁。

築島裕氏は、「ノミナリ」を「第三表　慈恩傳古點にあつて源氏物語にない連結」の一つに挙げて、「この諸連結は、大體に於いて訓讀語特有の語形を示してゐるやうである」という（『平安時代の漢文訓読語につきての研究』、東京大学出版会、昭和三八年刊）。訓点資料を見ると、「而已」に対して「ノミナリ」「クノミ」という訓を施しているものがある。

また、小林芳規氏は、「〜のみの」という「下に『の』がついて連体格になる」用法は上代のみのものであるとし、

ただし、「のみにあらず」（非……耳）の言い方だけは、後世に残っている。これは、漢文訓読の、

蠢々たる迷生方ニ塵累を超ユルのみに（ア）れ（ヤ）（知恩院蔵、大唐三蔵玄奘法師表啓平安初期点）

などの影響とみられる。（松村明編『古典語現代語助詞助動詞詳説』、學燈社、昭和四四年刊、五〇二頁）

という。「ノミニハアラズ」「ノミナラズ」等所謂累加についても検討する必要があるだろう。

(12) 「訓法の事」、大野晋氏編『本居宣長全集第九巻』、筑摩書房、一九七〇年刊、四二頁。

(13) 『新編日本文学全集日本書紀②』、小学館、一九九六年刊、一一九頁。

(14) 述語に下接する上代の「ノミ」については、小柳智一氏「万葉集のノミ—史的変容—」、『實踐國文學（渡瀬昌忠教授退職記念号）』、実践女子大学、一九九九年三月刊、に指摘がある。

(15) 『世説新語校箋』、中華書局出版、一九八四年刊、三六九頁。

(16) 『大正新脩大蔵経第五十冊』、四一三頁。

(17) 欧陽詢撰『藝文類聚』、上海古籍出版社、一九八二年刊、三九四頁。

(18) 司馬遷撰『史記』、中華書局出版、一九六二年刊、三六二頁。『漢書』巻一上、高帝紀第一にもみえる。（班固撰『漢書』、中華書局出版、一九六二年刊、二三頁）

(19) 『新編日本古典文学全集萬葉集①』、小学館、一九九四年刊、三六九頁、頭注にも指摘がある。口語訳を参照した。

(20) 吉川忠夫氏「顔師古の『漢書』注」、『東方學報』、一九七九年三月刊。

(21) 顔師古注漢書には、「且吾所以還軍霸上」は「且吾所以軍霸上」、「約束」は「要束」とあり、「師古曰、『要亦約。』」という注が見える。（『漢書』巻一上、高帝紀第一上、中華書局出版、一九六二年刊、二三頁）

(22) 班固撰『漢書』、中華書局出版、一九六二年刊、二三七頁。

(23) 吉川忠夫氏「顔師古の『漢書』注」、『東方學報』、一九七九年三月刊、三〇四頁参照。

(24) 蕭統編李善注『文選』、上海古籍出版社、一九八六年刊、三七一頁。

(25) 吉川忠夫氏「顔師古の『漢書』注」、『東方學報』、一九七九年三月刊、二六一頁。

(26) 蕭統編李善注『文選』、上海古籍出版社、一九八六年刊、一〇六七頁。

(27) 澤瀉久孝氏『萬葉集注釋巻十二』、中央公論社、四六七頁、参照。

「乱者」を類（八・八二）ミダレナバ、元その他ミダルレバ、考ミダレニハとし「逢事の絶ておもひ乱るゝときにはなり」といひ、諸注多く従つたが、私注にミダレナバを採り、大成本文など従ふに至つた。「者」にナバと訓添へた例は「所見者（ミエナバ）」（二五三〇）、「壊者（コボレナバ）」（二六四四）などいくつもあり、「死なまくのみそ」へのつゞきも、「亂れには」よりも適切である。それに結句の「またも逢はずして」が、總釋に「又逢はうなど思はないでといふ意か。又は、もう逢はれないからといふのであらうか。甚だ曖昧に塡充された句である」と云はれてゐるが、それはミダレニハと訓まれた爲にさういふ疑がおこるのであるが、ミダレナバとすると、前者の「又逢はうなど思はないで」の意となる事が認められるのではないかと思ふ。

(28) 司馬遷撰『史記』、中華書局出版、一九六二年刊、二四六一頁。

(29) 蕭統編『文選』、上海古籍出版社、一九八六年刊、二三一三頁。また、後漢書李賢注にも文選李善注と同様の記事が見える。（『後漢書』巻八十三、逸民列伝第七十三、中華書局出版、一九六五年刊、二七五六頁）

(30) 蕭統編『文選』、上海古籍出版社、一九八六年刊、二三九九頁。

(31) 小島憲之氏「萬葉集歌表現の一面」、『萬葉』第二号、昭和二七年、一〇頁。

(32) 小島憲之氏「日本書紀と中国文学」、「日本書紀と文選」、『上代日本文学と中国文学　上』、塙書房、一九六二年刊。

(33) 小島憲之氏は、「古事記の文章を飾る」、「文字の陰翳を示す助字の用法」の一つとして、「耳」字を取り上げている。唯一のものを示すには一般に助字「耳（のみ）」（only）を以ってするが、強意強表示を示す場合にも「耳」が用ゐられる。阿遲志貴高日子根神が怒つて、

我者（有）愛友故（ナレコソ）、弔來（キツレ）耳（上巻）

の例と云ひ、また八十年も自己の操を守り続けた赤猪子の抵抗のことば、

然顯二白（マヲサムトシテコソ）己志一以參出耳（マヰデツレ）（下巻）

の「耳」も強意の助字である。これは、漢籍に於ける会話文的俗語的用法である。漢籍に於ては口頭語的であるが、古事記に於ては視覚（文字）によつて強意を示したものである。（「古事記の文章―口承的文體をめぐって―」、『上代日本文學と中國文學　上』、塙書房、一九六二年刊、二五六頁、傍訓の位置については一部改めた所がある）

また、小島氏は、古事記に、「故…耳。」というような理由を述べる結びの助字として「耳」がみえることは「佛典體の応用とみるべき」と指摘する。（「古事記の文章―漢譯佛典的文體をめぐって―」、同書、二四六頁）

（34）西宮一民氏『日本上代の文章と表記』、風間書房、一九七〇年刊、二二三頁。

一般に古事記の文章は切れずに長く続くといふのが定評であり、それがまた〈口誦性〉を示すものとして注目されてゐる。それは確かにそのとほりで、例へば、

即解二御髪一、纒二御美豆羅一而、乃於二左右御美豆羅一、亦於二御縵一、亦於二左右御手一、各纒二持八尺勾璁之五百津之美須麻流之珠一而、曾毘良迩者、負二千入之靫一、比良迩者、附二五百入之靫一、亦所レ取二佩伊都之竹鞆一而、弓腹振立而、堅庭者、於二向股一蹈那豆美、如二沫雪一蹶散而、伊都之男建蹈建而待問、何故上來。（上巻、須佐之男命の昇天）

の如く、一文の長さが極めて長い。これは、連用中止法（―線）や接續語（・印、＝線）を頻用することによつて長くなつてゐるのであるが、それといふのも、口頭言語による語り物の特色をそのまま文として記定したために起つた現象であり、安萬侶もそれを意識して表記してゐると考へられる。従つて、ここは〈變體漢文體〉にしたのであらう。

ところが、古事記では常にこのやうに、一文が長文であるわけではない。事実、右の引用の直前の文は、

乃参二上天一時、山川悉動、國土皆震。爾天照大御神聞驚而詔、我那勢命之上來由者、必不二善心一。欲レ奪二我國一耳。

とあつて、各文とも短文である。しかも、〈漢文體〉であり緊張してゐる。會話文は〈和文〉と考へるのは古事記では見當外れで、却つて〈漢文體〉を以て表現し、かつ《助詞》によつて語氣を表はしてゐるのである。

（35）拙稿「古事記『耳』字考」、『叙説』第四〇号、平成二五年刊。

『新編日本古典文学全集』は、古事記の「耳」字について一貫して「ノミ」と訓じ、また、森重敏氏は、「参上（マヰノボリツラク）耳（ノミゾ）。」（三六二頁）、「是者無二異事（カラク）一耳（ノミゾ）。」（三六七頁）、「看二行此虫一而入坐（シケラクノミゾ）耳。」（三九九頁）、というように「ノミゾ」と訓じている。（『文体の論理』、風間書房、昭和四二年刊）

諸本は、「耳」字に「ノミ」の訓を与えていたが、卜部家系統本と『延佳神主校正鼇頭古事記』は、字訓を挙げる

傾向にあり、接続への配慮に欠けている。その中で、田中頼庸校訂の『校訂古事記』（明治二〇年刊）には、ク語法に接続するよう付訓してある箇所もみえる。「獻耳（タテマツラクノミ）」（中巻、三一頁）、「参向（マヰムカヘマツラクノミ）」（中巻、三八頁）。（（ ）内は、小野田光雄氏『諸本集成古事記』、勉誠社、昭和五六年刊の頁数）

(36) 古事記の本文は、すべて、西宮一民注『古事記新訂版』、おうふう、平成一二年刊、による。

(37) 『西大寺金光明最勝王經古點の國語學的研究』、春日政治著作集別巻、勉誠社、昭和六〇年刊、による。

(38) 萬葉集の後、古今和歌集、竹取物語、伊勢物語、土佐日記、源氏物語などに、萬葉集歌に見るような「体言＋ノミ」「ク語法＋ノミソ」という文末表現は、見えない。文末「ノミ」の表現は、訓点資料以外にはほぼ見受けられなくなる。日本書紀歌謡、萬葉集歌に見るこれらの文末「ノミ」の表現は、かなり限られた例といえよう。

古今和歌集、巻三、一三四番歌に次のような例が見えるばかりである。

亭子院の歌合のはるのはてのうた　みつね

けふのみと春をおもはぬ時だにも立つことやすき花のかげかは（『新編国歌大観第一巻』、角川書店、昭和五六年刊、一三頁）

米山裕子氏は、「ク語法を承けた用法は中古以後には訓読語以外には見られない」ことを指摘し、「『ただ～のみ』との呼応と『ク語法＋のみ』の用法は、訓読語として固定した用法であった」（「助詞『のみ』の研究」、『学習院大学国語国文学会誌』、一九六八年刊、五頁）と述べる。

(39) 中川ゆかり氏は、「欲奪我國耳。」の「耳」字を「〈推量〉の強調」、「起邪心之表耳。」の「耳」字を「〈断定〉の強調」と分類する。（「日本上代における『耳』―漢文助字との逢会―」、『萬葉』第二二〇号、平成二七年、四四・四五頁）

(40) bⅱの表現に見る「死巻耳其（しなまくのみそ）」（巻11・二七八九）の「マク」は、「ム」の未然形「マ」が「マクというク活法にあらわれ」たものである。その「ム」は、「まだ現実に存しない事態についての確実でない予測をあらわすのに用いられる」（『時代別国語大辞典上代編』、三省堂、一九六七年刊、七二〇頁）

(41) 本文は、黒板勝美氏『新訂増補国史大系日本書紀』、吉川弘文館、一九六七年刊、による。

(42) 築島裕、石塚晴通著『日本書紀東洋文庫蔵岩崎本』、貴重本刊行会編、一九七八年刊、二四頁、室町時代宝徳三年点及び文明六年点、共に一條兼良加点。『日本書紀兼右本　二』、天理圖書館善本叢書和書之部編集委員会編、八木書店、一九八三年刊、四六〇頁。

『新訂増補国史大系日本書紀』には「マクノミ」という付訓もみえる（一四二頁）。引用されたはずの伝本にあたることは出来なかったのではあるが、このような表現の「耳」字については「マクノミ」の訓もありえたのであろう。

山田忠雄氏「知恩院蔵本 大唐三蔵玄奘法師表啓古点の研究」によると、

言反帝京、忽将二ｰ紀。(33)46二紀 築 にきたらマク（の）ミ、遠 にきたらマクのみ。の点は みえず、ク存疑。また、に点の うへ および に点と かなミとの 中間に 不分明なる 点 、 あり。）

とあり、経本文「反」に「とするに」、「二紀」に「たらマク（の）ミ」という付訓がみえるという。「忽将…」という本文に、「マクノミ」を読み添えている。（『国語学』第二九輯、一九五七年刊、四五・五七頁）

(43) 訓読の現場では「耳」字は、次のようなさまにある。

初期の訓法は「耳」のそれぞれの字義に応じて訓み分けていたために、「耳」に固定した訓がなく置字として用いられていたのである。

この訓は早くから固定していたらしく平安初期の漢文訓点資料には、すでに「耳」字の略体である「ㄗ・ろ」が「ノミ」を表わす仮名点として使われている。（小林芳規氏「『らくのみ』『まくのみ』源流考」、『文学論藻』8号、東洋大学国文学会編、一九五七年刊、三三・三五頁）

漢文を訓読するにおいては、「耳」字の訓を統一しようがない。それは、「耳」字と「ノミ」の義が完全に重なっているわけではないから、尤もなことである。だから、漢文を訓読するにあたっては、漢文の助字「耳」のそれぞれの字義に応じて訓み分けていた。その一方で、和語を表記するにあたっては、「耳」字を「ノミ」の表記として便利に使用していた。当時の知識人達は、漢文の助字「耳」の意味用法をよく知っていた。その上で和語「ノミ」の表記として「耳」字を利用したさまを見るようである。

付記

本稿は、第六十七回萬葉学会全国大会での発表を手がかりとする。
本稿は、第三十一回新村出記念財団研究奨励賞の成果の一部である。

古事記における履中天皇の造形

阪口由佳

はじめに

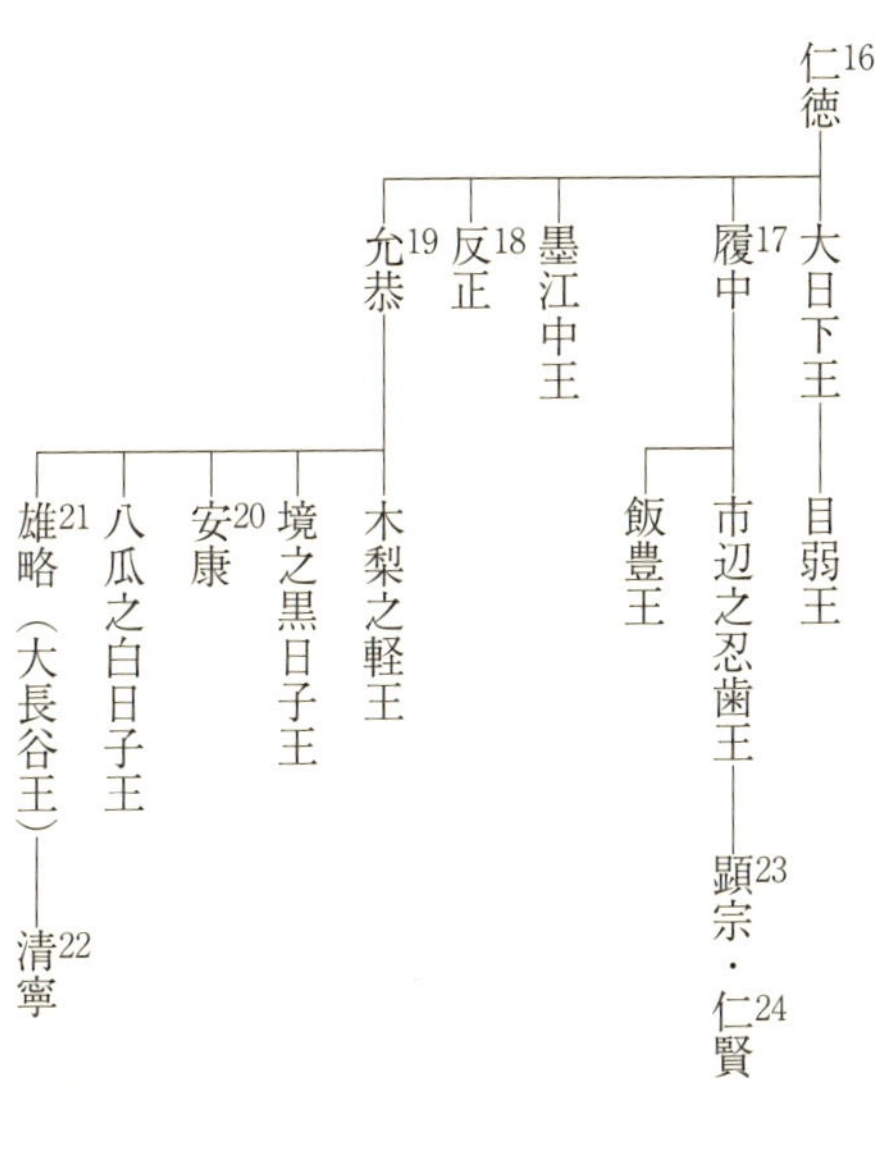

古事記下巻に記される履中天皇は、上に示したように、自らが即位するだけでなく、後の顕宗・仁賢以降の系譜のよりどころとなっている。

ただし、古事記下巻の記載は仁徳・雄略の伝が多くを占め、履中・反正・允恭については記載が少ない。そのためか、履中天皇条前半の歌謡、あるいは後半の水歯別命（反正）の功績については複数の考察が見られるものの、履中天皇そのものがどのように表現されているのか、未だ論じ尽くされてはいないように思われる。本論では、履中天皇条を詳細に分析し、同母兄弟である墨江中王・反正・允恭の造形とも比較して、履中天皇像を明確にしたい。

下巻の天皇像について西宮氏(1)は、

皇位継承は父子から兄弟に移行し、神道的天皇観は儒教的聖天子観へと変わる。有徳の王として描かれる天皇像も、仁・徳・愛・武などさまざまな姿をとる。

と述べている。肯われる見解だが、頭注ということもあり、具体的に履中がどのような儒教的聖天子像を提示しているのか十分説明されていない。本論では履中の特質を、具体的に見いだしてゆきたい。

古事記の履中天皇条は次のような構成になっている（区切りは論者による）。

Ⅰ　履中天皇の系譜
Ⅱ　難波宮で墨江中王に命を狙われ、阿知直に助け出される
Ⅲ　多遅比野と波迩賦坂で履中が歌を詠む
Ⅳ　大坂山口で出会った女人の助言で迂回し、石上神宮に至る
Ⅴ　履中のため、弟の水歯別（反正）が隼人に墨江中王を殺させる

それぞれ節ごとに考察を加えたい。

一、履中の系譜上の位置づけ

履中天皇条の最初に、系譜が記される。

Ⅰ子、伊耶本和氣王、坐二伊波礼之若櫻宮一、治二天下一也。此天皇、娶二葛城之曾都比古之子、葦田宿祢之女、名黒比賣命一、生御子、市邊之忍齒王。次御馬王。次妹青海郎女、亦名飯豊郎女【三柱】。

履中には、二男と一女がいる。履中天皇条を離れることになるが、この系譜傍線部の子と、履中崩御後の皇位継

承とのかかわりを確認しておきたい。皇位は履中の弟である反正・允恭へ、允恭の子の安康へ、安康の弟の雄略へと遷る。安康天皇代に、雄略によって市辺之忍歯王は滅ぼされる。雄略の子清寧が即位するが、清寧に子がいない。そこで履中の孫で市辺押歯王の子である二皇子が見いだされ、顕宗（弟ヲケ）・仁賢（兄オケ）が即位する。

清寧の崩後、二皇子発見の間をつないでいたのは、Ｉに記される履中の娘、押歯王の妹の青海郎女（飯豊郎女）であった。

故、天皇崩後、無下可レ治二天下一之王上也。於レ是、問二日継所レ知之王一、市邊忍齒別王之妹、忍海郎女、亦名飯豊王、坐二葛城忍海之高木角刺宮一也。（下・清寧）

この場面では出自を「伊耶本和気命の女」ではなく「市辺忍歯別王の妹」とする。これが異例であることはすでに指摘がある。[2]「市辺忍歯別王の御子」である二皇子を迎えるには、後者の出自が重視されたと考えられる。飯豊王は、「天皇であった履中の娘」であるという側面以上に、「市辺忍歯別王の妹」として「市辺忍歯別王の御子」（甥）を迎えるという側面が重視されている。

またＩの系譜で「飯豊郎女」であった名が清寧天皇条では「飯豊王」と言い換えられている。宮に坐すべき存在として、郎女より上位の称に置換したと考えられる。[3]

一方、押歯王の二皇子オケ・ヲケが播磨で発見されたとき、出自を詠って説明する。

尓、遂兄儛訖、次弟将レ儛時、為レ詠曰、

物部之、我夫子之、取佩、於二大刀之手上一、丹畫著、其緒者、載二赤幡一、立二赤幡一、見者、五十隠、山三尾之、竹矣訶岐苅、末押縻魚簀、如レ調二八絃琴一、所レ治賜二天下一、伊耶本和氣、天皇之御子、市邊之、押齒王之、奴末。

尓即、小楯連聞驚而、自レ床堕轉而、追二出其室人等一、其二柱王子、坐二左右膝上一泣悲而、集二人民一作二假宮一、

坐二置其假宮一而、貢二上驛使一。於是、其姨飯豊王、聞歓而、令レ上レ於レ宮。（下・清寧）

ここでは傍線部、弟のヲケが発した「伊耶本和気（履中）天皇の御子、市辺の押歯王の子孫だ」との言葉で、宮に迎えられることとなる。詠の解釈には諸説あるが、[4]前半に「丹」「赤」の色彩がイメージされ、統治していたイザホワケに収束してゆく。イザホワケのホが火・穂であるということはすでに指摘があるが、[5]火であれ穂であれ色彩としては丹・赤がイメージされたであろう。二皇子の立場を根拠づけるのはこの詠が主張するとおり「イザホワケの孫」であることであった。

そして宮に迎えられた二皇子は譲り合い、弟から即位する。その際も古事記は、

伊弉本別王御子、市邊忍歯王御子、袁祁之石巣別命、坐二近飛鳥宮一、治二天下一捌歳也。

と、イザホワケ（履中）から記す。顕宗の出自を述べるには、「市辺忍歯王御子（奴末）」だけではなく、イザホワケから語る必要があった。允恭系から履中系へと皇統が変わる際、宮で迎えた履中の娘・飯豊王は、「市辺押歯王の妹」として清寧天皇と顕宗天皇をつなぐ役割を担う。二皇子の発見時と即位時、二度にわたって〈履中―市辺忍歯王〉をよりどころとして確認し、その上で継体天皇以降も仁賢の娘によって履中系の皇統は保たれていくのである。

二、物語部分冒頭の解釈――「寝る」天皇

前節で皇統譜における履中（および履中系）の重要性を確認した。では在位中の履中はどのように記されているか。

Ⅱ本、坐二難波宮一之時、坐二大嘗一而為二豊明一之時、於二大御酒一宇良宜而大御寝也。尒、其弟墨江中王、欲レ取二天皇一以火著二大殿一。於レ是、倭漢直之祖、阿知直盗出而、乗二御馬一令レ幸レ於レ倭。

まず大嘗にいまして豊明した時、大御酒にうらげて（酔って）寝てしまった姿が描かれる（傍線部）。これは天皇像として、どのように解釈できようか。同様に、物語部分冒頭で寝ている姿があらわれるのは、中巻の崇神天皇条にもある。

此天皇之御世、疫病多起、人民為レ盡。爾、天皇愁歎而、坐二神牀一之夜、大物主大神、顕レ於二御夢一曰、「是者我之御心。…」

「寝」の語はないが、夢のお告げを求めて寝る姿を読み手に提示する。ただし、崇神は寝ることで神との回路が示されるのに対し、履中は酒にうらげており、寝ることに意図は見られない。そのほか古事記の「寝」る例がいかなる状況を導くか、以下全例を挙げる（（　）内は寝る主体を示す）。

①於レ是、飲酔留伏寝。（ヤマタノヲロチ）
②令レ寝二其虵室一。…故、平寝出之。（アシハラシコヲ）
③於レ心思レ愛而寝。…故、其所レ寝大神聞驚而…（スサノヲ）
④中下天若日子寝二朝床一之高胸坂上以死。（天若日子）
⑤天神御子即寤起、詔二「長寝乎」一。（神武）
⑥一宿御寝坐也。（神武）
⑦「以二此小刀一刺二殺天皇之寝一」。故天皇…枕二其后之御膝一、為二御寝一坐也。…乃天皇驚起、（垂仁）
⑧一賤女晝寝。…自二其晝寝時一、妊身、（新羅の賤女）
⑨天皇坐二神牀一而晝寝。…便竊二伺天皇之御寝一、（安康）
⑩「…亦今者、志毘必寝…」。（志毘臣）

①④⑨⑩は寝ている間に殺される例である。③は髪をくりつけられ、⑤では仮死状態であり、⑦は未遂である

が殺されかけてしまう。②は助けがあったため無事であり、⑥⑧は共寝・日光が指すものである。以上を見るに、寝ることは必ずしも負の結果にはならないが、自らの意思を持てない無防備な状態であり、危険をはらむことは間違いない。(6)

この「寝」について宮岡薫氏(7)は、

饗宴における御酒の機能が呪的作用を果たしていることを示している。そして饗宴は「大御寝」によって完了する。この大御寝は当然に聖婚が実修されたことを予測させる。

⑥で、神武とイスケヨリヒメの聖婚を「一宿御寝坐」と表していた。しかし一方、「御寝」は「寝」の敬語であり、「大御寝は聖婚」とされている。この描写からそれを読み取るべきであろうか。たしかに先に挙げた「寝」の用例必ずしも聖婚を表すものではない。

また、参考に古事記中の大嘗や豊楽の場面に聖婚が伴うか確認したい。

於㆘聞㆓看大嘗㆒之殿屎麻理散。…「如㆑屎、酔而吐散登許曾…」(上・スサノヲ)

神聖な「大嘗を聞こしめす殿」を汚すという、スサノヲの乱行の例がある。ここに「酔って吐いた」とあるのはアマテラスの詔り直しであり、スサノヲが実際に酔っていることは記されていないが、「大嘗」から「酔う」ことが連想されていたと考えられる。

於㆑是、天皇宇㆓羅宜是所㆑献之大御酒㆒而、御歌曰、

須ゝ許理賀　迦美斯美岐迩、和礼恵比迩祁理。許登那具志　恵具志尓、和礼恵比迩祁理。

如㆑此之歌幸行時、…故、諺曰㆘「堅石避㆓酔人㆒也㆖」。(中・応神)

ここでも「大御酒」に「うらげ」(8)たことが記され、歌や諺から「酔」っていた状況が明らかである。先に挙げた履中の「坐㆓大嘗㆒而為㆓豊明㆒之時、於㆓大御酒㆒宇良宜而大御寝也。」も、酒に酔って寝ていると読むべきで、聖婚の

要素を読み取ることは難しい。

そのほか、古事記における「豊明」（豊楽）の例を見ると、

①天皇聞㆓看豊明㆒之日、於㆓髪長比賣㆒令㆑握㆓大御酒柏㆒、賜㆓其太子㆒。（中・応神）

②自㆑此後時、大后為㆑将㆓豊樂㆒而、於㆑採㆓御綱柏㆒、幸㆓行木國㆒之間、（下・仁徳）

③此時之後、将㆑為㆓豊樂㆒之時、氏氏之女等、皆朝参。（同）

④亦一時、天皇為㆑将㆓豊樂㆒而、幸㆓行日女嶋㆒之時、（同）

⑤留㆓其山口㆒、即造㆓假宮㆒、忽為㆓豊樂㆒、（下・履中）

⑥又天皇、坐㆓長谷之百枝槻下㆒、為㆓豊樂㆒之時、伊勢國之三重婇、指㆓擧大御盞㆒以獻。…故、於㆓此豊樂㆒譽㆓其三重婇㆒而、給㆓多祿㆒也。是豊樂之日、亦春日之袁杼比賣、獻㆓大御酒㆒之時、…（下・雄略）

①⑥のように酒があったことがわかり、①③⑥のように女性がいることもわかる。しかしその場面でも「寝」とは書かれず、聖婚も示されない。履中天皇は冒頭から豊明という「天皇を言寿ぐ、あるいは服属を誓う公的な場」[9]での「寝」という無防備な姿を示すと受け止めるべきではないか。

三、多遅比野・波迩賦坂の歌

続くⅢの場面はどうであろうか。

Ⅲ故、到㆓于多遅比野㆒而寤、詔、「此間者何處」。尒、阿知直白、「墨江中王、火著㆓大殿㆒。故、率逃㆑於㆑倭」。尒、天皇歌曰、

多遅比怒迩　泥牟登斯理勢婆　多都碁母ゝ　母知弖許麻志母能。泥牟登斯理勢婆。

到㆑於㆓波迩賦坂㆒、望㆓見難波宮㆒、其火猶炳。尒、天皇亦歌曰、

波迩布邪迦　和賀多知美礼婆、迦藝漏肥能　毛由流伊弊牟良、都麻賀伊弊能阿多理。

寝ている間に中王に火を付けられ、阿知直に馬に乗せられて、多遅比野で「寤」める。「寤」は「正気にかえる」（宮岡氏、青木氏）と解されるが、例えば『時代別国語大辞典上代編』には「眠りからさめる。正気にかえる」と二つの意味が提示されている。当該部はどちらの意味なのか、「驚」とともに再考してみたい。(10)

「驚」十三例のうち、十一例はおどろく意である。残る二例は、

故、其所ㇾ寝大神聞驚而、引二仆其室一。（上・スサノヲ）

…泣涙落二溢於御面一。乃天皇驚起、（中・垂仁）

と、寝ていて目覚めるものだが、一例目は「琴の音が響く」、二例目は「顔が濡れる」というきっかけがあり、急に目覚めるものである。よって「驚」は通常の目覚めではない。

一方、古事記の「寤」は、次のように用いられる。

①天神御子即寤起、詔二「長寝乎一」。…尓、其惑伏御軍悉寤起之。（中・神武）

②於ㇾ是、零二大氷雨一、打二或倭建命一。…到二玉倉部之清泉一以息坐之時、御心稍寤。故、号二其清泉一、謂二居寤清泉一也。（中・景行）

③「未二寤坐一。早可ㇾ白也。夜、既曙訖。…」（下・安康）

①は神に惑わされた例であるが、神武自身は「長寝乎」と捉えている。②は伊吹山の神に惑わされたヤマトタケルが一時的に正気になるもので、通常の「寝る」と対応するものではない。しかし③のように、神の惑いに拘わらず寝て起きる場合にも用いている。「驚」では表せない、通常の目覚める意味も「寤」が担っていたと考えられる。当該場面Ⅲは神に惑わされた描写もないことから、③と同様に通常の眠りから覚める意ではないか。(11)

臣下に盗み出され、道中で目が覚めるという「寝」のあとの展開からも、神の影響や聖婚の要素はうかがえない。

多遅比野で「寤」すなわち目覚めた履中は、

多遅比野に　寝むと知りせば　立薦も　持ちて来ましもの　寝むと知りせば

と歌う。この歌は元来歌垣の歌で「寝」は共寝を意味していたとする説もある。[12]

古事記にも「わが二人寝し」（神武）や「さ寝むとはあれはすれど」（ヤマトタケル）、「さ寝しさ寝てば」（軽太子）のように共寝が歌われることはあるが、当該歌に恋愛の情を読み取ることはむずかしい。万葉集の「寝む」二七例をみると、共寝は四例にとどまり、それ以外の二三首は家族や一人寝の例である。[13]

履中天皇の物語部分に女性は登場しておらず、寝ているところを助け出され、平然と野宿を詠うものと受け止めるべきであろう。ここには先に挙げた神武の「長寝乎」との類似がある。泉谷氏[14]は石上とのかかわりも含めて、神武の熊野での話と履中の話は同一の祖型から発展したものと指摘する。祖型など古事記以前の点について問うことはできないが、自らが危機にさらされながら、それを自覚しないままに、助けられて目覚める点は神武と共通する。

続いて波迩賦坂に至り、なお燃えている難波宮を見た履中は、

波邇布坂　我が立ち見れば　かぎろひの　燃ゆる家群　妻が家の辺

と歌う。この歌は土橋氏が「矛盾」、西郷氏が「しっくりしない」などと評するように、前の文脈から統一的に読み解くことが難しい。新編全集が「残してきた皇后への思いを込める」、青木氏が「残してきた妻に対する恋情」・「感情の高揚を表現」とするが、その思いが響いてこない。その原因のひとつとして、結句が「妹が家」ではなく「妻が家」であることを指摘したい。[15]例えば万葉集において、「妹が家」は九例、「妹があたり」は十五例あるが、「妻が家」「妻があたり」は一例もない。「妹がり」が七例あるところを、「妻がり」は七夕歌の織女をさす一例のみである（二三六一）。通常相聞でよく用いられる、特定の親しい女性を指す「妹」ではなく、不特定また客観的な使用の多い「妻」になっており、履中の心情と切り離された歌として成立している。

この歌をおく意味はなんなのか。想起すべきは、古事記で幾度も記されてきた「火からの生還」ではないか。すでに、サクヤビメの火中出産やヤマトタケルの話と照応して履中に英雄性を付与している（都倉氏）、ヤマトタケルと同様妻を思っている（青木氏）、火中に誕生する神々の印象をとどめ、大嘗祭式の夜の火祭りにかかわる（本田義寿氏[16]）、記紀神話の産屋の焼亡と履中記は同一類型の物語（泉谷氏）など、イザホワケと火の関わりが指摘されてきた。しかしそれ以上に論者が注目したいのは、上巻で葦原色許男が根の国で野の周囲を焼かれ、鼠の助言で生還する場面である。自分では何もしていなくても、周囲が助けてくれる点が共通している。

履中天皇条Ⅱの冒頭で「欲レ取二天皇一以火著二大殿一」とあり、難波宮が燃えていることはすでに提示されていたが、阿知直の助けにより、その「今なお燃えている宮」から生き延びているという履中の姿を、歌によって強調していると捉えられよう。

四、大坂山口の女人

Ⅳ故、到二幸大坂山口一之時、遇二一女人一。其女人白之、「持レ兵人等、多塞二茲山一。自二當岐麻道一、廻應二越幸一」。尒、天皇歌曰、

淤富佐迦迩　阿布夜袁登賣袁、美知斗閇婆、多陀迩波能良受、當藝麻知袁能流。

故、上幸坐二石上神宮一也。

続くⅣでは、出会った女性が正しい道を教えてくれ、無事石上に到着することが記される。これは、巫女の託宣と類似するもので、疑念を持たない天皇が神助を受けているかのような筋立てになっている。

ここで想起されるのは、中巻崇神天皇条の歌である[17]。大毘古命が高志国に派遣されて向かう際、腰裳を着た少女が山代の幣羅坂に立って次のように歌う。

御真木入日子はや　御真木入日子はや　己が緒を　盗み殺せむと　後つ戸よ　い行き違ひ　前つ戸よ　い行き違ひ　窺はく　知らにと　御真木入日子はや

崇神が命を狙われていることを明らかにする歌であり、これによって危機が回避される。問わずして自ずと危険が告げられている。履中も同様に、問わずして女人から迂回路を告げられる(18)。そこで履中は、

大坂に　遇ふや女人を　道問へば　直には告らず　当麻道を告る

と歌で捉え直す。

先の二首は日本書紀には載っていないが、履中即位前の出来事として宮から逃げ、道を告げられるという類似の伝えがおさめられている。

爰仲皇子畏レ有レ事、将レ殺ニ太子一、密興レ兵、囲ニ太子宮一。時平群木菟宿禰・物部大前宿禰・漢直祖阿知使主、三人、啓ニ於太子一。太子不レ信。〈一云、太子酔以不レ起。〉故三人扶ニ太子一令レ乗レ馬而逃之。〈一云、大前宿禰、抱ニ太子一而乗レ馬。〉仲皇子不レ知太子不レ在、而焚ニ太子宮一。通夜火不レ滅。太子到ニ河内国埴生坂一而醒之。顧ニ望難波一、見ニ火光一而大驚。則急馳之自ニ大坂一向レ倭、至ニ于飛鳥山一、遇ニ少女於山口一。問之曰、「此山有レ人乎」。対曰、「執レ兵者多満ニ山中一。宜下廻自ニ当摩径一踰上之。」…（巻第十二　履中即位前紀）

ここで論者が注目したいのは、傍線で示した部分である。履中が反逆の知らせを聞いて「信じず」とあること、山口で出会った女性に「人がいるか」と履中から問いかけることである。古事記では、冒頭から履中はうらげて寝ている。そして大坂の山口では出会った女人の方から危機を知らせており、履中は問いかけていない。日本書紀においては原因と結果を筋道立てて説明しようとしているが、古事記の履中は、寝ること、「ここはどこか」と問うこと、独り言のような歌を歌うことしかしていない。この「していない」ことが特徴なのではないかと考える。

履中天皇条において、「寝」を経ての無事や「火」からの生還、女人の助言など、履中自身は何も主体的に行動

していなくても、結果的に逆境を乗り越えている。そこに阿知直、女人という周囲の「人」の助力がある。

五、後半の描写――反正天皇即位前『記』

続いて履中天皇条の後半に記された、一連の反乱の決着部分における履中天皇像を探りたい。

Ⅴ於レ是、其伊呂弟水歯別命参赴令レ謁。尓、天皇令レ詔、「吾疑下汝命若与二墨江中王一同心上乎。故、不二相言一」。答白、「僕者無二穢邪心一。亦不レ同二墨江中王一」。亦令レ詔、「然者今還下而、殺二墨江中王一而上来。彼時吾必相言」。故、即還二下難波一、欺下所レ近二習墨江中王一之隼人、名曽婆加理上云、「若汝従二吾言一者、吾為二天皇一、汝作二大臣一、治二天下一那何」。曽婆訶理答白、「随レ命」。尓、多禄給二其隼人一曰、「然者殺二汝王一也」。於レ是、曽婆訶理、竊二伺己王入レ厠、以レ矛刺而殺也。故、率二曽婆訶理一、上二幸於倭一之時、到二大坂山口一以為、「曽婆訶理、為レ吾雖レ有二大功一、既殺二己君一是不レ義。然不レ賽二其功一、可レ謂レ無レ信。既行二其信一、還惶二其情一。故、雖レ報二其功一、滅二其正身一」。是以語二曽婆訶理一、「今日留二此間一而、先給二大臣位一、明日上幸」。留二其山口一、即造二假宮一、忽為二豊樂一、乃於二其隼人一賜二大臣位一、百官令レ拜。隼人歓喜、以二為遂レ志。尓、**詔**下其隼人、「今日与二大臣一飲中同盞酒上」。共飲之時、隠レ面大鋺、盛二其進酒一。於レ是、王子先飲、隼人後飲。故、其隼人飲時、大鋺覆レ面。尓、取下出置二席下一之釼上、斬二其隼人之頚一、乃明日**上幸**。故、号二其地一謂二近飛鳥一也。上到レ于レ倭**詔**之、「今日留二此間一、為二祓禊一而、明日参出、将レ拜二神宮一」。故、号二其地一謂二遠飛鳥一也。故、参出石上神宮、令レ奏二天皇一、「政既平訖参上侍之」。尓、召入而相語也。天皇、於レ是、以二阿知直一、始任二蔵官一、亦給二粮地一。

この場面において、履中が主語となるのは傍線部のみである。履中天皇条でありながら、履中の言動が記される部分は少なく、太字部のように弟の水歯別に天皇に準じる表現がされている。阿部誠氏が「履中は猜疑心の強い兄として登場するに過ぎず、伝承の主眼はむしろ水歯別の活躍を語る点にあった[19]」と述べるところである。ただ、そ

うである一方で、履中の「疑」という描写は負の側面を付与しているわけではない。古事記の「疑」は、

①於レ是、息長帯日賣命、於レ倭還上之時、因レ疑二人心一、（中・仲哀）

②尓、大日下王、四拝白之、「若疑レ有二如此大命一。故、不レ出レ外以置也…」。（下・安康）

のように用いられる。先のことを予測し、対応するときに用いられ、油断しない姿勢にもとづく。人の心を疑い、命が狙われないように対応する神功皇后、妹が天皇に召されるかもしれないと予測して外に出さなかった大日下王、これはいずれも必要な慎重さであった。弟・中王に狙われた履中が、弟・水歯別も同じではないかと疑うのは、当然のことである。

疑いが晴れるまでは「相言」しないが、水歯別が中王を殺したら「相言」しようという。これはむつまじい語らいを指すと考えられる。例えば、

於レ是、大長谷王、以レ矛為レ杖、臨二其内一詔、「我所二相言一之孃子者、若有二此家一乎」。（下・安康）

とあるように、男女間において「相言」が用いられている。そして水歯別は迷うことなく履中に従い、隼人曽婆訶理を使って中王を滅ぼした。履中に報告すると、履中は「召入れて相語らった」。このように、墨江中王反乱を経て、兄弟はより結束を深めたことが見て取れる。

この場面は日本書紀と大筋では一致する。

太子便居二於石上振神宮一。於レ是瑞歯別皇子知二太子不在一、尋之追詣。然太子疑二弟王之心一而不レ喚。時瑞歯別皇子令謁レ曰、「僕無二黒心一。唯愁二太子不在一而参赴耳」。爰太子伝二告弟王一曰、「我畏二仲皇子之逆一、独避至二於此一。何且非レ疑レ汝耶。其仲皇子在之、独猶為二我病一。遂欲レ除。故汝寔勿二黒心一、更返二難波一而殺二仲皇子一。然後乃見焉。」（巻第十二　履中即位前紀）

日本書紀においても、履中は瑞歯別を疑い、仲皇子を殺したら会おうと言う。

それを受けて瑞歯別が、「皆仲皇子に反感を持っており、殺すことは憚らないが、それでもなお疑われるのではと恐れている」と言うと、履中は木菟宿祢を同行させた。この部分は古事記にない。また注目すべきは、その際に、

爰瑞歯別皇子歎之曰、「今太子与㆓仲皇子㆒並兄也。誰従矣、誰乖矣。然亡㆑無㆑道、就㆑有㆑道、其誰疑㆑我」。

「履中も中王も同じ兄なのに、誰に従って誰に背けばよいのか」と瑞歯別が嘆く部分である。確かに系譜的に見て履中と中王に優劣はない。しかるに古事記では中王が滅ぼされて当然のように扱われている。皇統に逆らって火をつける中王は、古事記においてはもはや皇位継承者たるべき存在ではないのである。

古事記においては、水歯別の迷いない行動によって「善」たる履中天皇像、「悪」たる墨江中王像が決定づけられている。[20] ここでも履中は主体的に行動しておらず、弟の助けによって反乱が解決される。この部分について西宮氏は集成本頭注において簡潔に、

履中天皇は墨江中王の反逆に対し直接手を下さずに平定したことになる。これが、実は「有徳の天皇」たることを物語っているのである。

と指摘する。非常に示唆的であるが、論者は水歯別の部分だけでなく、冒頭の寝ている場面からすでに「有徳の天皇」履中を描いていると考える。寝ていても助け出され、平然と歌のみを歌い、問わなくても正しい道が告げられる、これらも有徳の姿であろう。

六、履中の弟たち

では、続いて即位する履中の弟たちはどのように性格づけられているだろうか。

古事記の履中天皇は水歯別との和解後、何の事績も記されず崩ずる。そして水歯別が即位する。

弟、水齒別命、坐㆓多治比之柴垣宮㆒、治㆓天下㆒也。此天皇、御身之長、九尺二寸半。御齒長一寸廣二分、上下

等齊、既如レ貫レ珠。（系譜略）

反正（水歯別）は、即位後の記事をもたない。それは、即位前にその徳―すなわち、兄に従い王権を守るという正なる行いが叙述されているためといえる。

続いて、履中・反正の弟、仁徳と石之日命の末子男淺津間若子宿祢（允恭）も即位する。允恭天皇は即位前の記述はなく、即位後は次のように記される。

弟、男淺津間若子宿祢王、坐二遠飛鳥宮一、治二天下一也。（系譜略）天皇初為レ将レ所レ知二天津日継一之時、天皇辞而詔之、「我者二有一長病一。不レ得レ所レ知二日継一」。然、大后始而諸卿等、因二堅奏一而乃治二天下一。於レ是、天皇愁二天下氏〻名〻人等之氏姓忤過一而、於二味白檮之言八十禍津日前一、居二玖訶瓮一而定二賜天下之八十友緒氏姓一也。

允恭は即位にあたり辞退したことがまず記される。皇位を狙ったと思われる墨江中王と真逆の姿であるといえる。古事記の「辞」は、

①於レ是、大雀命與二宇遅能和紀郎子一二柱、各譲二天下一之間、海人貢二大贄一。尓、兄辞令レ貢レ於レ弟、弟辞令レ貢レ於レ兄、相譲之間、既経二多日一。（中・応神）

②故、不二得辞一而、袁祁命、先治二天下一也。（下・清寧）

これらの例のように謙譲に連なるもので、譲り合った宇遅能和紀郎子と仁徳、顕宗と仁賢、いずれもが徳のある存在だと認められる文脈になっている。允恭は譲り合ったわけではないが、「辞退したが断れず即位する」というのは後の天皇にも記される徳のある即位のしかたである(21)。

以上のように仁徳と石之日売の間に生まれた履中・中王・反正・允恭の四子の造形を比較してみると、長子の履

中は、記述が少ないながらも全編をとおして周囲の助けが記されていた。二子の中王は履中を狙う反逆者として現れ、三子の反正は兄のため反逆を解決に導いた。末子の允恭には譲りの徳が示されていた。[22] この後の系譜で履中系と允恭系の対立がうかがえ、允恭系に負のイメージを見る立場があるが、[23] 允恭自身に負のイメージが付与されてはいないのである。

おわりに

履中は下巻末までその存在が皇統のよりどころとされる、系譜上重要な存在である。ただし人物像がうかがえるエピソードが少なく、その天皇像を考えようという試みはあまりなされていなかった。

たしかに記述は少なく、なにもしていないともいえる一方で、臣下が助けてくれ、出会った女人が助けてくれ、弟が助けてくれる。このように常に助けが得られるという姿も、ある種の徳のある形[24] なのではないか。

中巻では天皇が困難に面した時神の助力が語られていた[25] ように、下巻においては人の助力をおのずから受け取る履中天皇が描かれているのではないだろうか。

皇位継承には争いがつきものである。その状況で円滑に皇位が継承されるのは徳のあることである。中巻のはじめに綏靖と兄が、中巻の終りに仁徳とウヂノワキイラツコが、下巻のはじめに履中と反正が、下巻の終わりに顕宗と仁賢が語り合う姿を見せている。古事記下巻を見通す上で、履中の位置づけと共に履中天皇像は重視されるべきではないだろうか。

テキスト

西宮一民『古事記　修訂版』（おうふう）

小島憲之・直木孝次郎・西宮一民・蔵中進・毛利正守『日本書紀』（小学館）
木下正俊校訂『萬葉集CD―ROM版』（塙書房）

注

（1）西宮一民『新潮日本古典集成　古事記』一九七九年

（2）中庭和樹「『古事記』飯豊王の出自記事―記載方法の意味するところ」（『日本文學論究』國學院大学　63　二〇〇四年三月）

（3）女王では飯豊王以外に女鳥王、衣通王、若日下部王（系譜で銀王、難波王）の例がある。衣通郎女は、その身の輝きを説明するときに「王」に言い換えられており、郎女より高く位置づけるものと考えられる。

（4）大脇由紀子「飯豊王と「詠の名告り」―『古事記』の話素の機能」（『中京国文学』21　二〇〇二年）や馬場小百合「袁祁命の「詠」と二皇子の皇位相譲」（『国語と国文学』90-5　二〇一三年五月）など新見が提出されている。本論においては、詠の最初から履中をイメージさせる序であり、履中を出自のよりどころにしていると考える。

（5）西郷信綱『古事記注釈』四（平凡社　一九八九年）、奥田尚「記紀の五世紀以前の天皇系譜作製過程試論」（『追手門学院大学文学部紀要』23　一九八九年一二月）など。

（6）都倉義孝氏（「履中記の論」『古代文学の思想と表現』二〇〇〇年）は、天皇が寝ることはすべて王権の危機にかかわる、と指摘する。

（7）宮岡薫「履中記の歌物語的方法」（『古代歌謡の構造』一九八七年）

（8）時代別国語大辞典上代編の説明は次のとおり。
うらぐ（動下二）心が楽しくなる意か。→うらかす。

うらかす（動四）ウラグに対する他動詞で、心を楽しませ、慰める意か。（例「宇良加志給鞆、猶不止哭之」（出雲国風土記））

（9）青木周平「履中記における歌の機能」（『古事記研究大系9　古事記の歌』一九九四）

（10）現在目覚める際に用いる「覚」は、古事記において十二例すべて「さとす」「さとる」の意味であり、目覚める意味はない。

(11) 青木氏前掲論において、これらの例はすべて危機的状況から解かれる場合に用いられるとの指摘がある。

(12) 倉野憲司『古事記全註釈』および日本古典文学大系『古事記祝詞』、土橋寛『古代歌謡全注釈』は歌垣の歌とし、中西進『著作集』は野遊びの歌とする。

(13) ・共寝　四例

おほかたは　なにかも恋ひむ　言挙げせず　妹に寄り寝む　年は近きを　⑫二九一八

わたつみの　沖つ玉藻の　なびき寝む　はや来ませ君　待たば苦しも　⑫三〇七九

…さ夜は明け　この夜は明けぬ　入りてかつ寝む　この戸開かせ　⑬三三一〇

梓弓　末は寄り寝む　まさかこそ　人目を多み　汝を端に置けれ　⑭三四九〇

・家族で　一例…⑤九〇四

・一人寝　一九例…①七四、③二九八、③四六二、③四六三、④七三三、④六五二、④七三五、⑧一六六三、⑧一六九二、⑧一六九三、⑩二〇五〇、⑩二二六一、⑩二三三八、⑬三二八二、⑭三四四二⑮三六二五、⑳四三二一、⑳四三四八

・紐解かず寝る三例…⑪二四二四、⑭三三七〇、⑳四四一六

(14) 泉谷康夫「履中即位前紀(記)の神話的性格」(『日本書紀研究』13　一九八五年)

(15) 妻は客観的(系譜、他人の妻、不特定の妻、鹿など動物の妻)か、妻問・人妻・隠妻・遠妻などの熟語で用いられることが多い。主観的な「妹」とは異なっており、自分の妻を「妻」と呼ぶことは少ない。まれに死別、生別では「妻」が用いられることもあり、ヤマトタケルの「あづまはや」もその一例といえる。当該歌はおそらくもともと「かぎろひの燃ゆる家群　妹が家のあたり」で、陽光(陽炎)を見て詠まれた相聞ではなかったかと推測するが、論証のすべがない。

(16) 本田義寿「履中記の歌謡伝承覚え書き」(『奈良大学紀要』9　一九八〇年十二月)

(17) 青木氏も崇神天皇条をひき、天皇の呪性を示そうとした、とする。都倉氏は履中の歌を、神助をうけとった者の喜びと決意を表したとする。

(18) 青木氏は日本書紀と比較し、当該部分の会話文のあり方と山越えのコースの違いという二点を指摘した。都倉氏は、迂回は神武東征の焼き直しであるとも指摘する。

(19) 阿部誠「古事記・墨江中王反乱伝承について―その反正天皇即位前『記』としての構想―」(『古事記年報』33　一九九二年一月)

(20) イザホワケの赤、墨江中王の黒で、赤心と黒心の対比があるのではないかと考える。

(21) 古事記には仁賢即位以降物語部分がないが、日本書紀では、

群臣、渟中倉太珠敷天皇の皇后額田部皇女に請して、令踐祚らむとす。皇后辞譲びたまふ。

と、推古が即位を辞退した経緯が記される。

(22) 西宮氏集成には、反正の墨江中王平定に「武徳」、允恭の辞退の場面、雄略が蜻蛉に奉仕される場面、雄略が猪から助かる場面、オケ(仁賢)の譲りに「有徳」と注している。雄略の陵を壊さない仁賢とそれを認める顕宗にも「有徳の聖天子」と注する。そこで、

こうして仁徳帝以来の聖天子の多様な徳の型(タイプ)(仁・愛・智・勇・武・孝・瑞祥・神聖・大義)は一応出尽くし、「天皇とは何か」の命題を説明し得たので、以後は皇統譜に止めることにしたものであろう

と述べるが、どの天皇がどの徳の型なのか、明らかにされていない。

(23) 神田秀夫『古事記の構造』(昭和三五年　明治書院)が、允恭グループを笑いものにしている履中グループの仁賢のところでまとめられ、継体グループにひきつがれたとする。

(24) 履中は「信」の徳(「信信、信也。疑疑、亦信也」『荀子』非十二子)にあたるのではないかと考えている。

(25) 神武天皇が天の神の助けを得て熊野で復活し、ヤタガラスの先導を受けること、崇神天皇・神功皇后が神託をうけること、ヤマトタケルが天に由縁をもつ草薙剣の加護を受けることなど。拙稿「古事記中巻の神と天皇」(『萬葉語文研究』11　二〇一五年九月)の参照を乞う。

本論文は古事記学会関西例会(於大阪市立大学　二〇一六年八月三〇日)での口頭発表に基づくものです。毛利先生をはじめ、ご指導ご意見くださった先生方に記して感謝申し上げます。

『萬葉集』中臣宅守の三七五八歌の表現とその位置付け

――「人嬲り」を中心に

中川明日佳

はじめに

さすだけの　大宮人は　今もかも　人嬲りのみ　好みたるらむ（15・三七五八　中臣宅守）
佐須太気能　大宮人者　伊麻毛可母　比等奈夫理能未　許能美多流良武

『萬葉集』巻十五に収められる中臣宅守（以下、宅守）の三七五八歌（以下、当該歌）は、狭野弟上娘子（以下、弟上娘子）との贈答歌群の中で流罪の状況をほとんど詠わない宅守歌において、三七六一歌「世間の　常の理　かくさまに　なり来にけらし　据ゑし種から」とともに、宅守が流罪に処された次第を主題にした歌とされている。二人の贈答歌群の題詞には「中臣朝臣宅守与二狭野弟上娘子一贈答歌」とあるのみで、宅守の流罪の原因は述べられていないため、先行研究はしばしば当該歌と三七六一歌を取り上げ、流罪の原因について言及してきた。しかし、そうして取り上げられることの多い当該歌だが、実はまだ解釈が定まったとは言い難い。

四句目の「人嬲り」は孤例だが、『遊仙窟』の古訓や『日本国現報善悪霊異記』の用例から、諸注釈はいずれもこの語をからかう・もてあそぶ意で取っており、歌全体の歌意は「（さすだけの）大宮人は今もなお人をからかうことを好んでいるのだろう」としている。ただ、「人麒り」の対象が宅守なのか弟上娘子なのか、という点では未だ定説を見ない。諸注釈の解釈は現在のところ、

①弟上娘子への現在の「人麒り」を憂慮するもの

②宅守への過去の「人麒り」を思い返して改めて非難するもの

の二説に分かれているといえる。

近年の注釈書では、②の立場を取るものが多い。というのも、①のように宅守が弟上娘子の現状を憂慮する歌であると考えた場合、弟上娘子に対して「あなたは今もなお人麒りされているのでしょうね」と歌いかけていることになり、それは「些か具合が悪」いとされているからである（吉井『全注』）。

当該歌が弟上娘子の置かれた状況を慮った歌なのか、宅守自身が過去に受けたことへの非難を表した歌なのか、というのは、大きな違いである。吉井『全注』には、

この語（筆者注：「人麒り」）は、語りとして歌群が組み立てられたと考える場合、その性格を究明する上で重要な語であると思われる。

とあり、宅守と弟上娘子との贈答歌群全体を考える上で、当該歌の解釈を定めておくことは、重要な問題であるといえよう。

そこで本稿では、「人麒り」の語の再考から、当該歌全体をどう捉えるべきか、ということを考えていきたい。

一、諸注釈の見解

まずは、当該歌の「人麒り」について、諸注釈の見解を簡単にまとめておきたい。[(1)]

①弟上娘子への現在の「人麒り」だと捉えるものは、『拾穂抄』、『代匠記』、『略解』、『古義』、井上『新考』、『全

釈』、『全註釈』(増訂版)、佐佐木『評釈』、『私注』、『大系』、『古典全書』、遠藤論文[2]である。『拾穂抄』には「大宮人は今も人なふりを好むへけれは、わかなき折に好言の人になふられな、と娘子にいひやる也」、『代匠記』(精選本)には「娘子カ事ニ依テ我配流ニアヘルヲナフリ、又我ナキ間ニ娘子カ心ヲカヒナキナトセムコトヲ、ウシロメタク思フナルヘシ」とあり、特に『代匠記』に示された、弟上娘子との関係によって宅守が流罪に処されたとする見方は、『略解』・『古義』・井上『新考』に受け継がれている。

近代に入ってからも、「自分のいる時もなぶられたが、今もやはり娘子はなぶられているのだろうと気の毒に思っている」(『全註釈』増訂版)というものや、「無責任な、それゆえに当事者にとってはきりきりと痛む傍観者の「人なぶり」にさいなまれているであろう娘子に心を痛め、いたわしく思う篤い心配りを表している」(先掲遠藤論文)などがあり、いずれも都に残された弟上娘子の状況を憂慮する宅守の心情を汲み取っている[3]。これに対し、異を唱えたのは『注釈』である。

『注釈』は、『代匠記』や『古義』、佐佐木『評釈』を引用した上で、「いづれも相手の娘子をいぢめる事ととつてゐるのはどうであらう」と疑問を呈す。それを承けて吉井『全注』では、

「わがそこにあらねば娘子が心をかなひきなどせんことをも、うしろめたくおもふなるべし」(代匠記)というような、娘子への人なぶりを通して、不安に思う作者の気持と解する注が多い(全釈、佐佐木評釈、古典全書、私注など)。だが、この解釈は、この作が娘子に対して送った作であってみれば、些か具合が悪かろう。それは、「あなたはなぶられているんでしょうね」という意になるからである。今の人なぶりに直接のかかわりがないにもかかわらず、敢えて、その今の人なぶりを通して、昔の人なぶりについての娘子の共鳴を得ようとする歌と、私には思われる。

と述べ、当該歌を弟上娘子への憂慮を表した歌ではなく、自己への過去の「人嬲り」について「娘子の共鳴を得よ

うとする歌」であるとする。

『注釈』や吉井『全注』に示された、当該歌の「人嬲り」を②宅守への過去の行為だと捉えるものは、この他に『釈注』、『全歌講義』、『岩波文庫』[4]がある。

ここまで①説、②説についての諸注釈の見解を見てきたが、それによってわかったのは、なぜそう判断したのかという点に言及するのは吉井『全注』のみで、ほとんどの注釈書では根拠も示されないままに当該歌の解釈が為されている、ということである。そもそも、「人嬲り」が弟上娘子への行為を言うのか宅守への行為を言うのかについて言及のない注釈書も多い。

当該歌は、そのまま直訳すれば「（さすだけの）大宮人は今もなお「人嬲り」を好んでいるのだろう」という意味であって、「人嬲り」がどのような行為を表しているのかはこの一首の中には明かされていない。そのため、当該歌の中だけで一首の解釈を考えようとしても限界がある。当該歌が何を表すのか、という問題は、宅守歌の他の歌との関連も踏まえて考えていかなければならない。

ただ、まずは「人嬲り」の解釈が定まらなければ、歌全体について考えることはできないだろう。そこで次章では、「人嬲り」の意味を再度確認するとともに、そもそも「嬲」字をどのように解すればよいのか、ということについて考えてみたい。

二、「嬲る」の解釈

さて、当該歌と同じ「人嬲り」の語が見えるのは、真福寺本『遊仙窟』に付された古訓である。十娘が用意した宴席において先に席に着くのを互いに譲り合っている場面で、「僕」が十娘に、この家の主人である十娘から席に座るべきだ、と言うのに対して、五嫂が笑いながら、十娘は「主人母」であなたこそ「主人公」だ、と冗談を言う。

以下に本文を載せる[5]。

各自相譲、倶不レ肯ニ先坐一。僕曰、十娘主人、下官是客。請主人先坐。五嫂為人饒劇、掩レ口而笑曰、娘子既是主人母、少府須作ニ主人公一。

（各自相譲りて、倶に先じて坐することを肯へてせず。僕曰く、「十娘は主人なり、下官は是れ客。請ふ主人、先ず坐することを」。五嫂、為人饒劇にして、口を掩ひて笑みて曰く、「娘子は既に是れ主人の母、少府は須らく主人公と作るべし」。）

この中で、五嫂の性格を表す「饒劇」に「ヒトナブリ」の訓が付されている。「漢語「饒劇」は「饒舌戯劇」の意」（『新大系』当該歌脚注）とあるように、五嫂は、この後も十娘との仲をからかう言葉を様々に発しており、人をからかうことを好む性格が描写されている。真福寺本の古訓「ヒトナブリ」は、人をからかう意を表すと見て問題ないだろう。

「人嬲り」の例は当該歌と『遊仙窟』古訓にしか見えないが、「嬲る」まで広げると、『日本国現報善悪霊異記』（以下、『日本霊異記』）の中巻、「孤の嬢女の、観音の銅像を憑り敬ひしときに、奇しき表を示して、現報を得し縁第三十四」と、下巻、「産み生せる肉団の作れる女子の善を修し人を化せし縁 第十九」とに一例ずつ見える。

下巻の例では、人とは違う体を持った尼僧が、託磨郡の国分寺の僧と豊前国宇佐郡の矢羽田の大神寺の僧から嘲りを受ける場面で「嬲る」が用いられる。以下に当該部分を引用する（傍線：筆者）[6]。

愚僧呰りて、号をば猿聖と曰ふ。時に託磨郡の国分寺の僧、又豊前国宇佐郡の矢羽田の大神寺の僧二人、彼の尼を嫌みて言はく、「汝は是れ外道なり」といひて、啁シ呰りて嬲ルに【啁呰嬲之】、神人空より降り、桙を以て僧を棠かむとす。僧恐り叫びて終に死にき。

生まれつき人と体の構造が違う尼僧に対し、その才能を妬んだ僧侶二人が、「外道だ」と「啁シ呰りて嬲」ったところ、神人が空から降りてきて杵で二人を突こうとしたため、二人は恐れ叫んで死んでしまった、という話である。「哢シ」「呰」はあざ笑う、嘲る意。ここでの「嬲る」は、この二つの語と並んで用いられていることから、からかう意であると考えてよいだろう。

問題は中巻の例である。中巻では、両親を亡くし、財産も失ってしまった女性のもとに、里に住む豊かな男性が求婚してくる場面で「嬲る」が用いられる。

里に富める者有り。妻死にて鰥なり。是の嬢を見て、媒ヲ通して伉儷を作す。嬢答へて言はく、「我今貧し。身裸にして衣の被るもの无し。何すれぞ面を障へて、参ゐ向きて相語らはむ」といふ。媒、還りて状を壮ニ告ぐ。壮聞きて言はく、「彼の身貧窮にして衣服无きは、我が明かに知る所なり。唯聴さむや否や」といふ。媒往きて告げ知らす。嬢猶し否と辞ぶ。壮強ヒテ入り嬲ル【壮強入嬲】。迺ち心に聴許し、壮と交る。

初め、女は財産がないことを理由に男の求婚を断る。それに対して男は貧乏であることは承知していると言って、もう一度仲人を通じて結婚を求めるが、再び女はそれを断る。二度の求婚を断った女に対して、男は強引に家に押し入って「嬲」り、そこでやっと女は承知して結婚した、という文脈である。

ここでの「嬲る」の意味を、これまでの例のようにからかう意で捉えるのは無理があるだろう。二度断られても諦めない男が、ついには自ら赴いて求婚するという場面で、言葉での戯れを仕掛けるとは考えにくい。また、結婚を承知させるために無理矢理身体的接触を図ったことを表すと見る注釈書もあるが、後の文に「壮と交る」とあるから、「嬲る」に身体的接触の意味は含まれていないといえる。

当該部の原文は「嬲」とある。「嬲」は、玄應撰『一切経音義』に「嬲、弄也、悩也」とあり、『集韻』に「戯相擾也」と説明される。

『玉台新詠』巻八、「春閨怨」（呉孜）[7]では、柳絲皆嬲レ燕、桑葉復催レ蠶。

（柳絲皆燕を嬲る、桑葉復た蠶を催がす。）

とあり、柳を擬人化し、燕と戯れるように枝が揺れる様を「嬲」と表現している。これは、「弄」の意の「嬲」例であると考えられる。

また、『大正新脩大蔵経』所収の「道行般若経」巻六[8]には、

弊魔復往二到菩薩所一、作二是詭甥一言、……

（弊魔復た菩薩所に往き到りて、是れ詭甥を作して言はく、……）

とある。『大正新脩大蔵経』には、「甥」の字は宋本・宮内庁書陵部蔵本・聖語蔵本に「嬲」、元本・明本に「嬈」とあることが注せられており、「甥」は『大正新脩大蔵経』の底本である高麗本の誤りであると考えられる。なお、「嬲」と「嬈」とは通用することが、『説文解字』段注によって知られる[9]。ここでは、「魔」が菩薩の所へ行き、心を惑わせようとあれこれ言う場面で「嬲」が用いられており、言葉で翻弄する様が表されているといえる。『玉台新詠』や「道行般若経」に見える「弄」の意を表す「嬲」は、言葉・行動によって相手を翻弄しようと働きかける場合に用いられていることがわかる。『日本霊異記』下巻の「嬲る」は、こちらの意味で理解される例といえよう。

対して、「悩」の意で捉えられる「嬲」の例は、『文選』に見られる。『文選』巻四十三、「与山巨源絶交書」（嵆康）は、竹林の七賢の一人であった嵆康が、仲間の山濤に対して送った絶交書である。嵆康はこの中で、自身を士官させようと推挙しようとした山濤に、自分はただ子孫を教え育て、親戚や友人と時々交流したり、一杯の酒を飲み琴を演奏するだけの生活で十分であって、士官など望んでいない、と述べる。その上で、山濤が嵆康に対して「嬲」り、そっとしておいてくれないなら、それは決して私のためではなく、朝廷のための士官でしかないのだ、と糾弾する。該当する箇所を以下に示す[10]。

足下若嬲レ之不レ置、不レ過レ欲三為レ官得レ人、以益二時用一耳。
（足下若し之を嬲りて置かざれば、官の為に人を得、以て時用を益さんと欲するに過ぎざるのみ。）

ここでの「嬲」は、からかう意ではなく、悩ませる意で用いられていると考えられる。事情をここまで説明した上で、もし、それでもしつこく食い下がって推挙しようと私を悩ませることがあれば、という文脈である。「嬲」はただ悩ませる意なのではなく、しつこく悩ませる場合に用いられる語なのだろう。

『日本霊異記』中巻の「嬲る」は、この嵇康の例と同じく、しつこく悩ませる意を表すと考えて良いのではないか。男は、仲人を介した二度の求婚を断られてもなお諦めず、自ら赴いてさらに求婚を重ねる。受け入れない女を翻意させようと男は女をしつこく悩ませ、押し切られた女はその結果結婚を受け入れるのである。

以上、上代における「嬲る」の例を追ってみると、「嬲る」にはからかう意と、しつこく悩ませる意との二つの意味があることがわかった。この二つの意味は、「嬲る」の正字である「嬲」の字がもともと持っていた意味をそのまま受け継いだものである。

当該歌の「人嬲り」は、『遊仙窟』の例によってこれまでずっと「人をからかう」意である、とされてきた。たしかに全く同じ語は『遊仙窟』の古注にしか見えないので、その例が最も重視されるのは尤もなことだろう。しかし、「嬲る」に二つの意味が存在するのであれば、「人嬲り」にも、二つの意味が存在する可能性がある。改めて、当該歌の中での「人嬲り」の意味について、考え直す必要があるのではないだろうか。

当該歌の「人嬲り」が現在の弟上娘子への行為をいったものか、過去の宅守への行為をいったものかについて、諸注釈では、近世以降、弟上娘子への「人嬲り」であるとする説が主流であった。しかし、『注釈』や吉井『全注』がそれを否定し宅守への「人嬲り」であるとする説を出したことで、『全歌講義』や『岩波文庫』などの比較的新しい注釈では、宅守への過去の「人嬲り」と捉えるようになっている様子が窺える。その根拠となるのは、先にもあげた、吉井『全注』の、あなたは今もからかわれているのでしょうね、というのでは具合が悪い、という指摘であろう。しかし、そもそも①の説において「人嬲り」の意味が「からかう」意ではなかったならば、吉井『全注』のいう具合の悪さは解消されるのではないだろうか。あなたは今もしつこく悩まされているのでしょうね、と、奈良の都に一人残された弟上娘子が大宮人に悩まされているだろう状況を宅守が憂慮する、という解釈は、成り立ち得るものである。

①説を否定した吉井『全注』の指摘が当たらないとなると、もう一度、改めて①説と②説の是非について検討をする必要があるだろう。ただ、この一首の中だけで考えようとしても限界があることは一章で見た通りである。そこで本稿では、二人の贈答歌群全体の中での当該歌のありようを明らかにすることから、当該歌の解釈に迫っていきたい。

三、当該歌の位置付け

まずは、二人の贈答歌群の中での当該歌の位置関係についてまとめておく。当該歌は、二人の間で贈答された歌群のうち、「右十三首、中臣朝臣宅守」と左注によってまとめられた十三首の歌群（三七五四～三七六六歌）の五首めに位置する。宅守の歌群は、この歌群の前には三七二七～三七三〇歌、三七三一～三七四四歌の二つの歌群があり、後ろには三七七五・三七七六歌、三七七九～三七八五歌の二つの歌群がある（便宜上、それぞれの歌群をⅠ～Ⅴ歌群とする）。

当該歌を含むⅢ歌群について、かつて、宅守歌には宅守歌全体で心情の変化を表す一つの流れがあり、その転換部をⅢ歌群が担っていると述べたことがある[11]。同一句や類似する歌句をくり返し詠う、という特徴を持った宅守歌において、そこに表される心情表現を追っていくと、Ⅱ歌群までは恋情表現としての「思ふ」「恋ふ」が頻繁に詠われ、後の逢瀬を期待する歌が多く見られた。ところが、Ⅲ歌群以降に最も多く詠われる心情は、現状を嘆き苦しむ宅守の姿である。そしてそれらは三七五七歌以降に偏っているため、三七五七歌が心情の転換のきっかけを担っているのだろうと論じた。

当該歌の問題を考える上で、宅守歌全体の転換点を担う三七五七歌の直後に当該歌がある、という点はやはり見過ごせない。そこで改めて、Ⅲ歌群全体の流れを丁寧に追っていきたい。

Ⅲ歌群のうち、当該歌の前に置かれた三七五四〜三七五七歌は、「関」「山」をキーワードとして三七五四・三七五五・三七五七歌が関連し、「妹」をキーワードとして三七五五〜三七五七歌が関連する四首である。

過所なしに　関飛び越ゆる　ほととぎす　多我子尓毛　止まず通はむ（15・三七五四　宅守）

うるはしと　我が思ふ妹を　山川を　中に隔りて　安けくもなし（15・三七五五　宅守）

向かひ居て　一日もおちず　見しかども　厭はぬ妹を　月渡るまで（15・三七五六　宅守）

我が身こそ　関山越えて　ここにあらめ　心は妹に　寄りにしものを（15・三七五七　宅守）

三七五四〜三七五七歌では、自由なほととぎすへの羨望の中で弟上娘子を思い、「うるはしと　我が思ふ妹」、「向かひ居て　一日もおちず　見しかども　厭はぬ妹」と弟上娘子への思いがくり返し表され、その「妹」を思って「心」がすっかり寄り添ってしまった、と詠われる。当該歌の前にある四首は、弟上娘子に対する宅守の思いが高まったことによって「身」と「心」とが切り離され、「心」の交流を望むようになった宅守を詠うという一つの流れを持っているといえる。

ここで示された「身」と「心」の分離という発想は三七五七歌だけのものではなく、三七五七歌以降も、妹のもとにある「心」と、それと対照的な「身」のありようとが詠われている。以下、当該歌に続くⅢ歌群の後半部をあげる。

立ち反り　泣けども我は　験なみ　思ひわぶれて　寝る夜しそ多き（15・三七五九　宅守）
さ寝る夜は　多くあれども　物思はず　安く寝る夜は　さねなきものを（15・三七六〇　宅守）
世間の　常の理　かくさまに　なり来にけらし　据ゑし種から（15・三七六一　宅守）
我妹子に　逢坂山を　越えて来て　泣きつつ居れど　逢ふよしもなし（15・三七六二　宅守）
旅といへば　言にそ易き　すべもなく　苦しき旅も　言にまさめやも（15・三七六三　宅守）
山川を　中に隔りて　遠くとも　心を近く　思ほせ我妹（15・三七六四　宅守）
まそ鏡　かけて偲へと　まつりだす　形見の物を　人に示すな（15・三七六五　宅守）
うるはしと　思ひし思はば　下紐に　結ひ付け持ちて　止まず偲はせ（15・三七六六　宅守）

何度もくり返し泣いてもどうにもならないので思い悩んで寝る夜が多い、と詠う三七五九歌から、「夜」を軸にして次の三七六〇歌が展開する。この二首では、泣いても現状が変わらず、諦めの中で夜を過ごす宅守の「身」の様子が詠われている。

続く三七五九歌の「かくさま」とは、弟上娘子と離れ、越前の地にいる状態のことをいう。また、結句「種」から、三七五九歌が仏教的な因果思想に基づいた歌とわかる。何かしらの出来事が原因で宅守と弟上娘子は離ればなれになっているわけだが、その原因は歌群の中では示されていない。ただそれを宅守は「常の理」であるとして、受け入れ、諦めている。三七六一歌に表されているのは、別離という現在の状況についての宅守の諦めた姿である。

三七六二歌では、三七五七歌で見られた「山」を越えることによる隔絶が再度詠われる。また、三七六〇歌の上の句では「立ち反り　泣けども我は　験なみ」とあったのが「泣きつつ居れど　逢ふよしもなし」となり、三七六二歌で表される諦めは逢瀬へのそれであることがわかる。

三七六三歌は、前のⅡ歌群の三七四三歌と上の句を同じくする。

旅といへば　言にそ易き　少なくも　妹に恋ひつつ　すべなけなくに（15・三七四三　宅守）

旅の中で弟上娘子を思ってどうしようもなくなる、という表現が、三七六三歌では己の境遇の苦しさを訴えるだけになっている。旅先で起こる苦しさの要因として、すぐに思い浮かぶのは望郷の念や残してきた者への恋情あたりであろう。実際、三七四三歌は弟上娘子への恋情を詠う。しかし三七六三歌は、苦しさの内実を明かさない。ただ「すべもなく　苦しき旅」にある「我が身」の状況だけを詠うのである。

三七六四歌は、再び「心」が詠まれる歌である。ところがその詠いぶりは、山川を間に隔てて遠く離れていても、「心」は近くにあると思ってくださいあなた、というもので、「心は妹に　寄りにしものを」と言い切った三七五七歌とは違って懇願の様相を見せている。

三七六四歌において示された懇願は、三七六五・三七六六歌にも引き継がれているといえるだろう。三七六五・三七六六歌は宅守が弟上娘子に渡したと思われる「形見」についての詠である。「人に示すな」（三七六五歌）、「下紐に　結ひ付け持ちて　止まず偲はせ」（三七六六歌）と、自分の形見を下紐に付けたまま人に見せることのないようにしてほしい、そうして自分をいつでも思ってほしい、と詠っている。

三七六五〜三七六六歌は、三七六四歌に「思ほせ」、三七六五歌に「まつりだす」、三七六六歌に「偲はせ」とあり、男性から女性に対して用いられることの少ない敬意表現が連続して詠われている。この点、『釈注』は「まつりだす」の注で、

尊者に対していうのが習い。ここは、親愛をこめおどけていったもので、三七三六に「思ほしめすな」、前歌に「思ほせ」、次歌に「偲はせ」と述べる心と相通う。

とするが、三七六四歌以前までの歌群の流れを見る限り、三七六四〜三七六六歌が親愛をこめておどけるような歌であるとは考えにくい。弟上娘子を持ち上げるような表現をとり、ただひたすら懇願する三首と考えるべきであろ

う。

以上、見てきたように、三七五七歌で「身」と「心」の分離が詠われて以降の歌には、遠くにあるままの「我が身」の現状への諦めと、三七五七歌で寄り添った「心」が近くにあると思って欲しい、という懇願とが詠われており、これがⅢ歌群全体にわたる流れであることがわかる。となると、当該歌も当然この流れの中で理解されなければならないだろう。当該歌は「身」と「心」の分離を詠った三七五七歌の直後に置かれているため、宅守の「心」は弟上娘子のもとにある、という前提のもとで歌を考えることになる。

ここで改めて、当該歌の解釈として検討してきた二説についてふれておくと、一つめは、あなたは今もしつこく悩まされているのでしょうね、と、弟上娘子が大宮人に悩まされているだろう状況を宅守が憂慮する、というもの。二つめは、自分が過去にからかわれたように、今も大宮人は誰かをからかうことを好んでいるのでしょうね、と、過去の宅守の状況への非難を詠い、「弟上娘子の共鳴を得ようとする」ものであった。

弟上娘子への深い恋情を表し、宅守の「心」は「身」を離れて都にいる弟上娘子のもとにある、と詠う前歌までのありようを踏まえると、当該歌は、過去の宅守への非難について弟上娘子の共鳴を得ようとする歌と考えるより、弟上娘子のもとに「心」が寄り添ったことで弟上娘子の現在の状況に思いを馳せ、その状況を憂慮した歌だと考える方が自然ではないだろうか。

あなたは今も都で一人大宮人に悩まされているのではないですか、と弟上娘子の状況を思いやる当該歌を承けて、三七五九・三七六〇歌では、思い悩み、無力感の中で諦める姿が表されている。そしてそれは次の三七六一歌に至って、こうなってしまったのは自分が原因だ、という内省へと繋がっていくのである。弟上娘子に寄り添う「心」のありようを詠う当該歌と、現実の「身」のありようを詠う三七五九・三七六〇歌とが連続していることで、その対比性はより明確に歌群内部に位置付けられているといえる。これを、当該歌を宅守自身の過去を非難するだけの歌として捉えてしまうと、前歌との繋がりがなくなり、歌群全体の流れがおかしくなってしまうだろう。当該歌は、弟上娘子への「人嬲り」を憂慮する宅守の心情が表された歌と見るべきである。

おわりに

本稿では、当該歌の表現のうち「人嬲り」に着目して、一首の表現と歌群での位置付けについて論じてきた。その結果、当該歌の「人嬲り」の意味は「しつこく悩ませる」意であること、そして「人嬲り」の対象は弟上娘子であることを明らかにした。当該歌は、「あなたは今もなお大宮人にしつこく悩まされているのでしょうね」と、都に一人残る弟上娘子の現状を思いやり憂慮する宅守の心情が示された歌なのだといえる。

当該歌の収められる十三首の歌群は、「身」と「心」の分離を歌群の主題として、十三首で一つの流れを持つ。当該歌はその中にあって、前歌の「心は妹に寄りにしものを」という表現を承けて弟上娘子のもとに寄り添う宅守の「心」を表すことで、この後に示される自分自身の「身」との対比的なありようを歌群内部に位置付ける役割を担っているといえるのである。

※引用した『萬葉集』の歌本文及び原文はCD-ROM版『萬葉集　電子総索引』（塙書房）によるが、一部私に改めたところもある。

注

（1）特にどちらとも書いていない注釈書については省略した。
（2）遠藤宏「中臣宅守と狭野弟上娘子」『萬葉集Ⅱ』（和歌文学講座3）勉誠社、平成五年三月
（3）この他の注釈書についてはは概ね同じような内容となるため、引用は省略した。

（4）岩波は、『旧大系』に「大宮人は、今もやはり、人をからかい、困らせることばかりを好んでいることであろうか。（吾妹子はきっとからかわれて困っているだろう。かわいそうに。）」とあった部分を、『新大系』では「（さす竹の）大宮人は今でも、人をからかうことばかり好んでいるだろうか。」としている。『新大系』は「人嬲り」の対象については触れていないので今回の分類には入れなかったが、弟上娘子への憂慮を表した部分を削っている点で、『新大系』では宅守自身への「人嬲り」のみを捉える方向に転換したとも考えられるかもしれない。『岩波文庫』はその流れを汲んでいるといえる。

（5）本文は『遊仙窟』（貴重古典籍刊行会発行、昭和二十九年一月）による。また、私に傍線及び訓読文を付した。

（6）本文及び原文は『新編全集』本によった。

（7）『玉台新詠』の本文・訓読文は『全釈漢文大系』本によった。

（8）本文は「SAT 大蔵経データベース 2018」を参照し、私に訓読文を付した。

（9）『説文解字』「嬈」字には「嬈、苛也、擾也、戯弄也」とあり、段注は「按、嬲乃嬈之俗字。故許不レ録。」とする。

（10）『文選』の本文・訓読文は『全釈漢文大系』本によった。

（11）拙稿「中臣宅守と狭野弟上娘子との贈答歌に流れる二つの時間」（『叙説』四十四号、平成二十九年三月）の三章「宅守歌のありよう」を参照されたい。

『先代旧事本紀』における即位称元

星　愛美

はじめに

日本において初めて元号が定められたのは孝徳天皇の即位時であり、それ以前のことがらは、『日本書紀』では「某天皇某年」の形で表されている。これは中国において、前漢の武帝の時代に元号が登場する以前に、皇帝の統治年数を以て紀年としていたのと同様である。『先代旧事本紀』（以下『旧事本紀』）の記述は推古天皇で終わっているため、元号が登場しない。本稿では天皇の統治期間を年単位で数える称号を「天皇年号」とし、天皇年号を改めることを「称元」とする。

『旧事本紀』は『古事記』『日本書紀』『古語拾遺』の本文を多く利用しており、特に神武即位以降の人代の記事はほとんど『日本書紀』に依った内容となっている。[1]そのような『旧事本紀』の人代巻の記述の中にも、注目すべき『日本書紀』との相違点が存在する。その一つが、天皇の即位年および称元年である。『旧事本紀』における天皇の即位年と称元年は、『日本書紀』のそれと異なる場合があるのだが、この点に関して、これまで他資料との比較の上で十分な検討が成されたとはいいがたい。本稿では、この『旧事本紀』の各天皇紀における起算年設定すなわち称元の問題を、『日本書紀』の記述との比較を通して浮き彫りにし、この相違の生じた理由を探っていく。

一、『日本書紀』の称元法

天皇の代替わりの際の称元法は大きく分けて二通りある。一つは、先帝崩御と同年に、新帝の元年を設定する法である。ここではこれを当年称元法と呼ぶ。(2) 当年称元法を取る場合、大晦日に崩御があった場合を除いて、先帝の末年と新帝の元年が同一の暦年に並ぶこととなる。もう一つは、先帝の末年と新帝の元年が同一の暦年に並ぶのを避けて称元(改元)される法である。これを踰年称元法と呼ぶ。(3) 踰年称元では、先帝の崩御および新帝の即位年月日にかかわらず、崩御翌年以降の一月一日に新帝の元年を設定する。

踰年称元について論じたものとして、古くは『春秋左氏伝』の杜預の注がある。

嗣子位定二於初喪一、而改レ元必須レ踰レ年者、継二父之業一成二父之志一、不レ忍レ有レ変二於中年一也。諸侯毎二首歳一必有レ礼二於廟一、諸遭レ喪継位者、因レ此而改レ元正レ位百官以序。故国史亦書二即位之事於策一。

(春秋左氏伝・桓公元年春正月条)

ここから先帝の死後、初喪のさいに後継者が決定している場合、その年中に変化を起こすのが忍びないため、翌年まで待って紀元を改める、とされていることがわかる。山口洋氏によると、実際には、皇位継承の度に必ず踰年称元が行われたというわけではなかったようだが、先帝を尊重するという考えのもと、踰年称元が理想とされたことは確かである。(4)

日本においてこの踰年称元に言及したものに、『日本後紀』がある。

大同元年五月辛巳。即二位於大極殿一。…(略)…改二元大同一、非レ礼也。国君即レ位、踰レ年而後改元者、縁下臣下之心不レ忍三一年而有二二君一也。今未レ踰レ年而改元、分二先帝之残年一、成二当身之嘉号一。先二慎レ終无レ改之義一違二

孝子之心一也。稽二之旧典一、可レ謂レ失也。

（日本後紀・巻第十四・平城天皇・大同元年五月十八日）

ここでも、一年の間に二君に仕えるのは「臣下之心不レ忍」であるとし、平城天皇が先帝桓武天皇の崩御年中に大同に改元したことは「違二孝子之心一也」と批判する。このことから、『日本後紀』編纂当時、「臣下之心」「孝子之心」にかなうのは踰年称元だという認識のあったことが窺える。(5)

『日本書紀』では、殆どの天皇代で踰年称元を採用している【表1】。孝徳天皇即位時は例外的に当年称元をとるが、皇極天皇からの譲位であったことを考えると、先に挙げた中国の称元の法則に反しない。この点において、『日本書紀』は中国史書の原則に則って称元を行うという方針のもと編纂されたと推測される。

『日本書紀』において踰年称元法が採られた理由はいまだ解明されていない。(6)一口に踰年称元といっても、先帝崩御後すぐに新帝が即位し翌年称元したものと、先帝の崩御日からしばらくの空位期間をおいて翌年以降に即位称元を行ったものとがある。多くは先帝崩御翌年に即位と改元を行うが、安寧、開化、安康、雄略、武烈、安閑、宣化、欽明、用明、崇峻、推古の各天皇は、先帝崩御年中に即位し翌年を元年とした。このうち安康、雄略、武烈の各天皇は、先帝崩御の後に対立者の討伐を行っており、不安定な政情から即位を急いだという推測も可能である。安閑天皇は先帝・継体天皇からの譲位によって、崩御の同日に即位しているが、継体天皇紀の崩御年と、安閑天皇紀の即位年の干支に三年のずれがあり、問題の多い記述と言わざるを得ない。その他の天皇については、崩御年中に即位した確たる理由が見いだせない。いずれにせよ、これらの例中に明らかな傾向があるとは言い難い。

二、『先代旧事本紀』の称元法

『日本書紀』が譲位を除くすべての場合において踰年称元法をとるのに対し、『旧事本紀』には踰年称元と当年称元が混在している【表2】。

前掲の、『日本書紀』において先帝崩御年中に即位し翌年称元した各天皇のうち、用明、崇峻、推古を除く安寧、開化、安康、雄略、武烈、安閑、宣化、欽明について、『旧事本紀』は即位と称元を同一暦年とする操作を行っている。その操作には二通りある。ひとつは、崩御年中に即位し、その年を元年とする操作である。これを操作Aとする。この場合、先帝末崩御・新帝即位・称元が同一の年に重なり、当年称元となる。この操作を行うと、即位以降の年紀が一年ずれるはずだが、当該天皇の崩御年干支は日本書紀と同じ年に設定されており、計算上矛盾が生じている。開化・安康・雄略・武烈がこれにあたる。

もう一つは、即位記事を翌年に移動させる操作である。これを操作Bとする。この場合、先帝崩御の翌年に新帝即位・称元が行われたこととなり踰年称元になるが、即位の年月日が『日本書紀』と大きくずれてしまうという問題がある。安寧・安閑・宣化がこれにあたる。

これらの操作について、実際に『日本書紀』と『旧事本紀』の記述を比較して問題点を確認していく。先ず、操作Aを行った開化・安康・雄略・武烈の即位（称元）・崩御記事をみていこう。

開化天皇

即（孝元五十七年）冬十一月辛未朔壬午、太子即二天皇位一。

元年春正月庚午朔癸酉、尊二皇后一曰二皇太后一。…是年也、太歳甲申。

（日本書紀・巻第四・開化天皇紀）

崩六十年夏四月丙辰朔甲子、天皇崩。

即元年癸未春二月、皇太子尊即二天皇位一。

二年春正月、尊二皇后一曰二皇太后一。

崩六十年夏四月、天皇崩。

（旧事本紀・巻第七・天皇本紀・開化天皇）

先帝・孝元天皇の即位年の干支から数えて、癸未となるのは、孝元天皇五十七年である。これにより、『日本書紀』

における孝元崩御・開化即位年と、『旧事本紀』における孝元崩御・開化即位・称元年が同一暦年であることがわかる。孝元天皇は五十七年の九月に崩じたので、『旧事本紀』の年紀では、天皇崩御より前に即位したこととなってしまう。『旧事本紀』開化天皇紀では、先帝崩御についてふれていない。このような大きな矛盾を含みながらも、『旧事本紀』の開化元年は『日本書紀』のそれより一暦年早く設定されている。注意すべきは「元年癸未春二月」という年紀が『日本書紀』にみえないことである。『日本書紀』には開化元年の干支が甲申であることが明記されているため、その前年の干支が癸未であることは容易にわかる。『日本書紀』の開化即位記事（孝元五十七年）の年紀をそのまま利用して「元年癸未十一月辛未朔壬午」などとしてもよかったのにもかかわらず、矛盾の大きくなる「癸未春二月」の即位を創出している。

安康天皇

[即]（允恭四十二年）十二月己巳朔壬午、穴穂皇子即二天皇位一。
　元年…是年也、太歳甲午。
[崩]三年秋八月甲申朔壬辰、天皇為二眉輪王一見レ弑。
（日本書紀・巻第十三・安康天皇紀）
[即]元年十二月己巳朔壬午、穴穂皇子即二天皇位一。
[崩]三年秋八月甲申朔壬辰、天皇為二眉輪王一見レ殺。
（旧事本紀・巻第八・神皇本紀・安康天皇）

安康天皇紀の場合、『旧事本紀』は允恭四十二年と安康元年を同一の暦年としている。にもかかわらず、崩御年は日本書紀と同じ安康三年であり、明らかなずれが生じている。

雄略天皇

[即]（安康三年）十一月壬子朔甲子、天皇命二有司一、設二壇於泊瀬朝倉一。即二天皇位一。…
元年春三月庚戌朔壬子、立二草香幡梭姫皇女一為二皇后一。…是年也、太歳丁酉。

[崩]（二十三年秋）八月庚午朔丙子。天皇疾弥甚。与二百寮一辞レ訣、握レ手歔欷、崩二于大殿一。

（日本書紀・巻第十四・雄略天皇紀）

[即]元年十一月壬子朔甲子、天皇令二有司一。設二壇於泊瀬朝倉一。即二天皇位一。…

二年丁酉春三月庚戌朔壬子、草香幡梭姫皇女立為二皇后一。

[崩]廿三年己巳秋八月庚午朔丙子、天皇疾弥甚。与二百寮一辞レ訣。並握レ手歔欷崩二于大殿一。

（旧事本紀・巻第八・神皇本紀・雄略天皇）

ここでも、安康天皇紀と同様のずれが生じている。『旧事本紀』においては安康三年と雄略元年とが同一の暦年とされている。『日本書紀』の雄略元年の干支と『旧事本紀』の雄略二年の干支がともに丁酉となっていることから、『旧事本紀』の称元が『日本書紀』のそれより一暦年前に設定されていることは明らかである。問題は崩御年の干支である。年干支に誤りがみられるものの[7]、崩御月である八月の朔干支が『日本書紀』雄略二十三年八月の朔干支と一致していることから、『旧事本紀』の雄略二十三年と『日本書紀』の雄略二十三年は同一暦年と考えてよかろう。暦上は、崩御は二十四年でなくては計算が合わないが、『日本書紀』の崩御年紀に合わせて無理に年紀を設定していることがわかる。

武烈天皇

[即]（仁賢十一年十二月）於レ是、皇太子尊命二有司一、設二壇場於泊瀬列城一、陟二天皇位一。…

元年春三月丁丑朔戊寅、立二春日娘子立一為二皇后一。…是年也、太歳己卯。

[崩]（八年）冬十二月壬辰朔己亥、天皇崩二于列城宮一。

（日本書紀・巻第十六・武烈天皇紀）

[即]元年冬十一月戊寅朔戊子、皇太子尊命二有司一、設二壇場於泊瀬列城宮一、渉二天皇位一。…

二年己卯春三月丁丑朔戊寅、春日娘子立為二皇后一。…

崩八年冬十二月壬辰朔己亥、天皇崩二于列城宮一。　（旧事本紀・巻第八・神皇本紀・武烈天皇）

「十一月戊寅朔戊子」は、『日本書紀』武烈天皇即位前紀の平群真鳥討伐記事に同じ年紀がみえる。即位月日が『日本書紀』と異なっているが、干支から考えると即位年は『日本書紀』と同じく、仁賢崩御と同年であることがわかる。このように、『旧事本紀』は仁賢十一年と武烈元年とを同一の暦年としているが、崩御は『日本書紀』と同じ武烈八年で、ここにもずれが生じている。

欽明天皇

即（宣化四年）冬十二月庚辰朔甲申、天国排開広庭皇子、即二天皇位一。…

元年春正月庚戌朔甲子、有司請レ立二皇后一。…是年也、太歳庚申。

崩（三十二年）夏四月戊寅朔壬辰、…是月、天皇遂崩二于内寝一。　（日本書紀・巻第十九・欽明天皇紀）

即元年歳次己未冬十二月庚辰朔甲申、皇太子尊即二天皇位一。

崩卅二年夏四月戊寅朔壬辰、…天皇遂崩二于内寝一。　（旧事本紀・巻第七・天皇本紀・欽明天皇）

『旧事本紀』は宣化天皇崩御年と欽明元年を同一の暦年としている。崩御年は二者ともに欽明三十二年であり、『日本書紀』が踰年称元をとることを考えれば、崩御年が一暦年ずれていると考えることも可能である。しかし、先帝・宣化天皇の末年が『日本書紀』では宣化四年、『旧事本紀』では宣化三年とされており、一年の差があることを考えれば、欽明天皇の崩御年が二者間で同一暦年をとることを妥当だと考えることもできる。宣化天皇紀における年紀の著しいずれが、欽明天皇紀の年紀を考察するうえでも大きな問題となる。

続いて、操作Bを行った安寧・安閑・宣化についても同様に考察を行う。既に述べた通り、両者は『日本書紀』においては先帝崩御年中に即位し、翌年称元したとされる。『旧事本紀』においては先帝崩御の翌年に即位・称元したこととなる。『日本書紀』との間に年紀のずれはないが、即位年月日が大きく異なっている。

安寧天皇

［即］（綏靖三十三年）其年七月癸亥朔乙丑、太子即㆓天皇位㆒。

（元年）…是年也、太歳癸丑。

（日本書紀・巻第四・安寧天皇紀）


［崩］三十八年冬十二月、磯城津彦玉手看天皇崩。


［即］元年癸丑、皇太子尊即㆓天皇位㆒。…

［崩］卅八年十二月、天皇崩。

（旧事本紀・巻第七・天皇本紀・安寧天皇）


綏靖三十三年の干支は壬子で、翌年が癸丑であるため、『旧事本紀』の安寧即位は綏靖崩御の翌年とわかる。『日本書紀』においては先帝崩御と同年とされる即位年を、『旧事本紀』は崩御翌年にずらしていることがわかる。『旧事本紀』と『日本書紀』との間に年紀のずれはないが、即位という重要度の高い記事であるにもかかわらず、年干支のみを記し月日は記していない。即位記事において年（干支）のみを記し月日を記さないのは、安寧天皇と宣化天皇のみである。

安閑天皇

［即］（継体天皇）二十五年春二月辛丑朔丁未、男大迹天皇立㆓大兄㆒為㆓天皇㆒、即日男大迹天皇崩。…

（元年）三月癸未朔戊子、有司為㆓天皇㆒納㆓采億計天皇女春日山田皇女㆒為㆓皇后㆒。…是年也、太歳甲寅。

［崩］（二年）冬十二月癸酉朔己丑、天皇崩㆓于勾金橋宮㆒。

（日本書紀・巻第十八・安閑天皇紀）


［即］元年歳次甲寅春…三月癸未朔戊子、有司即㆓天皇位㆒。納㆓采春日山田皇女㆒、立為㆓皇后㆒。…

［崩］二年冬十二月癸酉朔己丑、天皇崩㆓于勾金橋宮㆒。

（旧事本紀・巻第九・帝皇本紀・安閑天皇）


安閑天皇の場合も、先掲の安寧天皇と同様、即位年のずれが認められる。『旧事本紀』は『日本書紀』の安閑元年の立后記事の年紀を利用して、『日本書紀』における安閑元年に即位をずらしている。両書の間に元年の年紀のずれは生じていないと考えられる。ただし、安閑天皇の即位年に関しては、『日本書紀』においても混乱があり、『旧事本紀』もまた重複記事を載せるなど問題が多い(8)。

宣化天皇

即二年十二月、勾大兄広国押武金日天皇崩、無レ嗣。群臣奏上二剣・鏡於武小広国押盾尊一、使レ即二天皇之位一焉。

…

元年春正月、遷二都于檜隈廬入野一、因為二宮号一也。…是年也、太歳丙辰。

(日本書紀・巻第十八・宣化天皇紀)

崩四年春二月乙酉朔甲午、天皇崩二于檜隈廬入野宮一。

即元年丁巳、使レ即二天皇位一。為二元年一。…

二年春正月、都遷二檜前一。謂二廬入野宮一。…

崩三年春二月己酉朔甲午、天皇崩二于廬入野宮一。

(旧事本紀・巻第九・帝皇本紀・宣化天皇)

ここで注目すべきは『旧事本紀』が元年の干支を丁巳としていることである。先帝・安閑は甲寅年に称元し、翌年、乙卯年に崩御している。乙卯年の翌々年が丁巳にあたることから、安閑崩御から宣化即位まで一暦年以上空位期間が存することとなってしまう。丁巳は『日本書紀』では宣化二年にあたる。即位と崩御だけを見れば、一暦年ずれているだけで計算上誤りはないように見える。実際に、『日本書紀』宣化元年条の遷都記事が『旧事本紀』においては宣化二年に設定されて、宣化四年の崩御記事が宣化三年にされており、年紀が『日本書紀』と大きく異なってしまっている。

以上の通り、『日本書紀』において即位と称元が同一暦年でない天皇について、『旧事本紀』は年紀の操作を行った。操作は大きく二つに分けることができる。崩御年中に即位し、その年を元年とする操作である(操作A・当年称元)。この場合、先帝末崩御・新帝即位・称元が同一の年に重なり、当年称元となる。ここでは天皇即位前の出来事の年紀に「元年」という語は用いられない。もう一つは、先帝崩御年に置かれていた即位記事を翌年に移動させる操作である（操作B・踰年称元）。とくに操作Aを行うと、『旧事本紀』の年紀には明らかな矛盾が生じてしまうのだが、それを解消させようという態度はみられない。また、前帝と新帝の血縁関係が当年称元をとるか踰年称元をとるかという問題に影響を与えたわけでもないようである。『旧事本紀』のこれらの操作が、即位と称元を同一暦年に設定するという目的のために敢行されたことは確かである。

三、『旧事本紀』における即位と称元

即位と称元とが同一暦年になっている理由として、まず考えられるのは『旧事本紀』が『日本書紀』と異なる年紀を記したテクストを参照した可能性である。先行研究によって、『日本書紀』の周辺テクストが、すでに『万葉集』左注や日本紀竟宴和歌序に使用されていた可能性が指摘されている(9)。成立年代を考慮すれば、このようなテクストを『旧事本紀』が参照した可能性も十分に考えられる。しかし、前述のとおり明らかな矛盾を含む『旧事本紀』の年紀と合致する記述をもつテクストは見当たらず、年紀の相違という点から他テクストの介在をあぶり出すことは、現時点では難しいと考える。ここではまず、『旧事本紀』があくまで意図的に年紀の改変操作を行ったという前提のもと、その理由を探っていきたい。糸口として、以下に『旧事本紀』にみえる特徴的な記述を三つ挙げ、検討していく。

まず一つ目に、「為元年」という記述について考察を行う。即位もしくは摂政開始記事に、『日本書紀』にみえない「為元年」という文言が挿入される例が二例みられる。

辛酉為㆓元年㆒。春正月庚辰朔。都㆓橿原宮㆒。肇即㆓皇位㆒。

（旧事本紀・巻第七・天皇本紀・神武天皇）

元年冬十月丁巳朔甲子、群臣尊㆓皇后㆒曰㆓皇太后㆒。大歳辛巳改為㆓摂政元年㆒。

元年丁巳、使レ即二天皇位一。（旧事本紀・巻第七・天皇本紀・神功皇后）

為二元年一。（旧事本紀・巻第九・帝皇本紀・宣化天皇）

神功皇后、宣化天皇に関しては、直前に「元年…」とはっきり記されているため、「為元年」を挿入する必要はない。それにもかかわらず、「為元年」が挿入されているのは、即位あるいは摂政開始の時点を、元年つまり天皇統治の始まりとして強く意識するという編纂方針の表れではないかと考えられる。なお、この「為元年」という表現は『日本書紀』にはみられないが、『春秋』『史記』をはじめとする中国史書において、紀元を改める際に使用されることがある。(10)

二つ目として、『旧事本紀』天皇即位記事の多くに、「元年歳次○○」の形で年干支が挿入されていることについて考察する。『日本書紀』では、年干支（太歳干支）は原則として「是年也、太歳○○。」の形で天皇元年の記事の末尾に付される。(11) これは中国史書に例を見ない年表記であるが、(12)『旧事本紀』はそれに手を加えている。左に一例を挙げる。

元年春正月壬午朔甲午、皇太子即二天皇位一。…是年也、太歳甲申。（日本書紀・巻第五・崇神天皇紀）

元年歳次甲申春正月壬午朔甲午、皇太子尊即二天皇位一。（旧事本紀・巻第七・天皇本紀・崇神天皇）

元年の記事末尾に記されていた太歳干支が、「歳次」として即位記事の年紀に組み込まれていることがわかる。『旧事本紀』中には例外的に「太歳○○」という記述が四か所存するが、いずれも『日本書紀』においても問題があるとされている箇所であり、基本的には「太歳」という表現を改めている。(13) 中国正史には「太歳○○」という表現を以て年を表す例はみられないが、「太歳在○」「歳次○○」の形で年紀を表す例が多く見られるため、それを意識して「太歳」を「歳次」に改めたのではないかと推測する。

なお、「太歳」の語を使用する場合も、やはり『日本書紀』において文章末尾にあった年干支を文章の初めに移動かせる、という操作を行っている。『旧事本紀』は各天皇紀において、天皇元年の即位記事の文章冒頭に年干支を示す。当年称元であっても、前帝崩御やその後即位までに起こった出来事については、「元年」という語も使用しなければ年干支も明記せず、また『日本書紀』のように即位年中のすべての出来事を述べた後に太歳干支を付すこともしない。即位記事に称元と年干支を初めて明記するという『旧事本紀』の語り口からは、天皇統治の始点を即位の時点に求めるという姿勢が見て取れる。

三つ目に、『旧事本紀』人代巻の記事内容の偏りと、記事の配置を取り上げる。工藤浩氏や松本弘毅氏がすでに指摘しているが、『旧事本紀』人代巻には、諱・父母出自・先帝崩御・即位・遷都・立后・立太子・崩御・陵・皇子等に関する記述が高確率で採用され、逆に天災・外交・疾病などその他の記事は採用されない傾向がある(14)。加えて、記事の配置の仕方が『日本書紀』と異なっていることにも注目したい。『日本書紀』においては次帝の紀で語られる前帝の陵記事を、『旧事本紀』は前帝紀の末尾に移動させる場合がある。綏靖、安寧、懿徳、孝昭、孝霊、孝元、景行の各天皇である。次に綏靖天皇、孝霊天皇の例を挙げる。

綏靖天皇

(安寧)元年冬十月丙戌朔丙申、葬㆓神渟名川耳天皇於倭桃花鳥田丘上陵㆒。
(日本書紀・巻第四・安寧天皇紀)

(綏靖)三十三年夏五月、天皇不豫。癸酉崩。奉㆑葬㆓於倭桃花鳥田丘上陵㆒。
(旧事本紀・巻第七・天皇本紀・綏靖天皇)

孝霊天皇

(開化)五年春二月丁未朔壬子、葬㆓大日本根子彦国牽天皇于剣池嶋上陵㆒。
(日本書紀・巻第四・開化天皇紀)

(孝霊)七十六年春二月、天皇崩。後帝四年葬㆓於片岡馬坂陵㆒。
(旧事本紀・巻第七・天皇本紀・孝霊天皇)

右の通り、『日本書紀』において次帝の紀中に記されていた陵記事が、『旧事本紀』においては前帝の紀中に崩御記事に続けて収められている。また『旧事本紀』はこの操作を行うに当たって、陵記事の年紀を削り、「後帝○年」という表現に変えるなどの工夫をしている。

このように『旧事本紀』は、一代の天皇についての記述が、次帝の紀にわたって記されることを好まなかったようである。血統や皇位継承にまつわる記述を選んだうえ、各天皇にまつわる記事すべてを当該天皇紀にまとめてしまっている。また『旧事本紀』は、各天皇紀の末尾に天皇の子女を列記し、場合によってはその後裔氏族まで注記することがあるが、これも、天皇の血縁関係を当該天皇紀中で明確にする、という方針のもと行われた操作と捉えることが可能だろう。

統治者の紀年に従って当該統治者の事績を記すのは、『史記』『漢書』『後漢書』をはじめとする中国の紀伝体史書にみられる手法である。(15) しかし、これらの中国史書は必ずしも即位の時点から紀年を起算するわけではないし、後帝の年紀を前帝紀中に持ち込むこともしない。『旧事本紀』は『日本書紀』の内容を踏襲し、おそらくは中国史書にも学びながらも、天皇紀年の起算時点を即位に求め一代の事績をまとめて記す、という独自の様式を作り出したのではないだろうか。

おわりに

これまで、『旧事本紀』が即位および称元の年紀に加えた操作と、その理由について考察を行った。『旧事本紀』は即位の記述の操作を行い、即位と称元を同一暦年に設定した。このため、『日本書紀』が避ける当年称元の形になったり、数々の矛盾が生じたりしたが、それらを解決しようとする態度はみられない。即位記事にみられる「為元年」や「歳次○○」は中国史書にみられる表現だが、必ずしも中国史書の本紀と同じ形式で叙述を行っていない。『旧事本紀』は即位という行為を以て統治の起算時点となし、その後の天皇の事績を編年体で記す。前帝と新帝との関係や、前帝崩御と新帝即位までの期間にかかわらず、即位をもって称元するという形をとる『旧事本紀』は、各天皇一代の記述が様式として整っていることを最優先しているといえる。『旧事本紀』において即位称元とは、各天皇紀において用いられる紀年の起算点となる、象徴的なできごとであり、即位と称元とは分かちがたいものとして認識されていたと考える。

『旧事本紀』人代巻は、その内容の大部分を書紀の記述に依っていることから、ともすれば、わずかな独自伝承の権威づけのためのものと捉えられがちである。しかし、これまでに行った考察を通して、『旧事本紀』の様式と、その向こうの独自の歴史観が、わずかではあるが浮かび上がってきた。今後、『旧事本紀』の様式と書としての性格を明らかにすべく、さらなる検証を行っていきたい。『旧事本紀』の様式を明らかにすることが、ひいては、『日本書紀』および周辺のテクストとの関係を紐解く手がかりともなると見込んでいる。

【表1】

天皇名	【日本書紀】先帝崩御	即位（摂政・称制開始）	先帝崩御と新帝即位	即位と称元	称元法	備考
神武	―	（元年）辛酉年春正月庚辰朔	―	同年	踰年	
綏靖	（神武）七十有六年春三月甲午朔	元年春正月壬申朔己卯	崩御四年後即位	同年	踰年	
安寧	（綏靖）三十三年夏五月癸酉	（綏靖）三十三年七月癸亥朔乙丑	同年	即位翌年称元	踰年	
懿徳	（安寧）三十八年冬十二月庚戌朔乙卯	元年春二月己酉朔壬子	崩御翌年即位	同年	踰年	
孝昭	（懿徳）三十四年秋九月甲子朔辛未	元年春正月丙戌朔甲午	崩御翌々年即位	同年	踰年	
孝安	（孝昭）八十三年秋八月丁巳朔辛酉	元年春正月乙酉朔辛亥	崩御翌年即位	同年	踰年	

孝霊	(孝安)百二年春正月戊戌朔丙午	元年春正月壬辰朔癸卯	崩御翌年即位	同年	踰年	
孝元	(孝霊)七十六年春二月丙午朔癸丑	元年春正月辛未朔甲申	崩御翌年即位	同年	踰年	
開化	(孝元)五十七年秋九月壬申朔癸酉	(孝元)五十七年冬十一月辛未朔壬午	同年	即位翌年称元	踰年	
崇神	(開化)六十年夏四月丙辰朔甲子	元年春正月壬午朔甲午	崩御翌年即位	同年	踰年	
垂仁	(崇神)六十八年冬十二月戊申朔壬子	元年春正月丁丑朔戊寅	崩御翌年即位	同年	踰年	
景行	(垂仁)九十九年秋七月戊午朔	元年秋七月己巳朔己卯	崩御翌年即位	同年	踰年	
成務	(景行)六十年冬十一月乙酉朔辛卯	元年春正月甲申朔戊子	崩御翌年即位	同年	踰年	
仲哀	(成務)六十年夏六月己巳朔己卯	元年春正月庚寅朔庚子	翌々年即位	同年	踰年	
神功	(仲哀)九年春二月癸卯朔丁未	元年冬十月癸亥朔甲子	翌年摂政開始	同年	踰年	
応神	(神功摂政)六十九年夏四月辛酉朔丁丑	元年春正月丁亥朔	崩御翌年即位	同年	踰年	
仁徳	(応神)四十一年春二月甲午朔戊申	元年春正月丁丑朔己卯	三年後即位	同年	踰年	
履中	(仁徳)八十七年春正月戊子朔癸卯	元年春二月壬午朔	崩御翌年即位	同年	踰年	
反正	(履中)六年三月壬午朔丙申	元年春正月丁丑朔己酉	崩御翌年即位	同年	踰年	
允恭	(反正)六年春正月甲申朔丙午	元年冬十有二月	崩御翌年即位	同年	踰年	
安康	(允恭)四十二年春正月乙亥朔戊子	(允恭)四十二年十二月己巳朔壬午	同年	即位翌年称元	踰年	
雄略	(安康)三年秋八月甲申朔壬辰	(安康)三年十一月壬子朔甲子	同年	即位翌年称元	踰年	
清寧	(雄略)二十三年秋八月庚午朔丙子	元年春正月戊戌朔壬子	崩御翌年即位	同年	踰年	

顕宗	(清寧)五年春正月甲戌朔己丑	元年春正月己巳朔	崩御翌年即位	同年	踰年	
仁賢	(顕宗)三年夏四月丙辰朔庚辰	元年春正月辛巳朔乙酉	崩御翌年即位	同年	踰年	
武烈	(仁賢)十一年秋八月庚戌朔丁巳	(仁賢)十一年十二月	同年	即位翌年称元	踰年	
継体	(武烈)七年冬十二月壬辰朔己亥	元年春正月辛酉朔甲子	崩御翌年即位	同年	踰年	
安閑	(継体)二十五年春二月丁未	(継体)二十五年春二月辛丑朔丁未	同年	即位三年後称元	踰年	
宣化	(安閑)二年冬十二月癸酉朔己丑	(安閑)二年十二月	同年	即位翌年称元	踰年	
欽明	(宣化)四年春二月乙酉朔甲午	(宣化)四年冬十二月庚辰朔甲申	同年	即位翌年称元	踰年	
敏達	(欽明)三十二年夏四月	元年夏四月壬申朔甲戌	崩御翌年即位	同年	踰年	
用明	(敏達)十四年秋八月乙酉朔己亥	(敏達)十四年九月甲寅朔戊午	同年	即位翌年称元	踰年	
崇峻	(用明)二年夏四月乙巳朔癸丑	(用明)二年八月癸卯朔甲辰	同年	即位翌年称元	踰年	
推古	(崇峻)五年十一月癸卯朔乙巳	(崇峻)五年冬十二月壬申朔己卯	同年	即位翌年称元	踰年	
舒明	(推古)三十六年春三月丁未朔癸丑	元年春正月癸卯朔丙午	崩御翌年即位同年	踰年		
皇極	(舒明)十三年冬十月己丑朔丁酉	元年春正月丁巳朔辛未	崩御翌年即位	同年	踰年	
孝徳	(皇極)四年六月丁酉朔庚戌《譲位》	(皇極)四年六月丁酉朔庚戌	同年	同年	当年	譲位につき、同年に改元。大化五年の翌年、白雉に改元。
斉明	(白雉)五年冬十月癸卯朔壬子	元年春正月壬申朔甲戌	崩御翌年即位	同年	踰年	
天智	(斉明)七年秋七月甲午朔丁巳	(斉明)七年秋七月甲午朔丁巳	同年摂政開始	称制開始翌年称	踰年	称制七年即位。
天武	(天智)十年十二月癸亥朔乙丑	二年春二月丁巳朔癸未	崩御翌々年即位	即位前年称元(崩御翌年)踰年		天智末年の翌年は、天武元年とされている。十四年の翌年、朱鳥に改元。

持統	(朱鳥)元年九月戊戌朔丙午	(朱鳥)元年九月戊戌朔丙午	崩御四年後即位	即位三年前称元	踰年	

【表2】

天皇名	【旧事本紀】先帝崩御	即位	先帝崩御と新帝即位	即位と称元	称元法	備考
神武	—	辛酉為元年春正月庚辰朔	—	同年	踰年	
綏靖	(神武)七十有六年春三月甲午朔甲辰	元年庚辰春正月壬申朔己卯	崩御四年後即位	同年	踰年	
安寧	(綏靖)三十三年夏五月癸酉	元年癸丑	同年	同年	当年	
懿徳	(安寧)三十八年十二月	元年辛亥春正月己酉朔壬子	崩御翌年即位	同年	踰年	
孝昭	(懿徳)三十四年秋九月	元年春正月丙戌朔甲午	崩御翌々年即位	同年	踰年	
孝安	(孝昭)八十三年	元年辛卯春正月己酉朔壬子	崩御翌年即位	同年	踰年	
*孝昭	(孝安)三十四年秋九月	元年己丑春正月	崩御翌年即位	同年	踰年	重複記事
孝霊	(孝照)百二年春正月	元年癸未春正月	崩御翌年即位	同年	踰年	
孝元	(孝霊)七十六年春二月	元年丁亥春正月	崩御翌年即位	同年	踰年	
開化	(孝元)五十七年秋九月	元年癸未春二月	同年	同年	当年	
崇神	(開化)六十年夏四月	元年歳次甲申春正月壬午朔甲午	崩御翌年即位	同年	踰年	
垂仁	(崇神)六十八年冬十二月戊申朔壬子	元年歳次壬辰春正月丁丑朔戊寅	崩御翌年即位	同年	踰年	
景行	(垂仁)九十九年秋七月戊子朔	元年歳次辛未秋七月	崩御翌年即位	同年	踰年	
成務	(景行)六十年冬十一月乙酉朔辛卯	元年歳次辛未春正月甲申朔戊子	崩御翌年即位	同年	踰年	

仲哀	(成務)六十年夏六月己巳朔己卯	元年歳次壬申春正月庚寅朔庚子	崩御翌々年即位	同年	踰年	
神功	(仲哀)九年春二月癸卯朔丁未	元年冬十月丁巳朔甲子	—	—	—	年紀に混乱あり。丁巳、前本癸巳、延本長暦癸亥
応神	(神功摂政)六十九年夏四月辛酉朔丁丑	元年春正月丁亥朔	崩御翌年即位	同年	踰年	
仁徳	(応神)四十一年春二月甲午朔戊申	元年歳次癸酉春正月丁丑朔己卯	崩御翌年即位	同年	踰年	
履中	(仁徳)八十三年歳次丁卯秋八月十五日	元年歳次庚子春二月壬午朔	崩御翌年即位	同年	踰年	
反正	(履中)六年三月壬午朔丙申	元年歳次丙子夏四月丁丑朔戊寅	崩御翌年即位	同年	踰年	
允恭	(反正)五年春正月甲申朔丙午	元年歳次壬子冬十有二月	崩御翌年即位	同年	踰年	
安康	(允恭)四十二年春正月乙亥朔戊子	元年十二月己巳朔壬午	同年	同年	当年	
雄略	(安康)三年秋八月甲申朔壬辰	元年十一月壬子朔甲子	同年	同年	当年	
清寧	(雄略)二十三年己巳秋八月庚午朔丙子	元年庚申春正月戊戌朔壬子	崩御翌年即位	同年	踰年	
顕宗	(清寧)五年春正月甲戌朔己丑	元年乙丑春正月己巳朔	崩御翌年即位	同年	踰年	
仁賢	(顕宗)三年四月丙辰朔庚辰	元年歳次戊辰春正月辛巳朔乙酉	崩御翌年即位	同年	踰年	
武烈	(仁賢)十一年秋八月庚戌朔丁巳	元年冬十一月戊寅朔戊子	同年	同年	当年	
継体	(武烈)八年冬十二月壬辰朔己亥	元年二月辛卯朔甲午	—	—	—	即位記事より前に「元年歳次丁亥春正月辛酉朔甲子」あり
安閑	(継体)二十五年春二月／二十八年春二月	元年歳次甲寅三月癸未朔戊子	—	—	—	継体天皇条末尾に重複記事あり。三月の立后記事を即位記事に改変

宣化	（安閑）二年冬十二月癸酉朔己丑	元年丁巳	崩御翌々年即位	同年	踰年	年紀がすべて一年ずれている
欽明	（宣化）三年春二月己酉朔甲午	元年歳次己未冬十二月庚辰朔甲申	同年	同年	当年	
敏達	（欽明）三十二年夏四月戊寅朔壬辰	元年歳次壬辰夏四月壬申朔甲戌	崩御翌年即位	同年	踰年	
用明	（敏達）十四年秋八月己酉朔己亥	（敏達）十四年九月甲寅朔戊午	同年	即位翌年称元	踰年	元年立后記事に「元年歳次丙午」あり
崇峻	（用明）二年夏四月乙巳朔癸丑	（用明）二年秋八月癸卯朔甲辰	同年	即位翌年称元	踰年	
推古	（崇峻）五年十一月癸卯朔乙巳	（崇峻）五年冬十二月壬申朔己卯	同年	即位翌年称元	踰年	

注

（1）鎌田純一『先代旧事本紀の研究　下巻　研究の部』吉川弘文館、一九六二年

（2）平勢隆郎『中国古代紀年の研究』東京大学東洋文化研究所、汲古書院、一九九六年

（3）那珂通世が指摘（那珂通世著・三品彰英増補『増補上世年紀考』養徳社、一九四八年）。「踰年」という語を用いたものに、古くは伊藤東涯の『制度通』がある。「古は天子諸侯即位の年、是を元年と云、唐虞には歳と云、夏には歳と云、殷には祀と云、周よりこのかたは年と云、元とは天子元士のごとく、はじめと云ことなり、先君崩御の後、明年を元年と云、踰年改元と云、是なり。」（伊藤東涯著・吉川幸次郎校訂『制度通　上巻』岩波書店、一九四四年）

（4）山口洋「中国古代における踰年改元について」（『中央大学大学院研究年報　文学研究科』二十二、中央大学大学院年報編集委員会、一九九三年）

（5）なお、踰年称元が正当とされたのは先帝の崩御後（諒闇）の新帝即位についてである。

（6）倉西祐子「『日本書紀』と『古事記』の称元法」（『アジア遊学』一二一号、勉誠出版、二〇〇九年）は、踰年称元が行われた理由として「壬申の乱説」「登壇即位説」「天数説」の三つの仮説を立てた。『日本書紀』紀年法には讖緯

暦運説の天数が応用されていることにふれ、一暦年二つの年号が並ぶことを避ければ、数え間違える可能性が低くなること、天数の意義がはっきりすることなどから、「天数説」をとり『日本書紀』の踰年称元の背景には讖緯暦運説があったと結論付けている。しかしこの場合、一年以上の空位期間がある場合や譲位の場合の称元については説明がつかない。

(7) 雄略天皇崩御年について、『旧事本紀』は干支を己巳とするが、元年から起算して二十三年目の干支は戊午となる。己巳は称元年から数えて三十四年目になるはずであり、大きくずれていることがわかる。これについては、『日本書紀』における雄略二十三年の干支己未に合わせて干支を記そうとして誤ったのではないかと推測する。なお、己未とした場合、即位年から数えると二十四年目となり、計算上一年のずれが生じる。

(8) 『旧事本紀』継体天皇紀末尾に重複記事がみえる。本文は『日本書紀』と同じく二十五年崩御とあり、重複記事には二十八年崩御とある。継体天皇の崩御年に関しては、『日本書紀』の紀年と『古事記』崩年干支にずれがあることなどから、従来議論が為されてきた。『旧事本紀』において、本文の二十五年（五三一）崩御を採用すると、次の安閑元年（五三四）まで二年間の無紀年の期間が生じる。重複記事の二十八年（五三四）崩御を採用すると、継体崩御、安閑即位、称元が同一の暦年にならび、当年称元となる。

(9) 神野志隆光「『万葉集』巻一、二左注の「日本紀」」（『変奏される日本書紀』東京大学出版会、二〇〇九年、初出二〇〇七年）、福田武史「天慶六年日本紀竟宴和歌序の「終於壬寅之歳」「四十二帝」について」（上代文学会『上代文学』一〇八号、二〇一二年四月）

(10) 「十四年、更為元年。」（『史記』巻五・秦本紀・恵文君十四年）の如く、在位中に後元年を定める場合によく用いられた表現である。

(11) 元年条の末尾以外で太歳記事が記されているのは、神武東征元年、綏靖天皇即位前紀、神功皇后摂政三十九年と六十九年の各条である。

(12) 伴信友は『日本紀年暦考』において、『日本書紀』の太歳記事が原則として元年条の末尾に記されること、また中国史書に見えず『百済本紀』に見えることを指摘する。なお、「太歳」の語は本来歳星をさすに過ぎないため、これを用いて年を記す場合、「太歳在〇」などの形をとる必要がある。

（13）『旧事本紀』中の「太歳○○」の例は巻第五・天孫本紀における神武天皇即位記事、巻第七・天皇本紀における神武東征、綏靖天皇即位前紀の手研耳命殺害、神功皇后紀中のものである。これらは、注（9）に挙げたように『日本書紀』においても特殊な「太歳」の使い方をしている巻である。

（14）工藤浩「『先代旧事本紀』人代記事・「国造本紀」本文の構成」（青木周平編『古事記受容史』笠間書院、二〇〇二年）／松本弘毅「先代旧事本紀の人代巻」（早稲田大学国文学会『国文学研究』一五二号、二〇〇七年六月）

（15）劉知幾は『史通』において、本紀は編年であり、編年は帝王の事跡を歳月を逐うて記すものであると述べている。また、本紀と列伝の違いを挙げて、「范曄の後漢書の皇后紀に六代の皇后を述べているのは、皇帝の歳月に従っているのだから列伝の形なのに本紀としており、陳寿の三国志に呉主伝、先主伝と孫権や劉備を述べたところはそれぞれの年号に従っているのだから本紀の形になっているのに列伝としている」と述べる。（劉知幾著・増井経夫訳『史通―唐代の歴史観』平凡社、一九六六年より引用）

引用文献

◎『旧事本紀』
鎌田純一『先代旧事本紀の研究　校本の部』（吉川弘文館、一九六〇年）に拠り、必要に応じて卜部兼永本先代旧事本紀（『天理図書館善本叢書〈和書之部第四一巻〉先代旧事本紀』天理大学出版部、一九七八年）に拠って改めた。
◎『日本書紀』
小島憲之・毛利正守・直木孝次郎・蔵中進・西宮一民校注『新編日本古典文学全集　日本書紀』（小学館、一九九六年）を用いた。
◎『日本後紀』
黒板勝美・国史大系編修会編『国史大系　第三巻　日本後紀・続日本後紀・日本文徳天皇実録』（吉川弘文館、一九六六年）を用いた。

〈漢語〉から考える上代日本語表記論

――併せて文体論――

尾山　慎

1、〈漢語〉をどう対象化するか

〈漢語〉と一口にいっても、その該当範疇を定める時点で、そもそも相当な検討課題がある。たとえば現時点で、最新かつ総括的〈漢語〉研究のまとめによれば、[1]その切り口は「語種・出自から見た漢語」「音形・語形からみた漢語」「語構成からみた漢語」「文法形態からみた漢語」「意味からみた漢語」と、検証観点が分出され、掲げられている。これ以外にも社会的位相との関わりからも〈漢語〉はきわめて複雑な様相を呈している。文法や、音韻論のように必ずしも、統一的、規則的なルールで体系づけられているとは限らず、たとえば類義の「発想」と「着想」は、いずれもスルで動詞化するが、「〜ガアル」は「発想」のほうにしか結びつかない。このことの理由を実証的に明らかにしていくことはなかなかに難しい。ある意味で一つ一つの語が、一々に歴史性と位相を背負っているところがあるからである。〈漢語〉を巡る研究の「構想」を論じた池上禎造[2]も、「文法ほど一般的な力をもたずに個々的な面のある語彙とつながるから、その今日ある史的な背後や経過も知ったうえでないと「力」をさぐりにくいし、また個々的な語彙なるがゆえにその相互の体系ということも考えたい。そしてそれは固い文語からやわらかい口語まで諸段階がある」と、その想定される考証上の困難さを述べている。また上代の場合は、本論で主としてみるように、見た目のみ、つまり文字列としての〈漢語〉、というのも多々存在する。

現代語であれば、たとえば「切る」と「切断する」は一部に意味の重複がある（「配線をペンチで〔切る／切断する〕」）一方、棲み分けもある（「来週髪の毛を〔切る／＊切断する〕」）ことが、母語話者なら直感的に分かる。また「殴る」に対して「殴打する」は堅い気がするし、筆者個人の感覚で言えば、後者は使用する機会はなく、理解語彙にとどまる。たいてい、テレビ報道や刑事事件の法廷で聞きそうな言葉、というイメージである。このように、現代語の場合は、ある程度の直感や内省はきくが、古典語の場合はそれが望めない上、そもそも、体系的分類を目指すような考察では、通常、使用者の頭には上らないであろう懸案事項がいくつもある（つまり、直感的語感だけに頼るわけにはいかない）。それらをも通してはじめて〈漢語〉は、客観的に、学術的に、対象化されうるであろう。

そして、日本語史の中でも上代という時代は、文字資料がすべて漢字によるために、全時代を通じて、最も〈漢語〉に強く関係をもつとおもわれながら、同時に最も考究上の困難を抱えているといえる時代でもある。先の池上禎造も同書で「大まかに言えば国民の多数が文字を持つようになったのは新しいことなので、古代中世という昔のことはわかりにくいのである。わが漢語についても、とにかく伝えられてきた文献を整理することに追われ、それに関わる階層がどのような者であるかまでを考えるには至っていない」（四頁）としている。この発言はおよそ四十年前のものだが、いまも新鮮に響くところがある。実際、昨今の研究状況に鑑みれば、〈漢語〉を上代の文体論、表記論にどう措定するかということは、あらためて問い直す時期に来ているとおもわれる。

そこで、池上の指摘をはじめとする先行研究を参考に、ことに上代に該当することとして幾分シンプルにしつつ、〈漢語〉を巡る研究上の懸案事項についてあらためて整理を施すならば、

①中国由来か、日本製か

②中国由来であっても、意味が日本側でズレているか否か
③どのような語形で通用していたのか
④理解語彙なのか、使用語彙なのか
⑤社会的位相との関連はどうか
⑥「外国語」なのか、「外来語」なのか

といったところになろう。本来、少なくともこれらを総合して勘案、分析したうえで、「この〈漢語〉は…」などと語りはじめなくてはならないはずである。ただ、実際はデジタルには線引きできない要素も多々あり（たとえば⑤や⑥の連動性など）、しかもこれら懸案事項は、必然的に複雑な立体的関係をなすのであって、さらには資料的制約もある。なおかつ、先述のように、その語一語一語が抱えている事情があったりする。よって、事実上棚上げせざるを得ないことも少なくない。しかし、だからといって、頭から不問に付してよいわけではないし、何より、無批判に、漠然と〈漢語〉と総称的に呼んでおけばいいというわけでもないと考える――ここが本稿の、出発点としての問題意識がおかれるところである。

以下、簡単に問題点を見ていこう。①は、古典の場合は、出典、典拠を探し出せるかどうかという点が問題となるだろう。見いだせても、当人がそれを参照できたかどうかは別問題ではあるが、といってまた、見いだせないから直ちにオリジナル――日本製であるとも言い切れないところが難しい。毛利正守「日本書紀訓注の把握」（『國文学』解釈と教材の研究　四七―四　二〇〇二）が、たとえばアマテラスがスサノヲを迎え撃つ場面の「蹴散」について、「芸文類聚・淮南子・史記・漢書・後漢書・三国志・梁書・隋書・文選・金光明最勝王経音義等にあたってみても用例を見出し難いものであり、またそれにとどまらず佩文韻府や太平御覧等の類書にも用例が検索し難いものである」（六五頁）、「漢籍にその用例を広く検索しても見出し得ない語句」（六六頁）と述べている。よってここで

は「蹴」「散」それぞれの意味が個別に参照されて、いわば造熟語されて「蹴散」として措かれたものとみているのだが、このようにどこまでいっても中国語側に「ない」とは言い切れないのであって、毛利論のいうとおり、限りなく「見出し難い」という判定のもとに、慎重な検証が求められるのである。またこれとは反対に、倭語と思われていても、もとは〈漢語〉であるという可能性もあり、ことに一音節語で筆者もそのような指摘をしたことがある[3]。

②についても、臨時的な用法によって、たまたまその例がそうなっているだけなのか、あるいはズレたまま定着する、いわゆる国訓のような状態になっているのか、といった判断（判定）も求められる。①②は上代文学研究でも、とくに注力されてきた観点であり、個々にその追究は相当の蓄積がある。③は、基本的すぎる問いにも聞こえるが、〈漢語〉であるならば、まずは、たとえば呉音なのか漢音なのか、あるいはそれ以外の字音なのかといった問題と、表記の見た目だけが〈漢語〉で、実際は日本語訓と対応して使われている（ならば、語形は倭語ということになるはずだ）といったことを、特に上代の場合は想定しておく必要がある点で、最も重要な問題の一つとなる[4]——本稿でも議論の核心におかれることである。たとえば万葉集をひもとけば、「檀越」「法師」など確かに漢語も存在するものの、一方で先述したところの、様々な見た目上の〈漢語〉に出会う。その文字列を検索すれば、合致する漢籍資料の所在が発見され、しかも中国語における意味もおおむね合う（ゆえにその使用を納得する）、ということがままある。しかし、それはどこまでいっても歌に詠まれた倭語にあてられた表記にすぎない。そしてこのとき、当該の表記をして、〈漢語〉と呼ぶことがあり得るけれども、語形も字音読みで通用する場合があるかどうかを問わないままに、単に表記上のそれを同じ〈漢語〉と呼称することに無批判であってよいのだろうか。それは続く④⑥にもかかわる問題である。小学館の『日本書紀』（新編日本古典文学全集）では、「混沌」「冥涬」「清陽」「重濁」をコントン、メイケイ、セイヤウ、ヂュウダクと音読することを試みている[5]。このように明確に立場をしめし

ていれば、〈漢語〉と呼称して差し支えないと思う。

④は、個々人の教養や癖などに帰することになるすぐれて個別的——最終的にはパロールのレベルでしか問えないような種のことだが、②や③とも実は連動している。具体的に事例を挙げよう。たとえば、こういうことである——漢籍に「猶豫」とあって、[6]これの意味を理解し、万葉集の「タユタフ」の表記に「猶豫」を用いることがあったとみられる（例：巻一一・二六九〇）が、このとき、この二文字の熟語の意味を理解して、こう書けたということは、つまり「猶豫」はまず少なくとも書き手の理解語彙であっただろう。しかし、ユウヨという語形で日本語に使用しない場合、〈漢語〉「猶豫」は、使用語彙とは言い難いことになってくる。もし、「妹者不相（いもにあはさず）　猶豫四手（たゆたひにして）」（巻一一・二六九〇）のような場合における「猶豫」が歌の言葉としてタユタヒと読まれて間違いないとして、ではこれを〈漢語〉としての使用語彙でもあると、必然であるかのように言っていいだろうか。それは、現代語でいえば、熟字訓——「麦酒（ビール）」「凝固土（コンクリート）」をもって、「バクシュ（麦酒）」「ギョウコド（凝固土）」をも自動的に使用語彙であるというのに同じということになるが、それは現実と乖離しているであろう。これらの語形で使うことはまずない。ただ、表記に用いられているのは事実なので、必要あらばこれには別の名付けをしたいところである。換言すれば、表記上に現れているにすぎないものをそのまま〈漢語〉としての使用語彙とみなすことは、文体論と表記論とを混同する危惧がある。巻一一・二六九〇のような例をいま、**〈表記上の漢語〉**と仮称しておこう。そして、仮に、日本語においてユウヨという語形での使用がないのであれば、懸案④：理解語彙としてのみ、そして懸案⑥：「外国語」ということになろうか。またユウヨでも使うのであれば、使用語彙でもあるし、日本語文の中にもそれなりにあらわれるのであれば、外来語とみなすことも可能である。なお、上に挙げたのは、倭語と漢語とで意味が一応通じ合っており（「猶豫」～「タユタフ」）、本稿でもこれを典型とするが、たとえば文末の「ナモ」に当てられた「南畝」（巻一・一八）などは『千字文』に典拠があるとされ、[7]いわば仮名としての使用となっている。このようなもの

については〈表記上の漢語〉とは呼ばないことにする。なぜならば、これをもいれると、事実上、万葉集の音仮名表記は、漢字を使う以上、ほぼすべてがここに入るからである。あくまで表語用法として用いられるものを対象としておく。

いましばらく、現代語から次のような例を挙げてみよう。一般に、「夜間」と「昼間」は、前者が音読み、後者が訓読みである。現代中国語では daytime の意味では普通「白天」を使うが、「昼間 zhòujiān」も語としては存在する。日本語では、「夜間（ヤカン）」はその見た目通り、音読みの〈漢語〉として実際通用しているが、「昼間」は見た目が「夜間」と対の〈漢語〉であるかのようであるだけで、通用語形は/hiruma/である。筆者でいえば、「夜間/jakaN/」「昼間/hiruma/」の両語とも、当然ながら理解語彙かつ使用語彙である。チュウカンという語形で使うことはあり得ないし、そもそも「昼間」を〈漢語〉と思うこと自体ないといいたいところだが、それは、筆者が内省可能だからであって、この現代日本語の現状を、フリガナがない文献だけを使って、かつ内省がきかない分析者が客観的に検証した場合、漢字表記の文字だけでは、「ひるま」がどれほど臨時的なのか、一般的なのかの区別をつけることはできないだろう。文字だけを追いかければ「チュウカン」とも読めるからである。まして、「夜間」とペアであれば同じ音読みをすべきというバイアス的思考さえ働くかもしれない。換言すれば、「チュウカン」は一般に通用していないということを、内省に頼らずにどうやって、知ることができるのかということである。万葉集の場合、和歌であることが、音読みである可能性を多く排除し、かつ音数律のヒントもあるのでそれなりに絞り込みも可能だが、それでも、音読みの語形が通用していたのか、いなかったのかについて、万葉集歌を通して考えるだけでは、なかなか知り得るものではない。

上代は、漢字専用時代とよく称されるが、漢語専用時代などとは決して言わないはずである。それだとまるで中国語であるし、そもそも文章が、漢語だけで構成されていることになってしまう。つまり、それでは文体の言いになる。よって漢字専用時代とは表記体での言いということになる。ということは、上にみたような〈表記上の漢語〉を単に〈漢語〉と呼ぶのはこの問題を考える上で、紛らわしいことになるわけである。

2、現代語を手がかりに

2―1、あてられる〈表記上の漢語〉

さらに、ここでも現代語で考えてみよう。現代日本語表記には振り仮名という方法があるので、漢字表記であっても、様々な読み方を読者に提示することが可能である。「当て字」[8]「当て読み」は、笹原宏之編『当て字・当て読み漢字表現辞典』（三省堂　二〇一〇）にはおよそ一一〇〇〇の見出し語が収録され、「霊的存在（インテリジェンス）」「飼育員（オレら）」など、漢字列が表示する語と振り仮名のしめす言葉とで、おおよそもとは互いに関係がないであろうにもかかわらず、物語の設定や文脈の関係上付会されている例も少なくない。また、歴史的なものでは田島優『「あて字」の日本語史』（風媒社　二〇一七）がある。

ここで、いくつか例を挙げてみよう。

(1)理由（わけ）
(2)整服（みなりをよくする）
(3)難看（みっともない）

この三つは、それぞれに、実はかなり違う事情を抱えている。順に見ていこう。いずれもここでは漢字列の方を仮に「本文」と呼んでおく。(1)は、本文の方を、リユウという〈漢語〉でも使うことがままあり、そしてむしろそちらの使い方のほうが無標であろう。(2)は、この本文での熟語はまず存在しないというものである（筆者が、ここで新規に考え出した）。従って、この漢字列かつ字音による「セイフク」という語は、おそらく世に使われていない。

次に(3)は、実は中国語である。フリガナの「みっともない」は、この nánkàn の訳語とされることが多いので、施してみた。「難看」は中国語としてはごく基本的な単語の一つだが、日本語において「ナンカン」はなじみがないであろう。前節でみたことを踏まえると、(1)は、〈漢語〉として、書き手（筆者）にとって理解語彙かつ使用語彙である。「わけ」という振り仮名をあたえる以上、ここでの「理由」は〈**表記上の漢語**〉だが、別の場面で、れっきとした語彙としての〈漢語〉（リユウ）としても使用されうる。(2)は、〈漢語〉としては存在しないので、使用語彙ではあり得ない。また中国典籍にソースがあるわけでもないので、理解語彙というのも妙なのであるが、正に上にのべた、〈**表記上の漢語**　※注：倭製〉といったところになろう。(3)は、中国語にソースがあって、筆者にとって理解語彙であるが、nánkàn もしくは日本語発音「ナンカン」という使用語彙としては認め得ない――以上のように整理される。振り仮名と一緒に提示されることによって、この場合はそれぞれ〈**表記上の漢語**〉であることは共通している一方、その〈漢語〉ということを子細に考えたとき、上述したような違いが出てくるわけである。三者に共通するのは、漢字本文とフリガナとをあわせて視認することで理解される語という点である。これを本稿では〈**すりあわせ理解**〉と称することとする。

前節で、懸案⑥：外国語か外来語かという観点に触れたが、(3)の本文「難看」は、(1)「理由」と比して、普通、〈漢語〉とは括らないはずである。(1)は日本語体系にすでに組み込まれている外来語としての〈漢語〉であり、(3)は日本語体系に入っているとは言いがたい外国語である、とみるべきであろう。中国語に堪能な日本人であれば、(3)は珍しくも、難解でもない言葉であろうが、しかし、日本語の一つであるといった錯覚は起こしにくいはずで、どこまでいっても、これは日本語にとっては外国語であるといわねばならない。そして、古代の場合も、こういう差異はあったと考えるのが穏当ではないかと思われる。もちろん、個々にその弁別は難しいけれども、問題なのは、現代語では内省も批判も効くので(1)と(3)とを分け得るが、上代の場合は(1)も(3)も、繰り返すように、まとめて〈漢語〉と称して済ませてこなかったか、ということである。前節で述べたことと合わせると、二重の意味で、こういった〈漢語〉という呼称は、ことを曖昧にしてしまっていると思う。一つは、表記上に文字列として存在するだけなのか、あるいは語彙としても通行しているのかどうか、ということ。もう一つは、外国語か外来語か、ということである。裏付けには難しい要素も含むが、やはり、上代語の場合もこういった点に無頓着であってはならないだろう。

2—2、あてられる倭語

前節での例をもとに〈**表記上の漢語**〉を再度整理してみよう

Ⅰ類（用例⑴**理由**（わけ））：日本語としてもはや内在化している外来語としての〈漢語〉

Ⅱ類（用例⑵**整　服**（みなりをよくする））：中国語には（おそらく）存在しない倭製、ないし臨時的な〈漢語〉

Ⅲ類（用例⑶**難看**（みつともない））：中国語、すなわち外国語（〈漢語〉と呼称されてしまうことも）

という種別が存している。それぞれの二文字の漢字列をやはりここで「本文」と仮称しておくが——既述のようにこれら本文を区別無く漠然と〈漢語〉と総称するのは問題がある。そして、さらに以下の三点が問題となるであろう。

ア、各用例を、以上三分類へとどのように実証的に振り分けるのか

上代の場合、Ⅰ類とⅢ類の区別は、かなりの困難が予想される（が、だからといって不問に付して良いわけでもない）。しかも、一回、その場の試みで行われたかもしれない一方、それなりに実はすでに繰り返し試みられていたが、我々の目に入る資料が限られているだけ、という可能性もある。外国語が外来語化している過渡期というのを、我々が看破できるのはほぼ不可能に近い。現代日本語であれば内省もきくし、「難看」は外国語であるとみて問題ないだろうが、上代研究の場合、我々がその見切りをどこでつけるのか、というのは非常に悩ましい。そもそもが、外国語と外来語とは、いわば理論上の区分であって、実際は、曖昧かつ流動的で、しかも位相（第1章冒頭の懸案⑤）による差異も大きいという点が問題になるのである。かように困難は多いが、どのように、対応する日本語と引き合わされるかということを考える上で、日本語に内在化している〈漢語〉なのか、そうでないのかは、やはり看過できない要点であろう。現代語でも判断が難しい例を挙げておこう——西欧語の場合、「ストップ」や「ミス」などはすでにサ変動詞化もしているので、もはや日本語の一つといっていい、まさに外来語だろうが、たとえば「アジャイル（agile）」という言葉はどうだろう。もしこの言葉を目（耳）にしたとき、依然かなり多くの人が、たとえ片仮名で書かれていて、日本語風の発音であっても外国語とのイメージを強くもつのではないか。筆者もその一人である。この語は、俊敏、すばやい、の意味で、とくにIT、Web業界では、経営環境の変化に迅速に対応できる柔軟な情報システムや、効率的なシステム開発手法などを指すときに用いるという（〝アジャイル開発〟のように使う）。従って、こういった現場にいる人にとっては、もはや外国語ではなく日本語の一部としての外来語という感覚が強いかも知れないわけで、上述のように、現代にあってさえ、外来語と外国語の区別は、たいてい使用者の教養、位相が絡むので、一般論的に、デジタルには、そして平面的には二分しがたいものがある。しかしまた、IT業界に身を置かずとも、客観的に見て、片仮名で書かれて、日本語文の中で形容詞のように使われているというのは、外国語が外来語化している明確な徴証ではないかと主張することもそれはそれで一つの説得性を持っているだろう。悩ましいところであるが、理論上の分類と、実例の振り分けのと間に立ちはだかる葛藤ともいえる。

イ、日本語表現としての自然さ

〝自然さ〟というあえて曖昧な言葉をつかっておくが、(1)〜(3)における振り仮名は、特段奇異ではなく、日本語としてもあり得る表現である。一方で、まるでその漢字本文に寄せて、なんとか読むために出来したかのような表現、用例(4)(5)を見られたい（いずれも作例）。

(4)締結（しめむすび）

(5)日進月歩（ひすすみつきあゆみ）

現代語であれば、わざわざこういうことをする動機がそもそも想像しがたく、また、振り仮名のほうも、いずれも明らかに日本語として奇異であるから、荒唐無稽な例と思われるかも知れないが、上代の場合は、実際にそういった例があることが奥村悦三氏によって明らかにされている(9)。そして、これらの漢字熟語、成語に日本語を引き当てることを試みること――次のウは、必然的にここに関わる問題である。

ウ、臨時的試み（文脈依存）か、そうでないか（固定的対応）

再び(1)〜(3)に戻ろう。これらは単語レベルで掲示したが、実は、この示し方は重要な点を看過しかねないやり方でもあった。それは、ただただ単語の単位で提示すると、漢字本文と振り仮名があたかも固定的対応をすでに持っているかのような錯覚を呼び起こす危惧がある、ということである。あるいはその、文字と言葉の紐帯について棚上げになってしまうところがある。実際には、文脈の張り合いの中で、その場限りで措定された関係かもしれないもの――「翻読(10)」を、文脈から遊離しても結びついているかのように一般化してしまうような可能性もあるのである。

その場限りの試みというのがよく分かるのは次のような例だ。

(6)「そういえば田中君、佐藤さんの見舞いには毎日いっているの?」

――「ええ、叔父（あのひと）にはほんとうに世話になりましたし、当然のことですから。」（作例）

「叔父」と「あのひと」の結びつきは文脈が支えている。ここでは事実上振り仮名が本文（主文脈）のようなものという言い方もできるが、漢字列の側からいえば、文脈に支えられた、振り仮名との臨時的関係である（結局は、たいてい〈すりあわせ理解〉がなされるであろう。よって、たとえば「叔父」という熟語だけ切り出し、これを「あのひと」と読むという一般化は普通しないはずだ。一方で、「理由（わけ）」「宇宙（そら）」「時間（とき）」などは（筆者の個人的所感もあるが）かなり使い古されている感があるように思う。つまり、これらは文脈を離れても、固定的対応を結んでいて、それをしばしば利用するという段階に入っているかと思われる。実際個々にその度合いの区別をつけていくのは困難だが、理論的にはそのような分別が必要であろう。

(1′) 彼が理由（わけ）を話したのか?

このように文脈中にあるものの他、試みにamazon（https://www.amazon.co.jp/）で検索すると、「理由」と書いて「わけ」と読ませている書名をもつものが、およそ四〇〇冊強ほど挙がる。(11) 少なくとも、一九八〇年代からあるようだ（出版社名、著者名は割愛する）。一〇年ごとに抄出してみよう。

『アイツの頭が切れる理由（ワケ）』一九八三年
『私が著者になれた理由（わけ）―出版マニュアル』一九九一年
『私がイラストレーターになれた理由（わけ）』二〇〇〇年
『医師が不動産投資を始めた理由（わけ）』二〇一八年

著者はそれぞれ別人、かつ内容も多岐にわたる様々な本の題名にも使われていることからしても、相当に一般化しているといってよいのではないだろうか。一方次のようなものはどうだろうか。

(1″) 理由（どうしてそんなことをしたのか）はいくらきいても教えてくれないんだ。（作例）

(1′)と(1″)とを、仮説的には区分しておく必要がある。筆者は、こういったものを、〈訓読〉と〈翻読〉として区分している。前者は、文脈を離れてもその関係がすでにメソッド化しているもの、後者は、文脈等、その現場において臨時的に機能している、原則として一回性のものを指す。

先に、単語だけ切り出して示すと、それだけで完結しているように見え、あたかも一般化された関係のように見える危惧について触れた。再掲すると、

(2) 整服（みなりをよくする）

であるが、これがとある文脈中にあることを示すのであれば、

(2)就活ではまず整服（みなりをよくしないと）！

のようなものになる「しないと」のようなモダリティが入っている文は、まさにこの一文という動態的現場にあってこそなされたもの、という位置づけになるであろう。木簡資料に於いて訓読の現場から切り取られたとおぼしい「アザムカムヤモ」などが思い出される。(12)

2―3、上代に問題意識を投影する

作例、さらには振り仮名を施したものという、頗る現代的用例を挙げて、上代の問題に投影して語ろうとすることに、疑念、疑問を抱かれるかも知れない。しかし、すでに述べたように、筆者は、以上の分析と、いくつかの仮説的分類は、上代の〈漢語〉と日本語の関係、そして表記体および文体を考えるに当たっての問題点を端的に示唆し、かつ、考究上のモデル図をかなり明確に提供してくれると考える。換言すれば、上に挙げてきた区別、弁別、種別が特段厳密にされないままに、これまでに主として、ある上代日本語文献上の〈漢語〉ないし**〈表記上の漢語〉**が、中国典籍においてその存在が確認できるかできないか、そこに用法や意味で、どれほどの相違、相通があるかということが、主たる興味の中心におかれてきたと思う。本稿冒頭で、研究史で、〈漢語〉といえば①②に注力されてきたと述べたとおりである。それ自体は、無論、必要な考察であることに疑いはないものの、結局、そこにおける〈漢語〉という総称は、実は勘案すべき、析出すべき種々の要点をその広大な概念の中に隠蔽してしまう。

振り仮名は、可視的に提示される読みであり、上代の場合はたしかにそれが保証されない。しかし、実際に現状の研究の手法としては、ある読みが施されている大系、全集といったあたりのテクストをみればよく分かるであろう。漢字だけの文章におけるものであるかぎり、択一的に定めるのは難しくとも、何かしらの読みを提示する試みは、たゆまず追求され続けてきたのだ。漢字列に対する日本語を探し求め、できるならそれを定めていこうとする方向性――ようするに訓詁学的追究は、振り仮名と通じ合うであろう。同時に、振り仮名が、難読字をよむ補助に限らない――つまり振り仮名が事実上の本文であって、漢字は、並行的、余剰的に解釈に参与する〈**すりあわせ理解**〉を期待する形――のと同様、上代の漢字と日本語の関係も、〝主従〟は必ずしも一定していない。つまり常に漢字、漢語が主であって、これをどう読むかということだけではないということだ。言語研究のフレームとしては読み手（分析者）が読みすすめることで立ち上がってくる世界があるけれども、実際には、当たり前だが書き手と読み手とが存在する。つまり、日本語をどう漢字に置き換えるかも、同じく検討されたはずである。そのときに、すでに外来語となっている〈漢語〉が引き当てられる場合（Ⅰ類）、造語した和製〈漢語〉が引き当てられる場合（Ⅱ類）――古事記の「蹴散」などはこれにあたるであろう（既掲）、未だ外国語としての中国語を、挑戦的に採用する場合（Ⅲ類）などがあったと思われる。そのときに、一般に字音で通用する使用語彙でもあるのかどうか、〈**表記上の漢語**〉それだけに過ぎないのかといったことを、考慮にいれておく必要がある。ここはまさに表記（体）論と文体論が交錯する地点であり、同時に、混同されやすいところでもある。繰り返すが、その混同をおそらく助長する一因が、〈漢語〉という、語彙論と表記論を横断してなおかつ茫漠とした範疇を指してしまう術語なのである。

3、語種研究、漢語研究の歴史から

ここでは、語種と漢語を巡る研究史から一つ紹介しておく。日本語学関連の解説、概説では、語種の比率の変遷が挙げられることがある。和語、漢語、外来語、混種語がどのように日本語の歴史の中で勢力を変容させてきたかということを一覧にしたものだ。刊行以来、十五版を超えている沖森卓也編『日本語史』（おうふう　一九八九）は、宮島達夫「現代語いの形成」（『ことばの研究第3集』（一九六七）、同『古典対照語い表』（笠間書院　一九七一）を引き、「奈良時代の語彙はほとんどが日本固有の語（和語）で占められていて」（一一〇頁）とし、さらに「平安時代以降、漢語は時代が下るに従って、徐々に増加していきますが」（同）という。ただし、宮島の研究データは万葉集によるものである。上位一〇〇〇語の語種別出現数の通史的データも、同じく万葉集によっている。沖森は、「意識的に漢語を避けようとする方向で洗練されていった和歌の言葉の反映」とも言っていて、宮島の、万葉集を使ったデータを、結局のところ奈良時代全体に一般化しているのかそうでないのか（やはり和歌に限るのか）、ややその意を汲みがたいところがある。ただ、やはり「奈良時代の語彙はほとんどが」と明言している以上、一般化に傾いていると読めるだろう。[13] 前節までに述べ来たったところを踏まえるならば、まず、**〈表記上の漢語〉**をどう捉えているのか、ということが一つ疑問として浮上する。また、「猶豫」（巻一一・二六九〇）「辛苦」（巻三・四四〇など）の類いのみならず、「不〇」「将〇」なども、〈漢語〉の範疇にいれることは可能だが、日本語を記す装いとしての〈漢語〉である以上、一切ノーカウントということでいいのか。もう一点に、日本書紀、正倉院文書にあらわれている、膨大な〈漢語〉群の存在をどうとらえるのか、ということも挙げられる。万葉集は、倭語を漢字、漢語で記したものだといっていいものが多々あるが、日本書紀は、漢文で書かれており、和訓はあくまでそれらを訓読、翻読してよんで得られるものである。万葉集の、日本語を漢字で書くという行為と、方向が正反対になっている。ということは、日本書紀は間違いなく日本の文献だが、漢文で書かれているのでノーカウントなのであろうか。あるいは訓読されるから、勘定に入らないのか。

結局これらは使用語彙というのが前提になっているのであろう。それは別の点から言えば、（分析者にとって）語形が得られなければ、カウントのしようがないということなのであろう——それはもちろん理解できる妥当な処置ではある。同時に、理解語彙としての漢語というのをも含めるとなると収集がつかないわけで、語種論ではそうならざるをえないことは充分に理解できるけれども、しかし、奈良時代はほぼ倭語で占められるという見解は、いましばらく留保したく思うところである。

4、表記と〈漢語〉と倭語

乾善彦『日本語書記用文体の成立基盤』（塙書房　二〇一七）では、正倉院文書の「訓読」を巡って次のようなことを述べている。

（桑原祐子氏が、正倉院文書を字音でよむか和訓でよむか、非常に大きな注意が払われていることについて——筆者注）音読をするということは、そこに漢語（音読みの外来語としての）を想定することなのか、読み下すための処置としての音読・訓読なのか、文書に書かれたことばと文書をよむときのことばとの関係ではっきりしない部分がのこる。（二四四頁）

文字とことばとの関係を考えるとき、日常の使用語彙（生活のことば）と表現の上の漢語語彙という、また異なる観点からは、音読みか訓読みかは、訓読の問題だけにとどまらず、当時の日本語語彙の問題として考える必要が生じるのである。（二四八頁）

〈漢語〉が、字音読みのものとして使用されるということは、確かに十分考えられることであろうと思う。字音読みで使う、というのは厳密には奇妙な言い方であるかもしれない。文字それ自体は音を発しないわけだけれども、たとえば「平和が訪れた」という文章の「平和」は字音読みのものとして使用している、という意味である（これ

【図１】　＜表記上の漢語＞とことばとの結びつき

（読み手に）特定の語との結びつきをもとめる　　　　弱い（求めない）

例）　万葉集の表記
（餓鬼、双六など）一部の字音語を除き、
なんらかの倭語と対応

例）　正倉院文書
倭語～字音よみの語
※択一的でない

を「たいらかにやわらげて」というよみは想定しない、ということ）。たとえば「請暇解」は正倉院文書でもよく取り上げられるが、俗にセイカゲと呼称されることがある。あくまで我々による俗称であるということになっているが、古代の彼らがセイカゲやショウカゲと言っていないとも限らない。むしろ「イトマヲコフコトノゲ」といった長々した呼び名でやりとりしていたとも考えにくい。結局は想像に過ぎないけれども、ことごとく倭語に和らげてよむことが、本当に古代の彼らの言葉なのだろうかという疑問はある。そして、このようなことに思いをはせるとき、どうしても音声でやりとりされる口頭の言葉との交錯を考えなくてはならないのだが、口頭語が、文章語との交渉をもっているのはやはり必然であって、字音よみで口頭に通用しているかどうかというのは、すなわちその漢語が外来語化しているかどうか、ということの一つのあらわれという言い方もできる。池上禎造は、そこを一歩進めて、方言形で通用しているかどうかも基準の一つに据えている（『漢語研究の構想』より「識字層の問題」：一四一頁）。固有名詞だが、方言形である「建仁寺（ケンネンジ）」「南禅寺（ナイゼンジ）」などは、口頭に上っていた証拠であるとする。近世には「菓子（くはし）／くはしん」「返事（へんじ）／へいじ」など、規範形と方言系を並べて一覧にした書物も出ている(14)。上代にはなかなかこういった徴証は望めないが、上代人の口に全く漢語が上っていなかったとは考えにくい。

　さて、結局のところ我々が目にできる資料的手がかりは、漢字という文字の列と、そこから想定される、多くの倭語である。よって、〈表記上の漢語〉というものをどれくらい構造的にとらえて対象化できるか、ここではみておきたい。

〈表記上の漢語〉として措かれるその文字列と指標する語の選択可能性としては、それが「外国語」でも、「和製」でもあり得たし、書き手にとっての理解語彙にとどまるものも、そして字音よみとしての使用語彙でもありえただろう。前例と、使用の蓄積もあるすでにメソッド化しているものもあったし、臨時的、挑戦的な一回性のものもあり得た。そして、亀井孝の有名なことば「ヨメなくてもよめる」に拠るならば、古事記はこの【図1】のグラデーションの全体に渡り得ることとして広がりをもつことになる。なお、図1は平面図だが、もう少し子細にいうと、それぞれに、〈繰り返し使われ、見慣れ、使い慣れた、メソッド化したもの〉と、〈一回性、臨時的な試み〉という広がりがあり得る。つまり、万葉集の場合、ふつう文字に言葉が対応させられ、また我々もそれを読み取るけれども、そこに、頻用〜希用の幅がある（「念」オモフ：五〇〇余例／「想」／オモフ：一例――しかし、両方とも、オモフと同定されることを期待）。一方図右側の極のほうについても、〈表記上の漢語〉としてその文字列に、頻用と希用の差異、幅があるだろう。文書類には定型の文言も多く、当然想定されよう。ただ、頻用であっても、特に特定の語と対応を意図はしない、というわけである。右のことについて小林芳規氏の説に拠るならば[15]、古事記であっても常に左の極に措かれるだろうし、奥村悦三氏の説に拠るならば、常に右の極に措かれるであろう[16]。

ところで、〈漢語〉というと、何度も挙げているように「猶豫」（巻一一・二六九〇）「辛苦」（巻三・四四〇など）などをまず想像するけれども、「秋」「月」「君」などもまた〈漢語〉でも、あり得る。漢字で書かれている限り、宿命的にそうなるはずだ。これらを「あき」「つき」「きみ」と我々はヨメるので、特に万葉集研究などではふつう訓字と呼んでいるが、ならば同じくこれらも〈表記上の漢語〉といって差し支えないであろう。おそらく、「秋（あき）」「月（つき）」「君（きみ）」の場合にこれを〈漢語〉と呼ぶと奇異な感じがするが、実は「歔欷」「猶豫」「辛苦」であっても、それは同じ事であって、漢字を使っている以上、やはり、万葉集の表記上に〈漢語〉はあふれかえっているという言い方も可能である。

おわりに

金田一春彦が、古田東朔の「教科書の文章」（現行では『古田東朔近現代日本語生成史コレクション』くろしお出版二〇一二に収載）を引き、「（文語と口語の——筆者注）無意味な混用」として、次の例を挙げている。[17] 傍点は金田一による。

さらばわたしが代て、書いてあげやうが、わたしは、唯手を貸すばかりなれば、どの様なことを書くのか、それを話してお聞かせよ。

「妙な文体」として金田一は他にも例を挙げているのであるが、妙であるにせよ、この表記の場合、我々はまずとりあえずは「ヨメる」わけである。確かにそれが、その判断をまず可能する前提でもある。そして、妙か妙でないか、というのは、〝混ざり物〟があるという判断によるのだろうが、言い換えれば、〝混ざっていない〟それぞれを既に知っているからこそ、言い得ることでもある。上代の場合、どうよむかは重要であるし、亀井孝の表記を借りるなら、「よめ」るにとどまり、「ヨム」[18]ことは難しいという場合もあるわけだが、ここに、これまで述べ来たったところの〈漢語〉がどう関係してくるかは、重要であろう。もし確実にヨメなければその存在を認めない、というのであれば、上代にはほぼ純粋な日本語（いわゆる「大和言葉」）しか存在しないことになる。あるいは、まるで中は空洞の〈**表記上の漢語**〉のみが存在することになる——それでいいのだろうか。

筆者は、〈外来語としての漢語〉、〈（依然）外国語としての漢語〉、〈和製漢語〉等が、「日常」の口頭の言葉にも上っていたのではないかと想像する。つまり、使用語彙として、である。無論、使用者の教養、社会的位相によって、差異は様々にあろうが（非識字層にまで及んでいたとは確かに考えにくい。注13参照）。「日常」とは専門的な職掌と連続性を残す場面の「日常」（たとえば仕事の休憩時間に、同業の人と交わす、職務に多分に関係する会話など）と、それとはほぼ隔絶した家で家族と話すようなごく生活的「日常」のそれとがあるだろうが、いま細かくは分類しないでおく。一方、理解語彙としても、上記三種の〈漢語〉は存在し、それぞれ理解／使用とがあるから結果のべ六種類の〈漢語〉は〈**表記上の漢語**〉としても用いられ得た。そのとき、対応させられる言葉はかなり確定的な場合（万葉集の歌表記のようなもの）から、特に特定されない、択一的でない言葉、事柄の伝達にとどまるものもあったであろう。

木田章義「狸親父の一言─古事記はよめるか─」（『國語國文』八三─九　二〇一四）に、毛利正守の「倭文体」を取り上げ、「奈良時代の日本語文が分からないのに「文体」という用語を使うのはおかしいということで、若い研究者も戸惑っているようである」と批判している（三八頁）。上代の文体の存在を主張する毛利論が、方法論として、書かれた資料を読解することによって行論していくことになるのは当然であろう。その中に、我々が語をヨミ切れないものがあるのも、事実である。しかし、我々が言葉を時に確定できないということが、文体の有無そのものに即、つながるわけではないし、議論ができないわけでもない。少なくとも、我々のヨミが可能になったその瞬間、遡及的に、上代の文体がそこに出来し、構築されはじめるわけではない。注意すべきは、分析者たる現代の我々が、残された文字列を通して見いだした言葉が、すなわち上代の書き手が書いた言葉とは限らない、という点にある。倉野憲司は、宣長の古事記のヨミを批判した[19]。倉野は、目の前にある文字を、訓詁学的手続きで徹底的に詰めていって、それをどうヨムかということに対する飽くなき追求をしたのだった。しかし、その先に、得られたそれが、そのまま書き手が書いた言葉であると見なせるかどうかはまったく別である。亀井の〝金言〟として受け継がれてきたそれ――「ヨメなくてもよめる」の、その真意は、「よみ」はもちろん「ヨミ」も、我々が文字列から引っ張り出すものであって、ヤスマロが書こうとした言葉とは別であるということを、亀井は言いたかったのではないだろうか。同論倉野への批判にもそういう意図が透けて見える（「古事記はよめるか」おもに五八頁〜）。これを敷衍すれば、ヨメなければ文体は語れず、ヨメれば文体が語れるという関係には、必ずしもない[20]。もし、我々がヨムことができたものだけが古代日本語の事実なら、上代にはほぼ、語彙としての〈漢語〉は存在しないことになるが、果たしてそれは、真実なのか。

注

（1）沖森卓也・肥爪周二編　日本語ライブラリー『漢語』（朝倉書店　二〇一七）。
（2）『漢語研究の構想』（岩波書店　一九八四）の一〇一頁
（3）尾山慎「疫（え）と役（え）」（『古代語のしるべ』https://dictionary.sanseido-publ.co.jp/column/kodaigo05）
（4）万葉集における〈漢語〉を巡る最新の指摘として、乾善彦「万葉集巻十六と漢語」（『萬葉語文研究』特別集　二〇一八）がある。同論で、「巻十六のうたのことばが、当時の言語生活の中にあってどのようなことばであったのかということが、問われなければならない」とあるところに本稿筆者は賛同する。歌の中でそれをどう訓むべきか、ということも無論肝要だが、本稿でみるように、それがもし〈漢語〉なら、いかに、古代日本語に位置づけられるものと問うてこそ、と思うのである。
（5）毛利正守「日本書紀訓注の把握」（同前）に指摘がある。
（6）山崎福之「萬葉集の「猶豫」について：左注の訓みのために」（『親和国文』二二　一九八七）。
（7）奥村和美「出典としての『千字文』「萬葉集」の歌と文章」（『萬葉』二一七　二〇一四）によれば、『千字文』に載る「俶載南畝　我藝黍稷」に当該例の典拠があるとし、音形とともにこの文字列が熟字として硬く結びついていたとみて、「この「南畝」という文字に、漢籍の初歩的な知識に基づく意図的な選択とそれによる知的遊戯性を認めてよいのではないかと思われる」とある。

(8) 笹原宏之氏による術語。同書参照。
(9) 奥村悦三『古代日本語をよむ』(和泉書院　二〇一七)。
(10) 「翻読」は小島憲之による術語。ただし、小島は「翻読(翻訳)」のように示したりする。同様にこれを承ける奥村悦三『古代日本語をよむ』(和泉書院　二〇一七)も「翻訳語(あるいは、翻読語)」(七三頁)、「翻訳語(翻読語)」(一三七頁、一三八頁)などと示される。筆者は、文字が介在しているので、いわゆる「翻訳」とは術語として分けておきたいと現時点では考えている。
(11) 二〇一八年九月二日時点での検索である。
(12) 北大津遺跡「誈/阿佐ム加ム移母」木研三三―一四五頁―(1)(『古代地方木簡の世紀』・木簡黎明―(32)・日本古代木簡選・木研集報三―五頁)。
(13) その後、沖森による『日本語全史』(ちくま新書　二〇一七)では、「奈良時代以前では和語が圧倒的に多いが、漢語もすでに用いられていた」(五八頁)、「漢語の使用は、識字能力の高い人(貴族・官人・僧侶など)にほぼ限られていたと言ってよかろう」(六一頁)とある。
(14) 『丹波通辞』(『近世方言辞書集成』第七巻　大空社　一九九八)
(15) 「古事記では、丁度音仮名の用法に統一が見られるように、表意の漢字の用法にも、一定漢字に一定の訓を対応させる原則に基づく、用字法の統一性が見られる。(中略)一定漢字を一定訓に対応させ、この関係を利用(中略)この一定訓を担った漢字のそれぞれの訓―そのような漢字を「訓漢字」と呼ぶ―。」(「古事記訓読について」日本思想大系『古事記』岩波書店　一九八二)。
(16) 奥村悦三『古代日本語をよむ』(和泉書院　二〇一七)に拠れば、固定化した対応を上代には認めないとする。図1は結びつきが弱い(求めない)という言い方にしているが、氏の説に拠るなら、必然的に上代のありようはこちらに集約されることになろう。
(17) 金田一春彦「正しい日本語」(『日本語セミナー』6筑摩書房　一九八三)。
(18) 「古事記はよめるか」(『亀井孝論文集』4:日本語のすがたとこころ(2)　一九八五)。
(19) 「宣長は言葉を重んずる余り、その言葉を書き表はしてゐる文字は存外軽視して訓んでゐる」(倉野憲司『古事記全

註釈　第二巻　上巻編（上）』三省堂、一九七四　凡例九頁）ため、その「訓釈は非科学的であり、批判せらるべき多くの点を含んでゐる」（同書、六―七頁）という。

（20）古代の文体論に、書き手と読み手を設定し、再考する論は別途用意がある。少なくとも、語が確定できないから文体が論じられない、というのは十全な批判ではないと考えている。今回、ここではこれ以上立ち入らない。

参考文献

『朝倉漢字講座』①～⑤（朝倉書店　二〇〇四）

『漢字講座』1～12（明治書院　一九八九）※第2巻に「漢字研究のあゆみ」

『日本語の歴史　2　文字とのめぐりあい』（平凡社　文庫復刊版　二〇〇七）

乾　善彦『漢字による日本語書記の史的研究』（塙書房　二〇〇三）

内田賢徳『上代日本語表現と訓詁』（塙書房　二〇〇五）

犬飼　隆『上代文字言語の研究【増補版】』（笠間書院　二〇〇五）

尾山　慎「字と音訓の間」（犬飼隆編『古代の文字文化』（竹林舎　二〇一七）

今野真二『日本語講座　書かれたことば』（清文堂）

中川正之『漢語からみえる世界と世間』（岩波現代文庫　二〇一三）

野村雅昭『漢字の未来』（新版　三元社　二〇〇八）

毛利正守「「変体漢文」の研究史と「倭文体」」（『日本語の研究』一〇―一　二〇一四）

――「古代日本語の表記・文体」（犬飼隆編『古代の文字文化』（竹林舎　二〇一七）

矢田　勉『国語文字・表記史の研究』（汲古書院　二〇一二）

付記

二校が戻ってくるすこし前、犬飼隆「「奈良時代語」と平安時代語」（『日本語学』37―13　二〇一八）に触れた。編輯の関係で本文に組み入れることはできなかったが重要な論である。是非参照されたい。

玉屋本『日本書紀』の神代巻について

植田　麦

はじめに

本稿は東京国立博物館所蔵『日本書紀』（以下、玉屋本）巻第一および巻第二の神代巻について検討を加え、その在りようを論じるものである。稿者はこれまでに、いわゆる卜部系に属さない『日本書紀』写本である三嶋大社所蔵『日本書紀』（以下、三嶋本）を主たる対象として、いくつかの考察を示してきた（植田・二〇一六、植田・二〇一七A、植田・二〇一七B）。その際、三嶋本との強い血縁関係が指摘されてきた神宮文庫所蔵『日本書紀』（以下、為縄本）および玉屋本との関係についても言及するところがあった。

玉屋本の概要は植田（二〇一七B）に示したが、ここでは摘要のみ示す。玉屋本は、その奥書によれば応永二十三（一四一六）年から永享五（一四三三）年の間に、良海によって書写された。応永三十五（一四二八）年に同者らによって書写された三嶋本とは、その内容面でも強い類似性が指摘されている（中村啓信・一九八二）。現存は巻第一から巻第十までの十巻三冊である。

本稿の要旨を述べれば、まず、『日本書紀』神代巻を中心として、いわゆる古本系・卜部系の区別についてみる。

後述するとおり、『日本書紀』巻第一および巻第二の神代巻では、正文に対する一書のあり方によって、おおむね古本系・卜部系に区別される。これを玉屋本に当てはめたときの問題を確認する。

次に、玉屋本と天理大学附属天理図書館所蔵『日本書紀』（以下、乾元本）とを対照し、一文字単位での異同傾向をみる。さらに、複数の文字列および内容面での異同傾向をみる。これらを承けて、巻第二でも同様の確認をすることで、玉屋本の神代巻の独自性をみることとしたい。

1.『日本書紀』神代巻、古本系・卜部系と玉屋本の在りようについて

論考にあたり、まずは『日本書紀』写本のうち、いわゆる卜部系・古本系について概略を述べておく。これらの名称については、日本古典文学大系『日本書紀』（岩波書店、一九六七）および中村（一九九一）を襲うものである。

『日本書紀』のうち、特に巻第一と巻第二の神代巻には、一行に大字単行で記される正文に対し、「一書曰」からはじまる、一行について小字双行で記される記述が付される。この一書は正文に連続したかたちで記される。つまり、一書は正文に対する小書注記の形態をとるものであり、この傾向は、巻第三以降にはほとんどみられない。このような書きぶりは、写本のうち現存最古とみられる四天王寺所蔵断簡（以下、四天王寺本）等で確認することができる。そのため、『日本書紀』の古態はこのようなものであったと認められる。

他方、特に卜部家に伝来した写本、たとえば京都国立博物館所蔵本（以下、兼方本）や乾元本等では、一書は一行に対して一段下げの大字単行で記され、さらに一書ごとに改行が行われる。この改編については、『日本書紀神代巻抄』（兼倶本）が、

流通ノ本ニハ、一書ヲ如㆑注ニ細字ニ書之、吾祖兼延曰、此一書ハ天上・地下・海中ノ神之語也、与㆓正文㆒不㆑可㆓優劣㆒也、今家々ノ説録ノ、カワルヤウ也、少シ異トモ終ニハ同也、仏教亦如㆑此、故ニ家本ニハ、一字サ

ゲテ大字ニ書之

として、卜部兼延以来の意図的な改編があったことを語る。この謂いを信じるならば、平安中期以降から改編が行われていたことになる。

これにより、『日本書紀』写本のうち、特に神代巻については、一書を正文に続けて小字双行にするものを古本系、一書を改行して一段下げの大字単行にするものを卜部系と呼ぶことが多い。つまり、『日本書紀』成書当時の書式に近いものが古本系、その後、改編されたものが卜部系である。

翻って、本稿で考察の対象とする玉屋本をみれば、一書は正文に連続する小字双行であるから、古本系とよぶことができるようにも思われる。しかしながら、植田（二〇一六）で確認したとおり、玉屋本を四天王寺本等と同列の「古本」とみなすことは躊躇される。旧稿と重複するところもあるが、行論の都合から、改めてその理由を示す。

玉屋本巻第一は、血縁関係にある為縄本と同様、本文に先立って「神祇部一」の記述をもつ。これは、平安期に編纂された『類聚国史』の部立「巻第一　神祇部一」を反映したものである。『類聚国史』は類書で、巻第三以降は『日本書紀』をはじめとした諸書を項目別に編集する。ただし、巻第一「神祇部一」および巻第二「神祇部二」については、それぞれ『日本書紀』の巻第一と巻第二をそのまま収録する。その一書をみれば、正文に連続する小字双行であって、つまり古本系の特徴を示す。つまり玉屋本巻第一と巻第二は、『日本書紀』を利用した『類聚国史』の一本とみることができる。

このような観点で玉屋本を古本系の一本としてみたとき、以下に示す三つの問題が生じる。

第一の問題は、『類聚国史』に巻第三以降の『日本書紀』がまとまったかたちで収録されていないにもかかわらず、玉屋本には巻第三から巻第十までの本文が存することである。これは、玉屋本が形成される以前の段階において、神代巻とそれ以外の巻とが別の由来をもつことを意味する。古本系・卜部系の区別は主として神代巻についてのものであるから、玉屋本は古本系とみなすこともできるかもしれない。しかし、玉屋本を全体として把握するときには整合性に欠ける。

第二の問題は、現存『類聚国史』と玉屋本とにおいて、本文の異同が著しいことである。これについては玉屋本と同系統にあたる三嶋本の問題として、植田（二〇一六）で詳細を述べた。その概略を示せば、三嶋本・乾元本・『類聚国史』（蓬左文庫所蔵本）を比較したとき、三嶋本と乾元本との本文の類似性が高く、『類聚国史』の本文は他の二本に比して独自性が強いことを示した。さらに三嶋本・乾元本のみならず、他の『日本書紀』写本とを比較しても、『類聚国史』に独自な表記が多くみられた。つまり、三嶋本・乾元本、そして玉屋本を含めた『日本書紀』写本と現存『類聚国史』との間には、径庭が存する。そのため、植田（二〇一六）では、三嶋本の祖本――それは玉屋本の祖本ともいえる――が、現存『類聚国史』に先立つ、より原本に近い『類聚国史』の本文をもつ可能性を指摘したのであった。

翻って玉屋本の観点から第二の問題を考えよう。『日本書紀』のいわゆる古本系とは、卜部系のように一書が改編される以前の「古い」書記形態をもつものをさす。たしかに玉屋本も同様の書記形態をもつものの、それは『類聚国史』の流用であり、しかも現存の『類聚国史』とは異なった本文を多分に含むものであるのだから、これを四天王寺本等の「古本」と同列に扱うことには慎重であるべきであろう。

第三の問題は、のちに詳細をみるように、玉屋本の本文が他の『日本書紀』写本とは、その性質を大きく異にすることである。玉屋本は、『日本書紀』成書以後、その本文が書写の環境に合わせて改編されてきた形跡を色濃く残す。いわば、状況に応じて変化した『日本書紀』である。

このように考えたとき、玉屋本を古本系として扱うことには躊躇される。さらに、後述するように玉屋本は卜部系本とも性質を異にする本文をもつのであるから、玉屋本を考えることは、『日本書紀』をいかに把握するべきか、と問うことにもなる。以上を踏まえて、玉屋本と乾元本とをみくらべることとしたい。

2. 巻第一について（一）

検討にあたり、玉屋本と乾元本との校合を行った。その結果、みえてきたのは、玉屋本の異質さである。すでに巻第一については、植田（二〇一七B）において、玉屋本・三嶋本・為縄本と乾元本を校合し、その性質の差を詳細にみたのであるが、本稿では、巻第二ともあわせて、玉屋本神代巻全体の在りようをみることとする。

玉屋本と乾元本とをみくらべたとき、巻第一・巻第二とも、それぞれ異同総数が一〇〇〇件に近い数値を示すものの、全体について明確な傾向を看取することは困難である。しかし、いくつかの特徴を指摘することはできる。例を示そう。以下、（乾）は乾元本、（玉）は玉屋本を示す。なお、引用中の小書双行箇所は、見やすさを優先して【】で示した。

例一　第五段・一書第二
（乾）臥生土神埴山姫及水神罔象女
（玉）臥之生土神垣山姫及水神罔象女

例二　第五段・正文
（乾）照徹於六合之内
（玉）照徹於六合内

右例一は玉屋本に一字加えられたもの、右例二は逆に玉屋本では一字落ちているものである。つまり、同じ字を二つの写本でみくらべたとき、加えられることもあれば、落ちることもある。このような異同は、『日本書紀』に限らず、多くの写本にみられる現象である。玉屋本と乾元本の異同もまた、多くがこのようなありふれた例で大半が占められるようにみえる。しかし、その全体をみわたせば、テキストの特徴として指摘ができるものがある。

まずは、例一および例二について考えよう。これらはいずれも「之」の有無にかかわる例である。異同の在りようをみると、玉屋本に「之」が加えられた例、また落ちた例について、統一的な傾向は見いだしがたい。たとえば、

例三　第五段・一書第六

（乾）時伊奘諾尊大驚之曰吾不意到於不須也凶目汗穢之国矣

（玉）時伊奘諾尊大驚曰吾不意到於不須也凶目汗穢之国矣

例四　第八段・正文

（乾）素戔嗚尊勅曰若然者汝当以女奉吾耶

（玉）素戔嗚尊勅之曰若然者汝当以女奉吾耶

例五　第六段・正文

（乾）夫誓約之中必当生子

（玉）夫誓約中必当生子

例六　第七段・正文

（乾）復見天照大神当新嘗時則陰放戻於新宮

（玉）復見天照大神当新嘗之時則陰放戻於新宮

右例三および例四はいずれも、「之」が動詞相当の語に下接している例である。また、例五および例六は名詞相当の語（ただし、訓読の際に「新嘗ス」のように、動詞的によむ可能性はある）と名詞相当の語とを接続している。他の例をみわたしても、用法の偏りはみいだしがたい。

にもかかわらず、この「之」は、玉屋本を考える指標となりうる異同である。右例のように乾元本にない字が玉

屋本に加えられた例、乾元本にあった字が玉屋本で落ちた異同は、他にも存する。また、『日本書紀』巻第一における「之」は、文字全体のおよそ三％ほどを占めるものである。これは、「之」が巻第一において最も多く使用されている文字であることを示す。つまり、文字数が多いのであるから異同が発生しやすい、と考えることもできる。しかしながら、玉屋本に「之」が加えられた例は四四件、乾元本から「之」が脱落した例は三五件、さらに乾元本における「此」「是」といった字が玉屋本で「之」に変わった例を加えると、「之」についての異同は八六件となる。巻第一の異同総数はおおよそ一〇〇〇件である。つまり、「之」に関わる異同は全体の八％以上であり、文字の出現頻度を大きく上回る、数値として特徴的なものとみることができる。そのため、たとえば他の巻で「之」についての異同が極端に少ないといったケースを想定すれば、玉屋本全体の性質を測る指標として設定することができる。

その他の異同についても、一定の傾向を指摘しうる例として、「也」と「矣」をみたい。これらについておおよその傾向を述べれば、乾元本に「也」とあるところが、玉屋本では「矣」に置換される、もしくは脱落している。さらに、乾元本にない「矣」が玉屋本に加えられている例もある。

例七　第五段・一書第六

（乾）素戔嗚尊者可以治天下也｜

（玉）素盞烏尊者【可以治天下矣】

例八　第四段・正文

（乾）世人或有双生者象此也｜

（玉）世人或双生象此

例九　第四段・正文

（乾）遇可美少男焉【少男此云烏等孤】

（玉）遇可美少男焉【少男此云烏等孤矣】

数値をみると、例七のように乾元本の「也」が玉屋本で「矣」とされている例が三九件、例八のように乾元本にある「也」の落ちた例が二三件、例九のように玉屋本で「矣」の加えられている例が一七件である。一方、乾元本で「矣」とあるものが玉屋本で「也」とされている例は一件のみ、玉屋本で「矣」の脱落している例は七件、玉屋本で「也」の加えられた例はない。なお、乾元本の「也」の使用数は九〇件ほどであるから、その半数以上が玉屋本では変更されている。つまり玉屋本は、「也」を「矣」に変更する、もしくは「也」を削る傾向、さらに、乾元本にはない「矣」を加える傾向を指摘できる。

3．巻第一について（二）

一字単位で文字に注目したとき、これら「之」「也・矣」以外に、数値として明らかな異同傾向をみることができるものは、みいだしがたい。[注]その他の特徴的な例としては、訓注の脱落を指摘しうる。『日本書紀』巻第一・巻第二は、一書の末尾に多く、訓注をもつ。しかしながら玉屋本では、訓注を脱落させることがある。特に巻第一では、一書の末尾にまとめて置かれた訓注を脱落させる傾向が顕著である。

巻第一の一書において、その末尾に訓注をもつものは、第一段・一書第二～四、第四段・一書第一、第五段・一書第一～三、第七～八、第十～十一、第六段・一書第三、第七段・一書第一～三、第八段一書第一～二、第五～六の、合計一九件である。そのうち、玉屋本において訓注があるのは、第一段・一書第二～四と第六段・一書第三、そして第八段・一書第六の五件である。つまり、一書末尾にある訓注は、玉屋本においてはその大半が脱落している。これに加えて、第四段・第六段・第七段の正文中にある訓注も、いくつかの脱落がみられる。

その一方で、独自の注記が挿入されている点も指摘することができる。巻第一の第八段一書第六の末尾は、訓注

「鵜鶘此云娑娑岐」で終わる。玉屋本ではこのあと、さらに、「橘【此云多知波奈斗知舞矣】檍【此云阿波岐賀波羅斗矣】茅矛【此云保古嫉矣】于矛【此云麻胡都屢幾矣】」と、独自の訓注を付す。また、旧稿（植田・二〇一七A）でも三嶋本の特徴として指摘したが、「亦曰国狭槌立尊皆異説」（第一段・一書第一）や「亦曰豊買尊異説」（第一段・一書第一）等の記述も、注釈的な内容と考えてよいだろう。さらに、

例十　第七段・正文

（乾）故六合之内常闇而不知昼夜之相代于時八十万神会合於天安河辺

（玉）故六合之内常闇而不知昼夜之相代【其間此云年月六年】于時八十万神会合於天安川原辺

例十一　第七段・正文

（乾）然後諸神帰罪過於素戔嗚尊而科之以千座置戸遂促徴矣至使抜髪以贖其罪

（玉）然後諸神帰罪過於素盞烏尊而科之以千座置戸遂政徴矣【一書曰大中臣連等注其罪過此云波羅夷部亦曰祓亦曰解除矣】至使抜髪以贖其罪

などの例は三嶋本を含めた他の『日本書紀』写本にみられず、玉屋本に独自性の強い、注釈的な記述とみることができる。これらは挿入されたことが明白な例であるが、さらに、本文が改編された例もある。

例十二　第五段一書第六

（乾）其於泉津平坂或所謂泉津平坂者不復別有処所但臨死気絶之際是之謂歟

（玉）泉津其黄泉津平坂言死出山或所謂泉津平坂者之不復別処有但師説云臨死気絶之際是謂歟

右例十二は「泉津平坂」について、それが空間としてあるのではなく、死に瀕して息絶える際のことをいうか、と述べるものである。玉屋本でも趣旨は同様ながら、「死出山」であるとする解釈、また「臨死気絶之際是謂歟」を「師説」として示すところに独自性がある。より注釈的な改変といえる。

さらに、植田（二〇一七A）でも三嶋本の特徴として述べたところではあるが、「下枝懸青和幣【和幣此云尼枳帝斗】」（第七段・正文）のように、訓注の末尾に助詞「ト」に相当する語を付す例がある。これらは訓読する語に下接するもので、読み添えが本文化したものとみてよい。

また、乾元本に「是談（モノガタリコト）也」（第八段・一書第六）とあるところを玉屋本が「是物語而（モノガタリシテ）」とする例は、付訓「モノガタリ」によって変更の様相を看取することができる。すなわち、「談」を「モノガタリ」とよむことが理解されたのち、「物語（而）」と変更が行われたのではないか。付訓が文字を変えたのか、あるいは内容の理解によって変更されたのかは見極めがたいが、いずれにせよ、この変更の背後には解釈的行為があったとみてよいだろう。

このようにみると、玉屋本がテキストを改編する際、〈よむこと〉に基づくものがあると指摘できる。この〈よむこと〉は、発音することであり、解釈することでもある。とはいえ、先にみた「之」や「也・矣」の改編を同様の傾向としてただちに理解することは難しい。さらに、訓注を脱落させることについては、むしろ〈よむこと〉からは遠ざかるともいえるため、玉屋本巻第一にみられる改編、あるいは正統な——卜部系本的な——『日本書紀』からの距離は、ひとつの尺度で測ることはできない。そのため、巻第二を検討することによって、玉屋本の在りようをさらにみることにしたい。

4．巻第二について

まずは、巻第一にみた傾向のうち、一字単位の水準での異同を巻第二でも確認することができるのかを検討しよう。

巻第二の文字出現頻度を確認すると、「之」はやはり、おおよそ三%である。これに対して、玉屋本で「之」の加わる例は三六件、落ちる例は二六件である。用法についても、巻第一と同様に、傾向はみいだしがたい。巻第二における異同の総数はおよそ一〇〇〇件であるから、「之」についての異同七二件は、異同全体の六%強であり、巻第一ほどではないにせよ、同様の傾向を示すものとみてよいだろう。

続いて、「也」「矣」についても確認してみる。すなわち、乾元本において「也」とあるところを玉屋本でみたとき、「矣」に置き換えられている例が五二件、「也」の脱落しているものが一〇件である。乾元本の「也」の例は七〇件余りであるため、やはりその大半が置換されている、もしくは脱落している。さらに、玉屋本で加えられた「矣」は一八件である。これらに対し、乾元本の「矣」が玉屋本で「也」に置き換わった例はなく、乾元本の「矣」が脱落した例は五件、玉屋本に「也」の加えられた例はない。

このように、巻第一と巻第二において、一字単位の文字水準での異同をみたとき、「之」と「也・矣」では同様の傾向をみることができる。なお、これら以外にも、巻第一と巻第二とにおいて同一の文字の異同もある。たとえば、「時」がそのような例にあたる。しかしながら、巻第一の文字数にしめる「時」の割合は〇．八%、巻第二では一．一三%であるのに対し、「時」に関する異同は、巻第一では一三件（一．三%）、巻第二でも一二件（一．二%）である。他の文字も同様で、巻第一と巻第二に共通する異同のうち、一字単位での文字水準のものは、先にみた「之」と「矣・也」以外に、特異な傾向を示す例はみられない。

次に、巻第二に特徴的な文字の異同をみてみたい。最も顕著な傾向をみせるのは、「御」の挿入である。これは特に、「皇孫」「天孫」を「皇御孫」「天御孫」とする例に頻出する。

例十三　第九段・一書第二

（乾）時皇孫因立宮殿

（玉）于時皇御孫因立宮殿

例十四　第九段・一書第二

（乾）妾孕天孫之子

（玉）妾孕天御孫之子

玉屋本巻第二の「皇孫」（三八件）また「天孫」（三六件）が、すべて「皇御孫」「天御孫」となるわけではない。しかしながら、「皇御孫」は二一件、「天御孫」も二三件と、それぞれ三分の二程度が変更されていることをみれば、そこに傾向を認めるべきであろう。巻第二における「御」に関する異同は、ほかのものをみても、「天神之子（乾元）」→「天照太神之御孫（玉屋）」（一件）、「天神之孫（乾元）」→「天御孫（玉屋）」（一件）と、天孫・皇孫にたぐいする例が多い。特に注意されるのが「皇孫（乾元）」→「天皇御孫（玉屋）」（五件）、「天孫（乾元）」→「天神御孫（玉屋）」（五件）とするもので、「天孫」と「皇孫」の使用差についての解釈を含んだものとなっている。

これ以外では、「于」の使用頻度が注目される。乾元本では、「于」の使用は一六件であるのに対し、玉屋本ではこれに加えてさらに一七件、合計三三件の使用がある。なお、巻第一では、「于」が玉屋本に加えられた例は二件のみである。

その使用も「于時高皇産霊尊見其矢曰」（第九段・正文）「于時有天岩窟所住神稜威雄走神之子甕速日神」（第九段・正文）と、多くが「于時」のかたちで用いられる。乾元本巻第二の「于」では「于時」の例は七件であるのに対し、玉屋本巻第二ではさらに一五件、合計二二件が「于時」の例である。つまり、玉屋本において加えられた「于」は、大半が「于時」の例であり、「時ニ」とよむべき箇所である。この改変が訓読をもとに行われたのか、あるいはその他の状況、たとえば「于」を加えることでそれ以下の文の独立性を高めたのかは不明である。しかしながら、いずれにせよ「于時」とあることで、文の読解を促す効果のあることは確かである。そう考えると、この改変もまた、〈よむこと〉を指向するものとみてよいのではないか。

続いて、巻第一にみられた、訓注の脱落および付加について確認する。巻第二でも、第九段一書第一・第二・第五・第六、第十段一書第一・第三・第四の末尾に訓注がおかれる。しかしながら、玉屋本巻第二では、これらを脱落させない。一方、第十一段一書第四の末尾、すなわち巻第二全体の末尾には、「予【此云我輔羅于】弔【此云耶訪図介礼】弔民【此云多旀於都輔羅】」と、独自の訓注を付しており、巻第一と同様である。

そのほかにも、

例十五　玉屋本　第十段・正文

台宇玲瓏【玲瓏此云常世宮装束宝冠殊妙玉玉楼閣宮殿七重垣】門所有一井【五智智水】井上有一湯津杜樹【薬樹王木】枝葉扶疏【七重玉籬】

のように、本文中にも独自の注記を挿入する点は、巻第一に共通している。

その他の特徴としては、植田（二〇一七A）において三嶋本の特徴として指摘したものであるが、瓊瓊杵尊と火火出見尊の宝算記事がある。すなわち、

例十六　玉屋本　第九段・正文

久之四十一万八千五百四十歳天津彦彦火瓊瓊杵尊崩之

例十七　玉屋本　第十段・正文

後久彦火火出見尊崩葬日向高屋山上陵矣治天下六十三万七千八百九十二歳矣

とするものである。それぞれの数値は三嶋本に同じである。詳細は植田（二〇一七A）に述べたとおりであるが、『日本書紀』に端を発する言説が、『日本書紀』そのものに回帰した現象とみてよい。その意味で、玉屋本の特質を浮き彫りにするものであるといえる。

以上をまとめると、巻第二には、巻第一と傾向を同じくする異同、また巻第二に独自な異同がある。巻第二に特徴的な異同は、『日本書紀』について〈よむこと〉を目指すものであったり、また『日本書紀』外の注釈的記述を

環流させたものであった。

おわりに

以上、玉屋本と乾元本とにおける神代巻の校合を行い、その異同をもとに玉屋本の独自性を論じてきた。冒頭に述べたとおり、玉屋本の神代巻の一書は小字双行で記されており、これは古本系の特徴に一致する。しかしながら、玉屋本の在りようはおよそ「古本」とは評しがたいものであった。旧稿（植田・二〇一六）でも述べたとおり、玉屋本が古本としての姿をみせるのは、『日本書紀』としてよりは、むしろ『類聚国史』としてである。従来の研究において『日本書紀』そのものを対象として据えるとき、その中心にあるのは、乾元本であれ兼方本であれ寛永版本であれ、多く卜部系本であるのは事実であろう。一方、卜部系本に属さないものは、いわば添え物としての扱いをうける。玉屋本のように、七二〇年の『日本書紀』から隔たった姿をもつ写本であれば、その傾向はなおさらである。

しかしながら、卜部系本の『日本書紀』ですら平安期以降に古本からの逸脱をしたように、『日本書紀』は一三〇〇年の間、常にひとつの姿であったのではない。さらにいえば、付訓も含めて『日本書紀』であったのではないか。『日本書紀』は書写・刊行と享受のなかで、そのときどきの要請にこたえた姿を常にみせてきた。玉屋本には、そのような時代の要請の痕跡が色濃く残っている。そしてその痕跡は、〈よむこと〉の性質を強く示すものであった。

玉屋本の独自性は、乾元本にみられるような、正統／正当な『日本書紀』からの逸脱ともみられるものである。にもかかわらず、玉屋本は『日本書紀』としての同一性を保持する。そう考えると、玉屋本は集合としての『日本書紀』の外縁に位置するものといえるのかもしれない。本稿が目指したのは、『日本書紀』はどこまでが『日本書紀』たりうるのか、という問いに対する答えでもあった。

注　スサノヲの表記が、諸本では多く「素戔嗚」とあるところを、玉屋本ではほぼすべて「素盞烏」（三嶋本では「索盞烏」）とすることについては、植田（二〇一七A）で検討したため、ここでは繰り返さない。

参考文献

植田　麦（二〇一六）「三嶋本『日本書紀』と『類聚国史』」（『文学史研究』56、二〇一六年三月）
植田　麦（二〇一七A）「三嶋本『日本書紀』と具書について」（『論集上代文学』38、二〇一七年九月、笠間書院）
植田　麦（二〇一七B）「非卜部系統『日本書紀』写本群について—為縄本・玉屋本・三嶋本—」（『実践国文学』92、二〇一七年一〇月）
中村啓信（一九八二）「三嶋本日本書紀　解説」（一九八二年九月、三嶋本日本書紀影印刊行委員会）
中村啓信（一九九一）「『日本書紀』の諸本」（『日本書紀』のすべて』一九九一年七月、新人物往来社）

付記　本稿は科学研究費補助金（一六K一六七六九）の助成をうけたものである。

宣命の表記と読み上げ

根来麻子

はじめに

宣命[1]は、天皇の命令を臣下らに伝達する手段のひとつで、文中に「諸聞食止宣」（続日本紀宣命第一詔）のような定型句が繰り返されるように、「聞かせる」ことを前提として述作される点に特徴がある。[2]

宣命の文章は、中務省において起草され、所定の手続きを経て宣布される。[3]その文面は、主として助詞助動詞などの付属語が仮名で小書される、いわゆる「宣命書き」[4]である。残念ながら、実際に宣読に際して用いられた宣命の文面が、現在『続日本紀』に所収されるような宣命書きの形で書かれていたことを実証する資料は残されていない。ただ、藤原宮出土木簡[5]には、小書ではないが宣命らしき文面が見える。また、正倉院文書に残される宣命の草稿（または控え）[6]はいわゆる宣命書きで書かれていることから、宣命述作に際して択られた表記法であったとひとまず考えてよい。

宣命が宣命書きされることの目的については、次のような指摘がある（傍線筆者）。

まず宣長の『続紀歴朝詔詞解』では、

そもく〳〵これらのみは、漢文にはしるさで、然語のまゝにしるしける故は、（中略）宣命も、百官天下公民に、宣聞しむる物にしあれば、神又人の聞て、心にしめて感くべく、其詞に文をなして、美麗く作れるものにして、一もじも、讀みたがへては有べからざるが故に、尋常の事のごとく、漢文ざまには書がたければ也。

とあり、「然語のまゝにしるしける故」として、「讀みたがへ」を防ぐために「漢文ざま」には書けなかったからだ、と述べられている。この宣長の説を承けて、小谷博泰氏は、「もともと、宣命体の表記形式は、宣長の説のように、読みあげる際につまづいたり読みそこなったりしないために、その読みを万葉仮名によって助ける、ということが第一の原因で生まれたものである」「宣命体表記の文書は、文章そのものが和文であり、当然、口読されるべく書かれたものである」とし、読み上げに適した日本語を書くための「表記形式」として成立したと理解する。(7)

新日本古典文学大系『続日本紀　二』における宣命の解説（稲岡耕二氏）でも、

もちろん、古代の言葉や心を表わすのに宣命書きが求められたと言えるが、内容つまり天皇の宣布する大命であるということも、緻密な表記を必要とした理由に数えられよう。それに、宣命の宣読の仕方も重視されるに違いない。どのような読み方であったか詳しいことは明らかでないが、本朝書籍目録に「宣命譜一巻」の記載が見え、一定の節で読まれたことを推測させる。そうした特殊な宣読法があったとすれば、細部を明記する表記がそれに対応して求められるのも当然だろう。

とされ、漢文では表せない日本語の細部を表すための書き方であるとする。

さらに、沖森卓也氏は、

和文の詔勅が出来するのは持統朝以後ではないかと考えられる。こうした中で、天皇が臣下・公民に対して「宣る」という、話し言葉をそのまま文書に書き記すことが行われるようになるのである。そして、宣命の漢字文が読み誤られることのないように、表記法を工夫する必要性があった。すなわち、詔書式という文書の形式が意識的に整理され運用されるところに、「宣命」における宣命体の使用が推測される。

と述べ、漢文体の詔勅類に対して、和文の詔勅を書き表すための表記であると理解する。また、「宣命小書体」について、「日本語の語音のまま表記しようする方向を強く目指した、その時代にむしろ即応した表記体であったと言えよう」とする[8]。

このように、宣命が宣命書きされる目的としては、概ね、読み誤りや読みそこないを防ぐこと、および、それに伴って日本語の細部を書き表すことに焦点が当てられているとみてよい。

一方、北川和秀氏が「宣命を宣読する際には、読み誤ったり、つかえたりしないことが当然要求された筈である」とした上で、大字・小字の書き分けの観点から、

> 正訓字を大字表記し、字音仮名を小字表記すれば、表意的用法の漢字と表音的用法の漢字との別が一目瞭然となる。つまり、個々の漢字を訓で読むべきか音で読むべきかを瞬時に判断することができる。
>
> また、字音仮名表記の助詞助動詞を小字で表記することは、結果的に、文節単位の分かち書きをしたのと同様の視覚的効果をもたらすことになる。

と指摘し[9]、また、北川氏の論を承けて奥田俊博氏が、

> 語尾の仮名をも含めて仮名の機能を考えてみるならば、それは、小字であることと相俟って、文の構成を視覚的に明示する志向に基づくものとして捉え直すことが可能である。

と指摘するように[10]、宣命における宣命書き（小書仮名部分）の効果について、文の構造の明示という点に注目する論がある[11]。もちろん、文の構造・構成を視覚的に明確にすることも、結果的に、「読み誤り」の防止に役立つと思われる。ただし、文の構造・構成を視覚的に明確にすることと、書かれたことばの語形を明示することとは、当然ながら同一ではない。そうすると、宣命が宣命書きされる理由として「読み誤りを防ぐため」と言われることの内

実―つまり、「読み誤り」とは何か、「読み誤りを防ぐ」とは何を防ぐことなのか、といったところから、もう少し整理し直す必要があるように思われるのである。

　訓字表記と仮名表記とを交える宣命書きは、日本語の語形を正確に明示するという意味では、決して十分に機能するものではない。宣命書きで書かれた宣命を宣読しようとするとき、少なくとも訓字部分については、その文字列を「訓読する」必要がある。また、後述するように宣命には、小書部分が極端に少なく、ほぼ正格漢文で書かれた部分や、小書を交えていても、漢文的な倒置方式になっている部分も多々みられる。その上、宣命の多くは、書き手（起草者）と読み手（宣読者）が異なる。宣命の起草を担当するのは中務省内記（六位～八位相当）である。起草された文面は、天皇の「御画日」（日付の記入）を受けた上で保存し、別に一通を写して中務卿・大輔・小輔が署名して太政官に送られ、施行のための手続きを経て、人々に伝達された。『続日本紀』の記載によれば、宣読を行うのは中務卿・太政官・参議などである。[12]『貞観儀式』等に記される儀式の行程では、その場で宣読者に宣命文が授けられており、宣読者が事前に文面を熟読したり、宣読を予行したりする機会があったかは、少なくとも疑問である。

　そのため、書き手（起草者）の意図したことばを、読み手（宣読者）が一字一句違えず読み上げられたのかと考える時、仮に、テキスト上に決定している訓みを正しく読み上げるという目的に即して表記法が選ばれているとすれば、「宣命書き」は、そこに書かれたことばおよび文の正確な復元を担保しうるものであるとは言い難いように思われる。[13]

　そうすると、「読み誤る」「読みそこなう」と言ったときに、何が「読み間違っていない正しい読み」だと想定すべきなのだろうか。先行研究に述べられる「読み誤」りの防止が、「一字一句間違えずに」という意味で言われているのか、あるいはまた、「伝達すべき内容を間違えずに」という意味で言われているのかは判然としない部分もあるが、仮に、書き手（起草者）の想定したことば（文）への正確な還元が「正しい読み」であるとするなら、宣命書き（訓字仮名混じり）で書かれた時点でそれは果たされないはずであるし、そのような「正しい読み」が既存すると想定すること自体が妥当なのかという疑問も生じる。

「読み上げ」という目的に対して、宣命書きという表記法が選択されたのはなぜなのか。そしてその一方で、正格漢文で書かれる部分を併せ持つのはなぜなのか。宣命の種々の表記と読み上げとの間には、どのような関係性を見いだせばよいのか。

本稿では、以上のような問題意識から、上代における読み上げの実態を踏まえた上で、宣命の表記の位置づけについて、若干の考察を加えたい。

1、読み上げと表記との関係

日本語として「読み上げる」とは、当然のことながら、耳で聞いて理解できる日本語文―以下、「日本語文」とは「日本語の統語規則に従った文」という意味で用いる―を口頭で構築することである。読み上げの元となる文章の表記には、漢文から一字一音式の仮名書きまで様々にあり得るが、いずれにしても、それらを読み上げた際に現出する日本語文は、文字列に対する「読み手の読解の結果」を示すものと言ってよい。

もちろん、読み上げた際に現出する日本語文の中には、話し言葉・書き言葉・漢文訓読語・漢語など、様々な語があり得たであろうし、それらが混淆する場合もあるであろう。しかし、個々の言葉がどうあれ、日本語文として出力する以上、日本語の統語規則だけは揺らぐことがなかったはずである。「私は本を読まない」という文を、「私は　ない　読む　本を」とは決して言わないのであり、元の表記がどうあれ―「私不読本」でも「私本読不」でも―、それは変わることがない。

1―1、一字一音式表記と読み上げ

一字一音式の表記で書かれた文からは、「読み手の読解の結果」としての日本語文を出力しうるとともに、書き手によって文字に写された「ことばのかたち」を復元することが可能である。『万葉集』に収められる歌と同じ歌句の一部が書かれた木簡が相次いで出土したことによって、歌の表記が、場によって異なっていたことが明らかになった。紫香楽宮跡から出土した「あさかやま」木簡を初めとして、一字一音式で書かれた木簡の発見は、木簡の表記と『万葉集』の表記（訓字仮名交じり）との間に、編纂過程による表記の書き改めを認めることとなった[14]。一字一音式の書き方は、詠われた歌句の語形を忠実に書き留めるため、もしくは、口頭で歌うために歌句の「ことば」を明示したものと考えてよい。いわゆる歌木簡[15]に書かれる歌が一字一音式であることも、儀式における「読み上げ」に資する表記法であることを示していよう。

散文の仮名書き資料が極端に少ないことは周知の通りである。正倉院に残された二通の仮名文書および、二条大路木簡の割書部分「和岐弖麻宇須多加牟奈波阿□（利）／止毛々多□（无）比止奈□（志）止麻宇須」（別きて申す、箇は有りとも、持たむ人なしと申す）が、文章を書いたと認められる数少ない例である。これは、割書部分の前に「進上　以子五十束　伊知比古一□」とあり、稲と苺の進上に付したものであると考えられる。正倉院仮名文書がなぜ一字一音で書かれたかは判然としない[16]が、二条大路木簡の当該割書部分については犬飼隆氏が、「本文に付け加える口上を書いたように見える」とされる[17]。そうであるならば、少なくとも当該木簡における散文の仮名書きは、歌の読み上げと同一の目的によって一字一音式で書かれたとみてよいであろう。口に出して言うべき日本語文を明記する必要があったとみられる。木簡の持参者は、木簡に書かれた内容に補足すべきことを、この仮名書き文を元に読み上げ、口頭で伝達したのであろう。

1―2、漢文と読み上げ

一方、基本的に漢文で書かれる公文書や行政文書類も、「読み上げ」られることがしばしばあったらしいことが知られる[18]。漢文で書かれた文章を日本語文として読み上げることは、古代の知識人にとって、そこまで困難を伴うことではなかったのではないかと考えられる。それは、文書の読み上げにかかわる次のような資料から推測される。

まず挙げられるのは、『令義解』「職員令」に神祇官大史や太政官大外記の職掌としてみえる、「読申公文」である。

大史一人。掌、受レ事上抄。勘二署文案一、検二出稽失一、読二申公文一。余主典準レ此。（神祇官）

大外記二人。掌、勘二詔奏一及読二申公文一、勘二署文案一、検二出稽失一。（太政官）

これらの記述は、漢文で綴られる公文書が読み上げられたことを示唆する[19]。また、その読み上げの具体的な様相がうかがえるものとして、次の資料が参照される。

凡上書若奏事而誤、笞五十。口誤、減二等。口誤不レ失レ事者、勿レ論。〈上書、謂二書奏特達一。奏事、謂二面陳一。有レ誤者、笞五十。若口誤、減二等、併笞卅。若口奏雖レ誤、事意無レ失者不レ坐〉（職制律第三）

これは、職制律に記される上書・奏事にかかわる罰則を述べた箇所である。奏事も「一般には文書を伴う[20]」というが、それらの書面に内容的な誤りがあった場合に罰せられると同時に、「口誤」があっても減二等の罰則が科せられるという。この「口誤」という記述から、天皇に対して文書を奏る際は、同時にその内容を口頭で伝達していたことがうかがえる。天皇への奏上文は、基本的に漢文で書かれたと思しい[21]。その漢文で書かれた文章の内容を、伝達者は、日本語文へと置き換え、口頭で伝達していたことになる。口頭で伝達されたものがどのような文章であったのかは知る術がないが、興味深いのは、本文注に「口誤不失事者、勿論」、疏に「若口奏雖誤、事意無失者不坐」（共に傍線部、〈　〉は割書）とあることである。つまり、口頭で奏上する際、もし言い誤ったとしても、奏上すべき内容が十分に伝わっていれば問題としない・罰しない、というのである。「誤」がどのようなことを指しているのか判然としないものの、少なくとも上書・奏事においては、漢文の文章から書かれている内容を読み取り伝達することが主目的であり、その漢文の文章自体を逐語的に訓読したりすることは求められていないと推測される。

書かれたことばと語られることばとの関係を示す資料としては、次のものが注目される。

> 左大臣正二位長屋王等言、「伏見㆓二月四日勅㆒、『藤原夫人天下皆称㆓大夫人㆒』者。臣等謹検㆓公式令㆒、云㆓皇太夫人㆒。欲㆑依㆓勅号㆒、応㆑失㆓皇字㆒。欲㆑須㆓令文㆒、恐㆑作㆓違勅㆒。不㆑知㆑所㆑定。伏聴㆓進止㆒。」詔曰、「宜㆘文則皇太夫人、語則大御祖。追㆓収先勅㆒。頒㆗下後号㆖。」
>
> （『続日本紀』巻九・神亀元年三月二十二日）

聖武天皇の母である藤原宮子の呼称について、長屋王らが進言したものである。先に発布された勅では「大夫人」と呼称せよとあったが、令の規定では「皇太夫人」とある。勅に依って呼称すれば令の規定から外れることになり、令の規定に従って呼称すれば、勅に背くことになる。どうすればよいか、と天皇の判断を仰ぐ内容である。

注目されるのは、この進言を承けて出された詔において、文として書く時は「皇太夫人」とし、口に出して語る際は「大御祖（おほみおや）」とせよ、と命ぜられていることである（「大御祖」は訓字表記だが、「オホミオヤ」という日本語を書記したものとみてよい）。この例では、「皇太夫人」を〝訓読したもの〟が「大御祖」というわけではなく、文字で書く際のことば（漢語）としての「皇太夫人」と、語る際のことば（日本語）としての「大御祖（おほみおや）」があり、それらが併存している状況がうかがえる。書かれた文字列を読み上げるという営みは、両者を引き当てることであったとみてよい。

このような資料をみると、文書の読み上げとは、漢文で書かれた文章を逐語的に訓読して日本語に変換していくという作業ではなく、ある漢語と日本語とを引き合わせる、もっといえば、ある漢文のフレーズに、意味内容を同じくする日本語文のフレーズを引き当てる、といった営みだったのではないか。つまり、現代で言うところの翻訳に近い感覚だったのではないかと考えられる。このように、漢文を元に読み上げられた結果として出力される日本語文は、読み手がその漢文をどのように読解したかを示すものであったとみてよい。

1―3、『令集解』所引「古記」における宣命書き

では次に、こうした読解の結果として出力される（漢文を元に読み上げられる）日本語・日本語文を書くための表記法として、宣命書きが用いられる例をみてみたい。

『令集解』所収「古記」には、漢文で書かれた令文に対する「訓」「訓方」「訓旨」がしばしば示されている。「古記」は問答形式であり、口頭で交わされた問答が筆録されたものと考えられる[22]ため、この場合の「訓」「訓方」「訓旨」とは、漢語・漢文に対応する日本語・日本語文を示したものであると考えられる。たとえば、公式令奏弾式の注釈として引用される「古記」には、「奏弾式条、未知訓方」と問いがあり、それに対する答えとして「多多志麻乎須」とある。ここでは、「奏弾」という漢語の「訓方」が「ただしまをす」という日本語である、と注している。また、後宮職員令の注釈にみえる「古記」には、「訓」ではないが「端正、俗語賀富好也」とあり、「端正」という漢語の意味を表す「賀富（顔）好（よし）」という日本語文が示されている。

「古記」の記述はもちろん、令文を読み上げるためのもの、あるいは読み上げたものではないが、漢語・漢文に対応する、日本語・日本語文を示して説明している点は注意できよう。

それら古記の注釈の中で、宣命書きで書かれるものがある。ひとつは、公式令論奏式に対する記述である[23]。

> 太政官謹奏其事
> （中略。太政官・左大臣・右大臣・大納言等の氏名）
> 等言云々、謹以申聞謹奏。

古記云、「問、『謹以申聞謹奏、未知訓旨。』答、『恐恐毛申給〈止〉申〈止〉申耳。今奏状申給〈止〉申耳。』」（『令集解』）

「謹以申聞謹奏」という書き留めの文言について、「未知訓旨」と問う。「訓旨」とは「日本語としての意味」というような意味であろうか。その問いへの答えとして、「恐恐毛申給〈止〉申〈止〉申耳。今奏状申給〈止〉申耳。」と宣命書きで記される。これは、たとえば中臣寿詞に「恐美恐〈美毛〉申給〈波久止〉申」とあるような、奏上文末尾の定型句である。古記では、「謹以申聞謹奏」という漢文全体が表す意味を問われ、「恐恐毛申給〈止〉申」と言い換えて説明している。これは、論奏式の条文を訓読しているわけではなく、相当する意味を表す日本語文によって説明したものである。そして、それを文字化する際の表記法として選ばれているのが、宣命書きということになる。

また、「訓」「訓旨」とは明記されないが、次のような例もある。

右凡是追徴科造。

古記云、「問、『追徴。』答、『追者、謂㆑喚㆓在外人㆒也。徴者、謂仮。由㆓国司欠㆓負官物㆒、仍言㆓上太政官㆒、徴上符下〈乎云〉。科造、謂仮有。其国〈尓〉其物作〈止〉符遣〈乎云〉。』」（『令集解』公式令　計会式）

ここでは、「科造」の意味が、「其国〈尓〉其物作〈止〉符遣〈乎云〉」（その国にその物を作れと符し遣るを云ふ）と宣命書きによる日本語文によって説明されている。

漢文で書かれた文章を日本語文として読み上げるという営みを、「読み手による読解結果の出力」と解釈するならば、右に挙げた例は、およそ「読み上げ」と相似する構造を持っているのではないか。ある漢語・漢文を日本語・日本語文に変換しようとするとき、逐字的に訓読する方法よりも、書かれた内容に相当するフレーズに置き換えるという方法が、古代官人らには修得されていたのではないかと思われる。[24] そして、それを表現しようとする際に、宣命書きが用いられている点は注意して良い。古記における宣命書きは、漢文で書かれた令文の内容を、日本語文によって説明する際の表記法として用いられているのである。

2、宣命の読み上げと宣命書き

2—1、日本語文としての宣命

以上のように、日本語文と、その表記法としての宣命書きという結びつきがあることをふまえた上で、続紀宣命の表記の在り方に目を向けたい。

宣命の構成や内容は、多くの部分を漢籍詔勅類[25]に基づいていることが知られる。粂川定一氏、松本雅明氏、小谷博泰氏らによって論じられているように[26]、宣命述作において、漢籍詔勅類が直接参照されたことは、ほぼ間違いないといってよい。ただし、漢籍詔勅類に倣って述作されてはいるが、それらの単純な引き写しによって成り立っているわけではなく、「少なからぬ意訳的傾向が見られる[27]」ことが知られる。たとえば光仁天皇即位宣命には、「此食国天下之業〈乎〉拙劣朕〈尓〉被賜而」（四十八詔。訓は北川校本による）という一節があるが、これは漢籍詔勅類にみえる「朕以寡徳、奉承洪緒」（『晋書』巻六・帝紀）などのような定型表現に拠ったものである。「朕以寡徳」に相当するのは「拙劣朕」、「洪緒」に相当するのは「食国天下之業」、「奉承」に相当するのが「被賜」である。「徳のない私が皇位を受け継いだ」という、定型表現の内容に相当する文が、日本語の語順で再構築されていることが分かる。このように、参照した漢籍詔勅類の内容を咀嚼し、それらの用語（漢語）や文法構造（漢文）からは一歩離れて、日本語の統語規則に従った文を再構築しようとするのが、宣命の基本的な述作態度である。そして、それゆえに、書き手（起草者）の頭の中にはある程度、日本語の統語規則に基づいた「文」が構築されていたと考えるべきなのではないかと思われる。

このことは、漢籍の引用方法からも裏付けられる。宣命中にはしばしば漢籍に典故を持つ文章が引用されるが、[28]それは漢文でなく訓読文で書かれる。たとえば、称徳天皇が臣下に下した宣命の一部には「千字文」の一節である「知過必改、得能莫忘」が引用されているが、それは原文そのまま（漢文のまま）ではなく、「過乎知天方必改与、能乎得天方莫忘（止伊布）」（四十五詔）という宣命書きで書かれている。漢文である原文の語句には忠実に、しかし語順を変え、「を」「ては」「よ」「と」などの助詞を加えて、「訓読」されていることが分かる。また、五十九詔には「曾毛曾毛百足之虫〈乃〉至死不顚事〈波〉輔〈乎〉多〈美止奈毛〉聞食」とあるが、ここは、「百足之蟲、至死不僵、扶之者衆也」（『文選』巻第五十二、曹元首「六代論」）をふまえていることが指摘されている。細部の表記は若干異なるものの、ここも、原漢文そのままではなく、訓読文によって引用されているといえる。春日政治氏は、これらの例について、「當時の漢文訓讀の形の片鱗は見ることが出來る」「漢文の典據を學者の口誦によつて記したものであらうから、漢文訓讀に近いと見てよいであらう」としている。[29]他にも、出典は明らかになっていないが、「賢人云〈天〉在〈久〉、『體〈方〉灰〈止〉共〈尓〉地〈仁〉埋〈利奴礼止〉名〈波〉烟〈止〉共〈尓〉天〈尓〉昇』〈止〉云〈利〉。」（四十五詔）のように、先行する漢籍から引用したらしいことが分かる部分があるが、ここもまた、訓読文のかたちで引用されている。

なお、これらの用例における小書のあり方は、漢文に対する訓点記入方式とは一線を画するものである。春日政治氏が、宣命書きと平安時代のいわゆる片仮名宣命書きとは成立基盤が異なると考えるように、[30]漢文に、適宜訓点を「補入」していくという在り方（仮に『千字文』の一節でいえば、「知〈天方〉過〈乎〉必改〈与〉、得〈天方〉能〈乎〉莫忘」のように）ではなく、日本語の語順に従って整えられていることが特徴的である。こういった漢籍の引用の仕方は、訓読文（＝日本語の文法規則に従って構築された文）の存在に支えられているとみてよい。

さらに、次のような例からも補強し得る。

・不知〈尓〉（知らに）（二十四詔）
・授不給〈奴〉（授け給はぬ）（四十五詔）

すでに小谷氏の指摘[31]があるように、否定を表す場合に倒置方式で「不〇」と書くが、さらに続けて、否定の助動詞「に」や「ぬ」を仮名で小書するものがある。否定を表す漢文助字「不」と、否定を表す日本語「に」（「尓」）「ぬ」（「奴」）とが、重複して表記されているのである。漢文としては「不」を動詞の上に置くという認識に基づきつつも、その背後には「知らに」「給はぬ」という日本語が想起されていたために、このような重複した書き方が現出しているのだと考えられる。また、訓点記入では「てにをは」は動詞を表す漢字の右下に置かれるが、宣命ではそうではなく、「置表〈弖〉」（表を置きて）のように、目的語の後に置かれる。つまり、漢文に対する日本語要素の補入（訓点記入）の結果として宣命書きがあるというよりは、倒置方式を含みつつ、当初から日本語文として書こうとして組み立てられたものであると考えられる。その意味で、宣命は、日本語文としてのひとつの「文体」を認めうる資料であり、「倭文体[32]」に属するものといえる。みてきたように、宣命には、文字列の背後に潜在的な日本語文の存在が想定しうる。それはもとより話し言葉とは異なるものであり、「訓読的思惟[33]」を介して成立した文体であると考えられる。訓読語・訓読文によって文章が構築され、一部に倒置方式を含みつつ、基本的に日本語の語順に沿って漢字を配列したものが、宣命の文章であると把捉できる。

このように、宣命は、日本語文として書こうとしたものであると考えてよい。漢籍詔勅類の翻訳を基盤に述作され、それが宣命書きという表記法によって文字化されている点において、その仕組みは、先述した古記の在りようと相似するといえる。

さて、このように、宣命の書き手（起草者）が構築する日本語文（以下、文Xとする）があり、その文が、宣命書きという表記法によって文字に定着されたのだとすると、その文Xが、ひとまず読み上げに際して規範とすべき「正しいヨミ」[34]ということになろうか。読み手は、宣命書きで書かれた文字列から、書き手（起草者）の想定した文Xを復元しようとする（＝読み上げる）ことになる。しかし、ここで注意したいのは、文Xの復元が果たして可能なのか、という点である。亀井孝氏が「古事記はよめるか」と問うた議論は、漢字の表語用法による表記の特性として、「よめる」けれど「ヨメない」とするものであった[35]が、日本語の語形を記すものとされる宣命書きにおいても、訓字が用いられる限りにおいて、同様の議論が必要である。

2―2、宣命を「ヨム」こと

書き手（起草者）が宣命を述作する際に想定したことばや文を、書かれた文字列から、読み手（宣読者）が一字一句正確に復元し得るとするなら、書き手（起草者）が訓字によって書いた文字列に対しては、固定訓が存在したと考えるしかない。つまり、「緩怠」という文字列を例に取ると、たとえば『続日本紀宣命―校本・総索引』では「ユルヒオコタル」と訓読されているが、「緩怠」という漢字の並びは「ユルヒオコタル」という日本語と強固な結びつきを持っており、「緩怠」と書かれればすなわちそれは「ユルヒオコタル」と訓むべきだという判断を読み手が行える―、そういった共通理解の存在を想定することになる。

しかし、漢字と日本語訓との結びつきが、古代においてそれほど強固なものではなく、臨時的・非固定的であることは、諸氏によってすでに示されている見解である[36]。

滋賀県北大津遺跡出土木簡は、たしかに「賛〈田須久〉」というように、漢字と日本語との結びつきを示すが、それはある典籍を訓読した際のものと考えられ（「誈〈阿佐ム加ム移母〉」のように、ある特定の文脈に即して訓読されている）、一回的なものである。ある文字に対して固定された訓があったことを示すわけではない。

乾善彦氏は、文書として書かれたものをよむ過程として、たとえば「辛苦」と書かれたものをよむ際に「くるし」「つらくるし」「シンク」という選択肢があり得ることを示した上で、「どれが選択されるかは、書き手と読み手のそれぞれの語彙環境（教養あるいは位相）による」と述べる。[37] 訓字で書かれた文字列をよむにあたっては、唯一の訓読（ヨミ）とは結びつけられないといえる。もちろん、「春」―「はる」、「花」―「はな」など、文字と訓との結びつきが強固な場合も想定できる。ただ、二字以上の熟語になった場合―先述した例の「緩怠」なら、「緩」と「怠」一文字ずつに訓を充て、「ユルヒ／オコタル」とすることも想定できるし、一方では「緩怠」に「ユルフ」と一訓を充てることも想定できる。または「カンタイ」と字音でよむ選択肢もあり得るわけで、読み手が書き手（起草者）の想定した「ことば」に迷いなく辿り着くまでには、様々な可能性を想定した上での取捨選択が必要である。

和歌であれば、訓字であっても音数律からある程度語形を限定することができる。[38] しかし、宣命には、音数律による限定が加わらない。よって、宣命書きで書かれた文章を見て、読み手（宣読者）が声に出して読み上げようとするとき、特に訓字表記部分において、書き手（起草者）が想定したことばあるいは文を、全くそのまま復元することが無条件に可能であったとは考えにくいのではないか。ならば、宣命が口頭での宣布を目的としたものであるとはいえ、少なくともその表記のあり方からみれば、起草の際に書き手の脳裏に想定されたことばあるいは文への還元は、書き手（起草者）と読み手（宣読者）が同一でない限り（あるいは同一であったとしても）、限りなく難しいと言わざるを得ない。

このことを考える手がかりとして、部分的に漢文的措辞を持つ四十九詔と五十九詔を見てみたい。

［四十九詔］

現神大八洲所知倭根子天皇詔旨〈止〉宣詔旨〈乎〉親王王臣百官人等天下公民衆聞食宣。朕以劣弱身、承鴻業

〈弖〉恐〈利〉畏進〈毛〉不知〈尓〉退〈毛〉不知〈尓〉所念〈波〉貴〈久〉慶〈伎〉御命自独〈能味夜〉受給〈武止〉所念〈弖奈毛〉法〈能麻尓麻尓〉追皇掛恐御春日宮皇子奉称天皇。又兄弟姉妹諸王子等悉作親王〈弖〉冠位上給治給。又以井上内親王定皇后〈止〉宣天皇御命衆聞食宣。

四十九詔は、光仁天皇の父・志貴皇子への追号宣命である。文章全体に宣命書きが及んでいるが、漢語や、漢籍詔勅類に近い文の混じる点が注意される。傍線部にみえる「朕以劣弱身、承鴻業〈弖〉」は、「朕以不徳、統奉鴻業」(『後漢書』巻六、順帝本紀)・「朕以寡徳、纘承鴻業」(『旧唐書』巻十九、懿宗本紀)のような即位詔の常套句と、文字列上は非常に近い。

[五十九詔]

天皇〈我〉御命〈良麻等〉詔大命〈乎〉親王等王等臣等百官〈乃〉人等天下公民衆聞食〈止〉宣。朕以寡薄宝位〈乎〉受賜〈弖〉年久重〈奴〉。而〈尓〉嘉政頻闕〈弖〉天下不得治成。加以元来風病〈尓〉苦〈都〉身体不安復年〈毛〉弥高成〈尓弖〉余命不幾。(後略)

これは光仁天皇譲位宣命である。「朕以寡薄宝位〈乎〉受賜〈弖〉」「嘉政頻闕」「風病」「身体不安」「余命不幾」など、漢文的措辞が用いられている。特に「朕以寡薄宝位〈乎〉受賜〈弖〉」は、「受賜」こそ日本語的な表記だが、「寡薄」「宝位」は、漢籍詔勅類に頻出する表現であり(「朕以寡薄」(『宋書』巻三・武帝本紀)・「朕恭臨宝位」(『旧唐書』巻八・玄宗本紀)など)、そういった詔勅類の表現を利用して述作していることは間違いない。

こういった部分は、どのような意識で書かれ、また、どのような日本語文として読み上げられていたのだろうか。「朕以劣弱身、承鴻業〈弖〉」や「朕以寡薄宝位〈乎〉受賜〈弖〉」と書いた書き手(起草者)の脳裏には、「徳が薄いにもかかわらず天皇の位を受けた」という、**書くべき内容**がまず浮かんでいたことであろう。そして同時に、その内容を表す文Xが想起されていたはずである。それをどう書くかという段階において、右のような漢文的措辞が用いられ（参照した漢文詔勅がまず浮かんだのかもしれない）、結果的に漢文のように見える文字列が並ぶこととなったと考えられる。

ただ、書き手（起草者）がどのような思考プロセスを経て書き記したにせよ、結果的に書かれたこの文字列からは、読み手（宣読者）が書き手（起草者）の想定したことばや文を、違えず復元することがどれほど可能であったか。漢文の語順に沿って書かれ、小書による日本語要素の明示も少ない当該部分は、その文字列を「訓読する」、もしくは、その文字列から書かれてある内容を汲み取り、日本語文として翻訳することでしか、読み上げ得ないのではないか。

こういった書き方をみると、たとえ「朕以劣弱身、承鴻業〈弖〉」と「弖」の小書が施されているからといって、「読み誤りが防がれている」とは考えにくい。というより、この場合、何が「正確な読み」で何が「誤った読み」か、読み手側は、文字列を見ただけでは判断ができないと言わざるを得ない。となれば、宣命の文章をどのような日本語として読み上げるかは、ある程度、読み手（宣読者）の判断に委ねられていたのではなかろうか。書き手（起草者）がどのような文を脳裏に浮かべて宣命を書いたのか、読み手（宣読者）は知ることができない。出来うるのは、書かれた結果としての文字列から、そこに表現されているであろうことがらを、日本語の統語規則に従った文として再構築していくことのみである。

ここに、書き手（起草者）の想定した文Xとは別に、読み手（宣読者）が書かれた文字列から結果的に構築することになる、文Yを想定する必要がある。仮名書きであれば、書き手の想定した文Xと「全く同じ文」として、文Yを構築することが可能ではある[39]。しかし、訓字が一文字でも混じれば、そこに「揺れ」が生じる。訓字の割合が増え、語順が倒置して漢文に近くなればなるほど、「揺れ」の幅が大きくなるといえる。

宣命書きの場合、小書の仮名による日本語要素の明示が多ければ多いほど、「揺れ」は少なくなる。また、ある程度訓が固定している漢字であれば、訓字であっても比較的容易に、書き手の想定したことばへ辿り着くことができるだろう。先述した光仁天皇即位宣命（四十八詔）の「此食国天下之業〈乎〉拙劣朕〈尓〉被賜而」のように、日本語の語順で、助詞の「を」「に」が仮名によって明示されるものであれば、あとは「食国天下之業」「拙劣朕」「被賜」という訓字部分の訓みの決定さえクリアすれば、読み上げが可能である。その訓字部分も、「食国」や「天下」は和歌にも汎用されており、比較的訓が決定しやすい。もちろん、上代において現代語のような固定訓を措定することは難しいが、それにしても、「天下」が「アメノシタ」以外の訓と、「食国」が「ヲスクニ」以外の訓と結び付く可能性は多くないであろう。そういった意味で、「此食国天下之業〈乎〉拙劣朕〈尓〉被賜而」という部分に関して言えば、書き手の想定した文Xと、読み手が文字列を通して再構築した文Yとの間に、そこまで大きな「揺れ」が生じ得ないと考えられる（それでも、「拙劣」の訓には「揺れ」が生じたことが想像される）。

一方、四十九詔・五十九詔のように、漢文的措辞によって書かれている場合、書き手の想定した文Xと、読み手が再構築した文Yとの間に、大幅な「揺れ」の生じる可能性がある。「朕以劣弱身、承鴻業〈弖〉」（四十九詔）の場合、まず「劣弱」をどう訓むか―「劣」「弱」にそれぞれ訓を宛てるのか、「劣弱」に熟字訓を宛てるのか、など―において、読み手の選択が必要になる。さらに「鴻業」に関しては、現行訓では「アマツヒツギ」と訓まれるが、漢語としての意味は「（主に皇帝の行う）大いなる事業」であり、日本語の「アマツヒツギ」と固定的な結びつきを有するわけではない。「鴻業」を、文脈に合うよう翻訳すれば「アマツヒツギ」という日本語が一番近いということはいえても、その他の訓みの可能性は排除できないであろう（例えば、『日本書紀』巻七にみえる「鴻業」に対して、北野本では「アメノシタ」と付訓がある）。書き手がどういったことばを想定していたか知るすべはないが、仮に「アマツヒツギ」ということばを書こうとしていたとすると、「天日嗣」ではなく「鴻業」という漢語を選択して書記した時点で、読み手が「アマツヒツギ」という日本語へと辿り着く可能性を狭めてしまっているといえるだろう。

このように見てくると、宣命書きで書かれた文字列から読み上げを行う場合、読み手（宣読者）は書き手（起草者）の想定した文Xを再構築しているのではなく、あくまで、文字列から新たな文Yを構築しているといえる。文Yが文Xと同一になることはあるかもしれないが（もっとも、読み手の側は、書き手（起草者）本人に確かめない限り、文Xのかたちを定め得ない）、それはあくまで結果である。文Xという「正解」を読み手（宣読者）は知り得ないのであり、訓字表記を介する限り、文字列から直接的に文Xを再構築しているわけではないと考えるべきであろう。

3、読み上げにおける「宣命書き」の機能

宣命書きという表記法は「読み誤りを防ぐ」としばしば説明されるが、宣命書きされた文字列を読み上げること（＝文Yを構築すること）が、書き手（起草者）の想定したヨミに還元すること（＝文Xを再構築すること）とイコールではないならば、文Xを再構築しえないことをもって、ただちに「読み誤り」とは捉えられないであろう。もとより、規範とすべき「正しいヨミ」（文X）を、読み手（宣読者）は知り得ないのであり、文字列から読み手（宣読者）が新たな文Yを立ち上げることをもって、読み上げは達成されるといえる。

このように見届けると、宣命において、大部分の表記法として採用されている宣命書きは、文Y構築の手がかりとして機能していると位置づけられるのではないか。「読み誤らないこと」とは、宣命の場合、第一義的には「聞いて理解できる日本語文（日本語の統語規則に従った文）を成り立たせること」であると考えられる。漢文からの読み上げが可能であったとは言っても、漢文の構文と、読み上げるべき日本語文の構文が異なっていれば、やはりそれなりに負担がかかるであろうし、単に構文や語順だけの問題だけでなく、語や表現に関しても、聞いて直ちに理解できる日本語へと逐一変換（翻訳）しながら読むことは、流暢な読み上げを阻碍する可能性がある。だからこそ、宣命の大部分は、漢文で書かれず、日本語文として、文の構造（格関係）や句読（文がいったん切れるのか、下文へ

続くのか）などの枠組みや、テンス・アスペクト・モダリティなどを視覚的に示すことに機能的な宣命書きで書かれたのではないだろうか。その結果、漢文よりは、日本語の語形が部分的に示されることとなった（助詞助動詞・活用語尾などの小書や、自立語の仮名書きなどがそれに当たる）が、それはヨミを示すためのものではなかったであろうと思われる(40)。仮に、文Xを正確に再構築することが第一義的に求められるような場で読み上げる文章であれば、仮名書きが選択されたであろう。木簡における歌の仮名書きはその一例である。宣命においては、文Xを構成することば逐一の正確な再構築よりも、耳で聞いて理解できる自然な日本語文の構築が目指された結果、文の枠組みや、テンス・アスペクト・モダリティなどを示す付属語を明示する宣命書きが選択されたと考えられる。

なお、宣命には、漢文で書かれる部分が存在する。即位宣命等の末尾に置かれる大赦・賑給記事がその代表的なものである。従来指摘されるように、大赦・賑給記事は、宣命書きではなく、正格漢文で書かれるものがほとんどである（部分的に宣命書きが混じるものはある）。「宣読の便」という観点でみるなら、表記としては読み上げに全く適していないことから、この部分を日本語では読まず、漢文として字音読んだと理解する向きもある(41)。しかし、同じ大赦・賑給記事でも、次のように、宣命書きで書かれる詔もある。

又仕奉人等中〈尓〉志〈何〉仕奉状随〈弖〉一二人等冠位上賜〈比〉治賜〈布〉。又大赦天下。又天下六位已下有位人等給位一階。大神宮始〈弖〉諸社之祢宜等給位一階。又僧綱始〈弖〉諸寺師位僧尼等〈尓〉御物布施賜〈布〉。又①高年人等養賜、又②困乏人等恵賜〈布〉。又③孝義有人等其事免賜。又今年天下田租免賜〈久止〉宣天皇勅衆聞食宣。」

（四十八詔）

四十八詔のような宣命書きによる大赦・賑給記事は、書き様こそ宣命書きであるが、書かれている内容は、漢文のものと大差無い。たとえば次の第四詔と比較してみよう。

①高年百姓、百歳以上、賜籾三斛。九十以上二斛。八十以上一斛。③孝子順孫、義夫節婦、表其門閭、優復三年。

②鰥寡惸獨不能自存者賜籾一斛。賜百官人等禄各有差。諸国国郡司加位一階。其正六位上以上不在進限。免武蔵国今年庸当郡調庸詔天皇命〈乎〉衆聞宣。（四詔・和銅改元）

傍線を付した部分はそれぞれ、①②③同士が内容的に合致する。四詔のように漢文で書くことも、四十八詔のような宣命書きで書くことも可能であったということである。四詔のような漢文の内容を、日本語に翻訳して書くとすれば、四十八詔のようになる。もちろん、四十八詔のほうが簡略的であり、賑給を受ける人の年齢や賑給の量など、具体的な数値が書かれていないという違いはある。しかし、こういった「書き換え」が可能であったことを考慮すれば、正格漢文で書かれた大赦・賑給記事を読み上げる際も、何らかの日本語の文として読み上げられていたと考えられるように思われる。

漢文で書かれる大赦・賑給記事の多くは、漢籍詔勅類における大赦・賑給記事とほぼ同文である(42)。内容的には定型的なものであるため、宣命書きの日本語文へと構築し直さなくても、読み上げることができたと考えられたためであろうか。ただし読み上げられた文Yは、元の漢文の訓読文（逐字的な訓み）ではなく、公文書や行政文書の読み上げと同様、内容を把握した上で翻訳されたものであったと考えるのが穏当であろう。

おわりに

以上、宣命の表記（宣命書き）と読み上げとの関係について考察してきた。「読み上げる」とは、ある文字列に対する読み手の読解の結果として、日本語文を構築することである。また、宣命書きは、古記の例によってみてきたように、漢文で書かれた文章に対する読み手の読解の結果を綴ったものとして現れる場合がある。漢籍詔勅類に依拠して作られたと考えられる宣命も、規範となる漢籍詔勅類の文章から翻訳した日本語文を含みつつ起草されたものと把握できる。

公文書や行政文書類の読み上げの実態を考慮するならば、漢文で書かれた文章を読解した上で、その内容を日本語文によって伝達することも可能ではあったと推測される。しかし、宣命の場合、内容の伝達とともに、読み上げそのものが、一つの権威となるべきものである。漢文のままでは、読み上げる（＝日本語文を構築する）という目的には十分に適っておらず、いわば、その場で即時的に翻訳しつつ文章を構築するような難しさが伴ったと想像される。先述したように、宣命の読み手（宣読者）が、起草から施行（発布）までの過程で、その文章をどれだけ目にし、読み上げの予行が出来たか疑問である。そのため、あらかじめ、宣命の書き手（起草者）が文Xを構築し、その文Xが、宣命書きという表記法によって文字に定着されたのであろう。読み手（宣読者）は、その文字列から文Yを立ち上げる。その際に手がかりとなるのが、宣命書き（小書）によって示される文の構造であったと考えられる。文Xの正確な再構築というよりは、訓字表記を含む文字列から日本語の統語規則に従った文を成り立たせることが目指されたとすれば、日本語文の枠組みとして、「てにをは」や活用語尾等を表す小書の仮名を文字列上に可視化することの意味は大きい。その観点でいえば、正格漢文はもとより、日本語の語順に訓字を並べる方法も、また、全面的な仮名書きも、文字列から日本語文を構築して読み上げるという目的に対して、優先的に選択される表記法ではなかったのであろう。

統語的に整った文Yの構築が「読み上げ」の達成であり、その手がかりとなるのが、宣命書きという表記法であったと位置づけられる。

注

（1）本稿では、主として『続日本紀』所収の六十二詔の宣命を対象とし、必要に応じて、正倉院文書所収の宣命も取り上げる。

（2）仁藤敦史「宣命」（『文字と古代文化1　支配と文字』Ⅱ行政文書、二〇〇四年、吉川弘文館）、東野治之『長屋王家木簡の研究』（塙書房、一九九六年）他。森田悌「詔書・勅旨と宣命」（『日本古代の政治と地方』第一章第一節、高科書店、一九八八年）では、その淵源として中国における冊書の宣布に系譜を持つものとする。宣布の実際については、養老令に「詔訖施行」とあり、『令集解』所引「古記」には、詔書の施行方法の一つとして「聚衆宣」とあることから、口頭での伝達が行われていたことが推測される。

（3）『養老令』公式令詔書式および『令集解』。

（4）乾善彦氏が「宣命書きとは、基本的には、大字と小字とを交じえた、続日本紀宣命に代表される『書き様』をさすが、あくまである種の表記法を意味する点で、続日本紀宣命が文章全体に亙る表記体としてこの方法をとっており、また、その独特の文体も含めて、宣命体という術語（ターム）が用いられるのとは、区別して考える必要がある」と述べるところ（『漢字による日本語書記の史的研究』塙書房、二〇〇三年、第三章「宣命書きの成立と展開」導言一八三頁）に依拠し、本稿では、主として助詞助動詞を仮名で小書する表記法を「宣命書き」と呼ぶ。

（5）「□止詔大□□乎諸聞食止詔」「□御命受止食国々内憂白□」（奈良県教育委員会『藤原宮跡出土木簡概報』）

（6）『大日本古文書』四ノ二二五（正集四十四）、『大日本古文書』四ノ二八五（続修一）

（7）小谷博泰『木簡と宣命の国語学的研究』（和泉書院、一九八六年　一二頁、一八五頁）

（8）沖森卓也『日本古代の表記と文体』（吉川弘文館、二〇〇〇年　一二三頁、一二五頁）

（9）北川和秀「続紀宣命の大字小字について」（『国語学』一二四集、一九八一年）

（10）奥田俊博『古代日本における文字表現の展開』（塙書房、二〇一六年　四三四頁）

（11）「表記法」もしくは「表記体」としての宣命書きの機能をめぐっては、正倉院文書を題材にした乾善彦氏の一連の論考がある。乾氏は、文書における部分的宣命書きとして、漢文化にしくい助詞助動詞が表記されること、会話部分や助動詞「キ」の明示によって「句読」の機能が発揮されることを、包括的に、その部分の強調―「卓立」の機能ととらえている。そしてその機能は、文章全体に宣命書きが施される文書においても同様であるとされている。

（注（4）前掲書、第三章「宣命書きの成立と展開」）

また、宣命書きについて以下のように定義している。

宣命書きは、日本語要素の漢文あるいは変体漢文への埋め込みの一つの方法として、日本語の語順に従ったときの、助詞などの付属語要素を割注の方法によって埋め込んだものである。それは、文や句、あるいは固有名詞といったまとまった要素の埋め込みと異なり、文脈をはっきりさせるための助詞の表示や、文中のある語を特立することによって文脈をはっきりさせるという機能を担って、あくまでいわゆる変体漢文の本文に対する日本語要素の注としての役割があった。したがってそれは、必ず書きあらわさねばならないようなものではない。

（第二章「『万葉集』の「書き様」と万葉用字法研究史」一二九頁）

（12）宣命の起草は、次のように、中務省内記の職掌である。

凡詔書者、内記於㆓御所㆒作。（『令集解』）

中務省（中略）大内記二人。掌、造㆓詔書㆒。凡、御所記録事。

中内記二人。掌、同㆓大内記㆒。

小内記二人。掌、同㆓中内記㆒。（「養老令」職員令、『令義解』所引）

一方、その宣布については、続紀宣命のうち宣読者が明記されているものをみると、中務卿石上乙麻呂（第十三詔）、左大臣橘諸兄（第十五詔）、紫微中台内相仲麻呂（第十八詔）、参議山村王（第二十九詔）等となっている。

（13）乾善彦『日本語書記用文体の成立基盤』（塙書房、二〇一七年）では、次のように指摘されている。

（「漢文に翻訳を意図しない」「表語的な書記法」について）それがどのような日本語としてヨメるのかは、わからない部分の方が多い。ウタならともかく、散文となるとなおさらである。日本語の文体だといわれる、宣命や祝詞についても、決して例外ではない。どれほどの漢語が書かれたことばとして確認できるかさえわからない状態で、ことばのかたちを定めるには、解決しなければならないことが、まだ多くある。今は、書かれたものとして、そこにある文字列の集合で考えるしかない。そこによみとれるのは、ことばそのものではなく、漢字で書きあらわされたことばの可能性（言語情報）だけなのである。（三四頁）

（14）犬飼隆『木簡による日本語書記史【2011年増訂版】』（笠間書院、二〇一一年）

（15）栄原永遠男『万葉歌木簡を追う』（和泉書院、二〇一一年）

（16）乾注（13）前掲書、三〇〇頁注(2)に言及がある。

(17) 犬飼隆「古事記と木簡」(『古事記年報』六十号、二〇一八年三月)
(18) 山口英男「正倉院文書の機能情報解析―口頭伝達と書面―」(『国立歴史民俗博物館研究報告』一九四、二〇一五年三月)
(19) 小谷注(7)前掲書、一八五頁
(20) 日本思想大系『律令』(岩波書店、一九七六年)職制律第三頭注(七十頁)
(21) 例えば天平宝字二年八月二十五日の太政官(乾政官)奏(『大日本古文書』四ノ二九二)
(22) 嵐義人「古記の成立と神祇令集解」(『令集解私記の研究』、汲古書院、一九九七年)
(23) 書陵部本のみ宣命書きになっている。
(24) 小谷注(7)前掲書、一一六頁。
(25) 以下、中国で作成された詔勅・制などを一括して「漢籍詔勅類」、日本で作られた漢文体の詔勅を「漢文詔勅」と呼び分けることとする。
(26) 粂川定一「続日本紀宣命」(『上代日本文学講座』第四巻、春陽堂、一九三三年十月)、松本雅明「宣命の起源」(『日本古代史論叢』吉川弘文館、一九六〇年十二月)、小谷注(7)前掲書。
(27) 小谷注(7)前掲書、四十七頁。
(28) 本居宣長『続紀宣命詔詞解』、小谷注(7)前掲書(三十九頁)、馬場治「続紀宣命の典故表現―第五九詔の格言と諺の引用句」(『北陸古典研究』二十一、二〇〇六年十月)
(29) 春日政治「和漢の混淆」(『古訓點語の研究』風間書房、一九五六年)
(30) 春日政治「片仮名交り文の起源について」(『古訓點語の研究』風間書房、一九五六年)
(31) 小谷注(7)前掲書、第一部・七「宣命体表記における返読と送り仮名」。
(32) 毛利正守「和文体以前の「倭文体」をめぐって」(『萬葉』一八五号、二〇〇三年九月)、同「上代の作品にみる表記と文体―萬葉集及び古事記・日本書紀を中心に―」(『古事記年報』五十二号、二〇一〇年一月)、同「上代における表記と文体の把握・再考」(『国語国文』八五巻五号、二〇一六年五月)
(33) 瀬間正之『風土記の文字世界』第一章「風土記前史」、二〇一一年、笠間書院)。初出の「漢字で書かれたことば―

訓読的思惟をめぐって―」(『國語と國文学』七十六巻五号、一九九九年)では、宣命について、「詔勅の翻案であり、むしろ漢文訓読的文体が基調となっていることが有力視されている」と言及されている。
(34) 亀井孝「古事記はよめるか―散文の部分における字訓およびいはゆる訓読の問題―」(『亀井孝論文集4』吉川弘文館、一九八五年)
(35) 亀井注(34)前掲論文
(36) 奥村悦三「話すことばへ」(『古代日本語をよむ』(和泉書院、二〇一七年)では、「一字に一訓が対応しているなどというのは、基本的に期待されることではない」「訓は、少なくとも上代には、雑多なものでしかありえなかった」と指摘されている。また、山口佳紀氏は、「討論会　古事記の文章法と表記」(『萬葉語文研究』九、和泉書院、二〇一三年)において、「一字一訓みたいな言い方をされると、それは現実と違いすぎはしないかと思います」と述べている。
(37) 乾注(13)前掲書、二五六頁
(38) 池上禎造「万葉集はなぜ訓めるか」(『萬葉』四号、一九五二年)、奥村注(36)前掲書、一二二頁
(39) 厳密には、仮名書きであっても完全に復元できるわけではない。区切る場所を間違えれば、書き手の想定した文と、読み手が読み上げる文は異なってしまう。犬飼隆『上代文字言語の研究』(笠間書院、一九九二年、増補版二〇〇五年)第四部「万葉仮名で日本語の文を書きあらわす」「導言」参照。
(40) この点については、犬飼隆氏が「万葉歌」の表記のひとつである訓字主体表記について次のように述べることが参照される。

自立語を漢字の訓よみであらわした上に「誤読のおそれの多い部分に付属語を書き加えた」理由も、日本語として音声化するためではなく、視覚情報の観点から説明される。漢字には付属語にあたるものがほとんどない。中国語の文法はいわゆる孤立語であって、古代にはその性格が徹底していた。そこで、日本語で発想した文を漢字で書こうとすると、事柄の内容は表現できるが、その事柄に対する人の態度・感情や時間的な前後関係などの、事態・情意の水準(文法概念を使えば「法(モダリティ)」、さらには「語用論的な条件」)は充分に表現できない。(中略)付属語の表示は、事態・情意の水準の情報を視覚を通して伝えるためであった。「歌」を書くにはそれが必要で

あり、同時代の文書行政に用いられた木簡の多くには不要だった。毎度お定まりの用件をいつもの相手に伝えるには事柄の表示のみで充分だからである。書記技術の発達上で自立語を羅列した様態が「せいいっぱい」だったのではない。（犬飼注（14）前掲書、一三七頁）

（41）奥村注（36）前掲書、一八〇頁

（42）「詔曰、『今茲遠近、雨澤調適、其穫已及、冀必萬箱、宜使百姓因斯安楽。凡天下罪無軽重、已発覚未発覚、討捕未擒者、皆赦宥之』」（『梁書』巻三・武帝本紀）など。

参考文献（注に挙げていないもの）

犬飼　隆『漢字を飼い慣らす―日本語の文字の成立史』（人文書館、二〇〇八年）
毛利正守「倭文体の位置づけをめぐって―漢字文化圏の書記を視野に入れて」（『萬葉』二〇二号、二〇〇八年八月）
山口佳紀『古代日本文体史論考』（有精堂出版、一九九三年）

付記

本論で導入した書き手のことば（X）と読み手のことば（Y）という捉え方は、尾山慎氏の教示による。氏の論は、尾山慎「上代「文体」論の可能性」（上代表記研究会口頭発表資料　於　奈良女子大学　N３２７教室　平成31年2月22日）を参照されたい。

日本書紀古訓に見る「ウベ（ムベ）〜ベシ・動詞命令形」の訓法をめぐって——「宜」の用法・構文と「ウベ（ムベ）」の語法分析より——

王　秀梅

はじめに

再読字「宜」の訓法には歴史的変遷がある。(1)その中で、副詞訓と助動詞訓などとが呼応する訓法として、訓点資料に広く見られるのは「ヨロシク〜ベシ・動詞命令形…」であるが、日本書紀神代巻の古訓には「ウベ（ムベ）〜ベシ・動詞命令形…」と訓読される例も見られる（「動詞命令形」は以下「命令形」と略す）。稿者は、以前、「宜＋動詞節」の構文を中心に、漢文における「宜」の用法を分類し、用法を軸にして見た「宜」の訓法の変遷のありようを踏まえて、「ヨロシク」と「ベシ」などとが共起する理由及びその訓法の機能性について考察した（王[2017]）。前稿に続き、本稿は「ウベ（ムベ）」古来の語法と、それに関連する「宜」の一部の用法とを比較検討し、意味用法の対応関係から「ウベ（ムベ）〜ベシ・命令形」という訓法の性質について考察したところを述べる。

一　問題の所在と本稿の論点

日本書紀古訓は巻によって残存する写本の時代が相違しており、最も古い巻は平安中期に遡り、最も新しい巻は鎌倉時代の末、南北朝の頃に至っている。「ウベ（ムベ）～ベシ・命令形…」という訓法で訓読されていたと思われる「宜」の例は、鎌倉時代以降の加点と見られる日本書紀神代巻古訓において十数例確認されるが、現存神代巻の最古写本である兼方本（1286年書写）に見えるのは次の2例である。(2)(3)

①婦人之辞、其已先揚乎。宜二更還去一。乃卜二定時日一而降之。（巻第一神代上第四段一書第一）

宜（ムヘ）更に還（カヘリヰネ江同／カヘレトノタマフ）去　〔影印　上104〕石塚〔1992〕167頁〈ムベ～動詞命令形〉

②故天稚彦親属妻子皆謂、吾君猶在、則攀二牽衣帯一、且喜且慟。時味耜高彦根神忿然作色曰、朋友之道、理宜二相弔一。故不憚二汚穢一、遠自赴哀。何為誤二我於亡者一。（巻第二神代下第九段正文）

理（コトハリ）宜（ウヘ江／ヘシ）相弔（トフ）　〔影印　下60〕石塚〔1992〕166頁〈ウベ～ベシ〉

右2例は諸本において本文異同はなく、①は女人先言で知られる箇所で、②は味耜高彦根が天に昇って天稚彦の弔いに訪れた場面である。この2例の訓法について、石塚〔1992〕は、書紀古訓において、

「宜」を「ウベ」・「ムベ」と訓む例は、平安時代加點諸本である岩崎本・前田本・圖書寮本を通して一例も見られないが、兼方本には（中略―前掲2例―王注）二例有る。これも和文化傾向の一と見做される。（石塚〔1992〕166～167頁）

と述べている。

「ウベ」は、古く記紀歌謡、万葉歌などに見られる語で、平安時代以降、多くは音韻変化によって「ムベ」の語形で和歌や物語などの文学作品に用いられている。(4)ところが、本稿の調査では、「ウベ（ムベ）」と「ベシ」「動詞命令形」とが呼応する表現は、訓点資料の関連文献以外に見られない。(5)そして、王〔2017〕で分類した「宜」の用法に照らせば、兼方本のこの2例は、いずれも事態の実現を要請する【適当】用法にあたるものである。(6)その訓読にある「ベシ」「命令形」が事態の実現を要請する【適当】用法の意味に対応しているのは明らかであるが、「ウベ

（ムベ）」の訓が添えられることについて、どのように捉えるべきかという問題がある。

また、平安初期の訓点資料において、「宜（シ）□□（ベシ・命令形…）」のような附訓形式の例もある。たとえば、小林［2012］において、

> 「宜（ヨロシ）」（宜か（ウベシ））と訓み、下の叙述語を種々に呼応させる
>
> ［1］王子何（は（イツコ）にいますラむ）在　宜（し）共推（に）求（せむといふ）（西大寺本金光明最勝王經巻十平安初期點121行）
>
> ［2］已に為二客比丘一（ノ）敷レ（キ）ヌ坐（ヲ）［竟］。宜し知（シ）メセ（小川本願經四分律平安初期點甲巻39行）
>
> （中略。右［1］［2］の用例番号及び左記の波線は王が施したものである――王注）
>
> 右掲例のように「シ」の加點しかないが、副詞風に「宜シ（ヨロ）」（又は「宜シ（ウベ）」か）と訓み、下の叙述語に「ム」や「ベシ」を讀添たり、命令形にしたりする。（小林［2012］557頁）

とあるように、「ウベ（ムベ）〜ベシ・命令形」の訓法に関連すると思しき例は、先行研究に注目されてはいるが、書紀古訓に前掲兼方本2例のような例が存在することとの関係を論じるものはまだないように思われる。

本稿では、まず、再読字の訓法における副詞訓は、原漢文の文脈とどのように関係しているものか、という観点から、漢文と日本語の意味用法における字訓対応の在りようを検討することで、「ウベ（ムベ）〜ベシ・命令形」という訓法の性質について分析し、当該訓法と「宜」の他の訓法との関連づけについて今後の見通しを示したい。

二　古来の「ウベ（ムベ）」の語法について

275頁に掲げる**【表1】**は、上代から中世までの代表的な文学作品における副詞「ウベ」「ムベ」の用例分布を、後接する助詞類などとともに示したものである。(7) **【表1】**から見て取れるように、「ウベ（ムベ）」は単独で用いられることもあるが、多くは、強意の助詞「シ」・係り助詞「コソ」「モ」・終助詞「ナ」「カモ」・指定の助動詞「ナ

リ」などと合わせた形で用いられている。その中の「ウベナリ」について、日本国語大辞典は、「副詞「うべ」に指定の助動詞「なり」のついたもの」、「本当にそうである。もっともな道理だ。よくわかった。その通りである。うめなり。」と解説している。その説明からも窺えるように、「ウベ（ムベ）ナリ」には形容動詞用法の例もあり、応答に用いられる場合の例もある（それぞれ、たとえば左掲用例③④）。それらは「ウベ（ムベ）」の副詞用法と連続しており、訓点資料の「宜」の訓読を考える上でも重要であるため、本稿はその用例数も合わせて（便宜上、細分類せず、一括した形で）示した。

また、上代文献において、右に挙げた「ウベ」系統の語は、次の用例③④のように、万葉集の訓字表記や日本書紀訓注などでいずれも「諾」という字との対応関係が見られるのに対して、「宜」は用例⑤のように、「ヨロシ」「ヨロシナヘ」「ヨロシミ」などを表記する訓字として用いられており、「諾」と「宜」の二字で「ウベ」系統の語と「ヨロシ」系統の語とを書き分けていることが看取される。(8)

③直に逢はず　〈有諾〉　夢にだに　なにしか人の　言の繁けむ（或本の歌に曰く、現には　〈諾毛〉逢はさず夢にさへ）（万葉集12・二八四八　柿本人麻呂）

④武甕雷神対曰、雖二予不一レ行而下二予平国之剣一、則国将二自平一矣。天照大神曰、諾。（諾、此云宇毎那利）〈諾　此云宇毎那利。〉（日本書紀巻第三神武天皇即位前紀六月　訓注）

⑤…ぬえこ鳥　うらなけ居れば　玉だすき　かけの宜久（万葉集1・五　軍王）

「ウベナリ」の用法や上代文献における表記の問題については、今後改めて考察することにして、本稿では、副詞「ウベ（ムベ）」の語法分析を中心にして論を進める。

副詞「ウベ（ムベ）」の意味用法について、「以下に展開する文の内容に対する肯定・同意・納得の意を表す語。なるほど。いかにも。」（角川古語大辞典）、「あとに述べる事柄を当然だと肯定したり、満足して得心したりする意を表わす。なるほど。まことに。もっともなことに。本当に。」（日本国語大辞典）、などの解説がある。右の「肯定」「得心」とする意は何に対して向けるものなのか、先行研究は、具体的に示していないが、本稿は、「ウベ（ムベ）」に後続する語句に示される事態の特徴に注目したい。

276頁の【表2】「ウベ（ムベ）の呼応関係」は、【表1】の調査資料に見る「ウベ（ムベ）」の後続語句の文末表現を、助動詞・動詞活用形の別でまとめたものである。たとえば、「ウベ恋ひにけり」という場合には「ウベ」と「ケリ」とが呼応する例として「ケリ」の項に計上している。内訳として、「ウベ（ムベ）」の後続語句は、詠嘆の「ケリ」で結ぶ例が21例で最も多く、その次に「ケラシ」「ケム」「ラシ」「ラム」「ム」「ジ」などの推量の助動詞で結ぶ例が計19例、「ズ」「タリ」「ヌ〈完了〉」で結ぶ例が7例ある以外、動詞活用形で結ぶ例や省略文の例などもあるが、全57例のうち、「ベシ」「命令形」で呼応する例は皆無である。[9]更に「ウベ（ムベ）」に後続する事態の内容を注視すると、それらは、専ら既に発生している事態（状態性・反復性のある継続的な事態、結果が持続する事態などを含む）や、話し手が既に認識している事態（一般的な常識、または既定的な情報・推論）などについて述べるものである。古来の「ウベ（ムベ）」は、「なるほど、道理で」という意味で、主に既に起きているまたは既に認識している事態Qについて、何らかの理由や根拠Pに基づいて、その帰結に納得することを表わす副詞で、文脈として、事態の成立理由について気づかなかったり疑問に思っていたりする中、何らかのきっかけや状況の中で触発されて、または改めて認識した形で、事態Qがあるのは理に適っていると、納得する気持ちを表わす例が多く見られる。

では、まず上代の用例から右のことを確認してみよう。

⑥東（ひむがし）の市（いち）の植木（うゑき）の木垂（こだ）るまで逢（あ）はず久しみ〈宇倍（うべ）〉恋ひにけり（万葉集3・三一〇　門部王）

⑦…み吉野の　秋津（あきづ）の宮は　神（かむ）からか　貴（たふと）くあるらむ　国からか　見（み）が欲（ほ）しからむ　山川（やまかは）を　清（きよ）みさやけみ〈諾之（うべし）〉神代（かみよ）ゆ　定（さだ）めけらしも（万葉集6・九〇七　笠金村）

⑧〈宇倍(うべ)〉児(こ)なは我(わぬ)に恋(こ)ふなも立(た)と月(つく)のぬがなへ行(こ)けば恋(こふ)しかるなも（或本の歌の末句に曰く、「ぬながへ行けど我(わぬ)行かのへば」）（万葉集14・三四七六　東歌）

⑨夢(いめ)にだに見えむと我(あれ)はほどけども相(あひ)し思はねば〈諾(うべ)〉見えざらむ（万葉集4・七七二　大伴家持）

⑩…いかなるや　人の児故(こゆゑ)そ　通(かよ)はすも我子(あご)〈諾(うべなうべな)　々名〉母は知らじ〈諾(うべなうべな)　々名〉父は知らじ　蜷(みな)の腸(わた)　か黒(ぐろ)き髪に　ま木綿(ゆふ)もち　あざさ結(ゆ)ひ垂(た)れ…（万葉集13・三二九五　作者未詳）

用例⑥は、逢わないで久しくなった(P)ので、道理で恋しく思っている(Q)ことだなという意味で、用例⑦は、吉野の山も川も清らかですがすがしい(P)ので、道理で神代以来にここに離宮が定められた(Q)わけだろうなという意味である。用例⑥⑦において、「ウベ」に後続する事柄Qは、既に発生している事態で、その成立理由Pは、「バ」「ミ語法」によって明示されている例である。⑥では木の枝が垂れ下がっていることを目にして、時の経過に気づき、長いこと逢わなかったということが恋しくなっている原因だと納得することを「ケリ」で詠歎しており、⑦では、前文に「神からか…国からか…」とあるように、離宮が定められる理由はほかにも色々考えられる中、吉野の山川を目の前にして、過去を回想しながら改めて納得する気持ちを「ケラシ」で表していると思われる。

「バ」によって理由が明示されている例は、用例⑧⑨も挙げられる。用例⑧は、歌の後半で示された「新月が出てから日が経っていく(P)ので、恋しく思っているのだろう(Q)」という認識を踏まえて、「なるほどあの子が私に恋しく思っている(Q)ことだろう」と言い換えた形と考えられる。用例⑨は、「せめて夢の中にだけでも逢えるようにと私は紐を解くけれども、あなたが私を思ってくれない(P)から、なるほど夢にも逢えない(Q)わけなのだろう」の意である。万葉の人々は、相手のことを想っていると、相手の夢に出ることができると信じていた。夢にも逢えない(Q)というのは、夢に逢えなかった経験をもって推量したことと思われる。用例⑧⑨において、「ウベ」に後続する事態はどちらも個別的な事柄ではあるが、「日が経てば人は愛する人を恋しく思う」「あの人が思ってくれれば、夢に逢える」という一般的に認識されている因果関係を踏まえて、歌い手は、改めてそれを個人の体験に帰結して、「あの子が私に恋しく思っているだろう」「あなたが思ってくれないから、あなたに夢にも逢えないわけなのだろう」と自ら推定したことに納得していると考えられる。

表現の上では明示されなくても、納得する理由が文脈から読み取れる例として、用例⑩が挙げられる。これは、親子の問答を一まとめにした形の歌で、我が子はどのような娘に通っているのかという親の尋ねに対して、「なるほどなるほど母上はご存じなかろう(Q)…」と答えているのは、親が知らないことを既に認識していることで、つまり、親に知らせていないことや、それで質問されていることに対して、思い当る節があって納得することを表していると考えられる。

右の⑥～⑩は助動詞で結ぶ例であるが、動詞活用形例で結ぶ例においても同様、既に発生している事柄や反復的に発生している事柄について述べる例が挙げられる。

⑪高光る　日の御子　〈宇倍志許曾〉　問ひ給へ　真こそに　問ひ給へ　吾こそは　世の長人　そらみつ　倭の国に　鴈卵生と　未だ聞かず（古事記歌謡72　下巻　仁徳天皇）

⑫やすみしし　我が大君は　〈于陪儺于陪儺〉　我を問はすな　秋津島　倭の国に　雁産むと　我は聞かず（日本書紀63歌謡　巻第十一仁徳五〇年三月）

⑬…　藤井の浦に　鮪釣ると　海人舟騒き　塩焼くと　人そさはある　浦を良み　〈宇倍毛〉釣はす　浜を良み　〈諾毛〉塩焼く　あり通ひ　見さくも著し　清き白浜（万葉集6・九三八　山部赤人）

⑪は係り結びによって動詞已然形で、⑫⑬は動詞終止形にあたる例で、⑪⑫は既に起きていることで、⑬恒常的に起きている事柄である。⑪⑫はともに「雁の産卵」の話にまつわる歌で、仁徳天皇の質問を受けて、武内宿禰が答えたものである。「なるほど、よくお尋ねになられた(Q)」と表現したのは、歌中に示した「吾こそは世の長人(P)」

という認識を踏まえて、質問されたことに納得していると理解される。用例⑬で「浦が良い(P)ので、道理でみんなが釣りをする(Q)わけだ、浜が良い(P)ので、道理でみんなが塩を焼く(Q)わけだ」とあるのは、前句に描かれた、鮪を釣ろうとして海人の舟が入り乱れ、塩を焼こうとして人が大勢浜に出ている光景に触発された表現と考えられる。

このように、「ウベ」に後続する事柄は、全用例を通して、事態の実現を要請するような用例が見られない。それは、以下に例示する「ムベ」の用例においても同様である。

⑭このあひだに、雲の上も、海の底も、同じごとくになむありける。むべも、昔の男は、「棹は穿つ波の上の月を、舟は圧ふ海の中の空を」とはいひけむ。（土佐日記・一月十七日）

⑮あやしのことどもや、下り立ちて乱るる人は、むべをこがましきことも多からむと、いとど御心をさめられたまふ。（源氏物語・紅葉賀）

⑯此ノ睨(のぞ)ク男モ、此ヲ見テ思ハク、「兄ノ主(ぬし)、ウベ騒ぎ不給(たまはぬ)ハ也ケリ。（今昔物語集　巻23第二十四）

以上見てきたとおり、「ウベ（ムベ）」は、既に起きている事態や既に認識されている事態について、何らかの理由や根拠に基づいて、その帰結に納得する気持ちを表す副詞で、本稿はそのような文脈的意味用法を【納得】と呼ぶことにする。(10)「ウベ（ムベ）」に後続する事柄は、上代から平安以降の用例を通して、事態の実現を要請するような用例が見られない点は、注目すべき事実である。

三　「宜」の【適理】用法について

漢文において「宜」は種々の用法をもっており、構文においても錯綜した様態を呈している。小川環樹・西田太一郎『漢文入門』は、ウベ（ムベ）に関連する用法で、「単独で述語」になる「宜」について、次のように述べている。

「宜」「當」「將」などは、動詞の上に在って動詞を補語とする助動詞的な助辞である。（21頁、下略—王注）「宜」が補語をとる助辞ならば「宜しく……べし」となり、単独の述語ならば、「うべなり」と訓読し、「道理のあることだ」という意味になる。例えば「其不ㇾ失ㇾ国也宜哉」（その国を失はざるや宜なる哉。左伝、哀公六年）などがこれであり、このほか「宜矣」「宜乎」「不亦宜乎」など、「宜」は補語なしに述語になる。（91頁）

（傍線は王による）

右に述べた訓読のことは、現在一般に行われている訓読を指しているものと思われる。「宜」は、「哉」「乎」などの語気助詞を伴って、「道理のあることだ」という意味で、単独で述語になれる実詞用法がある一方、「道理で」という意味で、単独で述語になれない虚詞用法として用いられる例も多く見られる。以下考察するように、「宜」には、構文上、次のＡＢに用い、意味用法として、形容動詞「ウベ（ムベ）ナリ」と副詞「ウベ（ムベ）」のそれぞれに近似する例が多く見られる。(11)

構文	用法
Ａ「独立文＋宜哉（乎…）」	【適理-評価】の例が多い　↓「ウベ（ムベ）ナリ」に近似
Ｂ「宜（哉・乎…）＋主述文節、独立文」	【適理-納得】の例が多い　↓「ウベ（ムベ）」に近似

『増韻』に「宜　適ㇾ理也」とあり、ＡＢの構文に見る「宜」の字義が「理に適っている」と「道理で」とで意味的に連続しており、どちらも専ら既に成立している事態について述べる点で共通しているので、本稿はＡＢに見る「宜」の用法を【適理】と名付けて、更に「理に適っている」という判断と、事態の成立原因に対する認識の仕方との関係から、【適理-評価】【適理-納得】の下位分類を設ける。それでは、用例を見てみよう。

A構文「独立文＋宜哉（乎…）」―【適理―評価】用法

⑰文王之囿方七十里、芻蕘者往焉、雉兎者往焉、與レ民同レ之。民以為レ小、不二亦宜一乎。（孟子・梁恵王章句下）

⑱君子曰、秦繆公広レ地益レ国、東服二彊晋一、西覇二戎夷一、然不レ為二諸侯盟主一、亦宜哉。死而棄レ民、収二其良臣一而従レ死。且先王崩、尚猶遺レ徳垂レ法…。（史記・秦本紀）

用例⑰は、周の文王の御苑は七十里四方あるのに、民にはそれでも小さいと思われていたのは何故なのかと、齊の宣王が尋ねたことに対する孟子の答えで、文王の御苑は、王様だけが独占しているのでなく、民と共に利用しているので、民がこれでは小さいと思うのは理に適っているのではないだろうかと述べた内容である。用例⑱は、自分の死後に臣下たちを殉死させた秦の繆公について批判した内容で、繆公は国彊を拡大させる力を持っているが、諸侯の盟主にならなかったのは、もっとものことだと評し、先人の聖王は崩じてもなお徳を遺し法を垂れ、善人良臣百姓を哀しませることはなかったと述べたものである。右2例において、話し手または書き手が事態成立の因果関係を予め理解して述べており、「宜哉」「宜乎」はその事態が成立する妥当性を評価したものと言える。

次に、構文上、「宜哉」「宜乎」などの後に、主述文節が置かれる例、または「宜＋独立文」の例を見てみよう。以下⑲～㉒の例は、副詞「ウベ（ムベ）」の用法に近いため、前章と対応する形で、「宜」によって導かれる事態にあたる箇所に二重傍線を施した。

B構文「宜（哉・乎…）＋主述文節、独立文」―【適理―納得】用法

⑲商臣聞而未レ審也、告二其傅潘崇一曰、何以得二其実一。崇曰、饗二王之寵姫江羋一而勿レ敬也。商臣従レ之。江羋怒曰、宜乎王之欲二殺若而立レ職也。（史記・楚世家）

⑳初、晋侯之豎頭須、守レ蔵者也、其出也、窃レ蔵以逃、尽用以求レ納レ之。及レ入、求レ見。公辞焉以レ沐。謂二僕人一曰、沐則心覆、心覆則図反、宜吾不レ得レ見也。（左伝・僖公二十四年）

用例⑲は太子である商臣が、成王を攻め滅ぼすきっかけとなった出来事であるが、成王が子職を太子にしたいという噂を聞きつけて、商臣はその真偽を確かめるために、成王の愛妃である江芈を宴に誘っておきながら故意に不敬の態度を取って見せた。そこで怒った江芈が「道理で王があなたを殺して、職を太子に立てようとする(Q)わけだ」と、うっかり機密を漏らした。楚王の意志は既に表出されたこととして、江芈に伝わっているが、商臣の無礼な態度に接して、江芈は楚王の考えに納得しているという表現になっている。[12] 用例⑳は、沐浴中という理由で晋侯重耳に面会を断られた豎頭須が、そう伝言した下人に言った言葉で、「沐浴する時（洗髪で頭を下げるので）心臓の位置が逆さまになる。心が逆さまになると、意図も逆さまに出る(P)ので、道理で面会してもらえない(Q)わけなのだ」と切り返して訴えることによって、遂に面会を許してもらった話である。右2例はどちらも既に起きていることについて、それが成立した原因・理由（直接ではなくても関連していることとして）を後から気づく、後から捉え直して納得する例である。同様の例は、次の㉑㉒も挙げられる。

㉑狂狡輅二鄭人一、鄭人入二于井一、倒レ戟而出レ之、獲二狂狡一、君子曰、失レ礼違レ命、宜其為レ禽也、戎、昭二果毅一以聴レ之、之謂レ礼、殺レ敵為レ果、致レ果為レ毅、易レ之、戮也。（左伝・宣公二年）

㉒若レ客所謂末学膚受、貴レ耳而賤レ目者也。苟有レ胸而無レ心、不レ能二節レ之以レ礼、宜其陋レ今而栄レ古矣。（文選・張平子東京賦）

用例㉑は宋と鄭とが交戦している時、宋の大夫狂狡が井戸に落ちた鄭の人を救ったところ、捕虜になったことについて、狂狡は礼儀を失い、命令に背いた(P)ため、道理で彼は捕虜になった(Q)わけだと評した言葉である。戦場における礼儀の思考は、書き手自身の見解ではあるが、人助けするという一般的に認識される礼儀から見れば、その結末は納得されないだろうことを想定した上、「戎、昭二果毅一以聴レ之、之謂レ礼」という思考を取り立てて述べて、その基準で狂狡が捕虜となったことについて捉え直したものと理解される。用例㉒は、「西京賦」で憑虚公子と称する若者が昔の西京咸陽の盛況を讃えて、東京洛陽が質素になっていることを蔑むことを語った文言を受けて、安處先生が語った話で、若者がそう語るのは、他人から聞いたことを信じ込み、自分の目で見たことを信じないという浅学である故(P)、道理で現在目にうつる東京洛陽の姿を蔑んで伝聞にあった昔の西京咸陽を讃えている(Q)わけだと、非難する話である。若者の判断基準で物事を見ると、当然その結論に至るという意味合いを「宜」で表している。

このように、右に見た「宜」の【適理-納得】用例⑲〜㉒において、「宜(哉・乎…)」に続く事態は、既に起きていることで、その事態が成立する理由について、話し手が後から気づいて納得する、事態の成立理由を捉え直して納得する、といった文脈が提示されている。これらは、前述した、なんらかの理由を何らかのきっかけや状況の中で気づいて納得することを表わす副詞「ウベ(ムベ)」の【納得】用法に近似していると見て取れる。

一方、『校本日本書紀』によると、日本書紀神代巻の諸本で「ウベ(ムベ)〜ベシ・命令形…」で訓読される「宜」は、前掲兼方本2例以外、下記の例に見られる[13]。

1)宜以改旋　2)宜愛而養之　3)宜図造彼神之象而奉招禱也　4)宜急適於底根之国
5)是壮士也、宜試之　6)宜且遣雉問之　7)宜領八十萬神、永為皇孫奉護　8)宜乗彼入海
9)宜就其樹上而居之　10)天孫宜在海濱

これらの「宜」は、いずれも事態の実現を要請する【適当】用法の例にあたる。兼方本2例のうち、①「宜更還去」は、右諸例と同様、未来への事態の実現を要請するもので、②「朋友之道、理宜相弔」は、一般的な常識を踏まえて恒常的に事態の実現を要請するものと言える。既に起きている事態や既定的な推論などについて納得する気持ちを表す「ウベ(ムベ)」の語法と照らし合わせて見れば、未来への事態の実現を要請する【適当】用法の例と「ウベ(ムベ)」は、意味的に馴染まないものと思われるが、恒常的な事態の実現を要請する【適当】用法の例は、解釈によって、「ウベ(ムベ)ナリ」を想起されやすい場合もあると考えられる。たとえば、「理宜相弔」は「宜」

の構文・用法に従って解釈するなら、「物事の筋道として弔うべきだ」（【適当】用法）と理解されるが、構文に拘らずに解釈すれば、意味的には「弔うことはもっともなことだ」（【適理-評価】）と理解されよう。

また、特殊な例ではあるが、【適理】【適当】の両方に解釈可能な例は、次のような例も挙げられる。

㉓物色自堪傷客意、宜将愁字作秋心」（和漢朗詠集224・秋興　小野篁）

物色は自ら客の意を傷ましむるに堪へたり　宜なり愁の字を将つて秋の心に作れること

右において、「宜」の後に「世間」や「字を作った人」などのような主語が省略されていると見れば、【適理】用法のB構文に準ずる形の例と捉えることができる。新編全集の現代語訳は、「秋の寂しげな風物は、何を見ても故郷を離れたさすらい人の心を感傷的にさせるのに十分である。だから、もっともなことだ。「愁」という字は、「秋」の「心」という形に組み立てていることは」となっており、「宜」を【適理-評価】の意味で解釈していると思われるが、前句に提示されている秋の景色を目にして改めて気づいたという意味合いを加えた形で、「なるほど、「愁」という字は「秋」の「心」という形で作られているものだった」という意味で、つまり、【適理-納得】の用法で解釈するのがより自然に思われる。漢詩文と和歌の享受の問題にも関わるものであるが、後者の解釈が当時に理解されていたことは、次のように、【適理-納得】用法の解釈で翻案したと思われる和歌から窺える。

㉔ことごとに悲しかりけりむべしこそ秋の心をうれへといひけれ（千載集351　藤原季通）

用例㉓は、形式上は、【適当】用法によく見る「宜＋動詞節」の構文となっており、【適当】用法の例として、つまり、「「愁」という字を「秋」の「心」と見なすべきだ」、と解釈するのも考えられることである。その上、更に「なるほど、「愁」という字を「秋」の「心」と見なすべきだった」という気づきの文脈も想定され得る。但し、再認識するという意味合いは、事態の実現を要請する【適当】の用例には、一般的には見ないもので、これは特殊な例と言えよう。なお、㉔と同趣で、㉓の漢詩作者小野篁の活躍時代に近い名歌として、次の歌が挙げられる。

㉕吹からに秋の草木のしほるればむべ山風をあらしといふらむ（古今集249・秋歌下　文屋康秀）

用例㉓～㉕は平安時代より後世まで広く享受されているもので、「宜」と副詞「ムベ」と用法上の対応関係が認識されていたことは、このような用例からも看取できよう。

以上見たように、【適理】用法にあたる「宜」は、構文上、様々なバリエーションがあり、特殊な例もあるが、多く見られるのは、既定の事態について述べる例である。その点、【適当】用法と異なっている。副詞「ウベ（ムべ）」の語法は、「宜」の【適理】用法に近似しており、【適当】用法の一般的な用例には意味的に馴染まないものと思われる。

四　用法を軸に見た「宜」の訓法――【適理】【適当】用法を中心に

訓点資料は仏典・漢籍・国書と大別され、資料の性質や時代によって訓読に用いられる語彙・語法は、種々の相違が見られるほか、同時代の加点でも訓法の新旧があるため、複雑な様態を呈しているが、古態の残る訓法例は、原漢文の個々の文脈的意味用法に応じて訓読される傾向があるので、ここでは、「宜」の意味用法を軸に、その訓法の在りようを見てみる。訓点が附されている「宜」用例が全体的に少ないが、【適理】用法の「宜」の訓読例は、主に漢籍に現れている。【適当】用法の「宜」の訓読例は王［2017］で整理しているので、ここでは、「宜」の意味用法を反映していると思われる訓法の代表例のみ掲げておく。(14)

【適理】――ウベ（ムベ）ナリ

㉖秦繆公廣レ地益レ國、東服二彊晉一、西霸二戎夷一、然不レ為二諸侯盟主一、亦宜哉(ムヘナルカナ)

『東洋文庫善本叢書1　国宝史記　夏本紀　秦本紀』影印280行　1145年点　前掲⑱

㉗君子ノ曰（はく）、失レ（ひ）禮を違レヘリ命に。宜ナルカナ、其（の）為(セ)ラレたること〈別訓ナレルコト〉禽(トリコ)に也。（東洋・春秋経傳集釈保延点　複4

オ）〈大坪［1981］652頁（一一二）〉（1139年清原頼業加点―王注）　前掲㉑

㉘不能節之以禮、宜(ムベナリ)其陋(イヤシンシ)今ヲ而榮(サカヘトスルコト)古ヲ矣（九条本文選古訓集84頁）　前掲㉒

【適当】―ベシ・命令形…

㉙汝意快(ニヨロコヒ)哉宜(レとヘシ)知(ル)二是時(ヲ)一［石山寺藏四分律巻三十一平安初期點］〈小林［2012］557頁〉ベシ

㉚我父宜当奉避(左利太万不倍久也)［日本紀私記御巫本二十二ウ］〈小林［1969］〔宜当(ベシ)〕〉〈サリタマフベクナリ―王注〉

㉛汝等於此火宅宜速出來。

汝等、此(の)火宅より〔於〕宜(しく)速(か)に出(て)來れ。〔龍光院藏妙法蓮華経明算点〕〈大坪［1958］47頁〉

（(しく)は右の著者の推定訓にあたるため、抽出しない方針で処理している―王注）平安後期点　命令形

右に見たように、訓点資料では、【適理】用法の「宜」は、何れも「ウベ（ムベ）ナリ」と訓読されている。【適当】用法にあたる「宜」は、用例㉙～㉛のように、用例㉚の連文例も含めて、古訓法では、単に「ベシ」「命令形」と訓読されている。「ウベ（ムベ）～ベシ・命令形」という訓法は、意味用法の分析から見れば、「宜」の【適理】用法に対応する副詞「ウベ（ムベ）」と「宜」の【適当】用法の訓法を取り合わせたものと捉えられる。【適当】用法にあたる「宜」に対する「ウベ（ムベ）」の訓は、特殊な例において、解釈の上で生じたものという場合もあるが、全体的に見て、原漢文の意味要素を訓読に反映したものではないと思われる。

「宜」の用法・構文が多様に亘っており、個々の文脈に即して解釈して訓読すると、種々の訓法が生じる上、文脈理解によって解釈自体も一つに限らないため、意訳して訓読する古訓法では、訓読作業の負担も大きいと考えられる。副詞訓と助動詞訓などと呼応させた訓法は、それらの「宜」の意味用法を集約したもので、文脈解釈の幅を保留できる点で、機能的な訓法と考えられる(15)。

おわりに

日本書紀神代巻古訓において、「宜」は「ウベ（ムベ）～命令形・ベシ」と訓読される例が見られる。日本語古来の用法からは副詞「ウベ（ムベ）」と「命令形」「ベシ」が共起することはなかったものと考えられる。「ウベ（ムベ）～命令形・ベシ」という訓法は、「ヨロシク～ベシ・命令形…」と同様、「宜」の構文・用法を踏まえた訓読専用の語法として成立したものと見てよいであろう。この訓法を用いることで、訓読文は【適理－納得】から【適当】までの意味合いを含む形となり、考え得る文脈の幅を提示しつつ、原漢文の個々の文脈を訓点記入の段階で訓み分けずに済むので、「宜」字の固定的な訓法として統合できる利点があったと見てよい。原漢文を正確に理解するためには、訓点を手がかりにして、文脈の再検討、再解釈の作業が繰り返されることとなるが、訓点資料において同一箇所に複数の訓点（訓み方）がある例が見られるのは、携わる者の苦心が重なった痕跡であろう。

但し、前述したように、確かに「ウベ（ムベ）」が「ベシ」や「命令形」と呼応する例は、和歌や物語などの文学作品には見られないが、「ム」など推量の助動詞と呼応する例は万葉集などに認められる。一章に掲げたように、平安初期の訓点資料には、[1]の「（ウベ）シ～ム」のような例があることを踏まえると、なお「宜」の他の用法との関係を精査する必要があるため、本稿の把握は、暫定的な結論ということになる。

訓点資料は、その文献の性質や宗派・学問の伝承の相違によって、同時代の加点でも訓法の新旧があるなど、訓法の重層性が見られるため、「訓読法の変遷の考察には、特に平安後期以降の資料を扱うに當って、宗派・流派別の配慮が必要である」（小林［2017］631頁）。その一方、原漢文の構文・用法と日本語の語法とを比較して、その訓法の性質を分析することによって、表層に現れる訓読の実態から、その根底にある訓読の方法、学問の伝承や推移の在りようが浮上してくるものもあろう。

［表1］「ウベ」「ムベ」の用例分布

（「語形」の項目は、後接する助詞類などで区別して示し、用例は新編日本古典文学全集の各テキストに基づく。更級日記、狭衣物語、讃岐典侍日記、堤中納言物語、宇治拾遺物語には該当例が見当たらない。空欄部は該当例がないことを示す。）

語形＼文献名	ウベナリ	ウベナウベナ	ウベモ	ウベコソ	ウベシカモ	ウベシコソ	ウベシ	ウベ	ムベナリ	ムベモ	ムベコソ	ムベシモ	ムベシコソ	ムベ	合計
万葉集	1	2	7			4	2	6							22
記歌謡		1				1									2
紀歌謡・訓注	1	1			1										3
竹取物語								1							1
伊勢物語													1		1
土佐日記										1					1
大和物語										1					1
平中物語												1			1
蜻蛉日記			3							3				1	7
うつほ物語	1							1	2	1	3			2	10
落窪物語									1						1
枕草子									1					1	2
源氏物語									4	2	2			2	10
栄華物語				1							1				2
夜の寝覚									1		2				3
大鏡														1	1
今昔物語集								1							1
合計	3	4	10	1	1	5	2	9	9	8	8	1	1	7	69

［表2］「ウベ（ムベ）」の呼応関係（後接語句の文末表現）

（［表1］の調査資料に基づく。助動詞の活用形は区別しない。「ウベ（ムベ）ナリ」の用例は表から除いた。）

文末の助動詞・動詞活用形	上代	中古以降	合計
ケリ	6	15	21
ケラシ	4		4
ケム		3	3
ラシ	2		2
ラム（ナモ）	1	2	3
ム	3	1	4
ジ・	3		3
ズ	1		1
タリ	1	2	3
ヌ〈完了〉		3	3
動詞終止形	3	2	5
動詞已然形〈係り結び〉	1	1	2
その他		3	3
合計	25	32	57

注

（1）仏典資料における「宜」の訓法について、小林［2017］「第五章　副詞の呼應語の統一と消滅」では、次のようにまとめている。

「宜（ヨロシク／ベシ）」の再讀表現の訓法は、平安中期には管見に入らず、平安後期に見られる。「宜（ヨロシク／ベシ）」の再讀表現は、院政期にかけて次第に増えて行くが、再讀表現でない訓法もあり、固定化は未だ成っていない。（926頁）

村上［1966］は、平安時代の漢籍の訓点資料における再読字の訓法を調査し、平安中期以降に再読の訓法が漢籍にも見られること、「宜」字も用例がわずかでありながら、再読される例があることを示した。日本書紀古訓の再読字の訓法を中心に据えた論考としては、林［1972］と内山［1992］も挙げられる。注（3）（5）参照。

（2）日本書紀神代巻諸本における「宜」の訓法については、『校本日本書紀―神代巻』に基づいて調査し、兼方本の訓点は、『京都国立博物館所蔵国宝　吉田本日本書紀　神代巻』の影印で確認した。

（3）是澤［2018］は、日本書紀古訓を研究する上での基本事項をまとめており、日本書紀古訓の特徴については、築島［1963］・石塚［2014］（石塚［1992］に基づく―王注）をはじめ、先行研究の要点をまとめている。

（4）兼方本2例の附訓において、挙例②は、「宜（ウヘ江）」の「江」の注記で示される大江家の訓説を引用したものと見られるが、「江」の注記がない挙例①の「ムヘ」は依拠する祖本の訓点に基づくものか、挙例②の訓法に触発されて施されたものか、諸本の関係や師資伝承などの観点から考える必要がある。兼方本の「宜」について言及はないが、小林［1970］は、「日本書紀の大江家の訓説が江師本を通して、卜部家説に引用され、影響力を持っていたのは偶然ではない」と述べている。

（5）内山［1992］は、日本書紀神代紀鴨脚本・弘安本（兼方本―王注）・乾元本・丹鶴叢書本・御巫本私記乙本・彰考本私記丙本・甲本などにおける再読字の訓法を調査しており、「宜」の訓法の「全体的な特徴」について、「副詞の訓として「ヨロシク」のほかに「ウベ（ムベ）」というバリエーションがあること、またその結びの形として「ベシ」以外に「ム」や命令形のものがあることなどがあげられ」ると述べている。林［1972］では、岩崎本推古皇極両紀の、平安中期より室町中期頃までの計8次の訓点を考察対象にし、書紀の他の古写本及び他の訓点資料などと比較している。調査結果として示された8例の「宜」（推古紀6例、皇極紀2例）の訓法において、「ヨロシク」の「ク」の加点は、室町期の加点にしか現れていないようである。また、同論は「中臣本」「仮名日本書紀」に「ムベ～ベシ」の訓読例があることについて言及している。

（6）王［2017］で取り上げた【適当】【適合】の両用法の定義と代表例は次の通りである。

【適当】用法　―　「～すべきだ、～するのがよい」という意味で、ある事態の実現が妥当なこととして動作主に要請するという判断を表す用法である。

【適合】用法 ―「〜によい、〜に適している」という意味で、主語（主題）の性質や、時間・空間など事態実現の条件が事態の実現をするのに適していることを表す用法で、「宜」の実詞用法（独立文節になれる用法）と考えられるものである。

a 汝等於二此火宅一宜二速出來一。（妙法蓮華経）【適当】

b 沐二蘭澤一、含二若芳一、性和適、宜レ侍レ旁。順序卑、調二心腸一。（文選・神女賦并序）【適合】

c 寡人不佞、不レ足三以稱二宗廟一。願請二楚王一計二宜者一、寡人不二敢當一。（史記・孝文本紀）

d 城周六七里。諸國商胡雜居也。土宜二穈麥蒲萄一。林樹稀疎。（大唐西域記）

右の「宜＋動詞節」以外の構文で見る【適合】用法の「宜」は、次のような例にあたる。

なお、【 】内の用法の命名は、王によるもので、先行研究の用法分類との関連づけについて、王［2008］［2017］において一部述べており、今後、更に整理して提示したい。

(7)［表1］の共起する助詞は目安として示したもので、「ウベコソハ」は「ウベコソ」に統合して集計するように処理した。「ウベナシ」―「ウベナク」の形で副詞的に使われる「ウベモナク」「ムベモナク」は調査資料では蜻蛉日記のみに出ており、便宜上、「ウベモ」「ムベモ」の用例に集計している。「ウベ（ムベ）」と同源の語の中で、考察対象から外したのは、動詞「ウベナウ」「ムベナウ」（上代からある）、形容詞化した「ウベウベシ」「ムベムベシ」（平安以降の用法）などである。

(8) 挙例④の日本書紀訓注に見る「ウベナリ」は、応答に用いられている例で、大坪［1981］は「應諾の副詞」（267頁）としている。また、毛利［2002］は、日本書紀の「訓注が施された箇所は、基本的に先ず日本語があって、それを翻訳しようとして本文の語句がある」と指摘している。「ウベナリ」の応答に用いられる用法は、漢文における「諾」の用法に合致するもので、両者は、他者の申し入れや言い分を肯定して受け入れる意味で対応関係が成立していると思われる。同様の例は、霊異記の訓釈にも見られる。万葉集では、応答以外の用法にあたる「ウベナリ」「ウベ」を表記する際も「諾」を援用したと考えられる。「ウベ」「ウベナリ」の、訓点資料と上代文献との間に見る字訓対応の異同については、後考に譲る。

(9)［表2］「その他」の3例は、次のような省略文の例にあたる。

ものなどうち言ひたるけはひなど、むべこそはとめざましう見たまふ。（源氏物語・藤裏葉）

（10）【納得】の用法名は、「なるほど」「わけだ」の研究にも見られる。土屋［2012］横田［2001］参照。

（11）「宜」の構文特徴と用法分類の対応関係は、厳密に分けられるものではない。A構文は単独で述語になることが可能で、実詞用法にあたる。B構文の場合、語気助詞のつかない例は、虚詞用法にあたると思われるが、語気助詞のつくものは、Aの倒置表現と見なすことができる例、つまり実詞用法として捉えられる例もあれば、実詞・虚詞用法のどちらか区別がはっきりしない例もある。また、「宜」の前接また後接する部分の特徴において、主述文節（文の独立性を取り除く「之」の入るもの）と独立文とで区別されるものでもない。構文と用法との相関関係については、以下のような「宜」以外の用例などと合わせて検討する必要もある。

a師道之不伝也久矣。（唐・韓愈「師説」）　→　A構文—主述文節＋〜
b久矣吾不復夢見周公。　→　B構文—〜＋独立文
c甚矣汝之不恵。（列子・湯問）　→　B構文—〜＋主述文節
d甚矣吾不知之也。（史記・刺客列伝）　→　B構文—〜＋独立文

（12）「宜」の後に語気助詞がない形で、挙例⑲のとほぼ同一の用例が『左伝』『韓非子』に見られる。
a呼、役夫、宜君王之欲殺女而立職也（左伝・文公元年）

b呼、役夫、宜君王之欲廃女而立職也（韓非子・内儲説下）

次の辞書類は、何れも挙例⑲又はその類例を挙げており、それぞれの解説と日本語訳は下記に示す。

『古代汉语虚词词典』では、d「表示所述事实正当如此。可译为“怪不得”、“难怪”等。」

『古代汉语虚词通释』では、e「表示事情的结果正该如此，可译作“怪不得”。」

『汉语大词典』では、f「犹当然；无怪。表示事情本当如此」

d)述べられる事実はまさにそうなって然るべきだということを表わす。「道理で」「なるほど」などと訳すことができる。

e)事柄の結果はまさにそうなって然るべきだということを表す。「道理で」と訳すことができる。

f)「当然」、「道理で」と同様。事柄は本来、そのようになって当然だということを表す。

なお、ｄｅｆに見る中国語現代語訳にあたる「難怪」は、『小学館日中・中日辞典 第2版』では、「(1)〔副詞〕〔原因やわけがわかって疑問が解けたことを表す〕道理で．なるほど．“怪不得”とも．(2)とがめることができない．無理もない．【語法】述語に用いる．」とある。

(13) 神代紀において「宜」は26例見られるが、「然後幸者宜也」「当遣誰者宜也」の2例は再読字に該当しないものである。右2例の「宜」は「よい」という意味で許容・評価を表わすもので、「宜」の【適合】【適理】用法に連続する用法にあたる。兼方本では、2例とも「宜」に「ヨケム」の附訓が見られる。

(14) 訓法の挙例において、解読文の形式は依拠文献によって異なるが、ヲコト点は平仮名、カタカナ訓点が片仮名、( )を施した平仮名は解読文の著者の推定による訓み添えであることは共通している。訓の抽出は、ヲコト点とカタカナ訓点にあたる部分に基づいており、著者の推定による訓み添えの部分は採らない方針である。漢字仮名読み下し文形式の解読文には、原漢文も掲げた。[ ]内は出自の訓点資料で、〈 〉内は解読文の依拠文献及び該当頁である。加点時期が資料名に明示されていないものは便宜のために示した。旧字体や旧仮名遣いを一部改めたものがある。傍線は王が施した。

(15) 月本［2018］は、「日本の訓点は複数の読み方を記して，幅広い理解を許し，いつでも原文の検討ができるように，訳文を別に作らず，原漢文に直接記入したものである。極論すれば，理解に幅を持たせ，一つに決めない，あるいは決められないというものだったのではないか」と述べている。右は、再読字の訓法について言及していないが、右の見解は、再読字における副詞訓の機能にも繋がるものと考えられる。つまり、再読字の副詞訓は、助動詞訓と組み合わせることによって、当該字がその原文にあることの標識ができ、訓読を速やかに進行させ、解釈の検討作業と分離させることができる機能的な訓法と考えられる。

引用文献・重要参考文献

石塚晴通［1992］「兼方本日本書紀古訓の性格」(『小林芳規博士退官記念　国語学論集』汲古書院　平4・3)

内山　弘［1992］「再読字から見た日本書紀の訓法―神代巻を中心として―」(『語文研究』第74号　九州大学国語国文学会　平4・12)

王　秀梅［2008］「「當」・「將」の再読よみの固定化に関する一試論」（『訓点語と訓点資料』第121輯　平20・9）
王　秀梅［2011ａ］「「當」と「マサニ」の対応関係について」（国語文字史研究会編『国語文字史の研究　十二』和泉書院　平23・3）
王　秀梅［2011ｂ］「「將」と「マサニ」の対応関係について」（萬葉語学文学研究会編『萬葉語文研究第6集』和泉書院　平23・3）
王　秀梅［2017］「「ヨロシク～ベシ」という語法の形成について―漢文における「宜」の構文と用法から考える―」（『文学史研究』57号　平30・3）
大坪併治［1958］『小川本願経四分律古点』（『訓点語と訓点資料』第九輯　別刊第一　昭33・1）
大坪併治［1981］『平安時代における訓點語の文法』（風間書房 2015 年発行第9回配本　平27・12）
蔵中　進［1981］『江戸初期無刊記本遊仙窟』（和泉書院　昭56・4）
小川環樹　西田太一郎［1957］『漢文入門』（岩波書店　昭32・11）
小林芳規［1954］「漢文訓読史上の一問題―再読字の成立について―」（『国語学』16輯　昭29・3）
小林芳規［1967］『平安鎌倉時代に於ける漢籍訓讀の國語史的研究』（東京大学出版社　昭42・3）
小林芳規［1969］「日本書紀古訓と漢籍の古訓読―漢文訓読史よりの一考察―」（『佐伯博士古稀記念　国語学論集』昭44・6）
小林芳規［1970］「日本書紀における大江家の訓読について」（『國學院雜誌』昭45・11）
小林芳規［1991］「再読字の訓読史―「當」字を例として―」（『漢文学論集　鎌田正博士八十寿記念』大修館書店　平3・1）
小林芳規［2012］『平安時代の佛書に基づく漢文訓讀史の研究Ⅲ　初期訓読語体系』（汲古書院　平24・2）
小林芳規［2017］『平安時代の佛書に基づく漢文訓讀史の研究Ⅶ　変遷の原理』（汲古書院　平29・4）
是澤範三［2018］「日本書紀古訓論」（『日本書紀の誕生―編纂と受容の歴史』八木書店　平29・4）
鈴木一男［1954］「返読字の成立について―漢文訓読史研究の一―」（『奈良学芸大学紀要』第3巻第3号　昭29・3）
築島　裕［1963］『平安時代の漢文訓読語につきての研究』（東京大学出版会　昭38・3）

月本雅幸［2018］「訓点資料訳読文コーパスに関する一問題―訓点の複線性をめぐって―」（国立国語研究所「通時コーパス」シンポジウム2018：『日本語歴史コーパス』のフロンティア　テーマセッション資料　平30・3）
土屋菜穂子［2012］「OPI（Oral Proficiency Interview）に見られる聞き手の応答表現「なるほど」について」（小論集日本語学・日本語教育　安田尚道教授退任記念号『青山語文』24　平14・3）
中田祝夫［1958］『古点本の国語学的研究　訳文篇』（講談社　昭33・3）
中村宗彦［1983］『九条本文選古訓集』（風間書房　昭58・2）
丹羽哲也［1991］「「べきだ」と「なければならない」」（『大阪学院大学人文自然論叢』第23・24号　平3・12）
林　勉［1972］「岩崎本日本書紀における所謂「再読字」の訓読について」（『論集上代文学』第三冊　昭47・11）
廣岡義隆［2016］「呼応表現様式から―「再読よみ」について―」（『萬葉』第二百二十一号　平28・3）
村上雅孝［1966］「平安時代の漢籍訓読語の一性格―再読字を中心として―」（『国語学』64　昭41・3）
毛利正守［2012］「日本書紀訓注の把握」（『国文学』47-4特集・文字／表記／テキスト―書くことが成り立たせた古代学燈社　平24・4）
横田淳子［2001］「文末表現「わけだ」の意味と用法」（『東京外国語大学留学生日本語教育センター論集』27　平13・3）
『京都国立博物館所蔵国宝　吉田本日本書紀　神代巻上』『同　下』（勉誠出版2014年　石塚晴通　羽田聡　解説）平26・2
『共同研究（若手）研究成果報告『和漢朗詠集』の伝本と本文享受の研究』（大学共同利用機関法人人間文化研究機構国文学研究資料館発行2018年　惠阪友紀子（研究代表者）平30・3）
『校本日本書紀　神代巻』（國學院大學日本文化研究所・中村啓信編　昭48・11～平7・5）
『和漢朗詠集古注釈集成　第一巻』（大学堂書店1997年　伊藤正義　黒田彰　三木雅博編　平9・6）
『汉语大词典（漢語大詞典）』（汉语大词典出版社1986年～1993年）
『古代汉语虚词通释（古代漢語虛詞通釈）』（何楽士等編　北京出版社1985年）
『古代汉语虚词词典（古代漢語虚詞詞典）』（中国社会科学院语言研究所编　商务印书馆1999年）
用例検索にあたって、古典総合研究所「語彙検索」、国立国語研究所「中納言」『日本語歴史コーパス』、「ジャパンナレッジ」、「中國哲學書電子化計劃」を利用した。

日子坐王の系譜

山村桃子

はじめに

『古事記』中巻開化条には、開化天皇の御子・日子坐王から始まる玄孫までの系譜が記される。系譜記述と本稿に関わる系図（一部省略）を示す。

日子坐王、山代之荏名津比売、亦の名は苅幡戸弁を娶りて、生みし子は、大俣王。次に、小俣王。次に、志夫美宿禰王〈三柱〉。又、春日建国勝戸売が女、名は沙本之大闇見戸売を娶りて、生みし子は、沙本毘古王。次に、袁耶本王。次に、沙本毘売命、亦の名は、佐波遅比売〈此の沙本毘売命は、伊久米天皇の后と為りき〉。次に、室毘古王〈四柱〉。又、近淡海の御上の祝が以ちいつく天之御影神の女、息長水依比売を娶りて、生みし子は、丹波比古多々須美知能宇斯王。次に、水穂之真若王。次に、神大根王、亦の名は、八爪入日子王。次に、水穂五百依比売。次に、御井津比売〈五柱〉。又、其の母の弟袁祁都比売命を娶りて、生みし子は、山代之大筒木真若王。次に、比古意須王。次に、伊理泥王〈三柱〉。凡そ日子坐王の子は、幷せて十一の王ぞ。(1)

（『古事記』中巻　開化条）

【系譜一】日子坐王の系譜

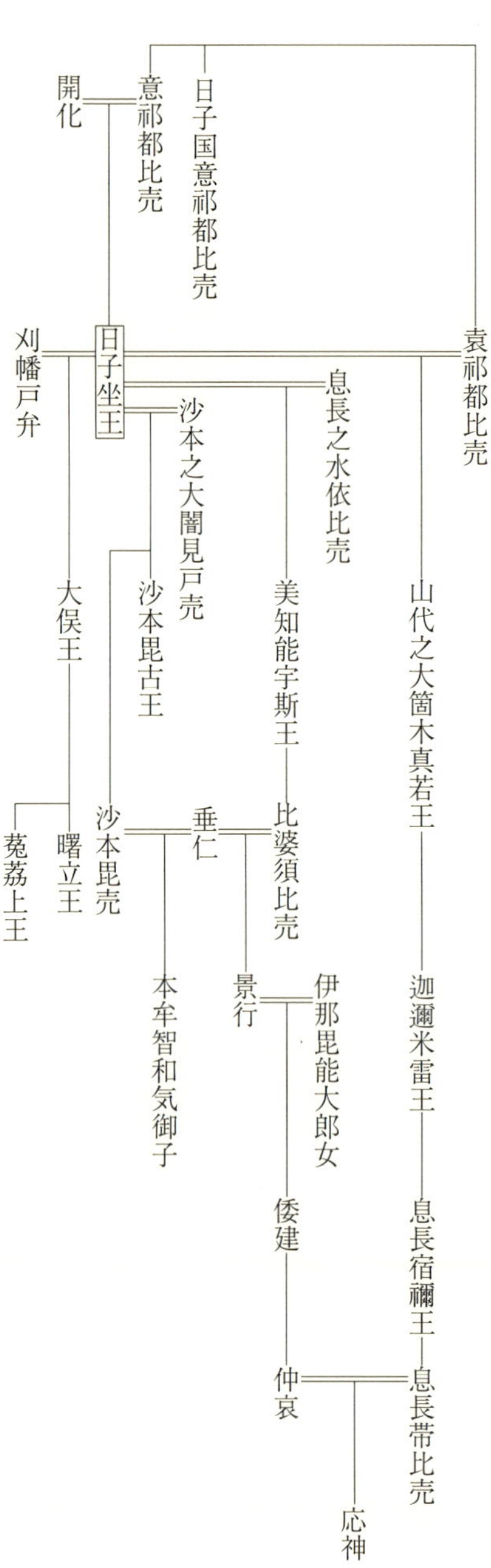

天皇ではない日子坐王がこのような長大な系譜をもつことは、「普通、皇孫までしか記さない『記』においては破格の扱いで、日子坐王が天皇に準ずる待遇を受けている」（『新編全集』頭注）とされるように、開化に比肩する地位が示されているといえる。

日子坐王の子孫には、景行の母・比婆須比売、応神の母・息長帯比売がいる。特に応神は、下巻における二つの皇統である仁徳と継体の両祖であり、『古事記』編纂当時の天皇の系譜において要となる天皇である。

同様に異例の系譜が記されるのは倭建命であり、景行条の末尾には倭建命の子孫の系譜が記される。吉井巖氏によれば、倭建命もまた天皇として構想された可能性のある人物であった。[2] 仲哀の父としてある倭建命もまた、応神の出生に関わる重要な存在であった。

異例の系譜をもつこの二者は、仲哀と息長帯比売、即ち応神の父と母の誕生を導く。これらは応神出生のために増補された系譜と考えることができる。

日子坐王の系譜の意味については、次の吉井氏の重要な指摘がある。

日子坐王系譜は、崇神王朝から仁徳王朝に移行する接点を、また同時に継体天皇の祖天皇を、どのように皇統系譜の上であらわすかという、皇室にとってもまた中央貴族にとってもきわめて重要な問題の処理の歴史を、中央貴族の消長の歴史とともに、我々に語っているものと理解されるのである。(3)

その接点は、ホムチワケ／ホムツワケにある。吉井氏は、ホムチワケの物語をホムダワケたる応神の物語に繫がる神話であることを明らかにされた。(4)ホムダワケ（応神）を定立したのは息長氏の作為によるものであり、その定立によって、若野毛二俣王の父としてのホムツワケ王の系譜的位置は失われたとする。

日子坐王の系譜が『古事記』における重要な皇統―応神・継体―を説明する意義をもつという考察は、『古事記』中巻の構想に関わるきわめて重要な問題である。但し、それを特定の氏族による営為の問題に帰着させるのではなく、それによって示された『古事記』において構造化された系譜、またその系譜が示す物語を明らかにしたいと考える。

本稿は、こうした日子坐王の系譜の意義をふまえ、日子坐王と沙本毘売、さらに本牟智和気御子の考察を通して、『古事記』におけるホムチワケの物語がホムダワケの物語に如何に連続していくのか、その具体的内容を系譜の形成過程もふまえて考察したい。それは、丹波・山代を含む山陰道や河内の支配を語ることで成されていくと考える。

一、日子坐王と美知能宇斯王――丹波・山代の支配

ホムチワケの祖としての日子坐王と美知能宇斯王は、共に『古事記』において山代・丹波の支配を確立する者―

古山陰道における東部地域の支配者―として構想されたと考えられる。

古山陰道とは、山代、丹波（丹波・丹後）、但馬、因幡、伯耆、出雲、石見、隠岐諸国を通る古代道路である。天武十四年九月に、東海・東山・山陽・山陰・南海・筑紫の六道に使者が派遣され、巨勢粟持が「山陰使者」とされたことから、山陰道の成立は天武朝頃とされる。『古事記』に「山陰道」の文字は見えないが、その形成の過程は、日子坐王の系譜において段階的に示されていると考えられる。日子坐王の事績について、崇神条には次のように示される。

此の御世に、大毘古命は、高志道に遣し、其の子建沼河別命は、東の方の十二の道に遣して、其のまつろはぬ人等を和し平げしめき。又、日子坐王は、旦波国に遣して、玖賀耳之御笠〈此は、人の名ぞ〉を殺さしめき。（中巻　崇神条）

高志道（のち北陸道）、東方十二道（のち東海道）に較べ、この時点では旦波国とのみあり、未だ道として確立されていない。但し「丹波道の大江の山の」（『万葉集』巻12・三〇七一）の歌があり、山代と丹波の境をなす大江山（老ノ坂）には山陰道の古代駅が置かれ、大江関も置かれた軍事上の要衝でもあった。

日子坐王が征伐した玖賀耳之御笠は、その大江山を越えた地にある丹波国桑田郡の支配者と考えられる。桑田郡は『倭名類聚抄』（元和本）に、「丹波国【国府在桑田郡。行程上一日下半日。】」、「桑田（久波太国府）」とあり、国府が置かれた。継体即位前紀には、皇統断絶の際、継体擁立以前に、丹波国の桑田郡にいる仲哀五世の孫・倭彦王を迎え入れる計画があったが、王は兵を恐れて逃げ、計画は果たされなかった記事が載る。また仁徳紀には、皇后の嫉妬のため、天皇が宮人桑田玖賀媛を遇せず長い年月が経ったことで、臣下の播磨速待が貰い受けることとなるが、玖賀媛は拒否する話が載る。天皇は速待に玖賀媛を副え桑田に送り返すものの、玖賀媛は途中で亡くなる。このように桑田郡玖賀は、丹波国中心部であり、天皇の擁立を可能とする勢力を有していた。

丹波とはもと丹波・丹後を含む広大な国であり、丹後国は「和銅六年割二丹波国五郡一置二此國一」（『倭名類聚抄』元和本）と和銅六年に丹波国から五郡（加佐・與謝・丹波・竹野・熊野）が分割される形で成立した。玖賀耳之御笠を征討した日子坐王は、そのうち丹波地域を治めたといえるが、一方の丹後地域を掌握する人物と思しいのが、日子坐王の異母兄・比古由牟須美命である。

比古由牟須美命は、開化と旦波の大県主由碁理（ゆごり）の女・竹野比売との間に生まれ、第一皇子として筆頭に記される。ヒコイマスの異伝ともなる存在で、開化紀（六年）では彦湯産隅命の亦の名としてヒコイマスの名と類似する「彦（ひこ）蔣簀（もすの）命」がある。垂仁紀（五年）には、「丹波国の五婦人有り。…是丹波道主王が女なり。【道主王は、稚日本根子太日日天皇の子孫、彦坐王の子なり。一に云はく、彦湯産隅王の子なりといふ】」と、丹波道主王の父として彦坐王、その異伝に彦湯産隅王とある。

比古由牟須美命とはいかなる存在か。名義について『古事記伝』は、「由牟の意未思得ず、【由は、外祖父の名の由と一にや、若然らば、共に温湯（ユ）といふ地名などにもやあらむ、】」とし、その名の核となるのは、父の由碁理から受け継ぐユと考えられる。由碁理は丹波の大県主であり、丹後地域丹波郷の県主と考えられる。

由碁理の女・竹野比売は、その丹波郡に北接する丹後半島最北端の竹野郡の名を負う女性である。丹波郡と竹野郡は、丹波地域の由良川と並ぶ丹後地域の主要河川・竹野川によって繋がりをもつ。両者は丹後地域の中心部としての丹波郡と、港津をもつ竹野郡として経済的な関係を有していたと推測される。

開化を父とし、丹波大県主由碁理の女・竹野比売を母として生まれた比古由牟須美命は、丹後半島に象徴される丹後地域の支配者としての系譜的資格を備えている。外祖父のユの名を受け継ぐ比古由牟須美命は、丹後地域沿岸部一帯が温泉地帯であり、垂仁紀にも「彦湯産隅王」と表記されることをふまえれば、『古事記伝』が指摘するように湯の意味が考えられる。(5)

さて、記紀においてヒコイマスの子であり、あるいはヒコユムスミの子であるのが、ミチノウシ王である。『古事記』で丹波国を討伐したのは日子坐王であったが、『日本書紀』において丹波を征服したのは丹波道主王である。名義の確認のため、まず「道主」の例を挙げる。

日神の生みたまへる三女神を以ちては、葦原中国の宇佐島に降居さしめたまふ。今し海の北の道中に在し、号けて道主貴と曰す。（神代紀第六段一書第三）

荒田と号くる所以は、此処に在す神、み名は道主日女の命、父无くしてみ児を生みましき。（播磨国風土記　託賀郡）

玉置山。鹿狐出づ。神在り、道主命と号す。（尾張国風土記逸文　今井似閑『万葉緯』巻第十六所収）

神代紀では、大陸航路の要衝における海上守護神・宗像三女神が「道主貴」と呼ばれ、播磨国風土記では、荒田という地に坐し、七日七夜で田の稔りをもたらす女神が「道主日女の命」とされる。尾張国風土記逸文では、玉置山の神が「道主命」とされる。こうした用例の限り、「道主」とはその地または要衝を支配する神であり、ミチノウシ王は丹波の将軍として相応しい名義を有していた。

またミチノウシ王に対し、『古事記』が「比古多々須（ヒコタタス）」という独自の称辞を付加することには注目される。「立つ」の敬意表現であるタタスは次のように用いられる。

天忍穂耳命、天の浮橋に多々志（タタシ）て、詔はく、「豊葦原千秋長五百秋水穂国は、いたくさやぎて有りなり」と、告らして……（上巻）

この御酒は　我が御酒ならず　酒の司　常世に坐す　伊波多々須（イハタタス）　少御神の　神寿き　寿き狂し　豊寿き　寿き廻し　奉り来し御酒ぞ（中巻　仲哀条）

やすみしし　我が大君の　朝とには　伊余理陀多志（イヨリダタシ）　夕とには　伊余理陀多志（イヨリダタス）　脇机が下の　板にもが　吾兄

を　　　　　　　　　　　　　　　（下巻　雄略条）

上巻では、天照大御神の命によって天降った天忍穂耳命が天の浮橋に「立たし」て、地上の様子が騒がしいことを見る。「立たす」ことは、選ばれた天忍穂耳命の支配者としての資格を示す。仲哀条では常世に坐す少御神が石のように「立たす」と歌われる。その「立たす」には、石の性質に象徴される恒久性、また「坐す」とは対照的な動作性が窺える。「立たす」の恒久性は、雄略条の春日の袁杼比売が、我が大君（雄略）が朝夕に寄りかかり「立たす」脇息の板になりたいと歌うことにも窺える。「立たす」とは、偉大な支配者の存在を敬意をこめてあらわす表現であった。

このタタスは、日子坐王のイマスに対応すると考えられる。日子坐王は君子としての「日子」が「坐」す、旦波比古多々須美知能宇斯王は、丹波の君子、また山陰道の一部としての丹波道の主を意味する。前者はより抽象的で、後者は限定的な支配域をあらわす。『古事記』は丹波支配の契機を日子坐王とし、それを旦波比古多々須美知能宇斯王が継承するという形で示そうとする。そこには日子坐王に対する権威化の意図がみとめられよう。両者は、丹波支配の祖とその実質的な支配者として、『古事記』において構想されたのではないか。換言すれば、ヒコイマス・ヒコタタスの対なる存在によって、山陰道東部の丹波（丹波道）における支配の秩序の安定がもたらされたのである。

日子坐王の系譜は、丹波のみならず、山代国の支配者をも輩出する。山代之大筒木真若王と大筒木垂根王、いずれも山代国綴喜郡の郡名を負う者である。

古代山代の中枢的な地域と思しい山代国の綴喜は、木津川流域の一帯の地域である。「そらみつ　大和の国をあをによし　奈良山越えて　山背の　管木の原　ちはやぶる　宇治の渡り…」（『万葉集』巻13・三二三六）と詠まれるように、大和と山代の境である奈良山を越えた地域が筒木であり、宇遅へと通じた。大和から奈良山の丘陵を越え、木津川流域を通るこの道は古山陰道にあたる（『日本歴史地名大系』）。

このように開化条の系譜で示された山代の支配は、崇神条における建波邇安王の征伐によって確かなものとされる（次節）。古山陰道のルートについては、「大和から奈良山の低い丘陵を越える歌姫越を経て山城国に至り、そこから北西行して木津川左岸に沿い、吐師（現相楽郡木津町）、祝園・下狛（相楽郡精華町）、山本・田辺・大住（現綴喜郡田辺町）を通り、木津川・宇治川・桂川の山川合流点下流付近で渡河するが、この間については（中略）木津川旧流路（現在の生津―八幡の流路は明治以降のもの）の左岸に沿って直線的に北西行するという説もある」（『日本歴史地名大系』）とある。建波邇安王の戦いの舞台となるのは「和訶羅川」（木津川）流域で、河を挟んで対立した「伊豆美」、軍士を斬り捨てた「波布理曾能」（木津川左岸の祝薗）、軍勢を追い詰めた「久須婆の度」、は、奈良山を越えた木津川の南から左岸を通り渡河地点に至るルートを示している。(6) 従ってここに、山代における古山陰道の起源が示されているといえる。

このようにして丹波の支配者は、大和を起点とする古山陰道における山代の支配者を生み出した。日子坐王と比古由牟須美命の系譜と事績は、「丹波道」「山背道」における権威の確立を物語るといえる。

ミチノウシ王の娘たちについては異伝が多く存在する。開化条では、比婆須比売命、真砥野比売命、弟比売命の三柱、(7) 垂仁条では、比婆須比売命、弟比売命、歌凝比売命、円野比売命の四柱とある。さらに垂仁紀では、狭穂媛の言に「丹波国に五婦人有り」とあり、その後「日葉酢媛命を立てて皇后としたまひ、皇后の弟の三女を以ちて妃としたまふ」と書紀においても五柱と四柱で揺れがある。ミチノウシ王の名が、道の主として抽象的な概念を示し、丹波国の支配者の集合的存在としてあったためだろうか。

このミチノウシ王の娘たちは、ともに地名起源譚を形成する点に特徴をもつ。

其の后の白しし随に、美知能宇斯王の女等、比婆須比売命、次に、弟比売命、次に、歌凝比売命、次に、円野比売命、并せて四柱を喚し上げき。然れども、比婆須比売命・弟比売の二柱を留めて、其の弟王の二柱は、甚凶醜に因りて、本主に返し送りき。是に、円野比売の慚ぢて言はく、「同じ兄弟の中に、姿醜きを以て還さえし事、隣き里に聞えむは、是甚慚し」といひて、山代国の相楽に到りし時に、樹の枝に取り懸りて死なむと欲ひき。故、其地を号けて懸木と謂ひき。今、相楽と云ふ。又、弟国に到りし時、遂に峻しき淵に堕ちて死にき。故、其地を号けて堕国と謂ひき。今、弟国と云ふ。（中巻　垂仁条）

秋八月の壬午の朔に、日葉酢媛命を立てて皇后としたまひ、皇后の弟の三女を以ちて妃としたまふ。唯し竹野媛のみは、形姿醜きに因りて本土に返しつかはしたまふ。則ち其の返しつかはさえしを羞ぢ、葛野に到り、自ら輿より堕ちて死る。故、其の地を号けて堕国と謂ふ。今し弟国と謂ふは訛れるなり。（垂仁紀十五年）

『古事記』では円野比売命が山代国の相楽郡と乙訓郡、『日本書紀』では竹野媛が乙訓郡の地名起源となる。いずれも、同時に喚し上げられた姉妹の中で容貌が醜いという理由により本国に返されるさなか、屈辱により自死する行為や状況によって、その地が名付けられる。山代国の相楽郡は大和国と、乙訓郡は丹波国との境界を接し、その背景には古山陰道の存在が考えられている（『日本歴史地名大系』）。このようにミチノウシ王の娘らもまた、婚姻譚を通して山代国の支配と関わり、その境界策定に関わる役目を負うといえる。

山代の地は、応神・仁徳条における譚の舞台となる。応神条では、天皇による国見がおこなわれ、また大山守命の反乱を鎮めた。仁徳条では、石之日売が筒木宮に逗留する。『日本書紀』では筒木は継体の宮としてもあり（継体紀五年十月）、弟国にも遷都する。(8) 日子坐王の系譜は、応神・仁徳朝における支配の前提としてあり、『日本書紀』とも併せれば、継体と関連する地ともいえるだろう。

二、沙本毘古と沙本毘売──河内の支配

次に、日子坐王の子・沙本毘古と沙本毘売の存在について考える。

美知能宇斯王の娘等が喚し上げられたのは、当初の垂仁妃であった沙本毘売の「旦波比古多々須美知能宇斯王の女、名は兄比売・弟比売、玆の二はしらの女王は、浄き公民ぞ。故、使ふべし」という進言による。吉井氏は、沙本毘売の話と比婆須比売命の話は本来異なる話であったとされ、両者の関係の深さは窺えない。本節では日子坐王の系譜において、沙本毘売が河内との関連を示す存在であることを考察する。それは、沙本毘売が亦の名として佐波遅比売とも記されることに示されていると考える。

> a春日建国勝戸売が女、名は沙本之大闇見戸売を娶りて、生みし子は、沙本毘古王。次に、袁耶本王。次に、沙本毘売命、亦の名は佐波遅比売〈此の沙本毘売命は、伊久米天皇の后と為りき〉。（中巻　開化条）
>
> b此の天皇、沙本毘古命の妹、佐波遅比売命を娶りて、生みし御子は、品牟都和気命。（中巻　垂仁条）

aの注記からは、垂仁天皇の后としては「沙本毘売命」の名、bの記述からは品牟都和気命の母としては「佐波遅比売命」の名で示されていることがわかる。この二つの名を持つことについて、『古事記伝』は「同母妹沙本毘賣の亦御名佐波遅比賣と申すに准へてみれば、姓氏録【豊階公下】に、彦坐命男澤道彦命とあるは、此王なるべし」と指摘する。その『新撰姓氏録』（河内國皇別）には次のようにある。

> 日下部連　彦坐命子狭穂彦命之後也。
>
> 豊階公　河俣公同祖　彦坐命男澤道彦命之後也。

いずれも彦坐命の子として、日下部連は狭穂彦、豊階公は澤道彦命の後裔と記され、開化条の「沙本毘古王は、〈日下部連・甲斐国造が祖ぞ〉」に符合する。注目したいのは、佐波遅（サハヂ）比売に対応する澤道（サハヂ）彦命の名が存在すること

である。ヒコイマスの子としてサホビコ・サハヂヒコと並ぶことは、『古事記』で沙本毘売・佐波遅比売と二つの名が示されることに対応する。『古事記』にサハヂヒコの名はみえないが、沙本毘古・沙本毘売兄妹のいま一つの対として、サハヂヒコ・サハヂヒメの兄妹があると考えたい。

沙本毘古王を祖とする日下部連は、河内国若江郡日下に本拠を置く氏族と思しい。また豊階公は、『日本三代実録』（貞観三年九月）に、「正五位上行刑部大輔豊階安人卒。安人者、元河内國大縣郡人。後為㆓左京人㆒也。本姓河俣公。延暦十九年、河俣公御影。改㆓姓豊階公㆒」とあるように河俣公と同祖で、延暦十九年に河俣から豊階に改姓したとある。従って以前は河俣公とみとめられ、『新撰姓氏録』（河内國皇別）には、「川俣公　日下部連同祖。彦坐王之後也」と日下部連と同祖とある。

河俣は「河内国　若江郡　川俣」（『倭名類聚抄』高山寺本）に見える川俣郷であり、大和川から分流する川が草香江に流入する河口一帯の地域である。開化条には、「息長宿禰王、河俣稲依毘売を娶りて、生みし子は、大多牟坂王〈此は、多遅摩国造が祖ぞ〉」と、河俣に由来すると思われる女性が、息長氏との関わりで系譜に記される。応神紀には「水渟る　依網池に　蓴繰り　延へけく知らに　堰杙築く　川俣江の　菱茎の　さしけく知らに　吾が心し　いや愚にして」（紀36）と川俣江の地が歌われる。依網池は河内国住吉郡に造られた池とされ、崇神条、仁徳条ともに依網池の造成記事が載る。依網や河俣は応神・仁徳の時代の要地と考えられる。

【表Ⅰ】

本拠地	兄	妹
大和国春日	沙本毘古王	沙本毘売命
河内国河俣	（澤道彦命）	佐波遅比売

ここで「サハヂ」とは、河口に位置する河俣との関係から考えて、沢地（川或いは湿地）の意味が推測される。従って、表Ⅰのように河内国河俣郷と強く結びつくサハヂの名をもつ兄妹と、大和国春日郷の一地名である沙本の名をもつ兄妹の対応を考えることができる。

これらの大和と河内の地のそれぞれに由来をもつ名は、なぜ「沙本毘売命、亦の名を佐波遅比売」という形で同一化され得るのか。綏靖紀には皇后五十鈴依媛の異伝として、磯城県主女・川派媛と春日県主大日諸の女の二者が記され、川俣と春日の近しい関係を示す。

> 二年の春正月に、五十鈴依媛を立てて皇后としたまふ。【一書に云はく、磯城県主が女川派媛といふ。一書に云はく、春日県主大日諸が女糸織媛なりといふ】。即ち天皇の姨なり。后、磯城津彦玉手看天皇を生みたまふ。
> （綏靖紀二年正月）

直木孝次郎氏は、「河内政権の王は、和珥・春日などの豪族と協同して淀川水系を勢力下に入れ、葛城の豪族を味方に入れて大和川の中・下流域を確保し、地位の安定を図ったのである」（『大阪府史』[9]）とされ、ここから二つの地は河内政権を介して結びつくと考えられる。

河内国は、大河内や凡河内とも呼ばれ、淀川の川内を意味する国名と考えられる。古来広大な湖（河内湖）であったが、淀川（山代川）と大和川の沖積作用によって低湿地が形成された。その二つの川が注ぐのが日下江（草香江）と呼ばれる生駒山麓まで広がる入江である。日下江の東岸が日下[10]、南岸が河俣の地である。

『古事記』に地名としての河俣は見えないものの、綏靖条に師木県主が祖・河俣毘売があり、安寧天皇（師木津日子玉手見命）を生み、安寧条に、河俣毘売の兄・（師木）県主波延の女阿久斗比売が天皇の后となり、懿徳天皇の母となることが載る。綏靖・安寧条では、こうした河俣毘売に関わる系譜を通して、大和政権が河内国を取り込む過程が示されていると考えられる。『古事記伝』は、『延喜式』神名帳に河内国若江郡の川俣神社と、大和国高市郡の川俣神社の二箇所あることを指摘し、大和国磯城郡の師木縣主の河内における進出地が志紀であるとする。

また、河俣毘売の兄の女である阿久斗比売の名のアクト・アクツは、川沿いの低い平地を指す語である[11]。その子・師木津日子命の子には二柱の王がおり、そのうち一柱の和知都美命は、「淡道の御井宮に坐しき」（安寧条）とされる。淡道は淡路島と考えられ、下巻仁徳条において、天皇が行幸し、また朝夕にその地の大御水が天皇に献上されたという記述がある。

金剛山地を隔てて河内国に向き合う葛城の地に宮を置く綏靖、その葛城の東に接する片塩の浮穴（うきあな）に宮を置く安寧は、師木県主の女との二代にわたる婚姻を通し、大和国西部から河内国、さらには淡道にまでその支配を拡大する。地名「河内（川内）」は『古事記』では孝元条から見られ、天皇が「河内の青玉が女、名は波邇夜須毘売」(12)を娶り、そこに誕生した建波邇安王の反乱が崇神条に記される。河内で生まれた建波邇安王の山代を舞台とする反乱は、河内と山代が大和政権と未だ安定しない関係であったことを示すだろうか。

建波邇安王がもつ河内と山代との関係は、山代川（淀川）による河川交通によるものと考えられる。それはちょうど、丸邇（わに）氏の支配域と重なる。日子坐王の母は、丸邇氏の祖・日子国意祁都命の妹である。建波邇安王は、大毘古命と丸邇氏の祖・日子国夫玖命によって討たれる。この反逆譚は、丸邇氏が淀川水系や大和川を支配する根拠として崇神条に示されるといってよい。日子国夫玖命は「丸邇坂に忌瓮を居へ」戦に赴く。丸邇氏は、この丸邇坂（天理市和爾町・櫟本町）を本拠とするが、春日の地に移り住んで春日氏となる。日子坐王は春日建国勝戸売の女・沙本之大闇見戸売を娶り、沙本毘古・沙本毘売が生まれた。その沙本毘売が佐波遅比売という名をもつことも、こうしたかかわりによって理解される。

このように、沙本毘売と佐波遅比売が統合されることによって、春日の地から日下江までに及ぶ範囲は同一勢力による圏域であることが示される。沙本毘売が、河内国河俣の地とかかわりをもつ佐波遅比売と統合されたことにより、本牟智和気御子は河内に権力基盤をもつ応神へと接続する存在へとなり得たのではないか。それは、bのホムツワケの母としては佐波遅比売の名が記されることと対応をもつ。佐波遅の名は、河内王朝である仁徳時代に先立ち、三輪王朝の時代において河内への勢力の広がりを、その根拠と共に示している。

河俣について付言すれば、倭建命の子・息長田別王の子に、杙俣（くひまた）長日子王がおり（景行条）、応神紀の河派（かはまた）仲彦と同一人物とされる。(13) 応神はこの杙俣長日子王・河派仲彦の女を娶り、若沼毛二俣王・稚野毛二派皇子を生む。継体の名・袁本杼と類似した名の意富々杼王の父である。上宮記逸文（釈日本紀所引）と併せこれらをふまえると、河俣の地は下巻継体との繋がりをも有していることが窺える。神話において河俣は、山代と共に応神と継体の双方に関わる地といえるだろう。

三、本牟智和気御子——出雲の支配と系譜的断絶、景行条へ

さて、沙本毘売が生んだ本牟智和気御子は、皇位継承者ではないにも拘わらず、一貫して「御子」と呼称され、垂仁条において大きく扱われる存在である。同様の例として倭建命があることは、両者の共通的性格を示唆する。それは、両者が可能態としての皇位継承者であったことを負いつつ、『古事記』においてホムチワケがホムダワケに関わる存在であることを示すと考えられる。

本牟智和気御子が「是の御子、八拳鬚の心の前に至るまで、真事とはず」（垂仁条）と口をきくことができなかったのは、出雲大神の祟りとされた。なぜ本牟智和気御子は出雲大神の祟りを受けるのか。本節では、ホムチワケ譚が山陰道西部である因幡や出雲の地域の支配に関連する内容をもつことを考察する。(14)

本牟智和気御子は鵠の鳴声を聴き、初めて「あぎとひ」、即ち片言を話すようになる。

其の鵠を追ひ尋ねて、木国より針間国に到り、亦、稲羽国に追ひ越えて、即ち、旦波国・多遅麻国に到り、東の方に追ひ廻りて、近淡海国に到りて、乃ち三野国に越え、尾張国より伝ひて科野国に追ひ、遂に高志国に追ひ到りて、和那美の水門にして網を張り、其の鳥を取りて、持ち上りて献りき。（中巻　垂仁条）

鵠が飛ぶのは、稲羽・旦波・多遅麻国の山陰道の国々、そこに高志国を加えれば日本海沿岸国である。山陰へのルートの一つである針間国もみえる。近淡海・三野・尾張・科野国は、高志国へ通じるルートであり、鵠は広く日

本海側の国々を志向して飛び廻る。

捕獲地点である「和那美の水門」の所在は不明であるが、科野から高志を結ぶ水門（みと）駅（新潟県上越市直江津地区）の可能性を考えたい。諸説あるが国府の地ともいわれる。水門駅のある直江津は、長野県境に水源をもつ関川（一級河川）が日本海に注ぐ地点である。

鵠の飛翔は何を意味するのか。『古事記』において日本海沿岸国と縁をもつのは応神である。仲哀条では、建内宿禰が太子時代の応神を率い、北陸道の入口である角鹿（福井県敦賀市）にて気比大神と「易名」をする。それは応神が北陸一帯の漁労神として崇敬される気比大神の神威を身につけ、聖化を遂げる譚であった(15)。応神条においても、応神は宇遅野・葛野のある山代国を通り近淡海へと行幸する。これらの一連の譚は、応神による角鹿を中心とした北陸へ及ぶ支配圏の形成を意味すると思しい。西日本の日本海沿岸国の支配は、穴門の豊浦宮（山口県下関市豊浦町）、筑紫の訶志比宮（福岡県東区香椎）に仮宮を置いた応神の父・仲哀天皇や、筑紫の末羅県玉島（佐賀県東松浦郡）に至って御食をした母・息長帯比売命によってもおこなわれた。

鵠の飛行範囲は、こうした応神・仲哀・息長帯比売命の支配圏と重なる。鵠に反応した本牟智和気御子の「あぎとひ」とは、ホムチワケがまたホムダワケ（応神）でもあったことの呼応ではないか。そして鵠が献上されたものの本牟智和気御子が話すことはなかったことは、応神との系譜的断絶と軌を一にするように思われる。鵠は『和名類聚抄』（十巻本）に「鵠 野王案鵠〈胡篤反 漢語抄云古布 日本紀私記云久久比〉大鳥也」とあり、白鳥の古名といわれる。『出雲国造神賀詞』には、天皇の代替わり毎に白鵠が献上されることが載る。倭建命が白鳥となって飛翔することにみられる鳥霊信仰に基づけば、この鵠もまた啓示的な存在であるだろう。

天皇の夢には出雲大神が現れる。出雲大神の宮の修理のため、卜占により曙立王・菟上王が選ばれ、本牟智和気御子は宮を拝むため出雲に赴く。両者は、日子坐王と山代之荏名津比売の間に生まれた大俣王の子らであり、山代・丹波を通る山陰道を行く案内として選ばれた存在である。

丹波と出雲の関係は崇神紀（六十年七月）の例に窺える。神宝を朝廷に渡したことを恨んだ出雲振根が弟飯入根を殺害することにより、中央から吉備津彦と武渟河別が遣わされ、出雲振根は誅伐される。出雲臣が大神を祀らない時、旦波国氷上郡の氷香戸辺の子が神託めいた言葉を発する。氷上郡は丹波国の中でも播磨・但馬国に接し、古代山陰道のうち星角駅と佐治駅、また丹後国への支路における日出駅の三駅が存在する要衝であることから、山陰道を通じた出雲と丹波の繋がりが窺える。出雲大神の神威が丹波の子に及ぶことは、本牟智和気御子の例と類似する。出雲国の神は、出雲国と都とを結ぶ要路においてその神威を顕現するが、こうした越境性は他国の神にはみられない。出雲国は山陰道最奥の地であり、本牟智和気御子は、前節までで述べた山代・丹波に展開する母の系譜に関わる者として、出雲大神の至現を被ったのではないか。

しかし、肥長比売との結婚に至り、「窃かに其の美人を伺へば、蛇なり。即ち、見畏みて遁逃げき」と肥長比売の正体を見、本牟智和気御子は逃げる。上巻豊玉毘売の出産場面で、火遠理命がその正体を窺い見て畏れ逃げた場面と同様の表現である。豊玉毘売が海神の宮の神であり、葦原中国とは異質な存在であったのと同様に、肥長比売は未だ王権と相容れない存在であった。出雲の土着の神―肥長比売はその名により出雲国斐伊川の神と考えられる―の存在と、二人の結婚の不首尾は、出雲が神々の住む領域、即ち中央政権による統治を未だ受け容れざる国と見なされていたことを思わせる。(16) 婚姻の失敗は系譜の断絶を意味する。従ってそれは、鵠の時と同様の、本牟智和気御子の系譜的断絶の結果であるだろう。

こうして未遂に終わった出雲支配の主題は、次代の景行条倭建命の西征に継承される。吉井氏は「ホムツワケ王は…垂仁皇子であって継体につづくことを系譜において主張した存在であった。崇神王朝をつぎ仁徳王朝の始祖と語られる応神もこれと等しい。それならば、ヤマトタケル系譜も同様な主張を皇統系譜において示していたのではなかったか」[17]と、ホムツワケ王、応神、倭建命がいずれも系譜の改変を受けた存在であり、崇神王朝を継ぐ者として『古事記』の系譜に位置づけられたとされた。

本来の系譜において、倭建命はいかなる位置にあるのか。倭建命の母・伊那毘能大郎女は、孝霊の子若日子建吉備津日子の女であり、本来的には開化朝の人物である。それが系譜操作により三代後の女性とされ、不自然な形で景行妃となる。

【系譜二】孝霊から景行まで（斜体は系譜操作前のものと考えられる系譜）

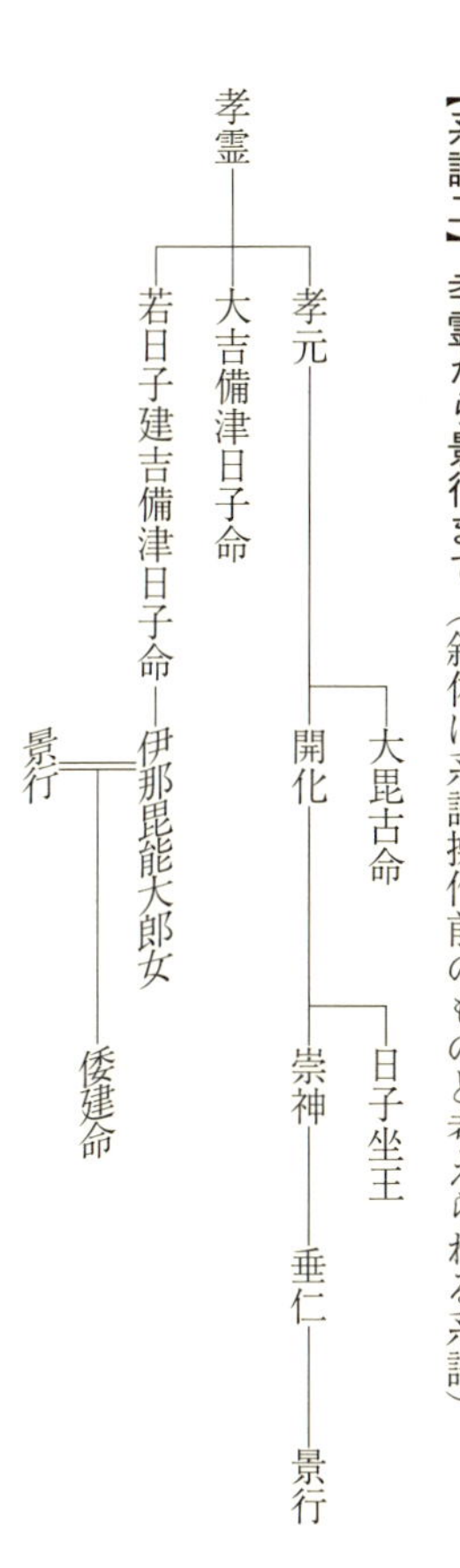

本来、景行は開化、倭建命は崇神・日子坐王と同世代の人物であった。大毘古命らが既に征服した「東方十二道」の再征伐を倭建命が命じられること、崇神紀の出雲振根譚が倭建命の出雲建討伐譚と共通の筋をもつことも、崇神朝と倭建命の強い結びつきを示している。

また、大吉備津日子命、若日子建吉備津日子命がその名に「吉備」を負うのは、彼らの「針間の氷河之前に忌瓮（いはひへ）を居ゑて、針間を道の口と為て、吉備国を言向け和しき」（孝霊条）という吉備征伐の功績による。倭建命の母・針間の伊那毘能大郎女は、針間国印南野の地を根拠とする名であり、本来の祖父らによる吉備征伐の前提として針間を治めた、その際の婚姻による女性と考えられる[18]。

こうして、播磨、吉備という山陽道諸国を支配下に置く系譜は、次に倭建命が「西方」の熊曾国を征伐するための重要な根拠といえる。熊曾征伐後、「還り上る時に、山の神・河の神と穴戸神とを皆言向け和して、参ゐ上りき。即ち、出雲国に入りましき」（景行条）と穴戸神（海峡の神と考えられる）を言向けたことで、西国と山陽道諸国の支配は完成したと考えられる。その後、倭建命は出雲国を征伐する。崇神紀の出雲振根が吉備津彦と武渟河別によって誅伐されたように、ここには山陽道諸国の中枢としての吉備を介した、出雲支配の構造が示されているといえる。

このようにして、日子坐王と倭建命の異例の系譜は連関し、応神に向けた命題に向けて共通の主題を担って展開される。孝霊から分化した二つの平行した系統は系譜操作により統合され、互いに補完的性格をもつ。日子坐王の系譜の主題は倭建命に引き継がれ、西日本において残された山陰道の支配は完成されたといえるだろう。

おわりに

日子坐王は、下巻の皇統の要となる応神の誕生を目的とした系譜構想の、その根源となる始祖的存在であった。その始祖的性格は、婚姻する女性の性格にも窺え、上巻末の建鵜葺草葺不合命から神武の誕生にかけてみられる神話的要素が散見する。日子坐王の四人の婚姻相手のうち、最も重要と思われるのは、叔母・袁祁都比売命とのそれである。叔母との婚姻は、上巻の建鵜葺草葺不合命とその叔母玉依毘売命の婚姻と同様の、重要な血統を濃密に継承する方法である。そして生まれた山代之大筒木真若王が同母弟の女を娶ることには、父の婚姻を受け継ぐ意味が窺える。日子坐王・真若王の系譜の最大の意義は、応神の母となる息長帯比売命を後裔に誕生させることにある。また倭建命は応神の父・仲哀を誕生させた。日子坐王と倭建命という天皇に非ざる者の長大な系譜は、こうして流れを一つにして母と父を用意し、応神の誕生を導く。

その他の日子坐王の妻について、沙本之大闇見戸売のサホの名には、神聖な穂の意味が喚起され、峡谷を意味するクラからは、佐保川の祭祀に関わる性格が窺える。息長水依比売のヨリには、玉依毘売や伊須気余理比売の如く神の女や巫女としての性格が窺える。上巻末の鵜葺草葺不合命の系譜において、豊穣の観念をもつ御子たちが続いて生まれ、最後に神武（若御毛沼命・豊御毛沼命）が誕生したように、ここには新たな時代の始まりに相応しい神聖な女性たちが選ばれており、以降の長大な日子坐王系譜の中で、これが始祖誕生を語る神話的時代であることを示唆している。

ホムチワケがホムダワケ（応神）に繋がる神話となり得たのは、日子坐王の系譜によって山代・丹波、さらに河内に及ぶ支配関係が示されることによるだろう。河内は下巻仁徳条に至り政権の中心地となり、山代は皇后石之日売命の逃走譚の舞台となる。そうした仁徳の支配領域の資格を神話的に与えるのが応神であり、さらにその応神の根拠を遡れば、日子坐王の系譜に辿り着く。

応神の神話的性格は仁徳よりはじまる下巻皇統を志向するが、日子坐王は、倭建命系譜と連動しながら、応神から継体へといった下巻の要となる皇統への神話としてもある。吉井説をふまえ、応神・継体の神話的祖としてたしかに位置づけることが可能であるといえるだろう。日子坐王という傍流の系譜は、中巻における開化から仲哀までの皇統譜を支える複線であった。それは本流としての皇統譜の形成に根源的に関与し続け、下巻の皇統に複層的根拠を与えるのである。

注

（1）以下、『古事記』『日本書紀』『風土記』の本文の引用は『新編日本古典文学全集』（小学館）による。

（2）吉井巖『天皇の系譜と神話』「ヤマトタケル物語形成に関する一考察」塙書房　一九六七年

(3) 吉井巖『天皇の系譜と神話二』「ホムツワケ王―崇神王朝の後継者像―」塙書房　一九七六年

(4) 吉井巖(同注3)では、「ホムツワケ王の名のなかに含まれるワケの称に注意するならば、履中・反正両天皇のイザホワケ・ミヅハワケに類似し、ホムツワケ王は三輪王朝をつぐ存在であって、しかも五世紀の仁徳王朝に類似する天皇であったと考えなければならない。言いかえるならば、私が仁徳王朝の始祖的天皇像と考えた応神天皇と同一の性格をもつ天皇となるのである」とする。そして、継体天皇の祖にホムツワケ王とホムタワケ(応神)という二通りの伝承があり、息長氏がそれをホムタワケと定位したことにより、ホムツワケの系譜的地位が失われたとする。

(5) 比古由牟須美命の名義を、ヒコ(彦)/ユ(湯)/ムス/ミと分節できるならば、ムスの要素は、高御産巣日や神産巣日のように生成力をあらわすムスと捉えることができる。

(6) 『万葉集』においても、「つぎねふ　山背道を　他夫の　馬より行くに」(巻13・三三一四)と、山代への道が「山背道」と呼ばれ、対する反歌では「泉河　渡り瀬深み」(三三一五)と、「泉河」(木津川)を渡ることが歌われた。

(7) このあとに御子・朝庭別王が続く。

(8) 但しこうした継体の遷都は『古事記』になく、大和の伊波礼に宮を置いたことのみが記されることも、改めて考察する必要がある。

(9) 大阪府史編集専門委員会『大阪府史』第二巻古代編　大阪府　一九九〇年

(10) 『古事記』には日下と関わる記述が三例みられ、下巻において仁徳・雄略条における要地としてあらわれ、そこを掌握することが国の支配に繋がった。

(11) 安寧紀(三年正月)に「磯城県主葉江が女川津媛」とあるのに対して小島憲之・直木孝次郎・西宮一民・蔵中進・毛利正守校注・訳『新編日本古典文学全集　日本書紀①』(小学館)頭注が「「阿久斗」は「圷(あくつ)」に同じで川沿いの低い平地の意で、「川津」でもあるから「川津媛」の名ともなる」とする。

(12) 崇神紀(十年九月)では、武埴安彦の妻吾田媛が香具山の土を領巾に包み、「是、倭国の物実」と呪い武埴安彦と謀反を企てたことが記され、「各道を分ちて、夫は山背より、婦は大坂より共に入り、帝京を襲はむとす」と、山代と大坂の両道より都を攻めようとする。その名ハニヤスは大和国香具山付近の古地名「埴安」と考えられ、地名から喚起された「ハニ(埴土・赤土)」によって香具山の土による呪詛の物語が作られたと思しい。大坂は大和中部と河内を繋ぐ交通の要衝であり、崇神条では大坂神が祀られる。

(13) 吉井巖『天皇の系譜と神話二』「ヤマトタケル系譜の意味」塙書房　一九七六年

(14) 川上順子氏（『古事記と女性祭祀伝承』「丹波から出雲へ―祭祀体系成立に関する試論―」高科書店　一九九五年）は、垂仁朝において丹波と出雲の地が語られるのは、県主から国造への服属の変遷と、祭祀体系の変化を示すものと考えられるが、ここでは中央による地方の支配という視点で考察をおこないたい。

(15)（拙著）村上桃子「角鹿の蟹の歌」（『萬葉』二〇八号　二〇一一年）。『古事記の構想と神話論的主題』（塙書房　二〇一三年）所収。

(16) 景行条倭建命の東征では「東の方の十二の道の荒ぶる神とまつろはぬ人等とを言向け和し平げよ」と、西征の際にはなかった「荒ぶる神」への言及があり、この時点において東国は、西国よりも未だ人の支配が行き届かない地、即ち大和朝廷の支配を受け入れていない地であったことが窺える。蛇神としての肥長比売の存在もまた、垂仁条の時点における出雲国のそうしたあり方を示していると考えられる。

(17) 吉井巖『天皇の系譜と神話二』「ヤマトタケル系譜の意味」（前掲書）

(18)『播磨国風土記』賀古郡比礼墓の条には、景行による印南の別嬢の妻問い譚がみられ、婚姻の仲立ちをした息長の命には、別嬢に仕えた出雲の臣比須良比売が与えられた。出雲国造の氏族である出雲臣が印南の別嬢に仕えることは、景行朝において出雲が播磨に服属する関係にあったことを示している。

付記

本稿の内容は二〇一四年九月古事記学会例会（於学習院女子大学）での講読発表に基づくものです。ご指導を賜りました先生方に記して御礼申し上げます。

古事記の「宇気布時」

――その時間表現を考える――

亀山泰司

はじめに

三浦佑之（二〇一二）は、「各宇気比て子生まむ」とスサノヲが発話するに至り、そこから更に展開する一連の場面、即ち、アマテラスとスサノヲの所謂ウケヒを中心とする場面について、「この部分の解釈は、古事記研究者のあいだでもっとも議論が多く、通説といえる見解がないのが現状です」と述べる(1)。三浦に限らず、各者こぞって取り上げるのが、「おなじ場面を語る日本書紀の正伝も一書も、きちんと前提が示されており、そこでは男の子を生んだら清い心があり、女の子を生んだら濁心があると決めてから子を生んでいます。それを、古事記では何も語りません」という問題である。そもそも、現在、この問題に関しては、「誓約せずに、子生みを開始した」というように古事記本文を理解するか、「誓約したが、その具体的文言は記していない」というように古事記本文を理解するか、という点すら実は不明瞭なままである。本小論は、この点を考える際の一つの道筋として、「宇気布」という動詞の当該場面における語義を検討し、そのうえで、「各中置天安河而、宇気布時」というトキ節の時間表現（テンポラリティやアスペクチュアリティ）を考察するものである。

一

勝敗なり心の清濁なりを定義する事前の言い立てが有り、その後に、事の結果で、事前の言い立てが示す定義に従って勝敗なり心の清濁なりが判定される。事前の言い立てが無いまま、事が為されるのでは、所謂ウケヒにならない。そういう認識は、大方の共通認識だろう。それゆえ、西郷信綱（一九七五）も、単に「古事記にはそういう誓言はなく」と把握するに留まらず、「古事記に誓言のことがないのは、落ちたか省いたかどちらかであろう」と述べる。[2] 比較的最近の松田浩（二〇一五）も、「ここではそうした言立てが行われることなく、二柱の神の子生みが開始されるのである」と問題視し、さらに加えて、「この言立てを奪われた二神のウケヒは、答えの見えぬ混沌に陥らざるを得ないものとなる」と述べている。[3]

ところで、「そういう誓言はなく」と西郷が述べる意味合いは、「そうした言立てが行われることなく」と完全に同じだろうか。実は、その点が判然としない。たとえば、新潮日本古典集成（一九七九）の西宮一民は、「うけひて子生まむ」を「誓約して子を生みましょう」と、直後の「うけふ時に」を「誓約する時に」と口語訳し、以下のような頭注を掲げる。

天照大御神と須佐之男命は誓約(うけひ)をし、天照大御神の玉と須佐之男命の剣とを交換して、たがいにそれを嚙みに嚙んで吐き出す息から、宗像の三女神と天之忍穂耳命以下の五男神が化成する。（…中略…）この誓約の目的は、須佐之男命の清明心の判別にあり、それを生れた子の性別によって決めることになっていた。しかし、誓約の内容は明らかにされぬままに、天照大御神は三女神を、また、須佐之男命は五男神を生んだことだけが、ここでは述べられている。

この頭注を読む限り、西宮は、当該場面の古事記本文を、「言立てが行われることなく、二神の子生みが開始される」とは捉えていない。この頭注で用いられる「誓約」は、まさしく事前の言い立てを指す。西宮の古事記理解は、事前の言い立ての内容が明らかにされることなく、子生みへ話が進む、というものである。即ち、少なくとも西宮は、古事記の神話展開において、事前の言い立てが行われていない、とは主張していない。むしろ事前の言い立ては行われたが、その具体的な内容を欠く、というように古事記本文を把握するのである。西郷の述べる「そういう誓言はなく」や「古事記に誓言のことがない」は、一体どちらなのか。

二

それぞれの古事記理解がどうであれ、「誓約せずに、子生みを開始した」と理解するのか、「誓約したが、誓約の内容は示されていない」と理解するのか。これは、二者択一の問題だろう。いずれの古事記理解が妥当かを明らかにすべきである。そこで、手始めとして、迂遠ながら、中巻の一場面、香坂王・忍熊王が「宇気比猟」をする場面を概観する。古事記の本文は次の通りである(4)。

如此上幸之時、香坂王・忍熊王聞而、思将待取、進出於斗賀野、為宇気比猟也。爾、香坂王、騰坐歴木而見、大怒猪出、堀其歴木、即、咋食其香坂王。其弟忍熊王、不畏其態、興軍待向時、～〔古事記中巻〕

息長帯比売が筑紫から倭へ帰還する際、二人の王は、待ち受けて殺そうと、斗賀野へ進み出て、「宇気比猟」をする。然るに、香坂王が猪に食われてしまう。弟の忍熊王は、その態を畏れず、軍を興し、迎え撃つ。そのような場面である。結果的に、忍熊王側は、息長帯比売側の軍勢に追い詰められ、自害する。

古事記の「宇気比猟」とは何をすることか。同じ歴史時点を描く日本書紀の訓注に「祈狩、此云于気比餓利」とある(5)。古事記の「宇気比」と書紀の「于気比」は重なる。この場合、古事記で「宇気比猟」と記されている事柄は、書紀で「祈狩」と記されている事柄と大同小異である。「祈」の代表的な訓として「イノリ」がある(6)。時代別国語大辞典上代編によれば、その「イノリ」は、所謂「祈り」であり、「ことばを口に出して神に福を求める行為」である。ところが、書紀の「祈狩之曰、若有成事、必獲良獣也」という記載は、漢文の「若有成事、必獲良獣也」という文字列が示すところの言葉を口に出して神に福を求めている描写であって、当該箇所の「曰」の内実は、狩りの良き結末を口に出して祈ることである。(7)「祈狩之曰、云々」という記載において、「祈」が表す行為は、「曰」が表す行為に重なる。即ち、書紀訓注の「于気比」は、概ね「若有成事、必獲良獣也」が示す言葉を口に出して祈ることなのである。どちらかと言うと、狩りの前段として狩りの良き結末を口に出して祈ることこそが、日本書紀の「祈狩」なのである。さすれば、古事記の「宇気比猟」においても、「宇気比」という語が担当する意味は、「口に出して祈ること」を離れたものではない。したがって、古事記の「為宇気比猟也」という叙述は、「狩りの前段として狩りの良き結末を口に出して祈誓した」ということを述べるか、あるいは「狩りの良き結末を口に出して祈誓し、その前提状況の中で狩りをした」ということを述べるか。大体このように理解できる。

神へ向かって狩りの良き結末（＝獲物を獲ること）を口に出して祈誓した場合、その祈誓は取り消せない。それだからこそ、その祈誓に対する神の応答が否定に傾いたものだった場合、祈った者は、その神意を、正面から受け止めざるを得ない畏れるべきものと認識する。にも拘らず、「忍熊王、不畏其態、興軍」云々というのが古事記の叙述である。「其態」への当然の「畏」を前提にして、「不畏其態」という叙述が成立する。ここで、「畏」の前段には、既に為した祈誓が在る。(8)「宇気比猟をする」ということは、単に猟をすることではない。また、「事の成否を占うために猟をする」ということだとしても、(9)その内実を具体的に言うならば、神へ向かって事の成否を占うべく狩りの良き結末を口に出して祈誓し、そのうえで、猟をする、ということである。「宇気比猟」という行為において、「宇気比」という語が指し示す行為は、まさしく神へ向かっての発話行為であり、具体的には、神へ向かっての祈誓文の明示である。要するに、「為宇気比猟也」という古事記の叙述が、神へ向かっての祈誓行為を含む叙述である点は、おそらく否定できない。然らば、当該場面における古事記と日本書紀の違いは、神へ向かっての祈誓行為を、祈誓の内容を省略して叙述するか、祈誓の具体的な内容まで含めて叙述するか、その違いだろう。古事記では、言い立てが行われることなく、狩りが実行される、というような本文理解は、当該の「宇気比猟」の場面については、やはり成り立たないと考えられる。

三

翻って、上巻のアマテラスとスサノヲの所謂ウケヒの場面を見てみる。あらすじが見えやすいように構造化して本文を掲げる。物語の始まりの部分は、アマテラスとスサノヲの対話内容だけを示す。最初の4行に示した姉弟のやりとりは極めて分かりやすいものであり、本文理解は共通する。己の無邪心を語る弟に対し、姉が、「然者、汝心之清明、何以知」と迫る。それに応えて、弟が、「各宇気比而生子」と提案する。この提案により、所謂ウケヒが開始される。「各……宇気布時」とあり、直後にアマテラスの子生み、次にスサノヲの子生みが描かれる。

・姉「何故上来。」
・弟「僕者無邪心。（…中略…）以為請将罷往之状、参上耳。無異心。」
・姉「然者、汝心之清明、何以知。」
・弟「各宇気比而生子。」
◎故爾、各中置天安河而、宇気布時、
○天照大御神、先乞度建速須佐之男命所佩十拳剣、打折三段而、
　奴那登母々由良邇、振滌天之真名井而、
　佐賀美邇迦美而、於吹棄気吹之狭霧所成神名、多紀理毘売。〜

○速須佐之男命、乞度天照大御神所纏左御美豆良八尺勾璁之五百津之美須麻流珠而、奴那登母々由良邇、振滌天之真名井而、

佐賀美邇迦美而、於吹棄気吹之狭霧所成神名、正勝吾勝々速日天之忍穂耳命。〜　［古事記上巻］

今一度、古事記本文を示すと、「於是、速須佐之男命答白、各宇気比而生子。〈自宇以下三字以音。下效此。〉故爾、各中置天安河而、宇気布時、天照大御神、先乞度建速須佐之男命所佩十拳剣、打折三段而、〜」。ここで確実なのは、傍線部の「宇気比」と「宇気布」が、動詞「ウケフ」の連用形と連体形、という倉野憲司（一九七六）の指摘である。[10] 古事記本文は、「おのおのウケヒて子生まむ」というスサノヲの発話を叙述し、それに続いて、「おのおの天安河を中に置きて、ウケフ時、[11] 天照大御神、先ず建速須佐之男命の佩ける十拳剣を乞ひ渡して、三段に打ち折りて、〜」と叙述する。本小論の目標は、この叙述における「ウケフ時」の意味合いを可能な限り正確に把握し、この場面における言い立ての有無を明確化することである。そこで、まずは第一段階として、当該2箇所における動詞「ウケフ」の逐語訳的な語義を検討しよう。

既述の通り、新潮日本古典集成（一九七九）において、西宮は、「うけひて子生まむ」を「誓約して子を生みましょう」と訳し、直後の「うけふ時に」を「誓約する時に」と訳す。口語訳は、各者ほぼ同じである。[12] 日本書紀では、「若然者、将何以明爾之赤心也」という問いに対し、スサノヲが「請与姉共誓。夫誓約之中、必当生子。如吾所生是女者、則可以為有濁心。若是男者、則可以為有清心」と応える。[13]「誓約之中、此云宇気譬能美難箇」という訓注が入る。[14] 内容的に、古事記の「各宇気比而生子」という発話に相当するのが、書紀の「請与姉共誓。夫誓約之中、必当生子」という発話である。「宇気比」は「宇気譬」に重なる。以上からすると、古事記の「ウケヒて」を「誓約して」と現代語訳するのは穏当である。「ウケヒて子生まむ」という提案に即して、ウケフ。そういう状況の叙述だから、2箇所において、動詞「ウケフ」の逐語訳的な語義は全く同一と見てよく、これに従い、「ウケフ時」

についても、「ウケフ」は「誓約する」を用いて訳す。それでよい。

もちろん、所謂ウケヒは、単なる誓約ではない。誓約が示す定義の中で何事かを行い、その事の次第を、定義に照らして、白黒つける。そのようなプロセスが必ず後続する。幾つかのテキストが「ウケヒはあらかじめ神に事の結果を誓っておいて、そのとおりの験(しるし)が現われるか否かで神意を知る卜占の一種」(全集)というように解説するのも、それなりに頷ける。しかし、前述の通り、「ウケヒ」に相応する漢語として「誓約」が存在する。この場合、山口佳紀(二〇〇五)の「ウケヒとは、(……中略……)二者択一的な言語呪術である。それは、知ることのできない真実を知る卜占の方法として用いられた」という解説こそが正確である。[15]「ウケヒ」は、神へ向かっての発話行為だからこそ、言語呪術なのである。「ウケヒ」とは、占いの一種と言うよりは、占いの方法あるいは手段としての言語行為である。「占うこと」が「ウケヒ」ではなく、占いの〝手段〟として「誓約すること」が「ウケヒ」なのである。したがって、「ウケヒ」の語義そのものは、時代別国語大辞典上代編の通り、「うけひ［誓約］(名)ある事柄の実現を祈誓すること。誓(ウケ)フの名詞形」とすべきである。[16]この「祈誓する」は、基本的に、神へ向かって口に出して祈誓する意である。就中、「各ウケフ」の場合は、双方が誓約を共有することまでを含意するから、当該の「ウケフ」は、口を動かし、発声する形での物理的発話行為であることを必須要件とする(後述)。

四

さて、古事記の当該2箇所における動詞「ウケフ」の逐語訳的な語義は、「誓約する」なり「祈誓する」なりでよい。だが、それだけでは、「宇気比而」や「宇気布時」の意味合い、この場面における古事記の叙述を明らかにすることは出来ない。そこで、次に、a「各ウケヒて子生む」という事柄が、どういう事柄なのかについて議論を進め、その議論を踏まえたうえで、さらに、b当該場面の「宇気布時」という叙述が、どんな事態を叙述するのかについて然るべき解釈を示そう。焦点となるのは、《複数の出来事間の時間関係》あるいは《時間的順序関係》と説明されるタクシスである。[17] タクシスを捉えるためには、それぞれの箇所の述語動詞のアスペクト的な意味の分析が求められる。同時に、テ節やトキ節の機能の分析も求められる。一つずつ進めていく。

須佐之男命の「各宇気比而生子」という発話は、「各」に注意すれば、自分と相手が共に「ウケヒて子生む」、ということを相手に持ちかけている。そう理解できよう。当該のウケヒは、自己完結的なものではない。自分自身の心の清明が〝誠〟か〝嘘〟か、その白黒を、自分と相手の間で明確にするために、「各ウケヒて子生まむ」と提案しているのである。この場合、「各ウケフ」という事柄は、どちらか一方が誓約文を述べ、もう一方が追認すれば、成立する。一方が誓約文を発声し、もう一方も同等の内容の誓約文を発声する、というのが完全な形かもしれないが、結局は、それも追認にほかならないから、今ここで、「各ウケフ」という相互行為は、「どちらか一方が誓約文を宣言し、もう一方が追認する」ということである、と纏めておく。

さしあたり重要なのは、「ウケヒて」という表現のアスペクト的意味である。まず、誓約文を述べる目的は、後から白黒判定することだから、判定基準が双方の間で曖昧だと困る。したがって、誓約文において判定基準が明確化されているのは勿論のこと、誓約文の発声が最後まで行われる必要がある。聞いている方は、それを、最後まで聞いて、追認する。そこまでが、「各ウケフ」という事柄である。誓約の言葉を述べる際に時間経過は生ずるわけだから、時間的ズームアップも可能ではある。が、「誓約する」という行為において、その途中過程は問題にならない。誓約の言葉を述べ切ったところで、判定基準が明らかになる。その判定基準は、少なくとも判定の段階まで変化せず保持される。そういった在り方である。即ち、「ウケフ」は、工藤真由美（一九九五）の分類に須田義治（二〇一〇）の観点を加えれば、非進展的な限界を持つ主体動作・客体変化動詞に位置づけられる。[18] 一方で、「テはもともと完了のアスペクトを含んでいる。それ故、「先行」の用法がテ形のすべての用法の原初的なもの」と考えられる。[19]「先行・後続の時間的関係を与えるのが、シテ形接続の最も基本的で無標な解釈」である。[20]以上に鑑みて、「ウケヒて」という表現は、誓約行為の先行・完了を表す。[21]「ウケヒて子生む」という事柄において、ウケフ行為と子を生む行為のタクシスは、〝連続的な継起関係〟を成す。詰まるところ、「ウケヒ」を終えてから、「子生み」を始めるのである。当然と言えば当然の話ではないか。これが、〝ウケヒの定型〟なのである。

留意すべきは、テ形接続の基本である〈先行〉の用法、即ち、〈時間的継起〉の用法においては、「事象そのものが、先行生起・後続生起といった時間関係を有しているケースが多い」という点だろう。「シテ節の事象と主節の事象の間に、既に事象世界において先行後続の時間的関係が存している」ケースである。仁田義雄（一九九五）は、例文として、「その小さな仏壇の扉を開けて中に祀ってあるものをのぞいてみた」等を載せる。[22]この場合、「開けずに、覗く」ことは、物理的に不可能である。それに対し、「誓約せずに、子を生む」ことは、物理的に不可能ではないが、目的とする事後判定が成り立たない。これでは、「ウケヒて子生む」を実行したことにはならない。そういうわけで、「ウケヒて子生む」という事柄は、事象の水準において既に先行後続の時間的関係を有するケースに該当する。まえもって「誓約する」という行為を完遂し、判定基準を衆目の面前に置いてから、おむろに「子を生む」などの事に及ぶ。それが筋である。

このように、「ウケフこと」と「子を生むこと」の時間的順序関係が〝継起〟の関係で結ばれる形で、スサノヲの「各ウケヒて子生まむ」という提案があって、それに「故爾、各中置天安河而、宇気布時、天照大御神、先乞度建速須佐之男命所佩十拳剣、打折三段而、〜」という叙述が続く。ここで、「宇気布時」の下の「天照大御神、先乞度」以下は、本文引用で見た通り、アマテラスの「子生み」とスサノヲの「子生み」を写実的に描写する。物実を交換しようが、しまいが、「子生み」の行為の描写であることは間違いない。この場合に、「各……宇気布時」というトキ節の時間表現は、どう把握されるか。

五

最初に、テンポラリティ、当該場面の叙述スタイルと時制表現に関して、略述する。金水敏（一九九三）が指摘する通り、古事記の仮名書き部分を検すると、古事記の「地の文は過去形ばかりでなく現在形を交えながら綴られていることが推測される」[23]。或る範囲の叙述が、歴史的現在に近いスタイルであったり、また、「生き生きさせたいところが現在形で出てくる」というようなことは、当然あろう[24]。一方、井島雅博（二〇一一）が、「トキ副詞節における相対的テンスの存否」を論じており、全数調査・用例吟味の結果、古代語では、トキ節の時制形式が、絶対テンスで決定されると結論する[25]。端的に言って、「ウケヒをした時、思った」という表現時過去の出来事は、物語のソトの視点で「ウケヒシ時、思ヒキ」と語るか、物語のウチの視点で「ウケフ時、思フ」と語るか、いずれかになる。然るに、当該場面の実際の本文は、「宇気布時」である。ということは、当該場面の近傍においては、「物語時制現在」（ウチの視点）での語りが展開する。そう見るのがよい[26]。

たとえば、「造作行為をした時、立ち昇った」という表現時過去の出来事は、物語のウチの視点から、「ツクル時、タチノボル」と叙述される。スサノヲが八雲立つ云々と詠ずる場面を描く地の文の叙述スタイルは、仮に「眼前で歴史上の出来事が進行しているかのようなリアリティを出す」[27]といった意図を持つ場合には、全集の訓読文の如き過去形タイプ（表現時視点）ではなく、新校の訓読文の如き現在形タイプ（物語時視点）なのである。

・須賀の宮を作りたまひし時、雲立ち騰（のぼ）りき。　↓　外からの語り・トキ節も表現時基準　［全集］
・須賀宮を作りたまふ時に、雲立ち騰（のぼ）る。　↓　内からの語り・トキ節も物語時基準　［新校］

ここで、「ツクル時、タチノボル」という形式の叙述が示す内容は、「ツクリシ時、タチノボリキ」という形式の叙述が示す内容と同じであって、表現時過去の「造作行為をした時、立ち昇った」という出来事を、物語時現在に視点を置き、「ツクル時、タチノボル」と語っているのである。当該の叙述では、「ツクル」というφ形が、表現時過去の造作行為を表すが、それと同じように、アマテラスとスサノヲの所謂ウケヒの場面においても、「宇気布時」の「宇気布」は、表現時過去の誓約行為（＝ウケヒ）を表す。そう捉えるのが素直だろう。

次に、アスペクチュアリティーはどうか。周知の通り、古代語のφ形は、現代語で言う「継続相」を表すこともある。[28] 仮に「ツクル時、云々」が「作っていた時、云々」だとすると、この叙述の「ツクル」は、動作の継続局面を表し、完了を表さない。[29] 即ち、形式面で考える限り、「ウケフ時」の「ウケフ」は、誓約行為の完了を表すとは限らないのである。そこで着目すべきは、「ウケフ時、天照大御神、先乞度……」という叙述において、トキ節の動作と後続節の動作のタクシスが、どうなっているか、という点である。〝連続的な継起関係〟ならば、前件動作が先行し、後件動作が後続するわけだから、〝後件動作の前段階としての前件動作完了〟を必然的に含意する。

たとえば、工藤（一九九五）は、確実に「〈先行―後続〉関係」を成すものとして、「青山先生は、倒れたときに産婦人科の病院にかつぎこまれたんですよ」という例文を掲げる。[30] 当該例を吟味すると、事象の水準で、前件動作の終了限界の時点が、後件動作の開始限界の時点に、必ず先立つ。そもそも、この連続的な継起関係は、「倒れて、担ぎ込まれる」という継起事態の中に在る。当該の継起事態を言い表す文におけるテ形接続の用法は、仁田（一九九五）の〈時間的継起〉に該当し、且つ、「シテ節の事象と主節の事象の間に、既に事象世界において先行後続の時間的関係が存している」ケースに該当する。「倒れて、担ぎ込まれる」という定型継起事態が、事象世界の中に位置を占めるからこそ、「倒れた時、担ぎ込まれた」のタクシスが〝継起関係〟と了解されるのである。[31]

四の後半（313頁）で述べた。「ウケヒて子生む」という事柄は、事象の水準において既に先行後続の時間的関係を有するケースに該当する。「誓約（うけひ）」を終えてから、「子生み」を始める。これが、〝ウケヒの定型〟である。この定型を前提として、スサノヲが、「各宇気比而生子」と提案する。その直後、「故爾、各……ウケフ時、天照大御神、先乞度建速須佐之男命所佩十拳剣、打折三段而、云々」という叙述が続く。ここで問題になるのは、もはや唯一点だろう。「建速須佐之男命の佩ける十拳剣を乞ひ渡して、三段に打ち折りて、云々」と語られる一連の動作をアマテラスが開始した時点、アマテラスが「子生み」のプロセスを開始した時点を、どう捉えるのか。あるいは、どう捉えるべきか。この一点である。「各……ウケフ時、天照大御神、先乞度……」という叙述において、「ウケフ」は、形式面に限って言えば、現代語で言う「継続相」を表すことも可能である。しかしながら、仮に「継続相」を表すとすれば、誓約している最中に、アマテラスが、割り込んで「子生み」のプロセスを始めたことになる。そのような神話展開は、いささか奇異である。所謂ウケヒが多分に神聖なものだとすれば、そのような筋書きは、ほとんど考えられない。考えてもよいが、わざわざ考えるということは、アマテラスが〝ウケヒの定型〟を破った――そう理解するということである。そのような古事記理解は、穏当ではない。アマテラスは、〝ウケヒの定型〟を心得ているはずである。と言うよりも、心得ているものとして描かれているはずである。もとより、本文の中に〈ウケヒ先行―子生み後続〉の順序関係が破られていると読み取れるような材料は皆無である。(32)この場合、「各……宇気布時、天照大御神、先乞度……」という叙述において、前件動作と後件動作のタクシスは、〝連続的な継起関係〟を成す。そう見るのが妥当だろう。

結局のところ、「ウケフ時」の「ウケフ」は、終了限界への到達を表す。誓約行為の完了を表す。表現時過去における「ウケヒ」の完了を表す。(33)そして、「時」が指示する局面（phase）は、姉弟が〝ウケヒの定型〟を踏襲する限りにおいて、終了以後の局面である。具体的には、「ウケヒ」が完了し、これにより提示された判定基準が存続する局面である。以上が、「ウケフ時」のアスペクチュアリティである。「ウケヒ」は、「子生み」に先行する。

傍証として、古事記のトキ節を全体的に吟味すると、トキ節の動作と後続節の動作のタクシスが歴然と継起関係を成す場合が相当に多く見られる。注目すべきは、古事記のトキ節の現代語訳において、順接確定条件の接続助詞「ば」が使われているかの如く、「〜すると」などの訳を充てる例が見受けられる点である。いわゆる意訳だとしても、そう意訳できる点が重要だろう。全集（小学館、一九七三）から、そのような例を拾ってみる。(34)

①刺左之御美豆良湯津津間櫛之男柱一箇取闕而、燭一火入見之時、宇士多加礼許呂呂岐弖、於頭者大雷居、
（↓はいって、ごらんになると）

②穿其服屋之頂、逆剝天斑馬剝而、所墮入時、天服織女見驚而、於梭衝陰上而死。
（↓落とし入れたので）

③天児屋命・布刀玉命、指出其鏡、示奉天照大御神之時、天照大御神逾思奇而、稍自戸出而、
（↓天照大御神にお見せ申し上げると）

④若不待取者、必将殺汝」云而、以火焼似猪大石而転落。爾、追下取時、即於其石所焼著而死。
（↓捕えると）

⑤爾、其御祖命、哭患而、参上于天、請神産巣日之命時、乃遣𧏛貝比売与蛤貝比売、令作活。
（↓神産巣日神の指図を仰ぐと）(35)

⑥爾、持其矢以奉之時、率入家而、喚入八田間大室而、令取其頭之虱。
（↓その矢を持って献上したので）

⑦多邇具久白言、「此者、久延毘古必知之」。即、召久延毘古問時、答白、「此者神産巣日神之御子、少名毘古那神」。
（↓久延毘古を呼んでお尋ねになると）

これらの例において、トキ節の動作と後続節の動作の時間的順序関係は、例外なく〝連続的な継起関係〟と捉え

られる。最後に挙げた⑦の「問時、答白」は、会話のキャッチボールの一つの類型と言えようが、そういう類型は、古事記の中に続々と出てくる。少し示せば、以下の通りである。

・於是、諸神及思金神答白、「可遣雉名鳴女」時、詔之、「汝行問天若日子状者、『汝所以使（以下略）』」。
・使天迦久神、問天尾羽張神之時、答白、「恐之。仕奉。然、於此道者、僕子建御雷神可遣」、乃貢進。
・故爾、遣天鳥船神、徴来八重事代主神而、問賜之時、語其父大神言、「恐之。此国者、立奉天神之御子」、

ここで、それぞれが描く表現時過去の出来事は、「答えた時、詔した」という出来事、「問うた時、答えた」という出来事、「問うた時、語った（言った）」という出来事である。いずれの場合においても、「時」が指示する局面（phase）は、トキ節の動作の終了以後の局面であり、前件動作と後件動作のタクシスは、連続的な継起関係を成す。それだからこそ、全集のように、「お答え申し上げると」、「尋ねられたところ」、「お尋ねになったところ」という意訳が可能なのである。物語内視点での語りが主軸と見る『新校古事記』（二〇一五）の訓読文は、「天尾羽張神を問ふ時に、答へて白さく、「……」とまをして、乃ち貢進る」である。当該の「問ふ」というφ形は、表現時過去の「問うた」という事実を叙述するものであり、加えて、この「問い」は、先行完了動作である。全く同様に、本小論がテーマとする「宇気布時」においても、φ形の「ウケフ」は、表現時過去の「誓約した」という事実を叙述するものであり、加えて、この「誓約」は、先行完了動作である。そう見てよい。古事記の「〜時、〜」の型式を通観すると、トキ節の動作と後続節の動作のタクシスが継起関係を成す場合が、思いのほか多い。即ち、「ウケフ時」において、「時」の指示する局面が、「ウケヒ」の終了以後の局面であることは、全く普通のことである。天照大御神の割り込みを想定する必然性や必要性は、どこにも無い。

話を元に戻そう。アマテラスとスサノヲは、誓約せずして、「子生み」に及んだのだろうか。とりわけ、参考になるのが、第五例の「請神産巣日之命時」である。動詞「請ふ」の逐語訳的な語義は、時代別国語大辞典上代編に

よれば、「求める、欲しがる」、乃至「祈る、神仏にねがう」である。当該箇所で「其御祖」の刺国若比売が求めた内容は、具体的には示されていないが、当該箇所においては、「死んでしまった我が子を何とか助けてほしい」という内容であることが、ほとんど自明である。また、求め方が中途半端だったとか、求めた際の口上が意味不明の口上だったとか、そういうことは考えられない。つまり、求める内容を明確化し、お願いする相手に対し、明瞭に求めたからこそ、後続節が「乃遣𧏛貝比売与蛤貝比売、令作活」と展開するのである。「求めている最中に、すぐに○○比売を派遣して云々」などと叙述するものではなく、「求めたその時、すぐに○○比売を派遣して云々」と叙述するものである。だからこそ、「求めると、すぐに○○比売を派遣して云々」という形での現代語訳が可能なのである。第五例の「請ふ時」という叙述において、φ形の「請ふ」は、表現時過去において完了した行為を表し、且つ、「時」が指示する局面は、トキ節の動作の終了以後の局面である。トキ節の動作と後続節の動作のタクシスは、〝連続的な継起関係〟を成す。当該の叙述において、請願は、派遣に先立ち、完了している。要するに、古事記は、当該の物語展開において、「刺国若比売が請願した」という事実を叙述する。(36)

　こうした古事記の在り方も踏まえると、「宇気布時」という叙述は、誓約の具体的な内容を省略しつつ、「姉弟が誓約した」という過去の事実を叙述したもの、と了解されるはずである。古事記の本文において、姉弟は、子生みに先立ち、誓約したのである。具体的な誓約内容は示されていないが、「姉弟が誓約した」という過去の事実それ自体は、「宇気布時」という叙述に、はっきり示されている。即ち、古事記が描く神話においても、アマテラスとスサノヲは、誓約したのである。誓約せずに、子生みを始めたのではない。誓約したうえで、おもむろに子生みを始めたのである。以上のような理解が、当該場面の古事記理解として最も妥当である。

　だとすれば、むしろ、真の問題は、なぜ誓約の内容を省略し得たのか。省略することによって実現している表現上の効果は何か。そういった点だろうが、これらに関しては、あらためて別に論を立てたい。(37)

おわりに

纏めとして、結論だけを述べる。従来、アマテラスとスサノヲの所謂ウケヒの段において、「言立てが行われることなく、二神の子生みが開始される」という本文理解が、一定割合で浸透する。しかし、もともと、「ウケヒて子生む」という事柄は、「誓約行為の完了の後に、子生み行為を開始する」という定型を持つ。「宇気布時」という箇所の時間表現を吟味すると、「ウケフ時」の「ウケフ」は、「誓約した」という表現時過去の事実を、物語時現在の視点で、「ウケフ」と叙述するだけである。本文中、アマテラスが割り込んで「子生み」を始めたと読み取れる材料は皆無であって、その場合、当該の「ウケフ」が表す誓約行為は、「子生み」に先立ち、完了したものと見るほかない。即ち、「故爾、各……宇気布時、天照大御神、先乞度……十挙剣、打折三段而、云々」という古事記の叙述は、〝ウケヒの定型〟を踏襲し、誓約行為を完遂した後に、まずはアマテラスが子生みを開始したものである。古事記の神話展開においても、判定基準を明らかにする事前の言い立てが、行われたのである。

注

(1) 三浦佑之『あらすじで読み解く　古事記神話』(文藝春秋、二〇一二)41頁。
(2) 西郷信綱『古事記注釈　第一巻』(平凡社、一九七五)275～276頁。
(3) 松田浩「『古事記』における須佐之男命の「ウケヒ」」(『藝文研究』109―1、二〇一五)36頁、47頁。
(4) 記の本文は、最新の校訂本文であること、返り点を設けないことを重視して、『新校古事記』(おうふう、二〇一五、沖森卓也・佐藤信・矢嶋泉編)の本文を引く。訓読文は、各種テキストを見合わせ、標準的な訓読文を採用する。
(5) 記との対比の都合上、新編全集『日本書紀①』(一九九四)の校訂本文から返り点を省いて載せる。細注は山括弧で示す。巻一や巻二の訓注の仮名は、β群と言っても均質的ではなく、西宮(一九七〇)が指摘する通り、段階的な施注の可能性もあるが、上代特殊仮名遣いの遵守などから、編纂時期の範囲内に収まる本注と見て差し支えない。

時麛坂王・忍熊王共出菟餓野、而祈狩之曰、〈祈狩、此云于気比餓利。〉「若有成事、必獲良獣也」。二王各居仮庪。赤猪忽出之登仮庪、咋麛坂王而殺焉。軍士悉慄也。忍熊王謂倉見別曰、「是事大怪也。於此不可待敵」。則引軍更返、屯於住吉。〜　［日本書紀・神功皇后摂政元年春二月］

(6)　新撰字鏡天治本「祈」字に「禱也、伊乃留」、「祦」字に「誓祈也」。享和本「祦」字に「誓祈也、知加不又己不又伊乃留」。類聚名義抄観智院本「祈」字に「コフ、イノリ」、「禱」字に「イノル、コフ」。霊異記上34話（興福寺本）に「祈　伊乃利」。下38話（真福寺本）に「祈禱　有介比」。万葉集202番歌に「雖禱祈」（古訓イノレドモ）。

(7)　正確に言えば、「事の成就の兆証としての狩りの良き結末」を口に出して祈誓すること。

(8)　日本書紀の場合も、麛坂王が、獲るべき猪に、逆に食われてしまう。忍熊王は、これを神意と見て、「是事大怪也。於此不可待敵」と従者に命令。軍を引き返す。たまたま事故で死んだのではなく、神へ向かって祈誓し、返ってきた神意だからこそ、「是事大怪也」と畏れて、引き返すのである。〝祈誓あっての神意顕現〟という点に注意。

(9)　たとえば全集（一九七三）に、「事の成否・吉凶を占うために行なう狩り」（240頁）とあり、集成に、「事の成否・吉凶を占うために行う狩り」（179頁）とある。しかし、新編全集（一九九七）には、「ウケヒだから言立てをしたはずだが、その言葉は示されていない」（250頁）とある。新編全集は、祈誓行為の有り無しについて、有りと見る。

(10)　倉野憲司『古事記全註釈　第三巻・上巻篇（中）』（三省堂、一九七六）19頁。一つの動詞の活用形が、このように現れることは、古事記の叙述の文体を捉える有力な材料となる。毛利正守「上代における表記と文体の把握・再考」（『国語国文』85巻5号、二〇一六）などを参照。本小論は、毛利が提唱する「倭文体」の具体例の解明でもある。

(11)　益岡隆志「時の特定、時の設定」（『複文の研究（上）』くろしお出版、一九九五、149〜166頁）は、所謂トキ節に関し、「トキ」と「トキニ」の違いを説く。このような論点を踏まえ、「ウケフトキ」とするのが良いか、「ウケフトキニ」とするのが良いか、決定するべきだが、この点は、本小論では扱わない。原文の「時」を残し、当該トキ節を「ウケフ時」と表しておく。「トキ」でも「トキニ」でも、節末を構成し、時間指定する点は変わらない。

(12)　集成（一九七九）以外にも、全集（一九七三）が「誓約をして」。幅広く見渡せば、梅原猛（一九八〇）が「誓約をして」、などなど。但し、比較的最近の新編全集（一九九七）は「うけいをして」。また、注（1）三浦前掲書（二〇一二）は「宇気比（占いの一種）をして」。近時は、「ウケヒ」の語義を曖昧化するような訳も見られる。

(13) 日本書紀巻一（神代上）第六段正文中。新編全集『日本書紀①』65頁を参照。正文や一書の神話展開ヴァリアントに関しては、注（3）松田論文が、α群とβ群の違いにも留意し、詳しく分析しており、有益である。

(14) 日本書紀の「誓約之中」の意味は、「誓約している最中に」などという意味ではなく、「誓約した誓約の中で」という意味である。たとえば、「誓約している最中に、子生みを始めて、且つ、子生みが終わってしまった」という場合、まだ判定条件が無いわけだから、生んだ子の性別に基づく判定は不可能である。スサノヲは、そういう事態が生ずるかもしれないようなことを提案しているのではない。「中（なか）」は、時間的な意味での「中（なか）」ではない。「時間を表す用法は転用と考えられ、上代にはまだあまり例を見ない」と時代別国語大辞典上代編にある。

(15) 山口佳紀『古事記の表現と解釈』（風間書房、二〇〇五）171頁。土橋寛「ウケヒ考」（一九八〇）に依拠する。

(16) 後段の大山津見神の発話は、〈祈誓→為事→神意顕現〉という展開を示す。大山津見神が然々と宇気比て、姉妹を貢ぐと、ニニギは妹だけを娶る。結果的に、それに応じた神意が顕現する。ここで、ウケヒをしたのは大山津見神であり、事を為したのはニニギである。つまり、「宇気比」という語は、大山津見神の「祈誓」のみを表す。事を為す段階は含まない。「各宇気比て子生まむ」という台詞においても、「宇気比」は誓約段階のみを表す。

ちなみに時代別国語大辞典上代編は、「うけふ［誓］（動四）」の項に、「①神の啓示としてのある事柄の実現を期待する」と「②ある事柄の実現を祈誓する」の二つの意味を分立し、「各……宇気布時」の用例を、①の範疇に入れる。一方、大山津見神の「使石長比売者、天神御子之命、雖雪零風吹、恒如石而、常堅不動坐。亦、使木花之佐久夜比売者、如木花之栄栄坐、宇気比弖」の用例を、②の範疇に入れる。しかし、「ウケヒ」は言語呪術であって、単に期待することではない。意味分立の必要は無い。「（神に）ある事柄の実現を祈誓する」と一本化できる。

(17) 工藤真由美『アスペクト・テンス体系とテクスト―現代日本語の時間の表現―』（ひつじ書房、一九九五）221頁。本小論では、統語では必ずしも定まらない時間的順序関係も含めて、ひとまず「タクシス」と表現しておく。

(18) 工藤前掲書69～89頁。主体動作・客体変化動詞の完成相形式のアスペクト的特徴は、〈ひとまとまり性＝終了限界達成性〉。須田義治『現代日本語のアスペクト論』（ひつじ書房、二〇一〇）147頁は、「非進展的限界」の項で「置く、入れる、つける、のせる、はさむ」の一塊（工藤の「とりつけ動詞」に該当）を例示。「立てる」も同類。これらの動作は、「あるモメントにおいて一挙に実現する」。当該場面の「誓約」は屡々「言い立て」と表現される。このような言葉で把握されること自体が、誓約行為のアスペクト的特徴を突く。「言い立て」とは、何らかの宣言文を立てること。「立てる」と「ウケフ」の語彙的アスペクトは略同であり、〈ひとまとまり性＝終了限界達成性〉を持つ。終了限界への到達は、非進展的である。

金子亨『言語の時間表現』（ひつじ書房、一九九五）は、多くの基準を設け、動詞の語彙的アスペクトを「状態相、状態継続相、継続相、瞬間相」に大別し、「瞬間相」を六つに細分化する。そのうちの「#V(min(act))*eff」の類型には、「立てる、起こす、置く、掛ける、はさむ、届ける、伝える、いれる、浮かべる、付ける、表わす、知らせる、述べる、贈る、飾る」などが含まれる。これらは、「とりつけ動詞」を含有し、アスペクト的な性質が「ウケフ」に最も近しい。神へ向かって口に出して誓約することは、神に誓約の言葉を伝えること、届けることである。

(19) 吉田妙子『日本語動詞テ形のアスペクト』（晃洋書房、二〇一二）51頁。

(20) 仁田義雄「シテ形接続をめぐって」（『複文の研究（上）』くろしお出版、一九九五）104頁。

(21) 吉田金彦は、『国文学　解釈と鑑賞』35巻13号（一九七〇）67頁で、「「て」は昔も今もあまり変わりがない」とし、さらに、「「て」はいわゆる完了の助動詞「つ」の連用形から発達したものである。したがってもとの助動詞「て」のもつ、完了・確認などの意を残しているものが多い」と述べる。継起的展開の用例として、「愛しと思ふ吾妹を夢に見而起き而探るに無きがさぶしさ」（『万葉集』巻20・二九一四）を掲載する。一方で、古事記の神話叙述において、神々の行動が「而」で繋がれ、「〜して、〜して……」という形で継起的に展開する在り方について、神野志隆光『漢字テキストとしての古事記』（東京大学出版会、二〇〇七）97頁は、「できごとの継起の物語」と表現する。記の「而」を渉猟すると、状態性述語が絡む場合を除き、原則的に継起を司り、前件動作の完了を含意する。

(22) 仁田前掲論文104〜105頁は、「ペンを捨てて立ち上がった」の如く、「事象世界において、この順序で生じなければならないわけではない」例を挙げ、これと対比的に、「駿河をとびだして都へのぼった」の如き例を掲げる。「[駿河ヲトビダサ」なければ、[都へ登ル」ことはできない」と説明。『現代日本語文法6』（くろしお出版、二〇〇八）283頁も同様の例を載せ、「2つの事態の前後関係が必ず決まっている場合がある。この場合、従属節の動作は主節の事態の前提を表す」と説く。「ウケヒて子生む」という事柄においても、前件の「ウケヒ」は、言わば前提である。

(23) 金水敏「古事記のテンス・アスペクト」(『国文学　解釈と鑑賞』58巻7号、至文堂、一九九三) 30頁。ここで言う「過去形」とは、具体的には「キ形」。古事記の「仮名書き箇所において助動詞キは、(…中略…) 合計7例を数えることができる。いずれも地の文」である。それに対し、「ケリは4例あり、すべて会話文中」である。

(24) 前掲『国文学　解釈と鑑賞』58巻7号中の「座談会　新しく語る源氏物語の文法」(佐伯梅友、鈴木泰、鈴木康之、松本泰丈)。「物語の文・歴史的現在」(11頁下段から)、「徒然草・伊勢物語のばあい」(13頁下段から) を参照。

(25) 井島雅博『中古語過去・完了表現の研究』(ひつじ書房、二〇一一) 第十四章。たとえば、万葉集から実例を拾うと、「あひし時、立ちて見に来し」(巻2、一四)、「島を見る時、流るる涙止めそかねつる」(巻2、一七八)、「成りなむ時に、事は定めむ」(巻3、三九八)。小田勝『実例詳解　古典文法総覧』(和泉書院、二〇一五) 157頁も参照。

(26) ここで、「表現時」、「物語時」、「物語時現在」、「物語時制現在」などの言葉遣いは、井島前掲書に従った。

(27) 井島前掲書の第三章の2 (53〜62頁)。

(28) 鈴木泰『語形対照　古典日本語の時間表現』(笠間書院、二〇一二) 69頁。「〈継続的意味〉は運動の過程が継続のなかにあることを表し、はだかの形の不完成相としてのもっとも中心的な意味である」とする。

(29) 雲が立ち昇った時点が、宮を作り終えた直後なのか、作っている最中なのか、作り始めなのか、そのことは、必ずしも明らかではない。「ツクル時、タチノボル」という叙述において、時間指定する「時」は、宮を作った時間帯を、まさに漠然と指す。鈴木泰「日本語史における条件＝時間＝理由関係の表現方法とムード・テンスの変化」(『日本語文法』12巻2号、二〇一二) 18頁は、トキ節の「トキ」を「汎時的つなぎ要素」と呼称し、「主文と従属文の具体的時間関係を指定することはない」と述べる。「ツクル時」の「時」が指し示す局面が、仮に宮作りの継続の局面だとすれば、当該の「ツクル」が実現するアスペクトは、実質的に、現代語で言うところの継続相である。

(30) 工藤前掲書243頁に載る④の例文。この例は、〈結果段階(限界達成後の段階)と同時〉とし、また、「同一の時間帯における〈先行—後続〉関係も認められる」とする。その通りである。例文の波線は、あらためて筆者が付した。

(31) 舩橋瑞貴「トキ節の解釈に関する語用論的考察」(『日本語文法』6巻1号、二〇〇六) は、トキ節と主節の述語動詞のテンス形式が同形式の場合、タクシスの解釈について決定力を有するのは、「文脈」や「現実世界に対する知識、常識」といった言語外の語用論的要因であると結論する。たとえば、「お湯が沸いたとき、麺を入れた」という文が、

「お湯が沸いた直後に、麺を入れた」と理解されるのは、「普通、沸いた後に麺を入れる」という「常識的段取り」に因ると言う。ここで言われる〝常識的段取り〟も、定型継起事態の在り方の一つである。

（32）当該場面の展開を見ると、アマテラスの子生みの後に、スサノヲの子生みが続く。誓約行為なしに、アマテラスが子生みを始めたと仮定しよう。この子生みは、スサノヲの「誓約して子を生みましょう」という提案に少しも即していない。スサノヲは、なぜ黙って見届けているのか。また、なぜ無意味な自身の子生みを始めるのか。自らの提案に即さない子生みを自らが為すのは、いったい何の意味か。やはり、誓約行為が終わり、何らかの判定基準が置かれているからこそ、アマテラスの子生みを見届け、即座に、自身の子生みを開始するのである。何事もなく、スサノヲが自身の子生みを開始しているところからしても、〝ウケヒの定型〟は破られていないと判断できる。

（33）井島前掲書195頁は、源氏物語の「言ふ」995例中、「ツ」がつく例が14例、「ヌ」がつく例が皆無、という点を押さえ、「ある内容をすべて言ってしまったことを描くことは普通に見られても、ある内容を言い始めたことをあえて描くことは普通は見られないということだろう」と分析する。「うけふ」は、「ツ」のみがつく動詞である。「誓約」を言いかけて、途中で止めたり、止めさせられたりという状況は、〝普通は無い〟のである。この点にも注意。

（34）恣意性を排除するため、古事記上巻の冒頭から、ひとまず「大国主の事績」までの範囲（50〜113頁）で、トキ節を全抽出し、順接確定条件の如き現代語訳が付いている箇所を網羅的に拾う。トキ節（の主要部）に傍線を付し、その左側の括弧内に、現代語訳の傍線部に対応する部分のみを示す。

（35）全集は、「神産巣日之命」の「命」を「命令」の意に取って、「神産巣日神の指図を仰ぐと」と訳す。しかし、新校等の訓読文は、「神産巣日之命（みこと）に請（こ）ふ時に」。これがよい。たとえば、注（1）三浦（二〇一二）は、「カミムスヒにお願いすると」と訳す。注（6）を参照。「請（こ）ふ」と「祈（いの）る」と「うけふ」は、意味が通底する点に留意せよ。

（36）注（28）鈴木前掲書は、実は〈一般的事実の意味〉を掲げ、これを、「はだかの形の個別的意味のなかでは、その頻度の高さにおいて、基本的な意味である」とし、「ただ存在、または実現したものとして、運動そのものを一般的に指示する」と説明（69頁）。「すでに完成した運動をとりあげているが、ことさらに完成相形式を用いず、はだかの形で済ませたものである」と説明（75〜76頁）。鈴木自身も、φ形が完成相を担うケースが数量的に多いことを認めている。畢竟、「請（こ）ふ時」の「請（こ）ふ」は完成相であり、終了限界への到達を表す。請願した事実を表す。

（37）先取りして少しだけ述べる。誓約の文言は、省略されているので、当時の通念において思い浮かぶ内容、「男子を生んだら清明」と定義する内容の文言を想像するしかないだろう。スサノヲが「正勝吾勝勝速日天之忍穂耳」を始めとする男子を生んだ段階で、この想像に基づき、スサノヲの清明心が証明されたと読者は理解する。そう読者が理解している矢先に、アマテラスの「詔別」があり、見事な論理により、子の所属が決まる。読者としては、その鮮やかさに驚くしかない。また、その驚きとともに、「天照大御神」の「大御神」としての超越性が印象づけられる。そういう組み立てだろう。なお、スサノヲの「我心清明。故、我所生之子、得手弱女。因此言者、自我勝」という台詞については、会話文中の述語「得」に対する助動詞の補読、その他が問題になろうが、すべて他日に譲る。

参考文献（本文や注で言及したものは除く）

池谷知子「時を表す従属節の時制決定」（『日本語・日本文化研究』第12号、二〇〇二）
井手　至「古代日本語動詞の意味類型と助動詞ツ・ヌの使い分け」（『国語国文』35巻5号、一九六六）
大島資生「日本語連体修飾節構造の時制解釈について―修飾節・主節がともにタ形述語をもつ場合―」（『日本語文法』11巻1号、二〇一一）
影山太郎「語彙概念構造―動詞の意味タイプ―」（『動詞意味論』くろしお出版、一九九六、第2章）
加藤由紀子「トキ節の時間的な特徴についての一考察」（『岐阜大学留学生センター紀要　二〇〇四』）
紙屋栄治「助動詞「た」の一解釈―形式名詞「とき」につづく場合を中心に―」（『京都府立大学学術報告　人文』29号、一九七七）
金水　敏「時の表現」（『時・否定と取り立て』岩波書店、二〇〇〇、第1章）。
黒田　徹「万葉集のテンス・アスペクト」（『国文学　解釈と鑑賞』58巻7号、至文堂、一九九三、34～40頁）
近藤泰弘「平安時代語の副詞節の節連鎖構造について」（『国語と国文学』983号、二〇〇五）
坪井美樹「テ形接続形式と文法化」（『国語と国文学』983号、二〇〇五）
寺村秀夫『日本語のシンタクスと意味』（くろしお出版）、第Ⅱ巻（一九八四）、第Ⅲ巻（一九九一）
豊田豊子「「と」と「～とき（時）」」（日本語教育学会『日本語教育』33号、一九七七）

日本語記述文法研究会編『現代日本語文法3』（くろしお出版、二〇〇七）
野村剛史「上代語のツとヌについて」（『国語学』158号、一九八九）
藤井貞和『日本語と時間―〈時の文法〉をたどる』（岩波新書、二〇一〇）
朴　恵蘭「日本語の従属節のテンス・アスペクトの指導について―「とき節」を中心に―」（『北海道大学教育学部紀要』61号、一九九四）
萬葉語学文学研究会編『萬葉語文研究　第9集』（和泉書院、二〇一三）の「討論会　古事記の文章法と表記」（奥村悦三、毛利正守、山口佳紀、内田賢徳）
三原健一『時制解釈と統語現象』（くろしお出版、一九九二）
三原健一「テ形節の意味類型」（『日本語・日本文化研究』第21号、二〇一一）
山口敦史「中古漢文訓読文のテンス・アスペクト」（『国文学　解釈と鑑賞』58巻7号、一九九三、69〜76頁）
山口佳紀『古代日本語文法の成立の研究』（有精堂出版、一九八五）
山口佳紀「テンス」（山口明穂編『国文法講座　第二巻』明治書院、一九八七、24〜30頁）
山口佳紀『古代日本語文体史論考』（有精堂出版、一九九三）
吉永　尚「テ形節における統語的考察」（『園田学園女子大学論文集』46号、二〇一二）
鷲尾龍一「上代日本語における助動詞選択の問題―西欧諸語との比較から見えてくるもの―」（『日本語文法』2巻1号、二〇〇二）。

付記

本論文は、皇學館大学大学院文学研究科合同発表（二〇一二年、1月29日）において、《古事記の「我所生之子得手弱女」の訓読と解釈について》という表題で発表を行ったさい、指導教授の毛利正守先生から、御指摘を頂き、先に明確にすべき点があることに気づき、それを端緒として、この度の論文化に至ったものである。

『古事記』国譲り神話の「治」について

管　浩然

一　問題提起

故、更且還来、問二其大国主神一、汝子等、事代主神・建御名方神二神者、随二天神御子之命一勿レ違白訖。故、汝心、奈何。爾、答白之、僕子等二神随レ白、僕之、不レ違。此葦原中国者、随レ命既献也。唯僕住所者、如二天神御子之天津日継所レ知之登陀流（此三字以レ音。下効レ此。）天之御巣一而、於二底津石根一宮柱布斗斯理、（此四字以レ音。）於二高天原一氷木多迦斯理（多迦斯理四字以レ音。）而、治賜者、僕者、於二百不レ足八十坰手一隠而侍。亦、僕子等百八十神者、即八重事代主神、為二神之御尾前一而仕奉者、違神者非也。如此之白而、於二出雲国之多芸志之小浜一、造二天之御舎一（多芸志三字以レ音。）而、水戸神之孫櫛八玉神為二膳夫一、献二天御饗一之時、禱白而、(1)

右の文章は、『古事記』上巻オホクニヌシの国譲りの一節である。天の使者タケミカヅチは、オホクニヌシの子ども達（コトシロヌシとタケミナカタ）を次々と帰順させ、最終的にオホクニヌシに国譲りを迫る。オホクニヌシは、子ども達が帰順するならば自分も違わないと、国をすっかり献上するが、その代りに立派な住居を造営して「治賜者（治め賜はば）」、自分は八十坰手（奥まった場所）に隠れると約束した。また、コトシロヌシが百八十神（オホクニヌシの大勢の子ども達）の先頭に立ちまた後尾に立ってお仕えするならば、背く神はいないと発言した。オホクニヌシの発言が終わると、出雲国の多芸志の小浜に天の御舎が造られ、膳夫（調理人）である櫛八玉神は天御饗を献上して祝辞を奏上した、という文脈である。

従来の論説を見ると、「治」の解釈をめぐって意見が分かれている。本論文は、『古事記』をはじめとする日本上代文献、及び漢籍資料における「治」の字義及び用法を確認し、当該箇所の「治」の字をどう解釈すべきかを考えていくこととする。

二　諸説

当該箇所の「治」の字の先行研究を整理してみると、解釈が次のように三つに分かれている。[2]

A「治」＝住居を造営して斎き祭る（『古事記伝』）

B「治」＝住居を造営する（『古事記全釈』『古事記全講』『日本古典文学全集 古事記 上代歌謡』（以下、『全集』と略す）『新潮日本古典集成 古事記』（以下、『集成』と略す））

C「治」＝祭る、斎き祭る（『古事記注釈』『新編日本古典文学全集 古事記』（以下、『新編全集』と略す））

右に挙げたA・B・Cの解釈は、いずれも「治」の字を「ヲサム」と訓んでいる。まず、Aについて、本居宣長は「治と云ことの意は、上に治二我前一者、とありし處【傳十二の廿葉】に云るが如し」と述べ、「治賜者」の「治」は『古事記』上巻オホクニヌシの国作りに見える「能治二我前一者」の「治」と同義とした上で、「治とは、凡て物を棄措ず、收擧て、狀に從ひて、其がうへを宜く物するを云、其中に、巻末に僕住所者云々而、於高天原冰木多迦斯理而治賜者云々とあると、此は同くて、宮を造營て齋祠るを治と云なり」と述べているように、「治」の字を、住居を造営して斎き祭るの意で捉えている。

Bの場合、「治賜者」の現代語訳は、「作つて下さいますならば」（『古事記全釈』）、「お造り下さいますならば」（『古事記全講』）、「お造り下さるならば」（『全集』『集成』）とあるように、「治」の字を造営するの意で捉えている。

Cの『古事記注釈』は、『古事記伝』と同様に、当該箇所の「治」の字を「能治二我前一者」と同義で捉え、「ここでは斎き祭る意。ヲサムは多義的で、統治する、収める、葬る、治療する、修復する等さまざまの意に用いられるが、あるべき姿に置くことがその本義である」と述べるように、「治」の字を斎き祭るの意で解釈している。また、『新編全集』の頭注に「この「治め」は、祭ること」とあり、『古事記注釈』と同じ意見である。

右のように、「治」の従来の解釈は、A住居を造営して祭る、B住居を造営する、C祭るといったような解釈がなされてきた。ここから、それぞれの解釈の可能性を検証していく。

三　「治」＝「造営する」の可能性

古辞書で「治」を調べてみると、たとえば、「治、水、出二東萊曲城陽丘山一南入レ海、从レ水、台声、直之切」（『説文解字』[3]）とあるように、もともと、「治」とは河の名前だったようである。また、「治、除飢反、修也、理也、故也」（『篆隷万象名義』）、「治、水、出二曲城県陽曲山一又、修、治也」（『大広益会玉篇』）などのように、「治」の字は「修」「理」などといった文字と近い意味を持つ。一方、「治、音持、ヲサム、ハル、タモツ、ヒラク、ホル、マツリヿ、ヲサ〱シ、ツクロフ、ハラフ、ウルハシ、ミカク、ツクル、キヨシ、アキラカニ、…」（観智院本『類聚名義抄』法上三二）と書いてあるように、「治」の字は、「ヲサム」のほかに「ツクロフ」「ツクル」といった意味も有する。

実際、漢籍資料で「治」の用例を拾ってみると、たとえば「二月、至二長安一。蕭何治二未央宮一」（『漢書』巻一下高帝紀第一下）、「公主至二其国一、自治二宮室一」（『芸文類聚』巻十六 公主）、「至二魯共王一、好レ治二宮室一、壊二孔子旧宅一、以広二其居一」（『文選』巻四十五 尚書序）とあるように、「治」の字は、（宮殿などの）建造物を造営するの意で用いられる。この点において、さきほど『類聚名義抄』で確認した「ツクロフ」「ツクル」の訓みと一致すると言えよう。

『古事記』に戻ると、「治」の字は計九十九例あり、「ヲサム」と訓むのが一般的である。そのうち、七十六回は「坐二畝火之白檮原宮、治二天下一也」（中巻 神武天皇条）、「大雀命、坐二難波之高津宮、治二天下一也」（下巻 仁徳天皇条）の如く、「治二天下一也（天下を治める）」という慣用表現で用いられている。また、「多治比之柴垣宮」「小治田」といった地名（計六例）や、「阿治志貴高日子根神」「丹波能阿治佐波毘売」といった神名・人名（計五例）、「阿治志貴多迦」「久治良佐夜流」といった歌謡に使われる用例（計二例）、及び当該箇所の「治賜者」を除き、「治」の用例を次のように提示しておく。

①何由以、汝、不レ治下所二事依一之国上而、哭伊佐知流。（上巻 三貴子の分治）
②其神言、能治二我前一者、吾、能共与相作成。（上巻 大国主神の国作り）
③爾、大国主神曰、然者、治奉之状、奈何、答言、吾者、伊二都岐奉于倭之青垣東山上一。（上巻 大国主神の国作り）
④雖レ恨二其伺情一、不レ忍二恋心一、因下治二養其御子一之縁上、附二其弟玉依毘売一而、（上巻 鵜葺草葺不合命の誕生）
⑤若此御子矣、天皇之御子所レ思看者、可二治賜一。（中巻 垂仁天皇条）
⑥即、倭建命、抜二其刀一而、打二殺出雲建一。…故、如此撥治、参上、覆奏。（中巻 景行天皇条）
⑦乃取二其櫛一、作二御陵一而、治置也。（中巻 景行天皇条）
⑧因二大后之強一、不レ治二賜八田若郎女一。（下巻 仁徳天皇条）
⑨此人、深知二薬方一。故、治二差帝皇之御病一。（下巻 允恭天皇条）

右の十例を詳しく見ていくと、①「不レ治下所二事依一之国上而」は、スサノヲはイザナキに委任された国（海原）

を治めないの意で、ここの「治」の字は「治㆓天下㆒也」の「治」と同様で、統治するの意。
②と③は、オオクニヌシとオオモノヌシの国作りの話に見える用例である。②「能治㆓我前㆒者、吾、能共与相作成」、つまり、オオモノヌシは「私をよく治めるならば、私はあなたと一緒に国作りを完成させよう」と言っている。これに対し、③「然者、治奉之状、奈何」、つまり、オオクニヌシは「それならば、あなたを「治奉之状」はどのようにしたらいいだろうか」と尋ねる。そして、オオモノヌシは「自分を倭の青垣の東山の上に祭ってほしい」と答えた（後で詳述する）。

④「因㆘治㆓養其御子㆒之縁㆖」は、御子（ウカヤフキアヘズ）を養育する理由での意で、「治養」の二文字で養育するの意。⑥「如此撥治、参上、覆奏」は、このように（帰順しない人たちを）討ち払って平定させて、参上して、天皇に復命するの意で、「撥治」の二文字で平定させるの意。⑦「乃取㆓其櫛㆒、作㆓御陵㆒而、治置也」は、そこで、その（オトタチバナヒメの）櫛を拾い、お墓を造って、（そのお墓に櫛を）納め置いたの意で、「治置」の二文字は納め置くの意。⑨「治㆓差帝皇之御病㆒」は、天皇のご病気を治したの意で、「治差」の二文字で治療するの意。

⑤「若此御子矣、天皇之御子所㆑思看者、可㆓治賜㆒」は、もしこの御子を、天皇の御子と思し召すならば、（御子としてふさわしい待遇で）迎え入れてくださいの意で、[4]⑧「因㆓大后之強㆒、不㆑治㆓賜八田若郎女㆒」は、大后は強情なので、（天皇は）ヤタノワカイラツメを妃として迎え入れていないの意。⑤と⑧の「治」は、いずれも、その人にふさわしい身分を与えて、宮中に迎え入れること（⑧は否定表現）をいう。

右のように、『古事記』における「治」の字の用例を、一通り整理してみた。「治」の字は、『古事記』に九十九例存するが、しかし、漢籍に見える建造物を造営するの意、つまり「ツクル」の訓みで用いられる確実な例を見ない。『古事記』において、建造物を造営するを書き表す場合、たとえば、「故是以、其速須佐之男命。宮可㆓造作㆒之地求㆓出雲国㆒」（上巻　須賀の宮）、「其土人、名宇沙都比古・宇沙都比売二人、作㆓足一騰宮㆒而、献㆓大御饗㆒」（中

巻　神武天皇条）、「留二其山口一、即造二仮宮一、忽為二豊楽一」（下巻　履中天皇条）などとあるように、宮、仮宮などを造営する場面において、「治」の字ではなく、「造」「作」といった文字が用いられる。

さらに、当該箇所の「治賜者」の直前に、「於二底津石根一宮柱布斗斯理、於二高天原一氷木多迦斯理而」と書いてあり、「於二底津石根一云々」は、『古事記』を見るとほかに二例が存しており、また、『日本書紀』にも似たような内容が確認できる。

①意礼、為二大国主神一、亦、為二宇都志国玉神一而、其我之女須世理毘売為二適妻一而、於二宇迦能山之山本一、於二底津石根一宮柱布刀斯理、於二高天原一氷椽多迦斯理而居。是奴也。（上巻　根の堅州国訪問）

②詔之、此地者、向二韓国一、真二来通笠沙之御前一而、朝日之直刺国、夕日之日照国也。故、此地、甚吉地、詔而、於二底津石根一宮柱布斗斯理、於二高天原一氷椽多迦斯理而坐也。（上巻　天孫降臨）

③故古語称之曰、於二畝傍之橿原一也、太三立宮柱於底磐之根一、峻二峙搏風於高天之原一、而始馭天下之天皇、号曰二神日本磐余彦火火出見天皇一焉。（『日本書紀』巻第三　神武天皇元年正月条）(5)

右の三例を見ると、①はオホアナムヂが根堅州国から脱出しようとする際に、スサノヲがオホアナムヂに対して、「宇迦能山の山本に、立派な宮殿を造って、そこに居れ」と言っている。②はニニギが竺紫日向の高千穂のくしふるたけに天降り、この場所はたいへんよい地だとおっしゃって、そこに立派な宮殿を造って、お住まいになったと書いてある。(6) ③は神武天皇即位の話、神武天皇は畝傍の橿原に立派な宮殿を造って、初めて国をお治めになったと書いてある。

『時代別国語大辞典 上代編』を調べると、「ふとしる」は「造営する。宮柱フトシリ（立ツ）という慣用句で宮殿の柱を建てることをいう」、「たかしる」は「高大に造り構える」と解釈されている。つまり、「於二底津石根一宮柱布斗斯理、於二高天原一氷木多迦斯理而」という常套句には、宮殿を造営するの意が含まれており、当該箇所の

「於二底津石根一宮柱布斗斯理、於二高天原一氷木多迦斯理而、治賜者」の「治」の字は造営するの意で解釈するのであれば、この常套句の意味と重複してしまう。したがって、当該箇所の「治」の字を、造営するの意で解釈するのが難しいと思われる。

四　「治」＝「祭る」の可能性

前節に挙げた『古事記』における「治」の用例②「能治二我前一者」と③「治奉之状、奈何」にあらためて注目したい。既に述べたように、②と③は、『古事記』上巻オホクニヌシの国造りの段に見える用例である。

大国主神愁而告、吾独何能得レ作二此国一。孰神与レ吾能相二作此国一耶。是時、有二光レ海依来之神一。其神言、能治二我前一者、吾、能共与相作成。若不レ然者、国、難レ成。爾、大国主神曰、然者、治奉之状、奈何、答言、吾者、伊二都岐奉于倭之青垣東山上一。

右の場面は、オホモノヌシはオホクニヌシに対して、「私をよく治めるならば(7)（能治二我前一者）、私はあなたと一緒に国作りを完成させよう」と自分に対する祭祀を求めている。オホクニヌシは、「あなたを「治奉之状」はどのようにしたらいいだろうか」と尋ねた。そうすると、オホモノヌシは、「私を倭の青垣の東の山の上に祭り仕えなさい（吾者、伊二都岐奉于倭之青垣東山上一）」と答えた。このように、オホモノヌシは御諸山の上に鎮座するようになった、という内容である。

『時代別国語大辞典 上代編』の「をさむ［治・脩・収］」の項目には、「❶統治する。平定する。❷然るべくととのえ、なおす。物事をあるべき位置、もとの位置におちつかせるようにはからう。❸収める。収納する」の意味を載せている。❷の用例として、当該箇所の「能治二我前一者」が挙がっており、ほかに、『日本書紀』の「則定二其療レ病之方一」（巻第一　神代上第八段一書第六）、「当レ披二払山林一、経二営宮室一」（巻第三　神武天皇即位前紀己未年三月条）、

「天皇、自二皇祖母命臥病一及二至発喪一、不レ避二床側一視養無レ倦」（巻第二十四 皇極天皇二年九月条）などの用例も挙げられている。【考】の部分には「❷には、個々の例に即して鎮め斎く・造営する・治療する・看病する等々の意を与えることができるが、それらはいずれも、本来の位置・よい位置に戻すようにする意に一括できる」とあるように、当該箇所の「治」を鎮め斎くの意で解釈している。具体的に言えば、「治」の字はオホモノヌシの「吾者、伊二都岐奉于倭之青垣東山上一」という発言と対応するものであり、つまり、この場面において、「治」の字はオホモノヌシを倭の青垣の東山の上に斎き祭ることを指す。

ほかに、「我前を治める（治二我前一）」と似たような表現は、『常陸国風土記』及び『播磨国風土記』逸文にも見られる。

①俗曰、美麻貴天皇之世、大坂山乃頂尓、白細乃大御服々坐而、白桙御杖取坐、識賜命者、「我前乎治奉者、汝聞看食国乎、大国小国、事依給」等識賜岐。于レ時、追二集八十之伴緒一、挙二此事一而訪問。於レ是、大中臣神聞勝命、答曰、「大八嶋国、汝所レ知食国止、事向賜之香島国坐天津大御神乃挙教事者」。天皇、聞レ諸、即恐驚、奉レ納二前件幣帛於神宮一也。（『常陸国風土記』香島郡条）

②播磨国風土記曰、息長帯日女命、欲レ平二新羅国一、下坐之時、禱二於衆神一。尓時、国堅大神之子、尓保都比売命、着二国造石坂比売命一、教曰、好治二奉我前一者、我尓出二善験一而、比々良木八尋桙根底不附国、越売眉引国、玉匣賀々益国、苫枕有宝国、白衾新羅国矣、以二丹浪一而、将二平伏賜一。如レ此教賜、於此、出二賜赤土一。其土塗二天之逆桙一、建二神舟之艫舳一。又染二御舟裳及御軍之着衣一。又攪二濁海水一、渡賜之時、底潜魚及高飛鳥等、不二往来一、不レ遮レ前。如是而、平二伏新羅一、已訖還上。乃鎮二奉其神於紀伊国管川藤代之峰一。（『釈日本紀』巻十一 便到新羅時随船湖浪遠逮国中条）[8]

①は『常陸国風土記』香島郡の一節で、美麻貴天皇（崇神天皇）の話が割注に収録されている。大坂山の頂に、

立派な装束を着て杖をお持ちの神が現れ、「私をよくお治め申せば、あなたが統治する国を、大きな国も小さな国も、委任してやろう」(9)とおっしゃった。そのときに、天皇は多くの部族を招集し、この事について意見を尋ねる。そこで、大中臣神聞勝命が答えて、「大八嶋国は、あなたが統治する国であると、この国を平定させて香島国に鎮座なさる天津大御神が、お教えになったことです」と申した。天皇はこれを聞くと、恐れ驚いて、供え物を神宮に奉納した、という内容である。大坂山の頂に現れた神（天津大御神）の発言に見える「治」は、美麻貴天皇の「奉㆑納㆓前件幣帛於神宮㆒也」という内容と対応するものであり、つまり、ここの「治」は、具体的に言えば、供え物を神宮に奉納することを指す。

②は、『播磨国風土記』逸文の一節で、息長帯日女命（神功皇后）が新羅国を平定しようとするときに、尓保都比売命が石坂比売に神がかりし、「よく私をお治め申せば、私はよい効験を出して、新羅国を丹浪の威力で平定してやろう」とおっしゃった。このようにお教えになって、赤土を出した。その赤土を天の逆桙に塗って、神舟の船尾と船首を建てた。また、舟の舷側と兵士たちの衣服を赤土で染めた。また、赤土で海水を濁らせて、海を渡るときに、海の底で泳ぐ魚と空を飛ぶ鳥たちは行き来せず、前進の邪魔をするものはなかった。このように、新羅を平定し終わって帰還すると、尓保都比売命を紀伊国の管川藤代の峰に鎮座させて祭った、という内容である。尓保都比売命の「好治㆓奉我前㆒者」は、結果的に「鎮㆓奉其神於紀伊国管川藤代之峰㆒」によって実現され、つまり、ここの「治」は、具体的に言えば、紀伊国の管川藤代の峰に鎮めてもらうことを指す。

右のように、『古事記』『常陸国風土記』『播磨国風土記』逸文に見える「治㆓我前㆒」という表現の場合、「治」の字は、祭祀の場面に用いられるものであり、祭るに近い意味を確認することができる。一方、「祭」の字は『古事記』においてどのように用いられているのか。その用例を提示しておく。

①此二柱神者、拝㆓祭佐久々斯侶伊須受能宮㆒。（上巻　天孫降臨）

②妹豊鉏比売命、拝㆓祭伊勢大神之宮㆒也。（中巻　崇神天皇条）
③以㆓意富多々泥古㆒而、令㆑祭㆓我前㆒者、神気、不㆑起、国、亦、安平。（中巻　崇神天皇条）
④即以㆓意富多々泥古命㆒、為㆓神主㆒而、於㆓御諸山㆒、拝㆓祭意富美和之大神前㆒。（中巻　崇神天皇条）
⑤又、於㆓宇陀墨坂神㆒、祭㆓赤色楯・矛㆒。又、於㆓大坂神㆒、祭㆓黒色楯・矛㆒。（中巻　崇神天皇条）
⑥次、倭比売命者、拝㆓祭伊勢大神宮㆒也。（中巻　垂仁天皇条）
⑦即以㆓墨江大神之荒御魂㆒、為㆓国守神㆒而、祭鎮、還渡也。（中巻　仲哀天皇条）

右に挙げた「祭」の字の用例を見ると、①「拝㆓祭佐久々斯侶伊須受能宮㆒」（〈さくくしろ〉五十鈴の宮をあがめ祭る）、②「拝㆓祭伊勢大神之宮㆒」⑥「拝㆓祭伊勢大神宮㆒」（伊勢の大神宮を拝み祭る）、③「令㆑祭㆓我前㆒者」（私を祭らせるならば）、④「拝㆓祭意富美和之大神前㆒」（意富美和之大神を拝み祭る）、⑤「祭㆓赤色楯・矛㆒」「祭㆓黒色楯・矛㆒」（赤色〈または黒色〉の楯と矛を祭る）、⑦「即以㆓墨江大神之荒御魂㆒、為㆓国守神㆒而、祭鎮」（墨江大神の荒御魂を、国守神として鎮め祭る）といった用法になる。

「マツル」という言葉について、西宮一民氏は、「「神を祭る」ということは、「献る」「斎仕く」「斎ハフ」の総称」と述べており、それぞれ「神に幣帛を献る」、「特定の氏族や人（職業人）が特定の神を祭る」、「人が神を祭る」の意味を表すと指摘している。[10]右に挙げた用例に即して考えると、同意できるものである。

一方、さきほど挙げた『古事記』『常陸国風土記』『播磨国風土記』逸文などの用例を見ると、[11]「治」の字は、ある場所に神を斎き祭る、供え物を奉納する、ある場所に神を鎮座させるなどの場面に用いられる。したがって、当該箇所の「治賜者」の「治」も、このような意味で解釈してもよいのではなかろうか。すなわち、オオクニヌシの「於㆓底津石根㆒宮柱布斗斯理、於㆓高天原㆒氷木多迦斯理而、治賜者」というのは、国譲りの条件として、天つ神側に立派な宮殿を造って、そこに自分を治めて（具体的に言えば、住むべき場所に鎮座させて、斎き祭って、供え物を供えて）ほしいという要望を言っている。

実際、天つ神側がオホクニヌシのために住居を造って、オホクニヌシを祭るというような記事は、『日本書紀』に確認できる。

又汝応レ住天日隅宮者、今当二供造一。即以二千尋栲縄一、結為二百八十紐一、其造宮之制者、柱則高大、板則広厚。又将二田供佃一。又為二汝往来遊レ海之具一、高橋・浮橋及天鳥船亦将二供造一。又於二天安河一亦造二打橋一。又供二造百八十縫之白楯一。又当レ主二汝祭祀一者、天穂日命是也。（巻第二　神代下第九段一書第二）

右の傍線部を見ると、まず「汝応レ住天日隅宮者、今当二供造一」、つまり、天つ神側（この場面は、タカミムスヒの命令で）がオホクニヌシのために「天日隅宮」を造営する。この宮を造営する基準は、具体的に「柱則高大、板則広厚」と記されており、つまり、宮柱を高く聳えさせ、板を広く厚く造るという。この表現は、『古事記』当該箇所の「於二底津石根一宮柱布斗斯理、於二高天原一氷木多迦斯理而」と類似するものと言えよう。「天日隅宮」の造営だけでなく、オホクニヌシのためには、ほかに、御料田を提供し、高橋、浮橋、天鳥舟、打橋、白楯といったものをも造る。最後の「当レ主二汝祭祀一者、天穂日命是也」は、オホクニヌシの祭祀をつかさどるものは天穂日命である、というオホクニヌシの祭祀に関する話が記されている。

『古事記』に戻ると、オホクニヌシのための住居造営及び祭祀に関する記事は、オホクニヌシの会話文の直後に記されている。「於二出雲国之多芸志之小浜一、造二天之御舎一而、水戸神之孫櫛八玉神為二膳夫一、献二天御饗一之時、禱白而」とあるように、まず、出雲国の多芸志の小浜に、「天之御舎」が造られる。従来、この建物を、オホクニヌシが服属儀礼を行う場として、天つ神側のために造ったものとする説もあるが、しかし、『古事記』中巻垂仁天皇条に、「天皇、患賜而、御寝之時、覚二于御夢一曰、修二理我宮一、如二天皇之御舎一者、御子、必真事登波牟、如此覚時、布斗摩邇々占相而、求二何神之心一、爾祟、出雲大神之御心」とあるように、出雲大神（オホクニヌシ）が天皇の夢に現れ、自分の住居を天皇の宮殿のように修理してほしいと言っている。ここの「修理」について、西宮一民氏は「荒れ放題になってゐたのを修繕せよといふのである」(12)と述べており、また、神野志隆光氏は「全体をあらためて築造することをいう」(13)と述べているように、オホクニヌシの住居が既に存在している。(14)垂仁記の「其御子、令レ拝二其大神宮一将レ遣之時（ホムチワケを、その大神の宮を参拝させに遣わそうとしたときに）」の一文はその傍証になる。その宮はいつ造られたかというと、中川ゆかり氏の「出雲大神の宮は大国主神の国譲りに際して、「於二出雲国之多藝志之小濱一、造二天之御舎一…」（古事記上巻）とある〝天之御舎〟を指すのであろう」(15)という指摘はそのとおりである。また、さきほど『日本書紀』で確認した「又汝応レ住天日隅宮者、今当二供造一（またあなたが住むべき天日隅宮を、いま造営してやろう）」（巻第二神代下第九段一書第二）のほかに、「五十足天日栖宮之縦横御量、…所レ造二天下一大神之宮造奉（十分に足り整った天日栖宮の縦横の規模に倣い、…所造天下大神（オホクニヌシ）の宮をお造り申せ）」（『出雲国風土記』楯縫郡）、「八百丹杵築宮爾静坐支。（八百丹杵築宮に鎮座していらっしゃった）」（『出雲国造神賀詞』）などの記事も確認できる。このように、オホクニヌシの住居に関しての記事は、『古事記』以外の上代文献資料に確認ができ、特に、『日本書紀』『出雲国風土記』には、天つ神側がオホクニヌシのために住居を造ったと明記されている。したがって、『古事記』においては、オホクニヌシの住居造営に関する記事があってもおかしくはないと思われる。この「天之御舎」はやはり、オホクニヌシのために造られたものと考えられる。(16)

　オホクニヌシの住居である「天之御舎」が造られ、地の文は、オホクニヌシの祭祀に話に移る。従来、斎藤英喜氏は、出雲大社の祭祀の重要性を説き、「国を譲り受けた天つ神の御子＝天皇は、その地上支配の正統性を確保するために、つねにきちんとオホクニヌシを祭る出雲大社を運営しなければならない」(17)と述べており、また、アンダソヴァ・マラル氏は、「ここにおいて出雲はオホクニヌシの宮殿が立つ場所として登場する。さらに、この出雲においてクシヤタマによるオホクニヌシの祭祀が描かれるのである」(18)と指摘しているように、櫛八玉神による「天御饗」の献上、及び祝辞の奏上は、オホクニヌシの祭祀を反映するものである。

この祭祀の場面において、水戸神の孫である櫛八玉神は膳夫として登場する。この神は、オホクニヌシに対し「天御饗」を献上するが、宣長の「そは天上（アメ）にて行（オコナ）ふ御饗（ミアヘ）の式（ノリ）を用ひらる、故に云なるべし」という指摘のとおり、「御饗」の上にある「天」の字は、天つ神側の式を以って御馳走用意した、ということを意味する。[19] したがって、天の御舎が造営されることによって、オホクニヌシの住居造営の要求が果たされ、また、天つ神側から天御饗を提供されることと祝辞を奏上されることによって、オホクニヌシの求めた「治」が実現されたのである。

最後に、当該箇所「治賜者」の「賜」の字にも触れておきたい。築島裕氏は尊敬語「タマフ」を論じる際に、「（賜の字は）本動詞としての用例が総計三十五例、尊敬語補助動詞としての用例が三十例を算する。（略）接尾語としては、専ら「賜」が用ゐられ、「給」が全く用ゐられてゐないことは、注意すべきである」[20]と指摘している。たとえば、「天神諸命以、…賜㆓天沼矛㆒而、言依賜也」（上巻　淤能碁呂島）の一文を見ると、「賜㆓天沼矛㆒」の「賜」は築島氏の言う「本動詞」、つまり、上位から下位にものを与えるの意で用いられるものであり、「言依賜」の「賜」は、築島氏の言う「尊敬語補助動詞」、つまり、〜なさる・〜くださるの意で用いられる。当該箇所の「治賜者」の「賜」は補助動詞の用法であり、「治」という行為を尊敬する形で、オホクニヌシの高天原側に対する敬意が反映される。オホクニヌシの会話文を見ると、オホクニヌシはへりくだって「僕」という表現を使い、ほかに、「不㆑得㆑白」、「随㆑命既献也」、「於㆓百不㆑足八十坰手㆒隠而侍」などに見える「白（まをす）」「献（たてまつる）」「侍（はべる）」の文字からも、高天原側への敬意が読み取れる。

では、高天原側に対してへりくだった態度をとるオホクニヌシは、なぜ、立派な宮殿造営と祭祀を求めたかというと、オホクニヌシは最終的に国土の修理固成を完成した者として、相応の待遇を求めていると考えられる。イザナキ・イザナミによる国土の修理固成は、イザナミの神避りによって中断されたが、オホクニヌシはスサノヲの命を受け、カムムスヒの子どもスクナビコナ、及びオホモノヌシの協力を得て、国作りという事業を再開した。「葦原中国」と呼ばれる地上世界は、「豊葦原千秋長五百秋水穂国」（豊かな葦の茂る原で大量に多年稲穂が収穫できる国）と呼ばれるようになったのは、オホクニヌシによる国作りの功績を反映するものとも考えられよう。

もう一つ、オホクニヌシはかつて、兄弟神たちの迫害で死んでしまい、その後カムムスヒの助力で生き返ってくる。これについて、姜鍾植氏はスサノヲの系譜に見える「十七世神」を論じる際に、「人の一生涯を「世」と捉えると、死と再生の過程を二回繰り返す大国主神の場合は三つの「世」を生きたことになる」[21]と指摘し、オホクニヌシの死と再生をそれぞれ一代にカウントする。つまり、オホクニヌシはスサノヲの系譜に位置しつつも、カムムスヒの助力で生き返ることにより、天つ神系の存在として生まれ変わる。この点を踏まえて考えると、オホクニヌシが求めた「治」は、スサノヲの代弁とも考えられ、スサノヲの系譜を天つ神相当だと地上において保証してほしいということになる。

五　まとめ

本稿は、『古事記』上巻国譲り神話の「治」をめぐって考察してきた。従来の解釈では、「治」をめぐっては大きく住居を造営して祭る、住居を造営する、祭るの三つに分かれている。検証したところ、『古事記』において「治」の字を建造物を造営するの意で用いられる確実な例がなく、また、「治」の字を造営するの意で捉えれば、直前の「於二底津石根一宮柱布斗斯理、於二高天原一氷木多迦斯理而」の意味と重複してしまう。この二点から、「治」を造営するの意で解釈するのは難しいと判断した。一方、『古事記』上巻オホクニヌシの国作りの話や、『常陸国風土記』『播磨国風土記』逸文の記事などに、「治」の字は祭祀と関わる場面で用いられる。当該箇所の「治」の字は、オホクニヌシを住むべき場所に鎮座させて、斎き祭って、供え物を供える、などの意味で考えるべきであり、実際には、出雲国の多芸志の小浜にオホクニヌシの住居が造られ、オホクニヌシの求めた「治」は、櫛八玉神による天御饗の献上と祝辞の奏上によって実現され、スサノヲの地位を回復させるためのものと考える。

注

(1) 『古事記』本文は山口佳紀　神野志隆光校注『新編日本古典文学全集　古事記』（小学館、一九九七年）より引用した。傍点や傍線は筆者による。

(2) 倉野憲司著『古事記全註釈』は「治賜者」の項目に「既出」とあり、オホクニヌシの国作りの段に見える「能治㆓我前㆒者」を指す。そこの注釈を見ると、「然るべく処置する意である」とある。

(3) 『説文解字　附音序筆畫検字』（北京中華書局、二〇一三年）より引用し、適宜に返り点を付した。なお、「丘」の字、底本に「𠀉」と作る。

(4) 『日本国語大辞典』（第二版）では、「責任をもって世話をする」と解釈するが、『新編全集』では、「迎え入れて皇子としてふさわしい待遇をするの意」とある。それに従う。

(5) 『日本書紀』本文は毛利正守 小島憲之 直木孝次郎　西宮一民　蔵中進校注『新編日本古典文学全集　日本書紀』（小学館、一九九四年）より引用した。傍線は筆者による。

(6) ①「於㆓底津石根㆒宮柱布斗斯理、於㆓高天原㆒氷椽多迦斯理而居」と②「於㆓底津石根㆒宮柱布刀斯理、於㆓高天原㆒氷椽多迦斯理而坐也」を見ると、「於㆓底津石根㆒云々」と「居」「坐也」とは、「而」の字によって接続されており、「而」の前後の文の主語は一貫して変わらない。つまり、①の場合、「於㆓底津石根㆒云々」と「居」の主語はいずれもオホクニヌシであり、②の場合、「於㆓底津石根㆒云々」と「坐也」の主語はいずれもニニギということになる。したがって、当該箇所の「於㆓底津石根㆒云々」は「治賜」の主語と一致して高天原側と考えられる。

(7) 「能治㆓我前㆒者」の「我前」について、かつて本居宣長は「前は座と同くて、本其神の御座位を指て云言なり、（中略）さて御座位を指て云が、やがて其神を指て云なれば、治㆓我前㆒とは、即治㆑我と云ことなり」と述べ、また、「神や天子などを、それと直接指すのを憚って、その『前』とかその『座』とかいふのである」（『古事記全註釈』）、「神に敬意を表すために、直接指すことを避ける表現」（『新編全集』）などとも解釈されている。当該箇所の場合、オホクニヌシは「治㆓賜我前㆒者」を言わず「治賜者」と言ったのは、前後の文脈を含めて考えると、オホクニヌシのへりくだった態度を反映するものと考えられる。

（8）『常陸国風土記』及び『播磨国風土記』逸文の本文は植垣節也校注『新編日本古典文学全集　風土記』（小学館、一九九七年）より引用した。傍線は筆者による。なお、『播磨国風土記』逸文は、尊経閣善本影印集成『釈日本紀二　巻九〜巻十八』（八木書店、二〇〇四年）をも参照した。

（9）「事依給」の解釈については、「統治出来るようにしてあげよう」（秋本吉郎校注『日本古典文学大系　風土記』岩波書店、一九五八年）、「うまく統治できるようにしてあげよう」（『新編日本古典文学全集　風土記』）、「すべてとり集めてさし上げましょう」（中村啓信校注『風土記上　現代語訳付き』角川ソフィア文庫、二〇一五年）とあるが、「ことよさす」は「委ねる・任じるの意」（『時代別国語大辞典　上代編』）とあるように、「委任する」の意で解釈するのが一般的である。

（10）西宮一民著『上代祭祀と言語』「マツリの国語学」（桜楓社、一九九〇年）。初出、一九八九年。

（11）『日本書紀』に次の一例がある。「冬十月甲寅朔甲子、葬㆓皇妃㆒。既而天皇悔㆘之不㆑治㆓神祟㆒、而亡㆗皇妃㆖、更求㆓其咎㆒」（巻第十二　履中天皇五年十月）。履中天皇五年の冬十月十一日に、九月十九日に亡くなった皇妃を葬りまつった。天皇は、神の祟りを鎮められずに、皇妃を死なせてしまったことを後悔し、あらためてその咎めを受ける原因を求めるとある。この内容と関連して、同五年三月の記事に、「五年春三月戊午朔、於㆓筑紫㆒所㆑居三神、見㆓于宮中㆒言、何奪㆓我民㆒矣。吾今慚㆑汝。於㆑是禱而不㆑祠」とあり、つまり、五年の春三月一日に、筑紫におられる三神は宮中に現れて、「どうして私の民を奪ったのか。私はいまあなたを恥じ入らせよう」と言った。そこで、祈禱はしたが、祭祀はしなかった。筑紫三神の祟りを治めなかったことが原因で、履中天皇の皇妃が突然薨去してしまったのである。この記事は、「天皇悔㆘之不㆑治㆓神祟㆒、而亡㆗皇妃㆖」、と呼応する。すなわち、「不㆑治㆓神祟㆒」と「不㆑祠」とは同じことを指しており、「祠（まつる）」の字は、この場面では、神の祟りを治めることをいうのである。「治」の字は、ここでは祭祀に関する場面に使用されているが、「祭る」という意味より「鎮める」の意に近い。

（12）西宮一民著『古事記の研究』2「読解の部」Ⅳ「訓読篇」第二章「「訓読」各説」第一節「修理固成」（おうふう、

一九九三年）。初出、一九七五年。

（13）山口佳紀 神野志隆光著『古事記注解2』（笠間書院、二〇一五年）。

（14）「国譲りの際の要求は実現されていないのだから、物語列的には中巻の垂仁記で再び同じ要求が繰り返されることは当然である。（略）これ（垂仁記、筆者注）以前に出雲大社の造営のことは記されていないのだから、特に修繕の意に解さなければならない理由はない」（矢嶋泉「『古事記』の大物主神」（『青山語文』第三十五号、二〇〇五年三月））とあるように、オホクニヌシの求めた住居は、垂仁天皇の時代にまだ建てていないとし、垂仁記の「修理」は修繕するの意ではないという意見もある。

（15）中川ゆかり著『上代散文その表現の試み』第二章「古事記の表現—ものがたる工夫—」第一節「イザナキ・イザナミの国作り—「修理」の語義から—」（塙書房、二〇〇九年）。初出、二〇〇〇年。

（16）「天之御舎」は何のために造ったものかについて、拙稿「『古事記』の「天之御舎」をめぐって」（『萬葉』第二百二十六号、二〇一八年十月）において詳述した。

（17）斎藤英喜著『読み替えられた日本神話』第一章「古代神話を読む」（講談社現代新書、二〇〇六年）。

（18）アンダソヴァ・マラル著『古事記変貌する世界—構造論的分析批判—』第Ⅰ節「古事記神代の変貌する世界」第2章「「葦原中国」と「出雲の国」」（ミネルヴァ書房、二〇一四年）。

（19）櫛八玉神をオホクニヌシ側のものとし、この神が献上する天御饗を、「服属のしるしとして天つ神側に献上するご馳走」（『新編全集』頭注）とする意見もある。

（20）築島裕「尊敬語タマフの系譜」（『武蔵野文学』第二十九号、一九八一年十二月）。

（21）姜鍾植「スサノヲの系譜「十七世神」について—系譜と説話の関わりという観点から—」（『井手至先生古稀記念論文集国語国文学藻』和泉書院、一九九九年）。

『日本書紀』垂仁天皇条の諺「天之神庫随二樹梯一之」考

松下洋子

一、はじめに

『日本書紀』巻六、垂仁天皇八七年二月五日条は、石上神宮の神宝を物部連等が管理する因縁について伝えたものである。

八十七年春二月丁亥朔辛卯、五十瓊敷命謂二妹大中姫一曰、我老也。不レ能レ掌二神宝一。自レ今以後、必汝主焉。大中姫命辞曰、吾手弱女人也。何能登二天神庫一耶。《神庫、此云二保玖羅一。》五十瓊敷命曰、神庫雖レ高、我能為二神庫一造レ梯。豈煩レ登レ庫乎。故諺曰、神之神庫随二樹梯一之、此其縁也。然遂大中姫命授二物部十千根大連一而令レ治。故物部連等至二于今一治二石上神宝一、是其縁也。[1]

五十瓊敷命は老齢により神宝の管理が出来なくなったため、妹大中姫命にその職務を譲る。後、大中姫命から物部十千根大連に神宝の管理が委任される。それ以降、物部連等が現在に至るまで石上神宮の神宝の管理に携わっているとする。

諺「神之神庫随二樹梯一之」の傍線部「神之神庫」には異同があり、「天之神庫」「天神庫」とした写本も存在する。

「神之神庫」と「天之神庫」「天神庫」では諺の解釈が異なるため、本研究では、『日本書紀』垂仁天皇条の諺が「神之神庫」「天之神庫」「天神庫」のいずれを本文として採用すべきかを検討し、最後にこの諺の解釈を行う。

二、古写本・版本のあり方と諸注釈

神之神庫　……卜部兼右本、内閣文庫本、寛文九年版本
神（天イ本）之神庫……北野本、三手文庫本
天之神庫　……熱田本、穂久邇文庫本
天神庫　……玉屋本

「神之神庫」を採用する写本・版本は、北野本、卜部兼右本、内閣文庫本、三手文庫本、寛文九年版本である。ただし、北野本、三手文庫本には「天イ本」とイ本注記がある。「天之神庫」を採用する写本は、熱田本・穂久邇文庫本である。玉屋本は、「之」の文字がなく「天神庫」とある。

巻六の古写本・版本は、玉屋本以外すべて卜部家本系統の古写本であり、古本系統の写本は存在しない。そして、巻六最古の写本は熱田本であり、熱田本の識語には永和三年一一月に熱田神宮に寄進したとある。[2]

また、この垂仁天皇条の説話は『古事記』にはないが、『先代旧事本紀』天孫本紀にほぼ同じ内容のものが存在し、そこには「天之神庫」と書かれている。『先代旧事本紀』は平安時代初期には成立していたと考えられているが、[3]最古の写本は卜部兼永本で室町時代末期の書写となる。

次に、注釈書類を見てみたい。

神之神庫　……日本書紀通証、日本古典全書、新編日本古典文学全集[4]

天之神庫（天神庫）……書紀集解、日本古典文学大系、中央公論社本、（日本書紀通釈）

「神之神庫」を採用する注釈書である『日本書紀通証』には、

　上ノ神一本作レ天

とある。『日本古典全書』は北野本を底本とし、本文も「神之神庫」としている。

また、「天之神庫」を採用する注釈書である『書紀集解』は、寛文九年版本を底本としながら、

　天原作レ神據二熱田本一改

とあり、熱田本により「神之神庫」から「天之神庫」に改めている。『日本書紀通釈』は、本文は底本である寛文九年版本により「神之神庫」を採用している。しかし、注の部分では、

　並河本永享本に天神庫とあり。集解にも據二熱田本一改とあり。此は前文を受けたる處なれは。天神庫とある宜し。

と之の文字のない「天神庫」をよしとしている。『日本古典文学大系』は、卜部兼右本を底本にしながら熱田本、穂久邇文庫本、北野本のイ本注記により「天之神庫」に本文を改めている。『日本書紀』（中央公論社）も、寛文九年版本を底本としながら、熱田本、穂久邇文庫本、北野本のイ本注記により「天之神庫」に本文を改めている。

「天之神庫（天神庫）」を採用する注釈書は、いずれも底本の表記である「神之神庫」から熱田本等により「天之神庫（天神庫）」に改めている。このような底本の文字の改変の動きに対して、寛文九年版本を底本とする『新編日本古典文学全集』は頭注において、

　底本の原文「神之神庫」を、熱田本の「天之神庫」に作るのは後世のさかしらによる改変。

とし、底本通り「神之神庫」を本文として採用している。

三、「神庫」と「神府」「宝府」

諺「神之神庫随二樹梯一之」の「神庫」は、上代の文献では『日本書紀』の当該の説話のみである。ただ、「神庫」と同様に考えてよいか検討の必要な例として、『日本書紀』に「神府」「宝府」の例もある。(5) まず、「神府」「宝府」について検討を加える。

a忍壁皇子を石上神宮に遣して、膏油を以ちて神宝を瑩かしむ。即日に、勅して曰はく、「元来諸家の、神府に貯める宝物、今し皆其の子孫に還せ」とのたまふ。（天武天皇三年八月三日）

忍壁皇子を石上神宮に派遣して、膏油で神宝をみがかせた。その日に天武天皇は、元々諸家が神府に納めていた宝物をすべてその子孫に返還するよう命じたという。この場合の「神府」は石上神宮の「神庫」を指すと考えられ、「神府」は「神宝や諸家の宝物を納めた蔵」であると言える。

b群卿に詔して曰はく、「朕聞く、新羅の王子天日槍、初めて来し時に、将来る宝物、今し但馬に有り。元め国人の為に貴びられ、則ち神宝と為れりと。朕其の宝物を見まく欲し」とのたまふ。即日に使者を遣し、天日槍の曾孫清彦に詔して献らしめたまふ。是に清彦、勅を被り、乃ち自ら神宝を捧げて献る。羽太玉一箇・足高玉一箇・鵜鹿鹿赤石玉一箇・日鏡一面・熊神籬一具なり。唯し、小刀一のみ有り。名を出石と曰ふ。則ち清彦、忽に刀子は献らじと以為ひ、仍りて袍の中に匿して、自ら佩けり。天皇、未だ小刀を匿したる情を知ろしめさずして、清彦を寵まむと欲して、召して酒を御所に賜ふ。時に、刀子袍の中より出でて顕る。天皇見して、親ら清彦に問ひて曰はく、「爾が袍の中の刀子は、何する刀子ぞ」とのたまふ。爰に清彦、刀子を匿すこと得まじと知りて、呈して言さく、「献れる神宝の類なり」とまをす。則ち天皇、清彦に謂りて曰はく、「其の神宝は、豈類を離くること得むや」とのたまふ。乃ち出して献る。皆神府に蔵めたまふ。然して後に、宝府を開きて視たまふに、小刀自づからに失せぬ。

（垂仁天皇八八年七月一〇日）

垂仁天皇は、新羅の王子・天日槍が初めてやって来た時に将来した宝物を、天日槍の曾孫清彦に献上させた。それらはすべて「神府・宝府」に納められたとしている。

『釈日本紀』巻一〇・述義六・第六の「天書」の記載によると、

天日槍寳物皆藏於神府。天書第六曰。垂仁天皇八十八年秋七月己酉朔戊午。詔覧新羅王子天日槍所來獻神寳。使藏石上神宮。

天日槍の神宝は石上神宮に蔵められたとする。しかし、この条には石上神宮に蔵したという記述はなく、この条での「神府・宝府」は「神宝（宝物）を納めた蔵」とまでは捉えることができるが、石上神宮の「神庫」を指すとまでは言うことはできない。すなわち、石上神宮以外の別の場所にも「神宝（宝物）を納めた蔵」が存在した可能性があると言える。(6)

次に、「ホクラ」の辞書的解釈を見ていきたい。

神庫　ホクラ

（『観智院本　類聚名義抄』法下一〇四）

秀倉　ホクラ　一云神殿

寳倉　或本

（『観智院本　類聚名義抄』僧中二）

寳倉　漢語抄云、寳倉、《保久良、一云神殿、○按垂仁紀神庫、本注云、神庫此云保玖羅、天武紀神府同訓、蓋蔵神寳之府庫也、其制高峻、秀於尋常府庫、故云保久良、》（後略）

（『箋注倭名類聚抄』巻五　一九ウ）

『類聚名義抄』、『箋注倭名類聚抄』において「ホクラ」と訓のあるものは、「神庫」「秀倉」「寳倉」である。『箋注倭名類聚抄』には「神寳を蔵めた府庫也」とあり、「其の制、高峻、尋常の府庫より秀いで」から「普通の蔵よりも高く突出した蔵」であったと注されている。

四、「神之神庫」か「天之神庫」「天神庫」

諺「神之神庫随二樹梯一之」は二節で述べたように諸写本により「神之神庫」「天之神庫」「天神庫」の三通りの本文が存在する。どの本文がよいか五点から考えてみたい。

まず第一に、諺「神之神庫随二樹梯一之」の「神庫」は説話部分に「神庫、此云二保玖羅一」と訓注がある。『日本書紀』において訓注が施された語は、毛利正守氏の論文(7)によると、書紀の筆録者たちが利用し得たであろう漢籍に表れる漢語と同じものであるか、そうした漢籍の中には見出し難い語であるかの二種類がある。論文ではそれぞれ「漢語」、「漢字連語」と称している。

「神庫」は書紀の筆録者たちが利用し得たであろう漢籍(8)には見出し難い語であるため、毛利氏の論文の「漢字連語」であると考えられる。倭語「ホクラ」に相応しい漢字として「神」「庫」が選ばれ、漢字連語としての「神庫」が存在すると考えられる。

第二に、「ホクラ」に相応しい語として「神庫」が造語されたとするならば、「ホクラ」について考えておく必要がある。「ホクラ」の語構成は「ホク＋ラ」か「ホ＋クラ」のどちらかであると考えられる。

「ホク＋ラ」を想定すると、「アカ＋ラ」(9)などと同様、形状言からの情態副詞派生であると考えられる。これらは名詞にはなりづらく、「ホクル」という動詞もしくは形容詞語幹が想定しづらいことから、「ホ＋クラ」の語構成が妥当であると考えられる。

この場合「ホ＋クラ」の「ホ」は、

ホツタカ（ほつ鷹）　汝が恋ふるその保追多加は松田江の浜行き暮らし　（『万葉集』巻一七　四〇一一番）

ホツテ（ほつて）　壱岐の海人の保都手の卜部をかた焼きて行かむとするに　（『万葉集』巻一五　三六九四番）

ホツマクニ（秀真国）　磯輪上秀真国。《秀真国、此云二袍図莽句儞一。》　（神武天皇三一年四月一日）

ホツメ（最勝海藻）　即勅曰、「取二最勝海藻一《謂二保都米一。》」　（『豊後国風土記』海部郡穂門郷）

と同様、「優れたもの」「秀でたもの」という意味であると考えられる。また、

ホツエ（上枝）　妹がため上枝の梅を手折るとは下枝の露に濡れにけるかも　（『万葉集』巻一〇　二三三〇番）

のように、「ホ」は「他のものよりとび出しているもの、先端」を意味すると考えらえる。説話の内容から文脈上も「ホクラ」は「高い蔵」であると考えられる。

「ホクラ」は「ホ」の意味から「秀でた、他のものよりとび出している高い蔵」であると考えられ、さらに、「漢字連語」において「神庫」と「神」の字を当てることから、「神聖なる蔵」の意を訓字表記上に表現している。つまり、「ホクラ」は、「秀でた」「高庫」への意訳ではなくて「神庫」であったという点は、すでにこれが神聖な存在としてあったのであろうと考えられる。

第三に、「カミノホクラ」「アメノホクラ」どちらがよいか考える。

『日本書紀』の「カミノ～」の表記は「神～」と「神之～」が存在する。

「神～」で「カミノ～」と訓むものは次のような例がある。

十一月丁酉朔壬子、奉二伊勢神祠一皇女大来、還至二京師一。　（持統天皇称制前紀）

この場合は「伊勢の神の祠（まつり）」、「神の祭祀」を意味する。その他「神～」で「カミノ～」と訓む場合も美称連体詞は存在しない。

「神之～」で「カミノ～」と訓むものは次のような例がある。

乃思而白曰、宜下図二造彼神之象一、而奉中招禱上也。　（神代上第七段一書第一）

この場合の「神」は、「彼の神（天照大神）の象」と特定の神を指す。その他「神之～」で「カミノ～」と訓む場合もすべて特定の神を表し「○○神の～」と神の所有を表す形となる。この場合の「の（之）」は格助詞で、不特定の神ではこのような「神之～」という複合語は存在しない。当該箇所では「神之神庫」は不特定の神を指す。『日本書紀』では不特定の神では「神の～」という複合語がないため「神之神庫」は本文としてふさわしくない。

第四に、「天之神庫」「天神庫」を採る場合、どのように解釈すればよいだろうか。

又汝応レ住天日隅宮者、今当二供造一。即以二千尋栲縄一、結為二百八十紐一、其造宮之制者、柱則高大、板則広厚。

（神代下第九段一書第二）

高皇産霊尊が大己貴神に「天日隅宮」を造営しよう勅したところである。「天日隅宮」は、「柱は高く大く」とあることから「高壮な建物」であると考えられる。高皇産霊尊の勅ということからも単なる宮ではなく、天上界との繋がりを想起させるものであると考えられる。

「天（之）神庫」も「神庫高しと雖ども」や「神庫のために梯を造る」とあるように「天日隅宮」と同様「高壮な建物」と考えられ、「神宝を掌る」とあるため神との繋がりから「神々しい建物」であると言える。

第五に、本文異同に翻って考えてみたい。「神之神庫」とする古写本はあるが、「神神庫」とする古写本は存在しない。一方で、「天之神庫」と「天神庫」は存在する。『日本書紀』の「之」字が複合語中にある場合、不読にあることは稀であるから、格助詞「ノ」の表記とみて差し支えない。「神之神庫」が正しい本文であるのならば『日本書紀』の用字法と和語の語構成からは「神神庫」を採用する古写本がどうしても必要である。しかし、「神神庫」を採用する古写本は現存確認できる写本・版本には存在しない。

以上五点から、「神之神庫」という本文より「天之神庫」「天神庫」がよいと考える。「神庫」のような名詞語彙に対する用字法は、訓注によって和語が固定されるために検証できるが、この「神庫」に訓注「ホクラ」がなければ本文が決定できない。そして、熱田本、とくに玉屋本の存在が極めて重要である。

五、『古事記』『日本書紀』の諺と説話との関係

四節において「神之神庫」より「天之神庫」「天神庫」がよいとしたが、『日本書紀』の諺と説話の関係からも「天之神庫」「天神庫」がよいということを述べたい。

当該の諺は、説話の中に「天神庫」という表現がある。このことから、『日本書紀』における諺と説話の関係についても考えておく必要がある。関係性を明確にするため『古事記』の諺と説話の関係についても考える。諺は『古事記』に四例、『日本書紀』に当該の諺を含めて四例ある。まず、『古事記』の諺から検討を加える。『古事記』の諺で『日本書紀』にも同様の諺（言葉）がある場合は並記し同時に検討を加える。

①是に、諸の神と思金神と、答へて白さく、「雉、名は鳴女を遣すべし」とまをす時に、詔ひしく、「汝、行きて、天若日子を問はむ状は、『汝を葦原中国に使はせる所以は、其の国の荒振る神等を言趣け和せとぞ。何とかも八年に至るまで復奏さぬ』ととへ」とのりたまひき。（中略）爾くして、天佐具売、此の鳥の言を聞きて、天若日子に語りて言はく、「此の鳥は、其の鳴く音甚悪し。故、射殺すべし」と、云ひ進むるに、即ち天若日子、天つ神の賜へる天のはじ弓・天のかく矢を持ちて、其の雉を射殺しき。（中略）亦、其の雉、還らず。故、今に、諺に「雉の頓使」と曰ふ本は、是ぞ。（上巻　天若日子の派遣）

時に高皇産霊尊勅して曰はく、「昔天稚彦を葦原中国に遣し、今に至るも久しく来ざる所以は、蓋し是国神に強禦之者有りてか」とのたまふ。乃ち無名雄雉を遣し、往きて候はしめたまふ。此の雉降来り、因りて粟田・豆田を見て、則ち留りて返らず。此、世に所謂「雉の頓使」といふ縁なり。（神代下第九段一書第六）

②爾くして、天皇、悔い恨みて、玉を作りし人等を悪みて、皆其の地を奪ひ取りき。故、諺に曰はく、「地を得

ぬ玉作」といふ。

（中巻　垂仁天皇）

③又、秦造が祖・漢直が祖と、酒を醸むことを知れる人、名は仁番、亦の名は須々許理等と、参ゐ渡り来たり。故、是の須々許理、大御酒を醸みて献りき。是に、天皇、是の献れる大御酒にうらげて、御歌に曰はく、

須々許理が　醸みし御酒に　我酔ひにけり　事無酒　笑酒に　我酔ひにけり

如此歌ひて、幸行しし時に、御杖を以て、大坂の道中の大き石を打てば、其の石、走り避りき。故、諺に曰はく、「堅石も酔人を避る」といふ。

（中巻　応神天皇）

④是に、大雀命と宇遅能和紀郎子との二柱、各天の下を譲れる間に、海人、大贄を貢りき。爾くして、兄は、辞びて弟に貢らしめ、弟は、辞びて兄に貢らしめて、相譲れる間に、既に多たの日を経ぬ。如此相譲ること、一二時に非ず。故、海人、既に往還に疲れて泣きき。故、諺に曰はく、「海人なれや、己が物に因りて泣く」といふ。然れども、宇遅能和紀郎子は、早く崩りましき。故、大雀命、天の下を治めき。

（中巻　応神天皇）

時に海人有り。鮮魚の苞苴を齎ちて、菟道宮に献る。太子、海人に令して曰はく、「我は天皇に非ず」とのたまひ、乃ち返して難波に進らしめたまふ。大鷦鷯尊、亦返して菟道に献らしめたまふ。是に海人の苞苴、往還に鯘れぬ。更に返りて、他し鮮魚を取りて献る。譲りたまふこと前日の如し。鮮魚、亦鯘れぬ。海人、屢還るに苦み、乃ち鮮魚を棄てて哭く。故、諺に曰く、「海人なれや、己が物から泣く」といふは、其れ是の縁なり。太子の曰はく、「我、兄王の志を奪ふべからざることを知れり。豈久しく生きて、天下を煩さむや」とのたまひて、乃ち自ら死りたまひぬ。

（仁徳天皇即位前紀）

①の話は、天若日子が長い間復命しないため雉の鳴女を派遣するが、鳴女は天若日子に射殺される。諺の「頓使」の「頓」の字は、「留まる・留まる」という意で鳴女が葦原中国に留まり天上界に還らない印象を与える。説話では「其の雉、還らず」とある。つまり、諺も説話も述べようとする内容は同じだが、諺は「葦原中国に留ま

る」ことを、説話は「天上界に帰ってこない」ことを述べている。しかし、『日本書紀』の「雉の頓使」の例では、説話の部分に「留りて返らず」とあり、「頓」の字義に合った説明となっている。

②は、垂仁天皇が沙本毘売命を取り戻すのに失敗したことを悔い、沙本毘売命の玉の紐に細工をほどこした玉作の人々を憎んで、土地を取り上げた話である。諺の「地を得ぬ」は説話の「其の地を奪ひ取りき」にあたる。しかし、諺の「土地を持たない」のと、説話の「天皇が土地を奪い取った」のでは、述べようとする内容は同じだが、説話は垂仁天皇主体の表現、諺は玉作側の状態を表現している。

③は、応神天皇が須々許理らに献上された酒に酔い、大坂の道の真ん中にあった大きな岩を打つと、その岩が走り避った話である。諺の「堅石」は、説話では「大き石」とあり、石の形状が異なる。

④は、大雀命と宇遅能和紀郎子が海人の大贄を譲り合うという話である。海人が泣いた理由は、諺では「己が物に因りて」とあり大贄のために泣かされたとあり、説話では大贄の受け入れ先を得られないでその行き来に疲れて泣いたとあり、理由が異なっている。

しかし、『日本書紀』の「海人なれや、己が物から泣く」の例では、海人が泣いた理由として、往来を繰り返すうちに鮮魚が腐りそれを棄て海人が泣いたとある。諺の「己が物から泣く」は、説話では「鮮魚を棄てて哭く」にあたり、諺と説話の内容が一致している。

次に、『日本書紀』の諺について考えてみたい。

⑤十一月に、処々の海人、訕哤きて命に従はず。《訕哤。此には佐麼売玖と云ふ。》則ち阿曇連が祖大浜宿禰を遣して、其の訕哤を平げしむ。因りて海人の宰とす。故、俗人の諺に曰く、「さば海人」といへるは、其れ是の縁なり。（応神天皇三年一一月）

⑥秋七月に、天皇、皇后と高台に居しまして、避暑みたまふ。時に、毎夜、菟餓野より鹿の鳴聞ゆること有り。

其の声、寥亮にして悲し。共に可憐とおもほす情を起したまふ。月尽に及りて、鹿の鳴聆えず。爰に天皇、皇后に語りて曰はく、「是夕に当りて鹿鳴かず。其れ、何の由ぞ」とのたまふ。明日に、猪名県の佐伯部、苞苴を献る。天皇、膳夫に令して問はしめて曰はく、「其の苞苴は何物ぞ」とのたまふ。対へて言さく、「牡鹿なり」とまをす。問ひたまはく、「何処の鹿ぞ」とのたまふ。曰さく、「菟餓野なり」とまをす。時に天皇以為さく、是の苞苴は、必ず其の鳴きし鹿ならむ、とおもほし、因りて皇后に謂りて曰はく、「朕、比、懐抱ひつつ有るに、鹿の声を聞きて慰む。今し佐伯部の鹿を獲れる日夜と山野を推るに、即ち鳴きし鹿に当れり。其の人、朕が愛みすることを知らずして、適に逢獼獲と雖も、猶し已むこと得ずして恨しきこと有り。故、佐伯部は皇居に近くことを欲せじ」とのたまふ。乃ち有司に令して、安芸の渟田に移郷す。此、今の渟田の佐伯部が祖なり。

俗の曰へらく、「昔、一人有り、菟餓に往きて、野中に宿りき。時に二鹿、傍に臥せり。鶏鳴に及らむとして、牡鹿、牝鹿に謂りて曰く、『吾、今夜夢みらく、白霜多に降りて吾が身を覆ふと。是、何の祥ならむ』といふ。牝鹿、答へて曰く、『汝の出行かむときに、必ず人に射られて死なむ。即ち白塩を以ちて其の身に塗ること、霜の素きが如くならむ応なり』といふ。時に宿れる人、心裏に異しぶ。未だ味爽に及らざるに、猟人有りて牡鹿を射て殺しつ。是を以ちて、時人の諺に曰く、『鳴く牡鹿も相夢の随に』といふ」といへり。

（仁徳天皇三八年七月）

⑤は、大命に従わない海人を阿曇連の祖大浜宿禰によって鎮静させた話である。諺の「さば海人」は、説話の「海人、訕哤きて」「佐麼賣玖」にあたる。説話と諺の表現が一致している。

⑥は、『逸文摂津国風土記』に酷似した言い伝えがある。仁徳天皇は、八田皇女とともに鹿の鳴く声に心を慰められていた。しかし、月末に鹿の鳴き声が聞こえなくなり、翌日、佐伯部より鹿の肉が献上される。天皇は、愛す

るその鹿を殺したのは佐伯部と判断し、佐伯部を皇居から遠ざける。世の人は、牝鹿が夢合わせにおいて悪い判断をして牡鹿が殺されたことから、諺に「鳴く鹿も夢判断したいだ」と言ったとある。諺の「鳴く牡鹿」は説話前半の「鹿の鳴」「牡鹿」「鳴きし鹿」や、後半の「牡鹿」を指し、諺の「相夢」は説話後半の「夢みらく」「何の祥ならむ」という記述にあたり、説話の内容と一致している。

以上、①から⑥の諺の検討により、『日本書紀』の諺は『古事記』の諺に比べ、諺の表現と説話の内容が一致していると考えられる。

それでは、当該の諺を見てみたい。諺の「樹梯」は説話では「梯を造てむ」にあたる。そして、説話の「神庫」の記述として「天神庫に登らむ」がある。『日本書紀』の他の諺は、全て諺と説話の内容は一致している。したがって、『日本書紀』の諺のあり方から、説話の部分に「天神庫」とあることにより、熱田本・穂久邇文庫本が採用する「天之神庫」、玉屋本が採用する「天神庫」が本文としてよいと考える。

また、当該の諺の「随に」は、『日本書紀』の諺⑥にもある。「樹梯の随に」は「梯を立てれば登れる」の意で、「随に」に説話部分にある「(梯を)造てれば登れる」の意を受ける形をとる。日本書紀の諺⑥の場合も、「夢合わせの随に」の「随に」も牝鹿の夢相せの言葉で説話部分の「人に射られて死なむ」を受ける形をとる。「随に」と言うことは、諺が説話の内容の一部を受けることとなり、諺と説話との結びつきを非常に強くしている言える。

六、「天之神庫」か「天神庫」

最後に、熱田本・穂久邇文庫本が採用する「天之神庫」、玉屋本が採用する「天神庫」どちらを本文として採用すべきか考えてみたい。

玉屋本の「天神庫」は、説話の部分に大中姫命の発言として「天神庫」の表現があるためと考えられる。玉屋本

の特徴として中村啓信氏[10]によると、

応永二十三年（一四一六）～永享五年（一四三三）にわたって良海によって書かれたこの本は、一種異様な本文を有する独特な写本ということができる。にもかかわらず、いま述べたとおり、一峯本などと共通する本文をもっているが、とりわけ三嶋本と濃い親縁関係にある。しかも三嶋本と大きく異なるところが認められるのであり、結果的にいえば玉屋本は極めたる改撹本ということになる。

とあり、独特な写本であると言える。

また、神代上第四段正文において、

伊弉諾尊・伊弉冉尊、立二於天浮橋之上一、共計曰、底下豈無レ国歟、廼以二天之瓊《瓊、玉也。此云レ努。》矛一、指下而探之、是獲二滄溟一。

は『校本日本書紀』によると、「天之瓊矛」を玉屋本のみ「天瓊矛」と「之」を省いた本文としている。[11]玉屋本は『類聚国史』の性質を引き継ぐ写本であるが、『類聚国史』もこの部分は「天之瓊矛」と表記している。玉屋本が「天瓊矛」と「之」を省くのは、神代上第四段一書第一に「天瓊戈」、神代上第四段一書第二に「天瓊矛」とあることも関係していると考えられる。

以上の玉屋本は独特な写本であること、神代上第四段正文の「天之瓊矛」を玉屋本のみ「天瓊矛」としていることから考えると、玉屋本の「天神庫」より、巻六の最古の写本である熱田本の「天之神庫」がよいと考える。

七、おわりに

これまでにみてきたように、熱田本、穂久邇文庫本が採用する「天之神庫」がよいと考える。

「天之神庫も樹梯の随に」の「樹梯の随に」は「梯を立てれば登れる」の意で、「随に」に説話部分にある「（梯を）造てれば登れる」の意を受ける形をとる。つまり、垂仁紀の諺は、諺の前の説話との結びつきが非常に強いとも言える。

そして、この諺は、『日本書紀通釈』の、

> さて此諺の意。他に喩へたる處ありて。天神庫の高き處なりとも。梯あらは登りつへし。己か身の思掛くましく。高く貴きあたりといへとも。其を導くもの〻ありせは。其梯のまに〳〵。遂には至るへしと云る。
>
> （『日本書紀通釈』巻二十九）

のように、「高く貴い所でも、それを導くものがあれば、遂には至る」と解釈できる。そして、説話の内容から考えると、「五十瓊敷命の導きにより、手弱女人である大中姫も高い天の神庫に登ることができる」と解釈する。

注

（1）以下『日本書紀』の本文・訓読の引用は、小島憲之・直木孝次郎・西宮一民・蔵中進・毛利正守校注・訳『新編日本古典文学全集　日本書紀』①〜③（小学館）による。

（2）遠藤慶太「熱田本『日本書紀』の書誌」（熱田神宮編『熱田本日本書紀　第三冊』八木書店古書出版部　平成二九年）

（3）阿部武彦「先代旧事本紀」（『国史大系書目解題　上巻』吉川弘文館　昭和四六年）

（4）井手至「垂仁紀『はしたて』の諺と石上神庫説話—枕詞『はしたての』と『はしたて』の習俗をめぐって—」（『遊文録　説話民俗篇』和泉書院　平成一六年）では「神之神庫」とある。どの写本に依拠したかは明記していない。

（5）『日本書紀』神功皇后摂政前紀に、「乃ち其の縛を解きて、飼部としたまひ、遂に其の国中に入りまして、重宝の府庫を封め、図籍・文書を収めたまふ。」とある。「神庫」「神府」「宝府」と性質が異なると考え例より除外した。

（6）笹川尚紀「石上神宮をめぐる諸問題」（『日本書紀成立史攷』塙書房、平成二八年）では、『播磨国風土記』讃容郡中川里条の苫編部犬猪が献上した宝剣が、天武天皇一三年七月にもとの場所に返送された例を挙げ、「讃容郡の宝剣は石上神宮の神庫にではなく他所にしまわれていた可能性が高いのではないかと推測される。それ以外にも宝物が蔵されていたともくされる如上の事例に留意すると、『日本書紀』垂仁天皇八八年七月戊午条の神府（宝府）を石上神宮のそれに軽々に結びつけてしまうのは差し控えなければなるまい。」としている。

（7）毛利正守「日本書紀の漢語と訓注のあり方をめぐって」（萬葉語学文学研究会編『萬葉語文研究　第一集』和泉書院　平成一七年）

（8）（7）に、「芸文類聚（類書）、淮南子、史記、漢書、後漢書、三国史、梁書、隋書、文選、金光明最勝王経、法華経等、また佩文韻府、太平御覧等の類書を対象とした」とある。「神庫」はこれらの漢籍から見出すことができなかった。

（9）蜂矢真郷『国語重複語の語構成論的研究』（塙書房　平成一〇年）

（10）中村啓信「古事記日本書紀諸本・注釈書解説」（神野志隆光編『古事記日本書紀必携』學燈社　平成七年）

（11）玉屋本と系統の近い三嶋本・為縄本においても「天之瓊矛」とある。玉屋本、為縄本、三嶋本の関係として、植田麦「非卜部系統『日本書紀』写本群について―為縄本・玉屋本・三嶋本―」（『實踐國文學』第九二号　平成二九年）の論考がある。為縄本・玉屋本・三嶋本と『類聚国史』との関係も論述している。

付記

この論文は、平成二二年度古事記学会大会において「『天之神庫』考」という題で研究発表したものに、加筆修正を行ったものである。

宣命における使役表現

——使節派遣の文章句形を中心に——

馬場　治

一　宣命と祝詞の用例から生じた疑問

『続日本紀』（巻三十四）には直前に漢文の導入句「壬申、御二前殿一、賜二遣唐使節刀一。詔曰、」を置く次の光仁天皇詔（宝亀七年四月十五日）が収録されている。「節刀」とは天皇大権の一部を委譲することを公示する時に下賜される印の刀である。宣命（第五十六詔）はこの儀礼の場で宣読されたが、使の趣旨をよく理解して唐国の人民と親和を図るよう諭し、任務や権限を命じる内容である。傍線部は訓点に従えば、「遣唐使に節刀を賜ふ。」のごとく字音語の熟語（名詞）扱いである。

〔甲〕　天皇我大命良麻等遣唐国使人尓詔大命乎聞食止宣。今詔佐伯今毛人宿祢大伴宿祢益立二人今汝等二人乎遣唐国者、今始弖遣物尓波不在。本与利自朝使其国尓遣之、其国与利進渡祁里。依此弖使次止遣物曽。悟此意弖其人等乃和美安美応為久相言部。驚呂驚呂之岐事行奈世曽。亦所遣使人判官已下死罪已下有犯者、順罪弖行止之弖節刀給久止詔大命乎聞食止宣。

六国史で他に「遣唐国使人」は『続日本後紀』（巻五）に漢文の導入句「丁酉、賜二入唐使節刀一、大臣口宣曰」

を置く仁命天皇詔（承和三年四月二十九日）の「天皇我大命止良万。遣唐國使人尓詔大命乎。衆聞食止詔布。大使共稱レ唯」があるだけである。

一方、『延喜式』には「遣二唐使一時奉レ幣」と題した次の祝詞が収録されているが、訓点に従えば、「唐(もろこし)に使(つかひ)を遣(つか)はす時幣(ときみてぐら)を奉(たてまつ)る」のごとく読み下せる。これは『延喜式』臨時祭に「開二遣唐船居祭一住吉社 幣料絹四丈、五色薄絁各四尺、糸四絇、綿四屯、木綿八両、麻一斤四両。右神祇官差レ使、向レ社祭之」とある奉幣儀礼に伴う祝詞奏上であり、遣唐使一行が難波の津を出航するに当たって、住吉の神に幣帛を奉献して航海の安全を祈願するために執り行われる。

〔乙〕皇御孫尊能御命以弖、住吉尓称辞竟奉留皇神等前尓申賜久、大唐尓使遣佐牟止為尓(モロコシニツカヒツカハサムト)、依二船居无一弖、播磨国与理船乗止為弖、使者遣佐牟止(ツカヒハツカハサムト)所念行間尓、皇神命以弖、船居波吾作牟止教悟給比支。教悟給比那我良、船居作給部礼波、悦己備嘉志美、礼代乃幣帛乎官位姓名尓令二捧賷一弖、進奉久止申。

〔甲〕は宣下体（天皇の詔命を宣命使が参集した皇族百官〈当該詔は「衆(もろ)」がないので対象は遣唐使のみ〉に宣べ聞かせる）、〔乙〕は奏上体（天皇の詔命を臨時祭の式に則り神祇官から住吉神社に遣わされた使が住吉の祭神に向かい直接申し上げる）だが、「遣唐使」を軸とする使者を派遣する使役表現が共通している。しかし、大きな枠組みとして文末が「言ふ」の尊敬語……トノリタマフか、謙譲語……トマヲスかで統語される同じ倭(やまと)文体[1]であっても、ルビを振った述語V「遣」を用いた句形において、〔乙〕は日本語の語順SOVに従った順置方式の宣命書きであるのに対し、〔甲〕ではSVOの倒置方式が併存している。これは原漢文詔から倭文体の宣命に変換しきれなかった変体漢文の痕跡（狭義の接木式文体）だろうか。なぜなら、藤原仲麻呂の謀反が討伐将軍等によって鎮定された天平宝字八年九月庚寅に発せられた孝謙太上天皇詔（巻二十五）には「遣」について倭訓でツカハスとヤルの相違はあるものの、既に「諸人乃心乎惑乱三関仁使(ツカヒヲ)乎遣(ヤリテ)天竊仁関乎閇一二乃国仁軍丁乎乞兵発武之。」といった順置方式の宣命書きが見られ、「遣唐国使人(モロコシニツカハスツカヒ)」（この簡略形が「遣唐使」なのか、「遣唐使」を補足した拡張形が「遣唐国使人」なのか）は倭訓の語順に従った「唐国尓遣須使人」（名詞句）のような宣命書きも可能だからであり、それは祝詞の「大唐尓使遣佐牟止(モロコシニツカヒツカハサムト)」「使者遣佐牟止(ツカヒハツカハサムト)」（動詞句）の用例（「使者」は字音語シシャ〈「者」は人を意味する名詞モノを表す〉ではなく、倭語ツカヒ＋格助詞ハ相当の漢文助字）からも裏付けられよう。

小稿は右の疑問を少しでも解明するために、日中朝における外交文書の性格を帯びた文章を対象として通時的な用例を比較分析し、語法と表現が如何に表記と文体に反映されるかの一端について考察してみたい。

二　使役表現と句形分析

『日本語文法大辞典』（明治書院、平成13年3月）によると、使役とは「主語となっているものが、他のものに何かの動作を行うようにしむけることをいう。態（ヴォイス）の一つ。古語「す」「さす」「しむ」、現代語「せる」「させる」「しめる」といった使役の助動詞で表現する。……使役表現では、動作をさせる対象を、助詞「に」「を」で導いて表す。他動詞のときは「に」、自動詞のときは「を」によって導かれる傾向がある。（小松光三）」と定義され、上位範疇であるヴォイス（voice）については「一つの事態が幾つかの構成者で組み立てられているとき、その構成者のどれを文の中心者（主格）とするかという、立場の相違にかかわる文法カテゴリー。（野村剛史）」と説明されている。この規範を小稿が分析対象とする宣命という表現機構における使節派遣の文章表現に適用すると、一つの事態とは「冊封体制あるいは律令制度における外交使節の派遣」となり、幾つかの構成者とは「皇帝や天皇といった命令者（冒頭の例文では外交使節の派遣を命令する主語は〔甲〕が天皇、〔乙〕が皇御孫尊〈天皇〉である）、並びに臣下や使者といった受命者（職務遂行を課せられる対象）」となろう。つまり、巨視的には古代東アジア世界と日本（倭）の国際政治（冊封と朝貢）における権力構造や人的交流を漢文体（本邦の六国史では倭文体も含む）によって記録した史書、とりわけ上意下達の命令系統を反映した外交使節派遣（神話世界では高天原から葦原中国への使節に、祭祀儀礼では朝廷から各社への使節に置き換えられる）を主題とする文章には頻出の定型表現である。

例えば『大唐開元禮』に「遣使冊授官爵」（巻第一百九嘉禮）、「皇帝遣使詣蕃宣勞」（巻第一百二十九嘉禮）[2]等があり、また『唐大詔令集』總目では「遣使往諸道疏決囚徒敕。」(巻八十四政事恩宥二)、「遣使巡行天下詔。」(巻一百二政事按察上)、「遣使黜陟諸道敕。」(巻一百四政事按察下)、「遣使安撫制。」(巻一百十五政事慰撫上)、「遣使宣撫諸道詔。」(巻一百十七政事慰撫下)、「遣使冊回鶻可汗詔。」(巻一百二十八蕃夷封立)等を拾うことができるので、王言による公文書の当該文章の使役表現は「遣使」が指標であることが分かる。『晋書』には「魏帝曰、臣聞先王制レ法、必全二於慎一。故建レ官受レ任、則置二副佐一、陳レ師命レ將、則立二監貳一、宣レ命遣レ使、則設二介副一」(巻三十三列傳第三何曾)もある。中国の冊命や詔勅が宣命の起源であるとする学説もあり(3)、漢文体の王言あるいは皇帝が主語の文章に現れる「遣使」類と、倭文体の宣命における「使節派遣」を主題とした当該文脈を比較することは、使役表現の分析に有効であろう。

そこで、単字としての「遣 qiǎn」および「使〔使〕A shǐ B shì」の語義と句法の関連事項を佐藤進・濱口富士雄編『全訳 漢辞海 第四版』(三省堂、平成29年1月)で概観しておくと、次のごとくである。

━遣━ 語義 一《動》❶つか-わす・ツカ-ハス。㋐〔人員を〕差し向ける。《差し向けて、ある行動や行為をさせる意を示すので、ふつう訓読では使役の送り仮名「…セシム」で結ぶか、「遣を使役の動詞「しム」として読む」》 例 大王遣二一介之使一至レ趙(だいおういっかいのつかヒヲつかハシテちょうニいたラシム)(史・廉頗藺相如伝)❷…させる。し-む。《使役の意》 例 不レ遣二柳条青一(りゅうじょうヲシテあおカラしメず)(李白-詩・労労亭)

━使━ 語義 A 一《動》❶つか-う・ツカ-フ ㋐はたらかせる。 例 使レ民以レ時(たみヲつかフニときヲもっテス)(論・学而)

❷出向かせる。派遣する。つか-わす・ツカ-ハス。 例 湯又使レ人問レ之(とうまタひとヲつかハシテこれヲとフ)(孟・滕文公下)

二《名》❶使命。❷官名。「節度使」「布政使」

B 一《動》❶使者として〔外地に〕出る。〔つかヒス〕 例 使二於四方一、不レ辱二君命一(しほうニつかヒシテ、くんめいヲはずかシメず)(論・子路)

二《名》❶使者。使臣。外交使節。つか-い・ツカ-ヒ

両者は類義語であるが、倭文体の例文〔甲〕〔乙〕においては語順に相違はあるものの、「使」は名詞、「遣」は

動詞といった使い分けがある（使役の助動詞シム相当の漢文助字「使」は「召右大臣而天下尓号令使為牟」（続紀宣命第十九詔）のみ）。動詞を使役態に変える漢文助字「使」を用いた基本形「Sガ使A B。」（SがAにBさせる）の例文には「王使人問疾醫來。」（『孟子』公孫丑）等があり、名詞Aは「使」の賓語（目的語）であると同時に動詞Bの主語も兼ねるので「兼語式」と呼ばれるが、(4) 日本語には元来ない構文である。故に、訓読する際には兼語を「使役の対象」として「ヲシテ」を読み添え、直前の述語を「しム」と読んで呼応させることは、平安初期の白點の傍訓から確認されている。(5) これは、使役者の行為（命令）が被使役者の行為（実行）に直接影響を及ぼす状況を表現する使役態の理解において、語順がSVOである中国語から、SOVである日本語として主語と目的語を分離させるための方法であるが、漢文の訓読に基づいて倭文を書き表す際には、〔甲〕〔乙〕の表記体のような揺れが生じやすかったのではないだろうか。

更に、〔甲〕〔乙〕では動詞と名詞が同字「使」であると紛らわしく、儀礼の場における音声による宣読や奏上で誤らないようにという意識も働いたものと思われる。しかし、漢文では倭語の「動詞つかふ／名詞つかひ／助動詞しむ」に相当する全てを「使」によって表記した用例が、春秋時代に斉の宰相として盛名を馳せた晏子の言行録（戦国時代の成立と推定されている）『晏子春秋』内篇雑下第六（晏子使楚、楚爲小門、晏子稱、使狗國者入狗門、第九）にある。景公の命を受け敵国楚へ使節として訪れた際、小柄な晏子を馬鹿にした門番と楚王に対し、晏子が名言で応酬した挿話である。

晏子使楚。楚人以晏子短、爲小門于大門之側而延晏子。晏子不入曰、使狗國者、從狗門入。今臣使楚。不當從此門入。儐者更導從大門入。見楚王。王曰、齊無人耶、使子爲使。晏子對曰、齊之臨淄三百閭、張袂成陰、揮汗成雨。比肩繼踵而在。何爲無人。王曰、然則子何爲使子。晏子對曰、齊命使、各有所主。其賢者使使賢主、不肖者使使不肖王。嬰最不肖、故宜使楚矣。

この他にも、前漢の武帝時代、匈奴に使節として派遣され單于の虜囚となっても忠義を貫いた蘇武の伝記を収めた『漢書』巻五十四に「單于使レ使曉レ武。」（李廣蘇建傳第二十四）の用例がある。一方、項羽と劉邦が会見した故事で有名な「鴻門之会」を収めた『史記』巻七に「故遣レ將守レ關者、備ニ他盜出入與一非常一也。」（項羽本紀第七）の用例がある。ここは軍事的な使役を暗示する「遣」を本動詞ではなく助字と見なせば、語順を崩さずして「遣ニ將ヲシテ守ラレ關ヲ者ハ」という訓読も可能であるが、ある目的のために人物を派遣する文脈では、「將を遣はして」の方が逐語的な訓読として自然であろう。

これら古代漢語の用例から、使役の語法や範疇に属する表現として単純語（一音節一形態素）の「使」を用いることは普遍的であったことが分かる。これは語形変化のない孤立語において語順への依存によって「漢字の形は同じだが、音が違えば義が違う」という原理を実際に発音で区別（動詞は上声名詞は去声）できたからであろうが、やはり同字で近似音の連続は紛らわしいと淘汰され（『漢書』巻四十七に同じ文脈で「使使」と「遣使」とが互換的に併用されている「孝王入朝。景帝使レ使持ニ輿駟一、迎ニ梁王於關下一。……於レ是天子意レ梁逐レ賊。果梁使レ之。遣レ使冠蓋相ニ望於道一、覆ニ案梁事一。」（文王傳第十七）がある）、やがて中世以降になると、例えば匈奴との困難な外交の駆け引きが窺える『後漢書』巻四十下「時北單于遣レ使貢獻、欲レ求ニ和親一。詔ニ問羣僚一。議者或以爲、匈奴變詐之國、無ニ内向之心一、徒以下畏ニ漢威靈一、逼ニ憚上南虜一、故希ニ望報命一、以安ニ其離叛一。今若遣レ使、恐失ニ南虜親附之歡一、而成ニ北狄猜詐之計一。不可。」（班固列傳第三十下）のごとく、当該文脈では述語構造型の合成語（二音節二形態素）の「遣使」が優勢になっていったものと推察する。

最古の部首別漢字字典で三国時代以降の書字規範となった後漢は許愼の『説文解字』には「遣 縱也、从レ辵𠳋聲。」「使 令也、从レ人吏聲。」とあり、共に古代中国社会における軍事と祭事に起源を持つとはいえ、両者には部首の属性から「移動性（手放して向こう側に到着させる意）」「命令性（旁は「事」の原初の形で、成すべきことを課す意）」といった字義の差異が窺えるので、その弁別から用法の差別化に及んだのであろう（漢代の簡牘による檄書の断片には都尉府から候官への移動を記した「王良詣府、[6]事已遣之官、到課言 ● □▨ 遣之官、書到如律令」といった「遣」の用例もある）。

更に、使節派遣の使役表現は訓読に翻して「命令者であるSが派遣先に使役対象となるO＝A（名詞「使」）を述部V＝B（動詞「遣」）しム」が基本句形となっていくが、言語が相違する異民族との交流が拡大し接触する過程で、漢字を受容した周辺国の識字層が「通事（つうじ）(7)を介さなければ音声言語による会話は無理だが、書字言語による筆談なら可能」といったレベルだと意思疎通を図るためには一見して用件が「使節派遣」だと認識できる必要がある。述作者はその標目として同字を重ねる「使使」よりも形態素の示差性が高い「遣使」の方が適切だと考慮したのではないだろうか（但し、『日本書紀』巻十四「天皇使レ使乞之。大臣以使レ報曰、」（雄略天皇即位前期）、巻二十五「皇太子使レ使奏請曰、」（孝徳天皇大化二年）、巻二十六「使二使於新羅一曰、」（斉明天皇三年）〈書紀区分論によるとこの三例がある巻は、倭人ではなく中国語を母語とする渡来唐人が正格漢文で述作した倭習（和臭）が稀なα群に属する〉(8)、『続日本紀』巻八「使二使慰問一」（元正天皇養老四年六月）等の用例も少数ながらある）。

三　漢文体における用例の検討

A　中国文献

まず、三国時代の漢土（魏）における倭（邪馬台国）に関する本格的な最古の記録（倭王称号金印賜与）である『魏志倭人伝』の用例、三国分裂後は五胡十六国時代の宋朝と倭国との交渉（倭の五王の朝貢と宋朝による任官）記事（倭王武の上表文を含む）を収めた『宋書』の用例、倭が隋に小野妹子を代表とする外交使節を派遣した記事を収めた『隋書』の用例、倭国条と日本条を併記する体裁の『旧唐書』の用例を対象として検討する。時代幅はおよそ三世紀から九世紀である。※「遣使」類には傍線を付けた。

①『魏志倭人伝』（『三国志』巻三十「魏書、烏丸鮮卑東夷伝、倭人条」）

景初二年六月、倭女王遣二大夫難升米等一詣レ郡、求下詣二天子一朝献上、太守劉夏遣レ吏、将送詣二京都一、其年十二月、詔書報二倭女王一曰、制二詔親魏倭王卑弥呼一。帯方太守劉夏、遣レ使送二汝大夫難升米・次使都市牛利一、奉二汝所レ献男生口四人・女生口六人・班布二匹二丈一以到。汝所在踰遠、乃遣レ使貢献。是汝之忠孝、我甚哀レ汝。今以汝為親魏倭王、假金印紫綬、装封付帶方太守假綬。汝其綏撫種人、勉為孝順。汝來使難升米・牛利、渉遠、道路勤労。今以難升米為率善中郎將、牛利為率善校尉、假銀印青綬、引見労賜遣還。今以絳地交龍錦五匹・絳地縐粟罽十張・蒨絳五十匹・紺青五十匹、答汝所獻貢直、又特賜汝紺地句文錦三匹・細班華罽五張・白絹五十匹・金八兩・五尺刀二口、銅鏡百枚・真珠・鉛丹各五十斤、皆装封付難升米・牛利。還到録受、悉可以示汝國中人、使知國家哀汝、故鄭重賜汝好物也。……其四年、倭王復遣使大夫伊聲者・掖邪拘等八人、上獻生口・倭錦・絳青縑・緜衣・帛布・丹・木拊短弓矢、掖邪狗等、壱拝率善中郎將印綬。

② 『宋書』巻九十七　夷蛮伝　倭國

倭國、在高麗東南大海中、世修貢職。高祖永初二年、詔曰、倭讃萬里修貢。遠誠宜甄。可賜除授。太祖元嘉二年、讃又遣司馬曹達、奉表獻方物。讃死、弟珍立、遣使貢獻。自称使持節都督倭百済新羅任那秦韓慕韓六國諸軍事安東大将軍倭國王、表求除正。詔除安東将軍倭國王。珍又求除正倭隋等十三人平西・征虜・冠軍・輔國将軍号。詔並聽。二十年、倭國王済、遣使奉獻。復以為安東将軍倭國王。二十八年、加使持節都督倭新羅任那加羅秦韓慕韓六國諸軍事安東将軍如故。幷除所上二十三人軍、郡。済死、世子興遣使貢獻。世祖大明六年、詔曰、倭王世子興、奕世戴忠、作藩外海、稟化寧境、恭修貢職。新嗣辺業。宜授爵号、可安東将軍倭國王。興死、弟武立、自称使持節都督倭百済新羅任那加羅秦韓慕韓七國諸軍事安東大将軍倭國王。順帝昇明二年、遣使上表。曰、封國偏遠、作藩于外。……若以帝徳覆戴、摧此彊敵、克靖方難、無替前功。竊自假開府儀同三司、其餘咸假授、以勧忠節。詔除武使持節都督倭新羅任那加羅秦韓慕韓六國諸軍事安東大将軍倭王。〈倭國王のうち「讃」は応神・仁徳・履中のいずれか、「珍」は反正あるいは仁徳、「済」は允恭、「興」は安康、「武」は雄略の各天皇に比定されている〉

③ 『隋書』巻八十一　列傳第四十六東夷伝　倭國条

開皇二十年、俀王姓阿毎、字多利思比孤、號二阿輩雞彌一。遣レ使詣レ闕。上、令三所司訪二其風俗一。使者言、俀王以レ天爲レ兄、以レ日爲レ弟、天未レ明時、出聽レ政、跏趺坐、日出便停二理務一云、委二我弟一。……大業三年、其王多利思比孤、遣レ使朝貢。使者曰、聞、海西菩薩天子、重興二佛法一。故遣朝拜、兼沙門數十人、來學二佛法一。其國書曰、日出處天子、致二書日沒處天子一。無レ恙云云、帝、覽レ之不レ悅。謂二鴻臚卿一曰、蠻夷書、有二無禮一者、勿二復以聞一。明年、上、遣二文林郎裴清一使二于俀國一。〈多利思比孤は聖徳太子を指し、使は遣隋使の小野妹子を指すか〉

④『旧唐書』巻一百九十九上　列傳第一百四十九上　東夷

[倭国]貞觀五年、遣レ使獻二方物一。太宗矜二其道遠一、勅二所司一無レ令二歳貢一、又遣二新州刺使高表仁一、持レ節往撫レ之。表仁無二綏遠之才一、與二王子一爭レ禮、不レ宣二朝命一而還。至二二十二年一、又附二新羅一奉レ表、以通二起居一。〈使は遣唐使の犬上三田耜と僧恵日を指すか〉

[日本]開元初、又遣レ使來朝、因請二儒士授一レ經。詔二四門助教趙玄默一、就二鴻臚寺一教レ之。乃遣二玄默闊幅布一、以爲二東修之禮一。題云、白龜元年調布。人亦疑二其僞一。所レ得二錫賚一、盡市二文籍一、泛レ海而還。其偏使朝臣仲滿、慕二中國之風一、因留不レ去、改レ姓名爲二朝衡一、仕曆二左補闕・儀王友一。衡留二京師一五十年、好二書籍一、放歸レ鄉、逗留不レ去。天寶十二年、又遣レ使貢。上元中、擢遣レ使衡爲二左散騎常侍・鎮南都護一。貞元二十年、遣レ使來朝、留二學生橘免勢・學問僧空海一。元和元年、日本國使判官高階真人上言、前件學生、藝業稍成、願レ歸二本國一。便請レ與二臣同歸一。從レ之。開成四年、又遣レ使朝貢。〈仲滿は阿倍仲麻呂のこと。使は遣唐使の多治比真人県守を指すか〉

右は、全て相手国（倭国）から自国（中国）への派遣記事である（劉宋皇帝からの詔書を拝読し倭王武の上表文を述作したのは倭国の史部か）。二字句「遣使」だけに止まらず、四字句「遣使貢獻」「遣使奉獻」「遣使上表〈唐の張楚金撰、雍公叡注の類書で我が国のみに伝存する『翰苑』巻三十蕃夷部の注文にも「宋書曰、……順帝時、遣使上表云」とある〉」

「遣使來朝」「遣使朝貢」のように「遣使」に伴う包括的な行為を示したり、「遣レ使送二人名1・人名2一」のように「遣使」で一旦句切り、動詞「送」を置いた後に具体的な使者の人名を連ねたり、「遣二使大夫伊聲耆・掖邪拘等八人一」のように句切らず人名を直結させたりする「遣使＋人名」など、数種の型が見られる。また冒頭に「遣使」が明示された文脈では直ちに「使（使者・使人）＝人名」だと諒解されるからか、「遣二新州刺使高表仁一」のような「使」を省略した「遣＋地名官名を冠した人名」型の用例も見られる。ただ動詞「遣」の前に命を受けて派遣される者（人名）を置く例は見当たらない。

B　朝鮮文献（碑銘を含む）

次に、高句麗第十九代王の好太王（広開土王）の業績を称え五世紀初頭に建立された碑文『高句麗好太王碑銘』[9]の用例と、中国史書も数多く参照しつつ、新羅・高句麗・百済の古記（いずれも散逸）に依拠して十二世紀に高麗王仁宗の命を受けた金富軾が編纂した朝鮮半島で現存最古の歴史書『三国史記』（記事には史料的な難点も指摘されているが）の用例を対象として検討する。

①『高句麗好太王碑銘』第二面

九年己亥、百殘違レ誓、與レ倭和通。王巡二下平穰一。而新羅遣レ使白レ王云、倭人滿二其國境一、潰二破城池一、以二奴客一爲レ民、歸レ王請レ命。太王恩後稱二其忠□一、□遣レ使還告以二□訊一。

②『三国史記』新羅本紀

倭女王卑彌乎、遣レ使來聘。（第二、阿達羅尼師今二十年〈一七三〉五月条）

倭國王、遣レ使、爲レ子求レ婚。以二阿急利女一送レ之。（第二、訖解尼師今三年〈三一二〉三月条）

倭國、遣レ使請レ婚。辭レ以二女既出嫁一。（第二、訖解尼師今三十五年〈三四四〉二月条）

③『三国史記』百済本紀

遣二使倭國一、求二大珠一。（第三、阿莘王十一年〈四〇二〉五月条）

倭國、遣レ使送二夜明珠一。王優禮待レ之。（第三、腆支王五年〈四〇九〉条）

遣二使倭國一、送二白綿十匹一。（第三、腆支王十四年〈四一八〉夏条）

①は、朝鮮半島に高句麗・百済・新羅の三国が鼎立し、古墳時代の倭国とも同盟や侵略が絡んだ政治情勢にあった四世紀から五世紀、新羅王から広開土王への訴え「新羅遣レ使白レ王云、」と、それに対する広開土王から新羅王への応答「□遣レ使、還告以二□訊一。」から成っている。自国から相手国へだけでなく相手国から自国へと、双方向の「遣使」が行われた記録である。五世紀初頭に鳩摩羅什が漢訳した『妙法蓮華経』に「作二是教一已、復至二他國一、遣レ使還告、汝父已死。」（如来寿量品第十六）とあるので、仏教伝播や六朝口語の影響も考慮すべきか。中国への正式な仏教伝来は北魏の楊衒之撰『洛陽伽藍記』に「白馬寺、漢明帝所レ立也。佛入二中國一之始。寺在二西陽門外三里御道南一。帝夢二金神一、長丈六、項背日月光明。胡人號曰レ佛、遣レ使向二西域一求レ之、乃得二經像一焉。時以白馬負レ經而來、因以為レ名。」（巻四城西）の伝説が見え、後漢第二代明帝の命による西域求法が発端とされる。②の「遣レ使來聘」は、中国史書には見えない記事だが、「聘」は『説文』に「聘訪也、从レ耳甹聲。」とある。「來聘」は外国から使節が来朝して礼物を献上することで、後漢の鄭玄が『六藝論』で春秋三傳の特色について各々「左氏善二於禮一、公羊善二於讖一、穀梁善二於經一。」と評した『春秋左氏傳』に「夏、天王使二宰渠伯糾來聘一。」（桓公四年）等の用例が見られ、春秋時代から続く外交儀礼であることが窺える。「遣レ使請レ婚。」は、『宋書』（巻九十五索虜傳）に「遣レ使餉二太祖駱駝名馬一、求レ和請レ婚。」とあり、外交手段としての政略結婚が窺える。③の「遣二使倭國一、求二大珠一。」「倭國、遣レ使送二夜明珠一。」は、同じく「倭国」でも語順の違いによって、前者だと助字「於」「于」を用いずに移動の着点である派遣先を示す場所格「どこに」に、後者だと使役する行為の主格「だれが」に相当することが注意される（概念化された熟語「遣倭使」まで至っていないのは、倭が上位

の盟主国ではなかったからか）。

ちなみに、戦国時代末期の法家書『韓非子』に軍事と外交を示す名詞を対比させた「兵士約二其軍吏一、遣使約二其行介一。」（巻四十八・八經）の用例、北宋は司馬光撰の編年体史書『資治通鑑』（巻一百一十五晋紀三十七安皇帝庚義熙五年七月）に劉裕の北伐に際して外交と軍事が交々行われた記録に「江南毎下發レ兵及遣二使者一至中廣固上、裕輒潛遣レ兵夜迎レ之。……秦王興遣レ使謂レ裕曰、慕容氏相與鄰好、今晉攻レ之急、秦已遣二鐵騎十萬一屯二洛陽一、晉軍不レ還、當二長驅而進一。」の用例があり注意される。

C　日本文献

次に、中国だけでなく朝鮮半島との外交関係までも意識した文章が漢文体で綴られ、述作の糧として数多の中国文献を受容した六国史の第一、舎人親王撰『日本書紀』の記事における「遣使」の用例について検討する。(10)

①任那旱岐等對曰、前再三迴、與二新羅一議。而二無答報一。所レ圖之旨、更告二新羅一、尚無レ報。今宜三倶遣レ使、往奏二天皇一。夫建二任那一者、爰在二大王之意一。祇承二教旨一、誰敢問言。然任那境接二新羅一。恐致二卓淳等禍一。……聖明王曰、昔我先祖速古王・貴首王之世、安羅・加羅・卓淳旱岐等、初遣レ使、相通厚結二親好一、以爲二子弟一、冀レ可二恒隆一。而今被レ誑二新羅一、使二天皇忿怒一、而任那憤恨、寡人之過也。（巻十九・欽明天皇二年）

②由レ是下レ獄復二命於朝廷一。乃遣二使於葦北一悉召二日羅眷属一、賜二徳爾等一任レ情決罪。（巻二十・敏達天皇十二年）

③是歳、百濟國遣二使幷僧惠総・令斤・惠寔等一、獻二佛舍利一。（巻二十一・崇峻天皇元年）

④爰天皇更遣二難波吉師神於新羅一、復遣二難波吉士木蓮子於任那一。並撿二校事狀一。爰新羅・任那王、二國遣レ使貢レ調。仍奏レ表之曰、天上有レ神。地有二天皇一。除二是二神一、何亦有レ畏乎。自レ今以後、不レ有二相攻一。且不レ乾二船柂一、毎レ歳必朝。則遣レ使以召二還將軍一。將軍等至レ自二新羅一。即新羅亦侵二任那一。（巻第二十二・推古天皇八年）

⑤六月己卯朔辛卯、筑紫大宰馳驛奏曰、高麗遣レ使來朝。（巻二十四・皇極天皇二年）

⑥丙子、高麗・百濟・新羅並遣レ使進レ調。百濟調進兼二領任那使一、進二任那調一。唯百濟大使佐平縁福、遇病留二津舘一而不レ入二於京一。巨勢徳大臣詔二於高麗使一曰、明神御宇日本天皇詔旨、天皇所レ遣之使與二高麗神子奉遣之使一、既往短而將來長。是故、可下以二温和之心一、相繼往來上而已。又詔二於百濟使一曰、明神御宇日本天皇詔旨、始我遠皇祖之世、以二百濟國一爲二内官家一、譬如二三絞之綱一。中間以二任那國一屬二賜百濟一。後遣二三輪栗隈君東人一、觀二察任那國堺一。是故百濟王隨レ勅悉示二其堺一。而調有レ闕。由レ是却二還其調一。任那所レ出物者、天皇之所二明覽一。夫自レ今以後、可四具題三國與二所出調一。汝佐平等不二易面一來。早湏二明報一。今重遣二三輪君東人・馬飼造一。闕レ名。又勅、可レ送二遣鬼部達率意斯妻子等一。（巻二十五・孝徳天皇大化元年）

①は、百済の聖明王が任那の復興を臣下と協議する場面。日本の天皇が発した詔書を優先させつつ、新羅の計略にも警戒する百済からの「遣使」のありようが窺えるが、やはり『日本書紀』編纂者の記載である点は注意すべきである。(11) ②は、「遣使＋助字で前置詞於＋地名」の型。「於」は、直接目的語でヲ格の人名ではなく間接目的語でニ格の地名であることを明示するめに置かれたものか。③は、「遣使＋並列関係を示す接続詞幷＋僧名1・僧名2・僧名3他」の型（「使」の人名は非表示）。④は、新羅と任那が衝突した際、日本の天皇が任那を救済するため新羅に征討軍を出し新羅が降伏した後の外交交渉。使（つかひ）は新羅と任那の王からが「遣（まだ）して」、天皇からが「遣（つかは）して」と訓み分け、当時の三国間の力関係を反映させている。⑤は、筑紫大宰から朝廷への報告。高麗からの使（つかひ）もやはり「遣（まだ）して」とする。⑥は正格漢文のα群に属するが、公式令詔書式の「明神御宇日本天皇詔旨」(12)と一致しており、「もと宣命体であったのを漢訳し切れなかったのであろう」とする説(13)や、倭習による語順の誤りが指摘されている。(14) これには典拠とした漢文を「ひとたび訓読し、訓読を基に詔勅を制作したことの徴証となり得るのではないだろうか」との説(15)があり、倭語・倭文からの考察も必要である。

四　倭語・倭文からの考察

前掲「自朝使（ミカドヨリツカヒ）其国尓（カノクニニ）遣之（ツカハシ）」「所遣使人（ツカハスツカヒ）」の倭訓は、文中に現れる他動詞と目的語とが同族に属する語である。両語の連結形式や一まとまりの表現は「同族目的語構文」と呼ばれるが、参考とすべき次の考察がある。(16)

　光仁天皇が二人の遣唐使に節刀を授けた時に、短い詔を発した。その詔のなかに、「使ひ其の国に遣（つか）はし…」という表現が含まれている。

　目的語の「使ひ」は、他動詞「使ふ」の連用形から転成した名詞である。「遣はし」は、同じ「使ふ」に尊敬の助動詞「す」の連用形が付いたものである。だから、「使いをあの国にお遣わしになり…」の意の「使ひ（を）其の国に遣はし…」は、やはり同族目的語構文の一例である。

　同じ宣命には、「お遣わしになる使い」の意の「遣はす使人（つかひ）」という表現も含まれている。この表現は、同族目的語構文の「使ひ（を）遣はす」を変形して名詞句に仕立てたものだ、と見なすことができる。

この両語について、大野晋編『古典基礎語辞典』（角川学芸出版、平成23年10月）では次のごとく解説されている。

【遣はす】他動サ四　本来は、主人の意向どおりのことを従者にさせる意の動詞ツカフ（使ふ）の未然形ツカハに、上代の尊敬の助動詞スの付いた形から成る。それが一語化し、使者をお立てになるという尊敬の意を含んだ語として、上代から中世まで用いられた。

【使ひ】名　動詞ツカフ（使ふ、ハ四）の連用形名詞。主人の意向のままに他所へ出かけていき、口上を述べたり、手紙を渡したりする人。また使用者（上位者）の用をたしたりする人。

語形を確定できる一字一音の万葉仮名で表記された用例は、天皇の自敬表現を示した「宇倍之詞茂　蘇餓能古羅烏　於朋枳弥能　菟伽破須羅志枳」（紀歌謡103）、渡り鳥を使者と見なす観念を反映した「阿麻登夫　登理母都加比曾

多豆賀泥能　岐許延牟登岐波　和賀那斗波佐泥」（記歌謡84）、複合動詞の後項をなす「諸氏人等乎毛進都可方須己止」（続紀宣命第二十八詔）である。

倭語のツカハスとツカヒの漢字表記「遣使」は倭文によって動詞句か名詞句となる。動詞句では「使（つかひ）を遣（つか）はして（分節訓読）＝目的語（名詞）＋ヲ格助詞＋他動詞サ四」、「遣使（ケンシ）して（膠着直読）＝字音語（名詞）＋サ変動詞」のどちらも可能だが、受容側の倭国人にとっては漢語「遣使」を返読して「つかひをつかはす」でも、直読して「ケンシして」でも「使節派遣」の用件は諒解される。語構成意識から逐語的に訓読すれば噛み砕いて説得する口吻が伝わり、概念化された熟語の字音語＋サ変動詞スルで読めば事務的に簡潔に伝わるが、荘重な儀礼の場に相応しい言い回しは前者だと思われ、中務省内記などの宣命起草者は、抑揚曲節を要する宣読を想定して自立語の語幹に相当する「遣使」を体言と用言に分かち、宣命書きにしたものと考えられる。但し、第五十六詔「所遣使人」と孝徳紀詔「所遣之使」は、古代・中世の中朝文献には見出し難い「所遣」（間接目的語として場所格ニを求めるからか）が倭漢に共通しているが、これは尊敬の助動詞スを示すため漢文助字を利用しており変体漢文体的である。宣命の常套句「大八嶋国所知（シラシメス）」「随神所思行（オモホシメ）佐久止」等も同様の用法である。(17)

注意すべきは、書かれ表現された漢字文を字面だけで捉え、漢文の措辞と倭文の語序が一致するか否かだけを文体の判別基準とし、読まれ理解された次元では「日本人の漢文は日本語(18)」という本質論を忘れがちな点である。つまり、日本人の脳裡においては、言語の四機能「聞く・話す（音声聴覚）／読む・書く（文字視覚）」いずれであっても、孤立語（語形変化なし）ではなく、膠着語（語形変化あり。天皇が命令主体である宣命おいて自敬表現と相互承接によって一語化したツカハスはその典型）として発想し、表現され理解されたものと考えられる。

五　まとめ

倭文体における漢字連結〔表層〕において、名詞「使」に対して動詞「遣」が述語としてではなく連体修飾語としての機能が勝って名詞句を形成すれば倒置方式を採る傾向があるが、これは日本語に内在する訓読的思惟〔深層〕と品詞性（特に「使」の倭訓ツカヒのように語末に母音/i/を含む形態の連用形名詞が持つ自立性）によるものと推察する〔左表〕。また、宣命の「遣唐国使人（モロコシニツカハスツカヒ）」が祝詞の「唐国（モロコシ）尓遣（ツカハ）須使人（ツカヒ）」のように名詞句単位で宣命書きされなかった理由は、単語意識（漢語倭語）と構文意識（漢文倭文）が相克する国語意識を反映した漢字表記において、表語性の高い字面「遣唐国使人」でも倭訓モロコシニツカハスツカヒと強い結び付きがあり、儀礼の場で誤読の虞もなかったからであろう。

漢字表記（表記法）	倭訓　七音節〈無表記読み添え〉（句の種類）	語序
所遣使人（漢文助字）	ツカハスツカヒ（名詞句）	倒置方式
使遣佐牟止（宣命書き）	ツカヒ〈を〉ツカハス（動詞句）	順置方式

やがて平安時代後期に成立した三善為康撰『朝野群載』（巻十二内記）奉幣使派遣では祭祀宣命書様に載る「官位姓名乎差使天。」型の表現が常套句（倒置式ツカヒニツカハシテと順置式サシツカハシテの読み方が可能）となった。

注

（1）毛利正守「和文体以前の『倭（やまと）文体』をめぐって」（『萬葉』第一八五号、平成15年9月）によって提唱された術語。従来の「変体漢文体」「和化漢文体」という枠組みの捉え方を超え、積極的な自国語文体の意欲、日本語文述作の志向に即した新たな呼称。更に「『変体漢文』の研究史と『倭（やまと）文体』」（『日本語の研究』第一〇巻一号、平成26年1月）

では国語学史から従来の文体名の変遷を詳細に検証。私も上代日本ではどの文体の使役態であっても、漢文の句形を借りた倒置表記なら返読して倭語で理解していたと捉える。

（2）古瀬奈津子『遣唐使の見た中国』（吉川弘文館、平成15年5月）は「皇帝からの賜宴」で石見清裕の「この儀式が、外国使節らが滞在している都の鴻臚館に唐皇帝が使いを派遣し、唐からの国書を授与する儀式にあたる」説に、「国書を賜う儀式だけが、なぜ、外国使節に対する賓礼に含まれずに、独立して嘉礼の中に置かれたのだろうか」との疑問を呈し、「この『皇帝が使いを遣わし蕃に詣で宣労する』儀式も、唐皇帝が使者を外国に派遣し、その国の王に制勅などを宣する儀式と解した方が自然ではないだろうか」との見解を示し、更に、「節を持つ者とは何だろうか。節とは辺境に遠征する将軍や外国に派遣される使者に対して与えられるもので、皇帝にかわって死刑などを執行することができるという皇帝権力の代行を命じたしるしである。日本の律令国家では、節刀とよばれ、刀の形をしていた」と指摘した。冒頭に掲げた宣命や祝詞の儀礼も隋唐の律令や祭祀の制度の影響を受け倭的に変容したものであり、文書の内容は儀礼を伴った口頭の宣布によって初めて実効を発生することが注意される。

（3）小谷博泰「宣命の起源と詔勅―上代における漢文の訓読に関して―」（『訓點語と訓點資料』第六二号、昭和54年3月）、粂川定一「續日本紀宣命」（『上代日本文学講座』四　春陽堂、昭和8年10月）など。

（4）王力『漢語史稿』（中華書局、平成27年1月）第三章　語法的發展　第十九節　遞繫式的發展に「普通的句子只有一次連繫、就是把謂語連繫在主語的後面、但是有時候、一個句子裏可以包含兩次連繫、而第一次連繫的謂語的一部分或全部分又兼用做第二次連繫的主語。這樣的句子結構、我們就叫做〝遞繫式〟。遞繫式又可以分爲好幾類、在本節裏、我們只着重談賓語兼主語的遞繫式（即所謂〝兼語式〟）的發展。但同時也談到謂語兼主語的遞繫式的發展」とある。

（5）中田祝夫『改訂版　古點本の國語學的研究　總論篇』（勉誠社、昭和54年11月）第二部 平安初期の訓點本の國語學的解說に關するもの 第五編 訓點本論考

（6）冨谷至『文書行政の漢帝国―木簡・竹簡の時代―』（名古屋大学出版会、平成22年3月）第三章 檄書攷―視覚簡牘の展開　図11

（7）『日本書紀』巻二十二「秋七月戊申朔庚戌、大禮小野臣妹子遣二於太唐一。以二鞍作福利一為二通事（をさ）一。」（推古天皇十五年七月）が初見。岡井慎吾『日本漢字学史』（明治書院、昭和9年9月）は「遣使の時にこの種の人を要すれば平生から其の養成に勉めねばならぬ。天平二年（七三〇）に太政官の奏によりて『譯語無くては事を通じ難し』とて粟田朝臣馬養等五

人に各弟子二人づゝを取りて漢語を習はしめられたとあるは其の史實だが、實際はこの前後ともに連續したらう。」と指摘した。

(8) 森博達『日本書紀の謎を解く 述作者は誰か』(中央公論社、平成11年10月)を筆頭とする『日本書紀』全三十巻の区分論。

(9) 李成市『闘争の場としての古代史―東アジア史のゆくえ―』(岩波書店、平成30年6月)は「第7章 石刻文書としての広開土王碑文」で、「(広開土王の「教言」、「教言」に基づく施策、広開土王の「制令」とからなる)これらの叙述は、王命を意味する『教』字がくり返し重ねられ、王の意志が法制化していく過程をみてとることができる。このような叙述方法は、後漢代の公文書をそのまま刻している乙瑛碑を参照するならば、広開土王碑もまた同様に、文書形式のありかたから、石刻文書とも言うべき内容を備えているといえる」と指摘した。

(10) 張婭娜『『日本書紀』における漢字漢文の研究』(東海大学出版会、平成16年12月)「第四章『日本書紀』における使令字の特徴 第一節 使令の用字の出現状況」に使役文の形式整理と用例分析がある。「この形式はもっとも多く半数以上に達する」と報告したが、小稿が問題とする「遣レ使」の挙例はない。しかし、返り点の位置は異なるが、張氏の分類では(二)「遣」の字の構文形式②形式(Aは)遣二ツカハシテ・マタシテ・ヤリテB一+動詞シム(二〜ヲ・ニ一)に入る。

(11) 熊谷公男「『任那復興』策と『任那の調』」(『東北学院大学論集歴史と文化』第57号、平成30年3月)は「広開土王代の高句麗が武力によって領域を拡大し、新羅や百済を軍事的に従属させた時期があったことは、まごう方ない歴史的事実である……倭国が百済や加耶南部諸国(金官・安羅など)と軍事的に提携しながら反高句麗勢力の盟主的存在として高句麗と対抗したことは歴史的事実と認められる」「倭国の自国優位を志向する外交(=『小帝国』的外交)とは、基本的に外交理念、ないし外交政策レベルのものであって、実際に周辺諸国を従属させているとは限らないし、ましてや相手国を直接支配していたというわけではまったくない」と指摘した。

(12) 日本思想大系『律令』(岩波書店、昭和51年12月)に「この文言は、はやく書紀、大化元年七月条に二回使われている。いずれも外国使節に下された詔文において用いられ、一つは高句麗の使節、一つは百済の使節に対してのものである。」と補注がある。

(13) 横田健一「天武紀・持統紀の文章と用語―日本書紀成立研究への一試論―」(『関西大学東西学術研究所紀要』第9号、昭和52年

3月）

(14) 榎本福寿「『日本書紀』の使役表現」（佛教大学文学部論集』第77号、平成4年12月）

(15) 瀬間正之「漢字で書かれたことば—訓読的思惟をめぐって—」（『國語と國文學』第76巻第5号、平成11年5月）

(16) 佐佐木隆『上代日本語構文史論考』（おうふう、平成28年9月）第一章　他動詞と目的語とが同族である構文—「使ひを遣はす」の類—

(17) 藤本灯・田中草大・北﨑勇帆編『山田孝雄著　日本文体の変遷　本文と解説』（勉誠出版、平成29年2月）第五章宣命体に「国語の複語尾及助詞をば万葉仮名にて細書することは普通に宣命書の特色とするものなるが、その複語尾に相当するものは漢語にては助動詞なるが、その助動詞は『所(ル)』『令(シム)』『欲(ス)』『将(ス)』『不(ズ)』『不(ニ)』『可(ベシ)』『応(ベシ)』等の文字にてあらはさるが、これらの文字を用ゐて、それらの複語尾をあらはす時は漢文本来の形式の如く、それらの文字をその支配する語の上におくものにしてその時は大書するなり。」とある。

(18) 松下大三郎著、徳田政信編『校訂解説標準漢文法』（勉誠社、昭和53年10月復刻）は「日本人は漢文を支那語として讀まずに日本語に直して讀む。漢文を作る場合にも心中に日本文を作りつゝ之を文字に書き表はすのである。その出來上つた漢文は支那人が讀めば文字が顚倒してゐて假名が無いだけで何處までも日本語である。その漢文らしい點は目で見た感じが漢文と同じだと云ふだけで、讀む際に發する言語が日本語であることは勿論、黙讀する際に喚起される語音の心象も、作る際に喚起される語音の心象も、悉く日本語音の心象である。何處に漢文たる點があらうか。漢文としての價値は、支那人が是認するであらうといふ豫想價値に止るのである。」と主張する。

参照文献（引用した史料本文は以下の文献を参照したが、字体・訓点・句読など、私に適宜改めた部分もある）

北川和秀編『続日本紀宣命　校本・総索引』（吉川弘文館、昭和57年10月）、青木紀元著『祝詞全評釈　延喜式祝詞　中臣寿詞』（右文書院、平成12年6月）、四庫全書、中華書局點校本二十四史、汲古書院和刻本正史、明徳出版社中国古典新書、東海大学古典叢書、名著普及会増補六國史、吉川弘文館新訂増補国史大系、小学館新編日本古典文学全集、岩波新日本古典文学大系、岩波日本思想大系、岩波文庫

家持の奈良麻呂の乱関連歌三首

八木孝昌

一　はじめに

紫微内相藤原仲麻呂の専横体制打倒を企てた橘奈良麻呂の乱は、挙兵直前の密告によって関係者が逮捕され、未遂に終わった。天平宝字元年（七五七）六月下旬から七月にかけてのことである。逮捕された首謀者の奈良麻呂は、勅使に「逆謀何に縁りてか起りし」と尋問されて、「東大寺を造ること人民（たみ）苦辛し、氏氏の人等も亦是の憂を為す」と答えるが、「寺を造ることは元（はじめ）汝（いまし）の父の時より起れり」と反駁されて、「辞屈して服す」と『続日本紀』は記している。この記述が事実に即しているのであれば、その企てには確固とした大義名分が欠けていたことになる。とはいえ、橘奈良麻呂の乱は藤原氏と反藤原勢力の暗闘の絶えなかった奈良時代における最大の政治的事件であった。逮捕された関係者のうち、首謀者たちは『続日本紀』に「杖下に死す」とあるように無残に殺されている。

このとき、佐保大納言家大伴氏の当主である家持は、もし反仲麻呂派の一員として謀議に加担すれば、死を覚悟せざるをえないという要の位置にあった。家持に嫌疑が及んでいないことからして、家持の謀議への加担はなかったと見てよい。ただし、それは首謀者側が家持を企てに誘わなかった、あるいは家持に企ての相談をしなかったことを意味しない。家持への勧誘あるいは相談があったのはまず間違いないとしてよいであろうが、いずれの場合であっても、家持は企てを中止するよう説得する立場をとったと推測される。

奈良麻呂の乱に関する家持の動静で分かっていることは、嫌疑が及ばなかったことと、乱に関連する短歌を万葉集巻二十に三首残したことだけである。三首のうち、第二首と第三首の独詠歌が乱鎮圧後に詠まれているのは確かである。

企てが失敗し、家持の知友たちが死に至らしめられたとき、家持は沈黙を守らないで、歌というかたちではあったが発言した。本稿は、事件のほとぼりもさめないうちに、家持がなぜあえて発言したかを検討する。

二 「移り行く時見るごとに」

勝宝九歳六月二十三日に大監物三形王の宅にて宴せる歌

移り行く時見るごとに心痛く昔の人し思ほゆるかも（20・四四八三）

右は兵部大輔大伴宿禰家持の作

粂川光樹は「『移り行く時見るごとに』考―試論・家持の時間(二)―」（『論集上代文学』第十冊所収、昭55）の「まとめ」の項で、当該歌の性格を次のように規定する。

「邸中の景色」のことはすでに『全釈』の説くところだが、いかにも宴席歌の常として、庭前の「時の花」などをよむのは最も自然なことである。六月二十三日、夏の花々が衰え、ようやく秋の気が迫るころ、宴席の人々が共感をもって「見」たであろう「移り行く時」は、何よりもまず庭の草木の無常のさまにあったのではなかろうか。そしてその想念や情緒の上に、時世への嘆きが重ねられたということは、もちろんありうることである。

要するに、この点についての私の解釈は、窪田『評釈』や沢瀉『注釈』の説明に加えて、無常観への配慮をやや強くほどこしたもの、ということになろうか。

いかに気を許した場所であるとは言え、事件発覚の直前にあたる、緊迫したこの時期に、慎重な家持が事件を暗示するような歌をよんで人々に聞かせたということは考えにくい。

粂川の解釈は、粉飾を払えば、鴻巣盛廣『全釋』（昭10）に沿った自然観照論である。これを取りあげたのは、奈良麻呂の乱関連歌三首の解釈が自然観照論と状況論とに分かれているので、まずその一方の側の解釈を見るためである。

当該歌が詠まれた日から五日後、密告によって橘奈良麻呂の謀りごとが発覚する。首謀者たちは、企てを聞かされてすぐに密告するような人物（上道臣斐太都は七月二日に企てを聞いて、即日密告している）まで誘っているのであるから、当該歌が詠まれた六月二十三日の時点までに、家持を企てに誘うか、家持に相談するか、していたであろう。逮捕者たちが計画の全容を自白したときに、家持の名前が浮上していないので、家持は企てに賛同しなかったのは確かである。

企てに誘われたとき、あるいは相談を受けたとき、家持は、計画の無謀ないしは時期尚早を理由にして、実行の中止を説得したのではないかと推測される。その場合、首謀者側の行動主義的な積極性に対して、その中止を提言する側の消極性は否めない。家持がどのように説得したとしても、いったん勢いづいてしまった集団の企てを押しとどめることは困難だったであろう。

第三句の「心痛く」には、三つの感情が交錯しているように見える。一つは、藤原仲麻呂専横体制の進行への懸念、二つには、反仲麻呂集団の動向への憂慮、三つ目は、謀りごとを思いとどまらせられないことへの焦慮を交えた自責の念である。「心痛く」をこのように見るとき、「移り行く時見るごとに」の「時」を「季節」であるとし、当該歌を自然観照歌とする粂川の説は、歌の本旨から外れたものとなる。「時」は、「『時世』とか『時勢』とかいふ意をこめて用ゐたものと思はれる」という澤潟久孝（『注釋』昭43）の理解が採られるべきである。

「昔の人」は、当該歌を自然観照歌と解する立場からは「三形王の父」（『新考』昭03、『総釋　第十』昭10、『全釋』昭10）となるが、武田祐吉『旧版全註釋』（昭25）が「橘諸兄あたりをさしてゐるものと思はれる」という解を出して以降、それを「聖武天皇・橘諸兄」とする理解が主流となっている。ただし、家持が皇親政治を理想としてきた人物であることを考慮に含めると、「昔の人」は、自己の青年時代に皇親政治を実体として実現していると見えた元正太上天皇・聖武天皇・左大臣橘諸兄体制の三人とするのがよりふさわしい。

三　「咲く花はうつろふ時あり」

咲く花はうつろふ時ありあしひきの山菅（やますげ）の根し長くはありけり（20・四四八四）

右の一首は大伴宿禰家持、物色の変化（うつろひ）を悲しび怜（あはれ）びて作れり。

この歌を四四八三の題詞「勝宝九歳の六月二十三日に大監物三形王の宅にて宴せる歌一首」に括られる歌であるとする『古義』（天保13）や『全釋』（昭10）や豊田八十代『総釋　第十』（昭10）のような理解もあるが、その理解は題詞の「宴せる歌一首」の「一首」と矛盾する。また、歌の内容からも同日の作とはみなしがたい。

注釈書や論考の大勢は、それを奈良麻呂の乱発覚後の歌とする。そして、この歌もまた四四八三と同じく、外見は自然観照の歌であるけれども、「咲く花」や「山菅の根し長くはありけり」に寓意を見るのが通例である。この二点は動かない。

ここで考慮に入れるべき事項がある。それは、万葉集が雑歌・相聞・挽歌の三大部立のほかに、譬喩歌という部立をもっていることである。譬喩歌は、巻三に二五首、巻七に一〇六首、巻十一に十三首、巻十三に一首、巻十四に十四首、合わせて一五九首を数える。

譬喩歌の基本は、暗喩を用いることによって、自然詠に似せた相聞歌的人事詠をなすところにある。巻三の譬喩歌に家持自身の歌が三首あるので、それを挙げる。

　　大伴宿禰家持の同じ坂上家の大嬢に贈れる歌一首
朝に日に見まく欲りするその玉をいかにせばかも手ゆ離れざらむ（四〇三）
　　大伴宿禰家持の同じ坂上家の大嬢に贈れる歌一首
石竹のその花にもが朝な朝な手に取り持ちて恋ひぬ日無けむ（四〇八）
　　大伴宿禰家持の歌一首
あしひきの石根こごしみ菅の根を引かば難みと標のみそ結ふ（四一四）

四〇三の「その玉」、四〇八の「石竹のその花」はともに「大嬢」の暗喩である。四一四の「菅の根」は《容易になびかない女性》の暗喩である。譬喩歌の場合、自然詠と人事詠がそれぞれの歌意を成立させるという両義的事態が生まれるかというと、正確にはそうではない。表面上の歌意を自然詠が担いながら、暗喩が寓意する本来の歌意によって、自然詠の見せかけが人事詠の歌となる。譬喩歌においては、歌意は暗喩の指し示す人事詠の側面だけに存在し、自然詠の側面は暗喩構築にのみ関係する。

当該歌四四八四は譬喩歌ではないけれども、家持がその手法を踏まえて、「咲く花」と「山菅」とを用いているのは明らかである。それ故に、両句が何の暗喩であるかが多様に論じられてきた。このあと諸解釈について検討を行うが、その前に当該歌の左注を見る。

左注「右一首、大伴宿禰家持、悲怜物色変化作之也（右の一首は、大伴宿禰家持、物色の変化を悲しび怜びて作る）」は、作歌動機を示している。家持歌の自筆左注は全部で一三九を数えるが、その内三分の二の九三は、作者名の表示か作歌日付の表示、あるいはその両方のために用いられている。他方で、全体で三〇ほどであるが、宴席などの作歌機会・天漢仰望などの作歌契機・病臥悲傷などの作歌事情を注したものがある。

その中で、「悲怜物色変化作之也」という左注はきわめて例外的である。類似の左注を挙げると、「秋八月見物色作（秋八月、物色を見て作る）」（08・一五九七～九）、「見芽子早花作之（萩の早花を見て作る）」（19・四二一九）、「矚梨黄葉作此歌也（梨の黄葉を矚て此の歌を作る）」（19・四二五九）、「矚時花作（時の花を矚て作る）」（20・四三〇四）の四例がある。この四例には「矚る＝見る」という対象を客観的に確認する動詞が共通して使われているのに対して、当該左注には「悲しび怜ぶ」という対象への感情移入を含意する主情的な動詞が使われている。このような主情的な動詞が左注に用いられた例は、弟書持の訃報に接したときの歌（19・三九五七～九）の「感傷」と自分が重病に臥した際の歌（19・三九六二～四）の「悲傷」と巻十九巻末三首（四二九〇～二）の「悽惆之意」だけである。

当該歌の左注が、主情的な動詞を用いて作歌動機を示しているとき、如上の三例の場合と同じく、そこには深い感情移入があると見なければならない。他方、「矚る＝見る」という客観的な対象確認の動詞を用いた類似の左注は、作歌契機を示しているだけである。

「物色変化」に使用される動詞が何故「見」ではないのか。管見の限りで、左注に使用される動詞の相違を取り上げた注釈書や論考はこれまでにない。当該左注についての説明をいくつか挙げると、鴻巣盛廣『全釋』（昭10）の「庭前の風景に接して、思ひついたままを述べた」、土屋文明『私注』（昭31）の「時勢の意をこめて居る」、窪田空穂『評釋』（昭42）の「風物の推移で、時勢の変化を譬えたもの」が主なもので、「悲怜」がもつ意味あいに言及したものはない。「悲怜」については、「『悲怜』の『怜』は『憐』に同じ」（『新古典大系』平15）という語釈がある程度である。

以下、この左注を念頭に置きながら、当該歌の寓意に関する諸解釈を検討する。

「山菅」が家持を寓意するとする理解は、ほぼどの注釈書や論考にも共通する一方、「咲く花」については解釈がさまざまである。井上通泰『新考』（昭03）は「時めく人を花にたとへ己を山菅にたとへたるなり」とし、「咲く花」は仲麻呂、「山菅」は家持という理解を打ち出している。木下正俊『全注 第二十』（昭63）も同じく「咲く花」を仲麻呂とし、「咲く花はうつろふ時あり」について、「仲麻呂が自家の勢力の伸張を図るために公私を混同し、権勢を壟断している現在のあり方を憎み、これが長く続くはずがない、と呪って言う」と述べている。

「咲く花」＝仲麻呂説は、それ自体としてはありうる見解に見える。けれども、それは「物色の変化を悲しび、怜び」てこの歌を作ったという左注との間で矛盾を生じる。作者には仲麻呂の衰亡を悲しんだり、憐れんだりする理由がないからである。左注との間に生じる矛盾についての説明がない限り、その解釈は受け容れ難いが、『新考』・『全注』ともに、左注との整合性についての言及はない。また、『全注』が「うつろふ時あり」について与えている、「仲麻呂の現在のあり方を憎み、これが長く続くはずがない、と呪って言う」とする解釈にも疑問がある。この解釈と左注との折り合いをつけようとすれば、左注は呪詛に迷彩を施すためのもので、作者は歌意との矛盾を承知の上で左注を付したと説明する以外にはなさそうである。もしそのように説明するとすれば、家持は真意を隠すために詐術を用いたことになる。歌作りの実際において、そのような詐術が用いられるとは思われない。加えて、呪詛的情念が大伴家持のような歌人の歌作動機となるかどうかも疑わしい。

窪田空穂『評釋』（昭27）は、「咲く花」が「乱を起した橘奈良麻呂とその一味」を指すとする。窪田は「表面に立つて事を起こして成らなかつた人々を『咲く花』に譬へ、全く局外の者となつてゐた自身を『あしひきの山菅の根』に譬へて」と評したあと、「事の成りゆきを大観し、感慨をもつて叙してゐるだけで、感慨その物の内容には触れてゐないものである。従つて、その事に対しての家持の真の心持は窺へない」と述べている。この理解を言い換えれば、当該歌は主観性を詠まず、「乱を起こした」者たちの状況と「局外」にいる作者の状況を客観的に叙した歌であると言っていることになる。当該歌は客観的な歌で、「家持の真の心持は窺へない」とする窪田説は、先の「咲く花」＝仲麻呂説と同じように、それ自体としてはありうる見解に見える。しかし、「悲怜物色変化」という左注のもつ主情性との間では、これもまた矛盾を来す。

「咲く花」を奈良麻呂たちとする説が、「山菅の根し長くはありけり」の下の句を窪田のように作者の状況の客観的な叙述とするのではなく、私は山菅の根のように長い時間をかけて事態に対処しよう、という作者の意思の表明であると解するときには、左注との矛盾は生じない。奈良麻呂たちに同情した上で、しかし私は別の生き方をすると表明していることになるからである。ただし、この解釈は、生き急いだ彼らとじっくりと構える作者とを対照的に比較し、作者の生き方の方に妥当性があると言わんばかりである。それほどしてまで家持が自己の正当性を主張しようとしているとは考えられない。

伊藤博も「咲く花」を奈良麻呂とその仲間たちを寓するものとするが、歌意の取り方は他と異なっている。伊藤は「秋詠三首」（『萬葉』第百七十二号、平12、『萬葉歌林』所収、平15）において、次のように述べている。

首謀橘奈良麻呂は即刻斬罪に処せられ、歌友池主も杖下に死んだこと確実である。「咲く花はうつろふ時あり」には、最小限度、この二人の知友に今しも先立たれたことに対する悲しみがこもっていると考えられる。「友は花のごとくはかなく逝った。つけても、山菅の根は着実で長い存在であったんだなあ。人はせめて山菅の根のごとくあり得ないものか」というのが、この時の家持の心情であったのであろう。

このように解すると、当該歌は「咲く花」であった乱の首謀者たちへの哀悼の意の表明となる。この解釈は上二句と下の句の歌意上のつながりに齟齬を生まないだけでなく、歌と左注との一体性を強めるものともなっている。伊藤は右の論述の手前で、当該歌の左注と歌意との関係について言及しており、左注のもつ動機性を当該歌の解釈に結びつけることによって、他にはない独自の解釈を提示しえている。伊藤は『釋注十』（平10）でも同様の解釈を示している。

「咲く花」の寓意が仲麻呂と奈良麻呂集団とに分かれる中で、その両方を含むとするのが『古典集成』（昭59）である。「知友たちの悲運の哀傷や仲麻呂の栄達の忿懣など、複雑な気持がこもる」と注を付している。もっともな見解に見えるものの、上に述べたように、「咲く花」＝仲麻呂説の部分は、左注との整合性がとれない。

芳賀紀雄も論考「時の花」（『萬葉集における中國文學の受容』所収、平15）において、「咲く花」に複数の寓意を見ている。芳賀はまず、奈良麻呂の乱について家持がとった態度を「奈良麻呂、池主を年来の朋友とし、反仲麻呂派であるはずの家持は、去就の明確さを欠いたかに見える。というよりはむしろ（中略）時期の熟さぬ不利を悟り、傍観することによって身の保全をはかったとすべきかも知れない」と見る。その上で、「咲く花はうつろふ時あり」の「咲く花」に「橘」と「藤」の寓意を見る。「橘」については、「（橘）諸兄と、抹殺されたらしい（その子の橘）奈良麻呂への追憶が、当該二句に、いっそう深く刻みつけられていたことは、疑うべくもない」とし、「藤」については、「藤原仲麻呂家の『花』の零落を必然の法則（栄える者もいずれ衰退するという法則のこと。以上、引用中の括弧内の語句はすべて筆者）に従うとして、あらかじめ見通している面持を露呈するものだろう」とする。この見方は、「上二句には、凋落を眼前にして、かつての繁華を想起しつつ感慨にふける態度と、『咲く花』に開花から憔悴の必然を見越す態度が重層せしめられている」という理解が下敷きになっている。そして、「あしひきの山菅の根し長くはありけり」については、「身の安泰と、事態への処し方の適正さをたしかめたうえで発せられた、家持の比喩的な表白だということも、動かぬところである」けれども、「山菅の根」を家持自身の暗喩とするのではなく、「『変化』に超然として存続する」ものとして「山菅の根」を「提示」しているのだと説く。

以上のような芳賀の把握は、家持が「事件」から相対的に距離を置いて、「うつろうもの」と「超然と存続するもの」の対比において、「無常感」にも似た感慨をもって一首を詠んでいるという理解に立つものである。漢籍や家持の他の歌の援用の上に組み立てられたこの理解を否とする根拠はない。しかし、当理解が「事件」への家持の態度を「傍観者」のそれとする推測から導かれていることが間違いないので、そこに別の推測を対置することはできる。本稿は「事件」の悲劇的結末から旬日も経ないで当該歌を詠んだ家持に、「傍観者」の姿勢を見ない。そうではなくて、家持は橘奈良麻呂や大伴池主らの近しい知友たちの謀議には反対であったけれども、彼らが非命に倒れるという現実に直面した段階で、心情的同調者ともいうべき位置に立ったと見る。どちらの見解も推測の域を出ないのであるから、当否を決することはできないが、本稿はその考えによって論を進める。

なお、新しい論考では、鉄野昌弘が「諸兄と家持――巻二十を中心に」（『萬葉』第二百二十二号、平成28・5）において当該歌に言及し、「咲く花」についての芳賀の上記見解を「基本的に肯われよう」と支持している。ただし、下三句には、「天孫降臨以来の伝統を誇る我が大伴氏が、大きな傷を蒙りつつ、自己がかく難を逃れたことによって存続しているという、そのしたたかさが託されていると思われる」と述べている。これは「山菅の根」が家持を暗喩するよりは、より大きく大伴氏を暗喩しているとするものであるが、これまで述べたように、その解釈は上二句と下の句との齟齬を生むので従いがたい。しかし、「大伴氏」を家門という一般的概念にまで拡大すると、「山菅の根」に人それぞれが負っている家門という寓意が生じて、示唆的な見解となる。

以上の検討から、当該歌の解釈は、伊藤博の説を軸として、そこに鉄野昌弘の見解を拡大して重ねるのがよいと本稿は考える。すなわち、「咲く花はうつろふ時あり」は、「最小限度、この二人の知友に今しも先立たれたことに対する悲しみ」の表明であり。他方、「あしひきの山菅の根し長くはありけり」は、家門意識の強かった家持が、「家門を負ったそれぞれの死者」の非命を惜しんで、伊藤の言うように、「せめて山菅の根のごとくあり得ないものか」と表白した詠嘆である。伊藤説をとるのは、ほとんどの解釈が、上二句と下の句を対比あるいは対照として捉えている中にあって、両者を同一の対象についての哀惜の表明であるとする独自性による。

　このように当該歌を奈良麻呂の乱の死者たちへの哀悼の歌であると解することによって、先に検討した左注「物色の変化を悲しび怜びて作る」の意味が明らかになる。作者家持は、「物色変化」に「知友たちの喪失」の寓意を込め、「悲怜」に哀悼の意を込めた。それは痛恨事だったに相違ない。その意味で、左注は当該歌と同じ趣意に立っている。左注がなくても、歌は自立して歌意を全うしているけれども、「悲怜」という動詞をもつ左注が寄り添うことによって、朧化法がとられて拡散気味の歌意（上に見たように、左注がなければ、「咲く花」を仲麻呂とする解釈は可能である）が本来の趣意に立ちえている。当該左注は作者が意図して付した蓋然性が高い。

　さらに、作者は左注にもう一つの役割を担わせたと見ることができる。それは、物情騒然たる時勢の中にあって、この歌のもつ哀悼歌としての性格が表立つことを避けるために、「物色変化」というそれ自体としては自然観照の歌の体裁をとることによって、当該歌の寓意性を包み込むことである。当該左注がもつ知友哀悼と自然観照との両義性は、家持の意識的な表現案出の結果であると言ってよいだろう。

　左注の自然観照としての側面は、家持の身に危険が及ぶのを防ぐ楯であった。譬喩歌に慣れた読み手たちから、当該歌が乱の首謀者たちへの同情の歌ではないかと問いただされたときには、その左注によって自然観照の歌であると説明することができる。その説明が通用せず、そんなはずがないと迫られたときには、「咲く花」とは乱の首謀者のことであるが、「山菅の根し長くはありけり」は、彼らが短慮に走ったことを惜しむ意であるとでも説明することができる。

　要約すれば、知友たちの死に直面した家持は、当該歌と左注の両方をもって哀悼の意を表した。その危険な試みの防御として、家持は歌については譬喩歌の手法を用いて歌意を朧化した。そして、左注については自然詠の仮象を与えた、となろう。

四　「時の花いやめづらしも」

時の花いやめづらしもかくしこそ見し明らめめ秋立つごとに（20・四四八五）

右は大伴宿禰家持作れり。

奈良麻呂の乱が露見したのは、密告によってであった。『続日本紀』天平宝字元年七月五日の条に記録されていることであるが、密告した五人が上位の位階に叙せられている。中でも、詳細な密告をした上道臣斐太都には、従八位上から一五段階上の従四位下へと大幅な位階引き上げが行われている。また、『続日本紀』は、天平勝宝七歳冬十一月に、左大臣橘朝臣諸兄が酒の席で太上天皇（聖武）について無礼な発言をしたとして、左大臣の側近の者が密告し、後にそれを知った橘諸兄が翌年二月に左大臣を致仕したと記録している。

これらのことから推測できるように、この時代の貴族社会には身辺に危機が及ぶような密告があり、その背景には、「王権・貴族層の対立は、きたるべき橘奈良麻呂の乱に向けて、深部で進行していく」（栄原永遠男『聖武天皇と紫香楽宮』平26）という奈良時代中葉の政治状況があった。乱発覚の渦中にあって、首謀者たちにつながる位置にいる家持は、密告者の餌食にならないように特別に注意を払う必要があったはずである。当該二首が歌意を花や植物に託しているのは、そのような事情によると見られる。

その二首は独詠歌で、他者に披露するものではないから、そこまで家持が気を遣う必要はなかったのではないかとする見方があるかもしれない。しかし、その場合は四四八四の左注「悲怜物色変化」が理解できなくなる。家持としては、独詠歌二首が人目に触れた場合でも、危険な真意が見抜かれないような策だけは講じておこうとしたと推測してよい。それが前節で見た四四八四における二重の「防御」の根拠である。自然観照歌の体裁をとる当該歌四四八五もまた、隠された真意をもつ人事詠であると見なければならない。

乱の企てに批判的であることと、企てに失敗した者たちを否定することとは同じではない。大伴氏佐保大納言家の当主としての最低限の矜持において、家持は、奈良麻呂たちの企てが無謀であったから、事は失敗したのだと冷やかに傍観しつつ、未遂のままに殺された知友たちを退ける、というような態度はとらなかったと見る必要がある。家持独詠歌二首の解釈は、この観点に立つかどうかにかかっている。

しかし、当該歌四四八五の解釈の大勢は、時の政治状況から歌意を切り離している。

鴻巣盛廣が『全釋』（昭10）で、四四八五は「多分天皇の御前に召されたやうな気分で、試作したのではあるまいか」と書いて以降、武田『旧版全註釋』（昭25）が「秋の花を見て詠んだ作で、御宴の時の為にあらかじめ用意して作つた歌であらう」と評し、窪田『評釋』（昭42）も「宮中の肆宴に召されて、詔があつて献じた形のものである。注のないところから見ると、そうした場合を想像して詠んだものとみえる」と同種の評語を付した。さらに澤瀉『注釋』（昭43）が「全釋に云はれてゐるのが当つてゐよう」と支持し、諸注釈書もそれにならうことになった。「応詔歌の予作であろう」（『古典全集』昭50）、「主語は天皇であろうが、空想予作歌であるためどの天皇をさすとも決められない」（『全注』昭63）、「空想の応詔予作歌」（『新編全集』平08）という具合である。最も新しい『新古典大系』（平15）も上記の『全注』、『全釋』を引用しているだけである。

「空想の応詔予作歌」に代表される上記一連の見解については、川口常孝が『大伴家持』（桜楓社、昭51）の第四章第六節で次にように疑問を呈している。

> このころは肆宴の場を想像するような心のゆとりは家持になかったし、また、事実、そうした宴席がもたれるような朝廷の雰囲気でもなかった。（中略）それにしても、肆宴預作は時の情勢に反する。

「肆宴預作は時の情勢に反する」という川口の評言には説得力がある。当該歌は「空想の応詔予作歌」の枠組みから離れて理解されなければならない。

当該歌の核心は「時の花」にある。「時」を季節ととれば、「時の花」は初秋の季節の花である。「時勢」ととれば、暗喩の花である。この点について、独自の見解を示しているのは『古典集成』（昭59）で、「初句に前歌の上二句を踏まえる天皇讃歌。おそらく聖武天皇を幻想しており、四四八三とも響き合う」と注している。また、芳賀紀雄は前掲「時の花」の中で、当該句「時の花」に仲麻呂が「比擬」されていると述べている。

　思うに「かくしこそ見し明らめめ」には、奈良麻呂の変に動揺し、かつ、事変の影響の波及を阻止しようと心を砕く天皇への、惻隠の情が実質こめられているだろう。この「かくしこそ」と、「時花いやめづらしも」が、時局という接点で、ぴたりと合致するならば、「時花」は、すなわち、暗に藤原仲麻呂を比擬したことになる。（中略）寵臣仲麻呂を、名実ともに台閣の首座に得たことに対して、「かくしこそ見し明らめめ」と言上し、その「時花」を、「いやめづらしも」と賞するのであろう。これを、仲麻呂への追従といってしまえば、皮相にすぎる。

「時の花」に寓意を見る芳賀のこの解釈は、「応詔予作歌」説が大勢を占める中にあって異色である。ただし、大伴家持を、安全地帯の確保の上で、あたかも孝謙天皇と「寵臣」仲麻呂にすり寄る人物のように見るのはいかがなものか。この理解は前歌四四八四を家持が傍観者の位置から詠んだとする考え方の延長線上に成立するものと言わざるをえず、本稿としては従うことができない。

当該歌が季節の歌であるとき、歌意は、立秋を迎えるたびに、孝謙今上天皇は初秋の花々を見て、お心をお晴らしになるだろう、となる。「空想の応詔予作歌」という解をとれば、このような歌になる。

他方、「時」を「時勢」ととれば、「時の花」が寓するものは、謀議が発覚して殺された首謀者たちである。第二句の「いやめづらしも」（いよいよ賞美せられるよ――『注釋』の訳）は、拷問の中で落命した知友たちへの鎮魂と称揚である。第四句で使われる「見し明らむ」（ご覧になって気持を晴らされる）という敬語は、集中、家持だけが使用しているもので、他に三例（03・四七八、19・四二五五、19・四二六七）がある。その主語は最初のものが安積皇子、二番目が聖武天皇、最後が聖武天皇であるとともに万代の天皇である。

当該歌の「見し明らめめ」の主語は、「時の花」が乱の首謀者であるときには、四四八三の「昔の人」である。家持が詠んだ奈良麻呂の乱関連三首は、結果として四四八三を土台とした三位一体的連作となったという見方をすると、そこからは二首前の「昔の人」が当該歌にまで及んでいるとする理解が可能になる。本論は、当該歌の主語を元正太上天皇・聖武天皇・左大臣橘諸兄の三人であると見る。

川口常孝は『大伴家持』（前掲）で四四八四と当該歌の作歌時期を推定して、四四八四を「一味処刑（七月四日）より間もなくのころの作」、当該歌を「戦後処理宣言（八月四日）後ほどなくのころの作」としている。前者については、妥当な推定である。しかし、後者については、八月四日の「戦後処理宣言後ほどなくのころ」まで引き下げなくても、当該歌結句の「秋立つごとに」に着目して、立秋前後としてよい。立秋はこの年、七月の十三日ころで、「一味処刑」（川口常孝上掲書）は七月四日であった。家持は当該歌をもって、次のように歌おうとしたのであろう。

秋立つ直前に、元正太上天皇・聖武天皇・左大臣橘諸兄のお三方を崇敬する者たちが、仲麻呂の専横に抗し、失われゆく皇親政治を再興しようとして、命を落としました。まことに「時の花」とも言うべき、賞美に堪えない者たちでございました。お三方におかれては、どうか彼らの真情をお汲みとりいただき、秋立つごとに季節の花をお愛でになるように、彼らを愛でてお心をお晴らしください——。

仲麻呂打倒の企てへの参加を断ったであろう家持は、当該歌をもって死者となった知友たちに鎮魂と称揚の辞を捧げようとし、同時に、自己の青年時代に仰ぎ見た皇親政治の中枢の三人への鑚仰の辞を捧げようとしたと解したい。

巻二十の当該家持三首の次には、「皇太子」（大炊王）の歌と「内相藤原朝臣」（仲麻呂）の歌が置かれている。

天平宝字元年十一月十八日に内裏にして肆宴きこしめせる歌二首

天地を照らす日月の極なくあるべきものを何をか思はむ（四四八六）

右の一首は、皇太子の御歌

いざ子どもたはわざなせそ天地の固めし国そ大倭島根は（四四八七）

右の一首は内相藤原朝臣奏せり。

この二首は乱鎮圧側の勝利の歌である。ところが、奈良麻呂の乱の七年後の天平宝字八年（七六四）に藤原仲麻呂（恵美押勝）の乱が起きた。仲麻呂は賊軍として敗走し、朝廷軍に追い詰められて斬首されている。権勢の絶頂にあった仲麻呂は歴史の推移の中で敗者となった。

伊藤博は『萬葉集の構造と成立』下巻において、家持が都に安住し歌集の編纂に携わることができたのは、宝亀元年（七七〇）六月頃から五年二月頃までの約四年間と、宝亀十一年（七八〇）二月頃から延暦四年（七八五）八月二十八日に他界する、その二年前の十二月頃までの二回しかなかったとしている。それに従えば、家持は仲麻呂の賊軍としての敗北を見届けたうえで、当該三首の次に乱の勝者の歌を置いたことになる。このとき、乱の敗者に捧げられた歌に勝者の側の歌が続くのは、編年体編集が生みだす仮象に過ぎない。巻二十の編者家持は、その配列において、「いざ子どもたはわざなせそ」と発した仲麻呂の威嚇がほどなく自分自身に返ってゆくという歴史の峻厳を見据えているのである。

家持は知友たちの憤死という痛恨の事態に直面して、何をどう詠むかという乾坤一擲の課題を自己に課し、自然詠の装いをこらした独詠歌二首をもってそれを果たした。これが本稿の結論である。

『遊仙窟』所収詩についての研究
――形式からの考察　其の一――

渡邉寛吾

一

初唐末から盛唐初めの人である張鷟、字は文成――『旧唐書』等に拠れば、高宗の顕慶五（六六〇）年に生まれ、玄宗の開元二十（七三二）年に七十三歳で没した――によって書かれたとされる『遊仙窟』には、多くの詩が収められている。

『遊仙窟』の成立年代は『遊仙窟全講　増訂版』（明治書院）には「二十代のころの物語と見るべきかと思う」とあり、また鈴木修次「語りものと「遊仙窟」」（『唐詩　その伝達の場』ＮＨＫブックス）には「六七七年以降」とされるが、詳らかではない。そのような中で本稿では『遊仙窟』の成立を七世紀末と想定し、そこに掲載されている詩を取り出して、形式的な面から近体詩成立に向かう時代の貴重な資料として考察を加えようとするものである。

『全唐詩』により、張鷟と同年代までの人々、凡そ二〇〇人程を対象として、その詩の数を示すと、最も多いのは彼と同世代と考えられる張説で、その数は三五二首と飛び抜けて多く、次いで張九齢の二一八首、李嶠が二〇九首の詩を残している。しかしながら、それらは例外的なもので、初唐四傑の詩では駱賓王で一三〇首、盧照鄰が一〇四首、王勃は九十七首、楊炯では三十三首で、大半の人の詩は数十首以下である。このような中で、『遊仙窟』には八十四首の詩が収録されており、一個人によって作られた詩としては、比較的多く残されていると言うことができよう。なお張鷟の作として『全唐詩』に載る詩は一首あり、『遊仙窟』の詩は、『全唐詩』編纂時にはその存在が知られていなかったために掲載されてはおらず、『全唐詩逸』（『全唐詩』上海古籍出版社）に約五分の一にあたる十九首が採られている。以上のような状況下にあって『遊仙窟』の詩についての考察は、六朝から初唐、盛唐へと時代が移る中で、詩の形式が変遷していく状況を考えるための一定規模の資料として位置付けることができると考える。

さて『遊仙窟』の研究状況としては、日本で享受される中で『萬葉集』や『伊勢物語』、『源氏物語』など種々の文学作品への影響がどのようなものであったのかという考察や、『遊仙窟』に付された訓を資料とする語学的考察、そして中国語学・文学の見地からは俗語の使用、唐代の「小説」の在り方を考えるものが大半を占め、存外『遊仙窟』それ自体を対象として扱う研究は少ないのである。現状、『遊仙窟』中の詩を初唐期の詩として取り出し、形式的な面から考察した論考は無いようである。

本稿の主眼は『遊仙窟』の詩を唐代の詩として形式面から考察を加えようとするものではある。だが、詩の形式について精査することは、中国文学としての詩についての研究を推し進めることに留まらず、詩が東アジア＝漢字文化圏で広く行われていた、共通の文芸活動であることを思えば、自国の文芸であった唐代の様子をまず押さえることは、日本を始めとして詩作を自国の文学形式としない国や地域で詩がどのように習得されていったのかを考える材料になり得ると考える。(1) 加えて、この考察は『遊仙窟』の中にある詩それ自体の基礎的な考察でもあり、幾つかの本文校訂の提示なども含め、『遊仙窟』をより深く理解していくことに資するものとなり、行く行くは『萬葉集』以下の日本文学との繋がりについても新たな考察へと至ることができるのではないかと考える。

二

では、まず『遊仙窟』の詩についての概略を確認したいと思う。

『遊仙窟』には、四言四句の詩に始まり、七言句の中に五言句を含む三十四句からなる詩までの七つの形式で詠まれた詩が全部で八十四首、載せられている。なお今後の研究を進めて行く上での便宜上、個々の詩を区別するために、八十四首の詩に対して詩1から詩84までの番号を付して、以下説明を加えていくこととする。[2] そして本稿では、詩の本文は『全講』を基として、平仄の確認は『廣韻』を用い、そこに無い漢字については『平水韻』に依って確認を行った。その上で、その本文に問題があると考える箇所については、適宜指摘することとする。[3] 内訳は次の通りである。

	四言	五言	六言	七言	計
四句	6	57（2）	0	5（1）	68（3）
六句	0	0	0	1	1
八句	0	11（1）	1	0	12（1）
十句以上	0	0	0	3	3
計	6	68（3）	1	9（1）	84（4）

※カッコ内は仄押韻の詩

詩形としては、五言の詩が大半を占め、七言の詩は僅か六首に過ぎないということは、六朝から初唐期にかけての主流が五言詩であった、その流れに連なるものと言えよう。ただし句数としては、初唐期までは八句の詩が主流であったが、『遊仙窟』では四句の詩が大半を占める状況となっている。

ただ、ここで全ての詩の状況について考察を加えることはできないので、『遊仙窟』の詩についての平仄への配慮を知る手始めとして、七言句を中心とした長句の詩三首を対象として論じていく。このような詩は当然ながら近体詩の詩形としては存在しない。だからこそ、そこに平仄への配慮が指摘できるかどうかについて考察を行っておくことは、後々の四句、八句等の詩の平仄状況について考えていく下地、その判断料として利用することができると考えるからである。

三

十句以上の句数を持つ詩は三首あるが、詩9には問題点が多くあり、詩5、詩8の状況を押さえた上で、それを敷衍する形で考察に及びたい。

詩5は五言句を六句含む全二十四句で構成されている。そして、次のように各句中の文字について平仄が指摘でき、そこでは三度の換韻が行われている。

今朝忽見渠姿首◉（上声四十四有韻）
不覺慇懃著心口◉（上声四十五厚韻）
令人頻作許叮嚀◯（下平声十五青韻）
渠家太劇難求守◉（上声四十四有韻）
端坐剩心驚◎（下平声十二庚韻）
愁來益不平◎（下平声十二庚韻）
看時未必相看死●（上声五旨韻）
難時那許太難生◎（下平声十二庚韻）
沈吟坐幽室◉（入声五質韻）
相思轉成疾◉（入声五質韻）

自恨往還疎　○（上平声九魚韻）
誰肯交遊密　◉（入声六術韻）
夜夜空知心失眼　●（上声二十六産韻）
朝朝無便投膠漆　◉（入声五質韻）
園裏花開不避人　○（上平声十七眞韻）
閨中面子翫羞出　◉（入声六術韻）
如今寸歩阻天津　◎（上平声十七眞韻）
何處留情更覓新　◎（上平声十七眞韻）
莫言長有千金面　●（去声三十三線韻）
終歸變作一抄塵　◎（上平声十七眞韻）
生前有日但爲樂　●（入声十九鐸韻）
死後無春更著人　◎（上平声十七眞韻）
祇可倡佯一生意　●（去声七志韻）
何須負持百年身　◎（上平声十七眞韻）

一覧してわかるように、ここでは押韻が「仄・平・仄・平」と繰り返しとなっている。そして、第一句と第七句とは七言句であることから韻が踏まれているのであろうが、第五句と第九句は五言句ではあるが、換韻したことを明示するためであろう、韻が踏まれている。また第九句から十六句、第十七句から二十四句では所謂四声八病の一つ「鶴膝」――隣り合う奇数句の末字は四声を同じにしない――が回避されている。更に注目されるのは、六句ある五言句全てで二四不同が、そして七言句十八句の内で十四句が二四不同二六対となっていることである。ただし、粘法・反法については考慮している様子は窺えない。

次に見る詩8は、五言句十六句を含む全三十四句からなる『遊仙窟』中で最も長い詩である。この詩も三度の換韻が行われるが、先程とは違って押韻は「平・平・仄・平」であって繰り返しとはなっていない。そして第一句では韻が踏まれていないが、これはここが五言句であるためと考えられる。ただしそれ以後の換韻が行われている句、つまりは第十一句、第十九句、第二十七句は全て五言句ではあるが韻が踏まれている。これは先に述べたように換韻を明示するためと考える。そしてここでも「鶴膝」は回避されている。

薰香四面合●（入声二十七合韻）
光色兩邊披◎（上平声五支韻）
錦障劃然卷●（上声二十八獮韻）
羅帷垂半欹◎（上平声五支韻）
紅顏雜綠黛●（去声十九代韻）
無處不相宜◎（上平声五支韻）
艷色浮粧粉●（上声十八吻韻）
含香亂口脂◎（上平声六脂韻）
鬢欺蟬鬢非成鬢●（去声三十一襉韻）
眉咲蛾眉不是眉◎（上平声六脂韻）
見許實娉婷◎（下平声十五青韻）
何處不輕盈◎（下平声十四清韻）
可憐嬌裏面●（去声三十三線韻）

可愛•語中◦聲◎　（下平声十四清韻）
婀娜•腰支◦細細•許●　（上声八語韻）
䁠聒眼子•長長◦馨◎　（下平声十五青韻）
巧兒◦舊來◦雋未•得●　（入声二十五徳韻）
畫匠•迎生◦摸不•成◎　（下平声十四清韻）
相看•未相◦識◉　（入声二十四職韻）
傾城◦復傾◦國◉　（入声二十五徳韻）
迎風◦帔子•鬱金◦香○　（下平声十陽韻）
照日•裙裾◦石榴◦色◉　（入声二十四職韻）
口上•珊瑚耐拾•取●　（上声九麌韻）
頰裏•芙蓉◦堪摘•得◉　（入声二十五徳韻）
聞名◦腸肚•已猖◦狂○　（下平声十陽韻）
見面•精神◦更迷◦惑◉　（入声二十五徳韻）
心肝◦恰欲•摧◎　（上平声十五灰韻）
踊躍•不能◦裁◎　（上平声十六咍韻）
徐行◦步步•香風◦散●　（上声二十三旱韻）
欲語•時時◦媚子•開◎　（上平声十六咍韻）
靨疑◦織女•留星◦去●　（去声九御韻）
黃似•恒娥◦送月•來◎　（上平声十六咍韻）

含嬌窈窕迎前出●（入声六術韻）
忍咲嫈嫇返却廻◎（上平声十五灰韻）

二四不同、二六対の状況を見ておくと、五言句十六句では十四句で、七言句十八句では十五句で二四不同二六対となっている。

最後に、詩9を見てみたい。この詩は四言句が二句、五言句が十句、そして七言句が十二句の全二十四句からなり、二度の換韻が行われた、それは「平・仄・平」と交互に押韻がなされた詩である。さて、その押韻状況を見てみると二箇所に問題が指摘できるのである。

まず、第一句から第八句までの一つ目の韻の纏まりでは、第一句は四言句であるため韻は踏まれていないものの、当然のこととして偶数句では押韻がなされている。だが、二つ目の纏まりの二句目となる第十句、そして三つ目の纏まりの一句目となる第十七句において不規則な押韻（破線部）が行われていることに気付く。これまでに見てきた詩5と詩8では押韻が不備無く行われており、加えて換韻を行った直後の奇数句にあっては、そこが五言句であっても押韻を行っていた。この状況に鑑みるならば、第九句「止」（上声六止韻）は第十二句以下の「死・歯・子」（上声五旨韻・同六止韻）と韻を同じくしていることから、第十句「方」（下平声十陽韻）は偶数句にもかかわらず、韻が踏まれていないことは無視し得ないことと考えられる。また、第十七句は五言句ではあるけれども、換韻直後であることを思えば、その末字「情」は韻が踏まれることが、これまでの状況からして望ましいと考える。

奇異妍雅●（上声三十五馬韻）
貌特驚新◎（上平声十七眞韻）
眉間月出疑争夜●（去声四十禡韻）

頰上•花開○似闘•春◎（上平声十八諄韻）
細腰○偏愛•轉●（上声二十八獮韻）
咲瞼•特宜○嚬◎（上平声十七眞韻）
眞成○物外•奇希○物●（入声八物韻）
實是•人間○斷絶•人◎（上平声十七眞韻）
自然○能擧○止◉（上声六止韻）
可念•無比•方○（下平声十陽韻）
能令○公子•百廻○生○（下平声十三耕韻）
巧使•王孫○千遍•死◉（上声五旨韻）
黒雲○裁兩•鬟●（去声二十一震韻）
白雲•分雙○齒◉（上声六止韻）
織成○錦袖•麒麟○兒○（上平声五支韻）
刺繍•裙腰○鸚鵡•子◉（上声六止韻）
觸處•盡闕○情○（下平声十四清韻）
何曾○有不•佳◎（上平声十三佳韻）
機關○太雅•妙●（去声三十六效韻）
行歩•絶娃○[illegible](4)◎（上平声十三佳韻）
傍人○一一•丹羅○襪●（入声十月韻）
侍婢•三三○緑線•鞋◎（上平声十四皆韻）

黄龍透入黄金釧●（去声三十三線韻）
白鷺飛來白玉釵◎（上平声十三佳韻）

まずは、二つ目の纏まりについてであるが、第九句の「止」は上声六止韻で、「死・齒・子」と同じ韻字に属するのであり、それからすれば第十句の「方」に問題があると考えられる。しかしながら真福寺本・醍醐寺本・金剛寺本を見ても、そこには全てが「可念無比方」とあって、異同は見られない。加えて現行の諸注釈でも、押韻の不備が確認できるにもかかわらず特に問題を指摘するものはない。

この詩の内容は、五嫂の容姿や服装を張文成が褒め称えるもので、第九・十句はそれ以前の容貌の描写から、その「擧止」（立ち振る舞い）への描写へと移る箇所である。現行の諸注釈書では「可念比方すべき無し」と読んで、「比方」は「比べる意」（『全講』）としてその振る舞いの「可憐さは　他に比類なし」（『全講』）、「愛らしさはならぶものがない」（『岩波文庫』（今村））等と解されている。つまり、古写本の異同からも、文脈からも、特に問題となるべき指摘はない。しかしながら、やはり先に見た詩を含む、『遊仙窟』中の全八十四首の詩の押韻状況からすれば、当該箇所のみが偶数句にもかかわらず、押韻されていないのは、本文的に不適切な状況と言わざるを得ない。

以上のような状況にあって、本文（文意）の変更を最小限に押さえながら、押韻を満たすという観点から、本稿では「可念無比方」の句末二字の上下を入れ替えて、「可念無方比」とすることを提案したい。この本文は、写本には見られないものではあるが、『全唐詩逸』にはこの詩も載せられており、当該箇所を「可念無方比」としている。この「比」は上声五旨韻であり、押韻上の問題はなくなる。また、このように変更した場合には「可念方に比ぶる無し」と訓むこととなるが、従来の文脈（意味）――「可憐さは比べることができない」という内容にも変更は無く、現段階では最も穏やかな本文変更と言えるのではないだろうか。「無方比」に類似した表現として「判自無相比　還来有洛神」（『玉臺新詠』巻十　簡文帝「雜題二十一首　其十四　絶句賜麗人」）がある。

そして、第十七句の末を「情」とするのは、醍醐寺本と『全講』であるが、真福寺本、江戸無刊記本、『全講』を除く現代の諸注釈では当該箇所を「懐」（上平声十四皆韻）としている。なお、金剛寺本は当該詩は十一句目途中の「能令公子百廻」までは存在するが、残念ながらこれ以降は欠文となっている。これであれば、「佳・㛮・鞋・釵」との間に押韻上の問題はなくなる。恐らく本来は「懐」とあったものが、同じ「こころ」を表す「情」へと書き誤られたのであろう。

以上が認められれば、それぞれの纏まりは、各句の末字のみを示すと、

雅●上声三十五馬韻　止◉上声六止韻　懐◎上平声十四皆韻
新◎上平声十七眞韻　比◉上声五旨韻　佳◎上平声十三佳韻
夜●去声四十禡韻　生○下平声十三耕韻　妙●去声三十六效韻
春◎上平声十八諄韻　死◉入声五旨韻　㛮◎上平声十三佳韻
轉●上声二十八獮韻　鬢●去声二十一震韻　襪●入声十月韻
嚬◎上平声十七眞韻　齒◉入声六止韻　鞋◎上平声十四皆韻
物●入声八物韻　兒○上平声五支韻　釧●去声三十三線韻
人◎上平声十七眞韻　子◉上声六止韻　釵◎上平声十三佳韻

となる。この詩9の押韻も一つ目の纏まりは第一句が四言句であるため韻は踏まれていないが、二つ目以下の纏まりでは換韻直後の句でも押韻を行う形を取ることとなる。そして、ここでも「鶴膝」は回避されていることが指摘でき、これら三首における「鶴膝」の回避は偶然ではなく、意図的なものであると認めてよかろう。

では次に二四不同、二六対に関してはどうであろうか。四言句二句は除外され、五言句は第十句を「可念●無方○比」と変更したことから、十句中九句で二四不同となる。ただ、七言句は、第十一句と第十二句の本文について、

言及しておきたいと思う。

この二句について、醍醐寺本と『岩波文庫』（漆山）、『全講』は「能令公子百廻生　巧使王孫千遍死」とあって、二句共に二四不同、二六対となる。なお、金剛寺本は既に述べたように、第十一句の七字目以下が欠文であるが、その直前までの本文は「能令公子百廻」である。対して、真福寺本、江戸無刊記本、『全唐詩逸』と『遊仙窟校注』、『中国古典小説選』では「能令公子百重生　巧使王孫千廻死」とし、『創元文庫』と『岩波文庫』（今村）では「能令公子百重生　巧使王孫千遍死」とする。「重」は意味によって平仄が異なり、「重い・重量」を表す時は、上声二腫韻、もしくは去声三用韻で「仄」となり、「重なる・繰り返す」を表す時は上平声三鍾韻で「平」となる。当然、ここは「平」であり、「能令公子百重生」は二四不同、二六対となる。だが、それに対応する第十二句は真福寺本他では「巧使王孫千廻死」となって二六対が不備となる。また『創元文庫』、『岩波文庫』（今村）は「巧使王孫千遍死」とあって、平仄上での問題はないのだが、古写本では「廻—遍」、「重—廻」のどちらかで、「重—遍」の組み合わせとなる古写本は存在せず、校訂上で問題となると考える。このような状況から、ここでは古写本として存在する本文であることと、そして他の二首、詩9の当該箇所以外の二四不同、二六対の在り方から判断して、二四不同、二六対が備わっていた本文が認められる以上、「能令公子百廻生　巧使王孫千遍死」との本文が蓋然性が高いものと判断するのである。

結果として、七言句十二句は全てが二四不同、二六対について対応したものとなっており、詩9全体として見た場合も、二四不同、二六対の適応度合いは高いものと言えよう。ただし、やはりと言うべきか、粘法・反法については配慮したものとはなっていない。

四

『遊仙窟』に載る詩の内、十句以上の長句の詩を見てきた。そもそも『遊仙窟』の詩は話の内容に合わせた、その場に相応しい詩となっている。加えて、本稿では詩の平仄の様子を考察することを目的とすることから表現・内容については触れていないが、当然のこととして典故に拠った表現も用いながら詩を詠んでいる。そのような中で、近体詩へと繋がることのない詩型であるこれらの長句の詩において、多くの韻律への配慮が認められた。そこには長句の詩故の、韻の変更を平と仄とで繰り返すこともあった。これは三首の内の詩5と詩9の二首のことで偶合と思われるかもしれないが、当時の長句の詩に屢々見られるもので、意識的な押韻への配慮として判断される(5)。更には、「鶴膝」―これは平仄ではなく、四声への配慮となるが、三首の詩全体に及んでいることが指摘できた。また、近体詩での規則として、二四不同・二六対、粘法・反法に関しては前者はかなりの割合で適合することから、作詩の際に配慮したと言えるであろうし、後者については逆に配慮したとは言えないと判断する。この点は、今後四句、八句の詩について考察していく時にも留意するべきことであると考える。

さて、最後に『遊仙窟』について聊かの見解を述べておきたいと思う。当該三首が韻律に関してかなりの配慮をもって詩作を行っていることは確かであろう。そして、漢字音に対する作者の理解の高さは、『遊仙窟』の地の文が六朝期に隆盛を誇った、四六文、駢驪文と言われる文体で書かれていることから、この文体には韻律の配慮も求められるもので、その要件も非常に高い精度で満たしていることにより、一層明確に指摘できる。『遊仙窟』冒頭を例として示すと、以下のような状況である。

若夫積石山者、在乎金城西南、河所經也。書云、導河積石、至於龍門。即此山是也。

僕従汧隴、奉使河源、嗟命運之迍邅、張騫古迹、十萬里之波濤、深谷帶地、鑿穿崖岸之形、
歎郷關之眇邈。伯禹遺蹤、二千年之坂隥。高嶺横天、刀削崗巒之勢。

煙霞子細、実天上之靈奇、目所不見、
泉石分明、乃人間之妙絶、耳所不聞。
日晩途遙、向上則有青壁萬尋、
馬疲人乏。行至一所、險峻非常。直下則有碧潭千仞。古老相傳云、此是神仙窟也。人跡罕及、鳥路纔通。
毎有香果瓊枝、
天衣錫鉢、自然浮出、不知從何而至。
余乃端仰一心、縁細葛、身體若飛、須臾之間、忽至松柏巖・香風觸地、
潔齋三日、泝輕舟。精靈似夢。桃華澗、光彩遍天。

しかも『遊仙窟』は、その韻律への配慮に加え、多種多様な典故や表現の工夫なども併せて、俗なる文学分野と評される「小説」の作品として書き上げられているのである。それは、作者である張鷟の非凡な文才を示すだけでなく、作者の「小説」に対する当時の評価を超えた、もしくはそれとは質を異にする作品への思いがそこにあると認めるべきであろう。そのことからすると、『遊仙窟』中の詩について考えることは、唐代の詩の考察というだけでなく、それを起点として多数の詩を含み持つ『遊仙窟』という「小説」の捉え直しにも繫がるのではないかと考える。

注

（1）たとえば『懐風藻』に見られる詩の形式について、嘗てはその不備を指摘するものが多数を占めていた。だが、昨今では村上哲見氏「『懐風藻』の韻文論的考察」（『中国古典研究』四五）の次のような指摘、
考えてみれば唐宋の知識人たちがすべて李白や杜甫のような、もしくは蘇軾や陸游のような詩を作っていたわけ

ではない。大多数の人は何よりもまず教養として、そして社交の手段として詩を作っていたのであり、『懐風藻』の作者たちのめざす所もそこに在ったはずで、評價はそれをどれほど達成したかという視點から爲されるべきであろう。

や、興膳宏氏『古代漢詩選』（研文出版）による、

そのような欠陥（平仄・四声対応の不備や過度の対句─引用者注）を指摘して、『懐風藻』の詩人たちの未熟さ幼稚さを笑うことは易しい。いかにも、『懐風藻』の詩を読んで、唐詩の秀作に接したときと同質の感動を覚えることは期待しがたいかも知れない。だが、彼らが唐という先進国の文化に学ぶ一環として、中国人と同じ条件で、中国語による詩の制作に習熟すべく努めていた真摯な心意気はよく伝わってくる。（中略）我々はむしろ、当時の教養人が中国の先進文化に学ぶ一環として、試行錯誤を重ねながら、真摯に漢詩の形式を自国に移植させるために苦心していた状況にこそ注目すべきである。

との見解が示されている。

このような指摘は、中国での詩の韻律の状況への深い理解があってこそのもので、その状況把握は一層深く行われる必要があると考えるのである。

（2）四言句からなる詩は六首あるが、それらは全て『詩経』からの引用で、『遊仙窟』独自の詩ではない。しかしながら、詩に通し番号を付すことから、便宜上これらの詩にも番号を付して、『遊仙窟』中の詩を八十四首として考察を進めることとする。

（3）今回、古写本としては醍醐寺本、真福寺本、金剛寺本の三本を、そして江戸無刊記本、全唐詩逸を本文校訂に使用した。加えて、注釈書としては以下の諸本を参照した。

・岩波文庫『遊仙窟』（漆山又四郎　岩波書店）
・創元文庫『遊仙窟』（魚返善雄　創元社）
・『遊仙窟全講　増訂版』（矢木沢元　明治書院）
・東洋文庫『遊仙窟』（前野直彬　平凡社）
・岩波文庫『遊仙窟』（今村与志雄　岩波書店）

・中国古典小説選『遊仙窟』（成瀬哲生　明治書院）
・『遊仙窟校注』（李時人・詹緒左　中華書局）

（4）現在、詩9の第二十句の末字は古写本の本文からは文脈に適した文字を定められないでいる。諸注釈「娉」を採用しており、本稿でも今はこれに従うことにする。

（5）拙稿「『経国集』巻十三「夜聴擣衣詩」（一五三）攷続貂—奈良・平安初期、唐代の詩との押韻比較—」（大阪市立大学『文学史研究』四七）において、『捜玉集』や『河岳英霊集』などの例を示した。

言霊の構造

佐野　宏

はじめに

萬葉集巻一の安騎野遊猟歌群の結びに「時は来向かふ」という印象的な表現がある。

軽皇子、安騎の野に宿る時に、柿本朝臣人麻呂が作る歌

やすみしし　我が大君　高照らす　日の皇子　神ながら　神さびせすと　太敷かす　都を置きて　こもりくの　泊瀬の山は　真木立つ　荒き山路を　岩が根　禁樹押しなべ　坂鳥の　朝越えまして　玉かぎる　夕さり来れば　み雪降る　安騎の大野に　はたすすき　小竹を押しなべ　草枕　旅宿りせす　古思ひて（1・四五）

短歌

安騎の野に　宿る旅人　うちなびき　眠も寝らめやも　古思ふに（1・四六）
ま草刈る　荒野にはあれど　もみち葉の　過ぎにし君の　形見とそ来し（1・四七）
東の　野にかぎろひの　立つ見えて　かへり見すれば　月傾きぬ（1・四八）
日並の　皇子の尊の　馬並めて　み狩立たしし　時は来向かふ（時者来向）（1・四九）

その表現は短歌第四首にある。[1]一首の解釈を現行の諸注に求めると「日並の皇子の尊が馬を並べて狩を催された、その季節がいよいよ来た」（新日本古典文学大系）、「日並皇子の尊が馬を並べて狩を催された同じその時刻になった」（新編日本古典文学全集）、「日並皇子の命、あの我らの大君が馬を勢ぞろいして猟に踏み立たれたその時刻は、今まさに到来した」（『萬葉集釈注』）、結句について「狩を催されたその時がいよいよ迫ってくる」（和歌文学大系）などとある。新大系が「狩の季節」の到来とするのは、亡き草壁皇子が狩をなさった時が今やって来るという表現の不自然さに対しての配慮であろう。しかし、現在のところ「時は来向かふ」の時は「亡き草壁が狩を催された時」とみるのが一般的かと思われる。過去が未来からやって来るというのは現実に照らせば矛盾するけれども、現在がしかるべき未来に向かってゆくこと、あたかも「片設け」た時を「片待つ」かのように時の訪れを待つあり方からすればあり得る表現である。

右の歌群は持統六年冬、軽皇子がかつて遊猟した安騎野に出遊した際の柿本人麻呂の作とされる。軽の立太子と即位は持統十一年のことであるから、この時、軽はまだ十歳の少年である。ところが、長歌冒頭「やすみしし我が大君…太敷かす」がすでに天皇であることを示す表現であることから皇統に対する人麻呂の認識とともに、その主題についても多くの指摘がなされている（後述）。作品の時代背景に照らして伊藤博氏は、

> 軽皇子の安騎野遊猟は、軽皇子こそが皇太子草壁の後継者であることを宮廷人の通念とさせるための実修であったと見られる。草壁が時代を背負う皇太子として安騎野に遊んだ日の御子ぶりを軽皇子に再現させることで、草壁と軽とが一体であることを定着させる試みであったらしい。（『萬葉集全注』一、一八二頁）

と述べる。そして、いま問題とする短歌第四首目の「時は来向かふ」に関わって、

> 歌群の結びは、亡き草壁が狩を踏み立てられたその一瞬が今到来したとうたい、「古」（父草壁）の行為及び心情と「今」（子軽）の行為及び心情が完全に一致したことを述べる。（中略）「古」と「今」、「行為」と「心情」

とはここで完全に重なり、亡き皇子への追慕は完璧に果たされることになった。亡き皇子は日並皇子命であるから、追慕の達成は、軽皇子が生身のまま、日並皇子に成り代わったことを意味する。（同右）

としている。軽皇子にかつての父草壁の雄姿を重ねるあり方は、草壁に焦点を当てれば故人に対する追慕になるが、数年後の立太子と即位という事実を知る我々からすれば、軽が皇統を継承することへの予祝の歌にもなっている。もちろんこの時点で軽が皇太子になることが決まっているわけではない。伊藤博氏が、

その草壁は単なる皇子ではない。歌そのものがいうように、「日並皇子の命」、つまり日（天皇）に並ぶ皇子なのである。ということは、「み狩立たし時は来向かふ」とうたい納められた時、軽皇子は皇統譜正統の皇子である「日並皇子の命」そのものとして再生されたことを意味する。追慕の達成は、表現における新王者決定の儀式でもあった。ここには、幻視が事実を呼びこんでしまう、古代詩の壮絶な輝きがある。（『萬葉集釈注』一、一五二頁）

として、草壁への追慕と軽の皇統継承者への達成が同時的だと述べる。右の当該歌群が「軽皇子が皇統譜正統の皇子」として定位させるものであったことは長歌冒頭の表現があたかも天皇の行為であるかのように描かれるあり方に照らしても肯ける。けれども、皇統という場合にこの歌群は、どのように捉えるべきであろうか。

毛利正守氏は記紀などに通底するいわゆる「皇統意識」は「天の下を統治する天皇の正統性を神話から語り起こして、その王権が現在に至るまで連綿と続くことを自覚的に把握すること」だとしている。日並皇子挽歌での神話的叙述から天武天皇の「神下り」といった表現を捉えて「人麻呂が歌うような皇統意識、即ちその当時の天皇や皇子を遡るというかたちで自覚的によみ込む歌は、見てきたように歌謡や和歌では一般的でない」（「人麻呂の皇統意識―近江荒都歌と日並皇子挽歌、それ以前を視野に入れて―」『上代文学』87号、二〇〇一年）としている。その上で日並皇子挽歌と近江荒都歌及びその異伝歌を俯瞰すると、神武から天智天皇までの皇統は閉じられ、天武天皇を起点

とする新たな皇統が自覚されたと指摘している。また毛利氏は、たとえば次の蘇我馬子の寿ぎの歌謡に関連して、

やすみしし　我が大君の　隠ります　天の八十蔭　出で立たす　みそらを見れば　万代にかくしもがも　千代にもがも　畏みて　仕へ奉らむ　歌づきまつる（推古紀二十年正月）

記紀歌謡には「現在、即ちその時点を起点としてあくまでも将来へ向かっての予祝の歌」はあるが、人麻呂のように「過去から現在までに繋がる皇統の有り様を謡っている歌」は認めにくいとしている。毛利氏は、人麻呂が「皇統」を表現上の素材として対象化してゆく過程が近江荒都歌及びその異伝と日並皇子挽歌から描き出せると指摘する。萬葉集の配列上で歌群を異にしていても、歌の素材に対する位置づけや作者の認識には展開があることを指摘したものである。

右の毛利氏の指摘は当該安騎野遊猟歌の「時は来向かふ」を考える上で示唆的である。たとえば右引の「万代にかくしもがも千代にもがも畏みて仕へ奉らむ」という場合の予祝は現在から未来に向けて為されるが、その予祝は果たされる時はあるのかと問うことは予祝を対象化することになるだろう。毛利氏がいうように、近江荒都歌では神武以来の皇統が天智をもって途絶えてしまうのであるし、日並皇子挽歌では天上から神下った日の御子である天武が改めて示した皇統は草壁の死によって途絶えてしまう。過去から現在への継続・連続と、それを根拠にしての現在から未来へと永続することへの期待にあって、いずれもその途絶の悲しみが描かれる。毛利氏は直接述べていないが、近江荒都歌、日並皇子挽歌には「予祝」の未達が皇統の素材化とともに描かれているとみてのことであろう。過去から現在への連続をその構造に当て嵌めるならば、「時は来向かふ」は過去の「予祝」が現在に達成されることを示す表現になる。これは伊藤博氏が「追慕の達成」としたことを言い換えたのにすぎないが、しかし、「予祝」の達成は、表現された言語内容が現実世界に実現した確認によるとすれば、これは「言霊」とも関係する問題である。毛利氏が「歌群が異なってもひとりの歌人の歌において、とりわけ人麻呂の歌において、深いところ

でテーマが関わり合っている場合」があるとしたのは作品の主題についてであるが、ここでは人麻呂作品にみられる「予祝」や「言霊」といった思想のあり方を考えてみたい。

1　対象化される時間と空間

前掲した「時は来向かふ」は季節の到来ではなく、表現上は草壁皇子の狩ながら実際には軽皇子が狩に立つその瞬間の到来を指している。「時」の用法を明確に分類するのは容易ではないが、たとえば、

玉くしげ　二上山に　鳴く鳥の　声の恋しき　時は来にけり（17・三九八七）

とある「時」は春などの「季節」を代入できる。当該歌について「狩の季節が来た」という解釈が成り立つのもこのような表現があるからである。一方で、「来むと言ふも　来ぬ時あるを」（4・五二七）のように特定の「機会」や「場合」「瞬間」を表す例がある。出来事が起こる場合とその時点を区別することは難しい。たとえば、

咲く花は　うつろふ時あり　あしひきの　山菅の根し　長くはありけり（20・四四八四）

の「時」には場合と時点の両面があり、「長くはありけり」との対比からすれば変化する刹那の時点を指しているとみることもできる。当該歌はその日その瞬間といった限定された「時」であって、設定された時刻を「片待つ」という中での例である。

天の川　水陰草の　秋風に　なびかふ見れば　時は来にけり（10・二〇一三）

冬ごもり　春へに恋ひて　植ゑし木の　実になる時を　片待つ我ぞ（9・一七〇五）

当該歌では「日並皇子の尊の馬並めてみ狩立たしし時」という過去の時点である。「立師斯時」の本文からしてもそう訓む他はない。「来向かふ」時は、七夕のように定められた暦法上の日時ではなく、現実の目の前の瞬間であるから「今」現在というのに等しい。それ故に過去の内容が「時」を連体修飾すると形容矛盾になるのである。こ

の時間把握について、伊藤益氏は、

「来向かふ」時は、かつて草壁皇子が遊猟したその時にほかならない。しかも、その時は、いままさに狩をはじようとする軽皇子たちの前方、すなわち、彼らにとっての未来から、彼らのもとに訪れ、そこにおいて蘇生（反復）する。（『ことばと時間』大和書房、一九九〇年、一九一頁）

と述べる。伊藤益氏は、過去から未来に向かう不可逆的な時間を「人間の時間」とし、当該歌中の未来から過去に遡る時間を「過去を回復する「神々の時間」」として、その二つの時間が現在に融合するところに、軽皇子の「神性の継受」の実現を捉えている。卓見である。人麻呂が過去を遡る形で皇統を捉え、それによって現在を規定しようとしていると毛利氏が述べたことと通底する見方である。「予祝」といわれるものの内実に迫る捉え方である。伊藤益氏が二つの時間を取り出したように、この捉え方が可能であるためには、かつての父の姿と現在の子のそれとは比較されているから、それぞれが対象化される必要がある。対象化とは、哲学では主観的な見方や考えを言語化して取り出し不明確だった認識をより明確にすることをいうが、より具体的に文芸上の用語としては、移ろいゆく世界にあって主体が何かしらの意味を認めて、心内であれ、現実であれ、主体の世界の一部を切り出して認識することである。

当該歌の「時は来向かふ」という表現が興味深いのは、過去（草壁）と現在（軽）が重なるという把握がある点で、過去と現在の時間・空間がそれぞれに対象化されていなくては重ねることができない。

ここで個々の時間・空間を相対化して対象化する淵源について確認しておきたい。付言するが、言語化したものは全て主観であって対象化されたものだというのではなく、時間・空間が主体の見立てとして切り取られて相対化される場合という意味である。とくに時間についていえば、それを表現する主体は過去と現在を比較する視座にあるから、いささか呪的性格が帯びやすいと予想される。たとえば、よく知られた舒明遊猟時の献歌がある。

天皇、宇智の野に遊猟する時に、中皇命、間人連老に献らしむる歌

やすみしし　我が大君の　朝には　取り撫でたまひ　夕には　い寄り立たしし　みとらしの　梓の弓の　中弭の　音すなり　朝狩に　今立たすらし　夕狩に　今立たすらし　みとらしの　梓の弓の　中弭の　音すなり（1・三）

反歌

たまきはる　宇智の大野に　馬並めて　朝踏ますらむ　その草深野（1・四）

長歌の「朝（あした）」「夕（ゆふへ）」「朝狩り」「夕狩り」はこの作者の嘱目の景ではない。それは反歌の「朝踏ますらむ」によって、朝狩りの時であることが知られるとはいえ、目の前のできごとではない。「朝には取り撫でたまひ　夕にはい寄り立たしし」は回想であって、「朝狩に今立たすらし　夕狩に今立たすらし」は、弓の音がもたらす確信めいた事実である。武田祐吉が「朝と夕と異なる時間を一首中に竝立させ、しかもそれを今立タスラシと受けたのは、その今が、いずれの時であるかを明らかにすることができない缺點がある」（萬葉集全註釈）と指摘したのは、あくまでも目の前のできごととして捉えたからである。これに対して内田賢徳氏は、右の「二つの今は、想像している現在にあって対象化される現在として想像の中で継起している。夕の今がその想像する現在と重ならないのと同様、朝の今も重なるのではない」（『萬葉の知』四三頁）と指摘する。内田氏は、現実世界の朝夕という時間が叙述されているのではなく、弓を傍らにおいて手入れに余念がない「過去」の日々に対する「現在」が対象化されているのだと指摘する。「想像の中で想像と共に継起する対象的な現在」（同）は、弓を修飾する「朝には取り撫でたまひ夕にはい寄り立たしし」においても同断である。「朝には」「夕には」と並列された時間は回想のうちに回想と共に継起している。いわばこの回想の中で対象化された「過去」に対する「現在」が並列される。朝夕に傍らにあった弓の音がその狩の朝夕に鳴るという表現に「過去」と「現在」が弓という実体によって繋がれている。狩を心待ちに

する過去の日々と狩の現在の高揚感は、いずれも天皇の治世の整いを象徴している。望ましい日常の姿がそこにはあり、「幸福な時間」（同）とは天皇のみならず国にとってもその表現が相応しい。この歌詞が実際の光景を詠んだとすると前掲の全註釈のような疑問が生じるが、これが天皇の狩り寿ぐ呪歌とみればその限りではない。

想像の中に現実を対象化することは、たとえば、舒明天皇の国見歌にも認められる。

大和には　群山あれど　とりよろふ　天の香具山　登り立ち　国見をすれば　国原は　煙立ち立つ　海原は　かまめ立ち立つ　うまし国そ　あきづ島　大和の国は（1・二）

「国原」と「海原」の空間的な並列にも「朝」「夕」に類比的な構造が見出される。第二句「村山有等」は「等」の用字法からは「ありと」訓が、土地褒めの類型からは「あれど」訓が考えられる。初句「山常庭」とあるヤマトが畿内の一地域の地名を指すのか、国土全体を指すのか、「取與呂布」の語性をどのように考えるかによっても揺れる。現行諸注は「大和には群山があるが、特に頼もしい天の香具山に」（新編日本古典文学全集）のように解釈している。この中で「国原は煙立ち立つ海原はかまめ立ち立つ」とある。契沖が「和州ニハ海ナキヲ、カクヨマセ給フハ、彼山ヨリ難波ノ方ナトノ見ユルニヤ。又只サルヘキ事ヲ興ニヨマセタマヘル歟」（『代匠記』）としたのは嘱目の景ではないことを踏まえたものである。香具山からは直接に見ることができない光景がそうにちがいないという確信のもとに詠まれる。井手至氏が「聖なる山」（『遊文録』説話民俗篇、二〇〇四年、一〇三頁）と指摘したように、統治する大和を代表する香具山からの国見は、統治者である天皇をして想像と共に、御代の国土と海浜を対象化させる。朝夕の時間が継起的であったのに対しては、国原海原の空間は連続的である。時間と空間の対象化は幸福な御代と国土の対象化であって、現実の世界に対してそうあるべき世界として描かれる。国見に伴う寿ぎの呪歌としては当然の表現だともいえる。右の舒明遊猟献歌と国見歌には時間と空間の対象化が認められる。それが現実世界に発せられた時、理想的な恒常的世界を求める、未来への予祝になる。

いわゆる「呪歌」は規定するのが存外に難しい。描かれた理想的な世界など一度も実現したことがないといった、あたかも過酷な現実だけが真実だという厭世的な現実把握を振りかざして、だからこのような理想的世界像を描くのは祈りとしての呪歌なのだ、というのは結果論である。弓をとり撫でて愛でること、狩に出で立つこと、国原に炊煙が立つこと、諸説あるが海に鳥山が立つこと、その個々の事象は日常生活に確かにあった出来事なのだろう。天皇と国民、そして国土のそれぞれが個々に充足する瞬間は一般論としてあり得た。けれども、それらが同時にすべてが満たされることは、恒常的にはなく一時的な出来事であったろう。右の長歌二首に共通するのは、時間にせよ、空間にせよ、出来事が切り取られ並列されることで世界が対象化されている点である。内田氏前掲書に指摘するようにあたかも壁画や青銅器の線描画のように、現実世界の幸福な時間と空間が切り取られて表現されている。そのそれぞれは過去に実現した事柄だが、それらを並列して一つの作品として描かれた全体が理想的な世界の描写になっている。価値的に幸福であるかどうかは恣意的な判断になってしまうけれども、しかし、描写は明らかに好ましい光景である。呪歌であること、寿ぎの歌としての要件を仮に示すとすれば、それは移りゆく世界、過ぎ去ってゆく時間の中で時折存在する幸福だと感じる瞬間を永遠に留めたいという欲求に淵源があり、幸福だと感じる出来事や光景を対象化した歌だといえよう。詠まれた内容が実現していたかが不明で、しかも一首中に異なる時間と空間が同時的に描かれているという不自然さは、むしろ呪歌の要件として捉え直すことができる。

それでは、当該の「時は来向かふ」の場合はどうか。

日並の　皇子の尊の　馬並めて　み狩立たしし　時は来向かふ（1・四九）

確かに異なる時間が描かれているとはいえ、日並皇子が狩をしたのは過去の出来事である。伊藤博氏は、この「時」とは、

「今」の「時」が「古」（草壁）のそれと寸分を違えぬ瞬間であり、したがって環境の一切が同一であるが故に、

「軽皇子」の雄姿はそのままかつての「草壁皇子」の雄姿なのである。人麻呂たちは、「軽皇子」の姿に、「草壁皇子」を、古代的な意味、つまり「うつつ」と不可分の映像として「幻視」している。(『萬葉集の表現と方法』下、八九頁)

と指摘する。軽皇子に草壁皇子を見ているにしても、それが「時」の訪れとして描かれるところには、「古」と「今」がそれぞれに対象化されていなくてはならない。そこに皇統という重ね合わせられる契機が介在するために相対化される二つの時間は合一へと向かう。伊藤博氏は長歌結句の「いにしへ思」うあり方に皇統を継承すべき軽皇子の父草壁に対する追慕とその決意を捉えて、亡き父が狩をした瞬間と皇子との合一という帰結を「時は来向かふ」という表現が示すと説く。

いいかえれば、「いにしへ思ふ」は、「み狩立たしし時は来向ふ」の「時」に至って、一片の余燼も残さず昇華され、その「時」の中に飽和されてしまったのであって、この「時」こそは、「いにしへ思ふ」の行きついた果であったことが明らかである(同九一頁)

しかし、表現上、譬喩でも比況でもなく「み狩立たしし時は来向かふ」という表現が成功するためには、それを支えるものが必要である。前に呪歌の要件を述べたが、当該歌もまた呪歌としての一面があるというべきであろう。予祝というにはあまりにかけ離れて見えるけれども、過去の出来事が再来することへの確信なり信仰が社会的に共有されていなければ、軽皇子自身が「いにしへを思ひて」旅宿りをすることが昇華されたとは言いえない。やはり、「古」と「今」の合一という解釈が成り立つ思想的な基盤なり、内的構造が必要である。

2　予祝ということ

民俗学では、年のはじめに一年間の農作業の過程を予め模倣的象徴的に行う祭祀や儀礼を「予祝儀礼」といい、

「その年の「農作業」を模擬的に行うことによって農作物の豊かな実りを期待する呪術＝宗教的行為」（『精撰日本民族辞典』五九四頁）とされる。この意味での「予祝儀礼」は祭祀の一種として日本に限らず各地に認められる。この定義が古代人の共通認識にまで適用できるか否かは別にしても、「予祝」という概念の興味深い点は、事前に行った行為が未来に実現されることを期待するところにある。

前節に触れた例でいえば、舒明国見歌の理想的な事態は、それが確定的な事態として現在形で表現されている。それは「日が昇る」と同じように恒常的事態に対する表現としてある。国原に多くの炊煙が上がること、海原に鳥山ができることはそれぞれ過去には確実に起こった出来事であって、豊作と豊漁の結果に深く結びついた出来事である。「うまし国そ」という「充足した国である」ことを確認する表現は現在から未来に至るまでそうであるように寿ぐ表現である。厳密には現時点より未来へのそれであろうから予祝の歌としてあるのだというべきかもしれない。記憶された豊かさの事実が表明されるところに、その実現を期待する予祝儀礼としての一面が現れる。

理想的な世界が時を超えて恒常的な事態として表現される。実際には持続性がなく、かつ常には起こらない事態であるからこそ、その幸福な時間を言葉の上に留めておきたいという欲求と、それを表現することで将来を寿ぐ意志という関係が窺える。

幸福な時間の叙事はたとえば吉野讃歌を挙げることができよう。第一長歌には天皇と大宮人らが楽しむ様子が詠まれ、その君臣和楽する様子を嘉して第二長歌では天皇に神々が「仕へ奉」ると表現される。

吉野宮に幸す時に、柿本朝臣人麻呂が作る歌

やすみしし　我が大君の　聞こし食す　天の下に　国はしも　さはにあれども　山川の　清き河内と　御心を
吉野の国の　花散らふ　秋津の野辺に　宮柱　太敷きませば　ももしきの　大宮人は　舟並めて　朝川渡り
舟競ひ　夕川渡る　この川の　絶ゆることなく　この山の　いや高知らす　水そそく　瀧の都は　見れど飽か

ぬかも（1・三六）

見れど飽かぬ　吉野の川の　常滑の　絶ゆることなく　またかへり見む（1・三七）

川と山の嘱目景色が永遠に変わらぬように、山が統べる瀧の都は見飽きることがないとある。「見れども飽かぬ」とは何度見ても見飽きることがないということながら、その属目の景がいつまでも同じようにあって欲しいと願う心情と一体のものである。反歌のそれは川床ではなく、川の豊かな流れの柔らかな水面を指したものであって和楽の象徴として捉えた方がよい。

やすみしし　我が大君　神ながら　神さびせすと　吉野川　激つ河内に　高殿を　高知りまして　登り立ち国見をせせば　たたなはる　青垣山　やまつみの　奉る御調と　春へには　花かざし持ち　秋立てば　黄葉かざせり〔一に云ふ「もみち葉かざし」〕　行き沿ふ　川の神も　大御食に　仕へ奉ると　上つ瀬に　鵜川を立ち下つ瀬に　小網さし渡す　山川も　依りて仕ふる　神の御代かも（1・三八）

山川も　依りて仕ふる　神ながら　激つ河内に　舟出せすかも（1・三九）

第二長歌は第一長歌の「この川の絶ゆることなく、この山の高知らす」と嘱目の山川の恒常性に見合う形で、川と山の神が天皇に仕え奉ると表現される。その反歌「舟出せすかも（船出為加母）」は訓に異同があるが、ここは天皇が自ら神々に交わることが重要で、天皇自らが舟をお出しになるとみるべきである。第一長歌の君臣の和楽が神々が嘉し賜う契機になって、神が「仕へ奉る」のであるから、天皇が権威によって神を従わせているのではなく、天皇に応えているとみるべきであろう[3]。天皇の治世が正しく行われていることを証するものであるとともに、君臣と君神に「幸福な時間」がここにはある。その中にあって「見れども飽かぬ」とはその幸福な時間を永く留めたいという希求を言い換えたものである。吉野讃歌には傍線部のように朝夕・春秋という事態の対象化と並列がある。この二つの長歌についての詳細は別に譲らねばならないが、右のように解釈すればここには未来にその幸福な時間の永続を求める予祝があると考えられる。

しかし、国見歌や吉野讃歌のような並列される時間・空間と「時は来向かふ」の「時」は事情が異なる。異なる人物の事績が重ね合わせられるという関係は、過去と現在が相対する把握の上で、現在に過去がやって来る関係である。草壁皇子が狩をなさった時は確かにあったのだろうが、その「時」が今やって来るというのは、予祝儀礼の構造にあっては求めた事態が実現する瞬間を指している。

予祝の実現は、予め行った模倣的儀礼が現実世界に実際に生起することである。豊穣を予祝する儀礼では豊作であったという結果が予祝の実現になる。ところが、当該の草壁皇子と軽皇子の関係でいえば草壁皇子が行った狩と現在の軽皇子の狩は直接関係がない。草壁皇子は、子である軽皇子の狩を予め模倣することはできないから予祝儀礼では説明できない。予め望ましい結果が得られる行為を一通り模倣的に行うのが予祝儀礼であったとすれば、「時は来向かふ」という表現は軽皇子の狩を予祝の結果とみて、草壁皇子のそれを予祝儀礼に位置づけたことになる。つまり、結果事態から遡って過去の事態をその因子に見立てることが行われている。原因と結果という先後関係が過去と現在という関係でそれぞれに対象化されないとこのような発想は生じない。既に毛利氏が、過去に遡って現在を規定する皇統の対象化は人麻呂に端を発するのではないかという指摘は、恐らく当該の表現分析にも有効であるように思われる。

父草壁皇子と子軽皇子という過去と現在の「時」が対象化されるということは、その二つが並行していることを示す。西澤一光氏は当該歌群における軽皇子を天皇であるかのように描く「日の皇子」の虚構性とともに「作品自体に設定された自律的な時間」として「軽皇子が切り拓く新たな歴史をかたる時間」があると述べる（「人麻呂「安騎野の歌」の方法―虚構の創出と時間の贈与―」『青山學院女子短期大學紀要』47号、一九九三年）。西澤氏は長歌の「神ながら神さびせす」に日並皇子挽歌の天武天皇の神下りと同質の新たな歴史創出の契機を捉えている。前引伊藤益氏も指摘するように、時間把握として作品内部に別の時間があるとみえるが、それは過去と現在を相対的に把握する視座に作者がいるからである。この点、皇統の素材化に関わってなお分析が必要だが、いま注意したいのはその因果関係の性質である。

たとえば「肥料を多くまいた」原因が「収穫量が増える」結果に結びつくというのは収穫量の増大と施肥に因果関係があるからだが、「父が米を作った」という過去が「子が米を作る」という現在と相関する場合、過去が直接現在の因子になるわけではない。親子関係という直接的な結びつきがあるにしてもそれだけでは因果関係をなさないからである。しかし、やはり皇統の継承という枠組みが草壁と軽を結びつけているとみて恐らく誤らないのだろう。この因果律を支えているのは、強いて言えば日並皇子挽歌で「天皇の敷きます国」と定めた天武の意志が草壁を規定したことにある。あるいはそのことがそのまま当該歌で子の軽皇子を規定するとみることができるのかもしれない。その場合「神ながら神さびせす」という長歌冒頭の表現は、日並皇子挽歌の文脈を引き継ぐ指標ということになろう。

当該歌群に草壁の狩の叙述があるわけではない。「古思ふ」「形見とそ来し」といった表現の中にその姿は前提としてあるというのに過ぎない。その「時は来向かふ」という対象化された「時」は「時片設けて幸しし宇陀の大野」（2・一九一）のように設定された時である。皇統の継承という、当該歌の時点からすれば数年先に待つ未来とは別に、臣下らが思う時がまさに訪れようとしている。伊藤博氏が「「軽皇子」の雄姿はそのままかつての「草壁皇子」の雄姿」であって、父の事績を思いつつある心情が「「み狩立たしし時は来向ふ」の「時」に至って、一片の余燼も残さず昇華」されたとは、作者が草壁皇子と軽皇子のそれぞれの狩の事実を、予祝の構造において捉え直したということになる。

3　言霊の構造と予祝の構造

ここに予祝儀礼とともに考えあわせるべきは「言霊」という信仰である。『時代別国語大辞典　上代編』の「ことだま」の項には、

ことばに宿る霊。ことばに出して言ったことは、それ自身が独立の存在となり、現実を左右すると考えられた。名に対する禁忌の気持ちとも共通する信仰・感覚である。

とあり、「それ自身が独立の存在となる」という点は、折口信夫の言霊論を踏まえたものと思われる。(4) その「考」に、

神託や祝詞にこの霊力がひそむと考えられたのであろう。諺や歌もまた言霊のひそむところであり、それゆえに唱えられ、歌われたものと考えられる。日本の国は「言霊の幸はふ国」、すなわち言霊の力によって幸福がもたらされる国と考えられた。「中臣連遠祖興台産霊［許語等武須毘］児天児屋命」に見えるコゴトムスヒを、言霊信仰の元として形象化された神とみる説がある。この神は占いを掌った神であり、占いも言霊信仰の一つの現れであることを示している。言霊の力を利用するために、よい言を口にすることによって幸いを願うこともあったのが、万葉の歌から知られる。反対に、不吉なことばを忌み慎む習慣もあった。言挙が忌まれたことのほかにも「言に出でて言はばゆゆしみ」（万二二七五）「言の禁もなくありこそと」（万三二八四）などの例にそのことがうかがえる。

とある。言霊を折口がいうように「言靈は咒詞の中に潜んでゐる精靈の、咒詞の唱へられる事によつて、目を覺まして活動するものである」（『折口信夫全集』巻七、三〇頁）だとすると、言語内容に関わらず、言葉に内在的な能力があり、その能力を発揮する精霊が言霊だということになる。いま仮に定義の問題としてながめれば、言霊は言葉

に宿る精霊もしくは神的存在であって、その働きによって言葉通りに実現されることになる。ただし、その言葉は忌詞のような単語ではない。仮に「生む」「死ぬ」「喜ぶ」「苦しむ」という語が精霊を宿してその通りに実現するとして、主語が不定ではコトの実現には至らないから、少なくとも精霊の宿る「言葉」は文以上の単位でなければならない[5]。言霊のコトは言葉ではなく、事柄としてのコトでなくてはならない。

契沖は「古登者與事字訓義並通。蓋至理具事翼輪相雙。有事必有言。有言必有事。故古事記等常多用。」(『和字正濫鈔』)とし、語られる事態とその言葉の関係から、コトには言語と事態の両義性を有することを指摘している。ここに信仰や習俗という観点が加味されると、たとえば、富士谷御杖の見方を承けて西郷信綱氏が指摘するように、言語に精霊がひそみ、その力によって事物や過程がことば通りに実現されるのを期待する考えが、古くから行われたことはまちがいない。コトダマを「事霊」と書いた例があるのなども、言＝事という魔術等式が生きていたしるしである。(西郷信綱『詩の発生』未来社、一九六四年)

といった理解が生じる。ところが、豊田国夫『日本人の言霊思想』(講談社学術文庫、一九八〇年)らが指摘するように、萬葉歌では、「事」が言の意味で用いられる例が殆どで、「言」を事の意味で用いたものは数例に留まる。この点について伊藤益氏は、

「言」「事」の混用の跡を見れば、古代人が「言＝事」と見る考えをもっていたことは疑えない。しかしながら、如上の考究によれば、その考えは言の事化への信頼よりも、むしろ事の言化への信頼に支えられていたと解さざるを得ない。となれば、「言」「事」の混用例に基づいて「言＝事」という思考の存在を確認してみても、その思考が、そのままただちに、言霊の力による言の事化という観念の存在を確実に認識する根拠になるとは言いえない。それを確認することは「有言必有事」(言の事化)という考えよりも、むしろ、「有事必有言」(事の言化)という観念の存在を暗示するはずだからである。(『ことばと時間』大和書房、一九九〇年、一一九頁)

と指摘している。伊藤益氏は西郷氏がいう「言語に精霊がひそみ、その力によって事物や過程がことば通りに実現されるのを期待する」信仰があると見た場合、それは「事」すなわち現実世界を、「言」すなわち言語世界に写し取ることができるという思想があると指摘する。伊藤益氏は、

住吉の行くといふ道に昨日見し恋忘れ貝言にしありけり（7・一一四九）

の「言にしありけり」が恋忘れ貝とは言葉だけのことであったという、「言かならずしも事ならざる事態」を表現する例から、言葉がその通りに実現されない体験が少なからずあったとして、「言事の一致を希求しつつも、それが言の事化という形で実現する可能性について確信がもてない」（同一二二頁）がために、「言霊の力」が要請として求められ、「言霊」という語が自覚的に対象化されたとみる。呪的に効力をもつ言表の指標として「コトダマ」の語が表現に表れるのだという見方である。コトダマという語の明示によって、言葉のなかに宿る言霊が神々に働きかけて、その意を動かし、ついで神々の威令のもと諸神が活動して、言葉通りの事態が実現するという折口（前引）のような関係が成り立つ。

伊藤益氏が現実世界の言語世界への写像という観念が必要だと指摘したのは正鵠を射ている。コトダマの特質を箇条書きにしてしまえば次の三点になる。第一にコトダマが発動する言表は文や文章といった事柄や事態のテクストである。第二に現実世界と言語世界が等価だとする信仰に基づく。第三に現実世界の言語世界への写像を背景とする。この三点を合理的に捉え直せば、現実世界に既に起こった出来事を言葉へと写像し、言語世界と現実世界が等価だとする呪的信仰に従って、その写像されたテクストを語ることで、かつての現実世界の出来事の再現を期待する。要するに、過去に起こった出来事の記憶と記録、あるいは叙事にコトダマがあることになるから、未経験の事柄についてはコトダマは発動しない。これがコトダマと総称される信仰の実態であろう。

たとえば、山上憶良の「好去好来の歌一首」には、「神代より言ひ伝て（つ）けらく虚見（そら）つ倭の国は皇神（すめがみ）のいつくしき

国言霊のさきはふ国と語り継ぎ言ひ継がひけり人もことごと　目の前に　見たり知りたり…」（5・八九四）とある。これは「天平五年三月一日に、良が宅にして対面し、献るは三日なり。山上憶良謹上、大唐大使卿記室」とあるように大唐大使の多治比真人広成に献歌したものである。『続日本紀』によれば、憶良は大宝元年正月二十三日に遣唐使に任ぜられるが、風浪暴険のために渡海できず、翌二年五月二十八日に筑紫を発って、慶雲四年三月二日の副使らとともに帰朝したと考えられる。「言霊のさきはふ国」とはコトダマが十分に効力を発揮する国という意だが、暴風に遭って一度は失敗しながらも渡唐し無事に帰朝した憶良がコトダマの語を用いる点が興味深い。

　フレイザーが呪術の原理を「第一、類似は類似を生む、あるいは結果はその原因に似る。第二、かつてたがいに接触していたものは、物理的な接触のやんだ後までも、なお空間を距てて相互的作用を継続する」（『金枝篇』一[6]）として、前者を「類似の法則」、後者を「感染の法則」と称して呪術原理を二種に分けている。フレイザーはさらに公的呪術と私的呪術など利益受容者についても多角的に分類を行っているが、実質的な呪術原理を右の二種に分類できるとした点は慧眼であった。彼の言説を私にまとめるならば次のようなものになる。動かしがたい時間的な先後関係・因果関係を親子関係の如くに把握するところに出発し、特定の存在は親として自らと同質類似の子を産出できる能力がある。しかし、その同質類似の事態の産出は直ちには起こらない。呪術師はその契機を与えることで意図的にそれらを産出させ、同類を生み出し得ることから、その方法が呪術として方法化する。これによって未来を規定しようとするのが「類似の法則」である。また因果律として、一度でも同一体に共有されたものは互いに引き合い、一方が他方の分身としてその属性も共有するというのが「感染の法則」である。これを構造として捉えるならば、後者は前者の亜種であって、子が親の属性や神性を引き継ぐというのはその両面が含まれる。また、共同体にひとたび受け入れられるとその構成要員として認知されるといった類の習俗なども実質的にはこの呪術の構造に含まれる。フレイザーが蒐集した豊かな用例と呪術分類がなお有効であるのは、その具体的な呪術のあり方以上に、呪術原理を「一つから二つに分かれるが、その二つはもともと一つである」という、非常に素朴な母子・親子の因果律を基底として構造化した点にある。

言葉が現実世界に影響を与える魔術等式は、「言葉の世界＝現実の世界」という等価式である。伊藤益氏がいうように事態の言語化が「言霊」の主たる淵源であるとみて恐らく誤らない。このことは言葉に霊力があるのではなく、その出来事のほうに霊力を認めているのである。既に成り立った出来事は、それ自体が実現した内容であって、前述の「幸福な時間」のように、望ましい出来事であればあるほどに価値を有する。それが言葉によってテクストにされること、あるいは実際の経験を言葉にすることは、現実世界の出来事を言葉の世界に写し取ることになる。この事態の言語化への信頼がコトダマの生命線であるけれども、それは一つの事態から事態と写像されたテクストの二つに分かれることになる。その二つ（事と言）はもとの一つ（事）になろうと引き合うから、「言葉の世界」は「現実の世界」へと逆に実像として出現する。これはことさらにフレイザー流に過ぎる説明だが、事態の言語化は、幸福な時間を保存したいがための方法であって、その言葉の世界に閉じられた内容が発せられることによって、現実の世界に出現するという関係なのであろう。その意味でコトダマは「類似の法則」を主原理としながら事態の言語化という点で、事態の経験者がいれば「感染の法則」の亜種にも分類されるだろう。憶良は遣唐使としての成功者であるから経験者としての発言ならば感染の法則の側に含まれる。

我々が考える「予祝」は現在から未来を寿ぐことにあるが、人麻呂の方法からは、予祝を構造化して、過去に寿がれた結果として現在が規定されるという関係へと因果律を移すことができる。予祝の構造は過去が未来を規定するという時間的先後関係に依拠した因果律であり、コトダマも経験した事態の言語化を経なければその効力を有しない。

このように見た場合、予祝とコトダマは非常に近しいものになる。予祝は現在の事態の未来での再現を期待するものであるから、表現上のテクストは必ずしも必須ではない。五穀豊穣の予祝儀礼が農作業を予め模擬的に一通り行うのは、一連の出来事や行為が有する「事霊」であるが、過去の出来事を言語表現に留めて、それを語ることでその出来事の再現を期待するというのは、その叙事の表現が有する「言霊」であるといえよう。行為か言語かの違いだからこの二つは原理的には同じものである。むしろ現在、民俗学に予祝儀礼と称する一群は、儀礼として定式化されているから、実質的に言語テクストを保存するコトダマの構造に根ざしているといってもよいだろう。

予祝が現在から振り返って、過去のある出来事が現在の契機であったと捉え直すことができるのに対して、コトダマは過去の記録によってその再現を求めるという点が異なる。たとえば、舒明遊猟献歌などは事態の対象化と未来への予祝の構造を有しているが、これが天皇の幸福な時間を保存したテクストとして後に、その再現を期待して歌われるならば、それは言霊を有することになる。国見歌や吉野讃歌もこの点は同じである。

たとえば、埼玉県稲荷山古墳出土鉄剣銘には、

辛亥年七月中、記。乎獲居臣。上祖名意富比垝、其児多加利足尼、其児名弖已加利獲居、其児名多加披次獲居、其児名多沙鬼獲居、其児名半弖比。」其児名加差披余、其児名乎獲居臣。世々為杖刀人首、奉事来至今。獲加多支鹵大王寺、在斯鬼宮時、吾左治天下、令作此百練利刀、記吾奉事根原也

(適宜句読点を付し、表裏の切れ目を〝」〟で記す)

辛亥の年七月中に記したことを述べ、「乎獲居臣」の祖先である「意富比垝」から自身「乎獲居臣」までの八代にわたる系譜を示し、歴代大王の親衛隊長として仕えてきたことと、「乎獲居臣」自身もまた「獲加多支鹵大王」を補佐していたことを述べて、その記念として立派な剣を作り、大王に仕える由来を剣に刻むとある。この鉄剣を造った現在に至るまでの長大な系譜は受け継がれてきた事実であってそのこと事態が事霊をもつ。そしてそれに見合う栄光の未来への予祝が籠められた剣である。系譜という親から子へと続く因果律に寄り掛かった未来への寿ぎ

が恐らくは最も根源的な予祝の構造なのだろう。それが言語化されることで「事霊」がテクストに「言霊」として宿る。一六〇〇年を経てもそのテクストはなお金象嵌の輝きとともに失われない。この鉄剣こそが事実の確かな経験者として現在にある。「皇統」が対象化される場合に、予祝と言霊が交差するのは右の鉄剣と同じく、皇統譜を実現している血脈が存在するからだといえる。それは国生み神話以来の国土にしても同じことである。

歌群を越えるが、日並皇子挽歌では天武以来の新たな皇統が描かれるものの、草壁の死によってその皇統が途絶えたことを歎くものである。皇統は実現されなかった。しかし系譜は子の軽皇子へと繋がっている。草壁の死の悲しみを閉じるために途絶えた皇統を再び繋ぐことが求められる。それは果たされなかった草壁の「皇統」継承と同時的でなくてはならない。草壁と軽を同一視する背景は日並皇子挽歌に提示された「皇統」の再現（復元）にあるというべきであろう。人麻呂の皇統意識の今ひとつの形であるとともに、「時は来向かふ」という表現に予祝の構造から言霊の構造への展開が見通せるものと考える。

おわりに

コトダマは望ましい出来事、幸福な時間への感動に発して、それを永遠に残したいという欲求に淵源がある。その感動の永続性に力点を置いて未来を寿げば「予祝」となり、事態の再現を求めて記憶すれば「事霊」としての呪的性格を帯びる。事態の再現には言語化による写像が必要だが、それは叙事として讃歌に現れる。コトダマの語は現れないが、そこには事態の対象化と並列とともに、予祝の構造と言霊の構造が交差する古代日本思想の世界がある。過去から現在へと現在規定としての言霊と現在から未来への予祝とは同時的に成立し得るからである。当該の「時は来向かふ」とはその二つの時の構造が重なる貴重な例だといえる。

かつて折口信夫氏は枕詞のような文脈付帯語彙を「生命標（ライフ・インデキス）」と称したが、それはもとになった出来事の感動を記憶している者にとって、「事霊」を発動する呪的契機になる語として「言霊」（折口は「詞霊」と称す）を有したからである。予祝といい、言霊といった基層の思想が本歌取りなどの文芸上の修辞にまで通底すると見通してのことである。いまは予祝とコトダマの連続性をわずかに素描したのに留まる。

注

（1）本文は「日雙斯皇子命乃馬副而御獦立師斯時者来向」とあり、上二句を固有名詞とみて「ヒナミシミコノミコト」と訓む見方もある（和歌文学大系）が、ここでは太陽に連なっておられる、日に並び立っておられるの意とみてナム（四段）＞ナミスとナミシのシを尊敬の接尾語（四段活用）とみておく。「ミトラシノ（御執乃）」（1・三）と同様に連用形名詞で「ヒナミシの皇子命」と訓んでおく。ただし、この見方はナブ＞ナビ$_{1}$ク（靡）があるにしても語幹末がイ列からの派生という点に問題を残すことは認める。

（2）神野志隆光『柿本人麻呂研究　古代和歌文学の成立』（塙書房、一九九二年）、遠山一郎『天皇神話の形成と万葉集』（塙書房、一九九八年）を参照。「日並皇子尊の殯宮の時に、柿本朝臣人麻呂が作る歌一首」（2・一六七）には、「天地の初めの時の…天照らす　日女の命　天をば　知らしめすと　葦原の　瑞穂の国を　天地の　寄り合ひの極み　知らしめす　神の尊と　天雲の　八重かき分けて　神下し　いませまつりし　高照らす　日の皇子は　飛ぶ鳥の　清御原の宮に　神ながら　太敷きまして」とあり、神話から説き起こして神下った日の御子として天武を位置づけている。その日の皇子は、「天皇の　敷きます国と　天の原　岩戸を開き　神上がり　上がりいましぬ」と「葦原瑞穂国」を「天皇の敷きます国」だと日女の命の言葉を改めて天上に神上がる。ここに新たな皇統が描かれる。なお、品田悦一「神ながら栄えゆく世界―『万葉集』巻一・巻二における神聖王権の表象―」（『文学』第16巻3号、二〇一五年）が「『万葉集』が語ろうとした歴史―神ながら栄えゆく世界の歴史」という捉え方は、萬葉集のコンテクストを対象とした時代性の抽出として示唆に富む。

（3）品田悦一「神ながらの歓喜―柿本人麻呂『吉野讃歌』のリアリティー―」（『論集上代文学29』笠間書院、二〇〇七年）を参照。

（4）折口の言霊論は長大であって、彼の著作がすべてそれに該当するといってもよいほどであるが、ここに関わることとしていえば、「日本文学の発生」（『折口信夫全集』巻七、一一〇頁以下）に、神が語る詞章が神を離れた呪詞として自立する過程が祝詞を中心にまとめられている。ただし、折口の言霊論はその後にも変遷を経ているから最終的な言霊論は恐らく未完だったのではないかと思われる。

（5）ただし、もとより地名起源説話が示すように、語のうちに説話文脈を付帯するものがある。その説話内容が記憶されている限り、その土地においてそれが呼び起こされるというような場合は、語（地名）が実現しているわけではない。文脈付帯語は枕詞を含め、後世の歌語の類があるが、それらは言語内容として語に貯蔵されて人々の記憶とともに象徴化したものであって、言語内容は折口のいう「呪詞の生命標（ライフ・インデキス）」である。

（6）ジェイムス・G・フレイザー著、永橋卓介訳（一九七九）『金枝篇（一）』（岩波文庫、第一八刷、初刷は一九五一年）五七頁。原著は一九二二年出版だが翻訳のテクストは"The Golden Bough, A Study in Magic Religion; Abridged Edition, Macmillan"（一九二五）に拠る。
　なお、同書「呪術と宗教」一二八頁に種々に派生してゆく呪術の多くがこれらの二つの法則の類推拡張によることが説かれている。

概要と展望

上代学論叢編輯委員会

本論集は、

中川ゆかり「雄略紀述作における樟媛造型の事情――「別本」と「或本」の所伝を手がかりに――」
橋本雅之「古風土記受容史研究序説」
大島信生「人麻呂歌集「寄物陳思」歌二首の解釈――巻十一・二四五六番、二四五七番――」
瀬間正之「高句麗・百済建国神話の変容――古代日本への伝播を通して――」
馬場　治「宣命における使役表現――使節派遣の文章句形を中心に――」

をはじめとして、毛利正守先生にゆかりのある方の寄稿をもとに編まれている。そのうち、若手研究者の論を中心に論の概要を示し、本書通読の一助としたい。あくまでも委員それぞれの一読者としての感想として述べるものであって誤解誤謬のあることを恐れる。読者諸氏には、是非本論に立ち返って確認を願う次第である。

まず本論集では、上代語の表記や語彙を扱う論と記紀萬葉集等を扱う論が中心である。古代日本語の表記論は文体論とともに語彙論との関連に向かうものと、文字論として字体字形の変遷に向かうもの、そして表記法や用字法がどのように生成されてきたかという規則の形成に向かうものというように分かれている。その中で、漢文訓読、漢語、訓読語、翻読語、翻訳語といった問題は、訓読するということが漢語文と日本語文の双方への翻訳を含むとともに、文字列を表記というテクストにしてしまう点で、漢文訓読と表記、語彙は不可分であることによる。この点で、古代日本語の表記を扱う場合にはこれらは常に総合的複合的に考察対象になる。その中にあって、いま最も難解であるのは、標準訓はいかにして形成されたかという問題である。固定訓、正訓と称したにしても後世の側からみた標準訓や訓読規範に基づいて訓じられる点で、これらがないと読解の方途がない。亀井孝氏の一連の議論は尾山慎氏の論に詳しいので触れないが、漢字の文字列から事柄が理解されるのは、漢語文の規範は勿論のことながら、翻訳という意味では標準的な訓読の枠組みがなければできないことである。漢字表記に対する共通の基盤はどのように形成され、どのように展開したのかということが、この分野の次の課題であろう。仮名は、その意味では、文字としては訓字に対する字種名でもあり、漢語に対しては用法名でもあり、日本語に対しては表記体名でもある点で、右の課題は仮名の成立とは何かということにもなる。一方、漢字に対する標準訓は、訓の選択可能性が制限されているわけだから、仮名文字に近接するところがある。それは日本語に対しての標準時的な訓字表記の成立でもある。日本語表記の奥底に触れる問題である。

　記紀萬葉についていえば、古事記・日本書紀・萬葉集の作品論として読むことの精度がさらに進化しつつある。データーベース化が進み、コーパスが完備されつつある現在、表現の類型、典拠の検索の精度は格段に高くなっている。それだけにどの例を用いるかという点で、読みの確かさが問われる。これは従来もそうであったし、ことさらに現在だけのことではない。けれども、道具立てが揃うだけに、どのような構造、構想を描くかが重要になっている。事実指摘からさらに次の世界を描くことは少し前は大きくなってからだと諭されたもしたが、観察事実と着想事象が瞬時に検索検証できる現在は、作品がいかにして時代の中に生きたかという視点と、時代性の中でどのように描かれたのかをすくい取る心が必要である。語彙史研究、文法史研究の発展もあり、現代語の研究成果が古代語に適用されてゆくのが次の三十年であるとしたときに、古代日本語の推量表現、係助詞、副助詞の体系化やモデル提示がなされている。いま求められるのは、受け継がれてきた読みの精度を高めて来たるべき時により正確な解釈を提示することである。古典分野においては国語学と国文学の垣根がいずれなくなるであろう。いかに魅力的な文法体系でも歌にならぬ解釈は否であることを示す必要があろうし、逆にどれほど説得力のある解釈も文法論・語彙論・表記論を無視しては成り立たない。

大きな転換期は常に静かに訪れる。国語学も国文学もいずれも偏らずにできるようにとは毛利正守氏の変わらぬ教えである。ここに寄稿する若手研究者はその教えに従っている。

以下、各論について摘記する。重ねていうが、本論に照らして以下に記す不備を補って頂くようにと願う。

蜂矢真弓「一音節名詞ア・イ・ウ・エ・オ」は、古代日本語の単独母音一音節の名詞語彙について確例を博捜して一覧し、その後の音韻変化による同音衝突、あるいは多音節化による語としての派生を視野入れてその全体を俯瞰した論である。一音節語が減少することは阪倉篤義氏に指摘があるが、複合語における母音要素の脱落・融合といった事情を勘案すれば、単独母音一音節語はそのままの語形が保たれにくい。その中にあってどのような語彙が一音節を保ち得たかということは、語彙史の問題に見えるが、母音要素が露出形・被覆形の対応を含めて語構成上の機能負担量を増大させる環境に照らして、単独母音音節語の機能負担量は逓減してゆくらしいことが窺える。一音節語は消滅するのではなく、一音節という形態ではなくなるという点は、同音字音語の流入といった語彙環境の変成が要因としてある。アクセントや音節構造の問題とも関わるため一音節語の消長は新語生成契機としての語形成と語彙運用時の異分析を含めた語構造の変遷を考える上で、興味深い事実を提供することがわかる論である。

土居美幸「上代における文末「ノミ」という表現」は和歌表現に「ただ一夜のみ」(但一夜耳)で言いさす形の、いわゆる文末ノミが認められるが、これが漢語文の訓読によって生じた可能性を指摘する。漢文助辞の「耳」に対する標準訓として副助詞「ノミ」が固定的に用いられるに及んで、漢語文での文末助辞が「〜ノミ／〜ノミソ」と訓読されたことがその語法の定着を促したとみる。漢文助辞の訓の成立が不読字相当のものまでも訓読することへと拡張し、その馴致が翻って日本語の助詞の用法を拡張してしまう可能性を指摘している。漢文訓読が、文単位から句単位、そして語単位へと、翻訳的な翻読から標準訓に基づく訓読へと展開する中で、漢語というよりは漢字単字に対する頻用標準の訓が形成されるに及ぶ。訓の固定が日本語表現にもたらした影響を考える上で重要な指摘である。

阪口由佳「古事記における履中天皇の造形」は履中天皇条の分析を行う。古事記下巻の記述が少ない天皇条をどのように読み解くかという問題は、古事記全体における上中下巻の性格を踏まえて、その位置付けが求められる。履中天皇の子市辺之忍歯王が顕宗・仁賢天皇の父であることはよく知られている。墨江中王の火攻めにあっても助け出されるあり方や、弟水歯別の活躍によって墨江中王の反逆が平定されるあり方を含めて、人の助力を得ることが「有徳の天皇」の要件であったと指摘する。履中は助力を得るばかりであるが、中巻が神の助力であったことに対して下巻が人の助力を描くという観点に立つとき、総じて神と人、兄と弟が睦み合う中に望ましい天皇像と皇位継承の姿があるということになろうか。これを従来のように儒教的徳とどのように相対化するかが課題だが示唆に富む論である。

中川明日佳「『萬葉集』中臣宅守の三七五八歌の表現とその位置付け――「人嬲り」を中心に」は、当該「さすだけの大宮人は今もかも人なぶりのみ（比等奈夫理能未）好みたるらむ」について、「人嬲り」の訓詁を行っている。現在「大宮人は人をからかうことばかり好んでいるのだろう」とみて「人」は宅守を指すとみるが、訓詁によってヒトナブリには思い悩ませるの意があることを確認し、貴方は今も大宮人に悩まされていることだろうと娘子を憂慮した歌だとする。その上で当該歌を含む歌群が「身」「心」の分離を主題としたものだと捉え、当該歌はその中にあって前歌の「心は妹に寄りにしものを」という表現を承けて娘子のもとに寄り添う宅守「心」を主題として詠まれていると述べる。語句の訓詁と歌群のコンテクストを総合的に分析した論で手堅い論である。

星　愛美「『先代旧事本紀』における即位称元」は、旧事本紀が日本書紀の記述を改めている即位年と称元年の関係から旧事本紀の性質に迫ったものである。旧事本紀は即位と称元を同一暦年に設定するため、日本書紀との異同を生じるが、それは中国の史書の方法と天皇の血縁や系譜記事を重視した結果だと指摘する。これは旧事本紀の歴史観の一端を明らかにするものである。日本書紀受容のいま一つのあり方が窺えるとともに、たとえば、『日本後紀』に平城天皇が桓武天皇崩御年中に改元したことについての記述などの同時代の歴史観と合わせて示唆に富む論である。なお当該の問題について異同箇所が一覧されており、資料性としての価値も高い。

尾山　慎「〈漢語〉から考える上代日本語表記論――伴せて文体論――」は、日本語の〈漢語〉という表記体について洞察した論である。たとえば、音読と訓読を含めて逐字的な訓読を前提にした見かけ上に「漢語」とおぼしきもの、さらには和語の漢語表記というべきもの、あるいは熟字訓などの類は現代に至るまで広く日本語表記に用いられている。その観察事実を上代において「漢語」とは何かと見直したとき、漢字で書かれた日本語で表記上の種別になり、語彙としての漢語との有縁性が辿れるか否かは別にある。上代日本語の語彙と表記の境界は、訓読が和語と漢語を語義として関係づけてしまうために非常に曖昧に見える。ともすれば、漢語即中国語文で、その翻訳・翻読が和訓だからと展開しそうになるけれども、〈漢語〉という表記が、漢字で書かれた日本語を中国語の文字という観点から捉え直したときに生じる表記の様式だということにはなかなか注意が向かない。日本語が〈漢語〉という表記体をもっていることを指摘したもので、古代日本語表記論の第一人者として示唆に富む論である。

植田　麦「玉屋本『日本書紀』の神代巻について」は、玉屋本日本書紀と乾元本の神代巻を競合し、玉屋本の性格に迫った論である。古事記研究を主導する筆者が訓読される日本書紀の実体を追求する中での基礎研究である。玉屋本巻一・二は一書を小字双行で記す書式のあり方からすれば、現存の『類聚国史』などの一本とみなし得るが異同のあり方からしてさらに現存類聚国史の原本に近い祖本が想定できる。ところが、玉屋本の本文は他の写本とは性質が異なり、見かけ上は古本系だが助辞「于」の多用など訓読を前提にした分節性が表記上に観察される。筆者は述べていないが、要するに古事記の表記様式にも似た読字本文が認められる。「附訓も含めて「日本書紀」であった」として、訓読を前提にした日本書紀受容という時代性に応じた本文を玉屋本は伝えていることを明らかにしている。その上で、乾元本のような「正統な」日本書紀に対して、玉屋本は「逸脱」しているけれども、日本書紀という同一性を失わないと述べる。これは尾山氏の論とも通底するが、漢語文の日本書紀から訓読文のそれへという展開であるのか、そもそも日本書紀受容において、書かれたものと読まれたものといった必然的に並行する二種であったのか、上代日本語文への重要な論である。

根来麻子「宣命の表記と読み上げ」は、宣命が口頭で聴かせるためのものであることと、テクストとしての表記上にあることとの関係を論じたものである。職制律第三に「凡上書疏若奏事而誤、笞五十、口誤、減二等。口誤不失事者、勿論。」とある。伝達上に誤りがあれば罰せられるが、口語で誤ったとしてもその伝達内容が正しければ罰せられない。宣命は原則として書面で記され、伝達において口頭で読み上げられる。本論は、口頭語での「誤」とは何かを問い直す。つまり、規範的に正しい読みがなければ、誤りを判定できないからである。しかし、宣命は漢語文で書かれた文章が元にあるとした場合、日本語で読み上げる際には逐字的な訓読ではなく、単語や語句のまとまりに応じた漢語や熟字に対する翻訳・翻読語に依っていると指摘している。この指摘は非常に興味深いものであって、宣命書きによる文章が漢語文によるもとの宣命文に対する翻訳文の一つであることを示唆している。誤りを判定する能力は、漢語文と日本語文が並行する関係で存在し、日本語文から漢語文、あるいはその逆が想起できるものであったことになる。漢語文と日本語文の表記体変換とその内実は乾善彦氏らの議論するところであるが、宣命表記論に一石を投じた論である。

王　秀梅「日本書紀古訓に見る「ウベ（ムベ）～ベシ・動詞命令形」の訓法をめぐって――「宜」の用法・構文と「ウベ（ムベ）」の語法分析より――」は、「宜」字の「ウベ（ムベ）～命令形・ベシ」と再読される過程を素描した論である。和語の「ムベナリ」は漢語文の「宜」の意味に照らせば「納得」の意をあらわす語であって、その意味・用法からは文末に当為・適当の「ベシ」や命令形といった叙法とは馴染まない語彙であったことを示している。一方、「宜」には「適当」の意味があり、叙法上、和語の「ベシ」に近く、かつまた「命令形」に合致する例がある。ここに副詞「ウベ・ムベ」が使用語彙としては古語化して訓読専用語になるにつれて訓読上の標準訓と訓法の定型化に伴い、二種の訓法が融合する形で、「ウベ（ムベ）～命令形・ベシ」という再読の訓法に定着すると述べている。訓法の定型化にとより訓読文らしい文体志向とが相俟って形成されることで生じたとみた点は、漢語文の標準用法を基準にしたことで導出されている。労作であるとともに好論である。

山村桃子「日子坐王の系譜」は、古事記開化天皇条の「日子坐王」の長大な系譜記事について、後に応神天皇の誕生を目的とした皇統譜の根源となる始祖的存在として示されていることを明らかにした論である。応神の神話的性格が仁徳からの皇統へと直接するのに対して、日子坐王の系譜は倭健命系譜と連動しつつ応神から継体へと続く下巻の要となる皇統を保障する関係にあるとし、開化から仲哀までも系譜を下支えするために置かれていることを明確にしている。系譜記事が皇統という実態をより有機的に体系化することへの明確な自覚から述べられている点を指摘したのは吉井巖氏であったが、筆者は傍流の系譜が伏線として古事記というテクストに機能していることを示した。物語と系譜とが実は対等の関係にあることを改めて考えさせる論である。

亀山泰司「古事記の「宇気布時」――その時間表現を考える――」は、古事記の「各天の安の河を中に置きて、宇気布時に天照大御神、先づ建速須佐之男命の佩ける十拳の剣を……」とある「ウケフ時」の時制を明らかにした論である。従来、ウケヒについては言立てが行われずに二神の子生みが開始されているという見方があるけれども、「ウケヒて子を生む」のように「ウケヒて～」の表現類型とトキ節全体に照らして当該箇所は継起関係を示すと考えられ、「誓約した」という完了事態を語られる現在の視点で「ウケフ時」と表現したものであると論じている。古事記の時制表現については訓読を前提とする表記体であるため解釈が分かれる場合があるが、連語関係や語法上の傾向から決定できることを示した論である。

管　浩然「『古事記』国譲り神話の「治」について」は、古事記国譲り条で大国主神が「我が住所のみは、天つ神御子の……天原に氷木たかしりて治賜はば、僕は百足らず八十坰手に隠りて侍らむ」とある箇所の「治」の訓詁を行ったものである。古事記の「治」には造営の意の確例がなく、前の「…氷木たかしりて」までで造営の具体が示されていることから、当該の「治」は祭祀の意だと結論づけている。その上で、大国主神がなぜ自らを祭ることを望むかという点について、文脈上国土の修理固成の完成者としての地位を求めたのであろうが、さらにスサノヲ命の系譜上にあることへの配慮も求めているのだろうとする。それはスサノヲ命の地位を回復させるためのものであったと論じている。スサノヲの系譜に大国主神がどのように位置づけられたかは姜鍾植氏の論がある。それを踏まえて当該箇所に高天の原に対して自らの系譜の地位保全を求めているとみた点は興味深い。

松下洋子「『日本書紀』垂仁天皇条の諺「天之神庫随二樹梯一之」考」は、日本書紀諸本の異同について訓詁を行い、その異同が生じた理由について論じたものである。石上神宮の神宝を物部連等が管理する因縁を伝える場面にある「神之神庫随樹梯之」には諸本に「神之神庫」（兼右、内閣、寛永九年、北野本、穂久迩文庫）「天之神庫」（熱田、三手文庫）「天神庫」（玉屋）の異同がある。ところが、上代において特定の神を指して「彼神の～」という表現はあるが、不定の「神」が用いられて「神の～」という表現はない。さらに、神聖な庫をホクラというが、日本書紀訓注には「神庫、此云、保玖羅」とある。また諸本に「天之神庫」と「天神庫」があるが、「神之神庫」に対して「神神庫」はないことから、もとは「天之神庫」（アメノホクラ）であったとしている。訓注と訓字表記、その逐字訓という要素が相俟って生じた異同ということになるが、植田氏の論がいうように訓読によって変容する日本書紀の姿がこういったところにも現れている。

八木孝昌「家持の奈良麻呂の乱関連歌三首」は、よく知られた「咲く花はうつろふ時ありあしひきの山菅の根し長くはありけり」（20・四四八四）、その左注「物色の変化を悲しび怜びて作れり」とある例を含む作品は、「花」「山菅」に事件の当事者をどのように引き当てるかで解釈が揺れることがあったが、より積極的に橘奈良麻呂の乱によって死亡した知友たちへの哀悼を詠んだものであることを論じている。左注が作品に与える機能性とともに、自然詠としての装いという観点から、人事と自然の対照を表現の方法として用いる家持の文芸意識を窺おうとする論である。

渡邉寛吾「『遊仙窟』所収詩についての研究――形式からの考察　其の一――」は、『遊仙窟』の七言句を中心とした長句の三首を対象として、近体詩には見られない詩型だが、そこにどの程度の韻律に対する配慮があるかを検証したものである。結果として当然のことながら、韻律に対する配慮が確認されたとしている。テクストの受容としては六朝期の文章を受容している上代人にとって、漢語文とは四六文あるいは駢儷文が恐らくは規範的な文体であったかと思われるが、詩については『懐風藻』のように必ずしも粘法をはじめとして十分ではないものが認められる。本論は、詩型の規範からすれば外延に属するものを対象としつつ、上代漢詩のあり方を対象化しようとの企画から立論されている。論題が示すようにその入口としての論であるけれども、意欲的な論である。

佐野　宏「言霊の構造」は、いわゆるコトダマを巡って、予祝と事態の再現という観点から、その意味するところを再構築しようとするもの。手がかりを人麻呂作歌四五番をはじめとする作品にもとめ、事態の実現、また未来・過去の再現という、時空を相対化することと、そしてそれを言語化することの意義から明らかにしようとする。コトダマとは、望ましい出来事や幸福に対する感動をきっかけとして、それを将来にわたって永遠に残したいという欲求に淵源があるという。またその感動の永続性に力点を置いて未来を寿げば、すなわち「予祝」となり、事態の再現を求めて記憶すればそれは、「事霊」としての呪的性格を帯びる、とする。本論は、コトダマと予祝の構造と言霊の構造が交差する古代日本思想の世界があると看破したところに意義がある論である。

毛利正守先生略歴・主要著書論文目録

学歴・職歴・学会委員歴

昭和一八年七月二七日　岐阜県大野郡一之宮に出生
昭和三三年三月三一日　岐阜県大野郡宮村立宮中学校卒業
昭和三七年三月三一日　岐阜県立斐太高等学校卒業
昭和三七年四月　一日　皇學館大学文学部国文学科入学
昭和四一年三月三一日　皇學館大学文学部国文学科卒業
昭和四一年四月　一日　皇學館大学大学院文学研究科修士課程（国文学専攻）入学
昭和四三年三月三一日　皇學館大学大学院文学研究科修士課程（国文学専攻）修了
昭和四三年四月　一日　皇學館大学文学部助手
昭和四六年四月　一日　皇學館大学文学部専任講師
昭和五三年四月　一日　神戸親和女子大学文学部助教授
昭和五九年四月　一日　神戸松蔭女子学院大学文学部助教授
昭和六二年四月　一日　大阪市立大学文学部助教授
平成　三年三月　一日　大阪市立大学文学博士学位取得
平成　四年四月　一日　大阪市立大学文学部教授
平成一三年四月　一日　大阪市立大学大学院文学研究科教授
平成一九年四月　一日　大阪市立大学名誉教授

平成一九年四月　一日　武庫川女子大学文学部教授
平成二二年四月　一日　皇學館大学文学部教授
平成三〇年三月三一日　皇學館大学退職

この間、京都女子大学、大阪外国語大学、大阪女子大学、関西大学、愛媛大学、大阪大学、京都橘大学、神戸大学、相愛女子大学、奈良女子大学等に兼任講師として出講。

昭和四六年一〇月～平成二六年三月　萬葉学会編集委員
昭和五九年六月～平成一四年五月　古事記学会評議員
平成　三年四月～平成二六年三月　上代文学会理事
平成　八年七月～現在に至る　古事記学会理事
平成一二年四月～平成一三年三月　日本学術振興会科学研究費委員会審査委員
平成一二年四月～平成一四年三月　国語学会（現日本語学会）編集委員
平成一二年四月～平成三一年三月　萬葉語学文学研究会代表
平成一四年四月～平成二六年三月　美夫君志会理事
平成一五年四月～平成一七年三月　日本文化学会編集委員（韓国）
平成一六年四月～平成一八年三月　東アジア日本学会理事（韓国）
平成一六年四月～平成一九年三月　萬葉学会代表
平成二〇年七月～現在に至る　古事記学会代表理事

主要著書論文目録

一、編　著

1『萬葉集研究法Ⅰ』（西宮一民との共著）　皇學館大学出版部　昭和四六年四月
2『万葉道しるべ』（共著）　和泉書院　昭和五七年三月
3『日本古典文学史』（乾安代・櫻井武次郎・新間一美・西島孜哉との共著）　双文社　昭和六二年四月
4『日本書紀①』（小島憲之・直木孝次郎・西宮一民・蔵中進との共著　②③同じ　新編日本古典文学全集）　小学館　平成五年四月
5『万葉事始』（坂本信幸との共著）　和泉書院　平成七年三月
6『日本書紀②』（共著　新編日本古典文学全集）　小学館　平成八年一〇月
7『日本書紀③』（共著　新編日本古典文学全集）　小学館　平成一〇年六月
8『日本の古典をよむ　2日本書紀　上』（共著）　小学館　平成一九年九月
9『日本の古典をよむ　3日本書紀　下　風土記』（共著）　小学館　平成一九年九月
10『新校注萬葉集』（井手至との共著）　和泉書院　平成二〇年一〇月

二、論　文

1　古事記音注について（上）　「藝林」一八巻一号　昭和四二年二月

2　古事記音注について（下）　「藝林」一八巻二号　昭和四二年四月
3　古事記における「御祖」と「祖」について　「藝林」一九巻一号　昭和四三年二月
4　古事記天孫降臨の条に於ける一問題　「皇學館論叢」一巻二号　昭和四三年六月
5　源氏物語に於ける「昔物語」の受容について　「皇學館論叢」二巻一号　昭和四四年二月
6　重近筆本徒然草について　「皇學館大学紀要」八輯　昭和四四年六月
7　源氏物語に於ける「物語の本質」について　「文学・語学」五二号（三省堂）　昭和四四年六月
8　古事記に於ける用字法をめぐって―「避」と「坐」を中心に―　「勢陽論叢」二号　昭和四四年七月
9　古事記の指示語について　『高原先生喜寿記念　皇学論集』（皇學館大学出版部）　昭和四四年一〇月
10　古事記の「見立て」について　「古事記年報」一三号　昭和四四年一二月
11　日本書紀の「字詰め」について―特に宮内庁本を中心に―　「藝林」二一巻一号　昭和四五年二月
12　動詞に付く「御」について　「皇學館大学紀要」八輯　昭和四五年三月
13　「宇都志意美」考　「萬葉」七四号　昭和四五年一〇月
14　源氏物語に於ける「昔物語」と「物語」ついて　「皇學館大学紀要」九輯　昭和四六年一月
15　「袖折り返し」考　「萬葉」七八号　昭和四七年二月
16　同音読の掛詞「絲」（si）・思（si）」について（共編）　「萬葉」八〇号　昭和四七年九月
17　古事記上巻三十五神について　「皇學館大学紀要」一一輯　昭和四七年一〇月
18　古事記音注私見　「萬葉」八三号　昭和四九年二月
19　「草ナギ剣」について　『倉野憲司先生古稀記念　古代文学論集』（桜楓社）　昭和四九年九月

20 古事記上巻、島・神生み段の「参拾伍神」について　「国語国文」四五巻一〇号　昭和五一年一〇月

21 「憶良ら」考―上代の接尾語「ら」を通して―　『萬葉集研究』六集（塙書房）　昭和五二年七月

22 巻十九の表記と家持の文芸意識　『万葉集を学ぶ』八集（有斐閣）　昭和五三年一二月

23 萬葉集に於ける単語連続と単語結合体　「萬葉」一〇〇号　昭和五四年四月

24 「サネ・カツテ」再考　「萬葉」一〇二号　昭和五四年一二月

25 萬葉集・旋頭歌の字余り　「萬葉」一〇四号　昭和五五年八月

26 古今集の字余り　「親和国文」一五号　昭和五五年一二月

27 萬葉集の字余り―句中単独母音二つを含む場合―　「国語と国文学」五八巻三号　昭和五六年一月

28 萬葉の字余り―そのひとつの形―　「萬葉」一〇六号　昭和五六年三月

29 萬葉集ヤ・ワ行の音声―イ・ウの場合―　「萬葉」一〇七号　昭和五六年六月

30 「物念」の訓読をめぐって　「萬葉」一〇九号　昭和五七年二月

31 萬葉・古今集の脱落・同化現象―言フを通じて―　「国語と国文学」五九巻一一号　昭和五七年一一月

32 萬葉集ヤ・ワ行音を含む字余り　『小島憲之博士古稀記念 論文集古典学藻』（塙書房）　昭和五七年一一月

33 萬葉集・オモフの字余りと脱落現象　「親和国文」一七号　昭和五七年一二月

34 萬葉集・長歌の字余り　『萬葉集研究』一一集（塙書房）　昭和五八年一月

35 短歌の字余りとモーラ　「国文学」二八巻七号（学燈社）　昭和五八年五月

36 萬葉集巻一の一三番「如此尓有良之・然尓有許曽」の訓読　「親和国文」一八号　昭和五八年一二月

37 The Principles Governing Hypermeter in Manyoshu　「Acta Asiatica」四六号　昭和五九年三月

38　萬葉集のリズムに関する基礎論—合せて佐藤氏の御論に答える—　「国語学」一三八集　昭和五九年九月
39　萬葉集巻一の八番「今者許藝乞菜」の訓読をめぐって　「萬葉」一二〇号　昭和五九年一二月
40　萬葉・二七五六番「借有命」の訓みについて　「萬葉」一二一号　昭和六〇年三月
41　萬葉集における縮約現象—「有リ」の場合—　「国語と国文学」六二巻九号　昭和六〇年九月
42　萬葉集に於ける字余りの様相—有リの場合—　『萬葉集研究』一三集（塙書房）　昭和六〇年九月
43　萬葉集の一訓読—「月草の移ロフ」と「借レル命」の間—　「皇學館論叢」一九巻五号　昭和六〇年一〇月
44　額田王の心情表現—「秋山我れは」をめぐって—　「文林」二〇号　昭和六〇年一二月
45　新しい解釈の提起　古事記から　「国文学」三二巻二号（学燈社）　昭和六二年二月
46　音群に基づく平安朝和歌の唱詠—『詞華和歌集』の単独母音を手がかりに—　「文学」五五巻二号　昭和六二年二月
47　一三番「高山波雲根火雄男志」の解釈をめぐって　「美夫君志」三四号　昭和六二年四月
48　平安朝和歌におけるリズム論—詞華和歌集を中心に—　「文学史研究」二八（大阪市立大学国語国文学研究室）　昭和六二年一二月
49　三山の性—一三番歌訓釈を通して—　「国文学」三三巻一号（学燈社）　昭和六三年一月
50　上代日本語の音韻変化—母音を中心に—　「国語国文」五七巻四号　昭和六三年四月
51　東歌及び防人歌における字余りと脱落現象　「人文研究」四〇巻三号（大阪市立大学文学部）　昭和六三年一二月
52　古事記冒頭の文脈論的解釈　「美夫君志」三八号　平成元年三月
53　萬葉集の五音句と結句に於ける字余りの様相　『萬葉集研究』一七集（塙書房）　平成元年一一月
54　記紀歌謡における句の音節—結句を中心に—　『神田秀夫先生喜寿記念　古事記・日本書紀論集』（続群書類聚完成会）　平成元年一二月
55　古事記に於ける「天神」と「天神御子」　「国語国文」五九巻三号　平成二年三月

56 文字による文学　『日本文学新史古代Ⅰ』（至文堂）　平成二年四月
57 上代日本語における母音変化―$V_2=V_3$の場合　「人文研究」四二巻五分冊（大阪市立大学文学部）　平成二年一二月
58 ウケヒとイハトごもり　「国文学」三六巻八号（學燈社）　平成三年七月
59 上代語における母音変化の様相―$V_2>V_3$、CV_2＝助詞　「人文研究」四三巻一〇分冊（大阪市立大学文学部）　平成三年一二月
60 アマテラスとスサノヲの誓約　『記紀萬葉論叢』（塙書房）　平成四年五月
61 上代日本語の母音変化―$V_2>V_3$、$V_3=V_4$の場合　「萬葉」一四三号　平成四年六月
62 漢字受容期の資料をめぐって　「しにか」三巻九号　平成四年九月
63 古事記上巻・岐美二神共に生める「嶋・神参拾伍神」考　「萬葉」一四四号　平成四年九月
64 萬葉集の句中に於ける母音の位置　「人文研究」四四巻一三分冊（大阪市立大学文学部）　平成四年一二月
65 母音変化と字訓借用　『鶴久教授退官記念国語学論集』（桜楓社）　平成五年五月
66 萬葉集の「（音韻的）音節」と唱詠のあり方をめぐって　「国語学」一七四集　平成五年九月
67 『日本書紀』神代　「国文学」三九巻六号（学燈社）　平成六年五月
68 古事記冒頭における神々生成神話の意義―水林彪氏「『古事記』天地生成神話論」の所説をめぐって―　「思想」八四八号　平成七年二月
69 大和三山歌「雲根火雄男志等」考　『犬養孝博士米寿記念論集』（塙書房）　平成七年六月
70 古事記の表記をめぐって―「自天降」と「天降」と　『古事記研究大系』一〇（高科書店）　平成七年七月
71 古事記の構想―文脈論的見地から―　「古事記年報」三八号　平成八年一月
72 字余り論は歌の訓をどこまで決められるか　「国文学」四一巻六号（学燈社）　平成八年五月
73 柿本人麻呂の「神代」と「神の御代」と　『伊藤博博士古稀記念論文集萬葉学藻』（塙書房）　平成八年七月

74　萬葉集歌を通して観た母音論―イとウの場合―　「萬葉」一五八　平成八年七月

75　字余りとはなにか、五七調と七五調との違いはなにかめ　「国文学」四二巻八号（学燈社）　平成九年七月

76　万葉にみる音節構造　「解釈と鑑賞」六二巻八号　平成九年八月

77　古代日本語の音節構造の把握に向けて　『萬葉集の世界とその展開』（白帝社）　平成一〇年四月

78　古代日本語に於ける字余り・脱落を論じて音節構造に及ぶ
―萬葉（和歌）と宣命を通して―　「国語と国文学」七五巻五号　平成一〇年五月

79　漢字から仮名へ　「しにか」九巻六号　平成一〇年六月

80　萬葉集における「上・於」の訓のあり方をめぐって　「人文研究」五〇巻一〇分冊（大阪市立大学文学部）　平成一〇年一二月

81　額田王の春秋競憐歌　『セミナー万葉の歌人と作品』（和泉書院）　平成一一年五月

82　古今集における母音の在りよう　「大阪市立大学文学部創立五十周年記念国語国文学論集」（和泉書院）　平成一一年六月

83　古事記構想論　『古事記の現在』（神野志隆光編　笠間書院）　平成一一年一一月

84　萬葉「来依ル」と「来依ス」と　『声と文字　上代文学へのアプローチ』（塙書房）　平成一一年一一月

85　古事記の構想―天照大御神をめぐって―　『井手至先生古稀記念論文集　国語国文学藻』（和泉書院）　平成一一年一二月

86　萬葉集における訓字「座」―イマスとマスと―　『西宮一民先生喜寿記念論文集　上代語と表記』（おうふう）　平成一二年一〇月

87　「上代日本語の母音の数」論争　「言語」三〇巻三号　平成一三年二月

88　人麻呂の皇統意識—近江荒都歌と日並皇子挽歌、それ以前を視野に入れて—　「上代文学」八七号　平成一三年一一月
89　日本書紀訓注の把握　「国文学」四七巻四号（学燈社）　平成一四年三月
90　古代の音韻現象—字余りと母音脱落を中心に—　『日本語史研究の課題』（武蔵野書院）　平成一四年一〇月
91　訓みと翻訳の在りよう　「別冊国文学」五五号（神野志隆光編　学燈社）　平成一四年一一月
92　大物主神が関わる「神子・神御子」の意義—古事記の場合—　『菅野雅雄博士古稀記念　古事記・日本書紀論究』（おうふう）　平成一五年三月
93　和文体以前の「倭文体」をめぐって　「萬葉」一八五号　平成一五年九月
94　古事記の書記と文体　「古事記年報」四六号　平成一六年一月
95　字余りの史的研究—宣長及びそれ以前を中心に　「国文論叢」三四（神戸大学文学部）　平成一六年三月
96　古事記と日本書紀の称号「神・命・尊」をめぐって—神代の巻を中心に—　『論集上代文学』第二六冊（笠間書院）　平成一六年三月
97　歴史的仮名遣いは表語か表音か　「言語」三三月八号　平成一六年八月
98　日本書紀の漢語と訓注のあり方をめぐって　『萬葉語文研究』一集（和泉書院）　平成一七年三月
99　日本書紀冒頭部の意義及び位置づけ—書紀における引用と利用を通して—　「国語と国文学」八二月十号　平成一七年一〇月
100　訓読・訓注　「国文学」五一巻一号（学燈社）　平成一八年一月
101　日本書紀訓注の在りようとその意義　「人文研究」五七号（大阪市立大学大学院文学研究科）　平成一八年三月
102　古事記に観る神話の世界　「神道史研究」五四巻二号　平成一八年一〇月
103　萬葉集に観る字余りの諸相　『萬葉集研究』二八集（塙書房）　平成一八年一一月
104　上代特殊仮名遣いとその利用方法　『日本語の語源を学ぶ人のために』（世界思想社）　平成一八年一一月
105　古代日本語表記と歌木簡　「難波宮出土の歌木簡について」（奈良

106　難波宮出土の「皮留久佐」木簡と人麻呂歌集と　女子大学21世紀COEプログラム　一二集）平成一九年五月
「都市文化創造のための比較史的研究」（大阪市立大学大学院文学研究科）平成二〇年三月
107　字余り現象の意味するところを問う　「上代文学」一〇〇号　平成二〇年四月
108　倭文体の位置づけをめぐって―漢字文化圏の書記を視野に入れて―　「萬葉」二〇二号　平成二〇年九月
109　古代日本語における「倭文体」の位置づけ―中国少数民族のナシ語との比較を通して―　「関西文化研究叢書」九　平成二〇年一一月
110　日本書紀における漢籍の利用と引用　『菅野雅雄博士喜寿記念 記紀・風土記論究』（おうふう）平成二一年三月
111　日本書紀にみる中国及び古代朝鮮資料からの利用と引用　『関西文化研究叢書』一二　平成二一年三月
112　歌木簡と人麻呂歌集の書記をめぐって　「萬葉」二〇五号　平成二一年八月
113　歌木簡と万葉歌を中心に　「国文学論考」四五号（都留文科大学国語国文学会）平成二一年一二月
114　上代の作品にみる表記と文体―萬葉集及び古事記・日本書紀を中心に―　「古事記年報」五二号　平成二二年一月
115　萬葉集における訓仮名と二合仮名の運用　「叙説」三七号　平成二二年三月
116　萬葉集の字余り―音韻現象と唱詠法による現象との間―　「日本語の研究」七巻一号　平成二三年一月
117　萬葉集の文字・表記論　木簡・人麻呂歌集の書式をとり入れて　「解釈と鑑賞」七六巻五号　平成二三年五月
118　持統天皇御製歌―巻一・二八番をめぐって―　「萬葉」二一一号　平成二四年三月
119　萬葉集字余りの在りよう―A群・B群の把握に向けて―　「国語と国文学」八九巻四号　平成二四年四月
120　古事記における「御祖」の把握に向けて　「古事記年報」五五号　平成二五年一月

121 古事記の構想―天照大御神と鏡を中心に― 「古代学」五号（奈良女子大学古代学学術研究センター） 平成二五年三月
122 上代日本の書記の在りよう―東アジア漢字圏を視野に入れて― 『萬葉集研究』三四集（塙書房） 平成二五年一〇月
123 古事記の文章法と表記（討論会採録） 『萬葉語文研究』九集（和泉書院） 平成二五年一〇月
124 「変体漢文」の研究史と「倭文体」 「日本語の研究」一〇巻一号 平成二六年一月
125 「うつしおみ」と「うつせみ・うつそみ」考 『萬葉語文研究』一〇集（和泉書院） 平成二六年九月
126 古事記・日本書紀にみる文章と文体、及び天照大御神と鏡 「古事記學」一号（國學院大学） 平成二七年一月
127 上代における書記と文体の把握・再考 「国語国文」八五巻五号 平成二八年六月
128 萬葉集の字余り―短歌第二・四句等の「五音節目の第二母音」以下のあり方を巡って― 「萬葉語文研究」一二集（和泉書院） 平成二九年三月
129 古代日本語の表記・文体 『古代の文字文化』（犬飼隆編　竹林舎） 平成二九年七月
130 古事記冒頭部における神々の出現をめぐって 『井手至博士追悼　萬葉語文研究』特別集（和泉書院） 平成三〇年六月

三、その他

1 [書評] 西宮一民著『日本上代の文章と表記』 「皇學館論叢」三巻三号 昭和四五年六月
2 『日本国語大辞典』（全二〇巻）語彙・国語一般項目執筆 小学館 昭和四五年八月～昭和四七年一二月
3 例示「ラ」の成立をめぐって（発表要旨） 「国語学」九〇集 昭和四七年九月
4 萬葉集に於ける単語連続と単語結合体 「山手国文論攷」資料篇一 昭和五三年三月

5　詩人小伝『凌雲集』一句索引　『国風暗黒時代の文学 中（中）』（小島憲之著　塙書房）　昭和五四年一月
6　萬葉集に於ける単語連続と単語結合体　「山手国文論攷」資料篇二　昭和五五年一月
7　島崎正樹未公開書簡四通（島崎藤村著『夜明け前』資料）　「図書」三九七（岩波書店）　昭和五七年九月
8　『日本文学史辞典』（三項目執筆）　京都書房　昭和五七年九月
9　『万葉の歌ことば辞典』（七項目執筆）　有斐閣　昭和五七年一一月
10　中大兄の三山歌　「百人で鑑賞する万葉百人一首」（解釈学会）　昭和五九年四月
11　『萬葉考』によせて　『賀茂真淵全集』会報一七（続群書類聚完成会）　昭和六〇年三月
12　［書評］柳田征司著『音韻脱落・転成・同化の原理』　「国語学」一四三集　昭和六〇年一二月
13　昭和五九・六〇年における国語学界の展望　音韻（史的研究）　「国語学」一四五集　昭和六一年六月
14　『田氏家集注巻之上』（漢詩一首注釈）　和泉書院　平成三年二月
15　『田氏家集注巻之中』（漢詩三首注釈）　和泉書院　平成四年二月
16　展望・万葉集総論Ｉ　「文学・語学」一三六（桜楓社）　平成四年一二月
17　音韻変化とその周辺―母音を中心に―　「武蔵野文学」（武蔵野書院）　平成五年一月
18　『万葉集事典』（二首執筆）　「別冊国文学」四六号（学燈社）　平成五年八月
19　『田氏家集注巻之下』（漢詩七首注釈）　和泉書院　平成六年二月
20　学界時評　上代　「国文学」（学燈社）四〇巻六・一四号（以下、年二号担当）～五一巻七・一三号　平成七年六月～平成一八年一二月
21　日本書紀要覧　「別冊国文学」四九（学燈社）　平成七年一一月

22 『漢字百科大事典』（六項目執筆）　明治書院　平成八年一月
23 『上代文学研究事典』（七項目執筆）　おうふう　平成八年五月
24 『日本神話事典』（四項目執筆）　桜楓社　平成九年六月
25 書紀「訓詁」よもやま　『日本書紀③』月報（新編日本古典文学全集・小学館）　平成一〇年六月
26 『万葉集』と住吉大社・住吉大御神　「すみのえ」二三二号　平成一一年七月
27 古代日本語をめぐって　「日本語学研究」三二集（韓国日本語学会）　平成一三年三月
28 古代日本語を読む—東アジアの文字環境　『国際高等研究所共同研究公開シンポジウム報告書』（奈良女子大学）　平成一五年一月
29 日本書紀訓注への視点　『新編荷田春満全集』月報（おうふう）　平成一七年五月
30 古事記の大物主神と「神・神御子」　「大美和」一〇九号　平成一七年一一月
31 万葉秀歌抄（五首執筆）　『セミナー萬葉の歌人と作品』一二　平成一七年一一月
32 字余り研究の射程（シンポジウム報告）　「日本語の研究」第二巻一号　平成一八年一月
33 『萬葉集古義』の故地研究　『萬葉古代学研究所年報』四（万葉古代学研究所）　平成一八年三月
34 （座談会採録）萬葉学の現況と課題—『セミナー万葉の歌人と作品』完結を記念して—　『萬葉語文研究』二集（和泉書院）　平成一八年三月
35 古代日本の言語文化（国際シンポジウム）　「奈良女子大学21世紀 COE プログラム」七集　平成一八年四月
36 「万葉シンポジウム」行路死人歌をめぐって　「龍」七五巻四号　平成一八年五月

37　上代特殊仮名遣いとその利用方法　『日本語の語源を学ぶ人のために』（世界思想社）　平成一八年一二月

38　『日本語学研究事典』（二項目執筆）　明治書院　平成一九年一月

39　皮留久佐木簡について（佐野宏との共編）　「明日香風」一〇四号　平成一九年一〇月

40　『加藤隆久所蔵摂州名所記』（『地域文化研究叢書四』（監修、亀山泰司解題）　武庫川女子大学　平成二一年三月

41　［書評］山口佳紀著『万葉集字余りの研究』　「日本語の研究」五巻三号　平成二一年七月

42　日本神話と自然信仰—大物主神を中心に—　「やまとみち」一一〇（東海旅客鉄道株式会社）　平成二二年三月

43　万葉歌（二一首執筆）　『別冊太陽　万葉集入門』　平成二三年四月

44　万葉集のコラム（五回）　「NHK日めくり万葉集」一六・一八・二〇・二二・二三（講談社）　平成二三年六・八・一〇・一二月、平成二四年一月

45　（座談会採録）萬葉学会の草創期を振り返る・井手至先生をかこんで　『萬葉語文研究』七集　平成二三年九月

46　日本への漢字の伝播　ナシ族と文字　『世界の文字を楽しむ小事典』（大修館書店）　平成二三年一一月

47　文体の面から眺める古事記　「大美和」一二二号　平成二四年一月

48　むすひということばとその拡がり　「悠久」一二八号　平成二四年八月

49　『古事記』と『日本書紀』はどう違うか—文体や文脈を中心に—　「日本国史学」一号（日本国史学会）　平成二四年九月

50　聖武天皇の時代にみる文章の特色—文体の面から—　『聖武天皇の時代』（高岡市万葉歴史館叢書二五）　平成二五年三月

51　［討論会］古事記の文章法と表記　『萬葉語文研究』九集（和泉書院）　平成二五年一〇月

52　山田孝雄博士と萬葉集について　『万葉集と富山』（高岡市万葉歴史館論集一六）　平成二八年三月

あとがき

毛利正守先生は、二〇一八年三月をもって皇學館大学を御退職になった。これまで上代文学・日本語研究を牽引してこられた先生にとって退休の辞は相応しくない。ここにその学恩に浴した者が集って論集を編むことを企画した。先生にその旨をお話しすると、私に縁のある人たちでなるべく若い方にも声をかけて、広い世代にわたるほうが良いでしょうとのことであった。そこで本論集は大阪市立大学、武庫川女子大学、皇学館大学、奈良女子大学といった先生の本務校と非常勤先、あるいは先生が主宰された皮留久佐學志會という研究会においてゆかりある人たち、また先生が学位論文主査を勤められた方々に寄稿を募るという形をとった。その論集名を『上代学論叢』という。「上代学」の名は必ずしも熟さないが、国語学・国文学といった既存の枠組みにとらわれず、広く古代の日本人の言語と文学を明らかにせんとされる先生の学としての命名である。先生がよく口にされるのは、国語学も国文学も偏りなく学ぶように、そしてそれを両翼として研鑽できる学徒であるように、ということであった。先生は皇學館大学時代には澤瀉久孝氏の萬葉集の演習を受講され、西宮一民氏の指導を受けられ、さらに小島憲之氏、井手至氏との研究を通じて澤瀉萬葉学を継承する人でもある。先生の指導受けた者のうち他に適任者がいることは十分に承知しながらも、佐野宏、尾山慎、植田麦の三名が編輯委員となった。

先生の講義演習はいつも、まずは学生同士で徹底的に議論をさせ、そのうえで論証が不十分なときや議論が迷走しかけた際に、ごく短く助言をくださる形式であった。それがいかに的確なものであったかと気づくのはずっと先のことであったが、常に率直に意見を下さった。また大阪市立大学の国文研究室の学風でもあるが、毛利研究室では先輩が後輩の指導をする近世寺子屋式の形態であった。論文や研究発表資料を先生に見ていただく前には、先輩がまずは目を通すのである。そして不備があるともちろんその学生に優しく指導されるのだが、後から「○○君、ちょっと」と指導した院生が研究室に呼ばれる。そして、どうしてこの点を指導しないのかと厳しく指導を受けるのである。叱られるのは先輩で後輩は知らない。けれども、自分がいざ先輩として後輩に対峙するときに、「ああこういうことであったか」と感得するところがある。そうして先生と後輩によって二重に鍛えられた者たちが研究室に集まることになる。

毛利研究室の特徴は、とにかくどの分野のどの領域で何を考えても良いという自由さである。もちろん先生からの指導があり、院生同士で議論しあって立ち向かうのだが、最終的に毛利先生を納得させなくてはならない。先生は「ずんずん書いたらいいんでないの、そいで世界に羽ばたいてもらってねぇ」と飛騨弁交じりの関西弁で優しく語りかける。しかし、門下生にとって世界への扉は先生御自身であった。普段は理不尽なほどにびくともしないその重い扉を、開く膂力を得ることが我々の日常の鍛錬でもあったのである。

いまや教え子達は国語学から国文学と、それぞれに研究の専門分野を持っているが、それはそのまま先生の学問とご見識の広さに発するものである。本論集には二十一人が執筆した。これは先生の「上代学」の広がりを示すものである。

これからも先生の研究は続き、ますます深化されることであろう。先生の教えに恥じぬよう精進する所存である。奇しくも今年、令和元年の七月に先生はめでたくも喜寿を迎えられる。その賀に本集を献呈できることをご寄稿くださった方とともに慶びたいと思う。新元号とともに先生の新たな章が幕を開けるのであろう。我々もまた新たな出発の時である。

平成三十一年四月

上代学論叢編輯委員会
委員　佐野　宏
尾山　慎
植田　麦

執筆者紹介

中川ゆかり（なかがわ・ゆかり）
一九五三年　兵庫県生まれ。羽衣国際大学名誉教授。大阪市立大学大学院後期博士課程修了。博士（文学）。著書『上代散文 その表現の試み』（塙書房 二〇〇九）。論文「髪長ヒメの立つ場―「豊明」と、「後宮」での「宴」と―」（『國學院雜誌』112―11 二〇一一）、「皇后磐之媛の死―日本書紀の后妃記述の手法―」（『萬葉集研究』35 二〇一四）など。

橋本雅之（はしもと・まさゆき）
一九五七年　大阪府生まれ。皇學館大学教授。皇學館大学大学院文学研究科修士課程修了。博士（文学）。著書『古風土記の研究』（和泉書院 二〇〇七）、『風土記研究の最前線』（新人物往来社 二〇一三）、『風土記 日本人の感覚を読む』（KADOKAWA 二〇一六）など。

大島信生（おおしま・のぶお）
一九五七年　福岡県生まれ。皇學館大学教授。皇學館大学大学院文学研究科博士後期課程満期退学。博士（文学）。著書『万葉集の表記と訓詁』（おうふう 二〇〇八）。論文「万葉集巻十三、三二二三・三二二四歌の解釈をめぐって」（『美夫君志』95号 二〇一八）、「天武天皇挽歌をめぐって―巻二・一六〇歌を中心に―」（『萬葉』225号 二〇一八）など。

瀬間正之（せま・まさゆき）
一九五八年　群馬県生まれ。上智大学教授。上智大学大学院文学研究科博士後期課程満期修了。博士（文学）。著書『記紀の表記と文字表現』（おうふう 二〇一五）、『風土記の文字世界』（笠間書院 二〇一一）など。論文「藤原宇合の文藻―風土記への関与を中心に―」（『国語と国文学』平成31年2月号）など。

蜂矢真弓（はちや・まゆみ）
一九七七年　兵庫県生まれ。大阪大学助教。大阪大学大学院文学研究科博士後期課程単位修得退学。博士（文学）。論文「被覆形による複合・派生の再考察―形容詞被覆形の想定―」（『萬葉』第214号 二〇一三）、「形容詞被覆形・露出形＋「人を表す名詞」の形態と意味」（『萬葉語文研究 第10集』和泉書院 二〇一四）、「形容詞被覆形・露出形による名詞複合用法」（『国語語彙史の研究 三十四』和泉書院 二〇一五）など。

土居美幸（どい・みゆき）
一九六七年　広島県生まれ。奈良県立畝傍高等学校教諭、奈良女子大学大和・紀伊半島学研究所協力研究員。奈良女子大学大学院人間文化研究科博士前期課程修了。論文「「参」字考―「マヰ」ということば―」（『萬葉』189号 二〇〇四）、「古事記「奉」字考―「マツル」ということば―」（『萬葉』200号 二〇〇八）、「古事記「耳」字考」（『叙説』40号 二〇一三）など。

阪口由佳（さかぐち・ゆか）
一九七四年　奈良県生まれ。奈良女子大学大和・紀伊半島学研究所協力研究員。奈良女子大学大学院人間文化研究科博士後期課程修了。博士（文学）。論文「古事記「市辺之忍歯王の難」の構想」（『萬葉』223号 二〇一七）、「古事記中巻の神と天皇」（『萬葉語文研究 第11集』和泉書院 二〇一五）、「古事記における仁賢天皇の位置づけ」（『古事記年報』55号 二〇一三）など。

中川明日佳（なかがわ・あすか）
一九八五年　愛知県生まれ。奈良女子大学博士研究員。奈良女子大学人間文化研究科博士後期課程修了。博士（文学）。論文「中臣宅守と狭野弟上娘子の贈答歌群の表す時間――三七五六歌「月渡る」を中心に」（『萬葉語文研究 第12集』和泉書院 二〇一七）、「中臣宅守と狭野弟上娘子との贈答歌に流れる二つの時間」（『叙説』44

号 二〇一七)など。

星　愛美(ほし・まなみ)
一九八九年　栃木県生まれ。奈良女子大学大学院人間文化研究科博士後期課程。論文「『先代旧事本紀』の史書性—系譜をめぐって」(『古事記年報』58号 二〇一六)。

尾山　慎(おやま・しん)
一九七五年　大阪府生まれ。奈良女子大学准教授。博士(文学)。著書『二合仮名の研究』(和泉書院 二〇一九)。論文「『土左日記』の「書記論」および「表記論」と、これから」(『奈良女子大学文学部研究教育年報』14号 二〇一七)、「字と音訓の間」(『古代の文字文化』竹林舎 二〇一七)など。

植田　麦(うえだ・ばく)
一九七七年　奈良県生まれ。明治大学准教授。大阪市立大学大学院文学研究科博士後期課程修了。博士(文学)。著書『古代日本神話の物語論的研究』(和泉書院 二〇一三)。論文「三嶋本『日本書紀』と具書について」(『論集上代文学』38冊 二〇一七)、「須佐之男命の自己規定と文脈上の意味」(『文学史研究』54号 二〇一四)など。

根来麻子(ねごろ・あさこ)
一九八〇年　和歌山県生まれ。甲南女子大学専任講師。大阪市立大学大学院文学研究科博士後期課程修了。博士(文学)。論文「『播磨国風土記』賀毛郡雲潤里条をめぐる一考察—「云尓而已」の解釈を端緒として—」(『風土記研究』40号 二〇一八)、「宣命の語彙の一特徴—「緩怠」(「怠緩」)「公民」を例として」(『萬葉』223号 二〇一七)、「正倉院文書における「廻」字」(『文学・語学』217号 二〇一六)など。

王　秀梅(おう・しゅうばい)
一九七三年　中国山西省生まれ。同志社女子大学准教授(特別契約教員)。大阪市立大学大学院文学研究科後期博士課程単位取得退学。博士(文学)。論文「万葉集における訓字表記「未」字の用法をめぐって」(『萬葉』192号 二〇〇五)、「上代文献における「未」の構文と表記—「未(…)不□」をめぐって—」(『文学史研究』49号 二〇〇九)、「中国語声調習得における音読トレーニングの実践と研究—判定の可視化を通して—」(『関西学院大学言語教育研究センター研究年報』21号 二〇一八)など。

山村桃子(やまむら・ももこ)
一九八一年　広島県生まれ。島根県立大学准教授。関西学院大学文学部卒業、大阪市立大学大学院文学研究科博士前期課程修了、京都大学大学院人間・環境学研究科博士後期課程修了。博士(人間・環境学)。著書『古事記の構想と神話論的主題』(塙書房 二〇一三)。論文「『出雲国風土記』出雲郡漆治郷条をめぐって」(『風土記研究』39号 二〇一七)、「『古事記』における「日の御子」」(『文学史研究』56号 二〇一六)など。

亀山泰司(かめやま・やすじ)
一九六二年　岐阜県生まれ。皇學館大学非常勤講師。名古屋大学理学部数学科卒業。電通などを経て、皇學館大学大学院文学研究科博士後期課程修了。博士(文学)。論文「書紀歌謡1番の「廻」字について—β群の字音表記の在り方から考える—」(『上代文学』第105号 二〇一〇)、「日本紀略神代巻の位置づけ—丹鶴本との比較を通じて—」(『かほよとり』第14号 二〇一〇)など。他に、毛利正守編『加藤隆久所蔵 摂州名所記』(武庫川女子大学大学院文学研究科日本語日本文学専攻 二〇〇九)解題。

管　浩然(かん・こうぜん)
一九九〇年　中国南京市生まれ。皇學館大学大学院文学研究科博

士後期課程修了、博士(文学)。論文「『古事記』の「天之御舎」をめぐって」(『萬葉』226号 二〇一八)、「『古事記』「甚為嫉妬」の「為」をめぐって」(『皇學館論叢』51巻1号 二〇一八)、「『古事記』における「立奉」について」(『鈴屋学会報』34号 二〇一七)。

松下洋子(まつした・ようこ)
一九七〇年 三重県生まれ。皇學館大学・四條畷学園大学非常勤講師。皇學館大学大学院文学研究科博士後期課程国文学専攻満期退学。論文「『古語拾遺』御歳神の古伝承における「竈輪」の解釈」(『上代語と表記』おうふう 二〇〇〇)、「古代文献における「賽」について―履中天皇記の「賽」を中心にして―」(『皇學館大学神道研究所所報』72号 二〇〇七)、「「遷却祟神」祝詞における「八物」について」(『皇學館大学神道研究所紀要』27輯 二〇一一)。

馬場 治(ばば・はじむ)
一九五九年 三重県生まれ。金沢星稜大学教授。皇學館大学大学院文学研究科博士後期課程満期退学。博士(文学)。著書『五国史所載宣命の国語史的研究』(金沢経済大学人間科学研究所 一九九三)。論文「元興寺縁起の宣命体について」(『古典語研究の焦点』武蔵野書院 二〇一〇)、「宣命の対句表現『進母不知退母不知』の典故」(『萬葉語文研究 第6集』和泉書院 二〇一一)など。

八木孝昌(やぎ・たかまさ)
一九四一年 京都府生まれ。大阪市立大学経済学部卒業。博士(文学)。著書『解析的方法による万葉歌の研究』(和泉書院 二〇一〇)。論文「家持巻十九巻末三首の左注」(『萬葉語文研究 第9集』和泉書院 二〇一三)、「藤澤桓夫の文学的転進と弁証法的唯物論」(『帝塚山派文学学会紀要』創刊号 二〇一七)など。

渡邉寛吾(わたなべ・かんご)
一九七三年 愛媛県生まれ。愛知教育大学附属高等学校教諭。大阪市立大学大学院文学研究科博士後期課程単位取得退学。博士(文学)。論文「石上乙麻呂の「舊識」に贈る詩と「麗人」を想う詩と」(『美夫君志』72号 二〇〇六)、「『経国集』巻十三「夜聴擣衣詩」(一五三)攷―その表現と解釈について―」(『萬葉語文研究 第4集』和泉書院 二〇〇八)、「正倉院文書「造仏所作物帳」七夕詩詩序注解」(『萬葉語文研究 第5集』和泉書院 二〇〇九)など。

佐野 宏(さの・ひろし)
一九七〇年 奈良県生まれ。京都大学大学院准教授。大阪市立大学大学院文学研究科博士後期課程修了。博士(文学)。論文「萬葉集の唱詠と定型の枠組み―「定型」の変遷について―」(『萬葉集研究』31 二〇一〇)「萬葉集における表記体と用字法について」(『国語国文』84巻4号 二〇一五)など。

研究叢書512

上代学論叢

令和元年(二〇一九)五月一日　初版第一刷発行
(検印省略)

監修者　毛利正守
発行者　廣橋研三
印刷所　亜細亜印刷
製本所　渋谷文泉閣
発行所　有限会社和泉書院

大阪市天王寺区上之宮町七-六
〒五四三-〇〇三七
電話　〇六-六七七一-一四六七
振替　〇〇九七〇-八-一五〇四三

ISBN978-4-7576-0906-8 C3395